小侍従全歌注釈

小田剛

和泉書院

目次

凡例（含、参考文献）

太皇太后宮小侍従集（四季、恋、雑、187首）

春 1～27（27首）……一

夏 28～46（19首）……三六

秋 47～74（28首）……六三

冬 75～97（23首）……九九

恋 98～118（21首）……一二九

雑 119～187（69首。うち他人20首）……一六〇

〔名所 174～180、かくし題 181、182、（祝 183～187）〕

入撰集此集不見哥　188〜222（35首。うち頼政1首）……二八五

〔他〕（＊は小侍従と思われる歌、※は小侍従でない可能性が高い歌）

⑤157中宮亮重家朝臣家歌合　223〜227（5首）……三三五
⑤158太皇太后宮亮平経盛朝臣家歌合　228〜231（4首）……三四四
⑤160住吉社歌合嘉応二年　232（1首）……三四九
⑤162広田社歌合承安二年　233〜235（3首）……三五一
⑤164右大臣家歌合安元元年　236〜238（3首）……三五六
④31正治初度百首　239〜328（90首。小侍従99首、本来は百首、うち他出・重複9首）……三六一
⑤183三百六十番歌合正治二年　329〜331（3首）……四三九
⑤197千五百番歌合　332〜426（95首。本来は百首、うち他出・重複5首）……四四二
⑤187鳥羽殿影供歌合建仁元年四月　427〜429（3首）……五五三
⑤188和歌所影供歌合建仁元年八月　430〜435（6首）……五五六
⑤189撰歌合建仁元年八月十五日　436（1首）……五六二
⑤191石清水社歌合建仁元年十二月　437（1首）……五六五
③122林下集（実定）　〈438〉〜451（14首。小侍従7首、実定7首）……五六六

⑦68隆信集〈452〉～455（4首。小侍従2首、隆信2首）……五七九
④11隆信集〈456〉～460（5首。小侍従1首、隆信3首、成範1首）……五八三
③117頼政集〈461〉～480（20首。小侍従10首（うち2首は＊）、頼政10首）……五八八
⑦55頼輔集〈481〉（1首（頼輔））……六〇一
⑦64親盛集〈482〉～486（5首。小侍従2首、親盛3首）……六〇三
③124殷富門院大輔集〈487〉～〈490〉（4首。小侍従2首、大輔2首）……六〇七
④6師光集491、〈492〉（2首。小侍従1首、師光1首）……六一〇
⑦61実家集493、〈494〉（2首。小侍従1首、実家1首）……六一三
④4有房集495、〈496〉（2首。小侍従1首、有房1首）……六一三
③125山家集（西行）〈497〉、498（2首。小侍従1首、西行1首）……六一五
⑦57粟田口別当入道集（惟方）499、〈500〉（2首。小侍従1首、惟方1首）……六一七
③133拾遺愚草（定家）〈501〉、502（2首。小侍従1首、定家1首）……六一九
③121忠度集〈503〉（1首（忠度））……六二〇
⑦49覚綱集〈504〉（1首（覚綱））……六二一
②12月詣和歌集505、506（2首）……六二三
②16夫木和歌抄507～513（7首（うち5首は※））……六二四

▽（補遺）
小侍従集別本（正治初度百首）514（1首）……六三三
平家物語 515（1首※）……六三四
源平盛衰記 516（1首※）……六三六
⑦54経盛集〈517〉、518（2首。小侍従1首、経盛1首）……六三七
④11隆信集 519、〈520〉（2首。小侍従1首＊、隆信1首）……六三九
①14玉葉和歌集 521（1首）……六四三
②11今撰和歌集 522（1首）……六四四
②15万代和歌集 523（1首）……六四五
②16夫木和歌抄 524（1首※）……六四六
⑤182石清水若宮歌合 525～529（5首）……六四七
以上、529首のうち、小侍従469首（うち＊3、※8首）、他人60首である。
解　説――一、生涯　二、諸本、伝本　三、歌風　四、同時代及び後世の評……六五三
年　譜……六六六
小侍従歌一覧……六七〇
勅撰集、私撰集収載歌一覧……六七九

索　引 ……………… 六八〇

凡　例

一、本書は、「待宵の小侍従」と呼ばれた千載・新古今時代の閨秀歌人、小侍従〔保安二・1121年頃〜建仁二・1202年頃〕の全歌の注釈を試みたものである。

二、小侍従の歌（及び詞書など）の本文について、1〜187は、宮内庁書陵部の「小侍従集」（〔国、桂宮本、歌書、一冊、第98号、図書寮3389号、1冊、511―20〕）によった。この本は、新編国歌大観第四巻、古典文庫133、私家集大成・中世Ⅰ「小侍従Ⅰ」に収載されている。なお1〜187の歌番号は、『新編国歌大観　第四巻 私家集編Ⅱ 定数歌編』に基づいた。さらに188〜222の「入撰集此集不見哥」は、三手文庫（今井）蔵本により、また223〜529の歌合、私家集、私撰集などの歌は、1〜222以外の、収載漏れの歌であり、本文は、一部を除いて『新編国歌大観』に拠った。順序も504までは、古典文庫133『小侍従集　二條院讃岐集』の記載順に従った。188〜529の歌番号は、私に付した。

1〜222の翻刻の方針としては、原本に忠実である事を旨としたが、濁点を付し、新字など現行通行の表記にほぼ従った。底本の歴史的仮名遣いの誤りは、もとのままとしたが、巻末の和歌の自立語や五句索引などは訂正したものを用いた。

三、注釈は、【校異】、【語注】、【（口語）訳】、【本歌・本説】、「補説・参考事項（＝▽）」、【参考（歌）】、【類歌】の順とした。【訳】は原文理解のため、意訳ではなく、逐語訳とした。また1〜187、及び239〜328の正治初度百首、332〜426の百首としての千五百番歌合の歌も、それぞれの歌の変化・〝移り変わり〟にも留意して、▽の初めにそれを指摘しておいた。さらに【参考】は、勅撰集において①7千載集、私撰集において②10続詞花集、私家集において③

129長秋詠藻（俊成）、定数歌集において④30久安百首、歌合、歌学書、物語、日記等において⑤174若宮社歌合建久二年三月あたりまでとした。【類歌】は、それ以後――①8新古今集、②11今撰集、③130秋篠月清集（良経）、④31正治初度百首、⑤175六百番歌合より――である。

1、詞書（題）、判詞、左注等についての【訳】も、〈　〉として付したが、あまりにも自明なもの（例、「鶯」、「返し」など）は省いた。

2、校異については、諸本間の関係を考察する事も配慮して、表記の違いなど（例、「夜・よ」、「郭公・時鳥」）も含めて、少しく詳しいぐらいに記した。なお【校異】の諸本の略称については、以下の通りである。

Ａ…図書寮2270号、１冊、501―44

Ｂ…図書寮、１冊、501―833

本…本居宣長記念館蔵本

三…三手文庫（今井似閑）蔵本

神…神宮文庫蔵本

岡…岡山大学（池田）蔵本

私Ⅰ、私Ⅱ、私Ⅲ…私家集大成・中世Ⅰ「小侍従Ⅰ、Ⅱ、Ⅲ」（ただし私Ⅱ、私Ⅲの底本は、それぞれ尊経閣文庫蔵（書・九）＝国⑦、丹鶴叢書である）

文…古典文庫133『小侍従集　二條院讃岐集』

（古典文庫、『私家集の研究』（森本元子）――家集の伝本もわずかに、この九本しか知られていない（236頁）――、新編国歌大観⑦の解題（804頁）をまとめると、

第一・甲類本として、〃桂〃＝底本、〃図〃＝Ａ

第二・乙類本の第一種として、〃書〃＝B、〃前〃（前田家・尊経閣文庫本）＝私Ⅱ

第二種（丙類）として、〃三〃＝三、〃神〃＝神、〃習〃（神習文庫本）、〃類〃（群書類従所収本）…この中では、〃三〃と〃神〃〃習〃〃類〃とで、「入勅撰歌」が35首と33首の違いがある。

第三・丁類・別本として、〃丹〃＝私Ⅲ

が挙げられているが、校異にあたって重複するものは、まとめる事とした。）

国④…『新編国歌大観　第四巻』の「太皇太后宮小侍従集」

国⑦…『新編国歌大観　第七巻』の「小侍従集」

3、勅撰集などの本文については、おおむね『新編国歌大観』に拠った。古今集は、後述の「新大系」に基づいた歌もある。また「和歌文学大系」（明治書院）のシリーズは、上記の名称を省いた。

4、略称は以下の如くである。

歌題索引…『平安和歌歌題索引』（瞿麦会編）

歌枕索引…『平安和歌歌枕地名索引』（大学堂書店）

歌枕辞典…『歌枕歌ことば辞典〈増訂版〉』（笠間書院）

歌ことば大辞典…『歌ことば歌枕大辞典』（角川書店）

新大系…岩波書店刊の「新　日本古典文学大系」のシリーズ

和泉…和泉書院の「和泉古典叢書」のシリーズ

式子全歌注釈…『式子内親王全歌注釈』（和泉書院）

守覚全歌注釈…『守覚法親王全歌注釈』（和泉書院）

○参考文献及び略称

『右京大夫・小侍従』冨倉徳次郎（昭17・1942年12月、三省堂）…『冨倉』
『学苑』「太皇太后宮小侍従」杉本邦子（昭31・1956年9月）…「杉本」
『国語国文』「新古今歌風形成への道――讃岐と大輔と小侍従と――」島津忠夫（昭33・1958年1月）…「島津」
古典文庫133『小侍従集・二條院讃岐集』森本元子校（昭33・1958年8月）
『解釈と鑑賞（至文堂）』《平安文学者総覧》」鈴木一雄、「小侍従」は木越隆（昭35・1960年8月）…「木越」
『国文学（学燈社）』「小侍従・讃岐・殷富門院大輔とその家集」森本元子、糸賀きみ江（昭40・1965年10月）
『私家集の研究』「第六章　小侍従・大輔・讃岐とその家集」、「Ⅰ「小侍従集」とその成立」森本元子（昭41・1966年11月、明治書院）…森本『研究』
『国文学』「小侍従」神作光一（昭42・1967年1月）…「神作」
『伝承文学研究』12巻、「待宵の小侍従伝説考」山中耕作（昭46・1971年11月）…「山中」
『私家集と新古今集』「Ⅶ　小侍従集」（261～264頁）、森本元子（昭49・1974年11月、明治書院）…森本『新古今』
『国文学』「残映のなかの才女たち――小侍従など」糸賀きみ江（昭50・1975年12月）…糸賀「残映」
『解釈と鑑賞』「小侍従」三角洋一（昭51・1986年11月）…「三角」
『国文学』（昭52・1977年11月、臨時「鑑賞・日本の名歌名句1000」）
『中世の抒情』「新古今集前後の抒情――女流歌人を中心に」糸賀きみ江（昭54・1979年3月、笠間書院）
『長崎大学教育学部人文科学研究報告』巻30、「嘉応相撲節　待宵小侍従――延慶本平家物語の古態性の検証　続――」今井正之助（昭56・1981年3月）
『説話文学の構想と伝承』「小侍従説話考」志村有弘（昭57・1982年）…『志村』
『新古今集作者考』「二一　小侍従」（38～45頁）、奥田久輝（和泉書院、研究叢書194、初出は昭58・1983年）…『奥田』

『国文論稿（岡山大学）』12号、「平家物語の小侍従の歌について」瀬良基樹（昭59・1984年3月）…「瀬良」

『相模国文』「小侍従二題」森本元子（昭60・1985年3月）

『私家集の女流たち』「恋のやまひ」「あかぬ別れ」（71～90頁）、森本元子（昭60・1985年、教育出版センター）…森本『女流』

『平安後期歌人伝の研究〈増補版〉』「小侍従」（487～490頁）、井上宗雄（昭63・1988年10月、笠間書院）…『井上』

『国文学研究叢書（北海道教育大学）』6、「『小侍従集』研究」田中明美（平2・1990年4月）…「田中」

『女房三十六歌仙の抒情』「小侍従」田中阿里子（平5・1993年10月、京都新聞社）

『富士フェニックス論叢』2巻、「延慶本平家物語における和歌、及び和歌的表現の考察――巻四―卅一「実定卿待宵ノ小侍従ニ合事」より」桜井陽子（平6・1994年3月）…「桜井」

『女歌の系譜』「小侍従」馬場あき子（平9・1997年4月、朝日新聞社）…『馬場』

『九州大谷国文』26巻、「唱導文学としての「黒木物語」――待宵小侍従説話について」国武久義（平9・1997年7月）

『日本の女歌』「小侍従と建礼門院」竹西寛子（平10・1998年2月、NHK出版）

『冴』和泉鮎子「「源氏」の読み手――再び小侍従について」（平10・1998年3月、10巻）、「小侍従について（七）独聞時雨」（1998年6月、11巻）、「小侍従について（八）ちりぬるもよし」（1998年9月、12巻）、「小侍従について（九）花眼小侍従」（1998年12月、13巻）、「小侍従について（十）荻の上葉」（平11・1997年9月、16巻）…「和泉」源氏、七、八、九、十

『正治百首の研究』「作者点描・正治二年前後」、「小侍従不詳歌をめぐって」、資料『小侍従集別本』など、山崎桂子（平12・2000年2月、勉誠出版）…山崎『正治』

他、『日本古典文学大辞典』（昭60・1985年2月完結、岩波書店）、『和歌大辞典』（昭61・1986年3月、明治書院）、『日本伝

奇伝説大事典』（昭61・1986年10月、角川書店）、『平安時代史事典』（平6・1994年4月、角川書店）などの辞・事典

類

「詠百首和歌・正治初度百首（注釈）」重田仁美

小侍従集（[1]表紙）

[2][3]太皇太后宮小侍従集

春[4]

[5]立春の[6]こゝろ[7]を

1 はる[8]たつとしらでもみばや[9]天の原[10]かすむは今朝の思ひ[11]なしかと

【校異】1表紙—中扉（B…発心和歌集、一条太皇太后宮大弐集と合につき。三…公任集などと合につき）。2 林崎文庫〔ハンコ〕（神）。3太…集—ナシ（A、三）、小侍従集（本、神、岡、私Ⅱ、私Ⅲ）。4春—ナシ（A、私Ⅲ）。詞書、歌—ナシ（私Ⅲ）。「乙丙」（文）。5立—たつ（三、私Ⅱ）。立春—たつはる（B、岡）。6こゝろ—心（岡）。7「を—ナシ類」（文）。8たつ—立（岡）。9天—あま（A、B、岡、私Ⅱ）。10かす—霞（神）。11な—不明（岡）。

【語注】**〇天の原かすむ**　⑤70六条斎院歌合29「あまのはらかすみこむれど春のよの月のかげにはにるものぞなき」（「かすみへだつる月」左門）。　**〇かすむ**　霞は来春の表象。

【訳】「立春」という事を知らないでも見たいものだ、大空が霞んでいるのは、今朝の思いがそうさせるのかと。〈立春の心を（詠んだ歌）〉

【本歌】①3拾遺1「はるたつといふばかりにや三吉野の山もかすみてけさは見ゆらん」（春、壬生忠岑。①3′拾遺抄1。②4古今六帖4。②5金玉2。②6和漢朗詠集8。③13忠岑164）

▽例によって、「立春」の歌で始まる。立春になったというだけで、吉野山も霞んで見えるのだろうかという有名な本歌をふまえて、空が霞むという現実に対して、立春という事実を知らずとも、今朝立春だという先入観・思い込みによって霞を見たいと詠ず。一、二句と以下との倒置表現。

【参考】③116林葉7「春は今朝こえぬとおもふに相坂の関の杉むら猶霞むらん」（春「…、春たつこころを」）

【類歌】⑤184老若五十首歌合7「あまの原かすみてかへるあらたまのとしこそ春のはじめなりけれ」（春、家隆。③132壬二1691）

2　あらたまる春はけさかと思[1]よりいづ[2]る日影[3]もめづらしき哉

【校異】歌―ナシ（私Ⅲ）。「乙丙」（文）。1思―思ふ（本、神、岡、国④）、おもふ（三、私Ⅱ）。2いづ―出（本、神、岡）。3「日影―ひかり習」（文）。

【語注】**○めづらしき**　或いは、「すばらしい」か。がしかし、立春という事より新鮮ととる。

【訳】立春とあらたまったのは今朝かと思ってから、出てくる日の光も目新しく新鮮である事よ。

▽「春」「今朝」「思ふ」。「霞む」→「日影」。前歌と同じく「立春の心を」（詞書）。さあ今朝から立春だと思うと日光も「珍しき」事だと歌う。式子、定家の家集の冒頭詠に、

④1式子1「春もまづしるくみゆるは音羽山峰の雪より出づる日の色」（春）

③133拾遺愚草1「いづる日のおなじ光によもの海の浪にもけふや春はたつらん」（初学百首、春廿首）

がある。式子歌の如く、山より出る日影であろう。

【参考】①1古今456「浪のおとのけさからことにきこゆるは春のしらべや改るらむ」（物名、安倍清行）

【類歌】②14新撰和歌六帖12「あらたまるけふやことしの朝日かげ山のはいづるそらぞのどけき」（「ついたちの日」）

3

左大将[1]實定[2]家[3]の百首の[4]うち[5]山[6]家[7]のたつ春

[8]とけぬなる[9]かけ[10]ひの水の[11]音[12]信[13]に春しり[14]そむる[15]み山べの里

【校異】「乙丙丁」（文）。詞書「山家立春」のみ（私Ⅲ）。1将—将家（私Ⅰ）。2實定—ナシ（B、本、三、神、岡、私Ⅱ。「乙丙」（文））、ふつうの大きさの字（A）。3家—ナシ（私Ⅰ）、の家（B、本、三、神、岡、私Ⅱ。「乙三神類」（文））。4う—ナシ（A）。「うち—中に習」（文）。5山—、山（私Ⅰ、私Ⅱ、国④、国⑦）。山…春—改行・次行（A）。6家—さと（B、本、三、神、私Ⅱ。「類」（文））、里（岡）。家の—「里に習」（文）。7のたつ—立（A）、たつ（私Ⅱ）。8本集／月詣雑上（私Ⅲ）。9かけひ—筧（私Ⅲ）。10ひ—ひ樋（三）。11音—おと（B、私Ⅱ）、をと（本、神）。12信—つれ（A、B、本、神、岡、私Ⅱ、私Ⅲ）。13に—て（私Ⅱ）。14そむ—初（岡）。15み—深（三）。

【語注】**○山家のたつ春**　「山家立春　月詣668（小侍従）　小侍従Ⅰ3・Ⅲ1→山里立春」（歌題索引）、「山里立春　小侍従Ⅱ3・西行Ⅰ7」（同）という珍しい歌題。西行Ⅰ7「山さとに春立と云事／七山さとはかすみわたれるけしきにて　空にやはるの立を知るらん」…小侍従1に似た詠。**○なる**　終止形（完了）接続で、所謂「伝聞」（溶けたときく、溶けたらしい）としたが、連体形（「ぬ」）接続により、断定か。また、下へ続くとみるのが普通だが、初句切れの連体形止か。**○かけひの水の**　①4後拾遺1040 1041「おもひやれとふ人もなき山ざとのかけひのみづのこころぼそさを」（雑、上東門院中将）、③122林下254「かなしさはこのはのみかはやまざとのかけひのみづのながれをもとへ」（哀傷）。「かけひ」は、山居の景物であるが、山住みの人にとっては大切な水の供給源でもある。**○音**　「水の音」

「音信」両意あるか。　**○み山べの里**　深い山のほとりの人里。山里。勅撰集初出は後拾遺381（末句）。この体言止のおさめ方は一つの定型でもある。式子157「神無月風にまかする紅葉ばに涙あらそふみ山べの里」（冬）、④30久安百首202「うぐひすの谷より出づるはつ声にまづ春しるは深山べのさと」（春二十首、教長）。

【訳】（水）が溶けてしまったらしい筧の水が音をたてて流れてやって来る事によって、春というものを知り初める深山辺の里である事よ。〈左大将実定家の百首で、「山家の立春」の詠〉

▽「春」。「(山)」→「山」、「日」→「水」、「影」（光）→「音」。深山辺であり、今まで氷ってた筧の水、それが氷解して流れ来る音色によって、深山辺の里は初めて春を知ると歌う。よく似た類歌として、⑤175六百番歌合15「春きてもなほしみこほるやまざとはかけひのみづのおとづれもなし」（春「余寒」兼宗）がある。②12月詣和歌集（寿永元・1182年11月撰（跋文）668、巻第七、雑上「内大臣家にて人人百首歌よみ侍りけるに、山家立春といへることを」小侍従。実定百首・左大将家百首歌につき詳しくは、巻末の「解説」参照。なおこの月詣668の「内大臣」とは左大将実定の事である。その実定の任内大臣は、寿永二・1183年四月五日であり、この百首時（承安二・1172年）、実定は左大将ではなかった（前権大納言）。119参照。

【参考】①7千載1103 1100「山ざとのかけひの水のこほれるはおときくよりもさびしかりけり」（雑、輔仁のみこ）
①7千載1104 1101「やまざとのさびしきやどのすみかにもかけひの水のとくるをぞまつ」（雑「返し」聡子内親王）

【類歌】④37嘉元百首2590「山ざとのかけひの水のおとづれにひとりはすまぬ心ちこそすれ」（一条殿御局）

4　處〻[1]子日
思ふどち[2]ひくまの野邊をよそにみてひとり[3]ねの[4]ひの[5]まつぞ[6]物うき

【校異】詞書、歌―ナシ（B、本、三、神、岡、私Ⅱ）。「丁」（文）。1〻―々（私Ⅲ、文）。2ひくま―ひま《く歟》（私Ⅲ）。3ひとり―独（私Ⅲ）。4ねのひ―子日（A）。5ひ―び（国④）。6ぞ―を（A）。

【語注】**○處〻子日**　小侍従Ⅰ4・Ⅲ2のみの珍しい歌題（歌題索引）。**○思ふどち**　①1古今126「おもふどち春の山辺にうちむれて…」（春、そせい。②4古今六帖1214）。**○ひくま**　「（小松を）引く」と「ひくま」との掛詞。式子246「ひくまの、べ」『式子全歌注釈』参照。②1万葉57「引馬野尓《ヒクマノニ》《ひくまのに》」。三河（愛知県豊川の付近）。万葉以来の歌枕で、「引く」の意を掛けて詠む例が多い。④26堀河百首18「春霞たちかくせどもひめこ松ひくまののべにわれはきにけり」（春廿首「子日」匡房。①5金葉二666・23異本歌。①5′金葉三26）。**○ねのひ**　「一人寝」と「子の日」を掛ける。初子の日のこの日、野に出て小松を根引きして、健康と長寿を予祝する行事が催された。①3拾遺23「子の日するのべにこ松のなかりせば千世のためしになにをひかまし」（春「題しらず」ただみね）。**○まつ**　「松」と「待つ」との掛詞。

【訳】仲間同士が、松を引く、ひくまの野辺を、自分とは無関係なものと見て、一人寝ている子の日の、引き抜いた松を持って帰る人を寝床で待っているのが辛い事だ。〈所々の子の日〉

▽「山家立春」→「（処々）子日」詠へ。「深山辺の里」→「引馬の野辺」。正月最初の子の日の歌。親しい者たちが、引馬の野辺に出て、小松を引いて不老長寿を寿ぐのを「他《よそ》」に見て、不老長寿とは逆の病（苦）にふせって――或いは、恋人を待つか。いずれにせよ、春「子日」に相応しくない――松を待つのが陰うつだと歌う。5、6等と共に疎外意識のうかがわれる詠である。「思ふどち」と「一人」は対照。

【参考】③121忠度4「千世ふべき子日の松にそでかけてひくまの野べにけふはくらしつ」（百首和歌「子日」）

【類歌】⑤197千五百番歌合59「ひめこまつひくまののべにねのびして手ごとに千代をかざしつるかな」（春、顕昭）

⑤279未来記3「たが春と岩もとすげのねの日してひくまののべの松の一入」（春）

霞隔浦[1]

5　老のなみくる春毎[2]に立ち《（立ち）》そひてかすみへだつる和哥[3]の浦なみ[4]

【校異】詞書、歌―ナシ（B、本、三、神、岡、私Ⅱ）。「丁」（文）。「左大将家百首のうちか。」（文）。1隔浦―うらをへたつ（A）。2毎―こと（私Ⅲ）。3哥―歌（文、国④）、か（A）。4なみ―かな（A、私Ⅲ）。

【語注】〇霞隔浦　「寂蓮Ⅰ2・小侍従Ⅰ5・Ⅲ3・大輔Ⅰ3・長明2・隆信Ⅰ4・Ⅱ30／歌仙落書259⑰・260⑭」（歌題索引）。23寂蓮Ⅰ・2「隔つる明石の戸迄漕つれと　霞は須磨に浦つたひけり」（春「百首歌の中に、霞隔浦といふ事を」）。〇老のなみ　勅撰集初出は①4後拾遺1131 1132「おいのなみよせじと人はいとへどもまつらんものをわかのうらには」（雑、連敏法師）。⑤421源氏物語475「老の波かひある浦に立ちいでてしほたるるあまを誰かとがめむ」（尼君（明石の尼君））、⑤169右大臣家歌合62「老の浪ひかりをよするわかの浦の月に玉藻もみがかれにけり」（「返し」右府）、③132壬二1535「さてもなほあはれはかけよ老のなみ末吹きかはるわかのうらかぜ」（洞院摂政家百首、述懐）。「老」の対語「和歌（若）」。「波」の縁語「立ち」「浦」。「波」が最末にもあり重複している。歌病、同じ詞を重複して用いる同心病となる。396参照。「かな」（A、私Ⅲ）が正しいか。〇和哥の浦なみ　八代集一例・新古今741「もしほぐさかくともつきじ君が代のかずによみをく和歌の浦浪」（賀、源家長）。いうまでもなく「和歌の浦の浦波」。「和歌の浦」については、『歌枕辞典』が詳しい。「和歌の浦の道にたづさひては七十の潮にもすぎ、」（千載集、序）。

【訳】老いというものが、新春ごとに立ち加わって、霞が隔てている和歌の浦の浦波である事よ。〈霞が浦を隔てている〉

▽「ひくまの野辺」→「和歌の浦（波）」。「（処々）子日」→「霞隔浦」。老いを歌い、老いを重ねて、和歌というものに遠くなってゆくさまを、詞書の「霞隔浦」の、歌で描かれた景（春、霞、和歌の浦波）を通して歌ったもの。歌壇に身を寄せる我身を、初春の春霞の景に託している。因みに、小侍従の生没年は未詳であるが、保安二・1121年頃～建仁二・1202年頃といわれている。巻末の「解説」参照。

【参考】①5金葉二578 614「人なみにこころばかりはたちそひてさそはぬわかのうらみをぞする」（雑、前中宮甲斐。①5´金葉三568）
⑤169右大臣家歌合61「わかの浦になほたちかへる老のなみしげき玉もにまよひぬるかな」（大夫入道）

【類歌】⑤197千五百番歌合2986「おいのなみなほたちいづるわかのうらにあはれはかけよすみよしの神」（雑、讃岐）
④32正治後度百首554「盛なるわかのうら波たちそひてめぐみもしるき玉つ島姫」（雑「神祇」家長）

鶯[1]

6　けふとてもうき身は春のよそなればほか[2]に鳴《鳴く》[3]な[4]り[5]鶯の聲[6]

【校異】詞書、歌―ナシ（私Ⅲ）。「乙丙」（文）。1鶯―うくひす（本、三、神、私Ⅱ）。2ほか―外（A、本、神）。3鳴―なく（A、B、三、岡、私Ⅱ）。4なり―也（本、神）。5り―る（A）。6聲―声（三、国④）。

【語注】○うき身は春のよそ　⑤165治承三十六人歌合120「忘るなよ馴れし雲ゐの桜花うき身は春のよそに成るとも」

（「殿上おりて後、南殿の桜をみて」隆信）。　**○よそ**　4に既出。すぐ下の「ほか」に近い語感。　**○ほかに鳴**　①1古今161「ほととぎすこゑもきこえず山びこはほかになくねをこたへやはせぬ」（夏、みつね）。　**○なり**　いわゆる伝聞推定ともとれるが、断定とした。

【訳】今日もまた、我が辛く悲しい身は、春というものに無関係であるので、どこか私とは違った場所で鳴くのだ、鶯の声は。

▽「春」。「老」→「憂き身」。春を告げる鳥といわれる鶯の鳴くような、来春の歓びの今日も我が憂身は、日の当らない、「春（栄光、誉れなど）の他」だから、我身とは無関係な遠く離れた所で鶯は鳴くと、5同様、景（春、鳴く、鶯、声）でもって、老い（5）から今度は我身の疎外感を慨嘆する。「憂き（身）」「よそ」「ほか」と負《マイナス》の詞が並ぶ。下句、倒置法。聴覚（「鳴く、声」）。よく似た類歌として、②14新撰和歌六帖2582「うぐひすをきくだに春のよそなればわが身かひなきねをのみぞなく」（「うぐひす」）がある。

朝聞鶯

7　しのびづまかへ[1]れば明[2]《（明く）》るを[3]りしまれなみだもよほす鴬の聲《（声）》

【校異】詞書、歌―ナシ（B、本、三、神、岡、私Ⅱ）。「丁」（文）。「左大将家百首のうちか。」（文）。1かへ―明（私Ⅲ）。2明―帰（私Ⅲ）。3を―お（A）。

【語注】○朝聞鶯　小侍従Ⅰ7・Ⅲ4のみの珍しい歌題（歌題索引）。　**○しのびづま**　八代集にない。勅撰集では、14玉葉1860 1852「しのびづまかへるなごりのうつりがを…」（雑、兼宗）のみ。③117頼政301「忍づま帰らん跡もしるからし…」（「暁雪」）、④4有房327「ふけすぎてあかしもはてぬしのびづまをりしもなつのよをいかにせん」（「なつのよのこひ」）。　**○をりしまれ**　「をりしもあれ」は、八代集二例・後拾遺72、千載175。この後拾72「をりしもあれいかに契りてかりがねの花の盛りに帰りそめけん」（春上、弁の乳母）のそれは、「外に折もあろうに、ちょうどこんな折に」の意。⑤173宮河歌合8「色にしみかもなつかしき梅がえにをりしもあれや鶯のなく」、④31正治初度百首732「さみだれの雲まの月のをりしもあれ身にしむ時の鳥のこゑかな」（夏、忠良）。　**○なみだもよほす**　⑤421源氏物語49「吹き迷ふ深山おろしに夢さめて涙もよほす滝の音かな」（「北山の僧都」）。また「催す」は八代集一例、①7千載234233「あきかぜや涙もよほすつまならむおとづれしより袖のかわかぬ」（秋上「はじめの秋のこころをよめる」源俊頼）。「催し」は、「他人の潜在的に持っている力を発揮して事を行なうように仕向ける意」（岩波古語辞典）とされ、散文作品にはままみられる。　**○鶯の**　③132壬二806「梅がえにつまこひきなく鶯の涙やそむる花のあさ露」（院百首、春）。

○鶯の聲　③131拾玉3575「霞みしくゆふくれ竹の春風に涙とけ行くうぐひすのこゑ」（詠百首和歌、春二十首）。

【訳】忍んで通う夫が、我がもとを帰り去る時には、夜が明け果ててしまう、まさにその折も折、涙を催さんとする鶯の声である事よ。〈朝に鶯（の声）を聞く〉

▽「鶯」。「鶯」→「朝聞鶯」詠へ。末句の体言止「鶯の声」が同一。ひそかに通って来る男が帰る夜明けのちょうどその時、鶯が聞こえ、今度またいつあの人がやって来るのかと思われて、涙を漏らさずにはいられないと、前歌・6の「憂身は春のよそなれば他に」という疎外感の詠から、「忍び夫」「涙」の恋愛歌へと転ずる。同じく「鶯（の声）」を歌っていても変化がみられるのである。

8　わかなつむと[1]をちの[2]壄べに[3]たづねきて[4]かへら[5]むほどの空や[6]くれぬる

【校異】詞書、歌―ナシ（B、本、三、神、岡、私Ⅱ）。「丁」（文）。1を―ほ（私Ⅲ）。をち―ほぢ（国④）。2壄―野（文、国④）。3たづね―尋（私Ⅲ）。4かへ―帰（私Ⅲ）。5む―ん（A、私Ⅲ）。6くれ―暮（私Ⅲ）。

【語注】○遠尋若菜　小侍従Ⅰ8・Ⅲ5のみの珍しい歌題（歌題索引）。○わかなつむ　新春一月七日頃の行事・景物。①1古今21「君がため春ののにいでてわかなつむわが衣手に雪はふりつつ」（春、光孝天皇）。④30久安百首206「若菜摘む袖とぞみゆる春日野のとぶ火の野べの雪のむらぎえ」（春二十首、教長）。③119教長59。①8新古今13）。○とをち「とほぢ」（国④）か。それなら「遠路」を掛ける事となる。「とほぢ《（ママ）》（遠方）」は、八代集一例・新古今266「遠ち《（ママ）》には夕立すらし…」（夏、俊頼。大和）。「とをち・のさと（十市・里）」は、八代集三例・拾遺1197「…あふ事のとをちのさとのすみうかりしも」（雑賀、一条摂政）、新古今266（前述）、485「…月さえてとをちの里に衣うつこゑ」（秋下、式子内親王）。「十市の里」は大和で、「遠（し）」を言い掛けるとされる。『式子全歌注釈』249（・新古今485）参照。「とほぢの野辺」は珍しい詞。⑩26為兼鹿百首8「鹿のたつとほぢの野べの柳かげなびく気色も春ぞのどけき」（春廿首「柳」）。また『日本古代文学地名索引』にも「十市郡」「十市里」「十市山」は「大和国」であり、「とほぢの池」は「淡路国」（能因歌枕（100頁）一例のみ）にある。一方『歌枕索引』では、「とをち（十市）」のみであり、「とをちのの（十市野）」の項目にこの歌・8はあり（「とをちののべ」としては、この一首・8のみ）、他「とをちのをの」として、行宗集（＝⑦43行宗220（百首「薄」））、明日香井集（後述）、郁芳三品集（＝⑦78範宗318（同〔＝建保三年〕八月十五夜内裏三首内歌合「月前眺望」））の三歌例が挙がっている。その一つ④15明日香井1433「ゆめぢやはとをちのをのの松かぜになびく草ばをむすびかねつつ」（恋「旅恋」）。他、⑤248和歌一字抄469「見れどあかぬとをちの小野の萩が花空にうつれる香さへなつかし」（薫「野花薫風」顕季）。　**○たづねきてかへらむ**　⑤197千五百番歌合1726「たづねきてかへらむみちぞわすれぬる…」（冬、小侍従＝388）。

【訳】若菜を摘もうとして、遠く、遠路の野辺を尋ねやってきて、（ちょうど、まさに）帰ろうとする時、その空が暮れはててしまったのであろうか。〈遠く若菜を尋ね求める〉

▽「帰られ」。「朝聞鶯」→「遠尋若菜」、「明くる」→「暮れ」。恋の雰囲気をもった前詠から若菜摘の歌となる。「とほぢ」が大和かという事よりも、詞の上から遠い地のイメージを持たす事が、歌枕というものの本質をあらわしているように思われる。

松陰残雪

9　千とせふる松の木かげになづさひて消《（消え）》こそやらね春のあは[1]雪

【校異】詞書、歌―ナシ（B、本、三、神、岡、私Ⅱ）。「丁」（文）。1あは―沫（私Ⅲ）。

【語注】○松陰残雪　小侍従Ⅰ9・Ⅲ6のみの珍しい歌題（歌題索引）。　**○千とせふる松の**　⑤98禖子内親王家歌合5「千とせふる松のみどりはふかけれどひとよのゆきにうづもれにけり」（「雪埋松」）。③131拾玉1021「…千とせふるまつの梢にかかる藤なみ」（宇治山百首、春「藤」）。　**○ふる**　「雪」の縁語「降る」を含む。　**○松の木**　②4古今六帖725「いはのうへの松のこずゑにふる雪はいそかへりふれのちまでも見ん」（「ゆき」）。　**○松の木かげ**　勅撰集初出は、①17風雅417（夏、今上御歌）。③85能因122「いくとせにかへりきぬらんひきうゑし松の木陰にけふすずむかな」、

③115清輔86「川島の松の木かげのまとゐには千代の齢ものびぬべきかな」（夏「水辺納涼」）、④28為忠家初度百首654「まつしまのまつのこかげにそばだてるいはねのこけもとしふりにけり」（雑「島巌」）。**○木かげ**　八代集二例・詞花150（冬、瞻西）、新古今234（夏、忠良）。**○なづさひ**　八代集三例・拾遺578（神楽歌）、1021（雑春、長能）、後拾遺151（春下、義孝）。「ナヅミ（泥）と同根」→「ナヅサヒと同根。水・雪・草などに足腰を取られて、先へ進むのに難渋する意。転じて、一つことにかかずらう意」（岩波古語辞典）。また、本来は水に浸り、漂う事を言い、水に浸るように、人にまつわり付く意とされる。万葉語。『和泉・後拾遺151』の「補注」参照。万葉に有名な人麿歌②433 430「八雲刺《ヤクモタツ》《やくもさす》出雲子等《イヅモノコラガ》《いづものこらが》黒髪者《クロカミハ》《くろかみは》吉野川《ヨシノノカハノ》《よしののかはの》奥名豆颯《オキニナヅサフ》《おきになづさふ》」（第三、挽歌「溺死出雲娘子火二葬吉野一時柿本朝臣人麿作歌二首」）がある。**○消えこそやら**　「消えやる」は、八代集一例・新古今1822「消えやらず」（雑下、俊成）。平家物語「風はげしく、余寒もいまだ尽きせず、峰の白雪消やらで、谷のつらゝもうちとけず。」（灌頂巻「大原御幸」、新大系下―395頁）。**○春のあは雪**　八代集一例・新古今10（春上、国信）。＝堀河百首83、春「残雪」、末句・体言止）。⑤421源氏物語466「はかなくてうはの空にぞ消えぬべき風にただよふ春のあは雪」（「若菜上」（女三の宮））、③132壬二2018「ふるほどぞきえずはありとも桜花庭にいろなき春の淡雪」（春）。万葉の「沫雪《あわゆき》」は平安時代になって、「あはゆき」と表記される事が一般的になり、春の淡い雪、降ってもすぐ消える雪と理解されるようになった。

【訳】千年をすごす、常緑不変の松の木陰になじんで、（そのせいで）消え去りはしない春の淡雪である事よ。〈松の木陰に残っている雪〉

▽腰句て止め。「遠尋若菜」→「松陰残雪」。8の第二句「とをちの野辺（に）」から、同じ二句の「松の木陰（に）」に舞台を移し、そこに慣れ親しんで消えやらぬ春のあは雪を描く。残雪の詠。なお詞の**【参考】**として、①2後撰851 852「こぬ人を松のえにふる白雪のきえこそかへれくゆる思ひに」（恋、承香殿中納言）。②4古今六帖724「ゆき」。③42元良108。⑤416大和物語218―すべて・の部分の詞が微妙に異なる）

梅[1]

10 お《（を）》る袖にしまず[2]もあ[3]る[4]《ざりけりなイ》かな梅[5]が[6]ゝ[7]《の花イ》の思ふこゝろのふかさ[8]ばかりは[9]

【校異】詞書、歌―ナシ（私Ⅲ）。「乙丙」（文）。1梅―むめ（B、本、三、神、私Ⅱ）。2ずもあるかな《ざりけりなイ》―「さりけりな習」（文）、すもあるかな（本、神、国⑦）。3ある―有（A）。4イ―ナシ（B、岡、私Ⅱ）。5梅―むめ（B、岡）。6がゝ《の花イ》―か香《のはなイ》（三）、かゝ《のはな》（岡）、か香（本、神）、がか（国⑦）。の―ナシ（A）。7花イ―はな（B、私Ⅱ）。8さ―き（私Ⅱ、「習」（文））。9は―に（私Ⅱ）。

【語注】**〇おる袖**　①1古今32「折りつれば袖こそにほへ梅花有りとやここにうぐひすのなく」（春上「題しらず」よみ人しらず）。⑤185通親亭影供歌合16「折る袖に匂をだにもしばしうつせちりなばなげのむめの色香は」（範光）。**〇しまずもあるかな**　字余り（「あ」）。**〇梅がゝの**　④31正治初度百首2109「梅が香のをらぬねやまで匂ひきてかた敷く袖に猶うつりぬる」（春、丹後）。**〇か《（ゝ）》の**　「の」主格か。そうすれば、梅香は折る袖に…となるが、末句の「深さばかりは」と重複する事となる。いちおう格助詞「に」に似た用法と考えておく。

【訳】（梅の枝を）折る袖に染まずもある事よ〔染まない事よなあイ〕、梅の香に〔の花にイ〕、思い慕うわが心の深さの程度ばかりは。

▽「松陰残雪」→「梅」歌詠へ。「松」→「梅」。私が梅花の香を思っている心の程には、袖に香はしみこまないと、二句切、倒置法で歌う。前歌の具体的な叙景歌（視覚）から、身辺心情詠へと転ずる。嗅覚（「香」）。

【参考】③125山家596「ゆきずりにひとえだをりしむめがかのふかくも袖にしみにけるかな」（恋「寄梅恋」）

【類歌】①14玉葉67「をる袖ににほひはとまる梅がえの花にうつるは心なりけり」（春、定家）

①20新後拾遺47「をる袖にふかくも匂へ梅の花そのうつり香をたれかとがめん」（春、殷富門院大輔）

窓下梅

11 [1]月させとおろさぬまどの夕風に軒ばの梅は[2]匂ひきにけり

【校異】詞書、歌―ナシ（B、本、三、神、岡、私Ⅱ）。「丁」（文）。「夫木抄註に「百首の御歌」とある。左大将家百首のうちか。」（文）。1夫木卅一（私Ⅲ）。2匂ひき―にほひき《ほころひ夫》（私Ⅲ）。

【語注】**○窓下梅** 小侍従Ⅰ11・Ⅲ7のみの珍しい歌題（歌題索引）。**○まど** 八代集五例。後拾遺1015の他は、新古今四例。漢詩文的な新しい素材。「窓」は、実体を伴わない、著しく漢語的で異国風な歌語であり、この語が和歌の世界に入ってきたのは、おそらく漢詩句の影響によるとみてよい。詳しくは拙論「式子内親王歌の漢語的側面――「窓」「静（〜）」――」（『古今和歌集連環』（和泉書院））参照。**○夕風** 八代集に八例もあるが、初出は後拾遺511（羇旅、赤染衛門）、以下、千載772、新古今239、274、558、755、905、1885。だが、貫之450・③19貫之452に用例がある。参考、薦田純穂「『秋の夕風』考――『秋の夕暮』との関係において――」（『高知女子大国文』第17号、昭和56・10）。**○軒ばの梅** ①7千載24「はるの夜はのきばのむめをもる月のひかりもかをる心ちこそすれ」（春「題しらず」俊成）、①7千載29「風わたるのきばのむめに鶯のなきてこづたふ春のあけぼの」（春「題しらず」実家）、③115清輔19「みるたびに軒ばの梅のにほひこそやどのものともおぼえざりけれ」（春「梅」）、①8新古今52「ながめつるけふはむかしになりぬとも軒ばの梅はわれをわするな」（春、式子内親王）、③132壬二1010「うづもるる軒ばの梅やさきぬらん匂ひに冴ゆる雪の下かぜ」（二百首和歌「梅」）、②13玄玉469「我が宿の軒ばの梅をふく風は匂ひよりこそ先ちらしけれ」（第六、草樹歌上「題不知」有家）。　**○匂ひき**　八代集二例・後拾遺52（春上、公任）、新古今43（春上、俊頼）。共に「梅（が香）」を詠み込む。

【訳】月よ射し込めと、下ろしはしない窓にふく夕風にのって、軒端の梅の匂いやって来た事よ。〈窓の下にある梅〉

▽同じく「梅」→「窓下梅」の詠。「梅が香」→「梅は匂ひ」と、やはり梅は香。が、11は、月光よ射し入れと、閉じぬ窓を通ってくる風によって、梅は匂い来ると具体的に歌っている。②16夫木14919、第三十一、雑部十三、窓「百首歌」小侍従、初句「月させど」、末句「ほころびにけり」。「月させと」（新編国歌大観④）。

【類歌】③130月清407「うぐひすのこゑにほひくるまつかぜはのきばのむめにふかぬばかりぞ」（治承題百首「鶯」）…詞近似

③132壬二906「ふく風を軒ばの梅にいとふかなほかの匂ひはさそひやはこぬ」（百首、春二十首）

柳〔柳〕拂水

12　みくさをばみぎはの柳〔柳〕[1]枝たれてはらふひま[2]よりやどる月影

【校異】詞書、歌―ナシ（B、本、三、神、岡、私Ⅱ）。「丁」（文）。1柳―やなき（A）。2ひま―隙（私Ⅲ）。

【語注】○**柳拂水**　小侍従Ⅰ12・Ⅲ8のみの珍しい景物（歌題索引）。　**○みくさ**　万葉以来の景物。池の水草と思われる。「水草をば」は、「払ふ」にかかる。題の如く、「水」を払うとも考えられるが、水の中の水草を払うとした。④31正治初度百首353「なほざりにあるかなきかのかげみえてみくさにくもる山の井の月」（秋、御室）、④31正治初度百首1049「月をだにすませてしかなおく山のいはかきしみづみ草はらひて」（秋、経家）。　**○みぎは**　「見」の掛詞とも考えられるが、そうではなかろう。　**○みぎはの柳**　讃岐161・⑤197千五百番歌合255「はるのいけのみぎはのやなぎうちはへてなびくしづえにをしぞたつなる」（春、讃岐）により、「春の池の」汀か。　**○ひま**　或いは、時間又は時間的な絶え間とも考えられるが、そうではなく空間的なそれであろう。　**○やどる月影**　水草に宿るとしたが、水に宿る月影も考えられよう。拾遺1322「手に結ぶ水に宿れる月影のあるかなきかの世にこそありけれ」（哀傷、貫之）。

【訳】水草を、水際の柳が枝を垂れて、払うすき間を通って映し宿る月の光である事よ。〈柳が水を払う〉

▽「月」→「月影」。「窓下梅」→「柳払水」。場を家宅（「窓」「軒端」）から水辺へ、また時を「夕」から夜（「月影」）へもってくる。汀の柳が枝で、水にある水草を、風が吹いて払い、そのわずかなすき間の空間を通って、水草に月の光が宿ると、極めて繊細、微妙な一瞬をとらえた新趣向の、柳の詠である。一、二句みの頭韻。

閑中春雨

13　つれ〲とふる[1]春雨の日かずへてやむ世[2]もしら[3]ぬものおもふかな

【校異】詞書、歌―ナシ（B、本、三、神、岡、私Ⅱ）。「丁」（文）。1ふる―降（私Ⅲ）。2世―よ（私Ⅲ）。3しら―知（私Ⅲ）。

【語注】○閑中春雨　「新古64（行慶）為忠初67～74／小侍従Ⅰ13・Ⅲ9」（歌題索引）とまま見られる。新古今64「つく〲と春のながめのさびしきはしのぶにつたふ軒の玉水」（春上「閑中ノ春雨といふことを」大僧正行慶）。**○つれ〲**　「環境が変化に乏しく単調であることを表す。主観的状態としては、所在ない倦怠感や閑静な心境・孤独感を表す。中古の歌では、「つれづれのながめ」というように、長雨と関連して用いられている。」（小学館・古語大辞典)。④30久安百首807「ながめするみどりの空もかき曇りつれづれまさる春雨ぞ降る」(春二十首、顕広)。○世「夜」との掛詞か。

【訳】つれづれと降っている春雨は数日間続いて、いつ終るのか、分らない、そのように果てのないもの思いをばしみじみとする事であるよ。〈静かで寂しい生活・人生の中での春雨〉

▽「柳払水」→「閑中春雨」。12と同じく水の世界ではあるが、此歌は雨。要するに13は、長雨が幾日も降って止みそうもない、その如く果てしなく物思いを続けるという詠。⑤415伊勢物語3「起きもせず寝もせで夜をあかしては春の物とてながめ暮らしつ」(第二段、男)や①2後撰579「雨やまぬ軒の玉水数しらず恋しき事のまさる頃かな」(恋一「人につかはしける」兼盛)の世界である。

【参考】③74和泉式部続集222「つれづれとふれば涙の雨なるを春のものとや人のみるらん」(「春雨のふる日」。①7千載33、春)

④26堀河百首174「つくづくと詠めてぞふる春雨のをやまぬ空の軒の玉水」(春「春雨」肥後)

④26同176「磯上ふる春雨のつくづくと世のはかなさぞ思ひしらるる」(春「春雨」河内)

④30久安百首309「をやみせずふる春雨のこまごまと思ひしとけばはるるまもなし」(春二十首、顕輔)

澤[1]邊[2]駒

14　いば[3]へつゝ[4]澤邊にあるゝ春駒はなべてあしげとみゆる[5]成けり

【校異】詞書、歌―ナシ(B、本、三、神、岡、私Ⅱ)。「丁」(文)。1邊駒―辺駒《春歟》(私Ⅲ)。2駒―。《春》駒(A)、「春駒

図」（文）。3へ―え（私Ⅲ）。4澤―沢（A、国④）。澤邊―野沢（私Ⅲ）。5成―なり（A、私Ⅲ、国④）。

【語注】○澤邊駒　小侍従Ⅰ14・Ⅲ10のみの珍しい歌題（歌題索引）。○駒　平安時代以降は「馬」に対して雅語的な位置にあった。④32正治後度百首493「逢坂の関路になづむ駒のあしもいは《ママ》へてみゆるももしきの庭」（雑「公事」隆実）。○いばへ《ゆ》　八代集一例・後拾遺45（春上、静円）。④26堀河百首181「とりつなぐ人やなからん春ののにいばゆる駒のあしげなるかな」（春「春駒」顕季）、④28為忠家初度百首76「まこも草つのぐみにけりつのくにのさはべにこまのいばゆなるかな」（春「沢辺春駒」）、④28同81「春ごまのいばゆるこゑぞきこゆなるさはべのこももさかりなるらし」（春「沢辺春駒」）。源氏物語二例「馬どものいばゆるをとも、旅の宿りのあるやうなど人の語るをおぼしやられて、」（「総角」、新大系四―393頁）。○春駒　春は牧野に放ち飼いする。気性が荒く、荒々しく気力に満ちた馬として詠まれる。③119教長151「はるごまはともあしねをあさるとやなにはのみづのかげをみるらん」（春「江辺春駒」句題百首」）、⑤114後三条院四宮侍所歌合5「はるこまのたちもはなれぬさはべにはつのぐむあしのおひやらぬかな」（「春駒」さだかぬ）。○あしげ　八代集にないが、『古今集総索引』の「異本の歌（本文）」に、1121「まなづるのあしげのこまやながぬしのわがまへ行かばあゆみとゞまれ」がある。②1万葉3112/3098「驄馬之《アシゲムマノ》《（あをうまの）》」、3341/3327「大分青馬之《アシゲノウマノ》《あしげのうまの》　鳴立鶴《イバエタチツル》《いなきたてつる》」、3342/3328「大分青馬之《アシゲノウマノ》《あしげのうまの》　嘶音《ナクコヱモ》《いなくこゑ》」。枕草子「馬はいと黒きが、たゞいさゝか白き所などある。紫の紋つきたる。蘆毛。…」（新大系四七段・68頁）。「悪しげ」（見苦しいと感じられるさま）との掛詞。「沢」の縁語「芦」。沢辺のぬかるみで、足元の悪い意もあるか。

【訳】いななきながら、沢のあたりで暴れている春の馬は、すべて葦毛の馬であり、「悪しげ」（よくない感じ）と見える事だよ。〈沢のほとりの馬〉

▽「春」。「閑中春雨」→「沢辺駒」。「沢」という事で、水が共通するが、前歌13の、10同様の自己身辺の心情詠から春駒の具体詠へと転ずる。鳴きながら、元気よく沢辺に暴れまわっている駒は、すべて葦毛であり、かつまた乱暴で

良くないと見えるよと詠嘆している。視覚（「見ゆる」）。

【参考】①4後拾遺46「たちはなれさはべになるるはるごまはおのがかげをやともとみるらん」（春、源兼長。⑤60弘徽殿女御歌合7（「春駒」しげなり）、第二句「さはべに荒るる」）

⑤78六条斎院歌合16「なづくべきかたなきものははるごまのさはべにあるるけしきなりけり」（「春ごま」）

④26堀河百首190「わがせこが手馴れし駒も沢にあれて春のけ色はあしげなるかな」（春「春駒」肥後）

④28為忠家初度百首78「いばへたるこころあしげのはるごまはたちどのさはにとよもせずとか」（春「沢辺春駒」）

【類歌】④9長方47「春くれば雲に入りぬとみゆるかな沢辺にあるるつるぶちの駒」（春「春駒」）

⑤293和歌童蒙抄884「あれまさりあしげにみゆるはるこまはおのがかげにもおどろきやせむ」（病難例、藤保房

15

歸[1]鴈[2]

とも[3]づれに[4]こしそ[5]のかずもた[6]ら[7]ずしてなく〱いまやかへ[8]るかり[9]がね[10]

【校異】詞書、歌―ナシ（私Ⅲ）。「乙丙」（文）。1歸―帰る（国⑦）。2鴈―かり（B、三、岡、私Ⅱ）、厂（本、神）。3とも―とも《友》（三）。4に―て（A）。5そ―ち（三）、ち《そイ》（「三」（文））。6た―し（A）。7ら―え（私Ⅰ、私Ⅱ、文）。8かへ―歸（岡）。9かり―厂（本、神）。10がね―金（岡）。

【語注】○ともづれ　共連。八代集にない。④41御室五十首661「こしの海を友づれに行く雁金の波ぢの雲にきゆる明ぼの」（春十二首、禅性）。　○なく　「鳴・泣」の掛詞。　○なく〱　②15万代183「ゆくそらもなくなくかへるかりがねははなのみやこやたちうかるらん」（春「帰雁…」禖子内親王家式部）。　○かへるかり　④26堀河百首693「ふ

る郷はかへる雁とやながむらん天雲かくれいまぞなくなる」（秋「雁」顕季）。

【訳】伴を連れてやって来たその数も欠けてしまって、泣きながら、また鳴きながら今まさに（北へ）帰って行く雁である事よ。

【本歌】①1古今412「北へ行くかりぞなくなるつれてこしかずはたらでぞかへるべらなる」（羈旅「題しらず」よみ人しらず）

▽「澤邊駒」→「歸鴈」、「いばへ」→「なく」。有名な本歌と詞、内容ともほぼ変らず、そのままうつした感じの詠。が、「ともづれ」の語自体は珍しく、また本歌の「なる、べらなる」に比べて、15は断定的である。末句か音のリズム。15、16は春になって北へ帰る雁の詠。勅撰集においても、「帰雁」→「桜」の（時の）流れであり、甲類本もそうであるが、乙類本では異なっている。巻末の「歌一覧」参照。

遥見歸鴈

16 [1]ながむれば雲路[2]はるかとみゆる哉かすみがくれにかへるかりがね

【校異】詞書、歌—ナシ（B、本、三、神、岡、私Ⅱ）。「丁」（文）。「左大将家百首のうちか」（文）。1摘題（私Ⅲ）。2路—ち（A）。路はるかと—路はるかに《にいるかと摘》（私Ⅲ）。

【語注】**○遥見歸鴈** 小侍従Ⅰ16・Ⅲ11のみの珍しい歌題（歌題索引）。**○雲路**『歌ことばの泉』（天体・気象・地理・動植物）11頁参照。**○雲路はるか** 勅撰集では、①7千載159（夏、頼政）が初出。**○みゆる哉** ②2新撰万葉281「天之原《アマノハラ》 悠悠砥而巳《ハルバルトノミ》 見湯留鉋《ミユルカナ》 雲之幡手裳《クモノハタテモ》 色滋雁芸里《イロコカリケリ》」（下、夏歌二十二首）。**○かすみがくれ**「深山隠れ」など「…隠れ」は多いが、「霞隠れ」は八代集にない。万葉一例・②1万葉2109 2105「春去者《ハルサレバ》《はるされば》霞隠《カスミガクレテ》《かすみがくれて》不所見有師《ミエザリシ》《みえずありし》…」（第十、秋雑歌）。

【訳】はるかに眺望すると、雲路のはるか彼方と見える事よ、霞に隠れながら帰っていく雁がねをば。〈はるかに帰る雁を見る〉

▽「帰鴈」→「遥見帰鴈」。「かへるかりがね」（15の末句と同一）。前歌が本歌取りの、本歌とよく似た詠であったのに対して、これは平明な叙景歌。「雲路」の「雲」と下の「霞」が対をなす。三句切、倒置法、名詞止ではあるが、「見渡せば花も紅葉もなかりけり…」の如く、上句と下句とが独立したような連歌的詠。全体及び下句か音のリズム。視覚（「見ゆる」）。特に類似した和歌として、③132壬二13「詠むればくもるともなき春のよの月に霞みて帰る雁がね」（初心百首、春）がある。

【参考】①4後拾遺71「うすずみにかくたまづさとみゆるかなかすめるそらにかへるかりがね」（春「かへるかりをよめる」津守国基。③97国基17）
④26堀河百首693「ふる郷はかへる雁とやながむらん天雲かくれいまぞなくなる」（秋「雁」顕季）

【類歌】①8新古今1725 1723「おほよどの浦にかりほすみるめだに霞にたえて帰る雁金」（雑、定家）
⑤197千五百番歌合427「めづらしくつばめのきばにきなるればかすみがくれにかりかへるなり」（春、公継）
①13新後撰1224 1229「志賀のあまのつりする袖はみえわかでかすむ浪路に帰る雁金」（雑、津守国助）
①20新後拾遺69「白波の跡こそみえね天のはら霞のうらにかへるかりがね」（春「春の歌とて」土御門院）

喚子鳥何方[1]

17 [2]そまぎたつをの〻[3]ひゞきによぶこ鳥[4]いづれのみねとき〻ぞわかれぬ

【校異】詞書、歌―ナシ（B、本、三、神、岡、私Ⅱ）。「丁」（文）。1喚―呼（私Ⅲ）。2摘題（私Ⅲ）。3ひゞき―響（私Ⅲ）。4いづれのみねとき〻ぞわかれ―いつれの峯と聞そわかれ《おほめくほとをうしと思ふな摘》（私Ⅲ）。

【語注】○喚子鳥何方　小侍従Ⅰ17・Ⅲ12のみの珍しい歌題（歌題索引）。○そまぎ　八代集にない。が、『続国歌大観』（旧）の柿本集15229「白妙の杣木を干む」（『新編国歌大観』③1人丸161「白たへのそでまきほさん」）、④30久安百首755「巻向の檜ばらの杣木」（冬、実清）、他、山家集1249（雑）、⑤197千五百番歌合1963などに用例がある。③59千穎69「みねのうへにそまぎきりつむをののおとのほとほと人にうらみられぬる」（怨十首）。○をの〻ひゞき　③10興風42「なげきこるをののひびきのきこえぬは山のやまびこいづちいにしぞ」、⑤157中宮亮重家朝臣家歌合111「ふる雪にまきのそま山跡たえてをののひびきも今朝はきこえず」（「雪」心覚）、他、⑤391枕草子10「山とよむをのの響をたづぬれば…」（斎院（選子内親王））、④35宝治百首3589「杣人のをののひびきに山びこや…」（雑「杣山」高倉）など。○に　「の中に（に混じって）」の意も考えられる。○よぶこ鳥　「呼ぶ」掛詞。山彦の事かとも思われるが、そうではなかろう。古今六帖4463〜4470（第六帖、鳥）、堀河百首209〜224（春）、久安百首部類本224〜226（春）に各々題としてある。

【訳】杣木の樹木を切り裁つ斧の響きによって呼び交わす呼子鳥（の声がきこえ、それは一体）、どの峯から鳴いてくるのかと聞きわける事ができない事よ。〈呼子鳥（の声）はいづ方からか〉

▽鳥。「遥見帰雁」→「喚子鳥何方」。空から山へと舞台を移す。斧の音に呼ぶ呼子鳥の声はどこから聞こえてくるの

か分らないと、詞書の世界を歌う。聴覚（「響き、呼子鳥」）。

櫻[1]

18　[2]としふともちらで[3]櫻の[4]花な[5]らば[6]め[7]なれてかくやおし《を》まざらまし

【校異】詞書、歌―ナシ（私Ⅲ）。「乙丙丁」（文）。1櫻―桜（文、国④）、さくら（本、三、神、私Ⅱ）、「百首中丹」（文）。2としふとも―「をしめとも丹」（文）。3櫻―桜（文、国④）。4花な―はな、（B、私Ⅱ）。5ら―れ（B、本、三、神、岡、私Ⅱ）。6めなれて―「以下脱丹」（文）。7な―さorま（A）。

【語注】○櫻　「咲く」との掛詞。　○花ならば　①5′金葉三67「身にかへてをしむにとまる花ならばけふや我が身のかぎりならまし」（春、俊頼。①6詞花42）、⑤248和歌一字抄292「ふく風にちらで待つべき花ならばながめする日もあらましものを」（逐「逐日看花」三条大納言）。　○めなれ　八代集一例・後撰857（恋「返し」よみ人しらず）。⑤197千五百番歌合437「ありふれば人のこころもつらき世にめなれて花のちりぬるもよし」（春、小侍従＝346）。

【訳】何年たっても散る事なく咲く桜の花であったとしたら、いつも目馴れて、このように惜しむ事は決してなかった事であろう。

【本歌】⑤28内裏歌合天徳四年20「はなだにもちらでわかるる春ならばいとかく今日はをしまし《ざらましとも》やは」（「暮春」朝忠。①5′金葉三95。③26朝忠43「…物ならば今日はわりなくをしまざらまし」（「くるる春」））
①4後拾遺131「さくらばなあかぬあまりにおもふかなちらずはひとやをしまざらまし」（春下、堀川右大臣。③87入道右大臣59（「…さくらのうた」）。⑤69祐子内親王家歌合39（「桜」））

▽「喚子鳥何方」→「桜」（題）。鳥→花。つまり松のように何年たっても不変なのではなく、桜がちるから、こうして目馴れる事なく惜しむと歌ったもの。本歌の一首目の、三月尽を歌った、花も散り別れてゆく春だから、今日を惜しむ、二首目の、18と歌境の通う、桜花が散るから人は惜しむという事を飽かぬ余りに思うと歌った二つの本歌を取っている、西行を思わせる平明な詠。また業平の有名な古今53「世中にたえてさくらのなかりせば春の心はのどけからまし」（春、業平）と同様な反実仮想の歌でもある。さらに二首の本歌以外の詞は、初句「としふとも」と「めなれて」だけである。同じ小侍従に、前述の346がある。

【参考】②2新撰万葉267「散花之《チルハナノ》　俟云事緒《マテテフコトヲ》　知坐羽《シラマセバ》　春者《ハルハ》往鞆《ユクトモ》　不恋間事《ヲシマザラマシ》」（春）
③111顕輔82「さらざらばめなれやせまし山ざくらこころのはなもときはならねば」（「桜」）
①7千載92「さくら花うき身にかふるためしあらばいきてちるをばをしまざらまし」（春、通親）
⑤157中宮亮重家朝臣家歌合15「としを経てをしむにとまる花ならばいくへかいまはさきかさねまし」（「花」通能）

杣[1]人に山の花[2]を[3]たづぬといふ[4]ことを人々[5]よみしに

19　とへどこぬ[6]〔の〕しづ[7]を[8]はすぎぬ[9]我身にも[10]おはぬ櫻[11]の花はいさ[12]とて

【校異】1杣―そま（B、本、三、神、私Ⅱ）。「杣人―山人習」（文）。2をたづ―を急《本ノマヽ》（神）、を恵（岡）。をたづぬ―「ナシ三」（文）、尋と《うすい》（三）。3たづ―急（B）、急《本ノマヽ》（本）、尋（私Ⅱ）。4といふ…しに―ナシ（B、本、三、神、私Ⅱ）、「乙丙」（文）。5々―人（国④）、く（A）、々（文）。「乙丙丁」（文）。歌―小字（私Ⅱ）。「（一首分空白）」（私Ⅲ）。6こぬ〔の〕―「この諸本」（文）、この（A、B、本、三、神、岡、国④、私Ⅱ）、こぬ（私Ⅰ、文、国⑦）。7「しつ―脱習」

（文）。８は―ば（国⑦）。９我―我が（岡、国④）、わか（A、B、私Ⅱ）。10お―を（B、本、三、神、岡、私Ⅱ）。11櫻―桜（文、国④）。12さ―ざ（国⑦）、ま（B）。さとて―「かとか習」（文）。

【語注】**○杣人に山の花をたづぬ**　「尋杣人《そまひと》山花」…小侍従Ⅱ８のみの珍しい歌題（歌題索引）。　**○しづを**　八代集一例・千載848（恋、仲実）。万葉一例・②１万葉4085 4061「之津乎能登母波《シツヲノトモハ》《しつをのともは》」。が、「しづのを」は八代集三例・後拾遺1051（雑、義孝）、金葉68（春、経成）、新古今1837（雑、山田法師）。　**○おは**　実際に背負うと、身に相応しいとの両義をもつ。　**○花はいさ**　①１古今42「人はいさ心もしらずふるさとは花ぞ昔のかににほひける」（春、つらゆき）。④１式子11「花はいさそこはかとなく見渡せば…」（春）。

【訳】尋ねてはみたが、この〔来ない〕身分の卑しい男は過ぎて行ってしまった、わが身にも背負っていない、ふさわしからぬ桜の花はさあどうだか（分らない）といって。〈木樵に山の桜のありかを尋ね求めたという事を人々がよんだ時に〉

▽「桜の花」。18と同じく桜の歌ではあるが、前歌が、本歌、参考歌などの多い、概念的な心情詠であったのに対し、19は、身に相応しくもなく、負ってもいない桜の場所は分らないといって山賤は行ったと平易に歌う。「そのさまいやし、いはばたきぎおへる山びとの花のかげにやすめるがごとし」（古今集序）を思い起こさせる。二句切、倒置法。

②12月詣和歌集106、巻二、二月「樵夫尋花といふ心をよめる」小侍従、第一句「とへどこの」。19、20は、山の花に関する歌。

「古今集序を借りて来て詠んだ奇智が気がきいてゐて喝采を博したものと思はれる。」（『冨倉』275頁）

20　こよひもや花ゆ[1]へこゝにね山こるしづがまくらを又ならべてむ

【校異】詞書、歌—ナシ（B、本、三、神、岡、私Ⅱ、私Ⅲ）。1へ—ゑ（国④）。

【語注】○山路尋花　小侍従Ⅰ20・定家1830・良経951とある（歌題索引）。③133拾遺愚草1830「御吉野の春もいひなしのそらめかと分けいる岑ににほへしら雲」（院句題五十首）。**○や**　詠嘆か疑問か、どちらともとれる。一応疑問とした。**○ね山**　八代集一例・①8新古今477「衣うつねやまのいほのしばしばも…」（秋下、公経）。③106散木242「郭公おのがねやまのしひしばに…」（夏、五月「山中郭公」）、他、③131拾玉4272、④10寂蓮215、216など。「寝たる山なり」（顕昭・散木集注）。20は、「花」の縁語「根」を掛けるか。**○山**　掛詞。**○又**「しづ」と二つか、昨夜と同じく再びか。一応「二つ」とする。**○てむ**　強意＋意志。

【訳】今夜も花のせいで、ここに旅寝をする山であろうか、山で木を切る卑しい男の枕とわが枕を二つさあ並べる事にしよう。〈山道で花を尋ね求める〉

▽「花」「しづ」。「尋杣人山花」（小侍従Ⅱ8）→「山路尋花」。今夜もまた花を求めて旅寝をし、賤と共に寝ようという、前歌と同様、「しづ」が出てきて、山で花を尋ねる詠。①1古今95「いざけふは春の山辺にまじりなむくれなばなげの花のかげかは」（春、そせい）の趣の歌である。

【類歌】④31正治初度百首2018「ねやまこるしづがかりねに旅枕さてものどかに花をだに見ば」（春、小侍従＝253）

花

21　ちり[4]ぬべき花を思ふと明《(明け)》くれてはるは[1]うらみの[2]なげきをぞ[3]せぬ

【校異】詞書、歌―ナシ（B、本、三、神、岡、私Ⅱ）。「丁」（文）。1うらみ―恨（私Ⅲ）。2なげき―歎（私Ⅲ）。3せぬ―する（私Ⅲ）。4百首中／一四　をしめともちらてさくらの花ならは（下句欠）」（私Ⅲ）。

【語注】**○ちりぬべき花**　①2後撰84「ちりぬべき花の限はおしなべていづれともなくをしき春かな」（春「題しらず」よみ人も）、①3拾遺57「ちりぬべき花見る時はすがのねのながきはる日もみじかかりけり」（春、藤原清正。①3′拾遺抄39）。　**○花を思ふ**　⑤184老若五十首歌合40「鶯をさそひていづる春風も花をおもへばのこるうらみを」（春、宮内卿）。　**○明けくれ**　動詞は、八代集一例・金葉304（冬、国信）、また名詞も一例（新古今1674）。源氏物語「雲間なくて明け暮る、日数に添へて、京の方もいとゞおぼつかなく、」（「明石」、新大系二―52頁）。　**○うらみのなげき**　新編国歌大観①～⑩の索引には用例がなかった。③112堀河49「よをうらみ身をなげきつつあけくれてとしもこころもつきはてにけり」。行く春を嘆いたものとして、①2後撰144「花しあらば何かははるのをしからんくるともけふはなげかざらまし」（春下「やよひのつごもり」よみ人しらず）、他、千載128があり、行く春を恨んだものとして、①8新古今171「いそのかみふるのわさだをうちかへし恨みかねたる春の暮かな」（春下、俊成女）、③106散木186「みるままにうらみなかけそ鶯よ人のとどめぬ春ならなくに」（春、三月「やよひのつごもりにうぐひすのなくを聞きて」）がある。しかし、古今101「さく花は千種ながらにあだなれど誰かは春を怨はてたる」（春下、興風）や古今106「吹風をなきてうら見ようぐひすは我やは花に手だにふれたる」（春下、よみ人しらず）、古今112「ちる花をなにかうら見む世中にわが身もともにあらむものかは」（春下、よみ人しらず）の如く、春（古今101）、風（古今106）、花（古今112）のうらみとも考えられるが、21という位置や21の歌の内容から考えて、日々刻々過ぎ行く春のうらみと考えておく。

【訳】やがて必ず散ってしまうに違いない花を心にかけると日々を過ごして、春は（過ぎゆく春の）恨みという嘆きをばしない事よ。
▽「花」。「山路尋花」→「花」。散る筈の花を思って明け暮れ、春は「恨みの嘆き」をしないと歌ったもので、これも西行的詠。下句は様々な解釈が考えられる。

花の哥とて[1]人〻[2]よみしに

22 目かれせぬ木[3]ずゑの花に我[4]ごとくちらぬこゝろにならへとぞ思ふ

【校異】詞書、歌―ナシ（B、本、三、神、岡、私Ⅱ、私Ⅲ）。1とて―ナシ（A）。2〻―く（A）、々（文）、人（国④）。3木―こ（A）。4我―わか（A）、我が（国④）。
【語注】○目かれせぬ　③105六条修理大夫157「めかれせずながめてをらんさくらばなやましたかぜにちりもこそすれ」。
○ちらぬこゝろ　③125山家56「まつによりちらぬこころをやまざくらさきなば花のおもひしらなん」（春「待花忘他」）、②12月詣185「たぐひなき宿の桜にはるのうちはちらぬ心をかけてこそみれ」（三月「家桜勝他花…」行忠法師）。
【訳】目を離さずじっと見つめている梢の花・桜に、この私のように「ちらぬ心」（一心不乱な、変化せぬ心）に習って散るなと思う事よ。〈桜の歌として人々が歌をよんだ時に〉
▽「花」（詞書も）、「ちら《り》」「思ふ」。前歌同様な詠。一心不乱に注視する桜に、我心の如く不変な心に習えと思うと、これも西行に似た詠。自身のこの時の感慨を込めるか。

【参考】②4古今六帖723「思へども身をしわけねばめかれせぬ雪のとむるぞわがこころなる」（第一「ゆき」）。⑤415伊勢物語155（第八十五段（男））

【類歌】①11続古今112「めかれせぬやどのさくらのはなざかりわがこころさへちるかたぞなき」（春「…、静見花…」太上天皇）

①18新千載144「みれば又ちらぬ心を山ざくら花にもいかで思ひしらせむ」（春、長舜）

海[1]邊落[2]葉[3]

23　[4][5][10]ちる花を[6]ふき[7]あげのはまの風ならば[8]又も[9]木ずゑにかへりさかせよ

【校異】「夫木抄註に「百首歌」とある。左大将家百首のうちか。」（文）。「乙丙丁」（文）。1海―うみの（B、本、三、神、岡、私Ⅱ）。海邊―うみのほとりの（「習類」（文））。2落―散（本、神、岡）。落葉―ちる花（B、三、私Ⅱ、「習類」（文））。3葉―花（A、本、神、岡、私Ⅲ）。4本集／摘題（私Ⅲ）。5ちる花―散花《夫木四》（私Ⅲ）。6ふき―吹（A、B、本、三、神、岡、私Ⅱ、私Ⅲ）。7あげ―上（B、本、三、神、岡、私Ⅱ、私Ⅲ）。8又も―又も《なほ夫》（私Ⅲ）。9木ずゑ―梢（A、本、神、岡、私Ⅲ）。10次―19、15の歌・詞書（B、本、三、神、岡、私Ⅱ）。次―19の歌・詞書（私Ⅲ）。

【語注】**○海邊《（辺）》落葉**　「堀河45・広言57・実定138・俊恵641」（歌題索引）。「海辺落花　月詣204（季能）・205（長真）／小侍従Ⅰ23・Ⅲ15」（同）。③112堀河45「こころあらばあまもいかにかおもふらんもみぢちりしく松がうらしま」（「海のほとりのおつる葉」）。②12月詣204「高砂の尾上のさくら風ふけばはな咲きわたる浦のしらなみ」（三月「海辺落花といへるこころをよめる」季能）。　**○ふきあげ**　「吹き上げ」掛詞。八代集において、「吹上」（地名）は二例・古今272・

新古今647、「吹上浜」は三例・後拾遺504、新古今646、1609。風や浪が詠まれる。なお「ふきあげのはまの」は、①8新古今646「浦かぜにふきあげの浜のはま千鳥…」（冬、紀伊）、①8新古今1609 1607「…しるきかなふきあげの浜の秋のはつ風」（雑、祝部成仲）に見える。　**○かへりさか（く）**　八代集にない。新編国歌大観①〜⑩の索引では、この歌の他、⑨33浦のしほ貝804「かへり咲く花もありやと…」の用例のみ。

【訳】散りゆく花を吹き上げる、吹上の浜の風であるとすれば、再び花（びら）を（吹き上げ）梢に戻して咲かせる事をせよ。〈海辺の落葉〉

▽「ちる」「花」「梢」。「花」→「海邊落葉（「花」が正しいと思われる）」。梢の花から、舞台を歌枕の「吹上の浜」（紀伊）へもってきて、そこの風なら、散る花を再び梢に返して咲かせよと命令したものであり、これも西行を思わせる詠。第二句、字余り（「あ」）。②16夫木1420、春四、花「百首歌、海辺落花」、第四句「猶も木末に」。23、24は、散った花に思いを寄せている歌。

【参考】③9素性65「秋風のふきあげのはまのしらぎくははなのさけるかなみのよするか」＝古今272「…ふきあげに立てる…花かあらぬか…」（秋下、菅原朝臣）…詞

【類歌】④18後鳥羽院1717「をさめけんふるきにかへる風ならば花ちるとてもいとはざらまし」（同二年二月御会「春風」）

向花惜春

24 あはれとや暮行（行く）[1]春もしのぶらむ[2]花をふみてもおもふこゝろを

【校異】詞書、歌―ナシ（B、本、三、神、岡、私Ⅱ、私Ⅲ）。1行―ゆく（A）。2む―ん（A）。

【語注】○向花惜春　「歌題索引」にはこの題の項目はない（90頁）が、「対花惜春　小侍従Ⅰ24」（156頁）としてこの歌のみがあがっている。　○あはれとや　⑤157中宮亮重家朝臣家歌合18「年を経てつくす心をあはれとやにほひをそへてはなもさくらん」（「花」隆信）。　○暮行春　③96経信24「さもあらばあれくれゆくはるも雲の上にちる事しらぬはなしにほはば」＝①8新古今1463 1462（雑）。①5金葉二90 95「のこりなくくれゆくはるをしむとてこころをさへもつくしつるかな」（春、雅定）。④30久安百首1121「ちる花のかすみのうらになみよるを暮行く春のとまりとやみむ」（春二十首、上西門院兵衛）。　○しのぶらむ　「散りはててしまった花を思い慕う事であろう」ととるのは、やはり無理であろう。　○花をふみて　和漢朗詠集27「…　花を踏んでは同じく惜しむ少年の春」（上、春「春夜」白）、同127「朝には落花を踏んで相伴つて出づ　…」（上、春「落花」白）。　○おもふこゝろを　「春を思い惜しみ慕う心をば」のほうが、詞書・題よりして相応しいか。

【訳】ああ切なく愛《いと》しいと、暮れて行く春もさぞ心を察し、しのんでくれる事であろう、花を踏む、そんな状態になっても花を思い慕う心をば。〈花に向い対して春を惜しむ〉

▽「花」。「海辺落花」↓「向花惜春」。落花で花を踏むようになっても、（花（春）を）思慕するわが心を〝あはれ〟と暮れ行く春も思いしのんでくれるだろうと推量した、第三、五句にやや解釈の揺れが認められるものの、これも西行的詠。三句切、倒置法。

【参考】④30久安百首219「ちる華にをしむ心は尽してき暮行く春は人にまかせむ」（春二十首、教長）

藤花年久

25　いく千代の春かさね[1]ぬる藤の花松はかぎれるためし思ひて

【校異】詞書、歌―ナシ（B、本、三、神、岡、私Ⅱ、私Ⅲ）。1ね―き（A）。

【語注】○藤花年久　詞花282（師頼）／小侍従Ⅰ25のみの珍しい歌題（歌題索引）。詞花282「春日山北の藤なみさきしよりさかゆべしとはかねてしりにき」（雑上、師頼）。　○春かさね　定家に、①8新古今91「しら雲の春はかさねて立田山をぐらのみねに花にほふらし」（春上）がある。　○藤　古今六帖4236、堀河百首273～288、久安百首〈部〉253～262など歌題に多い。藤原氏の藤でもある。　○藤の花松　③12躬恒177「むらさきのいろしこければふぢの花まつのみどりもうつろひにけり」＝①3拾遺1070（雑春、読人しらず）、①3拾遺83「夏にこそさきかかりけれふぢの花松にとのみも思ひけるかな」（夏、しげゆき。3′拾遺抄401。③35重之240（春廿））、①4後拾遺457「ちとせへんきみがかざせるふぢのはな松にかかれる心地こそすれ」（賀、良暹）、③22頼基14「ふぢのはなまつのみならずくれぬべきはるのすゑにもさきかかりけり」、③28元真19「春ふかみさきてにほへる藤のはなまつぞちとせのやどりなりける」（「松に藤かかりたるところ」）、③70嘉言124「いへづとにをりはかはらじ藤の花まつに千とせをかけてこそみめ」（「五六人、ふぢのはなをみる」）と数多い古歌がある。　○松はかぎれるためし　拾遺24「千とせまで限れる松も今日よりは君に引かれて万代や経む」（春、能宣）による。

【訳】幾八千代、万の春を積み重ねた藤の花である事よ、松は限りとなった過去の例を思って（比べてみると）。〈藤は長年にわたって花を咲かせるのが幾久しい〉

▽「春」「花」「思ふ《ひ》」。「向花惜春」→「藤花年久」、桜→「藤」「松」。幾千代の春を重ねて咲く藤に対して、常盤・

永久の松というが、古歌（拾遺24）の如く、千歳まで限られているという事と思い比べ知られると、松以上の藤（藤原氏もか）の永遠性が謳歌されている。詞書の、藤の花の「年久」が、古歌群の伝統にそって歌われている。25は、春も遅くになってから咲く藤の花の詠であり、これで一連の花に関する歌が終わる。

【参考】③28元真86「師ともに千世はさきなむ藤の花まつにかからぬ春しなければ」（「左、藤」）
③71高遠340「春もすぎ夏くれぬともふぢのはなまつにかかりてちよもへぬべし」（四月）
③84定頼33「はるひ山わかねにさけるふぢの花松にかけてやちよをいのらむ」

【類歌】⑤197千五百番歌合38「いく千代のためしまでとか年ごとにねのびの松をひきかさぬらむ」（春、通光）
④22草庵1422「いく千世の春をかけてか契るらん北野の松にきたの藤なみ」（「…、祝」）
④35宝治百首756「君が代のちとせの春の藤の花松にとのみぞさきかかりける」（春「松上藤」俊成女）

海路暮春

26　[1]けふくる丶春にむやひのふねならば[2]をなじとまりはうれしからまし

【校異】詞書―ナシ（B、本、三、神、岡、私Ⅱ、私Ⅲ）。歌―ナシ（B、本、三、神、岡、私Ⅱ）。「丁」（文）。1けふ…らば―「(上句欠)」（私Ⅲ）。2を―お（A、私Ⅲ、国④）。

【語注】**○海路暮春**　「右京大夫41・俊恵187・小侍従Ⅰ26・親宗22」（歌題索引）。③116林葉187「ともにこそ舟出はしつれくるる春などやとまりをよそに過ぎぬる」（春「海路暮春といふ事を」）。**○上句**　①8新古今169「くれて行く春のみなとはしらねども霞におつる宇治のしばぶね」（春下、寂蓮）。**○むやひ**《（ふ）》　掛詞的、両義あり。「もやひ」ともいう。八代集にない（「もやひ《（ふ）》」も）。③106散木1002「むやひするがまのほなはのたえばこそ…」（恋上「思」）。⑤175六百番歌合1142「なみのうへにくだすをぶねのむやひして…」（「寄遊女恋」中宮権大夫）。山家集1577「…友舟はむやひつつこそよをあかしけれ」（下、雑「雪十首」）。あと④2守覚70、平家物語、八、水島合戦「中にむやゐを入れ、あゆみの板をひきわたし」（新大系下―92頁）、②16夫木2984（西行）など。　**○をなじとまり**　きのうと同じ泊りか。また春と同じ泊りか。　**○とまり**　①1古今311「年ごとにもみぢばながす竜田河みなとや秋のとまりなるらむ」（秋下、つらゆき）。①7千載122「花はねに鳥はふるすにかへるなり春のとまりをしる人ぞなき」（春下、崇徳院）。

【訳】今日暮れて行く春をばつなぎとめる、そういったつなぎ船であるとしたら、その船の泊る港と同じ船着場は、（春もきっと泊っているから）さぞうれしい事であろうのに…。〈舟の航路に暮れる春〉

▽「春」。「藤花年久」→「海路暮春」。藤花から海へ舞台を移し、暮れ行く春をとめる、つなぎの船なら、同じ泊りはうれしいのに、実際はその春をつなぎとめる船ではないから、同じ泊りであっても少しもうれしくはないと歌った反実仮想の詠。26、27は、春の終りの三月末日の歌であり、この二首で春の部をしめくくる。

【参考】①2後撰1424 1425「なき人のともにし帰る年ならばくれゆくけふはうれしからまし」（哀傷、兼輔）…詞

三月盡

27　身[1]につもる年の暮にもまさりけりけふばかりなる春のな[2]さ[3]けは

【校異】詞書、歌―ナシ（私Ⅲ）。「乙丙」（文）。1新拾遺（三、岡）。2なさけ―なけき《おしさは集》（三）、なけき《をしさは集》（岡）。3さけ―けき（B、本、神、私Ⅱ）、「乙丙」（文））。

【語注】○身につもる年（の）　④30久安百首1161「身につもるとしのかずをばしらずして花みん春をまづいそぐかな」（冬十首、上西門院兵衛）、⑤197千五百番歌合2046「身につもるとしとおもへばをしけれどはるをばえこそいとふまじけれ」（冬、公継）。「年」掛詞か。　○身につもる年の暮　③129長秋詠藻479「身につもるとしの暮こそ哀なれ苔の袖をも忘れざりけり」。　○年の暮　八代集では、金葉301、新古今693、696、697、701のみ。　○春のなさけ　八代集にない。春心、春情、つまり春の情趣、風情。また春のもの思い、春愁もこれに含まれよう。勅撰集では、17風雅295 285「花ののちも春のなさけはのこりけりありあけかすむしののめの空」（春下「春の歌の中に」藤原教兼）のみ。「春の心」は、漢語「春心」に当るとされており、ここもそれか。⑤174若宮社歌合建久二年三月5「山里のはるのなさけやこれならん霞にしづむ鶯のこゑ」（「山居聞鶯」季経）。

【訳】我身に重なり積ってゆく年の暮の心惜しさに比べてもまさっている事であるよ、今日で最後となる三月尽の、春との別れの惜しさは。

▽「くるる《暮》」「けふ」「春」。「海路暮春」→「三月尽」。春の終わり、今日を最後とする暮春の情趣は、（「あはれ」であり、「苔の袖をも忘れ」ないといった――以上、【語注】の長秋詠藻479による）身に積り重なった歳末以上だと歌ったもの。三句切、倒置法。①19新拾遺1558、十八、雑上「暮春の心を」小侍従、末句「春のをしさは」。⑤376宝物集215、末句「春のをしさは」。それなら、三月尽の惜春の情は、自分に一つまた年齢を加える歳末以上だという事になる。「この歌は彼女の出家後の歌と考へていゝ。さり行く春の惜しさを、去り行く年の惜しさにも増してといつてゐるところは、当時としては珍らしい発想である。」（『冨倉』276頁）

【参考】①4後拾遺375「としつもる人こそいとどをしまるれけふばかりなるあきのゆふぐれ」（秋、源兼長。①9新勅撰1375）…詞

【類歌】④31正治初度百首1023「をしめどもけふばかりなる春なればくもるもくるる心ちこそすれ」（春、経家）

28　夏[1][2]　衣[3]が[4]へ

を[5]しみこし花[6]の[7]たもとはそれながらうき身[8]を[9]かふる今[10]とならばや

【校異】1夏―ナシ（A）。2夏（この位置―B）。詞書、歌―ナシ（私Ⅲ）。「乙丙」（文）。3衣―ころも（三、岡、私Ⅱ）。4が―か（国④）。5を―お（本、三、神、岡）。をしみ―惜（A）。6花―花春イ（三）。7たもと―袂（神、岡）。8を―に（私Ⅱ、「習」（文））、みし本（B、岡）、「みし乙」（文）、し（本、三、神、「類」（文））。9かふる―「したふ習」（文）。10今―今日（A、「書三神」（文））、けふ（B、本、三、神、岡、私Ⅱ、国④、「習類」（文））。

【語注】**○をしみこ**　八代集一例・後拾遺488（別、源兼澄）。**○花**　掛詞（花・桜と「花の袂」）。**○花の袂は**　⑤197千五百番歌合624「けふよりは春をば夏にたちかへて花のたもとはせみのは衣」（夏、良平）。**○それながら**　式子53「新古それながら昔にもあらぬ月影に…」（秋）。**○うき身をかふる**　③112堀河12「なにとかはいそぎもたたんなつごろもうき身をかふるけふにしあらねば」（「ころもがへ」。①14玉葉1916 1908）。

【訳】今まで春に惜しんできた桜、そのような花やかな春の袂はそのままで、わが「憂き身」を変えてしまう更衣《ころもがえ》の今になりたいものだよ。〈更衣〉

【本歌】④26堀河百首330「色色の花のたもとをぬぎかへて夏の衣にけふぞなりぬる」（夏「更衣」顕仲）

▽「けふ」。「春」→「花」。惜しんだ花の袂は変らず、衣更えで、憂身を変える今となってほしいと歌う。本歌（や他の歌にみられる、歌うべき型としての普通一般）の詠法である、花の衣・袂を脱ぎ替え、夏衣に今日はなるとは異な

って、袂は変えず、憂身は…と、衣の中身・我身を変えると歌っているのである。28、29と、「うき身」（6既出）、「身の憂」と、我身を憂ととらえる歌が並ぶ。②13玄玉384、時節歌上、小侍従、末句「今日とならばや」。

【参考】④26堀河百首321「けふよりは心さへこそすずしけれうすきにかふる花の袂は」（夏「更衣」公実）
④26同332「山ぶきの花のたもとをぬぎかへて蝉のは衣けふぞきるめる」（夏「更衣」永縁）
④26同333「春とても花の袂にあらぬ身は衣かへうきことのなきかな」（夏「更衣」隆源）

【類歌】⑫12月詣292「あかざりし花の袂はけふぬぎぬうき身ぞかふる時なかりける」（四月「更衣を…」定家）
③131拾玉4297「はなの色ををしむこころはそれながらかへてうれしき夏衣かな」（「更衣」）
④14金槐133「をしみこしはなのたもともぬぎかへつ人の心ぞ夏には有りける」（夏「更衣をよめる」）
⑤230百首歌合建長八年765「をしみこし花のにほひはよそながら今日ぬぎかへぬ墨染の袖」（入道大納言）

[1]夘〔卯〕[2]花

29　ふり[3]つもる雪をわけこし跡よりは身のうの花は[4]おりもしらねば

【校異】詞書、歌―ナシ（私Ⅲ）。「乙丙」（文）。1夘―うの（本、神、私Ⅱ）。夘花―うのはな（三、岡）。2花―の花（A）、のはな（B）。3ふり―ふり《ママ》（私Ⅰ）。ふり…りは―ⓐいたづらにⓑさきてやⓒちらむⓓ山がⓔつの（国④による。A、B、本、三、神、岡、私Ⅱ、文―これが正しい。「ふり…りは」は、次歌・30の上句）→ⓐいたづら―徒（岡）。ⓑさき―咲（三、神、岡）。ⓒちら―散（神）。ⓓむ―ん（A、B、本、三、神、私Ⅱ、文）。ⓔがつ―賤（本、神）。4お―を（B、岡、私Ⅱ、国④）。

【語注】○いたづらにさきてやちらむ　②1万葉231「高円之《タカマトノ》《たかまとの》野《ノ》《の》辺秋芽子《ヘノアキハギ》《へのあきはぎ》徒《イタヅラニ》《いたづらに》開香《サキカ》《さきか》将散《チルラム》《ちるらむ》見人無尓《ミルヒトナシニ》《みるひとなしに》」（短歌二首）。③29順78「かずならぬみのうのはなのさきみだれものをぞおもふなつのゆふぐれ」、③108基俊15「今はよにふる里人も尋ねこじみのうの花を垣にしたれば」（「卯花の牆」）。○身のうの花　○うの花　「憂《う》」との掛詞。○をり　「時めく時」というような意味あいか。

【訳】〔かいもなく咲いて散ってしまうのであろうか、「山がつ」のような〕わが憂き身の如き卯の花は、時というものを知らないから。

▽「花」。「うき身」→「身のう」。「山がつ」を我身によそえて、「山がつ」の如く世から外れ、疎んじられた我が身は、然るべき時節を洞察する眼をもっていないから、世間の人に知られる事なく、ひっそりと空しく「卯花」の如く咲いて散る、つまり生きて死んでゆくのかと慨嘆したもの。第三、四句ののリズム。二句切、倒置法。世に受け入れられず、疎外感に満ちた我身を「卯花」を通して歌う、前歌・28につながる詠。

【参考】①3拾遺93「山がつのかきねにさける卯の花はたが白妙の衣かけしぞ」（夏、よみ人しらず）
④26堀河百首351「山がつのかきねをぞとふ卯の花の折りにとのみもちぎらざりしを」（夏「卯花」紀伊）
④30久安百首722「山がつのさらせる布は卯の花のちらぬかぎりの物にぞ有りける」（夏十首、実清）

【類歌】①19新拾遺169「いたづらにさきてちりぬる桜花むかしの春のしるしなりけり」（春、具平親王）

夘〔卯〕花失路[1]

30 [2][3]ふりつもる雪を分〔分け〕こし跡よりは夘〔卯〕花山のみちをたどれる[4]

【校異】詞書、歌―ナシ（B、本、三、神、岡、私Ⅱ）。「丁」（文）。1失―失夾摘（私Ⅲ）。2摘題（私Ⅲ）。3ふり―降（私Ⅲ）。4る―り（私Ⅲ）。

【語注】**○卯花失路**　小侍従Ⅰ30・Ⅲ17のみの珍しい歌題（歌題索引）。**○卯花山**　八代集にない。『守覚全歌注釈』31参照。万葉集二例・万葉1967 1963「かくばかり雨の降らくにほととぎす卯の花山になほか鳴くらむ」（巻第十、夏雑歌）、4032 4008「…見わたせば　卯の花山の　ほととぎす　音のみし泣かゆ　…」（巻第十七、「右は、大伴宿禰池主が報へ贈りて和ふる歌。五月の二日」）。「源頼政あたりが『万葉集』から開拓した語か。」（歌ことば大辞典）とされ、守覚、小侍従のこの当時、流行した表現であろう。⑤183三百六十番歌合156「わすれてはゆきと月とにまがへけりうのはなやまのあけぼののそら」（夏、覚盛）、①17風雅309 299「朝まだき卯花やまをみわたせば空はくもらでつもる白雪」（夏「…、卯花を」経房）。他に、③117頼政111、③130月清1059、1072、④31正治初度百首329、1225、1526、2025、41御室五十首114、363、⑤183三百六十番歌合156、197千五百番歌合639など。**○たどれる**　「る」完了、連体形止（…事よ）。または存在・継続「今たどっている事よ」か。

【訳】降りつもっている雪（＝散った卯花）を分けてやってきた足跡から先は、卯花山の路をたどり行った事だよ。

〈卯花によって路を消され失う〉

▽「卯花」「山」。「卯花」→「卯花失路」。積った雪を分けた足跡から先は、卯花山の、卯花で埋もれて分らなくなった道をたどった事だと歌う。道をたどり求め行ったと解したが、あるいは、ひき返す意か。例によって卯花を雪に見立てた詠であるが、30の場合「卯花山」という詞が新しい。しかし、この語の用例をみると、この時代流行した詞である事が知られる。また前歌のような憂き我が身の疎外感といったものは、この歌にはない。

【類歌】③131拾玉16「降りつもる雪とや見ましうの花を山時鳥きなかざりせば」（百首和歌「郭公」）

蔡[1]

31 いかなれば[2]その神山[3]のあふひ草[4]とし[5]はふれども二[6]葉なる[7]らむ[8]

【校異】詞書、歌―ナシ（私Ⅲ）。「乙丙」（文）。1蔡―葵（A、私Ⅰ、文、国④）、あふひ（B、本、三、神、岡、私Ⅱ）。2新古（三、岡）。3神―かみ（本、三、神、岡、私Ⅱ）。4草―くさ（本、神、岡）。5とし―年（本、神、岡、私Ⅱ）。6二―ふた（神、岡、私Ⅱ）。7なる―成（本、神、岡）。8む―ん（A、B、本、三、神、岡、私Ⅱ）。

【語注】**○いかなれば**　下句にかかる。　**○その神山**　八代集三例・後拾遺183（夏、美作）、新古今183（この歌）、1486「ほとゝぎすそのかみ山の旅枕ほのかたらひし空ぞ忘れぬ」（雑上「いつき…」式子）のみ。「神山」も四例・後拾遺169（夏、好忠）、金葉102（夏、実行）、【参考】の千載147（夏、式子）、232（秋上、重政）のみ。「そのかみ」と「神山」とを掛ける。③131拾玉522「宮居せしむかしにかかる心かなそのかみ山のあふひならねど」（御裳濯百首、夏十首）。**○その神山のあふひ草**　④38文保百首2819「ちはやぶる神のみ山のあふひ草そのかみよりやかざし初めけん」（夏十五首、雲雅）。　**○あふひ草**　八代集三例・千載146（夏、基俊）、147、新古今183。が、「あふひ」は後撰161を初出として多い。④27永久百首133「年をへてけふかざしくるあふひ草神にたのみをかくるしるしか」（夏「賀茂祭」大進）。三句以下ふ音のリズム。

【訳】どういう理由によって、その昔の神山（賀茂山）の葵草は、長い歳月がたってしまっても二葉なのであろうか。

▽「山の」。「卯花失路」→「葵」（詞書）、「卯花山」→「神山」に舞台を移し、どうして神山の葵は月日がたっても二葉なのかと、「そのかみ」「年は経」という時間的なものと、「葵草」「二葉」という植物的なそれを組み合せる事によって、「祭神（別雷神）の永遠の若さを祝」（新大系・新古今183）っているのである。①8新古今183、巻三、夏「あ

ふひをよめる」小侍従〈有定隆雅〉。②10続詞花〈治承元・1177年〉105、三、夏「あふひをよみ侍りける」大宮小侍従。②13玄玉619、草樹歌上「葵の歌とてよめる」小侍従。⑤183三百六十番歌合154、夏、小侍従。なお、この歌の前の新古今歌は、式子の新古182「わすれめや葵を草にひき結びかりねの野べの露のあけぼの」（夏）である。伝統的な理知に富んだ歌。「葵の歌。…神がしばしば童形で化現することへの連想もある。」（古典集成・新古今183）とされる。「どこまでも言葉の面白さにとらはれた歌である。「そのかみ山」と「二葉葵」の言葉の二義が互に交錯するところに興味をもつたのである。しかし葵祭が年中行事中第一の見物であつた当時としては、評判にもなつた歌であつたら
う。」（『冨倉』264頁）

【参考】③98顕綱4「おもひきやそのかみやまのあふひぐさかけてもよそにならんものとは」式子・千載147「神山のふもとになれしあふひ草ひきわかれても年ぞへにける」（夏）　ぞ　は　④1式子303

【類歌】④12讃岐27「たのみこしその神山のあふひぐさおもへばかけぬとしのなきかな」（「としごとにあふひをかく」）

女与待郭公[1]

32　めづらしきいもにあふよ[2]はほとゝぎすわくかたもなくまたれぬる哉[3]

【校異】詞書、歌―ナシ（B、本、三、神、岡、私Ⅱ）。「丁」（文）。1郭公―時鳥（A）。2よ―夜（A）。3哉―かな（国④）。

【語注】○女与待郭公　小侍従Ⅰ32・Ⅲ18のみの珍しい歌題（歌題索引）。○いも　③1人丸94「いもにあふと君またまつと久方の天のかはらに年ぞへにける」（下）の如く、七夕・織姫の事か。○ほとゝぎす　④39延文百首122

「しのび音はふけてやきくと時鳥いもねぬよはをかさねてぞまつ」（夏「郭公」進子内親王）。**〇ほと〻ぎすわく** ④29為忠家後度百首169「まつことはおとらじものをほとゝぎすわきていかなるやどになくらん」（郭公「人伝郭公」）。**〇わく** 「判断する」か。 **〇わくかたもなく** 他の心を散らす事なく、専念するさま。余念がない。一途に。定家166「君といへばおつる涙にくらされて恋しつらしとわくかたもなし」（二見浦百首、恋十首）。 **〇またれ** 「れ」は自発。

【訳】めったと会えないこの上ない恋人に会える夜は、時鳥がむやみやたらととにかく、自然と待たれる事よ。〈女と共に時鳥を待つ〉

▽「あふ」。「葵」→「女与待郭公」。「時鳥その神山の旅枕…」（31参照。新古1486、雑、式子）で時鳥の詠となる。【語注】で指摘したように、「妹」が織姫で、年に一度という、ほとんど会えぬ恋人に会う夜は…ともとれるが、やはり無理であろう。「珍しき妹」に会う夜は、夏の夜を最高に味わいたいため、女に待ちかねた如く、むやみに時鳥が待たれると、恋歌仕立てで歌っている。

【参考】①1古今359「めづらしきこゑならなくに郭公ここらの年をあかずもあるかな」（賀「夏」）

【類歌】④32正治後度百首719「待つほどはわくかたなきを時鳥たれ一こゑをききまがふらん」（「郭公」季保）

暁[1]郭[2]公

33 夜[3]もすがらまたれ〳〵てほと〻ぎす聲[4]ほの〴〵[5]に[6]なきわたる[7]な[8]り

【校異】詞書、歌―ナシ（私Ⅲ）。「乙丙」（文）。1暁―暁の（本、神、岡）、あか月の（B、三、私Ⅱ）、あかつきの

（A）。2郭公—時鳥（A）。3夜—よ（B、三、岡）。4聲—声（本、神、国④）。5に—に《とイ》（三。「と」—「を」か）、と（神、「習類」（文））。6なき—鳴（本、神）。7なり—哉（A、私Ⅱ、「乙丙」（文））、かな（B、本、三、神、岡、国⑦）。8り—る（私Ⅰ、文）。

【語注】**○夜もすがらまた…ほとゝぎす**　①4後拾遺194「よもすがらまちつるものをほととぎすまただに《とも（賀）》なかですぎぬなるかな」（夏、赤染衛門。⑤56賀陽院水閣歌合12（「郭公」）。⑤354栄花物語397）、⑤29内裏歌合応和二年1「よもすがらまつかひありてほととぎすあやめのくさにいまもなかなん」（博雅）、⑤29同15「よもすがらまちあかしつるほととぎすいつかはこゑをきくべかるらむ」（紀文利）、⑤124左兵衛佐師時家歌合5「よもすがらまたずはいかがほととぎすあけゆくそらのこゑをきかまし」（「暁聞郭公」権守むねみつ）、⑤165治承三十六人歌合41「夜もすがら待つをばしらで子規いかなる《づれの（続）》山のかひに鳴くらん」（時鳥、成範。②10続詞花108）。**○またれ**　「れ」自発（自然と待ちに待って）か、受身（待たれに待たれて）か。**○ほのぐに**　掛詞、夜明けの薄明るいさまを掛ける。**○なり**　いわゆる伝聞か。聴覚によって推定する表現、耳から聞いた認識をまじえて表現する語、伝聞推定という術語はよくない、とされる。

【訳】一晩中、待ちに待たれて時鳥（は）、声がほのかに、夜明けのほのぼのとした中に鳴き渡っていくようだ。〈暁になく郭公〉

【本歌】⑤53後十五番歌合13「夏の夜をまたれまたれてほととぎすただ一声も鳴渡るかな」（嘉言）

▽「待たれ」「郭公（第三句）」。同じく「女与待郭公」→「暁郭公」詠へ。夜中じゅう待たれて、夜が明けようとする頃、ようやく時鳥の声がほんのりと空を鳴いて行くと、本歌とほぼ同世界を歌う。左記のおびただしい【参考】歌、【類歌】をみても分るように、よく似た歌がかなり多い。その事はつまり旧来の伝統に則って歌い出している事を意味する。第三、四句ほ音のリズム。聴覚（「声（ほのぼのに）鳴き渡るなり」）。

【参考】①3拾遺100「髣髴《ほのか》にぞ鳴渡るなる郭公み山をいづるけさのはつ声」（夏、坂上望城。①5′金葉三117）

⑤120郁芳門院根合7「ひとこゑをまたれまたれていくよといふに今夜なくらむ」（大弐）
⑤121高陽院七番歌合15「さみだれのはれぬそらにもほととぎすこゑはさやかになきわたるなり」（「郭公」中納言君）
⑤147永縁奈良房歌合25「夜もすがらまつにはなかでほととぎすあしたのはらにひとこゑぞきく」（「郭公」香雲房）
③116林葉223「これや此またれまたれてほととぎす心ゆかしのさよの一こゑ」（「右大臣家百首の時鳥五首」）
③119教長225「よもすがらまつにはなかでほととぎすおもひのほかのけさのひとこゑ」（「…郭公…」）
【類歌】④37嘉元百首818「夜もすがら待ちしのばれて郭公あさけの空に今ぞなくなる」（夏「郭公」実泰）
④39延文百首1423「なべて世にまたれまたれて時鳥たがためとなきいまのひとこゑ」（夏十五首「郭公」通相）
④41御室五十首617「夜もすがら待つに音せぬ郭公今朝なほざりにほのめかすなり」（夏七首、顕昭）

早苗[1]

34　さ[2]なへとる山[3]田[4]のぬしぞお[5]ひ[6]〔い〕けるこむ[7]穐[8]までのい[9]のちいかにぞ

【校異】詞書、歌―ナシ（私Ⅲ）。「乙丙」（文）。1早苗―さなへ（A、B、三、私Ⅱ）。2さなへ―早苗（本、三、神）。3山田―やまた（岡）。4田―た（本、三、神）。5おひ―老（三）。6ひ―い（B、岡、私Ⅱ、国④）、ナシ（本、神）。7む―ん（B、本、三、神、岡、私Ⅱ）。8穐―秋（A、本、三、神、岡、私Ⅱ、文、国④）、秌（B）。9いのち―命（本、神、岡）。

【語注】○さなへとる山田の　③96経信58「さなへとるやまだのかけひもりにけり…」（「山畦早苗」）。①8新古今225（夏）。　**○上句**　④26堀河百首411「…けふ過ぎば山田のさなへおいもこそすれ」（夏「早苗」基俊）、④26同415「おくれじと山田のさなへとる田子の…」（夏「同」紀伊）。**○おひ**〔い〕「生ひ」をにおわせる。**○おひ**〔い〕**にける**　①5金葉531 566「ますらをはやまだのいほにおいにけりいまいくちよ（秋）〔流布本本文〕にあはむとすらん」（雑「田家老翁…」基長）、④26堀河百首414「田子のとるさなへをみればおいにけりもろ手にいそげむろのはやわせ」（夏「早苗」肥後）。**○末句**　い音のリズム。

【訳】早苗を取る山田の主《あるじ》がすっかり老いはててしまった事よ、次の秋までの命はどうなのか、一体もつのであろうか。

▽「暁郭公」→「早苗」。早苗を取っている山田の主は年を取っているから、今度の秋まで命がもつのかと歌ったもので、【参考】の④30久安百首1128の、山田の早苗が秋まで生き永らえるか分らない命だといったものを、人間の老いた「山田の主」におきかえて歌っている。三句切。

【参考】④30久安百首1128「とりどりに山田の早苗いそぐなり穂に出でむ秋もしらぬ命に」（夏十首、上西門院兵衛）

花橘[1]

35　軒ちかきはな[2]橘[3]はいにしへをしのぶ[4]の草の妻とこそみれ[5]

【校異】詞書、歌―ナシ（私Ⅲ）。「乙丙」（文）。1橘―たちはな（本、三、神、岡、私Ⅱ）。2はな―花（本、神）。3橘―たち花（三、岡）、たちはな（本、神、私Ⅱ）。4しの―忍（本、神、岡）。5みれ―「な（ママ）（し）れ習」（文）。

【語注】**○いにしへをしのぶ**　③131拾玉4307「いにしへをしのぶみぎりの諸人の袖よりつたふたちばなのかぜ」（「盧橘」）、③131同4308「いにしへをしのぶみぎりの橘はにほひぞ露も袖に夕かぜ」（「盧橘」）。**○しのぶ**　掛詞「偲ぶ」と

「忍草」。　**○妻**　「軒」の縁語「端《つま》」を掛ける。

【訳】軒端近くの花橘は、昔を思い慕いしのぶ、忍草の伴侶としてみる事よ。

▽「早苗」（題）→「花橘」（題）、「忍（の草）」、「山田」→「軒」。住居近く植えられて、軒近く匂う花橘は、懐旧の軒の忍草の〝妻〟とみると、萩が鹿の妻の如く、花橘は忍草の妻だと歌う。その大もとに古今139「さつきまつ花橘のかをかげば昔の人の袖の香ぞする」（夏、読人しらず。「文」が指摘）があるのはいうまでもない。②13玄玉629、第六、草樹歌上、小侍従。

【参考】⑤48花山院歌合6「やどちかくはなたちばなはいまはうゑじむかしをこふるつまとなりけり」（①5´金葉三126、夏、花山院。6詞花70〔第四句「むかしをしのぶ」〕）

②10続詞花129「いにしへをしのぶにしげるつまにしもはなたち花のにほふなるかな」（夏、源通清。11今撰62）

③116林葉222「いにしへをしのびねなれや郭公花たちばなの枝にしもなく」（「右大臣家百首の時鳥五首」。⑤272中古六歌仙161）

③125山家714「のきちかきはなたちばなに袖しめてむかしをしのぶなみだつつまん」（雑。③126西行法師家集157）

【類歌】④1式子229「いにしへを花橘にまかすれば軒の忍ぶにかぜかよふなり」（夏。④31正治初度百首231）

⑤247前摂政家歌合嘉吉三年489「軒ちかきはなたちばなはかをれども忍ぶ昔はとほざかりつつ」（「夏懐旧」近衛）

⑤247同500「袖にちる露もみだれていにしへをしのぶの軒に匂ふ橘」（「同」定衡）

36　うつしうへ[1]ぬこの[2]園[3]ならば見[4]ましやは花[5]たちばなはかく[6]匂ふ[7]とも

【校異】歌―ナシ（私Ⅲ）。「乙丙」（文）。1へ―ゑ（国④、国⑦）。2この―此（A）。3園―くに（A、B、本、三、神、岡、私Ⅱ、「乙丙」（文））。4見―み（文）。5たちばな―橘（本、神）。6匂―にお（本、神）。7とも―共（岡）、とも《らんイ かなイ》（三。「なイ」の「イ」不明）、「らん習」（文）。

【語注】○うつしうへぬ　字余り（「う」）。「ぬ」は完了（強意）か。それなら初句切。○この　末句の「かく」と対比。○第二、三句　反実仮想。「やは」は反語。○園　万葉に多いが、王朝和歌には例が少ないといわれる「やど」の事か。○花たちばなは　①5´金葉三126「やどちかくはなたちばなはほりうゑじむかしをこふるつまとなりけり」（夏、花山院。①6詞花70。⑤48花山院歌合6（「橘」院御）、第三句「いまはうゑじ」）、④26堀河百首452「さ月やみ吹きくる風のにほふにぞ花橘は人にしらるる」（夏十五首「盧橘」師頼）、③125山家196「ほととぎすはなたちばなはにほふとも身をうの花のかきねわすれな」（夏「ほととぎすを」）、⑤247前摂政家歌合嘉吉三年489「軒ちかきはなたちばなはかをれども忍ぶ昔はとほざかりつつ」（「夏懐旧」近衛）。

【訳】（花橘を）移し植える事のないこの園であったとしたら、見たであろうか（、イヤそんな事は決してあり得ない、移し植えたからこそ見たのだ）、花橘がこれほどまでに匂っていたとしても。

▽同じく「花橘」（詞書）の歌。「花橘は」「見」。橘がこんなに香っていても、移さないこの園だったら、昔の面影を見、思い出す事はなかった、この園に移植したからこそ懐旧の情を催したのだという。「この園」が昔を思い出すよすがの地だと思われる。三句切、倒置法。反実仮想表現。もう一つ意味が不分明ではあるが、試みに右のように解釈した。何か典拠があるか。嗅覚（「匂ふ」）。

【参考】③116林葉279「うつしうゑる花立ばなは行すゑに我をしのばむ香にもたぐへよ」（夏「盧橘」）

【類歌】②15万代706「うゑおけばはなたちばなはにほふともたれかむかしのそでとしのばむ」（夏、忠良）

37
軒ちかき花たちばなのかほる[1]かし[2]うつりにけりな手枕[3]のそで

【校異】詞書、歌—ナシ（B、本、三、神、岡、私Ⅱ）。「丁」（文）。1ほ—を（私Ⅲ、国④）。2し—に（A、私Ⅲ、国④）。3手枕—たまくら（私Ⅲ）。

【語注】○盧橘　和漢朗詠集171「盧橘《ろくゐつ》子低れて山雨重し　…」（夏「橘花《はなたちばな》」白）。堀河百首、夏十五首「盧橘」449〜464。○盧橘薫枕　小侍従Ⅰ37・Ⅲ25のみの珍しい歌題（歌題索引）。○軒ちかき花たちばな　冒頭、歌い出しは35と同一。○かほる　八代集では金葉59が初出。拙論「式子内親王の「薫る」——新風歌人としての側面——」（『国文学研究ノート』21号）。○第三句　か音のリズム。○手枕　ふつうは相手の手を枕とする事。枕は独り寝の景物であり、恋の秘密を知るものとされていた。「手枕の袖」は勅撰集においては、9新勅撰971 973（恋五、式子）のみにしかない。

【訳】軒端近くの花橘の香る事よ〔香る香りによって〕、（香は）移ってしまった事よ、手枕の袖のところに。〈橘が枕に薫る〉

▽「花橘」（題）→「盧橘薫枕」。「花たちばな」。「園」→「軒」、「匂ふ」→「かをる（か）」、「うつし」→「うつり」。あの人は来ず、それゆえにあの人の袖の香ではなく、わが家の軒近い花橘の香によって、一人寝の手枕の袖に橘の香が移ったと歌う。恋歌仕立てであり、この歌（四季・夏）の背後に恋の世界を揺曳させている。四句切、倒置法（下句）。嗅覚（「薫る（香）」）。本文は第三句「かほるかし」で、意味を強める終助詞「かし」が用いられており、三句切となるが、歌の流れの上から「かに」とする。式子内親王に、①8新古今240「かへりこぬむかしをいまとおもひね

の夢の枕ににほふ橘」（夏）、俊成女に、同112「風かよふねざめのそでの花のかにかをるまくらの春の夜の夢」（春下）がある。さらに37によく似た歌として、④26堀河百首461「軒ちかき花橘のうつる香につつまぬ袖も人ぞあやむる」（夏十五首「盧橘」隆源）、④11隆信938「…夏にもなれば　のきちかき　花たちばなの　かをるかに　むかしの袖を　よそへつつ　…」（雑四「三位入道返し」）がみられる。

【参考】③89相模537「むかしみし人をぞしのぶやどちかくはなたちばなのかをるをりをり」（夏）

①7千載175「をりしもあれ花たちばなのかをるかなむかしをみつる夢の枕に」（夏「花橘薫枕と…」公衡）

③108基俊25「袖ふれしむかしの人ぞ忍ばるる花立ばなのかをる夕べは」（「花橘夕薫」）。①15続千載275 277、夏）

【類歌】①9新勅撰1226 1228「いとどしく花たちばなのかをるかにそめしかたみのそではぬれつつ」（雑、忠家）

⑤248和歌一字抄解8「軒ちかく花橘のかをるかはたそかれどきぞおぼめかれぬる」（「盧橘夜薫」家、補、顕季卿）

③133拾遺愚草1123「橘の袖の香ばかりむかしにてうつりにけりなふるき都は」（内大臣家百首、夏「古郷橘」。②15万代704）

旅五月雨

38　[1]五月雨にはや[2]おのつなは[3]朽《（朽ち）》はてゝ[4]しほにひかるゝ舟ぞあや[5]うき

【校異】詞書、歌―ナシ（B、本、三、神、岡、私Ⅱ）。「夫木抄註に「百首歌旅五月雨」とある。左大将家百首のうちか。」（文）。「丁」（文）。1夫木卅三（私Ⅲ）。2お―を（A、私Ⅲ、国④）。3朽―朽（文）。4しほ―汐（私Ⅲ）。5う―ふ（私Ⅲ、国④）。

【語注】○旅五月雨　小侍従Ⅰ38・Ⅲ19のみの珍しい歌題（歌題索引）。○五月雨　心も晴れず物思いにふける心情とともによまれる事が多かった。○はやを　八代集に用例なし。枕草子「端に立てるものこそ、目くるゝ心ちすれ。早緒とつけて、櫓とかにすげたるものの、弱げさよ。」（新大系286段・327頁）。山家集578「たゆみつつそりの早緒もつけなくに…」（上、冬。が、これはそりの綱）。

【訳】五月雨に、船の櫓の綱はすっかり腐り朽ちはててしまって、潮の流れに引かれてしまう舟が危なっかしい事よ。

〈旅の五月雨〉

▽「盧橘薫枕」→「旅五月雨」。「軒」（家宅）→「潮」（海辺）へ舞台をもってきて、降り続く梅雨に早緒の綱は朽ち潮に引いてゆかれる舟が危険だとの平明な詠。第三句て止め。②16夫木15778、巻第三十三、雑部十五、船「百首歌、旅五月雨」小侍従。

【類歌】④31正治初度百首1230「五月雨にたのむつなでも朽ちはてて浪にながるるよどの河舟」（夏、隆信）

「和泉」七・6、7頁

39　暁[1]水[2]鶏[3]

夜[4]もすがらたゝく水鶏におどろきてあけぬとみゆるあ[5]まのいはか[6]ど

【校異】詞書、歌―ナシ（B、本、三、神、岡、私Ⅱ）。「丁」（文）。1暁―暁（文）。2水鶏―のくゐな（A）。3鶏―鶏（文）。4夜―よ（A、私Ⅲ）。5あま―天（私Ⅲ）。6かど―風（A）。

【語注】○暁水鶏　「月詣449（兼覚）俊頼Ⅰ351～353・小侍従Ⅰ39・Ⅲ20」（歌題索引）と少ない。俊頼・③106散木351

「誰しかもくひなならではたたくべきくろとのみとのひましらむまで」（夏、六月「…暁水鶏といへる事を」）。**○夜もすがら**　33と同じ初句。**○たたく水鶏におどろき**　⑤95滝口本所歌合10「まきのとを…、、、あくるまでこそねざりつれたたくくひなにおどろかれつつ」（「水鶏」）。**○水鶏**　八代集五例。拾遺822初出、詞花64まで。式子一例（27）。多く水辺の草むらに住むので「水鶏」と書いた。**○あけ**　掛詞「明く」と「開く」。**○あまのいはかど**　八代集に用例なし。「「あまの（天）岩戸（いわと）」に同じ。」（日本国語大辞典）とする。④26堀河百首1050「しらにぎてたぐさの枝に取りかさねうたへばあくる天の岩門」（冬、「神楽」顕仲）。「いはかど」は八代集二例・拾遺169（秋、高遠）、千載1160（雑、俊頼）。「いはかげ」「いはかぜ」は八代集に用例なし。拾遺169、千載1160二例とも「岩角」即ち岩稜。岩の突出した所の用例であるが、39は門・戸・扉の「岩門」の意と思われる。「いはかど」は、他、源氏物語「うらみわび胸あきがたき冬の夜にまた鎖しまさる関の岩門」（「夕霧」、新大系四—141頁）、③72紫式部集50「かへりてはおもひしりぬやいはかどにうきてよりけるきしのあだなみ」、梁塵秘抄479「…巌稜《いはかど》に生ひたる松に擬《よそ》へむ、」などに用例がみられる。一方「いはかげ」は、②1万葉794 791「奥山之《オクヤマノ》《おくやまの》磐影尓《イハカゲニ》《いはかげに》生流《オフル》《おふる》菅根乃《スガノネノ》《すがのねの》…」＝②4古今六帖3946「おく山のいはかげにおふるすがのねの…」（第六、草「すげ」）、源氏物語「中島の入江の岩陰にさし寄せて見れば、はかなき石のたゝずまひも、たゞ絵にかいたらむやうなり。」（「胡蝶」新大系二—401頁）、③80公任445「かの岸の遠きをしりていはかげに光をやどす水の月かな」などにみられるが、「いはかぜ」は、管見では、小侍従以前に用例は見当らなかった。**○かど**　「と」は「せ」か「け」か。

【訳】夜通し中、鳴く水鶏の声にハッとし、目ざめては、夜が明け、また開けてしまったと見られる天の岩の門戸である事よ。〈暁の水鶏〉

▽第三句て止め。「旅五月雨」→「暁水鶏」。「五月雨」→「天」。夜なか中の水鶏の声に「おどろき」て、空が明けたと歌ったもので、そこに開いた〝天の岩戸〟の故事をからませたものである。さらに函谷関の孟嘗君の故事（「水

鶏」）をも潜ませるか。第四、五句あの頭韻。聴覚（「叩く水鶏」）。

【参考】①6詞花64 62「よもすがらたたくひなはあまのとをあけてのちこそおとせざりけれ」（夏、源頼家）

⑤93禖子内親王家歌合五月五日20「まつ人のなきやどなれど夜もすがらたたくひなにおどろかれぬる」（「くひな」武蔵）

⑤95滝口本所歌合9「われのみやおどろかれけるあまのともたたくひなにあくとこそみれ」（「水鶏」）

【類歌】②12月詣446「よもすがらたたく水鶏のあまのとをあくるをりしもいづち行くらん」（五月「水鶏…」賀茂重政）

深山照[1]射

40 [2][3]おきし吉野の[4]山にともし[5]ゝて[6]／おもひい[7]れどもしかぞあひ[8]見ぬ

【校異】詞書、歌—ナシ（B、本、三、神、岡、私Ⅱ）。「丁」（文）。1照—照（私Ⅰ、文、国④）。照射—ともし（私Ⅲ）。2[ ]—「（二字分空白）」（私Ⅰ）、きゝ（A、私Ⅲ）、きき（国④）。3お—を（A、「丹」（文））。4山—山《奥イ》（私Ⅲ）。5ゝ—し（私Ⅲ、国④）。6[ ]—ナシ・ツメル（A、私Ⅰ、私Ⅲ、文、国④）。7れども—つれと《れともイ》（私Ⅲ）。8見—み（文）。

【語注】○深山照射　小侍従Ⅰ40・Ⅲ21のみの珍しい歌題（歌題索引）。○ききおき　八代集にない。何（「故里」・「秘境・仙境、奥山・深山」）をか。散文にはままみられる。枕草子「一ふしあはれともおかしとも聞きを《お》きつるものは、草木鳥虫もおろかにこそおぼえね。」（新大系三七段・57頁）、源氏物語「思ひ上がれるけしきに聞きをき給へるむすめなれば、」（「帚木」、新大系一—63頁）、同「年比、公私御暇なくて、さしも聞きを《お》き給はぬ世のふることどもくづし出でて、」（「明石」、新大系二―63頁）、③119教長978「おいぬればよるべなしとかききおきしむかしの人やわがみなるらん」（雑「返歌」）。　**○吉野の山**　仙境、山岳信仰の地・出家隠遁の場所としての、奥山の神秘的なイメージ。**○ともし**　主なところでは、古今六帖1167～1170（第二・野）、堀河百首417～432（夏十五首）、久安百首〈部〉380～382（夏「ともしの心を」）がある。　**○ともしゝて**　①5金葉二147 156「しかたたぬは山がすそにともししていくよかひなき夜をあかすらん」（夏「照射の心をよめる」顕仲）、④26堀河百首431「ともししては山のすそにたつ鹿をまつとせしまにいもやうらみん」（夏十五首「照射」紀伊）、⑤125東塔東谷歌合9「しかまつとはやまのすそにともししてなつのよなよなたちあかすかな」（「昭射《ママ》」）。　**○おもひいれ**　「入る」掛詞。「思ひ入る」と「（山へ）入る」。千載1151「世中よ道こそなけれ思ひ入る山のをくにも鹿ぞ鳴くなる」（雑中、俊成）。　**○おもひいれども**　⑤423浜松中納言物語65「恋しさはおくれざりけりみよし野の山よりふかく思ひ入れども」（巻三、（中納言））。　**○しか（鹿）**「然《しか》（そう）」との掛詞か。

【訳】鹿がいると聞き知っておいた吉野の山に照射を据えて、深く思い込んで吉野山の中へ入ってはみたものの、鹿と顔を合わせない事よ。〈深山の照射《ともし》〉

【本歌】①6詞花212 211「わがこひはよしのゝやまのおくなれやおもひいれどもあふ人もなし」（恋、顕季。③105六条修理大夫253、恋「不遇恋」。④26堀河百首1157、恋十首）

▽第三句て止め。「暁水鶏」→「深山照射」。「天の岩門」→秘境「吉野の山」、「水鶏」→「鹿」。俊成歌「世中よ…」をふまえ、鹿がいて、鹿が鳴くと聞いた深山幽邃の地である吉野山の山奥に照射を置いて、（きっと鹿が在ると）思って山へ入ったが、鹿とは出会わなかったと歌ったものである。「きき」（聴覚）と「見」（視覚）が対照。俊成歌「鳴く（なる）」と40の「見」も対照。さらに恋の本歌でもって、四季（夏）の歌を歌う、恋歌仕立ての四季詠でもある。本歌をふまえ、吉野山の奥に「思ひ入」るのだけれども、あの人に会わない如く、鹿にも会えないと歌っているので

ある。

【参考】①5´金葉三140「ともしてはこねの山にあけにけりふたよりみよりあふとせしまに」（夏「照射をよめる」橘俊綱。7千載1183）
③114田多民治51「さ月やみくらぶの山にともしして鹿ふす床を尋ねかねぬる」（夏「射照《ママ》」）
⑤81六条右大臣家歌合22「ともしてあふさかやま《まて》とおもふかないるをばせきもとどめざらなん」（「照射」かねたふ）

【類歌】⑤397高倉院昇霞記128「…くちせじと　思ふものから　ともして　しかのねだにも　あはぬにも　あかしもかねて　…」（作者）

[1]雨[2]後瞿麦

41 [3]ぬると[4]見し雨は[5]かへりてと[6]こなつの花には露ぞ[7]おきあかしつる

【校異】詞書、歌―ナシ（B、本、三、神、岡、私Ⅱ）。「丁」（文）。「左大将家百首のうちか。」（文）。1雨―雨の（A）。2瞿麦―のとこ夏（A）。3摘題（私Ⅲ）。4見―み（文）。5かへりて―かへりて《こゑして摘》（私Ⅲ）。6なつ―夏（A）。7お―を（A）。おき―置（私Ⅲ）。

【語注】**〇雨後瞿麦**　実定82・小侍従Ⅰ41・Ⅲ22のみの珍しい歌題（歌題索引）。③122林下81「よひのあめにしほれにけりなでしこのはなのぬれがほたれにみせまし」（夏「雨後瞿麦」）。**〇とこなつ**　「床」と「起（置）き・明かし」「寝る」縁語。**〇とこなつの花**　④31正治初度百首1034「さらぬだににしきとみゆるとこ夏の花もてはやす露の白玉」

（夏、経家）。　**○の花には露**　⑤127備中守仲実朝臣女子根合10「手もたゆく我がしめゆひし撫子の花には露もよきておかなむ」（「石竹」顕仲）。　**○おきあかし**　「置き」と「起き」掛詞か。

【訳】濡れると見た雨は却って逆に、すぐ消えるのではなく、常夏の花に雨露をば一晩中置き明かした事よ。〈雨の後のなでしこ〉

▽「見」「おき」。「深山照射」→「雨後瞿麦」。雨で濡れると見えたのは、床夏にすぐ消える筈の露が、すぐに消えず、夜通し置いてみえたのだと、題の雨粒を露が置いたとみなしているのである。視覚（「見」）。

【参考】後拾遺226「いかならんこよひの雨にとこ夏のけさだに露のおもげなりつる」（夏、能因）
③67実方227「とこなつのはなのつゆにはむつれねどぬるともなくてぬれし袖かな」
④27永久百首153「露はらひをる人もなき故郷にひとりのみぬるとこなつのはな」（「瞿麦」常陸）

【類歌】式子131「色々の露を籬のとこ夏にをきて過ぬるむら雨の空」（夏）
②16夫木3458「常夏の花には露もおくものを秋に先だつ虫のねもがな」（夏三、寂蓮）
④37嘉元百首1127「けふみれば露おきそへてとこ夏の花のまがきも秋は来にけり」（秋二十首「初秋」実教）
⑤197千五百番歌合901「とこ夏の花におきゐるしらつゆにまたかげやどす夜はの月かな」（夏三、三宮）

螢照舩[1]

42　さ[2]だめなくともすか[3]ゞりとみえつるは鵜[4]ぶ[5]ねにまがふほたる成[6]けり

【校異】詞書、歌―ナシ（B、本、三、神、岡、私Ⅱ）。「丁」（文）。1舩―船（私Ⅲ、文、国④）。2摘題（私Ⅲ）。3

かゞり—篝（私Ⅲ）。4鵜—う（A、私Ⅲ）。5ぶね—舟（A）。6成—なり（A、私Ⅲ、国④）。

【語注】○螢照船　守覚Ⅰ43・小侍従Ⅰ42・Ⅲ23のみの珍しい歌題。④2守覚43「葉ずゑよりこぼるる露のここちしてあしわけぶねにほたるとびかふ」（夏「蛍照船」）。　○ともすかがり・鵜ぶねに　③71高遠348「となせかふうぶねにともすかがり火のひかりのままにあけにけるかな」（六月）、③81赤染衛門175「夕やみのうぶねにともすかがり火を水なる月の影かとぞみる」、④27永久百首189「大井河う舟にともすかがり火のかかる世にあふあゆぞはかなき」（夏「鵜河」大進）。　○かがり　篝火の事。「かがり」は、八代集では新古今253「大井河かゞりさしゆく鵜飼舟…」一例であるが、「篝火」は、八代集では古今529以下七例。「かがり」は万葉三例。⑤10亭子院歌合・初め「夜のうたは、うぶねしてかがりにいれてもたせたり、」。　○鵜ぶね　八代集二例・金葉151「大井川いくせ鵜舟のすぎぬらんほのかになりぬ篝火のかげ」（夏、雅定）、657。④27永久百首183～189（「鵜河」）。③117頼政114「かはくだるう舟にかくるかがり火の見えぬ夜もなきしもつやみかな」（夏「夜夜鵜河」）。　○まがふ　漢風の美的表現を学んだ表現。見立てとしたが、「飛びまがう」か。　○ほたる　中世になると、夏のかそけき風物の一つとなってゆく。方丈記「叢ノホタルハ、遠ク槙ノカヾリ火ニマガヒ、」（新大系23頁）。④26堀河百首465「難波江の草葉にすだく蛍をばあしまの舟のかがりとやみん」（夏十五首「蛍」公実）。

【訳】乱雑に灯している篝火と見えていたのは、鵜船において篝火と見まちがう螢であった事よ。〈蛍が船を照らす〉

▽「見」。「雨後瞿麦」→「蛍照船」。不規則に灯《っ》いている火と見えたのは、「鵜舟にまがふ蛍」だと歌ったもの。視覚（「見え」）。⑤124左兵衛佐師時家歌合11「ますらをのともすかがりとみえつるはかはべにまよふほたるなりけり」（「水辺蛍火」むねみつ）が、42に酷似する。

【参考】①6詞花74　72「さ月やみうがはにともすかがり火のかずますものはほたるなりけり」（夏、読人不知）

④26堀河百首469「大井川せぜにひまなきかがり火とみゆるはすだく螢なりけり」（夏十五首「蛍」顕季）

④26同471「うさか川やそとものをのかがり火にまがふはさ夜の蛍なりけり」（夏十五首「蛍」仲実）
⑤140右兵衛督家歌合18「しもつやみうぶねにともすかがりの（ママ）をせごとにすだくほたるとぞ見る」（「鵜河」道経）
【類歌】④32正治後度百首177「かがり火とみれば難波の浦風になびくあしまの蛍なりけり」（雑、海辺五首、範光）

蚊遣火[1]

43　夏くれば[2]むろの[3]八[4]嶋の[5]さ[6]と人も[7]なを[8]かやり火や思ひ[9]たつ[10]ら[11]む

【校異】詞書、歌―ナシ（私Ⅲ）。「乙丙」（文）。1蚊遣―かやり（三、岡、私Ⅱ）。2むろ―室（A）。3八嶋―やしま（B、本、神、岡、私Ⅱ）。4嶋―島（国④）。5さと―里（本、三、神、岡）。6と―底本「ゝ」か。7なを―猶（本、神）。8かやり―蚊遣（本、神）。9たつ―立（本、神）。10らむ―覧（A）。11む―ん（B、本、三、神、岡）。

【語注】**○むろの八島**　八代集初出は金葉三378、詞花188。下野国の歌枕。清水の水煙が上がって煙る事から、煙が詠まれ、「思ひ」や「恋（こひ）」の火に懸けて恋歌に多く用いられた。平安中期以降の例が多い。**○なをかやり火**　⑤197千五百番歌合989「さびしとてしばをりくべしやまざとになほかやりびの煙たてけり」（夏二、内大臣）。**○かやり火**　抑えた恋の心の比喩に用いられる事が多かったが、新古今時代になると、実景をよむ事によって静かな夕暮の景気を表すように変わっていった。**○や**　疑問か詠嘆か、やはり後者か。**○思ひたつ**　文字通り「思ひ」が「立つ」。煙と蚊遣火の区別がつくか。用意せねばと思い立つか。様々な解釈可能。

【訳】夏がくると、室の八島に住む里人（でさえ）も、やはり（煙が立っているので）蚊遣火の事をきっと気づくであろう。

▽同じく水辺。「蛍照船」→「蚊遣火」。「蛍」→「火」「蚊」、「篝（火）」→「蚊遣火」、「鵜舟」→「室の八島」（歌枕）。夏が来れば、室の八島の里人も蚊遣火を「思ひ立つ」と推量したもの。「室の八島」から「煙」が連想されて、④26堀河百首1084「をの山に煙たえせぬすみがまをむろの八しまと思ひけるかな」（冬「炭竈」永縁）が、次歌44の「小野山」へつながって行く。②12月詣和歌集429、五、五月「かやり火をよめる」小侍従。

【参考】④26堀河百首1181「東路のむろの八しまにおもひ立ち今夜ぞこゆる逢坂の関」（恋「初遇恋」隆源）①7千載1041 1038「たえずたつむろのやしまの煙かないかにつきせぬおもひなるらん」（雑上、顕方。②9後葉486。10続詞花760）

【類歌】③124殷富門院大輔154「なにたてるむろのやしまのけぶりをもおもひしらするきみぞうれしき」（「かへし」）⑤230百首歌合建長八年1191「里のあまのいつもたくもの煙さへ猶かやり火のなにやたつらん」（正二位）

遠[1]村[2]蚊[3]遣火

44 今[4]朝みれば小[5]野山か[6]す[7]む[8]あれやこのせれう[9]のさ[10]とにた[11]つる蚊[12]遣火

【校異】詞書、歌―ナシ（私Ⅲ）。「乙丙」（文）。「左大将家百首のうちか。」（文）。1遠―遠き（三）、とをき（B、本、神、岡、私Ⅱ）。2村―村の（三、私Ⅱ）、むらの（B、本、神、岡）。3蚊遣―かやり（岡、私Ⅱ）。4今朝―けさ（本、三、神、私Ⅱ）。5小野―をの（A、B、本、三、神、岡、私Ⅱ）。6かすむ―かすも《本ノマヽ》（本、神）。7すむ―「つも習類」（文）。8む―も（B、三、岡、私Ⅱ、「神」（文））。9う―う《ふ歟》（本）。10さと―里（本、神、岡）。11たつ―立（本、神）。12蚊遣―かやり（三、岡）。蚊遣火―かやりひ（本、神、私Ⅱ）。

【語注】**○遠村蚊遣火**　「覚性275・教長291・公重354・470・実定83・小侍従Ⅰ44・Ⅱ19」（歌題索引）と多い。③119教長291「かやりびのさとはそこともしらねどもけぶりぞよそのしるしなりける」（夏「遠村蚊遣火句題百首」）。**○小野山**　八代集四例、初出は後拾遺401（冬、相模）、あと金葉280、290、382のみ。京都市左京区大原の東の連山をいうか。炭焼・炭竈が詠まれる。⑤230百首歌合建長八年1187「すみがまはたく人あらじをの山の夏の煙ややどのかやり火」（前内大臣）。**○小野山かすむ**　④30久安百首961「すみがまのけぶりにかすむ小野山はとしにしられぬ春や立つらん」（冬十首、清輔）、④30久安百首1358「小野山の心ぼそくもかすむかなたれすみがまに煙たつらん」（冬十首、小大進）。**○あれ**　「我《あれ》」も「此《これ》」もあるが、「彼《あれ》」は八代集に用例がない。①2後撰1089 1090「これやこのゆくも帰るも別れつつ…」（雑一、蟬丸。百人一首10）。散文作品にままみられる。枕草子「親のきたるにところ得て、「あれみせよ。やゝ、は、」」（新大系一四五段・196頁）。**○あれやこの**　⑤162広田社歌合114「あれやこのあまのすむてふうらならん…」（「海上眺望」浄縁）。**○せれう**　八代集にない。「芹生（里）」は、『歌枕索引』、『歌枕大観山城篇』、『日本古代文学地名索引』参照。

【訳】今朝みてみると、小野山が霞んでいる、あれはこの芹生の里に立っている蚊遣火（によって霞んでいるのであって、炭竈の煙ではない事よ）。〈遠い村に立つ蚊遣火〉

▽初句「…れば」、「里」、「立つ」「蚊遣火」。「蚊遣火」→「遠村蚊遣火」。舞台を歌枕の「室の八島（の里）」から「小野山」「芹生の里」へもってきて、前歌が、室の八島の煙を歌ったものなら、44は小野山の霞によって蚊遣火の煙を思いやっているのである。つまり44は、今朝、小野山が霞んでいるのは、芹生の里に蚊遣火を立てているからだと歌ったもの。二句切。視覚（「見れ」）。

【参考】④30久安百首457「すみがまのせれうの里の煙をばまだき霞のたつかとぞみる」（冬十首、季通。②16夫木14820、初句「大原や」）

終日向泉

45　手にむすぶ泉の水のうきかげ[1]をけふはとも[2]にて暮[3]しつる哉

【校異】詞書、歌―ナシ（B、本、三、神、岡、私Ⅱ）。「丁」（文）。1かげ―影（私Ⅲ）。2とも―友（A）。3暮―くら（私Ⅲ）。次・37の詞書・歌（私Ⅲ）。

【語注】**○終日向泉**　小侍従Ⅰ45・Ⅲ24のみの珍しい歌題（歌題索引）。**○手にむすぶ**　古今404「むすぶ手の滴ににごる山の井のあかでも人にわかれぬる哉」（離別、貫之）、①11続古今262「手にむすぶいは井のし水そこ見えてかげもにごらぬ夏のよの月」（夏「夏月を」入道前太政大臣）、④28為忠家初度百首286「てにむすぶいづみにうつるわがかげのうとくなりゆく秋はきにけり」（秋「泉辺初秋」）、④31正治初度百首338「手にむすぶ井での玉水そこすみてみえけるものを秋のおも影」（夏、御室）。**○第一、二句**　⑤197千五百番歌合1006「てにむすぶいづみの水のすずしさにわすれて鹿のねをぞまちつる」（夏三、小侍従＝365）。**○うきかげ**　八代集にない。「うき」掛詞。また「かげ」は、本歌により「月影」もひそませるか。**○ともにて**　「友」を掛けるか。「友として」。

【訳】手にすくい飲む泉の水にうつる、浮いたわがつらく悲しい姿を、今日は友のように共に一日中すごした事よ。

〈ひねもす泉にむかう〉

【本歌】①3拾遺1322「手に結ぶ水にやどれる月影のあるかなきかの世にこそありけれ」（哀傷、貫之。③19貫之902。②4古今六帖2458。6和漢朗詠集797）

▽「遠村蚊遣火」→「終日向泉」。「火」→「水」、「今朝」→「今日」、「小野山」「芹生の里」から「泉の水」に舞台・場を移し、有名な本歌と、後述の④30久安百首427をふまえて、手に結びすくう泉の水に月影とともに、老いさら

ばえた、（水に）浮いているのが見えて「おどろ」いた・憂き姿を今日は共に友の如く、あるかなきかの世において、一日をすごした事よと詠嘆したもの。また「憂き（影）」と、初めのほうの「うき（身）」（6）の歌同様、自《み》らへの不遇意識がみられる。

【参考】④30久安百首427「おきなさび結ぶいづみの手のひまにうき影みてもおどろかれぬる」（夏十首、季通）
④26堀河百首541「まし水のみればすずしくおぼえつつ結ばでただにくらしつるかな」（夏「泉」隆源）

【類歌】④38文保百首333「手にむすぶ泉の水に影見えて秋の色なる月ぞ涼しき」（夏十五首、内経）

晩[1]風似秡[2]　或[3]此題荒和祓云々[4]

46　[5][6]みそ[7]ぎ[8]川[9]ながる丶[10]み[11]をのせ[12]にはや[13]く身にしむ風は[14]さき[15]立《（立ち）》にけり

【校異】「丙丁」（文）。「左大将家百首のうちか。」（文）。1晩―脱（A）。晩…云々―なこしのはらへ（B、本、三、神、岡、私Ⅱ、「乙丙」（文））、晩風似秋（私Ⅲ）。2秡―秋（A、文、国④）。3或…云々―「ナシ諸本」（文）。4云々―云々（私Ⅰ）、云々（文）、云云（国④）。5本集（私Ⅲ）。6みそぎ―みそき《御祓》（三）。7き―は（本、神）。8川―かは（本、神）、河（三）。9なかる丶―流る（本、神）。10みをの―水の《みを本》（私Ⅲ）。11を―お（A、本、三、神）。12に―に《をイ》（私Ⅲ）。13く―く《みイ》（私Ⅲ）。14さき―先（本、神、私Ⅲ）。15立―たち（A、B、三、岡、私Ⅱ、私Ⅲ）。

【語注】○晩風似秡　小侍従Ⅰ46・Ⅲ26のみの珍しい歌題（歌題索引）。「荒和祓《あらにこのはらへ》」も「家隆1941」（同）のみ。③132壬二2289「水無月の神のあらきを和げてあさの夕に御祓をぞする」（夏「荒和祓」）。が、④26堀河百首545～560（夏十五首「荒和祓」）――『歌題索引』は「夏越祓《なごしのはらへ》」とする――がある。　○みそぎ川　八代集にない。源氏物語に一例「立ち出で給へりし御禊河の荒かりし瀬に、いとゞよろづいとうくおぼし入れたり。」（「葵」、新大系一―300頁）、「みそぎ川瀬ゝにいだされなで物を身にそふ影とたれか頼まん」（「東屋」、新大系五―150頁）。⑤197千五百番歌合1036（夏三、小侍従＝366）。①10続後撰236が勅撰集初出。　**○ながるゝみを**　②4古今六帖3996「たきつせの中に玉つむしらなみはながるるみををにやぬくらん」（第六「まつむし」）、⑤421源氏物語176「逢ふ瀬なきなみだの川に沈みしや流るるみをのはじめなりけむ」（「須磨」（光源氏））。　**○せにはやく**　「はやく」を掛詞として、「瀬は早い」とはとらない。①2後撰233「あまの河流れてこひばうくもぞあるあはれと思ふせにはやく見む」（秋「題しらず」よみ人しらず）。**○身にしむ風**　「吹きくれば身にもしみける秋風を色なき物と思ひけるかな」（古今六帖423、第一、天「あきの風」）、④26堀河百首576「いつしかと今朝は身にしむ風にこそ秋きにけりと思ひしらるれ」（秋廿首「立秋」河内）、久安百首〈部〉422「いつしかとけさふく風の身にしみて秋の色にも成にける哉」（秋上「立秋」公能）。　**○さき立**　秋が立つ、風が立つ両義をもつ。

【訳】禊ぎをする川に流れている水脈の瀬に、早くも身にしむ（秋の）風は、立つ秋より先に立った事よ。〈夕暮の風は秋を思わせる。あるいはこの題は六月祓（「アラニコハラへ」）と云々〉

▽「終日向泉」→「晩風似秋」。「泉の水」→「川」「水脈《を》」「瀬」、「水」→「風」。禊川の流れの瀬に立秋を告げる風は先立つと歌って、秋を先取りし、季節の交錯で夏歌を終える。貫之の二歌・古今170「河風のすゞしくもあるかうち寄する浪とともにや秋はたつらむ」（秋上）、新古今284「みそぎする河の瀬みればからころも日もゆふぐれに浪ぞたちける」（夏）の世界でもある。

「なごしの祓の歌に季節感を入れたのである。河の瀬から吹く風に先づ秋の気配を感じた歌である。」（『冨倉』276頁）

【参考】②1万葉1112 1108「泊瀬川《ハツセガハ》《はつせがは》流水尾之《ナガルルミヲノ》《ながるるみをの》湍乎早《セヲハヤミ》《せをはやみ》井提越浪之《ヰデコスナミノ》《ゐでこすなみの》音之清久《オトノサヤケク》《おとのきよけく》」（巻七、雑歌）

【類歌】④24慶運89「御祓川ながれてはやき麻の葉のよるべしら波秋風ぞふく」（夏「夏祓」）
④39延文百首435「みそぎ川ながるる水のはやきせにあさの葉ながら夏もとまらず」（顕実母）

秋[1]　[2]

[3]田家[4]立[5]秋

47　山田もる[6]す[7]ごが[8]あさぎぬひとへにて[9]今朝たつ[10]秋の風はいかに[11]ぞ

【校異】1秋—ナシ（A、私Ⅲ）。2題・詞書の位置（B、三）。詞書、歌—ナシ（私Ⅲ）。「乙丙」（文）。3田家—たのいへの（本、三、神）、たのいゐの（B、岡）、田のいゐの（私Ⅱ）。4立—たつ（B、本、三、神、岡、私Ⅱ）、早（「習」（文））。5秋—あき（B、本、神、岡、私Ⅱ）。6すご—すと《寸戸》（三）。7ご—と（B〔「こ」とも〕、「書三」（文）、岡）。8あさぎぬ—あさきぬ《麻衣》（三）。9今朝—けさ（本、神、私Ⅱ）。10秋—烋（B）。11ぞ—と（三）。

【語注】**〇田家立秋**　小侍従Ⅰ47・Ⅱ21・大輔Ⅰ50のみの珍しい歌題（歌題索引）。なお大輔Ⅰ50は後述。**〇山田**　荒涼たる雰囲気でよまれる事が多い。**〇すご**　八代集にない。身分の低い者、田夫、賤夫。万葉集巻頭の「菜採須児（なつますこ）」や2160 2156「山田守須児（やまだもらすこ）」などを、ナツムスゴ・ヤマダモルスゴと誤読したところから生れた歌語とされる。「すこ」とも。②1万葉2160 2156「山田《ヤマダ》《やまだ》守酢《モルス》《もらす》児《コ》《こ》」＝②16夫木4595「山田もるすこ」（第二、田）。④31正治初度百首1094「を山田のすこがなるこに風過ぎて…」（「鳥」経家）、⑤230百首歌合建長八年716「なははへてすごがもるてふ磯神ふるのわさ田に秋風ぞ吹く」（秋二十首、権中納言）。**〇あさぎぬ**　「朝衣」か。が、管見では「朝衣」の用例は見当らなかった。「あさのきぬ（麻衣）」は、八代集一例・古今1068（雑体、読人しらず）。「あさぎぬ（麻衣）」は、八代集一例・拾遺475（雑上、人麿）。万葉二例・万葉1811 1807「麻衣尓《アサギヌニ》《あさぎぬに》」、3338 3324「麻衣服者《アサギヌキルハ》《あさぎぬければ》」。催馬楽4「な　汝麻衣《ましあさぎぬ》も　我が妻のごとく　袂よく」（「夏引」。382頁）。　**〇下句**　③85能因1「…今朝たつ春の風にとくべく」（上、春一首）。　**〇たつ**　掛詞。また「裁つ」をほのめかせて、「衣」の縁語。

【訳】山田を守る素子の麻衣は一重だけであって、今朝の立秋の、立った風はどのようであろうか（、さぞ冷たさが身に沁むのではないかと思われる）。〈田舎の家の立秋〉

▽「立《ち》つ」「風は」。「晩風似秋」→「田家立秋」、「川（水脈の瀬）」→「山（田）」。前歌が夏の終りで、秋風が季節を先取りしたというものなら、これは舞台を立秋の「山田」へもってきて、素子の麻衣は一重で、今朝の秋風がきっと身にこたえようと思いやったものである。「立秋」の詠。第三句で止め。

【参考】③123唯心房47「いなばには秋風たちぬいかにせんやまだもるやのこころぼそさを」（「はじめの秋のこころを」）
③124殷富門院大輔50「やまだもるすごのすまゐのひまをあらみいかが身にしむ秋のはつかぜ」（「たのいへのたつ秋」）

【類歌】①12続拾遺680 681「つゆはらふ朝けの袖はひとへにて秋かぜさむしさやの中山」（羇旅、宗尊）
②16夫木5057「をしかなく山田を見ればすこがもるとまでうごかし秋風ぞふく」（秋三、秋田「…、田家」光俊）
⑤197千五百番歌合1301「やまだもるすごがすまひのいかならむいなばの風の秋のゆふぐれ」（秋二、兼宗）

七夕[1]のゆふべのこゝろ[2]

48 中[3]く[4]にこの夕暮[5]やたなばたの思ふこゝ[6]ろをつくしはつらむ[7]

【校異】詞書、歌—ナシ（私Ⅲ）。「乙丙」（文）。1七夕—たなはた（B、岡、私Ⅱ）。2ろ—ろを（三）、ろを（A、「書神習」（文））。3中—なか（A、B、本、神、岡、私Ⅱ）。4く—々（文）、中（国④）。5たなばた—七夕（本、神）。6こゝろ—心（本、神、岡）。7む—ん（A、本、三、神）。

【語注】**○詞書**　「七夕夕　小侍従Ⅰ48・Ⅱ22」のみの珍しい歌題（歌題索引）。**○や**　疑問か詠嘆か。いちおう詠嘆とする。**○第三、四句**　「〝七夕〟についての物思いの心を（我々は）」か。**○思ふこゝろを**　④3小侍従24前出。**○こゝろをつくし**　古今184「…影みれば心づくしの秋はきにけり」（秋上、よみ人しらず）。**○つくしはつ**　八代集一例・千載167「心をぞつくしはてつるほとゝぎす…」（夏、長方）。源氏物語一例「人の御心をのみ尽くしはて給ふべかめるをも、」（「花散里」、新大系一―395頁）。

【訳】却って逆にこの夕暮にこそ、棚機女は牽牛（星）をまち思い慕う心を尽くし果てるのであろうよ。〈七夕の夕暮の心（を歌う）〉

▽「田家立秋」→「七夕の夕べの心」、「今朝」→「夕暮」、「素子」→「棚機（織女）」。歌世界を七月七日の「七夕」に移して、この夕べに織女は心を尽し果つと歌う。左記の慈円の歌よりして、やっと逢えた時よりも、今彦星を待つこの暮に織女は逆に思いのたけを燃焼し尽くすのであろうと歌ったもの。

【類歌】③131拾玉738「七夕のまちこしほどのあはれをばこよひ一夜につくしはつらむ」（楚忽第一百首、秋「七夕」）

49

深夜聞荻

[1]人ごゝろうしみつとらに[2]時《本マ、》しまのそよとてわたる荻[3]のうは風

【校異】詞書、歌—ナシ（B、本、三、神、岡、私Ⅱ）。「丁」（文）。1■（A）。2ら—、（文）。らに時し《本マ、》まの—らに《本マ、》時しまの（私Ⅰ）、とふ時しまの《れ歟》（A）、思ふ時しまれ（私Ⅲ、国④）。3荻—おき（A）。

【語注】〇深夜聞荻　小侍従Ⅰ49・Ⅲ36のみの珍しい歌題（歌題索引）。〇うしみつ　八代集一例・①3拾遺1184「人心うしみついまはたのまじよ／良岑宗貞夢に見ゆやとねぞすぎにける」（雑賀「内に…」）。③7遍昭9）。拾遺1184同様「丑三つ」に「憂し見つ」を掛ける。伊勢物語「子一つより丑三つまであるに、まだ何ごとも語らはぬに、帰りにけり。」（（六十九段）、新大系145頁）。丑三つ時は、禁中の習俗・習慣における宿直申し（名対面）の時でもある。〇第二句字余り（「お」）。〇時しまれ　⑤291俊頼髄脳351「時しもあれいなばの風に波よれるこにさへ人のうらむべしやは」（（村上天皇））。〇そよ　風の擬音語「そよ」と「其よ」（その通りだよ・共感を意味する表現）を掛ける。①4後拾遺949 950「いつしかとまちしかひなく秋風にそよとばかりもをぎのおとせぬ」（雑二、源道済）。〇そよとてわたる「男の訪れを思わせて、そよと吹いてやってくる」か。〇わたる「（男が）訪れてやってくる」と「渡って行く（荻の上風）」の掛詞か。〇荻のうは風　千載233（秋上、行宗）、勅撰集初出歌語。あと八代集では、千載一、新古今四例。②6和漢朗詠集229（秋「秋興」義孝）。〇うは風　「荻」＝「荻の上風」のみ。例えば「松の上風」など他はない。

【訳】人心をつらいとみたと思う丑三つばかりだと思う時もあったが、その通りだといってそよとやってくる荻の上を吹く風である事よ。〈深夜に荻を聞く〉＝第二、三句「うしみつと思ふ時しまれ」

▽「心」「思ふ」。「七夕の夕べ」（夕べ）→「深夜聞荻」（夜）＝歌「夕暮」→「丑三つ」。第三句「時しもあれ（時もあったが）」で、深夜、男の心の辛さを見せつけられて、憂い目を見せつけられたが、そうだといって（、あてにさせる）荻の上風が吹く、ああ今夜もあの人は来ないと言ったもので、前歌にひき続いて恋歌仕立てか。三句切か。この歌・49から59までの11首は、秋の動植物を詠む。

【参考】④30久安百首264「夕されば荻のうは風そよとだにいふ人もなき恋ぞくるしき」（恋二十首、教長。③119教長704）⑤150南宮歌合31「よひよひに分けこし人は音もせでそよと聞ゆる荻の上風」（「荻恋」兵衛君）

萩[1][2]

50　はぎが花[3]をも[4]げにみゆる露ばかりちらさ[5]ん風はさもあらばあれ

【校異】1 58の詞書、歌共ここに（A）。詞書、歌―ナシ（私Ⅲ）。「乙丙」（文）。2萩―はき（三、岡、私Ⅱ）。3を―お（A、B、本、神、岡、私Ⅱ、国④）。をもけ―おもけ《俤》（三）4げ―か〔?〕け（B）、かけ（神、「書」（文））。5ん―む（A、B、本、神、私Ⅱ）。

【語注】**○はぎが花**　①1古今224「萩が花ちるらむをののつゆじもにぬれてをゆかむさ夜はふくとも」（秋上）、④26堀河百首597「萩が花しがらむ鹿ぞうらめしき露もちらさでみまくほしきに」（秋廿首「萩」顕季。③105六条修理大夫218・末句「みるべきものを」）、②13玄玉650「宮城のの露わけ衣おもけれどしぼらでぞみる萩が花ずり」（草樹下、宗円）。**○をもげに**　八代集二例・後拾遺226（夏、能因）、詞花116「朝な〳〵露をもげなる萩の枝にこゝろをさへもかけてみるかな」（秋、周防内侍）。③105六条修理大夫15「あめふればおもひこそやれつゆをだにおもげに見えしまののむらはぎ」（②10続詞花221、秋下）。**○露ばかり**　「露ばかり」は「重げ」と対。また「ばかり」を限定としたが、「ぐらい」（程度）か。**○ん**　意志としたが、推量（ような）か。**○さもあらばあれ**　式子に一例・64「色々の花も紅葉もさもあらばあれ冬の夜ふかき松風の音」（冬）。投げやりな言い方。本来は「遮莫」の漢文訓読語。

【訳】萩の花に重たげに見える露だけは、散らそうとする風は、まあどうでもいいよ、散らすなら散らせてくれ。

▽「見」「風」。「深夜聞荻」→「萩」。「荻の（上）風」から萩に吹く風へと転ずる。萩に重そうな露のみを散らす風はいい、ままどうあろうとかまわないが、花のほうは散らせてくれるなといったもの。50、51二首は、秋の植物、萩を詠む。

【参考】③1人丸123「この比の秋かぜさむし萩がはなちらすしら露おきにけらしも」（下）
③119教長338「おくつゆのおもげにみゆるこはぎはらはらはばはなのちりもこそすれ」（秋。④30久安百首243）

依萩去路

51　おち[1]にさく⿱艹炑[2]にこゝろのうつろひてわが[3]行つれの友ははなれぬ

【校異】詞書、歌―ナシ（B、本、三、神、岡、私Ⅱ、私Ⅲ）。1お―を（A）。2⿱艹炑―萩（文）。3わが―我（A）。

【語注】**○依萩去路**　小侍従Ⅰ51のみの珍しい歌題（歌題索引）。**○うつろひて**　主語は「友」であろうが、「私」の可能性もある。①6詞花216 215「しもおかぬ人のこころはうつろひておもがはりせぬしらぎくのはな」（恋上、源家時）。**○行きつれ**　八代集にない。今昔物語集「若キ男ノ大刀許ヲ帯タルガ糸強気ナル、行烈《ゆきつれ》ヌ。」（巻第二十九―第二十三、新大系五―343頁）。平家物語「夜半ばかり、判官、たてぶみ持ッたる男にゆきつれて物語し給。」（巻第十一「勝浦付大坂越」、新大系下―266頁）。徒然草「老たる尼の行き連れたりけるが、」（第四十七段、新大系123頁）。①20新後拾遺883「ゆきつるる友となるより旅衣…」（羇旅、資教）。

【訳】遠方に咲いている萩に心が移ってしまって、わが、同行の友はすっかり離れてしまった。〈萩によって路を去る〉

▽「萩」。「萩」→「依萩去路」。彼方の萩に心奪われ、友は彼方へ去って行ってしまったと、散文的な説明的詠。「萩」は歌われてはいるが、「行きつれ」の語例でも分るように、通常の「萩」を歌った詠とは異なる詠みぶりである。地歌か。腰句て止め。

旅宿鴈[1]

52 [2][3]ふるさとへ[4]行《(行く)》かりがねにことづてん[5][6]あまのふせやに旅ねしたりと

【校異】詞書のみ—ナシ（私Ⅲ）。詞書、歌—ナシ（B、本、三、神、岡、私Ⅱ）。「丁」（文）。1鴈—雁（国④）。2摘題（私Ⅲ）。3ふるさと—故郷（私Ⅲ）。4へ—に《へ摘》（私Ⅲ）、「に丹」（文）。5ん—む（A、私Ⅲ）。6あま—蜑（私Ⅲ）。

【語注】○旅宿雁　他に①7千載508 507「さ夜ふかき雲ゐに雁もおとすなりわれひとりやは旅の空なる」（羇旅「…、旅宿雁といへる心をよめる」源雅光）などがある。○ふるさと　①8新古今481「故郷に衣うつとは行くかりやたびのそらにも鳴きてつぐらむ」（秋下、経信）。○あまのふせや　八代集にない。「ふせや」は八代集六例。③130月清229「ゆふなぎになみまのこじまあらはれてあまのふせやをてらすもしほび」（十題百首、居処十首）。⑤289隆源口伝25「藻塩やくあまの伏屋の柴の戸を明くればみだるもらでゆつれば」。他、⑤197千五百番歌合1932（冬、宮内卿）。

【訳】わが（南の）故郷へ行く雁に言伝てよう、海士の粗末な小屋に私は今旅寝をしていると。〈旅の宿での雁〉

▽「行《き・く》」。「依萩去路」→「旅宿雁」、「友」→「雁がね」。漁師の小屋に旅寝をすると、南（故里・人）へ飛ぶ雁へ言伝てようと、内実は雁の音信（漢書・蘇武伝に基づく）をとり、表現様式は、後述の①4後拾遺20にのっとり、故郷へ行く旅の雁を歌った①3拾遺56「ふるさとの霞とびわけゆくかりはたびのそらにやはるをくらさむ」（春「題しら

ず」よみ人しらず。②4古今六帖4371、第六、鳥「かり」みつね五首。⑤10亭子院歌合19、春、躬恒）の世界を秋、自《み》らの旅にもってきて歌っているのである。「海人の伏屋」の語の新しさも注目される。三句切、倒置法。52、53は雁の詠。

【参考】①4後拾遺20「ふるさとへゆく人あらばことづてむ今日うぐひすのはつねききつと」（春上、源兼澄）

53

鴈[1]

引つれて穐[2]に[3]もなればかりがねのを[4]のがとこよやさむけかるらし

【校異】詞書、歌—ナシ（B、本、三、神、岡、私Ⅱ）。「丁」（文）。1鴈—雁（私Ⅲ、国④）。2穐—秋（A、私Ⅲ、文、国④）。3に—と（A、私Ⅲ）。4を—お（私Ⅲ、国④）。

【語注】**○引きつれ** 八代集一例・後拾遺25（春上、和泉式部）。源氏物語・歌「ひき連れて葵かざししそのかみを…」（「須磨」、新大系二—18頁）、同「七日、御よろこびなどし給ふ、引きつれ給へり。」（「薄雲」、新大系二—224頁）。**○とこよ** 八代集二例・後拾遺275（秋上、赤染衛門）、933（雑二、元輔）。渡り鳥である雁の故郷。源氏物語・歌「こゝろから常世を捨ててなく雁をくものよそにも思ひけるかな」（「須磨」、新大系二—33頁）。**○や** 詠嘆。

【訳】ひきつれて（やってくるのは）、秋ともなると、雁の自分の常世の国はきっと寒い事だからであろうよ。

▽「雁がね」。「旅宿雁」→「雁」。やってくるのは「おのが常世」も「住み憂き」からかと尋ねた、③129長秋詠藻145「かへりては又くる雁よことゝはんおのがとこ世もかくや住みうき」（秋「初雁」）の如く、秋となり雁が来るのは、自らの常世が寒いからだと推定したもの。また、ひきつれてやってくるので、自分の常世の国は、（雁がいないせいで、）閑散として寒い事だろうよともとれる。

【参考】②4古今六帖404「かりがねのつかひなるべしこのゆふべ秋風さむくふきぞきぬなる」（第一、天「あきの風」）③8敏行19「おほぞらにくものかりがねきにけらしおのがとこよはなつのやどりに」⑤78六条斎院歌合（天喜四年閏三月）21「つねよりもきくそらぞなきかきつらねおのがとこよへかへるかりがね」（「かへるかり」中つかさ）⑤92禖子内親王家歌合庚申8「霧わけておのがとこよはたちしかどかすみのまよりかへるかりがね」（「帰雁」小式部）

草花[1]

54　つきくさはさのみなつみそ名にしほ[2]はゞ人の心のうつりもや[3]する

【校異】1「(一首分空白)」（私Ⅲ）。詞書のみ—ナシ（私Ⅲ）。詞書、歌—ナシ（B、本、三、神、岡、私Ⅱ）。「丁」（文）。2ほ—お（A、私Ⅲ、文、国④）。ほはゞ—ほは《ママ》、（私Ⅰ）。3や—そ（A、私Ⅲ）。

【語注】○草花　他に、①7千載261 260「さまざまの花をばやどにうつしうゑつしかのねさそへ野べの秋風」（秋上「…、草花歌とてよみ侍りける」摂政前右大臣）などがある。　○うつりもやする　「うつりす」は、八代集一例・後撰159（夏、伊勢）。　○や　疑問。

【訳】月草はそれほど摘んではいけないよ、月草というその名を持っているとしたら、あの人の心が、他の人に移り着きするかもしれないから。

【本歌】②4古今六帖3844「世の中の人の心はつきくさのうつろひやすき色にぞ有りける」（第六、草「つきくさ」。①1

古今795、恋五「題しらず」よみ人しらず、第三句「花ぞめの」)
▽「雁」(鳥)→「草花」(→月草)。本歌をふまえ、「うつろひやすき色」をもっている月草をそんなに摘むな、「月草」なら、「世の中の人」同様、あの人の心も変わるかもしれないと、恋歌仕立てで恋人の心の変化を危惧しているのである。二句切。

【参考】①1古今711「いで人は事のみぞよき月草のうつし心はいろことにして」(恋四「題しらず」よみ人しらず。③「万葉集四大伴坂上大嬢「月草のうつろひやすく思へかもわが思ふ人のこともつげこぬ」古今集十四読人しらず「いで人は…」」(文)

4猿丸3)

③100江帥259「つきくさのいろにそめたるかり衣うつろひやすき人のこころか」

旅宿虫

55 [1]しらぬまに[2]旅ねの床やしたひけんきゝしに[3]ゝたるむしの[4]こゑ〴〵

【校異】詞書、歌—ナシ(B、本、三、神、岡、私Ⅱ)。「丁」(文)。1■(A)。2に—も(私Ⅲ)。3ゝ—似(私Ⅲ)。4こゑ〴〵—声〻(私Ⅲ)。

【語注】**○旅宿虫** 他に、③119教長471「くやくやとわれをぞいもはくさまくらたれまつむしのこゝらなくらむ」(秋「旅宿虫」)などがある。**○旅ねの床** 八代集三例・千載168、301、502。**○や** 疑問。**○むしのこゑ〴〵** 八代集一例・千載256(秋上、俊頼)。「こゑ〴〵」も。②10続詞花734「秋のよは旅のね覚ぞあはれなるをかのかやねのむしのこゑごゑ」（旅、仁和寺宮）、③119教長470「あきふかみねざめのとこのさびしきにあはれをそふるむしのこゑごゑ」（秋「深夜虫声」）。

【訳】 知らぬうちに旅寝の床に慕い寄ってきたのであろうか、かつて聞いたのに似ている虫の声々である事よ。〈旅の宿の虫〉

▽「草花」→「旅宿虫」、「人」→「虫」。昔聞いたのにも似た虫の声は、いつの間にかこの旅寝の床のところに慕ってきたのかと歌ったもので、前歌の月草の恋歌仕立てから、詞書の「旅宿虫」詠へと移る。三句切、体言止、倒置法。聴覚（「聞き」「声々」）。55〜57は虫の歌。

虫

56　[1]夜もすがらはた[2]をるむしの聲のあやは[3]あけ行《（行く）》空の霧ぞ[4]へだつる

【校異】 詞書のみ―ナシ（私Ⅲ）。詞書、歌―ナシ（B、本、三、神、岡、私Ⅱ）。「丁」（文）。1夜―よ（A、私Ⅲ）。2を―お（私Ⅲ、国④）。3あけ―明（A）。4へだつ―たちけ（私Ⅲ）。

【語注】 **○はたおるむし** 八代集二例・拾遺180（秋、貫之）、金葉219（秋、顕仲卿母）。古今六帖、第六、虫「はたおりめ」二首（4017、4018）。③106散木379「ひこぼしのみけしのあやをいそぐとやはたおる虫のこよひしもなく」（秋）、③119教長467「のべごとにはたおるむしのこゑすなりふくあきかぜやよさむなるらん」（秋）。**○声のあや** 八代集一例・①2後撰262「秋くれば野もせに虫のおりみだるこゑのあやをばたれかきるらん」（秋上「題しらず」藤原元善。②4古今六帖3970、第六、虫「むし」）。「あや」は「（声の）文《あや》」と「綾」を掛ける。また「あや」は「織る」の縁語。「声の色」（③116林葉54）。　**〇第三句**　字余り（「あ」）。

【訳】夜通し中、機織る虫（きりぎりす）の声の文《あや》（綾織物）は、明けゆく空の霧が隔て分《わ》かつ事よ。

▽「虫」「声」。「旅宿虫」→「虫」、「寝」→「夜（もすがら）」「明け（行く）」、「虫」→「機織虫」。夜中じゅうずうっとキリギリスの声の「あや」が聞こえていたが、その声の綾織物をば夜明けの空の霧がさえぎると、第三句を境として、聴覚（「声」）を視覚（「あや」）に転じている。前歌の「旅寝の床」で、どこかできいたような虫の声を機織虫とし、下句において時間を経過させて、空間的な広がりをもたせているのである。

【参考】③59千穎23「きりはたつくもはおりゐる秋やまははたおるむしのこゑぞたえせぬ」（秋十五首）

③117頼政232「夜もすがらはたおるむしは浅茅原露吹きむすぶ風や寒けき」（秋「叢虫」）

【類歌】②14新撰和歌六帖2263「草の庵に今はたむしのおりかくるこゑのあやなくよわる比かな」（「はたおりめ」）

②16夫木15013「あやひがきたてへだてたるあなたにてはたおるむしの声ぞ聞ゆる」（雑十三、あやひがき「となりのいへのむし」実家）

④15明日香井496「つゆじもをたてぬきにはたおるむしのこゑのあやなくまづよわりゆく」（詠百首和歌、秋廿首「虫」）

57

[8]名[1]にしほ[2]はゞいざ松むしに[3]《〔よ〕》ことゝはん[4]墅[5]べにみてり[6]やち[7]とせてふ聲

【校異】歌―ナシ（B、本、三、神、岡、私Ⅱ）。「丁」（文）。1名―な（私Ⅲ）。2ほ―お（A、私Ⅲ、国④）。ほは―ほは《（ママ）》（私Ⅰ）。3に―に《〔よ〕》（A、私Ⅰ、私Ⅲ、文、国④）。4ん―む（私Ⅲ）。5墅―野（文）。6り―も（A）。7ち―千（A、私Ⅲ）。8「（一行分空白）」（私Ⅲ）。

【語注】〇松むし　松の千歳ゆえに、上句「名に…はん」となる。　**〇や**　詠嘆とも考えられるが、疑問であろう。

○**ちとせてふ**　②4古今六帖37「ちとせてふこ松ひきつつ春の野にとほさも知らず我はきにけり」（第一、春「子日」つらゆき）。

【訳】松というその名を持っているとしたら、さあ松虫に対して尋ねる事としよう、千年という声は野辺に満ちているかと。

【本歌】①1古今411「名にしおはばいざ事とはむ宮こどりわが思ふ人はありやなしやと」（羇旅、業平。⑤415伊勢物語13（九段）。②4古今六帖1244。③6業平81）

▽同じく「虫」（詞書）の歌、「声」。「機織虫」→「松虫」。千歳といわれる声は野に充満しているのかと、名があるなら松虫に聞いてみようと、今度は松虫の詠となる。また「（野べに）みてり」（空間）と「ちとせ」（時間）との対比。三句切、倒置法、名詞止。また下句も倒置法。聴覚（「声」）。

58

夕見女郎花

[1]夕さればまねくおばなにたはれつゝ色めく墅[2]べのをみなへし哉

【校異】詞書、歌―ナシ（B、本、三、神、岡、私Ⅱ、私Ⅲ）、49と50との間（A）。1■（A）2墅―野（文）。

【語注】○**夕見女郎花**　小侍従Ⅰ58のみの珍しい歌題（歌題索引）。○**たはれ**　八代集一例・古今1017「秋くれば野辺にたはるゝ女郎花いづれの人か摘まで見るべき」（雑体「題しらず」よみ人しらず）。「おもひ――」も一例・古今246（秋上、よみ人しらず）。④26堀河百首616「みよしののかたちのをののをみなへしたはれて露に心おかるな」（秋廿首「女郎花」俊頼）。「たはれ」は万葉語。常軌を逸した行為をする意とされる。源氏物語一例「公ざまはすこしたはれて、あざれたる方なりし、ことはりぞかし。」（「藤裏葉」、新大系三―180頁）。 **○色めく** 八代集一例・①5金葉二232 246「白露やこころおくらんをみなへしいろめく野辺に人かよふとて」（秋「女郎花をよめる」顕輔。5′金葉三229。③111 顕輔28）。「野べ」、「女郎花」共にかかるとも考えられるが、「女郎花」のみであろう。

【訳】夕方になると風に靡いて招く仕草をする薄に戯れながら、好色めく野辺の女郎花である事よ。〈夕暮に女郎花を見る〉

▽「野べ」。「虫」→「夕見女郎花」、「松虫」→「尾花」「女郎花」、聴覚（「声」）→視覚（「色」）。夕べになれば、こっちへ来いよと招く尾花に対して戯れつつ、「色めく」野の女郎花だと歌う。前歌が、松（虫）の千代という慶賀的内容であったのに比して、これは恋歌的である。「夕」は女が男を待つと同時に、男が女の許にやってくる時であり、二句以下の表現内容からも分るように、54同様恋歌仕立てである。また「を（男）花」と「女郎花」とを対比させるか。ともかく夕暮の薄と女郎花の野辺の情景である。58と酷似した参考歌として、③116林葉398「ほかをのみまねく尾花に心なくたはれもかかる女郎花かな」（秋「（…、草花）」）、⑤158太皇太后宮亮平経盛朝臣家歌合7「行人を野べの尾花にまねかせて色めきたてる女郎花かな」（「草花」季経）がある。

【参考】⑤89無動寺和尚賢聖院歌合8「ほにいでてまねくをばなもみゆめれどさもなつかしきをみなへしかな」（「女郎花」慶任）

【類歌】③131拾玉3916「ほに出でてまねくをばなも見えなくにひもときそむる女郎花かな」（「始見草花」）

④32正治後度百首427「をみなへし色をうつせば夕露のちるさへをしき野辺のあき風」（秋「草花」隆実）

鹿聲近[1]

59　[2]なく鹿のなみだも袖にかくばかりおなじよどこに旅ねしてけり

【校異】詞書、歌—ナシ（B、本、三、神、岡、私Ⅱ）。「丁」（文）。1近—ちかし（A）。2■（A）。

【語注】○鹿声近　小侍従Ⅰ59・Ⅲ28のみの珍しい歌題（歌題索引）。○なく　「鳴・泣く」の掛詞。○なく鹿のなみだ　③125山家431「夜もすがらつまこひかねてなくしかのなみだやのべの露と成るらん」（秋「鹿」）。○なみだも　「も」は強意か、〝でさえも〟か、また〝私の涙も〟か、最末なら〝旅の辛さ悲しさ、苦しさによって〟となる。○かく　掛詞、「懸く」と「かくばかり」。

【訳】（妻を求めて）鳴・泣いている鹿の涙も（わが）袖にかかるほどに、このように（鹿と）同じ夜の床に旅寝をしてしまった事よ。〈鹿の声が近い〉

▽「夕見女郎花」→「鹿声近」、「夕」→「夜（床）」。なく鹿の涙も袖に掛かるほど、そんな鹿と同じ床に旅寝をしたと、舞台・場は前歌と同じ野であるが、草花は歌われていない——ちなみに前歌は、「鹿」の妻である「萩」ではなく、「尾花」「女郎花」——。そうして上句は、前歌同様恋歌的であり、下句は旅歌（仕立て）である。第一、二句なくの頭韻。聴覚（「なく」）。59〜61は旅の詠。

【類歌】⑤229影供歌合建長三年九月138「鳴く鹿の涙も袖におちそひぬしげきみ山の秋の夕暮」（「暮山鹿」少将内侍）

旅衣露重

60　[1]しぼる[2]まで[3]墅山の露[4]にぬれにけり雨にはかねてこゝろせましを

【校異】詞書、歌―ナシ（B、本、三、神、岡、私Ⅱ）。「丁」（文）。1■（A）。2まで―沾（私Ⅲ）。3墅―野（文）。4に―と（A）。

【語注】○旅衣露重　小侍従Ⅰ60・Ⅲ29のみの珍しい歌題（歌題索引）。また「重」を「多い」としたが、或いはそのまま「重たい」か。　○しぼる　「萎《しほ》る」（正しくは「しをる」）か。　○ぬれにけり　①21新続古565「草枕ゆふかり衣ぬれにけりすそ野の露も色かはり行く」（秋下「…、行路秋」後久我太政大臣）。

【訳】絞るぐらいに野山の露にぬれはててしまった（事よ）、雨には以前から用心していたのだが（、露で絞るほどに濡れるとは思いもしなかったのだ）。〈旅の衣に露が多い〉

▽「鹿声近」→「旅衣露重」、「涙」→「露」「雨」。雨にはかねてより気を配っていたが、「袖」（前歌）を絞るほどに露に濡れたと歌う。前歌とほぼ同じく場・舞台は「野山」であり、前歌下句の「旅（ね）」から詞書の「旅衣…」へ、さらに「夜床に旅寝」（前歌）の後、日中の旅の道中へと続いて、前歌同様、袖が（涙で、露で）濡れたと歌う。つまりこの詠は羇旅の秋歌なのである。三句切、倒置法。同じ小侍従に①8新古今1666 1664「しきみつむ山ぢの露にぬれにけり暁おきの墨染のそで」（雑中「…、山家の心を」小侍従。④31正治初度百首2088＝191）がある。

霧隔路[1]

61　[2]いかにこは野守にあらぬ秋[3]霧にたちこめられて過《（過ぎ）》やらぬ身[4]ぞ

【校異】詞書、歌―ナシ（B、本、三、神、岡、私Ⅱ）。「丁」（文）。1路―路野行摘（私Ⅲ）。2■（A）、摘題（私Ⅲ）。3秋―朝（私Ⅲ）。4身―み（私Ⅲ）。

【語注】○霧隔路　小侍従Ⅰ61・Ⅲ30のみの珍しい歌題（歌題索引）。○野守　八代集三例・古今18、後撰663、新古今1432。○たちこめ　八代集三例・金葉681、詞花419、新古今494。⑤75播磨守兼房朝臣歌合7「あふさかの関はとめねど朝霧に立ちこめられてこえぞかねつる」（「秋霧」観算君）。○過ぎやら　八代集にない。③117頼政96「なはの海の奥行く舟ぞ過ぎやらぬ高津の宮の花や見ゆらむ」（（春）「故郷花、伊賀入道会」）。

【訳】どうした事だ、これは、野守ではない秋霧に立ち籠められてしまって過ぎきれない我身である事よ。〈霧が路を隔てる〉

【本歌】？⑤90丹後守公基朝臣歌合康平六年11「いかにせんいはれののべの秋霧に立ちこめられてゆくかたもなし」（「霧」）

▽「野」。「旅衣露重」→「霧隔路」、「露」「雨」→「霧」。野守ではない霧に遮られて通り過ぎる事ができないと歌ったもので、これも旅歌（路上）の体である。本歌？とは、第三、四句が同一であるが、本歌？は「いはれ野」であり、どこへも行けず途方にくれはてた様を描いて、61とはやや趣を異にしているといえる。

社[1]遏〔邊〕月[2]

62　[3]住[4]吉[5]と[6]跡[7]たれそめし[8]そのかみに月やかはらぬこ[9]よひな[10]るらむ[11]

【校異】詞書、歌―ナシ（私Ⅲ）。「乙丙」（文）。1社―やしろの（B、本、三、神、岡、私Ⅱ）。2月―の月（B、本、三、神、岡、私Ⅱ）。3■（A）。4住―すみ（A、B、本、三、神、岡、私Ⅱ）。5吉―よし（B、本「よく」か、三、神、岡、国⑦）、えし（私Ⅱ）。6と―の（「習」（文））。7跡―あと（本「おと」か、三、神、岡、私Ⅱ）。8し―く（神、本「く」か）。9こよひ―今宵〔霄〕（本、神）。10なる―成（本、神）。11む―ん（A、B、本、三、神、私Ⅱ）。

【語注】**○社遏月**　『歌題索引』では、「社頭月」（「社辺→社頭」）として「小侍従Ⅰ62・Ⅱ24」があり、他に多くの歌が挙がっている。一例として、千載1264 1261「ふりにける松ものいはばとひてましむかしもかくやすみのえの月」（神祇「…、社頭月といへる心をよみ侍りける」右大臣）。**○住吉**　「住みよし」と地名を懸ける。**○跡たれ**　「垂迹」の訓読。八代集三例・後拾遺1177、千載1258、新古今1892。本地垂迹。**○たれそめ**　八代集にない。【参考】歌参照。**○そのかみ**　「その上（昔）」と「その神」の掛詞。**○や**　疑問ともとれるが、詠嘆であろう。

【訳】仏が「住みよし」として住吉明神となって現われ初めたその昔（、その住吉の神）と、月は少しも変わりはしない今夜なのであろうよ。〈神社の辺りの月〉

▽「霧隔路」→「社辺月」、日中→夜（「月」「今宵」）、今→「そのかみ（昔）」、「霧」→「月」。住吉の神に仏が本地垂迹をした昔と月は全く不変な今宵なのだと歌い、不変の住吉社の荘厳さと月の清浄さの混然一体となった情景を讃美する。この歌より、秋の中心である「月」の歌群（62〜65、四首）となる。62、63は神にも関係している（62「社」・題、「住吉」・歌、63「くめぢの神」）。⑤160住吉社歌合（嘉応二年〔1170〕）13、七番、左持、「社頭月」、太皇太后宮小侍従。

歌合大成「三八一　嘉応二年十月九日散位敦頼住吉社歌合」。実守の14「あきらけきかみのこころやたぐふらむほかよりもけにすめる月かな」と番えられて、判者俊成によって、「左、あとたれそめしそのかみになどいへる、よろしくはみゆるを、しものくのことばやいひおほせられぬやうにきこゆらむ、…よりて、かれこれをなずらふるに、又持とみえたり」(左(歌)は、「跡垂れ初めしそのかみに」などといっているのは、悪くないように見えるが、下句の詞が(充分に)表現しきれていないようにきこえるようだ、…そこで両方を比べると、また持と見える)と判ぜられた。他、住吉社歌合所収の小侍従歌は、小77、232。

【参考】⑤90丹後守公基朝臣歌合康平六年18「このさとにあとたれそめしそのかみのくもぢをわけてあまのはしだて」(「海人橋立」)

月前遠情[1]

63　[2][3]いとふら[4]む[5]くめぢの神の[6]けしき[7]まで思ひやらるゝ[8]夜[9]はの月哉

【校異】「乙丙丁」(文)。1遠情—遠情《述懐歌仙》(私Ⅲ)。のとをき心(岡)、のとをきこゝろ(B、本、三、神、私Ⅱ、「乙丙」(文))。2新拾遺(三)、新拾遺(岡)。3■(A)、歌仙落書《本集》(私Ⅲ)。4む—ん(B、本、三、神、岡、私Ⅱ)。5くめぢ—くめち《久米路》(三)。6けしき—氣色《心イ》(A)、心《けしきイ》(岡)、こゝろ《けしきイ》(三)、こゝろ(本、神)。7ま—に(私Ⅱ)。まで思ひやらる—迄思ひやらる《さへおもかけにたつ歌仙》(私Ⅲ)。8夜—よ(A、B、三、岡、私Ⅲ)。9は—半(本、神、私Ⅱ)。

【語注】**〇月前遠情**　他に、寂然Ⅲ84「あまのはらへたてぬ月をしるへにて　もろこしまでもゆく心かな」(雑「月前遠情といふ心を」） など。「月の光が照らしている所への遠いもの思い」ともとれる。 **〇くめぢの神** 八代集にないが、「くめぢ」「くめぢの橋」は計七例ある。⑤197千五百番歌合1506「はれくもりさだめなき夜の月かげにくめぢの神のこころいかにぞ」（秋四、公継）。大和（御所市）。 **〇けしき** 三代集になく、後拾遺より急増する。みずからの思いを自然の景に託して表現する三代集的詠法ではこの語を用いる必要もなかったのであろう、とされる。 **〇るゝ** 自発。可能も可。

【訳】（顔が醜いので、夜であるのに）厭い嫌っているであろう、久米路の神（＝一言主神）の顔の表情、様子までも、自然と思いやられる夜半の皓皓とした月である事よ。〈月を前にして遠くへ思いを馳せる〉

▽「月」。「社辺月」→「月前遠情」、「住吉（の神）」→「くめぢの神」、「今宵」→「夜半」。前歌は時間的にはるか彼方の昔に思いを馳せ、63は空間的に彼方の大和へ思いをやっているのである。明るさを嫌悪している久米路の神の苦々しい顔の様までも「思ひやらるる」この光り輝く月（光）と、この月を讃えている。視覚（「景色」）。①19新拾遺1640、雑上「月前遠情といふ事を」小侍従、第四句「面影にたつ」。②13玄玉183「月前遠情といふ心を」太皇太后宮小侍従、第三、四句「けしきさへおもかげにたつ」、⑤271歌仙落書104「月前述懐」（「月前述情（書・輪）」）大宮小侍従、第三、四句「気色さへおもかげにたつ」。63も左大将家百首の詠であろう（森本『研究』256頁）。

【類歌】①21新続古466「さらしなやをばすて山のみねまでも思ひやらるる夜半の月かげ」（秋上「月多遠情…」源有宗）

64 月送行路[1]

行《(行き)》[2]を[3]くる雲井[4]の月のくもる[5]まは我《(我が)》[6]か[7]げだにもそはぬ旅かな

【校異】詞書、歌―ナシ（私Ⅲ）。「乙丙」（文）。「林葉集秋部「月送行客師光家会」と同じ折の詠か。」（文）。1送行路―ゆくみちを、くる（本、三、神、岡、「丙」（文））、みち《ゆく》を、くる（B）、みちを、くる（私Ⅱ）、「ゆくみちを、くる書」（文）。2行―ゆき（B）、ふき（本、神、「乙丙」（文））、吹（岡、私Ⅱ）、吹《送る》（三）。3を―お（私Ⅱ、国④）。4井―ゐ（A、私Ⅰ）。5くも―曇（岡）、をく（「習」（文））。6我―わか（A、B、三、岡、私Ⅱ）。7か―、（私Ⅱ）。かげ―影（A、本、神）。

【語注】**○月送行路**　小侍従Ⅰ64・Ⅱ26のみの珍しい歌題（歌題索引）。**○行をくる**　八代集にない。新編国歌大観索引①～⑩にも、「ゆきおく―」は、他になかった。**○かげ**　「月影」をほのめかす。**○そはぬ**　②4古今六帖2995「こひすればわが身はかげとなりにけりさりとて人にそはぬものゆゑ」（第五「おもひやす」。②2新撰万葉496）、④31正治初度百首2283「おもひいづる人や都になかるらんこととふ月にそはぬ面かげ」（羇旅、信広）。

【訳】私を行き送ってくれる、雲の彼方の月が、（雲によって）曇ってしまう時は、私の影でさえも（、月影のみならず、）身に寄り添わない旅である事よ。〈月が我が行く路を送る〉

▽「月」「かな」。「月前遠情」→「月送行路」、「神」→「我が」。旅中の私を行き送る月が曇る時は、月だけでなく我影も一緒ではないと、秋の旅の孤独を歌う。第二、三句くもの頭韻。

「旅の歌ではない。秋の題詠である。」（『冨倉』277頁）

【参考】⑤423浜松中納言物語54「別れては雲井の月もくもりつつかばかり澄めるかげも見ざりき」（巻の二、（帝））

水[1]邉〔邊〕[2]月

65　くまもなき月影うつす今[3]夜[4]こそおぼろのし[5]水名に[6]かはりけん[7]

【校異】詞書、歌―ナシ（私Ⅲ）。「乙丙」（文）。1水―水の（B、本、神、岡、私Ⅱ）、水。の（三）。2月―の月（B、本、三、神、岡、私Ⅱ）。3今夜―こよひ（A、B、三、岡、私Ⅱ、国⑦）。4夜―宵〔霄〕（本、神）。5し―清（B、本、三、神、岡、私Ⅱ）。6に―そ（三、神、岡、「丙」（文）。「そ」か（本））。7ん―れ（A、B、本、三、神、岡、私Ⅱ、「乙」（文）、「類」（文））、「る習」（文）。

【語注】○水邉月　小侍従Ⅰ65・Ⅱ27・忠通76のみの珍しい歌題（歌題索引）。③114田多民治集76「あしねはひかつみもしげき沼水にわりなくやどる夜半の月かな」（秋「水辺月を」）。○月影　千載、新古今集になると、「月影」が一つの詩的世界を形成する重要なシンボルとなって幽玄・妖艶のムードを作り出していると言われる。○おぼろのし水　八代集三例・①4後拾遺1036 1037「みくさゐしおぼろのしみづそこすみて心の月のかげはうかぶや」（雑三、素意法師）、1037 1038「ほどへてや月もうかばんおほはらやおぼろのしみづすむなばかりぞ」（雑三「かへし」良暹法師）、金葉688。水の清澄さ、水に映ずる月が詠まれる。

【訳】曇りもない月影をうつす今夜こそが、朧ろの清水の名には異なった事であろう。〈水辺の月〉

▽「月」「影」。「月送行路」→「水辺月」、「曇る」→「くまもなき」。前歌が孤独な我が秋の旅を歌ったものであり、「月の曇る」と歌ったのに対して、65はそれとは反対に、一点の曇りもない「月影」をうつす今夜は、朧ろの清水の名が変わるとしている。

【類歌】①15続千載955 959「くまもなき月をうつしてすむ水の色も空にぞかはらざりける」（釈教「色即是空の心を」瞻

西上人）
⑤244南朝五百番歌合451「秋はただおぼろのし水名のみしてうつれる月の影もくまなし」（秋、顕統）

擣衣夜長

66　[4]なれにけりうつあさ[1]ぎぬのあ[2]またへもあくる久しきなが月の[3]よは

【校異】詞書、歌―ナシ（B、本、三、神、岡、私Ⅱ）。「丁」（文）。1ぎぬ―衣（私Ⅲ）。ぎぬの―衣（A）。2ま―ら（私Ⅲ、国④）。3よ―夜（A）。4次―55の詞書、歌（私Ⅲ）。

【語注】**○擣衣夜長**　寂蓮Ⅰ36・小侍従Ⅰ66・Ⅲ32のみの珍しい歌題（歌題索引）。④10寂蓮36「明けやらぬね覚の友になれとしもおもはでこそは衣うつらめ」（「擣衣夜長」）。「擣衣」は和漢朗詠集345〜351（上、秋）にある。和漢346「…南楼の月の下に寒衣を擣つ」、「万戸衣を擣《う》つ声」（李白「子夜呉歌　其の三」、『李白（下）』127頁）。**○あさぎぬ**　47既出。**○あまたへ**　「あらたへ」共に八代集にない。「あまたへ」は辞書になかったが、「あらたへ」は万葉に七例ある。②1万葉906 901「麤妙能《アラタヘノ》《あらたへの》布衣遠陁尓《ヌノキヌヲダニ》《ぬのきぬをだに》…」、祝詞「御服は明るたへ・照るたへ・和《にぎ》たへ・荒たへに称辞竟《たたへことを》へまつらむ。」（「祈年《としごひ》の祭」。旧大系387頁）。**○あくる久しき**　「飽・明くる」の掛詞。さらに、それらが各々「久し」い。**○なが月のよ**　「なが」掛詞。①4後拾遺614「としもへぬなが月のよのつきかげのありあけがたのそらをこひつつ」（恋一、源則成）、④27永久百首254「まろねする長月の夜の久しさは鴫なきぬとてたのまれもせず」（秋十八首「秋夜」仲実）、③131拾玉1935「つちのおといくらに成りぬ衣うつ長月の夜の有明の空」（秋十五首）。**○よは**　「夜は」か「夜半」か、どちらともとれる。

【訳】すっかり馴れはててしまった事よ、打つ麻衣の粗末な布も（打つのが）飽きてくるのが長く、またなかなか久しく長く明けない長月（九月）の夜は。〈衣をうつ（秋の）夜長〉

▽「月」。62〜65の月のつながりで、「水辺月」→「擣衣夜長」、空間（「くまもなき」）→時間（「久しき」）、「今夜」→「明くる」「夜半《は》」。月（65）から「擣衣（夜長）」の詠となり、麻衣の荒栲を打つにも飽き、なかなか明けない長月の夜半（夜）にもう慣れはてたと歌う。「慣れ」「久しき」「長月」と時間的経過が示される。初句切、倒置法。第二、四句あの頭韻。

菊

67 やどもせにうへ[1]てながめむ秋の菊ながれ[2]くむだによはひ[3]のぶてふ

【校異】詞書（のみ）―ナシ（私Ⅲ）。詞書、歌―ナシ（B、本、三、神、岡、私Ⅱ）。「丁」（文）。1へ―ゑ（私Ⅲ、国④）。2ながれ―流（A）。3よはひ―齢（私Ⅲ）。

【語注】**○第一、二句** 古今236「ひとりのみながむるよりは女郎花わが住む宿に植へて見ましを」（秋上、忠岑）。①2後撰289「やどもせにうゑなめつつぞ我は見る…」＝②4古今六帖4058＝③15伊勢241。 **○第三句以下** 菊の下水が不老長寿の効を持つという故事による。 **○よはひのぶ** ①2後撰433「しづくもてよはひのぶてふ花なればちよの秋にぞ影はしげらん」（秋下「返し」とものり。③11友則61）、②4古今六帖192「ぬれぎぬと人にいはすなきくのはな齢のぶとぞわれそほちつる」（第一「九日」。②4古今六帖3322、第五「ぬれぎぬ」）、②4古今六帖2279「さくかぎりちらではてぬるきくのはなむべしもちよのよはひのぶらん」（第四「いはひ」。③19貫之42）、⑤177慈鎮和尚自歌合208「うき世かなよはひのべても何かせんくまずはくまず菊の下水」（「菊を」。③131拾玉754、楚忽第一百首、秋「菊」）。

【訳】わが家も狭いほどに植えてみつめる事にしよう、秋の菊をば、流れを汲む事でさえ、長寿となるというのだから…。

▽「擣衣夜長」→「菊」、「久・長」→「のぶ」、前歌に続いて時間的な長さを歌う。菊の下水の故事をふまえ、流れを汲むのでさえ寿命が伸びるというから、秋の菊を家一杯に植えて眺め見る事にしようという。二句切、第二・三句の倒置法。視覚（「ながめ」）。67、68は菊の花の詠。

【参考】④26堀河百首845「きくの花あらひておつる谷水は流をのむもよはひのびけり」（秋「菊」隆源）

【類歌】④34洞院摂政家百首1979「折りかざす玉の砌の秋の菊にほふにつけてよはひのぶなり」（祝五首、但馬）

折菊送人

68　[1]君にこそ[2]おりても見せめみるたびによは[3]ひのぶ[4]てふ[5]そがぎくの花

【校異】詞書、歌―ナシ（B、本、三、神、岡、私Ⅱ）。「丁」（文）。1■（A）。2お―を（私Ⅲ、国④）。3ひ―ひを（私Ⅲ）。4てふ―る（私Ⅲ）。5そが―しら（私Ⅲ、国④）。

【語注】**○折菊送人**　小侍従Ⅰ68・Ⅲ34のみの珍しい歌題（歌題索引）。**○君**　③19貫之196「いかでなほ君が千年をきくの花をりつつ露にぬれんとぞ思ふ」（「菊」）。**○よはひのぶ**　④34洞院摂政家百首1979「折りかざす玉の砌の秋の菊にほふにつけてよはひのぶなり」（祝五首、但馬）、④35宝治百首1860「杯にうかべてみつる菊の花よはひのぶべきしるしなるらし」（「重陽宴」顕氏）。**○下句**　②4古今六帖192「ぬれぎぬと人にいはすなきくのはな齢のぶとぞわれそほちつる」（第一「九日」。②4古今六帖3322、第五「ぬれぎぬ」）、②4古今六帖2279「さくかぎりちらではてぬるきくのはなむべしもちよのよはひのぶらん」（第四「いはひ」。③19貫之42）、④26堀河百首845「きくの花あらひておつる谷水は流をのむもよはひのびけり」（秋「菊」隆源）。**○そがぎく**　「白菊（の花）」は、古今272、277を初め八代集に多いが、「そがぎく（承和菊）」は拾遺1120（雑秋、よみ人知らず）のみ。大輪の黄菊か、とされる。他、⑤129散位源広綱朝臣歌合長治元年五月25（「籬菊色」女房）、175六百番歌合445（秋「九月九日」顕昭）。「そが（承和）菊」については、「俊頼髄脳」（古典全集187、188頁）、「奥義抄」（歌学大系一—276、277頁）、六百番歌合445、446の方人、判の言、さらに六百番歌合陳状、そして『女子大国文（京都女子大学）』119号（H8・6）、「『拾遺集』一一二〇番歌／「そが（承和）菊」贅々」（八木意知男）、『国語国文』H9・2月「『奥義抄』から『僻案抄』へ——「そが菊」注にみる院政期歌学の一様相——」（東野泰子）などや、同論文に引用されている論文を参照の事。最近では、『和歌文学大系68』の「月報—20」にも、「そが菊・一本菊」の記述がある。

【訳】君にこそ折っても見せよう、見る毎に寿命が延びるというそが〔白〕菊の花をば。〈菊を折って人に送る〉

▽「菊」「よはひのぶてふ」。「ながめ」→「見せ・見る」、「菊」→「折菊送人」。見る度に年齢が伸びる白菊《そが》の花をあなたに見せようと歌う。前歌が寿命が延びるから「眺め」ようといい、此歌はそれをうけ、その延寿の菊花を今度はあなたに送ろうと歌っている。前歌同様、菊の持つ長寿の効能をふまえている。二句切、倒置法。視覚（「見せ」「みる」）。

【参考】①4後拾遺348「つらからんかたこそあらめ君ならでたれにかみせんしらぎくのはな」（秋下、大弐三位）
④30久安百首948「かぎりなきよはひのみかはみるままに心ものぶるしら菊の花」（秋二十首、清輔）
⑤426とりかへばや物語19「今のまもおぼつかなきを立ち帰り折りても見ばや白菊の花」（巻一、（女中納言））

紅葉

69 [1]かぎり[2]ありて秋は[3]行《（行く）》とも[4]紅葉[5]散《（散る）》[6]たつ[7]田の[8]川にしがらみもがな

【校異】詞書、歌―ナシ（私Ⅲ）。「乙丙」（文）。1かぎ―限（本、神）。2あり―有（本、神、岡）。3行―ゆく（A、B、本、神、岡、私Ⅱ）。4紅葉散―もみち、る（B、私Ⅱ）。5散―ちる（A、本、三、神、岡）。6たつ―立（A、岡）、龍（本、神）。7田―た（三）。8川―河（A）。

【語注】○第一句　字余り（「あ」）。　○秋　四季の中で最もすばらしい季節。　○たつ田の川　紅葉の名所。①1古今284「たつた河もみぢば流る神なびのみむろの山に時雨ふるらし」（秋下、よみ人しらず。①3拾遺219、冬、柿本人麿。③1人丸178。②3新撰和歌78、秋。②4古今六帖4090、第六「紅葉」。②5金玉33）、②3新撰和歌118「立田川もみぢみだれてながるめりわたらばにしきなかやたえなん」（秋。②4古今六帖3527、第五「にしき」）、①4後拾遺366「あらしふくみむろの山のもみぢばはたつたのかはのにしきなりけり」（秋下、能因）、②4古今六帖3487「たつた川いろくれなゐになりにけり山のもみぢもいまはちるらし」（第五「くれなゐ」）、②4古今六帖4072「たつた川秋にしなれば山ちかみながるる水ももみぢしにけり」（第六「紅葉」）、②4古今六帖4088「もみぢばのながれざりせばたつた川水のあきをばたれかしらまし」（第六「紅葉」）。　○しがらみもがな　式子内親王に①10続後撰137 128「いまはただかぜをもいはじ芳野河いはこす花のしがらみもがな」（春下）がある。

【訳】時期がきて、秋は彼方へ過ぎ去って行くとしても、紅葉の散る立田川に（紅葉をとめる）柵があったらなあ。

【本歌】古今303「山河に風のかけたるしがらみはながれもあへぬもみぢなりけり」（秋下、春道列樹。百人一首32）

▽「折菊送人」→「紅葉」。本歌の、山川に風がかけた柵は、流れきらない紅葉だというのをうけて、それとは逆に、

仕方なく秋は逝き紅葉が散ったとしても立田川に柵があったらなあ、そうすれば流れ去る紅葉をとどめられようものをと、菊から紅葉の歌となり、数々の立田川の紅葉の名歌をふまえて、末句において、「しがらみもがな」と願望しているのである。植物のつながりで、69より紅葉の歌が四首続く。乙類本は、71、69、70の順であり、甲類本は70「松」、71「ときは木」の順となっている。

【参考】②4古今六帖4061「もみぢばのながるるときはたつた川みなとよりこそ秋はゆくらめ」（第六、「紅葉」。③19貫之238）

①5金葉二266 284「たつたがはしがらみかけてかみなびのみむろの山のもみぢをぞ見る」（冬、俊頼。①5′金葉三261。③106散木583、冬。④26堀河百首856）

①5′金葉三266「もみぢちるやどはあきぎりはれせねばたつたの河のながれをぞみる」（冬、資仲。①5金葉二261 279）

【類歌】⑤197千五百番歌合1646「もみぢばにあきの日かずもみむろ山たつたの河にしがらみもがな」（秋四、具親）

④38文保百首3351「ちりかかるこのはながれてたつた川水のうへにや秋はゆく〔　〕」（少将内侍）

枩[1]隔紅葉

70 [2][3]おりつれば松は[4]我とや思ふら[5]むひまに[6]紅葉の色を[7]見[8]んとぞ

【校異】詞書、歌—ナシ（私Ⅲ）。「乙丙」（文）。1枩—松（A、文、国④）。枩隔紅葉—まつ紅葉をへたつ（本、神）、まつもみちをへたつ（B、三、岡、私Ⅱ、「乙丙」（文））。2■（A）。3おり—折（岡）。4我—われ（B、本、三、神、岡、私Ⅱ）。5む—ん（A、B、本、三、神、岡、私Ⅱ）。6紅葉—もみち（三、岡、私Ⅱ）。7見—み（文、私Ⅱ）。8

ん—む（B、本、神、岡、私Ⅱ）。
【語注】○杏隔紅葉　「月詣762（小侍従）　小侍従Ⅰ70・Ⅱ30」のみの珍しい歌題（歌題索引）。○我　私（作者）、松（自分の番）両方が考えられるが、やはり前者であろう。○や　疑問、詠嘆が考えられるが、これは後者か。○思ふらむ　②4古今六帖2836「すみよしのきしもせじとやおもふらんまつてふことのみえずもあるかな」（第五「またず」）。○色をみ　②4古今六帖1742「この川はわたるせもなし紅葉ばのながれてふかき色をみすれば」（第三「せ」）。
【訳】折った時には、松は私がしたのだとさぞ思うであろうよ、その（折って空いた）空間に紅葉の色を見ようとぞして。〈松が紅葉を隔てる〉
▽「紅葉」。「紅葉」↓「杏隔紅葉」、「紅葉」↓「松」。すき間に紅葉を見ようとして折れば、松は私がきっとやったと思うだろうとの、三句切、倒置表現の詠。松の緑と紅葉の紅との色彩的対照。視覚（「色」「見」）。②12月詣和歌集762、第九、九月「松紅葉をへだつといふことを」小侍従、第二句「われとや松の」。

[1]紅葉[2]満山

71　[7][3]はゝそ[4]はら[5]しぐるゝまゝに[6]ときは木のまれなりけるも今こそはみれ

【校異】詞書、歌—ナシ（私Ⅲ）。「乙丙」（文）。1紅葉満山—もみち山にみつ（B、本、三、神、岡、「乙丙」（文））。2満山—山にみつ（私Ⅱ）。3はゝそ—柞（三）。4はら—原（A、三）。5しぐ—しく《時雨》（三）。6ときは—常盤（本、神）。7次—69、70の詞書、歌（B、本、三、神、岡、私Ⅱ）。
【語注】○紅葉満山　小侍従Ⅰ71・Ⅱ28のみの珍しい歌題（歌題索引）。○柞原　「ははそ」は古今266よりあるが、

「柞原」は、「柞が原」も含めて、八代集では、千載368、374、新古今529、531、1589のみ。①7千載368 367「秋といへばいはたのをののははそ原時雨もまたず紅葉しにけり」(秋下、覚盛)、④27永久百首307「うすくこくおなじ木ずゑの柞原わきて時雨のふるにや有るらん」(秋「柞」常陸)、⑤158太皇太后宮亮平経盛朝臣家歌合95「柞原しぐれにそむるくれなゐはこずゑの風や吹きてほすらん」(「紅葉」心覚)。 **○ときは木** 八代集二例・新古今536(秋下、公継)、720(賀、元輔)。⑤183三百六十番歌合460「もみぢばをそむるのみかはときは木のいろもしぐれにあらはれにけり」(冬、顕昭。197千五百番歌合1588)。

【訳】 柞の原(も)、時雨れるにつれて常緑樹がまれにあったのも、今こそは(全山紅葉と)見る事よ。〈紅葉が山を満たす〉

▽「見」。「杳隔紅葉」→「紅葉満山」、「松」→「ときは木」、「紅葉」→「柞原」、「松」→「柞」、「ひま」→「まれ」。前歌が、松のために紅葉が見えないからそれを折るというものなら、これは、松・常緑樹がわずかに存在していたのも、時雨れて行くに従って柞の紅葉によって覆い尽くされて全山紅葉に見えると、詞書「紅葉満山」によって解釈したが、第三句以下、常緑樹がまれにあったのも、今はっきりとわかるともとれる。視覚(「見れ」)。⑤158太皇太后宮亮平経盛朝臣家歌合88「紅葉」八番右、小侍従、末句「今ぞみえける」、仁安二・1167年八月。この歌合の小侍従所収歌は五首(71、228～231)。伊行の87「紅葉ばは紅ふかく成りゆけど独さめたる松の色かな」と番えられて、「左右ともに紅葉をばおきてときは木をよまれたれば題のほいなくや、右はすがたはまさりたれどむげにもみぢみえず、又あやしく、つひにもみぢぬ松もみえけれ、と云ふ歌も思ひいでらるればただ持にて侍るべし」(左右歌共に、「紅葉」をさし措いて、常緑樹を詠まれているので、題の本意(あるべき姿)からは外れている事よ、右歌は、歌の姿は優れているが、全く紅葉が詠まれておらず、又どうしたわけか「つひにもみぢぬ松もみえけれ」〔①1古今340「雪ふりて年のくれぬる時にこそつひにもみぢぬ松も見えけれ」(冬、よみ人しらず)〕と言う歌も思い出されるので、ただ持でございますようだ)と、

清輔によって判ぜられた。「題の本意なくや」―「いわゆる傍題の歌となっている。」(歌合集399頁)、「無下に紅葉見えず」―「これは傍題というよりも落題に近い。」(歌合集399頁)。

社頭紅葉

72
[5]神垣やみむろ[1]の山のもみぢば[2]、人も手向《(向け)》ぬ[3]、さかとぞ見る[4]

【校異】詞書、歌―ナシ(B、本、三、神、岡、私Ⅱ)。「丁」(文)。1みむろ―三室(A)。2、―は(A、国④)。3、―ぬ(私Ⅲ、国④)。4見―み(文、国④)。5次―49、53、54、67、56、57の詞書、歌(私Ⅲ)。

【語注】**○社頭紅葉**　他に続詞花373(忠季)、経正52など。②10続詞花373「神のますもりの下てるもみぢばの色もてはやすあけの玉がき」(神祇「広田社にて、社頭紅葉をよみける」源忠季)。**○神垣**　神社の周囲の垣。或いは「神社(神域)」か。竜田の社か。**○第一、二句**　①1古今1074「神がきの《や(古今六帖)》みむろの山のさかきばは神のみまへにしげりあひにけり」(神あそびのうた「とりもののうた」。②4古今六帖225、第一「かぐら」)、①5金葉二295 315「かみがきのみむろのやまにしもふればゆふしでかけぬさかき葉ぞなき」(冬、師時。①5金葉三299)、①7千載58「神がきのみむろの山は春きてぞ花のしらゆふかけてみえける」(春上、清輔。③115清輔37、春「桜」)。**○第二、三句**　①4後拾遺366「あらしふくみむろの山のもみぢばはたつたのかはのにしきなりけり」(秋下、能因。⑤64内裏歌合永承四年7。276百人一首69)。②1万葉1098 1094「三室山《ミムロノヤマハ》《みむろのやまは》黄葉《モミチ》《もみち》為在《シタルニ》《しにけり》」(第七、雑歌「詠レ山」)。③100江帥361「しぐれふるみむろのやまのもみぢばはたがおりかけしにしきなるらん」。**○末句**　④30久安百首1083「色色にうき身を祈るぬさなればたむくる神もいかがみるらん」(神祇、堀河)。

【訳】神垣よ、（その上の彼方の）三室の山の紅葉葉は、なんと人の手向けはしない（自然の、手向けた）ぬさかとみる事よ。〈神社のあたり（宮前）の紅葉〉

【本歌】古今420「このたびは幣もとりあへずたむけ山紅葉の錦神のまに〳〵」（羇旅、菅原朝臣。百人一首24）

▽「見れる」。「紅葉満山」→「社頭紅葉」、「原」→「山」、「木」→「葉」、「柞」→「紅葉」。前の「紅葉満山」の歌から、神垣があり、それによって山の紅葉葉は、とうてい人の手向けられない、人の手向けたのではないぬさと見ると歌う。本歌の、急の事とて手向けの山用の幣をもって来ていないから、紅葉の錦を神のおぼしめしのままに、といったのをうけて、舞台を三室山に移し、その神のいる神垣のむこうの三室山の紅葉葉をその手向けの幣と見ると歌っているのである。視覚（「みる」）。

【参考】①1古今284「たつた河もみぢば流る神なびのみむろの山に時雨ふるらし」（秋下、よみ人しらず。①3拾遺219、冬、人麿。②4古今六帖4090）
④26堀河百首856「たつた川しがらみかけて神なびのみむろの山の紅葉をぞみる」（秋「紅葉」俊頼。③106散木583。①5金葉二266 284、冬）

【類歌】④32正治後度百首1036「三室山木木の紅葉や立田姫神にたむくる錦なるらん」（「紅葉」慈鎮）
④34洞院摂政家百首解40「みむろ山紅葉のにしきおりはへて神の手向も秋ぞみえける」（「紅葉」兼高）

暮[1]秋

73 けふ[2]くる[3]丶秋[4]のかたみは[5]これ[6]か[7]さはを[8]くもあだなる露[9]のしら[10]玉

【校異】詞書、歌―ナシ（私Ⅲ）。「乙丙」（文）。１暮秋―秋の暮（本、神）、秋のくれ（B、三、岡、私Ⅱ、「乙丙」（文））。２けふくる、―けふくる、《おきてゆく》（B、岡）、けふくる、《おきてゆくイ》（三）。３くる、―暮る（本、神）。４秋―烌（岡）。５み―身（私Ⅱ）。６は―や（B、本、三、神、岡、私Ⅱ、「乙丙」（文））。７かさは―ならむ《かさは》（B）、ならん《かさは》（三、岡）、ならむ（神、「乙丙」（文））、ならん（本、私Ⅱ）。８を―お（B、岡、私Ⅱ、国④）。９る―り（A）。10しら―白（A、神、岡）。

【語注】**○暮秋**　他に「六百番469～480」など。六470「立（ち）帰る空なく秋や思ふらん野辺の草葉に露ぞ繁れる」（秋下「暮秋」経家）。　**○秋のかたみ**　「くるる秋」と「秋のかたみ」を掛ける。　**○あだなる**　明日より冬と、すぐ消えるという事。　**○露のしら玉**　②1万葉1551 1547「露之《ツユノ》《つゆの》白珠《シラタマ》《しらたま》」。　**○しら玉**　真珠。「露」をそれに見立てている。「涙」の意も含ませるか。古今27「浅緑…白露を珠にもぬける…」（春上、遍昭）。

【本歌】①3拾遺214「くれてゆく秋のかたみにおく物はわがもとゆひのしもにぞ有りける」（秋、兼盛。3′拾遺抄133。②6和漢朗詠集278）

【訳】今日暮れ終ってゆく秋、その秋のかたみというものは、これがそうであろうか、置いてもはかなくむなしい露の白玉である事よ。〈暮の秋（秋の終り）〉

▽「社頭紅葉」→「暮秋」。「紅葉」→「露」、「紅葉」→「白玉」。前歌が、紅葉は「人も手向けぬ幣」かと見、73が今日暮れる秋の形見は露の白玉かと思うというように、共に見立てでもって歌う。さらに73は、本歌の、「我が元結の霜」ではなく、はかない「露の白玉」を「秋の形見」として置くものとながめているのである。194（後出）参照。

①9新勅撰356、秋下「後京極摂政百首歌よませ侍りけるに」小侍従、「おきてゆく…やこれならむ見るも…」――この歌・73とは詞がかなり違う。73は秋の終り、九月末日、74は「山寺暮秋」の詠で、「秋」をしめくくる。

「はかない露を去りゆく秋の形見とみたのである。淋しい秋の形見にふさはしくはかない露である。趣向は新らしい。露は秋のもの、冬になると霜と結ぶと考へたのが当時の常識である。」（『冨倉』277頁）―新勅356の本文

「あきのかたみ―秋の形見。秋を思い出すよすがとなるもの。…○あだ―一時的なさま、はかないさま。…【出典】建久六（1195）年二月左大将（良経）家百首。…【参考】類歌。／『古今集』恋四・七四六・よみ人しらず／かたみこそ今はあたなれこれなくはわするる時もあらましものを／『拾遺集』秋・二一四・兼盛／くれてゆく…【余釈】三句切れ、体言止め。去りゆく秋が形見として置いてゆくものは、このはかなげな露の白玉であろう、という意の歌である。／右掲『拾遺集』兼盛歌を念頭に置き踏まえており、秋の形見は「わが元結の霜」と古歌にはいうが、の意をも含む。／配列上…「暮秋」の歌。」（『新勅撰和歌集全釈二』新勅撰356）

【参考】③61道信12「こむらさきのこれるきくはしらつゆのあきのかたみにおけるなりけり」

⑤159実国家歌合59「しら露を秋のかたみとみるべきにあすは霜にやおきかはりなん《るら(玄)》」（「九月尽」前馬助。②13玄玉434、時節歌下、道因）

【類歌】③133拾遺愚草1064「これやさは秋のかた見のうらならんかはらぬ色をおきの月かげ」（千五百番歌合百首、冬）

【付記】この左大将家百首は、「六百番歌合（建久四年）の後番歌合として、良経が女流歌人のために計画したと推定される百首歌の催しである。」（森本『研究』257頁）、「建久六年二月に催行されたらしい良経主催の女房八人（…）による百首会が、女流歌人による大きな催しとしては最後だったのではないかと思われる。」（今井明「女歌人たち」『国文学（学燈社）』1997・H9年11月号、46頁）とされ、73（・194）、108、193、195がこの百首であり、73と108は、「後、若干の手を加えて、左大将良経の家の百首歌に入れたものであろう。」（森本『研究』257頁）と述べられる。

山寺暮秋

74　さらぬだに[1]ものがなしかる山里に[2]秌[3]くれはつるいりあひのかね

【校異】詞書、歌―ナシ（B、本、三、神、岡、私Ⅱ）。「丁」（文）。1もの―物（A）。2秌―秋（私Ⅲ、文、国④）。3くれ―暮（私Ⅲ）。

【語注】〇山寺暮秋　小侍従Ⅰ74・Ⅲ48のみの珍しい歌題（歌題索引）。〇さらぬだに　八代集では金葉209を初出として六例。①7千載311 310「さらぬだにゆふべさびしき山里の霧のまがきにをしか鳴くなり」（秋下、堀河）。〇ものがなしかる　八代集にない。万葉一例・4141「春儲而《はるまけて》　物悲尓《ものがなしきに》　三更而《さよふけて》　羽振鳴志藝《はぶきなくしぎ》　誰田尓加須牟《たがたにかすむ》」（第十九「見二飜鴫一作歌一首」）。伊勢物語「つれ〴〵といと物がなしくておはしましければ、やゝ久しくさぶらひて、」（（八十三段）、新大系161頁）。①17風雅566 556「なにとなく物がなしくぞみえわたる鳥羽田のおもの秋の夕ぐれ」（秋中、西行）。〇山里　③122林下251「山ざとのあきのわかれのかなしさはしかさへこゑもをしまざりけり」（哀傷）、⑤197千五百番歌合1273「山ざとのあきのあはれの身にしむはしかのねそふるはぎのゆふかぜ」（秋二、兼宗）。〇くれはつる　八代集三例・後撰294、千載61、470。

【訳】そうでなくてさえも、もの悲しい山里に秋の暮れ果ててしまった入相の鐘（をきくと、さらに悲しくなる事よ）。

〈山寺の暮の秋〉

▽「秋」「くれ」体言止。「暮秋」→「山寺暮秋」。そうでなくても哀しい山里に、秋の終った夕暮の鐘をきくと、より切なく哀しくなると歌って、秋の終りの夕暮の山里のもの悲しさを歌う。後述の①7千載382 381とほとんど歌境が同一であり、②4古今六帖980「山ざとは秋こそことにかなし《わびし》（古今）けれ鹿のなくねにめをさましつつ」（第二「山ざと」）。①1

古今214、秋上、ただみね。③13忠岑31。⑤3是貞親王家歌合28）、⑤3是貞親王家歌合29「山ざとは秋こそものはかなしけれねざめねざめにしかはなきつつ」の、各上句の、山里は秋こそ（もの）悲しい、をふまえている。

「〔秋くれはつる〕秋が終ってしまふ意と日が暮れ果てる意とかけた。…前の歌〔私注―73〕といひ、この歌といひ、形は新らしい。」（『冨倉』278頁）

【参考】①3拾遺1329「山寺の入あひのかねのこゑごとにけふもくれぬときくぞかなしき」（哀傷、よみ人しらず。3′拾遺抄577。②6和漢朗詠集585、下「山寺」）
①7千載382 381「さらぬだに心ぼそきを山ざとのかねさへ秋のくれをつくなり」（秋下「山寺秋暮といへるこころをよみ侍りける」覚忠）
①7千載1154 1151「はつせ山いりあひのかねをきくたびに昔のとほくなるぞかなしき」（雑中、有家）

【類歌】①8新古今116「山ざとのはるの夕暮きて見ればいりあひの鐘に花ぞ散りける」（春下、能因）
①8新古今967「さらぬだに秋の旅ねはかなしきに松にふくなりとこの山風」（羇旅、季能）
④14金槐311「はつせ山けふをかぎりとながめつつ入相のかねに秋ぞくれぬる」（秋）
④41御室五十首785「夕づくひ物がなしさをうちそへて秋もつきぬる入あひの鐘」（秋、生蓮）

冬[1][2]

初[3]冬　或[4]本此題獨聞時雨

75　[5][6]はつ時雨ね[7]覚の床に[8]をとづれてもらぬにぬるゝ[9]かたしきの袖

【校異】1冬—ナシ（A）。2冬（この位置—B）。「乙丙丁」（文）。3初—はしめの（B、本、三、神、岡、私Ⅱ、「乙丙」）。初…雨—独聞時雨（私Ⅲ）。4或…雨—ナシ（B、本、三、神、岡、私Ⅱ、「諸本」（文））。5本集（私Ⅲ）。6はつ—初（本、三、神、岡）。7覚—さめ（B、三、私Ⅱ）。8を—お（B、国④、国⑦）。をと—音（A、岡、私Ⅲ）。をとづれ—をとつれ《音信》（三）。9かたしき—片敷（本、神）。

【語注】○独聞時雨　この題は「歌題索引」にない。○ね覚の床　八代集四例・後拾遺291・千載810、新古今629、667。③100江師200「ひとりぬるねざめのとこのさむければしぐれのおとをたえずきくかな」、③130月清142「ものおもふねざめのとこのむらしぐれそでよりほかもかくやしづくは」（二夜百首、時雨五首）。○ぬるゝ　冬の到来ゆえか、一人寝のさびしさ、かなしさ、わびしさゆえか。○かたしきの袖　八代集三例・金葉338、新古今611、635。

【訳】初時雨の音が寝覚の床にきこえてきて、（時雨が）漏れはしないのに（涙で）濡れる一人寝の袖である事よ。
〈初冬　或本はこの題は「ひとり時雨を聞く」（である）〉
▽体言止。「山寺暮秋」→「初冬（独聞時雨）」。秋の終りの詠から、初時雨がきこえて、時雨が屋根から漏れ落ちはしないのに涙すると歌う。冬歌の巻頭ゆえ、涙するのは来冬のせいと考えられるが、「寝覚の床（におとづれて）…ぬるる片敷の袖」という表現から、恋歌仕立ての詠とも考えられる。或いは前述の③100江師200をもとにしたか。聴覚

（「をとづれて」）。
「和泉」七・7〜9頁
【参考】③91下野148「かたしきのそでやさえましうづみ火のねざめのとこにおこさざりせば」
【類歌】⑤197千五百番歌合1930「かたしきの袖こそぬるれみねわけにしぐれおちくるまつかぜのおと」（冬二、季能）
①16続後拾遺1043 1035「袖ぬらす老の枕に音づれてね覚を時とふる時雨かな」（雑上、公雄）

初冬時雨

76 はつしぐれ[4]しぐれてわたるた[1]びごとにみねの木[2]葉ぞ面影に立[3]（立つ）

【校異】詞書、歌—ナシ（B、本、三、神、岡、私Ⅱ）。「丁」（文）。1た—よ（A）。2木—木の（A）。3立—たつ（A、私Ⅲ）。4「（一首分空白）」（私Ⅲ）。

【語注】**○初冬時雨**　「為忠431〜438・慈円3349・小侍従Ⅰ76・Ⅲ42・定家1551」（歌題索引）とままある。③133拾遺愚草1551「今日そへにさこそ時雨のおとづれて神無月とは人にしられめ」（冬「初冬時雨」）。**○第一、二句**　「しぐれ」の繰り返しによるリズム。万葉時代には時雨は木葉を色づかせるものであったが、平安時代になって、時雨が冬のものとしてとらえられるのが一般的になってくると、木葉を散らすものというとらえ方になっていった。「冬」歌ゆえに、紅葉させて行くととるよりも、【訳】の如くとした。**○しぐれてわたる**　①4後拾遺381「神な月ふかくなりゆくこずゑよりしぐれてわたるみやまべのさと」（冬、永胤）、①7千載411 410「み山辺の時雨れてわたるかずごとにかごとがましき玉がしはかな」（冬、国信）。**○たびごとに**　八代集三例・古今1061、拾遺168、新古今1599。①15続千載605 607「もみちばをさそふ嵐のたびごとに梢の月のかげぞ時雨るる」（冬、行深）。

【訳】初時雨が時雨れて移動していく度毎に、（時雨が散らした）峯の木葉が面影として浮く事よ。〈初冬の時雨〉

▽「初時雨」。「初冬（独聞時雨）」→「初冬時雨」。前歌が恋歌とも思われる身辺詠であったのに対して、76は、同じ（初）時雨を素材とはしているが、初時雨が時雨れ渡る毎に峯の紅葉した木葉が面影に立つという自然詠に転じている。

「時雨にぬれそぼつ初冬の木の葉を「面影にたつ」と歌ったのは珍らしい。「面影にたつ」のは我が姿によそへる意であるか明らかでない。普通「面影にたつ」と歌はれるのは、風に散るのを惜しむ桜である。そこがこの歌の逆のねらひ所なのであらう。」（『冨倉』278、279頁）

【参考】⑤141内大臣家歌合元永元年十月二日16「かみな月時雨れてわたるたびごとに生田の杜をおもひこそやれ」（「時雨」忠隆）

旅宿時雨[1]

77　草枕[2]おなじ旅ねの床[3]にまた[4]夜[5]半[6]の時雨もやど[7]はかりけん《り》〃[8]

【校異】詞書、歌―ナシ（私Ⅲ）。「乙丙」（文）。1「旅宿―たひのとまりの乙丙」（文）。旅宿時雨―旅のとまりの時雨（本、三、神）、旅のとまりのしくれ（岡）、たひのとまりのしくれ（B、私Ⅱ）。2千載（三）、千（B）、千載（岡）。3床―袖（本、神）、そて（B、三、岡、私Ⅱ、「乙丙」（文））。4また―又（A、B、本、三、神、岡、私Ⅱ）。5夜―よ（B、岡）。夜半―よは《夜半》（三）。6半―は（A、B、岡、私Ⅱ）。7やと―やと《宿》（三）、宿（本、神、岡）。8ん《り》〃―り（A、

B、本、三、神、岡、私Ⅱ、国④)。

【語注】**○旅宿時雨**　「詞花150(瞻西)・千載525(実房)…」(歌題索引)。①6詞花150 148「いほりさすならの木かげにもる月のくもるとみればしぐれふるなり」(冬「旅宿時雨といふことをよめる」瞻西法師)。**○草枕**　草を枕にする野宿か、「旅」の枕詞か。前者だと「草枕」「旅寝」と同じ意味の語が重複する事になる。『和泉・千載527』は前者、『新大系・千載528』は後者。**○旅ねの床**　八代集三例・千載168、301、502。**○夜半の時雨**　八代集四例・後拾遺816、896、千載402、528。「涙の意を含んでの用法が多い。…当詠にはそうした伝統が作意として働いている。時雨によって増幅される旅のわびしさ、苦しさを詠む。」(『和泉・千載527』補注)。

【訳】草を枕とする野宿をして、(私らと)同じ旅寝の床にまた、夜半の時雨も(降って)宿を借りる事よ。〈旅の宿の時雨〉

▽「時雨」。「初冬時雨」→「旅宿時雨」。「木・葉」→「草」。旅寝の、同じ床に、漏れ落ちてくる夜半の時雨も宿は借り、私(ら)も旅の辛さわびしさに床を涙で濡らすと歌ったもの。前歌の初冬の自然詠から、同じ時雨であっても旅の詠へと転ずる。⑤160住吉社歌合嘉応二年((1170)10月19日散位敦頼住吉社歌合)87、「旅宿時雨」十九番左勝、小侍従、第三句頭、末句の終り「そで…けり」。①7千載528 527、羇旅「住吉社の歌合とて、人人よみ侍りける時、旅宿時雨といへる心をよみ侍りける」〔この詞書は四首(525 524、~528 527、)にかかる〕、太皇太后宮小侍従、同「袖…けり」、前の歌・千載527 526「玉もふくいそやがしたにもる時雨たびねのそでもしほたれよとや」(源仲綱)。②12月詣275、羇旅「藤原敦頼住吉にて歌合し侍りけるに、旅宿時雨といふことをよめる」小侍従、同「袖…けり」。⑤271歌仙落書105「住吉の歌合に、旅宿時雨」大宮小侍従、同「床…けり」、〔第三句「そでにまた(書・輪)」、末句「宿をかりけり(書)・やどをかけけり(輪)」〕。

実守の88「いほりさすやまぢはすぎぬはつしぐれふるさとまでやめぐりゆくらむ」と番えられて、俊成に「左歌、おなしたびねのそでに又といひて、よはのしぐれもやどはかりけりといへる心すがたいとをかし、…ただし、左歌ここ ろなほよろし、かつと申すべし」（左の歌は、「同じ旅寝の袖に又」と言って、「夜半の時雨も宿は借りけり」と述べた歌の趣、有様は大変味わいがある、…ただし、左の歌は、歌の趣はやはり悪くない、優れていると申すべきである）と判ぜられた。

「旅情のやるせなさに流す涙を充分余情として歌つてゐるところ正に彼女の傑作といへる。…以てこの歌のよさがすがたと心と両面にあることを認めてゐることがわかる。…彼女の作品中有数のものである。」（『富倉』268、269頁）

「袖をぬらす旅愁の涙を、時雨が袖に宿を借りると時雨を凝《（ママ）》人化した。」（新大系・千載528）。「寂寥の歌境。」（和泉・千載527）

寒草霜

78 [5]霜がれて[1]あさぢ色づく冬埜[2]には尾[3]花ぞ秋のかたみなり[4]ける

【校異】詞書―ナシ（私Ⅲ）。詞書、歌―ナシ（B、本、三、神、岡、私Ⅱ、「乙・丙」（文・204））。「丁」（文）。1て―の（A、私Ⅲ）。2埜―野（文）。3尾―お（A）。4なり―成（A）。5次・89、91、85、80、74（秋）、75、79、83、86、88、92、93、94、90、97の歌（詞書）―私Ⅲ。

【語注】**○寒草霜**　小侍従Ⅰ78のみの珍しい歌題（歌題索引）。**○あさぢ色づく**　④1式子252「しるきかなあさぢ色づく庭の面に人めかるべき冬のちかさは」（秋。同366。④31正治初度百首254）。**○冬埜**　八代集一例・後拾遺609（恋一、平経章）。**○秋のかたみ**　73既出。

【訳】霜枯れをして〔霜に枯れた〕浅茅が色付いた冬の野では、尾花〔薄の花だけ〕が秋の形見として残っている事よ。〈寒い草に置く霜〉

▽最末「りける《り》」。「旅宿時雨」→「寒草霜」。「時雨」→「霜」、「草」→「花」。すべて他のもの皆霜枯れて、浅茅だけが色付いている冬の荒涼とした野原においては、枯れ残っている尾花・薄の穂こそが秋の形見だと歌ったもので、「旅宿時雨」の前詠から、また冬野の自然詠へと戻っている。視覚（「色」）。204後出（初句「霜がれの」）。①12続拾遺410 411、冬「題しらず」小侍従、初句「霜枯の」。

「―霜―…参考「朽ちもせぬその名ばかりをとどめおきて枯野の薄形見にぞみる」（新古今・哀傷・西行）。」（『続拾遺和歌集』410）

【参考】③106散木983「りんだうのかれ野にひとり残れるは秋のかたみにしもやおくらん」

③123唯心房121「しもがれのふゆののすすきうちなびくけしきは秋にかはらざりけり」（「寒草」）

④30久安百首1297「秋のはなすすきおしなみ霜がれて浅茅が原もみち芝もなし」（物名「はなすすき、もみぢ」）

枯草霜

79 一葉よりおひ[1]行[2]（行く）すゐの名をかねて霜をいたゞく翁草哉

【校異】詞書、歌―ナシ（B、本、三、神、岡、私Ⅱ）。「丁」（文）。1おひ―老（私Ⅲ）。2行―ゆく（A、私Ⅲ）。

【語注】○枯草霜　小侍従Ⅰ79・Ⅲ50のみの珍しい歌題（歌題索引）。○おひ行　八代集にない。「生ふ」に「翁」の縁語「老《お》ゆ」を掛けるか。○おひ行すゐ　⑤421源氏物語46「初草のおひゆく末も知らぬ間にいかでか露の消えんとすらむ」（「若紫」、ゐたる大人（女房））。 **○名をかねて** 新編国歌大観①〜⑩の索引に用例がなく、珍しい表現。
○霜をいたゞく ④30久安百首1154「華さきし秋のさかりは過ぎはてて霜をいただく野べのふゆ草」（冬十首、兵衛）。
○いたゞく 八代集では、動詞は拾遺564、後拾遺1161、詞花374、千載346、名詞は金葉569のみ。 **○翁草** 八代集にない。猫草、松、菊の異名ともいわれるが、この場合猫草の事であろう。梁塵秘抄13「春の初《はじめ》の歌枕…鶯 佐保姫 翁草 花を見捨てて帰る雁」（新大系8頁。注「キンポウゲ科。」）。出雲国『風土記』飯石郡「凡て、諸の山野に在るところの草木は、…細辛《みらのねぐさ》・白頭公《おきなぐさ》・白芨《かがみ》…」（221頁）。⑤34女四宮歌合21「しらけゆくかみにはしもやおきなぐさことのはもみなかれはてにけり」（③29順161）、⑤34同22「しもがれのおきなぐさとはなのれどもをみなへしにはなほなびきけり」、④30久安百首499「…かしらの霜は あさごとに はらひもあへず おきな草 ひとりかれ野に …」（「短歌」季通）。『古典植物辞典』63頁参照。

【訳】双葉（幼少時）より成長してゆく将来の名（＝「翁（草）」）を合せ持って、霜を頭にいただく（白髪の）翁草である事よ。〈枯れた草の霜〉

▽「霜」。「寒草霜」→「枯草霜」、「花」→「葉」「草」。双葉の頃より老い、生育する先の名をもって、今白髪にまがう霜をもっている翁草よと歌う。冬野では尾花が秋の形見だと歌った前歌の次は、霜の翁草に焦点を絞っている。「霜をいたゞく翁草を、「霜をいたゞく」といふ語が白髪の意になるので、その名「翁」によそへて歌つた。二葉は初生の意でもある。これも言葉のたはむれであるが、翁草の歌は珍しいといへる。」（『冨倉』279頁）

【類歌】⑤175六百番歌合507「のこりゐてしもをいただくおきなぐさ冬の野もりとなりやしぬらむ」（冬「枯野」顕昭）

雪[1]

80 白妙[2]に冬のかげ[3]野もお[4]しなべてう[5]き世わ[6]する、今朝の雪[7]哉

【校異】1雪—ゆき（本、三、神、私Ⅱ）、詞書—ナシ（私Ⅲ）。歌—ナシ（B、本、三、神、岡、私Ⅱ）。「丁」（文）。2妙—たへ（私Ⅲ）。3げ—れ（A）。4お—を（A）。5「うき世—うき丹」（文）。6世わ—わ《を歟》（私Ⅲ）。7雪—霜（A）。

【語注】**○白妙に** ④30久安百首655「しろたへになりにけらしな津の国のこやのしの屋の雪のうはぶき」（冬十首、親隆）。 **○かげ野** 八代集一例・千載34「み山木のかげ野の下のしたわらびもえいづれども知る人もなし」（春上、基俊。④26堀河百首139、春「早蕨」）。この歌は「自負を抱きながらも登用されない不遇を訴える心がある。」（新大系・千載34）とされる。②16夫木5443「秋ふかき山の陰野の柴の戸に…」（秋四、秋雨「秋歌中」伊勢。③15伊勢集には見当らず）。他、⑦113隣女集11「はるきてもなほかぜさむきみやまぎのかげののくさにのこるあはゆき」（春）、文応三百首10「風さゆる山の陰野の初草の…」（春。『中世和歌集　鎌倉篇』新大系268頁）などがある。

【訳】真白に、冬の山かげの日の当らない野もすべてにわたって、この憂き世を忘れさせてくれる今朝の雪である事よ。

▽「かな」。「枯草霜」→「雪」。純白にかげ野も含めてあたり一面を覆い尽くしてしまい、憂世というものを忘れさせる雪を歌う。が、その裏には、「かげ野」「憂き世」と、自《み》らを日かげの身とする意識の投影がある。

81 か[1]きく[2]もりあまぎる雪のふる郷[3]をつもらぬさきにとふ人も哉[4]

【校異】歌—ナシ（私Ⅲ）。「乙丙」（文）。1新（B）、新古（岡）、新古題しらす（三）。2くも—曇（岡）。3郷—里（本、神）、さと（三、岡、私Ⅱ）。4哉—かな（A、B、本、三、神、岡、私Ⅱ）、がな（国④）。

【語注】○かきくもり　②4古今六帖762「かきくもりあられふりしけ白玉をしける庭とも人の見るべく」（第一「あられ」）、④26堀河百首886「かきくもりかねて雪ふるこし路にはいかでかけふを冬としるらん」（冬十五首「初冬」顕仲）、式子261「あれくらす冬の空哉かきくもりみぞれよこぎる風きをひつゝ」（冬）。○上句　「「梅の花それとも見えず久方のあまぎる雪のなべて降れれば」（『古今集』冬、読人しらず）〔私注—古今334〕に拠るか。」（古典集成・新古今678）。○ふる郷　「雪の降る、古郷」掛詞。「今は忘れられた里。雪が積ればいよいよ訪う人はないのである。」（新大系・新古今678）。「ここでは奈良や吉野などを思い描く。」（古典集成・新古今678）。　○つもらぬ　③88範永118「よしの山ゆきふるほどもつもらぬにまだきもきゆるひとのあとかな」。

【訳】空が急に暗くなり、一面に曇る雪のふる郷（のわが家）を雪の積らないうちに訪れる人があればなあ…。

▽同じく「雪」（歌、詞書（題））の歌。「かげ野」→「古郷」、「かな」→「哉《がな》」。「かき曇り天霧る雪の降る」古郷を、雪が積らぬうちに来る人があったらいいと歌う。西行を思わせる④1式子310「八重にほふ軒ばの桜うつろひぬ風よりさきにとふ人もがな」（①8新古今137、春下）に似た、人を求める歌ではあるが、その裏には、この「古郷」の寂寥がある。前歌の「かげ野」「憂き世」に、この「古郷」がつながる。①8新古今678、巻六、冬「題しらず」小侍従（隆）。81によく似た類歌に、④35宝治百首2130「おほはらやけさより雪のふるさとにつもらぬさきを問ふ人もがな」（冬十首「浅雪」信覚）がある。

【類歌】③132壬二2654「富士のねやと山もいまはかきくらし天ぎる雪のふらぬ日はなし」（冬「雪歌冬の中に」）
④11隆信278「みやまべはゆきげのけしきただならでつもらぬさきもとふ人ぞなき」（冬。31正治初度百首1268）
④31正治初度百首1663「雪ふらば道も絶えなん山里を時雨るるまでは問ふ人もがな」（冬、寂蓮）

④35宝治百首2125「あさまだき庭のはだらにふる雪のつもらぬさきに人の問へかし」（冬十首「浅雪」基良）

82 [1]枝[2]しげきしの田の[3]もりの[4]影のみや[5]け[6]ふ[7]ふる雪のつもらざるら[8]む

【校異】歌—ナシ（私Ⅲ）。「乙丙」（文）。1枝—ゑた（B）。枝しけ—えた《枝》しけ《重》（三）。2し—三（「み」、「志」か、本）。3もり—森（本、神）。4影—かけ（岡、私Ⅱ）、かけ《陰》（三）。5けふ—今日（岡）。6ふ—さ（A）。7ふる—降（本、神）。8む—ん（A、本、三、神、私Ⅱ）。

【語注】**○しの田のもり**　歌枕、木々が多い（「千枝」）。和泉国で、和泉市にある葛の葉神社がその跡だといわれている（歌枕辞典）。勅撰集初出は後拾遺189であり、他に②4古今六帖1049。①6詞花295 294「くまもなくしのだのもりのしたはれてちえのかずさへみゆる月かげ」（雑上、内大臣）、①6詞花365 364「わがおもふことのしげさにくらぶればしのだのもりのちえはかずかは」（雑下、増基法師。5′金葉三433。③47増基4）、①7千載107「おもふことさえにやしげきよぶこ鳥しのだのもりのかたに鳴くなり」（春下、匡房）、④30久安百首558「いづみなる篠田の森の千枝ながら玉のうゐ木にかざるしら雪」（冬十首、隆季）。③56恵慶205「しのだのもりのゆき」。　**○や**　疑問か詠嘆か。

【訳】枝の多い信田の森の（雪にうつる枝の）影だけが、今日降っている雪が積らないのであろうか。

▽同じく「雪」の歌。「ふる」「つもらざる《ぬ》」。「古郷」→「信田の森」。前歌が雪の積る前に訪れる人があればよいのに…といった、人を恋い求める歌であるのに対して、82は、信太の森の影だけが、降る雪は積らないのかと、後述の③100江帥129をふまえて、こんなにも沢山雪は積っているが、影だけが…と歌うのである。第二、三、四句ののののリズム。

【参考】③100江帥129「すぎもすぎちえのひとえもみえぬまでしのだのもりはゆきぞつもれる」（冬「ゆき未出」）

④29為忠家後度百首472「しげりあふさえのこずゑもみえぬまでしのだのもりは雪ふりにけり」（冬、雪十五首「杜

間雪」）
④29同477「ちえながらみなたわにぞなりにけるしのだのもりにゆきしつもれば」（冬、雪十五首「杜間雪」）

雪中遇友

83　ふる雪にたづぬるこま[1]の跡[2]なくはけふ[3]もやいもに[4]あはで[5]くれまし

【校異】詞書、歌―ナシ（B、本、三、神、岡、私Ⅱ）。「丁」（文）。1こま―駒（私Ⅲ）。2跡―路（私Ⅲ）。3けふ―今日（A）。4に―と（A）。5くれ―暮（A、私Ⅲ）。

【語注】○雪中　李益・尋紀道士…「壇草雪中春」。○雪中遇友　「雪中会友　小侍従Ⅰ83・Ⅲ51・親宗83・西行Ⅰ534」（歌題索引）。西行Ⅰ534は「雪朝会友」。私家集大成・中世Ⅰ・15親宗83「もろともにちとせまてとはちきれとも雪をいたゝく庭のくれ竹」（冬「或所歌合、雪中逢友といふことを」）。○ふる雪に　①8新古今659「ふる雪にまことにしのやいかならんけふは都に跡だにもなし」（冬「返し」基俊）。○こま　駒。平安時代以降は「馬」に対して雅語的な位置にあったとされる。○跡なく　俊成271「けさはもし君もや訪ふとながむれどまだ跡もなき庭のゆき哉」（冬「しはすの十よ日…」）。○や　疑問か詠嘆か。○いも　詞書・題は「友」である。

【訳】降りつもっている雪に尋ね求める馬の足跡がなかったとしたら、今日もまた君（友）に会う事なく日が暮れはててた事であろうか。〈雪の中において友と会う〉

▽「ふる雪」「けふ」。「雪」→「雪中遇友」。降っている雪の中に頼みとする馬の跡がなかったら、あなたに会えずに日が暮れはててしまっただろう、逆にいえば、馬の跡があったので、やっとあなたに会う事ができたと歌う恋歌仕立

ての反実仮想の詠である。蒙求（「管仲随馬」）の故事――八代集抄・後撰979及び『式子全歌注釈』170参照――を用いている。よく似た参考歌に、④30久安百首295「降る雪にいかで家路をたづねましをしふる駒の跡なかりせば」（羇旅、教長）がある。

【参考】千載451「み山ぢはかつちる雪にうづもれていかでか駒のあとをたづねん」（冬「題しらず」教長）

千載463「駒のあとはかつふる雪にうづもれておくるゝ人やみちまどふらん」（冬「行路雪といへる心をよめる」西住法師）

【類歌】式子170「今朝の雪に誰かはとはん駒の跡を尋ぬる人の音ばかりして」（冬）

④11隆信283「ふるゆきにわれよりさきの跡なくはまよひやせましけさの山ぢを」（冬）

84　水鳥[1]

[10]こほ[2]りして[3]み[4]ぎはのひ[5]まやせばからむ[6]む[7]れゐる鳥[8]のとびわ[9]かれぬる

【校異】詞書、歌―ナシ（私Ⅲ）。「乙丙」（文）。1鳥―とり（B、岡、私Ⅱ）。2ほ―を（岡）。3て―「く習類」（文）。4みぎは―みきは《汀》（三）、汀（A）。5ひ―ひ《樋》（三）。6む―ん（A、本、三）。7む―ヽ（岡）。8鳥―とり《鳥》（三）。9わかれ―わかれ《別》（三）。10次―95・詞書、歌（B、本、三、神、岡）。

【語注】**〇こほりして**　②16夫木7023「夕さればまののいけ水こほりしてよがれがちなるあぢのむらどり」（冬二・水鳥「氷を」三条入道内大臣）。**〇ひま**　氷のひま、又は空間のひま。やはり氷か。**〇や**　疑問か詠嘆か。**〇むれゐる鳥**　④26堀河百首1012「池水にむれゐる鳥のは風にはあしまの氷さえやまさらむ」（冬十五首「水鳥」師頼）、⑤76大宰大弐資通卿家歌合30「いけみづのこほりわたればあさゆふにむれゐるとりもうすらぎて見ゆ」（「池氷」）。**〇とびわかれ**　八代集一例・①4後拾遺567「いまはとてとびわかるめるむらどりのふるすにひとりながむべきかな」（哀傷、義孝。③52義孝7。⑤354栄花物語7）。③1人丸85「天河きりたちわたる七夕は《の》あまのは衣とびわかるかも」、⑤354栄花物語80「…昼はおのおの　飛び別れ　夜は古巣に　帰りつつ…」（巻第九「いはかげ」内大臣殿の女御殿（義子））。

【訳】氷が張りつめていて水際のすきまがさぞ狭かったのであろうか、群れている鳥が（空へ）飛び別れてしまった事よ。

▽「雪中遇友」↓「水鳥」。「雪」↓「氷」、「駒」↓「鳥」。氷って汀の空間が狭くなったのか、そこに群れていた鳥が飛んでいなくなったと、冬の〝水鳥〟の様を描く。三句切。連体形止め。

85　冬さむみつがはぬをしのなく[1]聲は[2]我さへねでもあかしつる哉

【校異】歌―ナシ（B、本、三、神、岡、私Ⅱ）。「丁」（文）。1なく―鳴（私Ⅲ）。2は―に（A、私Ⅲ）。

【語注】〇初句　第三句及びそれ以下にかかって行く。**〇つがは**　八代集一例・後述の千載787。**〇つがはぬをし**　本来共寝をしていなければならないのに、やむを得ず「一人寝」をせざるを得ない鴛鴦。④26堀河百首1233「ひとりぬる我にてしりぬ池水につがはぬをしのおもふこころを」（恋十首「思」公実。①7千載787 786、恋三）、③36小大君21「冬の夜のしもうちはらひなくことはつがはぬをしのわざにぞありける」（「返し」）、③73和泉式部70「冬の池のつがはぬをしはさよ中にとびたちぬべきこゑきこゆなり」（冬）。

【本歌】①4後拾遺335「からころもながきよすがらうつこゑにわれさへねでもあかしつるかな」（秋下、資綱。⑤64内裏歌合永承四年19）

【訳】冬が寒いので、一対とならない鴛鴦の嘆き悲しんで鳴く声は、（その声をきくと、）私までもが（その哀切な声に）寝ないで（鴛鴦と共に）夜を明かした事よ。

▽同じく「水鳥」の歌。「鳥」→「をし」。冬寒く、離れ離れの鴛鴦の鳴き悲しむ声は、鴛鴦のみならず、私まで眠れないで夜を明かすと、下句が全く同一の本歌――これは擣衣の声によって――の秋の夜長を、冬の夜にもってきて、鴛鴦の声によって、と歌っている。【語注】や左記の歌をみても分るように、「つがはぬをし」の「冬の夜の鳴く声」は、小侍従以前の詠によくよまれている。聴覚（「なく声」）。

【参考】③99康資王母88「ふゆのよにつがはぬをしの独ねにあやなく袖のぬれにけるかな」

③119教長595「よもすがらつがはぬをしのなくこゑにめもあはでこそわれもききつれ」（冬）

④27永久百首396「冬さむみはだれしもふるさ夜なかにつがはぬをしの声ぞかなしき」（冬十二首「鴛鴦」忠房）

⑤424狭衣物語58「我ばかり思ひしもせじ冬の夜につがはぬ鴛鴦のうき寝なりとも」（狭衣）

山居水鳥

86 さゆる夜[1]は思ひこそやれおほとり[2]の羽がひにまがふをしのうは毛を

【校異】詞書、歌―ナシ（B、本、三、神、岡、私Ⅱ）。「丁」（文）。1夜―よ（A）。2おほとり―大鳥（私Ⅲ）。

【語注】○山居水鳥　小侍従Ⅰ86・Ⅲ52のみの珍しい歌題（歌題索引）。「山居」するのは、「水鳥」か。○夜は「夜半」か。　○おほとり　八代集にない。万葉二例・万葉210「大鳥乃《おほとりの》　羽易乃山尓《はがひのやまに》」、213「大鳥《おほとりの》　羽易山尓《はがひのやまに》」。③73和泉式部399「わがうへはちどりはつげじおほとりのはねにしもなほさるはおかねどに（ママ）」（「霜の…」）。⑤393和泉式部日記

97)。　**○羽がひ**　八代集にない。万葉一例・②1万葉64「葦辺行《アシヘユク》《あしへゆく》　鴨之羽我比尓《カモノハガヒニ》《かものはがひに》　霜零而《シモフリテ》《しもふりて》　寒暮夕《サムキユウヘハ》《さむきゆふへは》　和之所念《ヤマトシゾオモフ》《やまとしおもほゆ》」(第一、雑歌、志貴皇子)。③114田多民治97「みしま江や蘆のかれ葉の下ごとに羽がひの霜をはらふをしどり」(冬「水鳥」)。⑤134内大臣家歌合永久三年十月1、「水鳥」内大臣)、①18新千載681「夜もすがらはらひもあへぬ水鳥の羽がひの霜に氷る月影」(冬、為道)。　**○をしのうは毛**　④19俊成卿女121「打ちはらふ霜のつばさの音さえてをしの上毛に氷る月かげ」(詠百首和歌「氷」)。　**○うは毛**　上毛に置く霜の事。①7千載429「かたみにやうはげの霜をはらふらむともねのをしのもろごゑになく」(冬「水鳥をよめる」源親房)、①7千載432「このごろのをしのうきねぞあはれなるうはげの霜よ下のこほりよ」(冬、崇徳院)。

【訳】冷え冷えとした夜は思いやる事よ、大鳥(大きな鳥)の羽交いに置く霜と見まがう鴛鴦の上毛(のあたり)を。

〈山居の水鳥＝山(の)住まいで水鳥(の声を聞く)〉

【本歌】①3拾遺230「しもおかぬ袖だにさゆる冬の夜にかものうはげを思ひこそやれ」(冬、公任)

▽「をし」。「水鳥」→「山居水鳥」、「さむみ」→「さゆる」、「寝《ね》」→「夜」、「をし」→「おほとり」。大鳥の羽交いの霜と見まがう鴛鴦の上毛に置く、払えない霜を冷える夜は思いやると、本歌の「鴨の上毛」を「鴛の上毛」に変えて、「大鳥の羽交ひ」を歌い加えているのである(ママ)。二句切、倒置法。第二、三句おの頭韻(末句を)。

【参考】③81赤染衛門108「ひとりねのをしの上けの霜よりもおきては我ぞ思ひやりつる」

④26堀河百首917「さむしろに思ひこそやれささのはのさやぐ霜夜のをしの独ね」(冬十五首「霜」顕季)

【類歌】④15明日香井594「さゆるよははねにしもふるおほとりのはがへのやまに山おろしぞふく」(冬二十)

87　氷[1]

水[2]か[3]み[4]やう[5]すごほるら[6]む小[7]夜[8]ふ[9]けてかけひ[10]にか[11]ゝる水まれになる

【校異】詞書、歌―ナシ（私Ⅲ）。「乙丙」（文）。1氷―こほり（B、岡、私Ⅱ）。2水―みな（B、本、三、神、岡、私Ⅱ）。3かみ―上（A）。4み―ら（本。「み」か）。5うすごほ―薄氷（本、神）。6む―ん（A、B、本、三、神、私Ⅱ）。7小―さ（本、三、神、岡、私Ⅱ）。8夜―よ（三）。9ふけ―更（A、本、三、神、岡）。10ひ―ひ《樋》（三）。11かゝ―うく（B、三、神、岡、私Ⅱ、「乙…習」（文））、うつ（「類」（文））。

【語注】**○や**　疑問か詠嘆か。一応疑問としておく。**○うすごほる**　八代集二例・千載387（冬、公実。末句「うすこ《（ママ）》ほるらむ」（新大系））、新古今638。ただし「薄氷」（名詞）は、初出の後拾遺623（恋一、能通）を含めて五例ある。④32正治後度百首49「うき草はなほあととめず冬の夜の谷行く水はうすごほれども」（冬「氷」御製）。**○かけひ**　八代集初出は後拾遺1040。3前出。**○第四句**　か音の多用。

【訳】水上は、薄氷りをしているのであろうか、夜ふけて、筧にかかり流れている水（の）量が乏しくなる事よ。

▽「夜」。「山居水鳥」→「氷」。夜が更け、筧にかかる水が少なくなった事象によって、水上はさぞ薄氷が張っているのか、と推量したもの。86と同じく二句切。連体形止めであろう。

【参考】④26堀河百首1005「氷して水口とほしその日より筧にかけし水はたえにき」（冬十五首「凍」隆源）

④26堀河百首1008「水上にいくへの氷とぢつらんながれもやらぬ山川の水」（冬十五首「凍」河内）

【類歌】④31正治初度百首1568「みなかみの谷の小河に氷りしてかけひの水の音だにもなし」（冬、範光）

④38文保百首265「水上やこほり初むらん谷川の岩まをつとふ水ぞすくなき」（冬十五首、道平）

[1]百首の[2]哥の[3]中[4]に[5]澗[6]底[7]氷

88 [8][18]山[9]がくれ人も[10]くみゝぬ[11]た[12]に[13]水[14]はつら[15]ゝにのみ[16]ぞ[17]むすばれにける

【校異】「乙丙丁」（文）。「百首は左大将家百首か。」（文）。1百…氷—谷氷（私Ⅲ）。2哥—歌（文、私Ⅱ）。3中—なか（本、神、私Ⅱ）。4に—に、（私Ⅰ、私Ⅱ、国④）。5澗—瀧の（三、「習類」（文））。澗底—たきのそこの（B、本、神、岡、私Ⅱ、「たきの底の」（「乙三神」（文））。6底—そこの（三）、「底の」（「習類」（文））。7氷—水（B、三、岡、私Ⅱ、「乙三神」（文））。8本集／月詣十一月（私Ⅲ）。9がく—隠（本、神）。がくれ—かくれ《ふかみ 月》（私Ⅲ）。10くみゝ—とひこ（B、本、三、神、岡、私Ⅱ、「乙丙」（文））。くみ…に水—くみゝぬ《とひこぬ》谷水《滝水 本 月同》（私Ⅲ）。11たに—たき（岡、私Ⅱ）、た《滝》き（三）、瀧（本、神、「習」（文））。12に水—きみつ（B、「乙三神類」（文））。13水—みつ《水》（三）。14は—「の習」（文）。15ゝ—ら（岡）。16ぞ—「や習」（文）。17むす—結（三）。18次は84の詞書、歌（B、本、三、神、岡、私Ⅱ）。

【語注】**○澗底氷**　小侍従Ⅰ88のみの珍しい歌題（歌題索引）。ちなみに「滝底氷　小侍従Ⅱ37」（同）、「谷氷　月詣1008（小侍従）／小侍従Ⅲ53」（同）のみ。「滝水」が後述の如く八代集に用例のない事により、〝澗〟（谷）と思われる。**○山がくれ**　「深山隠れ」は八代集に多いが、「山隠れ」は後撰1073、拾遺66のみ。⑤113多武峰往生院千世君歌合9「やまがくれややかすかにぞきこゆなるなほたにがはのみづのながれは」（「水有幽音」長厳）。**○みぬ**　「見ぬ」か。「汲みみる」は八代集に二例（後撰1165、詞花263）あり、共に「見る」意は含まれていないと考えられるので、ここもそうと考える。**○たに水**　八代集二例・千載1242、新古今1086、ただし「谷の水」も二例（古今118、千載221）ある。が、「滝水」は八代集にない。「滝の水」は八代集二例・拾遺67、1268。③59千穎47「あくまでにむすびしやまのたにみづはこほりもとけぬものにぞざりける」（冬十首）、③70嘉言2「谷水のこほりはまたぞむすびけるやまには年やおそく行くらん」（「はじめの春、やまこほり」）。　**○つらゝ**　八代集初出は後拾遺622。④26堀河百首1001「山ざとは谷の下水つらゐていはうつ浪の音だにもせず」（冬十五首「凍」師時）。　**○むすば**　〔訳〕の如く両義をもつ。　**○れ**　受身、可能各々の意味をもつ。

【訳】山に隠れていて人も汲み試みる事はしない谷水というものは、（手ですくわれる事はないが、）氷ばかりが「むすば」れる（生じる）事よ。〈百首の歌の中に、谷底の氷〉

▽「水」。「氷」→「澗底氷」、「（薄）氷る」→「つらら」。前歌と同じく山が舞台である。さらに88は、「むすぶ」が両義をもち、山に隠れ、人の汲む事のない谷水は、「掬ぶ（手ですくいのむ）」事はないが、「結ぶ」・氷のみができると歌う。古今2「袖ひちてむすびし水のこほれるを…」（春上、貫之）。②12月詣1008、十一月「谷氷といふことをよめる」小侍従、第一句「山ふかみ」、下句「つららのみこそむすばれにけれ」。

【類歌】⑤197千五百番歌合1956「ちりつもるこの葉によどむたにがはのやがてつららにむすばれにけり」（冬、公継）

千鳥

89　冬さむみ[1]賀茂[2]の河瀬[3]を[4]たどるまに夕波千鳥ことゝ[5]つぐなり

【校異】詞書のみ―ナシ（私Ⅲ）。詞書、歌―ナシ（B、本、三、神、岡、私Ⅱ）。「丁」（文）。1さむ―寒（A）。2賀茂―かも（私Ⅲ）。3河瀬―川せ（私Ⅲ）。4を―に（A）。5ゝ―に（A）。

【語注】○冬さむみ　85前出。「たどる（暖かい南へ）」、「事と告ぐ（鳴く）」――後述の①3′拾遺抄143による――」どちらにかかるのか。③67実方278「ふゆさむみたつかはぎりもあるものをなくなくきゐるちどりかなしな」。　**○賀茂の**

河瀬　八代集一例・後拾遺1014（後述）。「賀茂川」は、後拾遺以降「千鳥」を詠むとされる。③133拾遺愚草2006「千鳥なくかもの河せの夜はの月ひとつにみがく山あゐの袖」（「十一月千鳥」）。○たどる　「千鳥が」であろう、「舟が」ではあるまい。○夕波千鳥　八代集一例・金葉684「風はやみとしまが崎を漕ぎ行けば夕なみ千鳥立ゐ鳴くなり」（補遺歌「関路ノ千鳥と…」顕仲）。○ことゝつぐ　「…つく」（国④）か。「言付《ことつく》」は、八代集一例・後拾遺959。「ことづくる」（新大系・後拾遺959）、「ことつぐる」（和泉・後拾遺959）。○なり　いわゆる伝聞推定。聴覚によって推定する表現とされる。

【訳】冬が寒いので、賀茂川の中の瀬を（鳥が）たどっていく間に、賀茂川の夕暮の波の上を飛ぶ千鳥がことさら鳴いているようだ。

▽「澗底氷」↓「千鳥」、「（谷）水」↓「（河）瀬、波」、「人」↓「（千）鳥」、「谷」↓「（賀茂の）河」。山から都へ舞台を移し、冬が寒くて、賀茂の河瀬を行く間に、夕暮の河波の千鳥がとりわけ鳴いているらしいと歌う。末句の解がもう一つ分りにくいのであるが、千鳥は鳴くものであるとの伝統に基づいて解釈した。なお千鳥は冬の鳥。聴覚（「こと、つぐ」）。

【参考】①3'拾遺抄143「冬さむみさほのかはらのかはぎりにともまどはせる千鳥なくなり」（冬、貫之。拾遺238「夕されば…」紀友則）

①4後拾遺1014 1015「あけぬなりかものかはせにちどりなく今日もはかなくくれむとすらん」（雑三、円昭）

⑤142内大臣家歌合元永元年十月十三日11「ちはやぶるかもの河瀬にすむ千鳥ゆふかけてこそなき渡るなれ」（「千鳥」定信）

【類歌】⑤226河合社歌合寛元元年十一月32「暮れゆけば夕なみ千鳥声たてて川風寒み今ぞ鳴くなる」（「千鳥」為氏）

遥[1]嶋[2]千鳥

90　[3]かし[4]ゐがた夕霧かくれこぎ[5]ゆけばあべの[6]しま[7]はに千鳥しばなく

【校異】詞書、歌—ナシ（B、本、三、神、岡、私Ⅱ）。「丁」（文）。「夫木抄註に「百首歌遙嶋千鳥」とある。左大将家百首のうちか。」（文）。1遥—遙（私Ⅲ、文）。2嶋—島（私Ⅲ、国④）。3夫木廿五（私Ⅲ）。4ゐ—ひ（私Ⅲ、国④）。5ゆけ—ゆけ《くれ夫》（私Ⅲ）。6しまは—島わ（私Ⅲ）。しまはに—嶋原（A）。7は—わ（国④）。

【語注】○遥嶋千鳥　小侍従Ⅰ90・Ⅲ59のみの珍しい歌題（歌題索引）。○かしひがた　八代集にない。『歌枕索引』では、この歌のみであり、「八雲—駿河。八雲（かしひのうら）—筑前」とある。さらに『日本古代文学地名索引』では、「筑前国」に「奥義㊤259　万葉⑥957（—浦）・958・959・⑮3654（—江）　新勅撰⑧494（—浦）」とある。八代集では「香椎の宮」（金葉527、新古今1886）のみであり、筑前国の万葉集以来の歌枕である。万葉962 957「香椎乃瀉尓《カシヒノカタニ》《かしひのかたに》」、963 958「香《カシ》《かし》椎《ヒ》《ひ》瀉《ガタ》《がた》」、964 959「同」、3676 3654「可之布江尓《カシフエニ》《かしふえに》」。勅撰集初出は、新勅撰494「かしひのかたに」（羇旅、旅人）。③106散木764「かしひの方も」（旅宿）。○夕霧かくれ　①勅撰集索引に用例はない。ただし「夕霧」の八代集初出は後拾遺292である。③110忠盛41「ゆふぎりがくれ」。④3小侍従90「夕霧かくれ」。○あべのしまわ　新編国歌大観①〜⑩の索引では、この歌のみ。『日本古代文学地名索引』では、「あべしま山　古来㊤338　万葉⑫3152　歌謡360」、「阿部の島　万葉③359　奥義㊤259」で、共に「摂津国」となっている。⑤335井蛙抄304「あへの島岩うつなみのよるさえてすむともきかぬ千鳥なくなり」（中務卿親王）。「あべ」は八代集にない。歌枕。万葉362 359「阿倍乃嶋《アヘノシマ》《あへのしま》」、万葉3166 3152「安倍嶋山之《アヘシマヤマノ》《あへしまやまの》」。⑤210内裏歌合建保二年113「あへのしま山」（秋旅、通具）。所在未詳とされているが、90の「香椎潟」によれば、筑前国という事になろう。○しまは　八代集にない。「しまみ」の旧訓。上代文献の「島廻」「島曲」を誤読してできた語とされる。万葉42「荒嶋廻乎《アラキシマワヲ》《あらきしまみを》」。**〇千鳥しばなく**　②1万葉930 925「知鳥数鳴《チドリシバナク》《ちどりしばなく》」（赤人）。②4古今六帖1634、2726、4454三首「ち（千）どりしば鳴（な）く」。**〇しば**　八代集にない。山家43「かた岡にしばうつりしてなくきぎす…」（上、春）。

【訳】香椎潟（を）、夕霧に隠れて船で漕いでゆくと、あべの島のまわりに千鳥が盛んに鳴く（事よ）。〈はるかな島の千鳥〉

▽「夕」「千鳥」。「千鳥」→「遥嶋千鳥」、「賀茂の河瀬」→「香椎潟」「あべのしまわ」。同じく千鳥の歌ではあっても、舞台を川から海へもってきて、香椎潟を夕霧に隠れながら漕ぐ時、「あべのしまわ」に千鳥がしきりに鳴いていると、【語注】にも分るように、万葉の詞でもって歌を構成している。聴覚（「鳴く」）。②16夫木11938、雑七、潟「百首歌、遥島千鳥」小侍従、第二～四句「夕ぎりかくれこぎくればあへのしまわに」。

【参考】①5金葉二684 289「風はやみとしまがさきをこぎゆけば夕なみ千鳥立ちゐなくなり」（異本歌「（関路千鳥と…）」顕仲）

④26堀河百首978「月影のあかしの浦をこぎ行けば千鳥しばなくあけぬこの夜は」（冬十五首「千鳥」匡房。②10続詞花707）

【類歌】④4有房270「月きよみあしりのうみをこぎゆけばちどりしばなくみをがさきまで」（ふゆ「月のまへちどり」）

④41御室五十首638「有明の月に夜舟をこぎゆけば千鳥なくなり松島のうら」（冬七首、顕昭）

鷹狩

91　みかりする野[1]べのきゞすよ心せよそゝやはし鷹[2]すゞならすなる[3]〔り?〕[4]

【校異】詞書のみ—ナシ（私Ⅲ）。詞書、歌—ナシ（B、本、三、神、岡、私Ⅱ）。「丁」（文）。1野—埜（A）。2鷹—たか（A、私Ⅲ）。3なる—也（A）。4る—り〔り？〕（私Ⅰ、文）、る（私Ⅲ、国④）。

【語注】○鷹狩　『歌題索引』には、後拾遺394（能因）をはじめとして多い。　○みかりする　①5′金葉三296「みかりするすゑ野にたてるひとつまつとがへるたかのこゐにかもせむ」（冬「雪中鷹狩をよめる」長能。②7玄玄70）、③81赤染衛門490「みかりする人もこそきけ春ののにたがくるとみてきぎすなくらん」、③100江帥376「みかりするかたののすすきまねけどもそらとぶたかはたがへりもせず」（「あき人のこたかがり」）、③106散木612「御かりするまのゝはぎ原こゐにしてはぶしに鷹のふやかはるらん」（冬）、③109雅兼41「みかりするかたのの《をの》すそとしりながらなにときぎすのあととどむ《をとむ》らん」（⑤142内大臣家歌合元永元年十月十三日29）（「鷹狩」）、③111顕輔131「みかりするたかのをやまにたつきじやきみがちとせのひつぎなるらん」（鷹尾山付鷹狩人」）、③116林葉645「みかりするかたののみのにゆきふればあさたつきじもとやがへりけり」（冬「たかがりをよめる」）、④26堀河百首1065「みかりするかたのの原に雪ふればあはするたかの鈴ぞ聞ゆる」（冬十五首「鷹狩」師時）。

○野べのきゞす　八代集一例・①4後拾遺17。　○きゞす　春の鳥であり、わが身を隠せないですぐ飛び立って、所在を知られてしまう鳥としてとらえられていた、とされる。　○心せよ　60前出。　○そゝや　八代集一例・詞花108「お《（を）》ぎの葉にそゝや秋風吹ぬなり…」（秋、嘉言）。「ものを聞き驚く詞なり」（顕昭注）とされる。　○ならす　八代集三例・千載577、597、622。　○なる　いわゆる伝聞推定。

【訳】狩をする野辺の雉よ注意せよ、おおそれそれ、小形の鷹が鈴を鳴らすようだ。

▽「遥嶋千鳥」→「鷹狩」、「千鳥」→「きぎす」「はし鷹」。海（「潟」「島」）から「野」（山）へ舞台を移し、何とはし鷹が鈴を鳴らすようだから、（鷹）狩をしている野の雉よ気をつけよと、雉に注意をうながした詠となっている。三句切。第二、三よの脚韻。90と同じく聴覚（「鈴鳴らす（なる）」）。後に、「み狩する（初句）」「鈴」「鷹」の詞の通う396がある。

「和泉」九・24、25頁

【参考】③69長能178「みかりする人やことなるはしたかのとがへるのべのすずむしのこゑ」（「むし」）

③102紀伊32「はしたかのすずろにかかるすまひして野べのきぎすとねをのみぞなく」（「おもふことありて山里にすむころ」）

⑤58源大納言家歌合長暦二年17「はしたかのとぶをのすずのおとすなり野べのきぎすはたつそらもあらじ」（「鷹狩」宮内）

【類歌】④9長方91「すずむしをみかりのたかのおとかとて野べの雉子やくさがくるらん」（秋「虫」）

[1]百首のう[2]ち[3]鷹狩[4]日[5]暮

92　[6][7]みかりする[8]すそ[9]野の[10]眞柴[11]折[12]敷（敷き）てたびねをすべき[13]こよひ[14]成[15]けり

【校異】「乙丙丁」（文）。「百首は左大将家百首か。」（文）。1百…暮—鷹狩日暮（私Ⅲ）。2ち—ちに（A、「習」（文））、ち、（私Ⅰ、私Ⅱ、国④）。3鷹狩—たかかり（本、神、岡）、たかゝり（B、三、私Ⅱ、「乙丙」（文））。4日暮—日くれぬ（B、本、三、神、私Ⅱ、「乙丙」（文））。5暮—暮ぬ（岡）。6本集（私Ⅲ）。7み—み《御》（三）、御（A）。8すそ—かた（B、本、三、神、岡、私Ⅱ、「乙丙」（文））。すそ野の—すその《かたイ本》ゝ（私Ⅲ）。9野の—野ゝ（三）、の、（B、岡）。10眞—真（文、国④）。眞柴—ましは（本、三、神、岡、私Ⅱ、私Ⅲ）。11折—おり（A）、をり（B、私Ⅱ）。12敷—しき（本、三、神、私Ⅱ、私Ⅲ）。13こよひ—今宵（本、神）。14成—也（岡、私Ⅲ）、なり（A、B、私Ⅱ、国④）。成けり—なりけり《る［?］也イ》（三）。15けり—「らん習」（文）。

【語注】○**鷹狩日暮**　小侍従Ⅰ92・Ⅱ40・Ⅲ54のみの珍しい歌題（歌題索引）。　○**みかりする**　「狩をする予定の」とも考えられるが、詞書及び歌の内容から考えて、そうではなかろう。　○**すその**　八代集三例・後拾遺371、金葉144、千載248。ただし「裾野の原」も三例・千載32、219、408。　○**すそ野の眞柴**　新編国歌大観①〜⑩の索引では、この歌の他に②16夫木4717（秋三、為実）、④38文保百首655（冬、実泰）、⑦112蓮愉350、三例しかない。　○**眞柴**　八代集三例・千載465、1014、新古今688、あと「真柴川」一例・金葉277。　○**折敷き**　八代集では千載500初出。「敷く」は「裾」の縁語。③129長秋詠藻93「しはつ山ならの下葉を折敷きて今夜はさねん都恋しみ」（久安の比…、羇旅五首。④30久安百首896）、④33建保名所百首271「夏かりのゐな野のをざさをりしきてみじかき夜半のいやはねらるる」（夏十首「猪名野摂津国」）。

【訳】（日が暮れてしまったので、）狩をした裾野の柴を折って敷いて、旅宿をする筈の今夜である事よ。〈百首のうち、「鷹狩をして日が暮れた」〉

▽「み狩する」（初句）、「野・の」。「鷹狩」→「鷹狩日暮」。91が〝鷹狩〟そのものを歌ったのに対して、92は、鷹狩をした野の真柴を折敷いて、旅寝の予定の今夜だと、日の暮れはてた夜のほうに重点がおかれている。

【類歌】①8新古今688「かりくらしかたののましばをりしきて淀の河せの月をみるかな」（冬「鷹狩の…」公衡）

爐[1]邊物語

93　さ夜[2]すがら君と我[3]《我が》するむつごとに[4]うづみ火をさへおこしつる哉

【校異】詞書、歌―ナシ（B、本、三、神、岡、私Ⅱ）。「丁」（文）。1爐邊―炉辺（私Ⅲ、国④）。2夜―よ（A）。3

我─わか（A、私Ⅲ）。4に─は（A）。

【語注】〇爐邊物語　小侍従Ⅰ93のみの珍しい歌題（歌題索引）。〇さ夜すがら　すべての勅撰集で一例・後撰529（恋一、桂のみこ）。『古語大辞典』（小学館）で「小夜すがら」とよませている「狭夜通」は、⑤351続日本後紀4「狭《さ》夜《よ》通《とほるま》左右《で》」。他、③77大斎院82、④27永久百首186（夏「鵜河」忠房）など。〇むつごと　心をうち明けての話。八代集一例・古今1015（雑体、躬恒）。「人のふところに手さし入て物語するをば、むつごと、云。」（『能因歌枕（廣本）』106頁）。源氏物語三例「むつごとを語りあはせむ人もがな…」（「明石」、新大系二─77頁）、あと二例は文。他、③18敦忠28、③27仲文37など。〇うづみ火　八代集二例・後拾遺402（冬、素意法師）、新古今689（冬、永縁）。方丈記「或ハ又、埋ミ火ヲカキヲコシテ、老ノ寝覚メノ友トス。」（新大系23頁）。和漢朗詠集366「埋み火のしたにこがれしときよりも…」（冬「爐火」業平）。④26堀河百首1089～1104（冬十五首「炉火」）すべてに「埋み火」の用例がある。④26堀河百首1101「埋火のあたりに冬はまとゐしてむつがたりする事ぞ嬉しき」（冬十五首「炉火」隆源）、③73和泉式部69「ぬる人をおこすともなきうづみびを見つつはかなくあかすよなよな」（冬。167。③74和泉式部続563、「埋火」、初句「まどろむを」、末句「あかす比かな」）、式子393「うづみ火のあたりのまとゐさよふけてこまかになりぬはひのてならひ」（冬）、②15万代1516「うづみびをあはれとぞ見るよもすがらさこそはわれもしたにこがるれ」（冬「閑夜埋火を」寂念）、③131拾玉2178「さゆるよの枕にきえぬうづみ火のおこすにおこる世をいかにせん」（詠百首倭歌、夜）。〇おこす「起こす」は、八代集三例・後拾遺1208、金葉632、千載1268。「（火を）起こす」と「目を覚まさせる」両義をもつ。88の「むすばれ」と同じ語法。

【訳】夜通し中、君と私とがする（男女の）情話に灰の中の炭火をまで、おこした、目を覚まさせた事よ。〈炉・いろりの周辺で話をする事〉

▽「する」。「旅寝」「今宵」→「さ夜すがら」。「鷹狩日暮」→「爐邊物語」。羇旅的な前歌から、夜通しの二人の〃睦

言〃に埋火までも「おこし」たと、「むつごと」の【語注】にも分るように、恋歌的なものとしている。作者が男の立場に立って歌った歌である。

橋[1]上霰[2]

94　吹《（吹き）》わたる山路[3]の風のはげしさにあられたばしる木そのかけ橋

【校異】詞書、歌―ナシ（B、本、三、神、岡、私Ⅱ）。「丁」（文）。1橋―はしの（A）。2霰―の霰（A）。3路―ち（A）。

【語注】○橋上霰　小侍従Ⅰ94・Ⅲ56のみの珍しい歌題（歌題索引）。○吹きわたる　八代集にない。③96経信274、125山家261、⑤72関白殿蔵人所歌合11、⑤419宇津保物語403、637など。「わたる」は「橋」の縁語。○山路の風　新編国歌大観①～⑩索引には、この歌以外にない。○はげしさ　八代集一例・千載393（冬、教長）。③129長秋詠藻581、125山家746など。②14新撰和歌六帖364「はげしさを冬にことよせふくかぜにみやまもあれてちるもみぢかな」（第一「ふゆのかぜ」）、⑤191石清水社歌合建仁元年十二月8「吹きまよふみ山おろしのはげしさに夢路もしらぬたびねなりけり」（「旅宿嵐」兼宗）…94の上句と通う。○あられたばしる　②1万葉2316、4322、4古今六帖764、③105六条修理大夫239、④26堀河百首929、933、937、938、14金槐348など。②16夫木9376「たどるだにあやぶまれ行くたそかれにあられたばしるかけのまろばし」（雑三、かけのまろばし「家集、橋上霰」如覚）。○たばしる　八代集にない。万葉二例。○木そ　「木曽路の橋」八代集三例・拾遺865、金葉（三）403、千載862、「木曽の懸路《かけぢ》」八代集一例・千載1195。「木曽の懸橋」は八代集になく、勅撰集初出は①12続拾遺700、他、④26堀河百首46、③125山家1415、1432、130月清219など。平安時代から鎌倉時代にかけては「木曽のかけはし」が特に有名であり、その所在ははっきりしないが、丸木橋が仮に架けられていたというイメージであったとされる。道中の難所であり、危険を注意するともされる。

【訳】吹き渡っている、（木曽の）山路の風の激しさによって、霰が激しい勢いでとびちっている木曽の掛橋である事よ。〈橋の上の霰〉

▽「爐邊物語」↓「橋上霰」。前歌とはうって変って、西行・実朝を思わせるような純粋な羇旅歌。吹いて行く山路の風の激しさで、霰がほとばしる木曽の掛橋の情景詠である。後で、「路《ぢ》」「…に（第三句）」「霰」「たばしる」「木曽のかけ」の詞の通う514がある。

山家嵐[1]

95　[8]嵐に[2]も[3]尾上のかねはひゞきけり[4]し[5]もばかりぞ[6]となに思ひけむ[7]

【校異】詞書、歌―ナシ（私Ⅲ）。「乙丙」（文）。1嵐―あらし（B、本、三、神、岡、私Ⅱ）。2も―「そ習」（文）。3尾上―おのへ《尾上》（三）、おのへ（A）、をのへ（B、岡、私Ⅱ）。4り―「る習」（文）。5しも―しも《霜》（三）。6ぞと―「とは習」（文）。7む―ん（A、本、三、神、岡、私Ⅱ）。8次―92の詞書、歌（B、本、三、神、岡、私Ⅱ）。

【語注】**○山家嵐**　「新古1623（宜秋門院丹後）・俊頼Ⅰ629・小侍従Ⅰ95・Ⅱ39」（歌題索引）とままある。新古1623「山里は世のうきよりは住みわびぬことのほかなる峰の嵐に」（雑中「鳥羽にて歌合し侍りしに、山家ノ嵐といふことを」宜秋門院丹後）。「山家」は寺の事とも考えられるが、それよりも山家でふく嵐の中に山寺の「尾上の鐘」を聞いた趣であろう。　**○にも**　「の中にも」など様々な解釈可能。一応下句との対照によって、【訳】の如くとした。　**○尾上の**

かね　八代集三例・千載398、新古今1142、1968。新古今1142「年もへぬ…おのへの鐘のよその夕暮」（恋二、定家）。初瀬が有名。①7千載398 397「たかさごのをのへのかねのおとすなり暁かけて霜やおくらん」（冬、匡房。④26堀河百首914）、③118重家67「さえわたる月の光を霜かとてをのへのかねのこゑやたつらん」、③131拾玉759「草枕結ぶたもとに霜さえてをのへのかねのおとぞ身にしむ」（楚忽第一百首、冬「霜」）、④31正治初度百首164「おきならす霜のまにまにきこゆなりをのへのかねのあけがたの空《こゑイ》」（冬、三宮）、⑤176民部卿家歌合建久六年101「おく霜に月のひかりやまがふらん尾上の鐘の声きこゆなり」（「暁月」藤宰相中将）。　**○なに思ひけむ**　後鳥羽院の新古今36「見わたせば…ゆふべは秋となに思ひけん」（春上）が著名。

【訳】嵐であっても尾上の鐘は響いた事よ、（中国の故事にある、鳴らすのは）霜ばかりだとどうして今まで思っていたのであろうか（、嵐もあったのだ）。〈山家の嵐〉

▽「風のはげしさ」→「嵐」、「山」→「尾上」。「橋上霰」→「山家嵐」、「霰」→「嵐」、「霰」→「霜」。前歌の冬の木曽の掛橋の叙景歌から、嵐の中に響く尾上の鐘を描き出す詠へと転ずる。【語注】の千載398 397やその前の397「はつしもやをきはじむらんあか月の鐘のをとこそほの聞ゆなれ」（冬、大炊御門右大臣）の唐土豊嶺の鐘の故事（「秋霜降れば則ち鐘鳴る」（山海経））によって、嵐にも鐘は鳴った、霜ばかりだとどうして思っていたのかともらすのである。三句切。

歳暮[1]

96　かぞふれば[2]ものうかるべきけふをしも[3]とし[4]くれぬとて[5]なにいそぐらむ[6]

【校異】詞書、歌―ナシ（私Ⅲ）。「乙丙」（文）。1歳―としの（本、神）。歳暮―としのくれ（B、三、岡、私Ⅱ、「乙丙」（文））。2もの―物（岡）、物《身イ》（三）。3とし―年（A、本、神、岡）。4くれぬ―暮（本、神）。5なに―何（本、三、神）。6む―ん（A、B、本、三、神、私Ⅱ）。

【語注】**○ものうかる**　けだるく、大儀そうなさま、このような物事のとらえ方は白楽天の詩に多いとされる。式子と比べるなら、小侍従は、この歌にもみられるように、感情を詠嘆し、「憂し」（身、世）、「惜し」の語の多用や沈淪の嘆きが歌にみられる俊成的であり、新古今の一時代前の歌人といえよう（99「うき」、135「うき身」など巻末の「全歌自立語総索引」参照）。なお志村氏も、小侍従の「歌には、「憂し」「憂き身」などという言葉が時折くり返される。」（『志村』298頁）といわれる。　**○ぬ**　完了・強意だが、強意のほうであろう。　**○なに**　反語、疑問が考えられるが、疑問と思われる。

【訳】ふりかえって数えてみると、もの憂いような、そんな今日であるのに、年が暮れてしまうのだといって、どうして急ぐのであろうか（、そんなに急ぐ事はないのに）。

【本歌】拾遺261「数ふれば我が身に積もる年月を送迎と何急ぐらん」（冬「斎院の屏風に、十二月つごもりの夜」兼盛。
①3拾遺抄162。②5金玉39。②6和漢朗詠集396。③32兼盛193。⑤52前十五番歌合27）

▽「何」。「山家嵐」→「歳暮」。95とは末句（下句）「…と・何…《けむ らむ》（推量）」の表現が似通っている。96は、本歌の、数えてみると、我身に積もってゆく年月であるのに、送り迎えるといって人はどうして急いでいるのかといった歌をうけて、初、末句＋「年」が共通であるが、年末で「もの憂」い筈の今日なのに、歳が暮れるといって…と変えているのである。抽象・概念詠。⑤183三百六十番歌合570、冬、六十九番、右、第四句「としくれぬとや」小侍従。

歳暮急自水

97　行水《行く》はむすぶ[3]氷によどみけり暮行《行く》[1]と[2]しぞせく方もなき

【校異】詞書、歌—ナシ（B、本、三、神、岡、私Ⅱ）。「丁」（文）。「左大将家百首中の詠か。」（文）。1行とし—ゆく歳（私Ⅲ）。2とし—年（A）。3「（一行分空白）」（私Ⅲ）。

【語注】○歳暮急自水　「月詣1027（隆信）　小侍従Ⅰ97・Ⅲ58・隆信Ⅰ66」（歌題索引）。②12月詣1027「滝つせもこほればよどむなにかこの暮行くとしのたぐひなるべき」（十二月「内大臣家百首歌中に、としのくれ水よりもはやしといふことをよめる」藤原隆信朝臣）。　○行水　④32正治後度百首848「ゆく水をむすびとどむるつららかなおろす嵐や井せきなるらん」（冬「こほり」宮内卿）。　○むすぶ氷　①5金葉二296、③58好忠349など。　○方　「氷」に当る。方法か。

【訳】行く水は、生じた氷に淀んで滞る事よ、暮れて行く歳はさえぎりせきとめる所もない事よ。〈歳の暮は水より速い〉

▽「暮」「年」。「歳暮」→「歳暮急自水」。あっという間に流れ去る（川の）水は、生じる氷に淀むが、行く年は、ふさぐものもないと、自然のものはとどまる事もあるが、時は止められないと、対照化して歌っている。前歌・96は人事を描き、97は自然（上句）を歌って、四季（冬）の歌をしめくくる。三句切。また97と歌境の似た③132壬二70「芳野川はやきながれもこほるなりくれゆく年よなににたとへん」（初心百首、冬）もある。172が酷似。

【類歌】②12月詣1027【語注】参照。

戀[1]

恋[2]

98 待[3][4]《（待つ）》よ[5]ひ[6]の[7]ふけ行[8]《（行く）》か[9]ねの聲きけばあかぬ別[10]の鳥はものかは[11]

【校異】1戀―ナシ（A、B、本、三、神、岡）。2恋―戀（本、三、神、岡）、ナシ（私Ⅱ、私Ⅲ、「諸本」（文））。歌―ナシ（私Ⅲ）。「乙丙」（文）。3新古（B、岡）、題しらす《〈新古〉》（三）。4新古（三）。5よひ―霄《〔宵〕》（本、神）。6の―に（B、本、三、神、岡、私Ⅱ、「乙丙」（文））。「新古今集にも「まつ宵の」「まつ宵に」両本文があり、「の」と「に」の判別は困難である。ただし文意は「に」の方が通りやすい。」（森本『新古今』263頁）。7ふけ―更（本、三、神、岡）。8行―ゆく（B、私Ⅱ）。9かね―鐘（本、神、岡）。10別―別れ（岡）、わかれ（三、神、私Ⅱ）。11もの―物（B、岡、私Ⅱ）。

【語注】**○ふけ行かね**　初夜（戌の刻、八時頃）の鐘。　**○かねの声**　八代集初出・後拾遺918。　**○あかぬ別**　七夕歌に多い用例。①2後撰249「…たなばたは《の(貫)》あかぬ別のそらをこひつつ」（秋上、つらゆき。③19貫之836）。他、⑤415伊勢物語236「…人問はばあかぬ別れの涙河まで」（女）、③28元真298「ゆふつけの鳥のひと声あけぬればあかぬわかれをわれぞ鳴きぬる」。後撰集に数例みえ、なかに①2後撰567 568、①2後撰719 720――共に127参照――などがあり、98はこれらをふまえて詠んだとされる（森本『女流』86頁）。　**○鳥**　②4古今六帖2730「こひこひてまれにあふよのあかつきはとりのねつらきものにざりける」（「あかつきにおく」）。

【訳】あの人を待つ宵の更け行く鐘の音をきいた時には、夜明け方、あの人との名残りの尽きない（、帰りをうながす）鶏の鳴く声は何でもない。
▽「行く」。「歳暮急自水」↓「恋」。「暮（行く）」↓「ふけ（行く）」。いよいよ恋の歌へ入る。（あの人を）待っている宵の、更ける鐘の音を聞くと、名残惜しい暁の別れを告げる鶏の声などは話にならない、問題じゃないと歌う。
「待宵の小侍従」と喧伝された詠。「待つ宵の更け行く鐘の声」と「あかぬ別れの鳥」とが対照的にとらえられている。
「（暮を）待つ恋の歌。」（古典集成・新古今1191）。聴覚（「（鐘の）声」「（鳥）」）。⑤271歌仙落書106「恋歌」（「恋歌とて（書・輪）」）、初句「待よひに（書・輪）」。319和歌口伝17。320竹園抄61。361平家物語（覚一本）36。362平家物語（延慶本）93。363源平盛衰記105（詳しくは『源平盛衰記㈢』161、162頁参照）。①8新古今1191、巻十三、恋三「題しらず」小侍従（有定隆雅＊）。②10続詞花565、恋中「題不知」、初句「待つよひに」大宮小侍従。
平家物語「と御尋ありければ、／待よひのふけゆく鐘の声きけばかへるあしたの鳥はものかは／とよみたりけるによッてこそ、待宵とは召されけれ。」（「月見」、新大系上―273頁）。⑤361平家物語（覚一本）39「またばこそふけゆくかねも物ならめあかぬわかれの鳥の音ぞうき」（「月見」待宵小侍従。新大系上―274頁）＝小515
この「歌は、蔵人の歌のように鶏鳴に愛別離苦の悲しみを感じるのとは異なり、会者定離の世界をうたい上げた中世的な色彩の濃いものといえるのである。」（「瀬良」88頁）
「具体的事物として凝縮し、それを聴覚に集中させて、鮮明な恋の場面の印象をもって、「ものかは」の反語を納得させるという構成は、緊張した主題への集約性をしめして、たるみがない。」（『日本名歌集成』）
「小侍従の象徴のような歌であるが、この作をはじめとして、彼女の恋歌には「待つ」心のあやを詠じたものが目につく。」（糸賀「残映」114頁）
「元良親王の逸話として知られる「来や来やと待つ夕暮と今はとて帰る朝といづれまされり」（『後撰集』恋一・五一一、『栄花物語』第十「ひかげのかづら」。あるいは直接『元良親王集』の享受も考えてよいか）の贈歌に、遠く響きあうかた

ちで返答していることは明らかであろう。」（「三角」102頁）

新古今「「題しらず」の歌であるが、おそらく平家物語と類似した情況下における題詠であったかもしれない。…具象的な聴覚的表現の対応による、「待つ」と「別れ」の恋の情感の適確なイメージ化には、当意即妙の才気が鏤められていて、知的抒情の作である。…（糸賀）」（『国文学』昭52・1977年11月、臨時「鑑賞・日本の名歌名句1000」126頁）

「実定との交友は頼政以後とみられる。待宵の歌（続詞花集恋中）について平家諸本をみると、…いづれも物語化（説話化）が著しい。『今物語』にも載せるが、実定が小侍従に通っていたことを強調する（小侍従十七歳年長）。」（『奥田』44頁）

98は、初期に詠んだ名歌であり、『冨倉』（224頁）、「神作」（81頁）は、彼女の四十代当初の詠に違いないと言われる。さらに永万二年（1166、45歳――巻末の『冨倉』「年譜」による――）の、⑤157中宮亮重家朝臣家歌合の作者名「（歌人標出）…小侍従――「太皇太后宮女房待宵」ト脚註群部」（『歌合大成』七、（三六一）、2100頁）により、その頃に既に「待宵」の異名はあったと考えたいと、『冨倉』氏は述べられる（225頁）。

【類歌】②14新撰和歌六帖1412「鳥のねをあかぬわかれのかぎりにてたれかまさるとなくなくぞゆく」（第五「あか月におく」）
④39延文百首1990「まつよひのふけしつらさもいまは身のよそにのみきく鐘の音かな」（恋二十首「寄鐘恋」実継）

99　[1]君こふと[2]うきぬる[3][4]たきのさ[5][6]夜深（深け）ていかなるつまにむすばれぬら[7][8]む

【校異】歌―ナシ（私Ⅲ）。「乙丙」（文）。1千栽（ママ）（岡）、千載（三）。2と―る（本）。3たき―玉（本、神）。4き―ま（A、B、三、岡、私Ⅱ、国④、「諸本」（文））。5夜―よ（三、岡）。6深―更（A、本、三、神、岡）、ふけ（B、私Ⅱ）。

7らむ―覧（A）。8む―ん（B、本、三、神、私Ⅱ）。

【語注】○うき　「憂き」を掛けるか。○たき　諸本の「たま」の「玉」なら、「結ぶ」の縁語であるが、ここは「魂」。古今992「飽かざりし袖のなかにや入りにけむわが魂《たましひ》のなき心地する」（雑下、陸奥）。⑤415伊勢物語189「思ひあまり出でにし魂のあるならむ夜ぶかく見えば魂むすびせよ」（第百十段、男。「参考」岩波文庫『千載和歌集』補注924、新大系・千載924）。○つま　掛詞「夫・褄」。「褄」は、八代集（索引）では古今410、後撰746、新古今319、1963、四例（索引ではこの用例・99が欠落）。下前の褄を結ぶと、さまよい出た魂は元に戻るという俗信があった事から、わが魂の恋人に留まる場所を褄とした。⑤421源氏物語117「なげきわび空に乱るるわが魂を結びとどめよしたがひのつま」（「葵」、（もののけ）。99の「本歌」（「和泉」源氏・20頁））、⑤295袋草紙290「玉はみつぬしは誰ともしらねどもむすびとどめつ下がひの褄」（上巻）。○れぬ　「れ」は受身、「ぬ」は強意。

【訳】あなたを恋い慕って、浮かれ出てしまった魂は、夜が更けて、一体あなた以外のどのような褄に結ばれてしまったのであろうか。

▽「更け」。「宵」→「小夜」。あなたを思慕して遊離した魂は、夜更けてどのような褄（夫）に結び止められた事かと、わが遊離魂の魂結びを歌っている。千載923「恋ひ死なばうかれん魂よしばしだに我思ふ人の褄にとゞまれ」（恋五、隆房。⑦71艶詞77）は、この歌の前の詠。①7千載924 922、恋五「題不知」、第二句「うきぬる玉の」、太皇大《（ママ）》后宮小侍従。⑤271歌仙落書107、第二句「うちぬる玉の」、第四句「いづれの妻に」、恋歌、大宮小侍従、五首、「書本この一首なし。」（『歌論集一』（中世の文学）96頁）、第二、三句「おちぬる玉かさよ衣（輪）」（同）、第四句「いかなるつまに（輪・千載）」（同）。

「［うきぬる魂］君を恋したつて、ために心もそゞろになり、現身から浮き出た魂。この語も和泉式部の「あくがれいづる魄」によつた用語と思はれる。［つま］みちびき。端緒。…我身からあくがれ出た筈の魂が、夜中に恋人と契を結ばれるのは何のみちびきかといったので、凝った歌である。しかし心もそゞろの恋人との逢瀬をよく歌つてゐる。我と我心も落ちつかぬ恋心が、その人に逢ふと落ちつく不思議さを詠つたものである。」（『冨倉』281頁）「あなたとは魂むすびの機会さえないと、反応のない恋人に歎き訴えた。」（新大系・千載924）。「「あなたの棲に結びとどめられることこそ本望なのです」と訴える余意を含む歌。」（和泉・千載923補注）

「和泉」源氏・20〜22頁

100　あさ[1]ごと[2]にかはるかゞみ[3]の影みればおもはぬほか[4]のかひ[5]もなき哉

【校異】歌―ナシ（私Ⅲ）。「乙丙」（文）。1あさ―朝（本、神）、あさ《朝》（三）。2ごと―こと《毎》（三）。3かゞみ―鏡（本、神、岡）。4ほか―かけ（B、本、三、神、岡、私Ⅱ、「乙丙」（文））。5か―わ（三。「か」か）。

【語注】○あさごとに　②4古今六帖3050「今日ばかりとまれわがせこますかがみあさごとにしもみれどあかなくに」（第五「人をとどむ」）、④26堀河百首1569「何をして翁さびけん朝ごとに鏡のかげをかつとがめつつ」（雑廿首「述懐」公実）。　**○かはるかゞみの影**　①15続千載1559 1562「よしさらばなみだにくもれみるたびにかはるかがみのかげもはづかし」（恋五、成実）。　**○おもはぬほかの**　③118重家6「ほととぎすかたらふさとにやどかりておもはぬほかの日数へぬべし」（「旅宿郭公」）にも用例があるが、これは「思いもかけなかった予定外の」というほどの意。　**○おもはぬほかのかひ**　何か。難解。「（私がこれほど思慕しているにもかかわらず、少しも私の事を）思ってはくれない他人（＝あの人・相手）の効果」か。また「ほか」を「かけ」とすると、第三句の「影」と重複し、さらに意ももう一つ不分明である。「おもはぬかげ――」は、新編国歌大観の①〜⑤の索引では、⑤175六百番歌合331のみであり、それは「思いがけない（稲妻の）光」の意。さらに⑥〜⑩の索引を見たが、とりたてていうほどの用例はなかった。

【訳】毎朝ごとに（つれないあの人への物思いのために）やつれ衰え変わって行く鏡のわが顔をみると、おもいがけなかった他の人からの思いを寄せられたかいもない事よ。

▽恋にやつれて朝ごとに衰えはてる、鏡にうつる顔をみれば、「思はぬ他の甲斐」もないと歌うが、上句の明快なのに比べて、下句は難解であり、思いがけない、私の心に思ってもいない他の人から寄せられた思慕の甲斐が何らない、恋慕に何ら価しない、又は、私の事を少しも思ってはくれないあの人のつれなさのききめも何ら顔にあらわれない、か。第二句以下、かのリズム。

【類歌】③130月清1592「あさごとにかがみのうへに見るかげのむなしかりけるよにやどるかな」（釈教、相）

101　[1]思ひあまり[2]みづのかし[3]はにとふことのしづむにうく[4]はなみだ[5]成けり

【校異】歌—ナシ（私Ⅲ）。「乙丙」（文）。1續古今（三）、續古今（岡）。2みつの—「三角習」（文）。3は—葉（B、三、岡、私Ⅱ）。4なみだ—涙（本、神、岡、私Ⅱ）。5成—也（岡）、なり（B、本、三、神、私Ⅱ、国④）。

【語注】**○思ひあまり**　新古今1107・俊成「思ひあまりそなたの空を…」（恋二）。八代集五例、初出は後拾遺618（恋一、道命）。他、②4古今六帖1314、3219など。字余り（「あ」）。　**○みづのかしは**　みつのかしは・みつのがしは・三角柏「伊勢神宮の神事で占いに用いた柏の葉」。八代集にない。「柏《かし》（葉《は》）」は八代集に用例が多い。「見ず」を掛けるとは考えない。水にのせて、沈めば願いが叶わず、浮けば叶うとされた。③79輔親30「おなじ夜、みもすそ川といふ所に斎宮とどまりて、御はらへし給ふに、女房をたちかくれつつ、みづのかしはをおこせて、これはなにとかいふといへるに／30わぎもこをみもすそがはのきしにおふる人をみつののかしはとをしれ」。袖中抄、第三「一、みつ、のかしは」（日本歌学大系、別巻二、57、58頁）参照。　**○しづむにうくはなみだ**　「柏の葉が沈んで、逆に浮くほど流れる涙。」（『万代和歌集(上)』）。　〇うく　「沈む」の対語。99にもあり、「憂く」をほのめかすか。

【訳】思い余って、三角柏葉に占い問う事は、願いが叶わないとされる葉が沈んで、うちしづむ結果となったが、その葉を浮き上らせるものは、思わず目に浮いてくる涙である事よ。

▽「思ひ」。こらえきれなくなって、占いをしてもらったが、その悪い結果に、浮び上るのは涙だと、「沈む」と「浮く」を対照的に用いて、前歌同様、悲恋――恋の詠は不幸で満たされないものが大部分であるが――を歌う。「占恋」の詠。①11続古今1290 1298、恋四「恋歌に」、小侍従、第二句「みづのかしはに」。②15万代1977、恋二「題不知」小侍従、第二句「みづのかしはに」。②16夫木13985、巻第二十九、左注「小侍従が歌に、神風やみづのかしはにとふことのしづむとうくはなみだなりけり、とよめり、」、第二句「みづのかしはに」。

「平安時代末期に行はれたといふ珍らしい神事を取込んでゐるので注意せられる。」（『富倉』280頁）

「これは恋の占いの場なのである。三角柏に恋の成就を祈りつつ水に浮かべるのだが、不運にも成功しないという占いで、柏の葉は水にゆっくりと沈んでゆき、みつめる目には涙がじっとわいてくるという場面である。」（『馬場』114頁）

【参考】③106散木1180「かみ風やみづのかしはにことゝひてたつをま袖につゝみてぞくる」（恋下）
⑤165治承三十六人歌合27「思ひあまりかくことのはの中に又涙の色を結びこめつつ」（「女のもとにつかはしける」）

【類歌】④35宝治百首2802「神風やみづのかしはのうきしづみとふにつけてもぬるる袖かな」（「寄木恋」家良）

102　いまは[1]ねはあふよ[2]にあふとみし夢を[3]あ[4]はぬ[5]にいむと思ひあはすれ

【校異】歌―ナシ（私Ⅲ）。「乙丙」（文）。1はね―こそ（B、本、三、神、岡、私Ⅱ、国④、「丙」（文））、こす（「書」（文））。2よ―夜（本、神）。3を―の（B）。4あ―い（B、本、三、神、岡、私Ⅱ、「乙丙」（文））。5ぬ―ね？（B）。

【語注】○みし夢　②4古今六帖2044「見し夢のおもひいづれどはかなきはこのよのことにあらぬなりけり」（第四「ゆめ」）、③15伊勢214「みしゆめのおもひ出でらるるよひごとにいはぬをしるはなみだなりけり」＝②4古今六帖2055（第四「ゆめ」い勢）＝②4古今六帖2653＝①2後撰825 826（恋四、伊勢）、⑤421源氏物語21「見し夢をあふ夜ありやとなげく間に目さへあはでぞころも経にける」（帚木、（光源氏））。○あはぬに　「のに」「のに対して」「その上さらに」などが考えられる。○思ひあはすれ　八代集二例・新古今1222（恋三、入道前関白太政大臣）、1905（神祇、慈円）。源氏物語に用例が多い。源氏物語「忍びかねたる御夢語りにつけても、思ひあはせらるゝこと多かるを、」（「明石」、新大系二―79頁）、枕草子「昔語に人のいふをきゝ、思ひあはするに、げにいかなりけん。」（新大系、二〇五段、250頁）。

【訳】今こそは〔今夜寝るとしたら〕、逢う筈の夜に（あの人が）逢うと見た夢を、（現在あの人と）会わない事に対して（あの人が）忌みはばかりさける事だったのだと（夢を）思い合せた事よ。

▽「思ひ」。前歌にひき続いて占いの歌。今こそ、会う予定の夜に会うと見た夢を、会わないのに、さらに、あの人が私を忌み嫌っていると合せられるとの夢合せ＝夢解きの詠である。「あふ（よ）」に「あはぬ」、「あふ」に「忌む」がそれぞれ対になって、夢占いの上句は幸福・吉、下句は不幸・凶の構造となっている。第二句以下〝あふ・あは〟のリズム。

【参考】②10続詞花595「かたるなよ夢ばかりなる逢ふ事をおもひあはする人もこそあれ」（恋中、因幡内侍）
⑤423浜松中納言物語29「二たびと思ひあはするかたもなしいかに見し夜の夢にか有るらん」（（中納言））

【類歌】③131拾玉5294「今こそは思ひあはすれ日よしのや杉のしるしもすみよしの夢」
④11隆信862「みしゆめに思ひあはする世のなかのながめはたれもおとりやはする」（雑二「かへし」）

103

ながらへばさり[1]ともとこそ思ひつれけふを[2]我《（我が）》[3]身のかぎり成[4]ける[5]

【校異】歌—ナシ（私Ⅲ）。「乙丙」（文）。1り—つ（神）。2を—「そ習」（文）。3我—わか（A、B、三、私Ⅱ）、我か（岡）。4成—なり（B、三、岡、国④、国⑦）。5る—り（三、私Ⅱ）。

【語注】○上句　③121忠度101「ながらへばさりともとおもふこころこそときにつけつつよわりはてぬる」（「述懐」）。

○さりともと・思ひ　①5金葉二352 374「さりともとおもふかぎりはしのばれてとりとともにぞねはなかれける」（恋上「暁恋をよめる」顕仲。5′金葉三365）、③18敦忠52「さりともとおもふこころにはかられてよくも今日までいけるわがみか」（「また」）、③54西宮左大臣3「さりともとおもふこころの《に（後）》ひかされていままでよにもふるわが身かな」①4後拾遺653、恋一）、①8新古今1770 1768「すてやらぬわが身ぞつらきさりともと思ふ心にみちをまかせて」（雑下、公衡）、③131拾玉5515「さりともとおもはざりせば秋とともに心づくしにかへらまし身の」（「九月…」）。　○こそ思ひつれ　逆接で下に続いていく。　○を　「ぞ」が正しいか。　○かぎり成ける　②4古今六帖245「くれて又あくとのみこそおもひしかことしはけふぞかぎりなりける」（第一「としのくれ」みつね）。

【訳】生き永らえた場合には、そうだ（もしひょっとして訪れるか）とも思った事よ、がしかし、そんな事はなくて、今日を我が身の最後の日であった（今日で死んでしまう）のだ。

▽「こそ」「思ひ」。生き永らえた時には、もしや来てくれるかとのはかない望みを託したのだが、そのような事はなく、今日が私の死ぬ日だったのだと、女歌によく詠まれる恋死の型《パターン》の詠。あるいは「さりとも」が下句を指し、生き永らえた場合には、そうだとも思った事よ、それは「今日死ぬのだ」という事をば、か。三句切。下句は新古今1149「忘れじの行く末まではかたければけふを限りの命ともがな」（恋三、儀同三司母。百人一首54）に似る。

【参考】③105六条修理大夫5「さりともとおもふばかりやわがこひのいのちをかくるたのみなるらん」(「郁芳門院根合歌」。⑤120郁芳門院根合17、恋)
③106散木1437「さりともと思ひはれどもあづさ弓いるべきかたもなき身なりけり」
【類歌】②15万代2342「おなじくはけふをわがよのかぎりにてあすまでものをおもはずもがな」(恋三、師俊女)
⑤250風葉1030「さりともと思ふばかりにかけとめし命も今はかぎりなりけり」(恋四)

104　い[1]のちこそ[2]たえ[3]はてぬとも君[4]ゆへにとまる心は身をもはな[5]れ[6]じ

【校異】歌―ナシ(私Ⅲ)。「乙丙」(文)。1のちこそ―まこそは(B、本、三、神、岡、私Ⅱ、「乙丙」(文))。2たえ―絶(本、神)。3はて―果(岡)。4ゆへに―「か里に習」(文)。5れ―れ《離》(三)。6じ―し(本。「く」か)。

【語注】○いのちこそ　⑤250風葉845「絶えざらん命こそあらめおなじ世にありてもつらき人の心よ」(恋二)。○たえはて　八代集三例・後撰569(恋一、よみ人しらず)、詞花251、千載973。○君ゆへ(ゑ)に　③122林下228「きみゆゑにたえんいのちをなべてよのあはれとだにもかけじとやさは」(恋「女の…」)。○心　「身」と対語。○身　「我が身」か。「〔身をも〕私の心はあなたのゐるこの世にのこるから、死した屍を離れることはない。…強烈な恋の歌である。」(『冨倉』281、282頁)。○も　詠嘆。

【訳】わが命はたとえ絶え果てて死んでしまったとしても、あなたへの執着でこの世にとどまる心(=魂)は、(あなたの)身を決して離れはいたしますまい。

▽「身」。「思ひ」→「心」、「我が身」→「君」。前歌の下句を、104の第一、二句でうけ、(「けふ」)死んだとて、君故にとどまる心は、あなたを離れる事はありますまいと、99同様遊離魂を歌っている。また上句は、有名な新古今1034

「玉の緒よ絶えなばたえねながらへば…」（恋一、式子）に似る。
「なかには強烈な恋を示す歌もある。」（「木越」74頁）
「「いのちこそたえはてぬとも」の句で思い浮かぶのは、式子内親王の「玉の緒よ絶えなばたえねながらへば…」（『新古今』恋一、一〇三四）とか「我恋は逢ふにもかへすよしなくて…」（『式子内親王集』恋）である。内親王の場合も思いつめる心の強さが激しく現われているが、この激情は屈折するか内訌するかして、全面的には奔流していない。小侍従ではその曲折がなく、情念はさらに執拗になってゆく。個人様式の相異であろう。」（糸賀「残映」115頁）
【類歌】①14玉葉1507 1499「君ゆゑにしづまん後の世をぞ思ふかくて命もたえもはてなば」（恋三「題しらず」院中納言典侍）

105　たらちめ[1]は恋に命をかふべしとしらで[2]や我[3]をおほ[4]したてけん

【校異】歌―ナシ（私Ⅲ）。「乙丙」（文）。1め―ね（A）。2でや―「はや類」（文）。3我―われ（三）。4ほ―ふほ（三）。
【語注】○たらちめ　八代集では、古今序（歌）、後撰1240（雑三、遍昭）、金葉615、①7千載602 601「たらちめやとまりて我をしまましかはるにかはる命なりせば」（哀傷、顕昭）の用例がある。○や　疑問か、詠嘆か、一応疑問とする。○おほしたて　八代集一例・①3拾遺1304「なよ竹のわがこの世をばしらずしておほしたてつと思ひけるかな」（哀傷、平兼盛。3′拾遺抄565）。源氏物語に用例が多い。源氏物語「罪かろく生ほしたてたまへる人のゆへは、御行ひのほどあはれにこそ思ひなしきこゆれ。」（「松風」、新大系二―201頁）。
【訳】母は恋に命をとりかえる＝恋によって死ぬだろう事と知らないで、私をば養い育てたのであろうか。

▽「命」。「君」→「我《われ》」。104の上句（一、二句）を105の上句でうけ、母は私が恋死をするのだとは知らずに、私を育て上げたのかとの、例によっての恋死の型の歌である。有名な、後撰1240「たらちめはかゝれとてしもむばたまの我が黒髪を撫でずや有けん」（雑三、遍昭。②6和漢朗詠集610）を古典文庫は挙げるが、語の重なりは少ない。②15万代1961、恋二「題しらず」小侍従、初句「たらちねは」。

「「たらちめは」の歌と類似の発想のものに、遍昭の「たらちめは…」（『後撰』雑三、一二四一）が挙げられる。これは出家の際の述懐であるが、小侍従のは命を代償とする恋の連想で、何れも、子のために世間並みの幸せを願う親の期待に背反する意識が基調をなしていよう。彼女の場合は、情念に重なる本能的な心の痛みが余情になっている。」（糸賀きみ江「残映」115頁）。「激しい恋心を素直に詠出している。」（同『中世の抒情』「新古今集前後の抒情――女流歌人を中心に」387頁）

【参考】③125山家677「かかる身におほしたてけんたらちねのおやさへつらき恋もするかな」（恋。⑤172御裳濯河歌合52。②15万代2345）

⑤162広田社歌合承安二年124「ゆくすゑにかからん身ともしらずしてわがたらちねのおほしたてけん」（「述懐」師光。①9新勅撰1139 1141、雑二、源師光）…和歌文学大系13『万代和歌集(上)』は、「参考歌」として上歌を記す

106　つれなさは君のみならずかく斗[1]おもふにたえぬいのち成[2]けり

【校異】歌―ナシ（私Ⅲ）。「乙丙」（文）。1斗―はかり（B、本、三、神、岡、私Ⅱ、国④）、計（文）。2成―なり（国④）、あり（B、本、三、神、岡、私Ⅱ、「乙丙」（文））。

【語注】○つれなさ　八代集初出は金葉508。①7千載737 736「つれなさにいまは思ひもたえなましこの世ひとつの契な

り せ ば」（恋二、顕昭）、⑤175六百番歌合771「つれなさのこころながさをひきかへてたえぬちぎりとおもはましかば」（恋上「旧恋」季経）、⑤176民部卿家歌合建久六年220「つれなさを思ひも絶えていく年か我が恋草のしげり増すらん」（「久恋」実宣）。　**○たえぬ**　「絶えぬ」。「堪へぬ」（こらえられない）も考えられるが、無理であろう。「絶えぬ命」は、「続く命」（死んでもよい筈なのに、生き続ける命）の事。さらに四句切「絶えぬ。命…」とも考えられるが、これは少し変であろう。　**○いのち成けり**　③73和泉式部92「かくこひばたへずしぬべしよそにみし人こそおのが命なりけれ」（恋）。

【訳】冷たいのは、あの人だけではなく、これほどに（あの人を）思い慕うのに死なないわが命である事よ。

▽「命」。「我」→「君」。105の二、三句（「恋に命をかふ」）を106の下句（「おもふにたえぬいのち」）でうける。またこの歌によって、103よりの一連の恋死の詠を終了する。下句の解は、こんなにまで思っているのに、その思いに比して、よそよそしく冷淡、即ちこのわが思いに相当しない命だ、またふさわしい生命力がない、ともとれるが、やはり無理であろう。当歌は、「我・心身」と「命」は別物である事を歌い、冷淡なのは、あの人のみならず、これほどまでに熱愛して、恋死をしてもよい筈なのに、死なない我命を歌ったものといえよう。

【参考】①7千載698 697「つれなさにいはでたえなんと思ふこそあひみぬさきの別なりけれ」（恋一、季能）
②9後葉309「逢ふ事を身にかふばかりなげけどもつれなき物は命なりけり」（恋一、顕頼）
⑤155右衛門督家歌合久安五年60「つれなさやおもひなほるとまつばかり恋ゆゑをしき我がいのちかな」（「恋」遠明）

【類歌】①12続拾遺876 877「思ふにもよらぬ命のつれなさは猶ながらへて恋ひやわたらむ」（恋二、宗尊親王）
⑤197千五百番歌合2421「よとともにうき人よりもつれなきはおもひにきえぬいのちなりけり」（恋二、三宮）

初聞名[1]戀[2]

107 [4][3]あながちにとへばさてしもなかりけりき[5]のま[6]ろどのにすまゐ[7]せねども

[8]

【校異】詞書、歌―ナシ（B、本、三、神、岡、私Ⅱ）。「丁」（文）。1名―名《無摘》（私Ⅲ）。2戀―恋（文）。3摘題（私Ⅲ）。4■（A）。5き―木（A）。6まろ―丸（私Ⅲ）。まろどの―丸殿（A）。7ゐ―ひ（私Ⅲ、国④）。8「（一行分空白）」（私Ⅲ）。

【語注】**○初聞名恋**　「教長645・公重508・小侍従Ⅰ107・Ⅲ59」（歌題索引）。③119教長645「いふかたもしらずあらぶるおにすらもなをきかれてはなごむとぞきく」（恋「初聞名恋句題百首」）。**○あながちに**　「一途に」の意か。八代集一例・①6詞花230 229「はりまなるしかまにそむるあながちに人をこひしとおもふころかな」（恋上、好忠）。「あながち」は俗の語。鴨長明は無名抄で、この語は自由に詠んでもよいとは思われないが、この歌・詞花230 229では、上句との続きで「艶にやさしく」聞えると評している（大系38頁）。アナは自己、カチは勝ちか。自分の内部的な衝動を止め得ず、やむにやまれないさま、相手の迷惑や他人の批評などに、かまうゆとりを持たないさまをいうのが原義。自分勝手の意から、むやみに程度をはずれて、の意とされる。また自分勝手に、自分の思うまま、したいままをやっていく状態をいうのが原義とも言われる。源氏物語が群を抜いて用例が多い。源氏物語「かうあながちなりける契をおぼすにも、浅からずあはれなり。」（「明石」、新大系二―77頁）。**○きのまろどの**　八代集四例・後拾遺1082、1083、金葉547、新古今1689。朝倉にあった斉明天皇の行宮。丸木造りの宮殿。新古今1689「朝倉や木の丸殿にわがをれば名のりをしつつ行くはたが子ぞ」（雑中、天智天皇御歌）、原歌は神楽歌・朝倉、末句「行くはたれ」。③71高遠187「むかしよりきのまろどのときこえしはすみつく人のなきなりけり」（「きの…」）。**○すまひ《(ゐ)》せ**　八代集では千載1020（雑上、慈円）のみであるが、「すまふ」は古今631、後撰195、941に、「すまひ」は新古今1671、1721にある。

【訳】強いてきくと、そう――憂慮していた事――でもなかったよ、（相手は）木の丸殿に住んではいないのだが…。

〈初めて名を聞く恋〉

▽「けり」。「恋」→「初聞名恋」。相手は木の丸殿に住んでいるわけではないが、（自分が名のりをして〔新古今歌によ る〕）無理に聞くと心配していたほどでもなかった、つまり相手は名を告げてくれたといったものか。また自分が木の丸殿に住んでいるわけではないが、相手に無理に名をきくと告げてくれたか。三句切、倒置法。

夜増[1]戀[2]

108　[4][3]いかに[5]ねし時[6]ぞや夢にみし[7]ことはそれさへにこそわすられにけれ[8]

【校異】詞書、歌―ナシ（私Ⅲ）。「乙丙」（文）。1増―まさる（B、本、三、神、岡、私Ⅱ、「乙丙」（文））。2戀―恋（文）。3勅（B）、新勅撰（三、岡）。4■（A）。5に―に《集なり》（三）、に《なり集》（岡）。にね―にね《なり》（B）。6時―とき（本、三、神、岡）。7し―えし（A）。8れ―「り習」（文）。

【語注】○夜増戀　小侍従Ⅰ108のみの珍しい歌題（歌題索引）。○いかにね　③81赤染衛門140「いかにねてみえしなるらむあかつきの夢より後は物をこそおもへ」、③115清輔288「いかにねてさめしなごりのはかなさぞ又も見ざりしよはの夢かな」（恋）、④19俊成卿女解2「みてもまたいかにねし夜のおもかげのうつつもまよふゆめのかよひ路」。○や　疑問としたが、詠嘆か。　○みしこと　③130月清460「ゆめかなほただおもひねに見しことのとこもまくらもおもがはりせで」（治承題百首「初遇恋」）。　○は　強め。

【訳】どのように寝た時があったのか、夢に（、思うあの人を）見た事（は）、それさえも忘れはててしまった事よ、今は夜も眠れず、夜にあの人への思いが募るばかりだ。〈夜に増す恋〉
【本歌】①1古今516「よひよひに枕さだめむ方もなしいかにねし夜か夢に見えけむ」（恋一「題しらず」読人しらず。
②3新撰和歌346。②4古今六帖3234、第五「まくら」）
▽「初聞名恋」→「夜増恋」。上句に本歌をふまえ、枕を定める方法も分らず、どのように寝た時にあなたを見たのか、それさえも忘れ、ますます夜に恋の思いが募ると歌う恋歌。①9新勅撰集831 833、恋三「後京極摂政家百首歌よみ侍りけるに」小侍従、初句「いかなりし」。出典につき73参照。
「右枕か左枕か、いづれに寝た夜、夢に彼の人を見たことであつたらうか、その夢でも逢へた嬉しさに、その夜如何に枕を定めたかさへも忘れてしまつた——といふので、恋の歌としては委曲を尽した名歌である。」（『冨倉』282頁）
【参考】類歌。…よひよひに…「それさへにこそ」に、逢ったのはいつのことだったかはもちろん、の余意がこめられている。逢って程経て今では夢にも見なくなってしまったということである。長い間訪れがないのを嘆いているのである。相手の男のことを忘れてしまっているわけではない。むしろ、つのる思いに煩悶しているのである。せめて夢にでも逢いたいのに、どのようにしたときに夢に見えたのか、それさえも思い出せないと苦しみに耐えかねて言っているのである。／なお、この歌は家集『小侍従集』に初句を「いかにねし」として載っている。その形だと『古今集』五一六番歌に近く、本歌取りとすることもできよう。」（『新勅撰和歌集全釈　四』）
【類歌】③132壬二1511「おのづからいかにねしよの夢たえてつらき人こそ月はみせけれ」（「怨恋」）

寄[1]雨増[2]戀[3]

109　[4]たの[5]むれば待（待つ）[6]夜の雨の明[7]がたにをやむしもこそつらく聞[8]ゆれ

【校異】詞書、歌―ナシ（私Ⅲ）。「乙丙」（文）。1寄雨―雨によりて（本、神）、あめによりて（B、三、岡、私Ⅱ、「乙丙」（文））。2増―まさる（B、本、三、神、岡、私Ⅱ、「乙丙」（文））。3戀―恋（文）。4王集（三）、玉葉（岡）。5むれ―むれ《めしを集》（三、岡）。6待―まつ（B、本、三、神、私Ⅱ）。7明―あけ（本、三、神、私Ⅱ）。8聞―きこ（B、本、三、神、岡、私Ⅱ）。聞ゆれ―「きこゆる類」（文）。

【語注】**○寄雨増戀**　小侍従Ⅰ109・Ⅱ52のみの珍しい歌題（歌題索引）。**○たのむれば**　「雨の降るのを頼みとしたので」か。③121忠度72「なほざりのなさけばかりにたのむればいとはずとてもつらからぬかは」（恋）。**○明がたに**　②4古今六帖3156「玉くしげあけがたにある秋のよのこころひとつをさだめかねつる」（第五「たまくしげ」みつね）。

【訳】（あの人の来訪を）あてにしていたので、夜通し待っていた雨（の音）が、明方に少し止んだのが、うらめしく聞こえる事よ。〈雨に寄ってまさる恋〉

▽「時」「夢」→「夜」「明方」。「夜増恋」→「寄雨増恋」。あてにしたから、明方に雨が少し止むのがつらく聞こえると、男の来訪を待つ歌として【訳】したが、古今587「まこも刈る淀の沢水あめふれば常よりことにまさるわが恋」（恋二「題しらず」貫之）、後撰537「をやみせず雨さへ降れば沢水のまさる覧とも思ほゆる哉」（恋一「題しらず」よみ人しらず）により、純粋に、雨の降るのをあてにしたので、あの人を待つ夜の雨につれて恋心が増したが、明方に少々止んだのがつらく聞こえるか。①14玉葉1414 1415、恋二「依雨増恋といふことをよみ侍りける」小侍従、初句「たのめしを」。②12月詣543、恋下「契不来恋といふことをよめる」小侍従。「聞書全集」（日本歌学大系、第六巻）、巻之一

「題之事」の「是も依の字を以て肝要とするなり。」（小字、68頁）。
「この歌は実感の歌と考へてやつていい。来ると約束したのに恋人は明方迄来ぬ。ふと止んだ雨の音。彼女はそれにさへ尚来るかもしれぬ心地にせめられてつらく思ふのである。風の気配に心動かした額田王の歌、「君待つと…」も思ひ出される。」（『冨倉』282、283頁）
「来ぬ人を待ち続けた心が、明方の雨の小やみにも、なお震えるという「頼むれば」の歌は、「君待つと…」（万葉・四八八）や「来ぬ人を…」（新勅撰・恋三・八五一）同様に恋人の訪れを待つ、当時の女性の宿命を切々と歌うが、素朴な万葉歌とも、比喩縁語で構成した観念的な中世の歌とも異なった、王朝女流文芸の残照の中に佇む様式が見られるのである。」（糸賀きみ江『中世の抒情』「新古今集前後の抒情」387頁）
【通釈】約束した人を待つ夜の雨が、明け方にふと小止むらしい。その音さえも、むしろ恨めしく聞かれるよ。（降り続いているなら、来ぬ恋人を雨のせいだとあきらめもしようが）／【参考】…「つくぐ〵とひとり聞く夜の雨のおとは降りをやむさへさびしかりけり」（風雅一六七〇、儀子内親王）」（『玉葉和歌集全注釈』1414）

たがひ[1]に思[2]しらする戀[3]

110 さてをしれいはで思ひしこゝろをばならは[4]ず[5]からしありし斗[6]に

【校異】詞書、歌―ナシ（私Ⅲ）。「乙丙」（文）。1たがひ―「たひ習」（文）。2思―思ひ（本、三、神、国④）、おもひ（A、B、岡、私Ⅱ）。3戀―恋（文）。4ずからし―す。から《本ノマ、》（神）、すから《本ノマ、》（本、岡）。5からし―かたし（A）、から《（ママ）》（私Ⅱ）、から《本ノマ、》（三）、「から三神」（文）、かし（B、「乙」（文））、「なから習類」（文）、ながら（国④）。6斗―はかり（B、本、三、神、私Ⅱ）、ばかり（国④）、計（文）。

【語注】〇たが…る戀　「互思知恋　小侍従Ⅰ110・Ⅱ53」のみの珍しい歌題（歌題索引）。〇を　感動・詠嘆。〇いはで思ひ　②4古今六帖2648「こころにはしたゆく水のわきかへりいはで思ふぞいふにまされる」（第五「いはでおもふ」）。①12続拾遺787 788「いはで思ふ心ひとつのたのみこそしられぬ中の命なりけれ」（恋一「忍久恋…」為氏）、①15続千載1120 1124「いはでおもふ心のうちのくるしさもしらせて後はなぐさみやせん」（恋一、実任）、⑤228院御歌合宝治元年167「知りがたきひとのこころのやすらひにいはでおもひのとしぞへにける」（為経）。〇こゝろをば　①2後撰866 867「いはねどもわが限なき心をば雲ゐにとほき人もしらなん」（恋四、よみ人しらず）、①20新後拾遺1055「心をばならはし物といふなれどかた時のまもわすれやはする」（恋二、藤原元真）、⑤227春日若宮社歌合寛元四年十二月28「思はじとおもへどつらき心をばならはし物とたれかたのまん」（「恋」少将）。〇ありし斗　①13新後撰1132 1137「さてもその有りしばかりをかぎりともしらで別れし我やはかなき」（恋五「…、遇不逢恋」公顕）。

【訳】そうして察して下さい、口に出す事なく思い慕っていた心を、そういう事に慣れてはいないのだけれども、昔と同じぐらいに（、わが思うあの人よ）。〈お互いに思いを知らせる恋〉

▽「寄雨増恋」→「互ひに思ひ知らする恋」。慣れてはいないが、昔同様に、お互いに打ちあける事なく恋慕してきた心をば、そして分って下さいと、詞書の世界を歌う。初句切、倒置法（第二句以下との）。

【参考】③73和泉式部678「心をばならはし物ぞあるよりはいざつらからん思ひしるやと」（「いとかくつらきをもしらでなむ、たのむ、といふ人に」）

111　かど[1]をすぐるにいら[2]ぬ戀[3]

す[4]ぎぬなりもとこ[5]し路[6]をわ[7]すれぬ[8]はあ[9]ゆみとゞまる駒をはやめて

【校異】詞書、歌―ナシ（私Ⅲ）。「この一首なし習」（文）。「乙丙」（文）。1かど―門（A）。2ら―は（B、本、三、神、岡、私Ⅱ、「乙」（文））。3戀―恋（文）。4す―よ（「類」（文））。5こ―見（B、本、神）、み（三、岡、私Ⅱ、「乙丙」（文））。6路―道（私Ⅰ、文、国④）、みち（三、岡、私Ⅱ）。7わす―忘（A、岡）、わすれ―忘（三）。8ぬは―ねは（B、本、三、神、岡、私Ⅱ、「乙丙」（文））、ねば（国④）。9あ―お（本）。

【語注】**○かど…ぬ戀**　「過門不言恋　小侍従Ⅱ54」（歌題索引）、「過門不入恋　月詣581（小侍従）・582（大輔）／小侍従Ⅰ111・隆信Ⅱ529」（同）。④11隆信529「しのびつつかよひなれにしくろこまの過ぎわづらふも人やとがめむ」（恋二「かどをすぎていらざる恋といへる心を」）。**○もとこし**　②4古今六帖370「夕やみは道も見えねどふる里はもとこし駒にまかせてぞくる」（第一「ゆふやみ」。①2後撰978、恋五、よみ人しらず。⑤416大和物語75（第五十六段、兼盛）「ゆふされば…ぞゆく」）、⑤157中宮亮重家朝臣家歌合90「みちもなく雪ふりつもる古郷はもとこしこまもいかがとぞ見る」（「雪」弁）、②14新撰和歌六帖1498「こぬはまたもとこしみちもわするるかそれゆゑならばしるべせましを」（第五帖「わするる」）。**○ぬは**　「ねば」として解釈したが、「ぬは」なら、「（忘れ）ないのは」。**○あゆみ**　八代集において、「歩む」は拾遺910「よそに有て雲井に見ゆる妹が家に早くいたらむ歩め黒駒」（恋四「道をまかりて詠み侍ける」人麿）、「歩み――「羊の歩み」――」は千載1200、新古今1933のみ。源氏物語「かやすく構へたりけれど、徒歩より歩み耐へがたくて、寄り臥したるに、」（「玉鬘」、新大系二―346頁）、④30久安百首1292「わぎもこが衣かたしきまつち山すそ野をはやくあゆめ黒駒」（羈旅、安芸）。**○駒**　83既出。**○駒をはやめ**　②4古今六帖2987「いであがこまはやくゆきこせまつち山まつらんいもをゆきてはやみん」（第五、雑思「いへとじをおもふ」）。　**○はやめ**　八代集にないが、「うちはやむ」として枕草子一例、源氏物語一例「むつかしげなる笹の隈を、駒ひきとゞむるほどもなくうち早めて、」（「椎本」、新大系四―358頁）。

【訳】通り過ぎてしまった事よ、前にやってきた道を（馬は）忘れてはいないので、歩みをとどめる馬を早く行かせて。〈門（の前）を過ぎて行くのに（内に）入りはしない恋〉

▽「互ひに思ひ知らする恋」↓「かどを過ぐるに入らぬ恋」。「管仲随馬」（蒙求）の故事によって、以前来た道を忘れないので、歩みが止まる馬を早くして、（あの人・男は）過ぎたと、詞書の世界を女の立場で歌う。この詠・111には蜻蛉日記「いと聞きにくきまでの、しりて、この門のまへよりしも渡るものか。われはわれにあらず、」（新大系52頁）の趣がある。前歌と同じく、初句切、倒置法（第二句以下との）。②12月詣581、恋下「過門不入恋といふことをよめる」小侍従、第三句「忘れねば」。

「老馬は道を知るといふ諺がある。馬はかつて通ひなれたので私の家を知つて歩みをとゞめるといふのである。」（『富倉』283頁）

「和泉」十・28頁

【参考】②4古今六帖3055「まなづるのあしげのこまやながぬしのわがことすぎばあゆみとどまれ」（第五「とどまらず」）

身を観[1]じていひ出《（出で）》[2]ぬ戀[3]

112　さる[4]さは[5]の池になびきし玉もこそか丶るなげきのはてと聞[6]丶しか

【校異】詞書、歌―ナシ（私Ⅲ）。「この一首、習本にない。」（文）。「乙丙」（文）。1観―くわん（B、本、三、神、私Ⅱ）、くはん（岡。「は」は「わ」か）。2出―いて（B、本、三、神、岡、私Ⅱ）。3戀―恋（文）。4さる―猿（本、神）。5さは―沢（A、本、神）。6聞―き（B、本、三、神、岡、私Ⅱ）。

【語注】**○身を…ぬ戀**　「観身不言出恋　小侍従Ⅰ112・Ⅱ55」（歌題索引）。　**○さるさはの池**　八代集二例・①3拾遺411（物名「つつみやき」すけみ。①3′拾遺抄492）、後述の1289。「さるさは」自体は八代集にない。大和物語や拾遺集にみえる、帝の寵が衰えたのを悲しんで、この池に身を投げた釆女をよんだ人麿の歌「わぎもこが…」によって有名になり、以後はこの伝説によってよむのが普通になった。枕草子「さるさはの池は、うねべの身なげたるを聞しめして、行事などありけんこそ、いみじうめでたけれ。」（三五段。新大系53頁）。②4古今六帖1667「さるさはのいけもつらしなわぎもこがたまもかづかばみづもひなまし」（第三「いけ」）。⑤416大和物語253（みかど（ならのみかど））、⑤416大和物語21「あらたまのとしはへねどもさるさはのいけのたまもはみつべかりけり」（第十四段、おほつぶね）、③115清輔30「さるさはの池になみよる青柳は玉もかづきしあさねがみかも」（春「垂柳臨水」）、③116林葉185「さるさはのたまもの水に月さえていけにむかしのかげぞうつれる」（花月百首、月五十首）、③130月清67「さるさはの池の玉もに鳴くかはづむかしを忍ぶ声にや有るらん」（春）、③131拾玉565「涙川われもしづみぬさるさはの池の玉もをよそにおもはじ」（御裳濯百首二見、恋十首）、⑤190和歌所影供歌合建仁元年九月48「さるさはの池の玉藻となりにけんおもひはいまぞおもひしらるる」（「寄池恋」範茂）、⑤190同53「さるさはの池ならずともたれか又そこの玉藻をあはれとも見ん」（「寄池恋」家長）。

【訳】猿沢の池に浮びなびいていた玉藻（死体の髪）こそが、このような嘆きのなれの果ての身だと聞き知っていた事だよ。〈わが身を思い知って、言い出しはしない恋〉

【本歌】①3拾遺1289「わぎもこがねくたれがみをさるさはの池のたまもと見るぞかなしき」（哀傷「さるさはの池にうねべの身なげたるを見て」人まろ。⑤416大和物語252。①3′拾遺抄555。③1人丸221）

▽「かどを過ぐるに入らぬ恋」→「身を観じて言ひ出でぬ恋」。「道」→「池」。この歌も古歌により、本歌の伝説をふまえ、我妹子・采女の寝乱れた髪をそれと見るのが悲しい【本歌】から、この歌・112は、池になびいた玉藻が、嘆きの最後の姿（死体の髪）だとかつて聞いた事がある、だから私はわが身を知って言い出さないのだと歌ったものである。②12月詣482、恋中「身のほどをおもひていひいださざる恋といふことをよめる」小侍従。

夢中[1]契（契る）戀[2]

113　[3]み[4]し[5]夢を[6]さめぬやがてのうつゝにてけふとたのめし[7]暮をまた[8]ばや

【校異】詞書、歌—ナシ（私Ⅲ）。「乙丙」（文）。1夢中—夢のうちに（岡）、ゆめのうちに（B、三、私Ⅱ）。夢中契—夢の中にちきる（本、神）。夢…戀—「ゆめのうちに契こひ乙丙」（文）。2戀—恋（文）、こひ（B、三、私Ⅱ）。3千載（三）、千（B）。4し—る（A）。5夢を—夢《集の》を（三）。6さめ—覚（本、神）。7暮—くれ（本、三、神、私Ⅱ）。8は—は《めイ》（三）。

【語注】**○夢中契戀**「千載810（俊恵）・835（小侍従）／小侍従Ⅰ113・Ⅱ56」（歌題索引）。①7千載810 809「すがたこそねざめのとこにみえずとも契りしことのうつつなりせば」（恋三「夢中契恋といへるこころをよめる」参議俊憲）。**〇みし夢** 「逢う約束をした夢。」（和泉・千載834）。 **〇さめぬやがての** ①4後拾遺564「うたたねのこのよのゆめのはかなきにさめぬやがてのいのちともがな」（哀傷、実方）。③67実方45。「参考」（岩波文庫『千載和歌集』835補注））。 **〇やがて** 二つの動作や状態の間に何の変化も時間的距りもない意が原義とされる。 **〇うつゝにて** 「夢」と対。①5金葉二415 442「うたたねにあふと見つるがうつつにてつらきをゆめとおもはましかば」（恋上、藤原公教）、①8新古今1299「あひ見しはむかしがたりのうつつにてそのかねごとをゆめになせとや」（恋四、土御門内大臣）、④31正治初度百首2176「つらかりしこころは今もうつつにて逢ふと見えしは夢かとぞ思ふ」（恋、丹後）。

【訳】見た夢を目覚めない、そのままの現実として、今日（来る）とあてにした夕暮をまちたいものだ。〈夢の中において（逢瀬の）約束をした恋〉

▽「身を観じていひ出でぬ恋」→「夢中契恋」。再び110同様、心情詠となる。あの人（男）と夢の中で逢うた事をそのまま目覚めない状態の現実として、今日あの人がやってくるものとして暮を待ちたいと、夢に見て、現実の逢瀬をたのみとすると歌ったものである。「夢が現実となればと願う心。ままならぬ恋。」（新大系・千載835）。「見」「覚め」「現（うつつ）」は「夢」の縁語。…次歌群後朝歌へ続く配列。「うたたねの…」（後拾遺哀傷実方）の「本歌の心にすがりて風情を建立したる歌」（井蛙抄）。」（和泉・千載834）。①7千載835 834、恋三「夢中契恋といへるこころをよめる」太皇太后宮小侍従、第一句「みし夢の」。

「恋に夢心地の女性の気持を詠つて実に巧みである。「さめぬやがての現にて」――これも何と巧緻な詞遣ひであらう。この歌は千載集にとられてゐるが驚嘆すべきである。調べもいい。」（『冨倉』284頁）

209と共に「待つ恋の作…小侍従の恋歌は「君待つと…」――以下、109の糸賀氏の記述とほぼ同内容（糸賀「残映」114頁）。

【参考】③129長秋詠藻506「うらみわび命たへずはいかにして今日とたのむる暮をまたまし」（右大臣家百首「初遇恋」）
【類歌】③131拾玉4374「うちかへしあふと見つるをうつゝにてさむる思ひを夢になさばや」（「見夢増恋」）

[1]寄源氏[2]戀

114 [3]はゝ[4]木[5]ゝのありしふせやを[6]思にもうかりし[7]鳥の[8]ねこそ[9]わすれね

【校異】詞書、歌―ナシ（私Ⅲ）。「乙丙」（文）。1寄源氏―源氏によする（B、本、三、神、岡、私Ⅱ、「乙丙」（文））。2戀―恋（文）。3■（A）。4木ゝ―きゝ（B、本、神、岡、私Ⅱ）。5ゝ―ゝ（A、三、文）、木（国④）。6思―思ふ（本、三、神、岡、国④）、おもふ（A、B、私Ⅱ）。7鳥―とり（三、岡、私Ⅱ）。8ね―音（A、本、神、岡）。9わす―忘（A、本、三、神、岡）。

【語注】**○寄源氏戀**「経正84・小侍従Ⅰ114・Ⅱ57・清輔273・忠度76・頼政Ⅰ412」（歌題索引）。③115清輔273「あふことはかたびさしなるまき柱ふす夜もしらぬ恋もするかな」（「寄源氏恋」）。**○はゝ木ゝ**　八代集四例・後拾遺876、1127、金葉244、新古今997。信濃国園原の伏屋という所に生えている帚木は遠くから見ればまさしくあるが、近寄って見るとないという。これによって離れている時は情がありそうに見えて、いざとなると逢ってくれない女をたとえていう、とされる。源氏物語三例。③84定頼132「このもとにきても見がたきはは木木はおもてぶせやと思ふなるべし」、③106散木1063「ははきぎはおもてふせやとおもへばやちかづくままにかくれゆくらん」（恋上）、③131拾玉774「ははきぎのよそにのみやと思ひつついくよふせやに身をまかすらむ」（楚忽第一百首、恋「不遇恋」）、④34洞院摂政家百首420「ははきぎの生ふるふせやの五月雨にありとは見えぬ夜半の月影」（夏「五月雨」大納言四条坊門）。**○ふせや**　「伏屋」とは、「軒が低く、みすぼらしい家」の事であるが、信濃国の歌枕でもある。また「伏せ」を掛けるか。

【訳】帚木のあった伏屋（・粗末な家）を思うとしても、つらかった（夜明けのあの人との別れを知らせる）鶏の鳴く音を忘れ（られ）ない事よ。〈源氏（物語）に寄せる恋〉

▽「夢中契恋」→「寄源氏恋」、「夢」（夜）、「暮」→「鳥の音」（夜明け）。114は光源氏の立場で、帚木のあった伏屋、居《い》はするのだが、会わない空蝉のいた伏屋での情事を思うのだけれども、その時共に寝て別れの夜明けを告げた、あの辛く悲しいイヤな鶏の声を決して忘れはしないと歌ったものである。

古典文庫は、①8新古今997「そのはらやふせやにおふるははきぎのありとは見えて《てゆけど（六帖）》あはぬ君かな」（恋一「平定文家歌合」是則。②4古今六帖3019、第五「くれどあはず」。⑤8左兵衛佐定文歌合28）、源氏物語「つれなきをうらみもはてぬしのゝめにとりあへぬまでおどろかすらむ」（「帚木」、新大系一―70頁）、同「身のうさを嘆くにあかで明くる夜はとりかさねてぞねも泣かれける」（「帚木」、新大系一―70頁）三歌をあげるが、同じく「帚木」には、源氏物語「はゝき木の心を知らで園原の道にあやなくまどひぬるかな」（「帚木」、新大系一―76頁）、同「数ならぬ伏屋に生ふる名のうさにあるにもあらず消ゆるはゝ木ゝ」（「帚木」、新大系一―76頁）の歌もある。198参照。

寄[1]神樂戀[2]

115 人[3]ごゝろはなだの[4]おびのさればこそかねて[5]思[6]しなか[7]たえぞこは

【校異】詞書、歌―ナシ（私Ⅲ）。「乙丙」（文）。1寄神樂―神樂によする（B、本、三、神、岡、私Ⅱ、「乙丙」（文））。2戀―恋（文）、こひ（B、私Ⅱ、「乙丙」（文））。3ごゝろ―心（本、神、岡）。4お―を（B、私Ⅱ）。おび―帯（A、本、三、神、岡）。5思―思ひ（本、三、神、岡、国④、国⑦）、おもひ（B、私Ⅱ）。6なか―中（A）。なかたえぞ―なかたあら《本ノ》（三）、なかたあら《本ノマヽ》（本、神）。なかたえぞこは―「涙あらねは習」（文）、「なかた（下欠）類」（文）。7えぞ―あら（B、岡）。えぞこ―えら（ママ）こ（国⑦）、要良古（私Ⅱ）、安良古（「乙」（文））、要衣古（「三」（文））、あ良古（「神」（文））。

【語注】○寄神樂戀　「歌合〔275〕小侍従Ⅰ115・Ⅱ58」（歌題索引）。歌合〔275〕＝⑤134内大臣家歌合永久三年十月5「にはびたきさざなみをりてあそぶほどたまゆらいかでこひをやすめむ」（「寄神楽恋」顕俊）、同6「あさくらを…」（盛家）二首。　○人ごゝろ　49既出。　○はなだのおび　八代集一例・後拾遺757（後述）。③81赤染衛門110「結ぶともとくともなくて中たゆるはなだのおびのこひはいかがする」、④15明日香井808「うつりやすきはなだのおびの色ぞうきたえけるなかをなにむすびけん」（院百首、恋）、⑤234亀山殿五首歌合文永二年九月90「いもとわれはなだの帯のなかなれや色かはりぬとみればたえぬる」（女房。①12続拾遺1042 1043、恋五「…、絶恋」後嵯峨院御製）。　○されば　八代集では「さればよ（然）」の拾遺743のみ。　○さればこそ　予想が的中した時などに発する語。竹取物語「「さればこそ。異物の皮なりけり」」（新大系31頁）。　○なかたえ　動詞はあるが、名詞は八代集に見当らない。源氏物語一例「この、むかし御中絶えのほどには、この内侍のみこそ」（「夕霧」、新大系四―156頁）。

【訳】人の心（は）縹色の帯のように、やっぱり思った通りに、以前いつか思っていた、二人の仲が絶えるのだ、この事は。〈神楽に寄せる恋〉

▽「思ふ《ひ》」。「寄源氏恋」↓「寄神楽恋」、「鳥」↓「人」、「思ふ」↓「心」。114と同じ源氏物語の歌（左記）がある。「神楽（催馬楽）」にことよせた恋の歌であり、人心は縹の帯がそうであるように、この事（あの人・男がもう来なくなった事）は以前から思っていたように二人の仲は絶えてしまったのだと歌う。下句倒置法、「こは、かねて思しなかたえぞ」である。古典文庫は以下の三つを指摘する。

催馬楽「石川」・「石川の高麗人に帯を取られてからき悔《くい》するいかなる帯ぞ縹の帯の中はたいれるかかやるかあやるか中はいれたるか」（異説「なかはたいれるか」。大系413頁）＝⑤300六百番陳状167「石川の　こまうどに　おびをとられて　からきくいする　いかなるおびぞ　はなだのおびの　なかはたえたる」

⑤421源氏物語98「中絶えばかごとやおふとあやふさにはなだの帯を取りてだに見ず」（「紅葉の賀」（光源氏））

①4後拾遺757「なきながすなみだにたへでたえぬればはなだのおびの心地こそすれ」（恋二、和泉式部。③74和泉式部続208）

【参考】③106散木1298「石川やはなだのおびのなかたえば駒のわたりの人にかたらん」

③117頼政458「うきにさは中やたえまし色なくて花だのおびに思ひなしつつ」（「うら…」）

⑤299袖中抄1058「君がせしはなだのおびの中たえてさればぞいひしながらじとは」

寄[1]木戀[2]

116 [3]いかなれば朽《（朽ち）》[4]ぬる袖ぞなみ[5]かゝる岩[6]ねのまつもさてこそはあれ

【校異】詞書、歌―ナシ（私Ⅲ）。「乙丙」（文）。1寄木―木によする（B、本、三、神、岡、私Ⅱ、「乙丙」（文））。2戀―恋（文）。3玉葉（三、岡）。4朽―朽（文）、くち《朽》（三）、くち（本、神、岡、私Ⅱ）。5なみ―波（本、三、神）。6岩―いは《岩》（三）、いは（本、神、岡、私Ⅱ）。

【語注】〇寄木戀　「六百番1033～1044／家隆287・2514・小侍従Ⅰ116・Ⅱ59・慈円1671・寂蓮Ⅱ355・定家887・1873・良経386・994」（歌題索引）。⑤175六百番歌合1035「こひしなばこけむすつかに柏ふりてもとのちぎりのくちやはてなん」（定家）。〇

朽ちぬる袖　④26堀河百首1167「いたづらにあはで年ふる恋にのみくちぬる袖を猶いかにせん」（恋十首「不逢恋」紀伊）。　**○なみ**　「涙」をほのめかすか。「「波」に「涙」を響かせ、涙で袖が朽ちたことを暗示する。」（『玉葉和歌集全注釈』1491）。③130月清170「なみかくるゐじまにおふるはままつのくちぬなげきにぬらすそでかな」（二夜百首「寄松恋」）。　**○岩ね**　根のように大地にずっしりと安定している岩。　**○岩ねのまつ**　がっちりと安定した岩の上の常緑の松という事で、千歳万代を寿ぐものとしてよまれる。八代集一例・後拾遺452。あと「岩根松」は後拾遺1050、千載1044。後拾遺452「春日山岩ねの松は君がため千年のみかは万代ぞへむ」（賀、能因）、⑤421源氏物語337「風に散る紅葉はかろし春のいろを岩ねの松にかけてこそ見め」（「少女」）（紫の上））。「待つ」をかけるか。　**○さてこそはあれ**　「そのままの状態で存在しているではないか。」（『玉葉和歌集全注釈』1491）。

【訳】　どういうわけで朽ち果ててしまった袖なのか、波のかかっている大きな岩の（千歳を過ごすといわれる）松もそういった・朽ち果ててしまう事はあるのだ。〈木に寄せる恋〉

▽「こそ」。「寄神楽恋」→「寄木恋」、「絶え」→「朽ち」、「帯」→「袖」、「されば（こそ）」→「さて（こそ）」。どうして朽ちた袖なのか、波のかかる「岩根の松」でさえ朽ちるのだから、まして袖はいうまでもないと歌ったもの。が、第三句以下、波のかかる「岩根の松」は朽ちずにいる（『玉葉和歌集全注釈』）の解もある。「寄…恋」三首は、114「帯木のありし伏屋」、115「縹の帯」、116「岩根の松」と具体的事物が出てくる。①14玉葉1491 1483、恋三、小侍従。

【通釈】　一体どうしてこんなに朽ちてしまった袖なのだろう。（いくら涙がひどくかかるからといっても）波がしょっちゅうかかっている、海岸の岩の松だって、ああやってちゃんと朽ちずにいるではないか。」（『玉葉和歌集全注釈』1491）

【参考】　④30久安百首318「いかなればまつのしづえをおきながら人の心にかかるふぢなみ」（春二十首、顕輔）

【類歌】　④20隆祐47「おもへども岩ねの松に波かけてかはらぬ色にぬるる袖かな」（「忍恋」）

117 歳暮[1]戀[2]

[3]う[4]ら[5]み[6]むもいつ[7]しかなれば[8]明日よりはいはでや[9]かどの松とみえまし

【校異】詞書、歌—ナシ（私Ⅲ）。「乙丙」（文）。1歳暮—年のくれの（三）、としの暮の（本、神）、としのくれの（岡）。歳暮戀—としのくれのこひ（B、私Ⅱ、「乙丙」（文））。2戀—恋（文）。3■（A）。4うら—恨（本、神）。5みむ—むる（A）。6む—ん（B、本、三、神、私Ⅱ）、むも—「んと習」（文）。7し—く（本）。8明日—あす（A、B、本、三、神、岡、私Ⅱ）。9かど—門（A）。

【語注】**○歳暮戀** 「家隆2446・覚綱60・季経54・小侍従Ⅰ117・Ⅱ60」（歌題索引）。③132壬二2794「よのつねの恋にはあらず君が世の春にあふべき身をいそぐかな」（恋「歳暮恋」）。**○うらみむ** ①1古今727「あまのすむさとのしるべにあらなくに怨みむとのみ人のいふらむ」（恋四、小野小町）。②10続詞花643「うき人をうらみむこともけふばかりあすをまつべき我が身ならねば」（恋下、よみ人しらず）。**○や** 詠嘆。**○かどの松** 八代集にない。「門松」も。「かど」・カはスミカ・アリカのカ。ドは戸口のト、とされる。正月に門に立てる松。④26堀河百首1109「門松をいとなみたつるそのほどに春明がたに夜や成りぬらむ」（冬「除夜」顕季。③105六条修理大夫250）。⑤159実国家歌合7「賤のやどにたてならべたる門松にしるくぞみゆる千代の初春」（「立春」公重）。山家集5「かどごとに立つる小松に飾られて宿てふ宿に春は来にけり」（春「家々翫春といふこと」）、同6「子日して立てたる松に植ゑそへん…」。徒然草「大路のさま、松立てわたして花やかにうれしげなるこそ、又あはれなれ。」（第十九段。新大系98頁）。「平安末から鎌倉時代には門松が都の風俗として普遍化されていた。」（『日本年中行事辞典』70頁）。「待つ」をかけるか。

【訳】恨みとするようなのも、日常の事となってしまったので、明日の年始からは、（恨み、つらみを）いわないで、

門松〈寿ぐめでたいもの〉としてみられる事にしよう。〈年の暮の恋〉
▽「松」。「寄木恋」→「歳暮恋」、「岩ねの松」→「門の松」。恨みつらみ愚痴もいつしか日常茶飯事の事となってしまって、消えてしまうものであるので、明日からはもうそんな言《こと》は言わずに、門松として見られよう、見られたいものだと歌ったものだが、門松が、めでたいものなのか、松＝待つ（待っていると思われる事にしよう）に重点があるのか、もう一つはっきりしない。

118　[1]起道心[2]戀

うれしくも[3]戀[4]ぢにまどふ[5]あしうらのうき[6]世をそむくかたへ[7]入《入り》ぬる

【校異】詞書、歌―ナシ（私Ⅲ）。「乙丙」（文）。1起道心―道心をおこす（本、三、神、国⑦）、道心をゝこす（岡）。起道心戀―道心をゝこすこひ（A、私Ⅱ）。2 3戀―恋（文）。4ぢ―路（本、三、神、岡）。5あし―ナシ・空白（A）。6世―よ（B、三、私Ⅱ）。7入―いり（三、岡、私Ⅱ）。

【語注】**○起道心戀**　「寄《ママ》道心恋　小侍従Ⅰ118・Ⅱ61」（歌題索引）。**○も**　詠嘆。**○戀ぢ**　「路」「まどふ」は、「足」の縁語。④30久安百首165「こひぢにはただ一方に入りにしをいづくへまよふこころなるらむ」（恋二十首、公能）、④31正治初度百首874「まだしらぬ恋路にけふぞ入りそむるまよはぬほどにあふ人もがな」（恋、隆房）。**○あしうら**　足占。「あうら」とも。共に八代集にない。上代の占法。歩いて行って、右足・左足のどちらで目標の地点につくかによって吉凶を定めるものらしい、とされる。「あうら（足卜・占）」が万葉に二例ある。万葉739 736「月夜には門に出で立ち夕占《ゆふけ》問ひ足占《あしうら》をぞせし行かまくを欲《ほ》り」（巻四）、万葉3020 3006「月夜よみ門に出で立ち足占《あしうら》して行く時さへや妹に逢はずあらむ」（巻十二）。③84定頼72「ゆきゆかずきかまほしきをいづかたにふみさだむらむあしうらの山」、⑦43行宗253「いでたちのあしうらよくてゆくよさへまたつれなくてたちやかへらむ」（恋「不遇恋」）。

【訳】うれしい事にもまあ、恋の路に迷いさまよう足占いをするような、つらく悲しいこの「憂き世」を捨てる所へ入ってしまった事よ。〈道心（悟りを求める心）を起こす恋〉

▽「歳暮恋」→「起道心恋」、「うらみ」→「うれしく」。恋路に迷い足占をする〝憂世〟を背く場所へうれしくも入ったと、題・詞書の「起道心恋」を歌って、98よりの一連の恋歌を終結する。前歌が、「明日より…（誰からも寿ぐものとして見られる）門の松」と思われる事にしようと歌ったものなら、これは、「うれしくも…（この）憂き世を離反する」所へ入ったと、救い・悟りの歌となっているのである。⑤271歌仙落書108、第三句「足引の」、（「内大臣家の十首恋の歌人人によませけるに」「内大臣家にて十首歌の中に（書・輪）」）、大宮小侍従。「内大臣実定家歌会か。」（「中世の文学」『歌論集一』96頁）、第二句「恋路にまよふ（書・輪）」（同）、末句「方にいりぬる（書・輪）」（同）。「内大臣は承安二年現在では源雅通とみるべき」（『鳥帚　千載集時代和歌の研究』85頁）。

【参考】③110忠盛136「日かずゆけどこひぢのすゑのなきままにうきよをそむくかたへいりぬる」（恋）…下句が118と全く同一

雑[1]

[2]高倉院位の御[3]時[4]朝[5]覲[6]行[7]幸《てうきんのぎやうかう》に御[8]笛[9]はじめてあるべしといふさだめに[10]人[11]ゝあまたまいりて[12]万[13]歳樂[14]一ばかりふかせ

給[15]ふ[16]明[17]がたにかへり[18]て人[19]ゝ[20]の御なか[21]にて[22]
[23]
左[24]大將[25]

119 [26]ふ[27]ゑ[28]の音[29]のよろ[30]づ代[31]までと聞[32]えしに山もこたふるこ[33]ゝちせし哉[34]

【校異】 1雜—ナシ（A）。2この位置—雜（B）。119の詞書、歌～173の詞書、歌—ナシ（私Ⅲ）。「乙丙」（文）。3御—おほん（B、本、神、私Ⅱ、「乙…類」（文））、おほむ（岡）。4時—とき（本、三、神、岡、私Ⅱ）。5、（私Ⅰ、私Ⅱ、国④、国⑦）。6朝観—てうきん〔朝観？〕の（三）、てうきんの（B、本、神、岡、私Ⅱ）。7に—ニ〔小字〕（B）。8笛—ふえ（本、三、神、国⑦）、ふゑ（私Ⅱ）。9はしめ—始（岡）。10、（私Ⅰ、私Ⅱ、国④、国⑦）。11ゝ—々（文）、ゝ（私Ⅱ）、く（A、三）、人（国④、国⑦）。12、（国④）。13万—萬（本、神）。万歳樂—まんさいらく（A）。14樂—楽（文）。15給—たま（本、神、私Ⅱ）。16、（私Ⅰ、私Ⅱ、国④、国⑦）。17明—あけ（本、三、神、私Ⅱ）。18かへ—歸（A、岡）。19、（国④）。20ゝ—々（文）、ゝ（私Ⅱ）、く（A）、人（国④、国⑦）。21なか—中（A）。22て—とて（A、B、本、三、神、岡、国⑦、「諸本」（文））、とて、（私Ⅱ）。23間—ナシ（本、神、私Ⅱ）。24左大將—次行（A）、ナシ（岡。一行空白）。25將—将（文）。26千賀（三）。27ふゑ—笛（本、神、岡）。28ゑ—え（B、三、私Ⅱ、国④）。29音—ね（三、岡、私Ⅱ）。30よろづ—萬（岡）。31代—よ（B、本、神、私Ⅱ）。32聞—きこ（A、本、神、私Ⅱ）。33こゝ—心（A、本、神、岡、私Ⅱ）。34哉—かな（本、三、神、岡、私Ⅱ、国④）。

【語注】**○高倉院** 1161～1181（応保1～治承5・養和1）年1月14日。第80代。在位1168～1180年、治承4年（1180）2月21日譲位。後白河天皇第7皇子。母は建春門院滋子。名は憲仁。藤原実房（静空）の7歳上の兄である実国は、高倉天皇の笛の師として知られている。 **○朝観** 天皇が、太上天皇または皇太后の宮に行幸した儀式。永昌記、大治元年

（1126）正月「二日 朝覲行幸事、天晴、今日朝覲行幸也、皇居土御門、院御所三條、未剋出御、」（185頁、増補史料大成）、菅家文草「452…于レ時天子、朝ニ観太上皇ニ故云。」（第六、459頁）、今鏡「朝観の行幸後白河、美福門院にせさせ給ふ。」（全書、「内宴」141頁）。**○万歳楽** 雅楽の曲名。平調の代表的な、皇帝万代の繁栄を祝う、祝宴の曲。源氏物語「未の時ばかりに楽人まいる。万歳楽、皇麞など舞いて、日暮れかゝるほどに、」（「若菜上」、新大系三―263頁）。「こゑたかく…」（拾遺274）―「山嘑ニ万歳ト」といふことのあるなり。世のまつりごとゝのほれるときの事也。見ニ史記ニ。」（「奥義抄」日本歌学大系、第一巻、274頁）、他、和歌色葉、日本歌学大系、第三巻、241頁。⑤197千五百番歌合2150「きみがよにとたびすむべきみづの色をくみてしりける山のこゑかな」（祝、有家、左）、判詞「左、黄河千年にすみ山万歳をよばふこと、君のみよにひきよせられたる、…」。**○ふかせ** 〃「人々」にふかせ〃たのではない。**○人々の御なかにて** 「「人々の御中にとて」は、女房にあてて所感を詠じたとの意。」（森本『女流』83頁）。**○左大将** 藤原実定。通称後徳大寺。保延五・1139〜建久二・1191年閏12月16日、53歳。大炊御門右大臣公能の長男、母は藤原俊忠女。俊成の甥。永万元年（1165）8月権大納言を辞して以来無官。この安元元年当時37歳。2年後の安元3・治承元年（1177）3月大納言に還任し、12月27日左大将を兼ねた。寿永2年（1183）内大臣、文治2年（1186）10月29日右大臣、11月27日左大将を辞し、同5年左大臣。3参照。寿永元年の時点での呼称。実定との交渉は、小侍従が大宮に出仕していた頃から始められたらしく、この時点でも実定との交渉が依然として続いている事が推察できる。実定は、父亡き後の多子にとって唯一の頼りでもあった。実定、小侍従二人の贈答歌は、各々の家集に相当数収められて、長期間にわたって、親密な交渉が続けられたようである。この安元元年10月の「右大臣家歌合」に、「小侍従」として出ているが、その後行われたいくつかの歌合には、その姿が見られない。**○ふえの音** 八代集三例・後拾遺1198、千載597、630。①4後拾遺1198 1200「ふえのねの春おもしろくきこゆるは花ちりたりとふけばなりけり」（雑六「題不知」よみ人不知）。源氏物語「わざとの御学問はさる物にて、琴、笛の音にも雲居を響かし、すべて言ひつゞけば…」（「桐壺」、新大系一―19頁）。**○よろづ代** 万歳楽の「万歳」

にちなむ表現。蜻蛉日記（巻末家集）10「よろづよをよばふ山べのゐのここそきみがつかふるよはひなるべし」（「当帝の…」」。新大系241頁）、④31正治初度百首201「万代と山はよばひてたに川の水は千とせの色ぞ見えける」（祝、三宮惟明親王）、④31同2298「朝夕にきけばはこやの山たかく明くれよばふ万代のこゑ」（祝、信広）、⑤197千五百番歌合2103「よものうみのなみのほかまできこゆなりはこやのやまのよろづよのこゑ」（祝、家隆）。**○山もこたふる**「漢の武帝が嵩山（すうざん）に登った時、どこからともなく万歳の声が聞えたという故事（史記・孝武本紀）に拠るか（八代集抄）。↓六二二一。」（新大系・千載630）。『漢書』武帝紀に見える「山呼」の故事によるもの。

【訳】笛の音が万代（万歳）まで（の栄え）と聞こえたので、（まわりの）山も鳴り響いて感応した心ちがした事であるよ。〈高倉院が天皇の位であった御時に、朝覲行幸に御笛（の演奏）が初めてされる予定だという決まりに、人々が大勢参上して、万歳楽を一つだけおふきなされた夜明け方に帰って、人々の御中へといって、左大将〉

▽「世」。恋歌↓「雑」歌。「うき世」↓「よろづ代」。これ・119は実定の詠であり、帝の吹く笛の音の万歳楽が、万代までの栄えを意味すると聞えたので、山も感応して万歳を唱える気持ちがしたと、帝の万代を寿ぐ祝賀の詠。高倉天皇の朝覲行幸の時、左大将実定が女房たちへ詠みかけた歌。この贈答歌119・120は、朝覲行幸という正月の行事の際に詠まれたもので、雑の部の冒頭を飾るのにふさわしいものとみなされる。回想的記述による詞書をもつ歌50首（119～168）と、題詠19首の「雑」歌に、小侍従集の特色とおもしろさが見られる。その「雑」の巻頭詠である。③122林下315「内裏にまゐ《ひ(彰)》りて侍りしに、主上の御笛万歳楽ふかせ給ひしをはじめてうけ給はりて、女房の中に申したりし」（宮中に参上して伺候していた時に、帝の御笛で万歳楽をおふきなされたのを初めてうけ給わって、女房の中に申しつかわした（歌）。雑、第三句「きこえしを」）。①7千載630 629「たかくらの院の御時、内裏にまゐりて侍りけるに、うへの御ふえに万歳楽ふかせ給うけるを、はじめてうけたまはりて、又の日女房のなかに申し侍りける」（賀、右おほいまうちぎみ、第三句「きこえしを」）。

「○うゐの御笛　十五歳の高倉天皇の初度の吹笛。保安元年（一一二〇）の鳥羽院の例に拠った（玉葉）。…○女房高倉天皇の女官。　○右のおほいまうち君　後徳大寺実定。…▽承安五年（〔私注―安元元年〕一一七五）正月四日高倉天皇の後白河院御所法住寺殿への朝勤《ママ》行幸後の作（小侍従集、玉葉）。曲名に寄せ「山も応ふる」と対応させて高倉天皇ひいては後白河院治世の太平万歳を祝う。女房の中にいた小侍従は天皇の即答の命で「万代と…」と返歌したという（小侍従集）。」（新大系・千載630）。「以上三首「万代」を共有する歌。」（和泉・千載629）。「高倉帝は閑院の里内裏を本所としながら、しばしば内裏に遷御した。」（和泉・千載629補注）

「その日、陛下には万歳楽を吹かせ給うたのである。御祝ひの歌である。而してその時「御返しをつかうまつれ。」との仰言は彼女に下ったのである。それは彼女と実定の親しさ故ではあるまい。天皇は彼女の歌才を御承知あらせられたものと拝察せられるのである。」（『冨倉』232頁）

「万歳楽によそえて、『史記』孝武本紀の武帝崇山の故事を詠みこむ『和漢朗詠集』下巻・祝の歌「よろづ代と…」（『拾遺集』賀・仲算法師・二七四では初句「声たかく」）〔私注―次歌参照〕を踏まえた贈歌もみごとであるが、高倉天皇の「はつねの笛」と山名「三笠の山」を詠みすえただけでなく、「末を見」守る藤原氏の氏神春日明神のことを言いあらわして藤原実定へのことほぎとした手ぎわはあざやかである。「三笠の山」はまた近衛の大将、中少将の異名でもあるので、左大将実定を寓意するにふさわしいと言いたいところだが、残念ながら、この朝観の行幸は承安五年（安元元。一一七五）正月四日のことで、時に実定は散位（前大納言）にすぎないことがすでに考証されている。詞書の「左大将」は後官にもとづく呼称というにとどまらず、逸話としてそうあってほしい理想の職名のかたちを示したものと見られるのである。」（『三角』102、103頁）

玉葉「四日、…此日、朝観行幸也、…参二法住寺殿一、…主上取レ笛給、…律、青柳、万歳楽、…余与二左大将一言談、」（上、巻十六、412、413頁、承安五年正月四日）

「御遊抄（朝覲行幸）」（続群書類従、第十九輯上、管絃部、巻第五百廿七、54、55頁）「安元々正四。法住寺。…笛。主上御所作。御年十五。／山槐記云。御笛筥盖置左大将前。主上始可令吹御笛給。」（なお山槐記には、この所の記述が残っていない）。さらに安元元年正月四日の百錬抄の記述もある。

＊

雑の部は贈答歌の相手や時間の流れにあわせた配列がなされており、九つの歌群にわけられる。「雑」の第一群は、高倉天皇に出仕していた時期に公の席で詠んだ歌・119〜124であり、6首のうち、122を除く5首は、詠まれた時期がはっきりわかっている。年代は前後しているが、119・120が正月四日、121が正月七日、123・124が二月二三日で順序よく配列されている。（「田中」79、80、85頁）

119の詞書に「高倉院の御時」とあるのは、この詞書が――さらに言えば、この50首を包含する一集が、高倉天皇御譲位の後に記述され編纂された事を意味する。さらに「左大将」の呼称を用いる以上、この50首の編述は実定が左大将に兼任した治承元年（1177）12月27日以後でなければならず、そして135の詞書の「修理大夫」の呼称により、50首は、経盛が修理大夫を兼任した治承三年（1179）11月17日以後まとめられた、そうして雑50首は、作者の出家後、寿永元年（1182）夏秋の交にまとめられ、その50（自作30首）という数のあまりの少なさは、百首選中の30首という歌数の制限をうけたためである。（森本『研究』246、247、250、251頁）

御[1]まへに[2]さぶらふに[3]あ[4]ふ[5]む返[6]しつかふま[7]つれとおほせ
ごと[8]あれば

120　万代[9]とはつね[10]の笛[11]になのらせてするゑ[12]をみかさ[13]の[14]山やこたふる

【校異】「乙丙」（文）。1まへ—所（A）。2ぶ—ナシ（本、神）。3、（私Ⅰ、私Ⅱ、国④、国⑦）。4あふむ—おほむ（岡）、おほん（B、本、神、私Ⅱ、「乙…類」（文））、御（A、三、「習」（文））。5ふ—う（国④）。6返—かへ（本、神、岡、私Ⅱ）。7ふ—う（B、三、岡、私Ⅱ、国④）。8「あれは—ありけれは習」（文）。9万—萬（A、岡）。万代—よろつよ（B、本、三、神、私Ⅱ）。10ね—音（A）。11笛—ふえ（三、私Ⅱ）、ふゑ（B）。12ゑ—へ（本、神）。13みかさ—三笠（三）。14さ—き（岡。「さ」とも）。

【語注】〇**あふむ返し**　和歌の語で、贈られた歌の語句を少し変えて返歌すること。俊頼髄脳「鸚鵡返しといへるは、本の歌の、心ことばを変へずして、同じ詞をいへるなり、之思ひよらざらむ折は、さもいひつべし。」（古典全集112頁）。〇**万代**　③116林葉集（俊恵）980「くもりなき影をかはして万代に君ぞみかさの山のはの月」（雑、祝「法性寺…」）、③131拾玉284「うき身までたのしかるべき万歳《よろつよ》とよばふみかさの山のかひかは」（百首堀川院題、雑「山」）、⑩6俊成五社百首300「天が下のどけかるべき君が代はみかさの山の万世の声」（春日社百首和歌、雑「祝」）。〇**はつね**　「万」と「初」対照。「初音」。正月初めての奏楽にちなんだ句。「（御笛）はじめてあるべし」（119詞書）。「初子」も掛けるか。行幸は正月四日。「初音」は、本来は新春を迎えて最初に姿を現す春告げ鳥「鶯」の最初の音をいい、初子の日の小松引きを掛けていう事が多い。〇**みかさの山**　「見」掛詞。「末を見よ」の意から、「三笠の山」に転じた。三笠山は藤原氏の氏神春日神社のあるところ。通常は奈良市、春日大社のうしろの山の事であるが、この場合、法性寺殿への行幸であるので当らない。天子の御蓋《みかさ》となって近き衛《まもり》をする意であり、近衛《このえ》の大将・中将・少将の別名。歌に用いる。この場合119の左大将実定の事。後撰1106「旧里の三笠の山は遠けれど声は昔のうとからぬ哉」（雑、兼輔）。

○や　詠嘆。

【訳】万代、永久不変と初めての音色の笛に演奏させて、告げ知らせて、将来を見せ、あとで三笠の山（＝左大将）が答え応じる事よ。〈（帝の）御前に伺候している時に、前の歌（119）をほぼそのままによみかえて歌を奉れとのご命令があったので〉

▽「万代」「音」「笛」「山・答ふる」。「聞こえ」→「見」。御前に控えている私に、すぐ返事せよとの命令により詠んだもので、119の歌の詞をかなり取って、万代の栄えだと、初めての笛の音は示し、万代の行末の繁栄を見せ、さらに左大将の実定が寿ぎの歌を詠んだと返した。「山」を中国の武帝の故事から、左の和漢朗詠集の歌をふまえてか、「三笠の山」、即ち左大将実定が歌をつくったと変えているのである。この時、左大将は高倉天皇より二十余歳年長である。③122林下316「返事し（彰）」小侍従、末句「やまやこたへし」。

「かうして彼女の華やかな宮中生活は再び始まつたのである。この度の彼女は既に老女房として——彼女は既に五十四歳であつた——宮中の馴者《なれもの》としてその挙止に於て、その歌才に於て指一本さゝれぬ存在であつたと私は想ふ。／さう考へると彼女の承安三年の東下りは、彼女の好色生活への一つのくぎりをつける為の旅であつたといへるかも知れない。強い意志を以て、自らの生活を自らの意志によつてきちん〳〵と画つて行けるところに、小侍従の人生態度があつたやうに思へるからである。」（『富倉』232頁）

「作者は高倉天皇に出仕していたこと、また当時歌人として公的に重んぜられていたことが察せられる。同様の事実は一二一・一二二・一二三の詞書にも見られる。」（森本『研究』246頁）

【参考】②6和漢朗詠集777「よろづよとみかさのやまぞよばふなるあめのしたこそたのしかるらし」（祝。拾遺274「声高く…」賀、仲算法師）

正月七日[1]中[2]宮の御かたへ[3]若[4]菜まいらせ[5]させ[6]給ふに[7]まうけの[8]きみ[9]いはひ[10]申せと人[11]ゝありしかば

121　おひたゝ[12]む[13]二葉のすゑをことしよりこは[14]みく[15]まの[16]ゝ[17]若菜とをしれ

【校異】「乙丙」（文）。1、（私Ⅰ、私Ⅱ、国④、国⑦）。2宮の—宮《の》（私Ⅱ）。3若—わか（岡、私Ⅱ）。4菜—な（三、岡、私Ⅱ）。5「させ—ナシ類」（文）。6給—たま（本、神、私Ⅱ）。7、（私Ⅰ、私Ⅱ、国④、国⑦）。8きみ—君（本、三、神、岡、私Ⅱ）。9いはひ—祝（A）。10申—まう（B、岡、私Ⅱ）。11ゝ—々（文）、ゝ（私Ⅱ）、人（国④、国⑦）、ナシ（A）。12む—ん（B、本、三、神、私Ⅱ）。13二—ふた（本、神、岡、私Ⅱ）。14みくまの、—三熊野の（A）。15ま—さ（B。「万」か）。16ゝ—の（国④、国⑦）。17若菜—わかな（本、三、神、岡、私Ⅱ）。

【語注】**○中宮**　高倉天皇の中宮平徳子。清盛の娘。承安二年（1172）入内。建礼門院。1155—1213。**○若菜**　一年の邪気を払い、不老長寿を寿ぐために食した。和歌では、新春一月七日頃の行事・景物として若菜摘みがよまれる事が多かった。①2後撰1370 1371「ことしよりわかなにそへておいのよにうれしき事をつまむとぞ思ふ」（慶賀、太政大臣）、④26堀河百首78「春立ちて今日は七日に春の野の若菜はまだぞ二葉なりける」（春「若菜」肥後）。**○まうけのきみ**「儲君」の訓読語。皇太子。源氏物語「一の御子は右大臣の女御の御腹にて、寄せ重く、疑ひなき儲の君と世にもてかしづききこゆれど、」（「桐壺」、新大系一—5頁）。高倉天皇第一皇子・言仁親王。後の安徳天皇。1178~1185（治承2年11月12日—文治1）。第81代。在位1180—1185。母は建礼門院徳子。治承2年12月8日親王となす。同12月15日立坊。同4年（1180）2月21日受禅。**○おひたゝ**　八代集二例・後拾遺948（雑、朝光）、詞花398。あと「おひたちさかゆ」が万葉に一例ある。源氏物語「をひたゝむありかも知らぬ若草ををくらす露ぞ消えんそらなき」（「若紫」、新大系一—159

頁。⑤421源氏物語45（尼君）。　**○ことしより**　④26堀河百首69「わかな生ふる野をやしめまし今年より千年の春をつまんと思へば」（春廿首「若菜」顕季）。　**○みくまの**　「見」掛詞。八代集で「みくまののうら」（八代集六例）でないのは、金葉493、新古今1907のみ。熊野三山の信仰は、院政時代から中世を通じ皇室・貴族をはじめ武士・庶民に普及し全国的に盛行した。平治の乱は、清盛が熊野参詣の折であった事が思い起こされる。

【訳】これから成長するであろう双葉の将来（幼少の君の未来）を今年から、これを示してくれるみ熊野の若菜だという事を知りなさいよ。〈一月七日、中宮の御方へ若菜を献上させなされる時に、皇太子にもお祝いを申し上げなさいと人々がいったので〉

▽「末（を）」「見」。「三笠の山」→「み熊野」、「初子（音）」→「若菜」。正月七日、中宮徳子のもとへ若菜を献上した時に、皇太子（後の安徳帝）にもお祝いを申すようにと人々がいうので、生長しよう二葉（幼少の君）の行末の栄えを、今年からこの事を見、またこの二葉をば熊野（権現）の若菜だと知れと寿いだもの。徳子のもとで、東宮に詠んだ祝の歌。第三、四句こ の頭韻。「二葉」ゆえ「若菜」。

「御降誕あらせられた目出度き翌年の春、…「み熊野」を「見る」にかけ、初生の二葉の二に対して三としての縁語仕立てにして皇子の御行末を祝ひ奉つたのである。」（『冨倉』233頁）

「この詠、三年〔私注―治承三・1179〕正月か。」（文）。治承二・1178年の翌年（または翌々年）正月の事と考えられ、50首の編述はその後でなければならない。（森本『研究』246頁）

「小侍従は治承三年の秋頃に出家して宮仕えを辞しているので、この歌は治承三年の正月に詠まれたものであろう。」（「田中」80頁）。小侍従の出家は、頼政出家の治承3年11月28日以前であり、この歌の治承3年正月7日、小侍従は在俗で出仕しているので、それ以後であろう。（『井上』489頁）。皇子誕生の「翌年の正月のことかと推測され、この頃までは、高倉帝に出仕していた事が考えられる。」（「杉本」21頁）

【参考】③81赤染衛門419「おひたたむほどぞゆかしきあやめ草ふたばよりこそたまと見えけれ」

うへ[1]おほ[2]む[3]かぜの[4]けむつかしく[5]おぼしめしたるにさま[6]
[7]ざまの[8]もの見ゆ[9][10]哥よみたらば[11]な[12]をるべしとおほせごと
あれば

122　君が代は[13]二[14]万の[15]さと[16]人かずそひてたえずそなふる[17]御[18]つぎ[19]物哉

【校異】「乙丙」（文）。1、（国④）。2む—ん（B、本、神、岡、私Ⅱ）。3かぜ—風《かせ》〔不明〕（三）。4け—ナシ（A）。5おぼしめし—思召（岡）。6、（私Ⅰ、私Ⅱ、国④、国⑦）。7ざま—〲（A、B、本、三、神、岡、私Ⅱ）。8もの—物（A、B、本、三、神、岡、私Ⅱ）。9、（私Ⅰ、私Ⅱ、国④、国⑦）。10哥—歌（国④、文）、うた（本、三、神、岡、私Ⅱ）。11なをる—な。《をイ》る（三）。12を—ほ（国④）、ナシ（B、本、神、岡、私Ⅱ、「乙…三」（文））。13二万—二粉《本ノマ、》（本。下字「粉」か）、二新《コシイ》（三）、こま（私Ⅱ）、こし（岡、「習類」（文））、こ新《本ノマ、》（神）、「こ新前三神」（文）。14万—萬（B）。15さと—里（本、神）。16人—ひと（B、三、岡、私Ⅱ）。17御—み（B、本、三、神、岡、私Ⅱ）。18つぎ—調（A）。19物—もの（本、三、神、私Ⅱ）。

【語注】**〇かぜ**　風邪。風によって起ると考えられていた。源氏物語「けさ風おこりてなやましげにし給へるを、院の御前にはべり出でつるほど、」（「夕霧」、新大系四—112頁）。**〇二万のさと人**　八代集一例・後述の金葉318。「にまのさとひと」（④索引）。「二万の里」は、斉明天皇の時百済へ援軍を送るため兵を集めたら、二万人が得られた土地であり、珍しい地名である。宝物集四「（吉田本）に拠るか。原話は、意見十二箇条（本朝文粋二意見封事、善相公）

所引備中国風土記。」（『源平盛衰記㊂』160頁）、「備中国下津井ノ郡」（同）。宝物集（巻第四、新大系153、154頁）。**○かずそひ**　八代集二例・後述の金葉318、新古今850（哀傷、小町）。源氏物語「さはいへど、御年の数添ふしるしなめりかし。」（「紅葉賀」、新大系一―248頁）。**○そなふる**　必要な種類と数を欠ける所なく用意する意。八代集一例・拾遺1345（哀傷、光明皇后）。平家物語「船の内にて夜をあかし、みつきものもなかりしかば、供御を備ふる人もなし。」（灌頂巻「六道之沙汰」、新大系下―403頁）。**○御つぎ物**　八代集一例・後述の金葉318。方丈記「煙ノ乏シキヲ見給フ時ハ、カギリアル貢物《ミツキ》ヲサヘ免サレキ。」（新大系10頁）。④27永久百首402「御調物にひくはまゆのいとをもてくる手もたゆくそなへつるかな」（冬「貢調」俊頼。③106散木1283、雑上「みつぎもの」）。

【訳】わが君の代は、二万人もの（村の）里人の数がふえ加わって、絶える事なく（わが君に）供える貢物である事よ。〈帝（＝高倉天皇）が、御「風邪」の様子を不快にお思いなされていた時なので、いろいろなものを見たり、歌をよんだなら（、そうしてそれをきいたのなら）、さぞ病気が治るであろうとの仰せ言があったので〉

【本歌】金葉318「みつぎ物運ぶよをろを数ふれば二万の郷人かずそひにけり」（賀「後冷泉院御時大嘗会主基方、備中国二万郷をよめる」藤原家経。①5′金葉三324。⑤376宝物集356）

▽「二二」。「み熊野」→「二万の郷」（備中）、「若菜」→「御つぎ物」。前歌が、正月七日、中宮へ「若菜」を献上し、皇太子に「祝ひ申せ」という歌なら、これは「うへ」（主上）の風邪の治癒として、高倉帝の御代を寿いだ歌としたのである。本歌は、貢物を運ぶ「よをろ」の数を数えると、二万の郷人は二万より数が増していると、これも帝を寿いだ歌である。これを122は、ほぼそのまま用いて、（「君が代は」）「たえずそなふる」と歌い加えているのである。さらに小侍従には、122とよく似た328・④31正治初度百首2102「君が代は二万の里人数ふれて数より外に数そひにけり」（祝）がある。⑤362平家物語（延慶本）91「実定卿待宵小侍従合事」、第四句「今もそなふる」待宵小侍従。⑤363源平盛衰記104、初句「君が代に」（「蓬本初句「君が代は」、延慶本、長門本も。」）、第四句「今も備ふる」阿波局（待宵小侍

従。延慶本「阿波局」、長門本「安房局」)。367太平記65、巻十六、多多良浜合戦事付高駿河守引例事、第三句「数副へて」周防内侍。源平盛衰記は、高倉帝御悩の折、この歌を詠んだ勧賞として侍従になされたという。(歌徳説話――延慶本も)。

「主上の「様々の物みゆる歌」をとの仰せも、彼女が歌人として聞えてゐたからこそであらう。その仰言に畏つて、…「みつぎ物…」を本歌にして歌つた気のきいた御答へである。かゝる歌こそ正に小侍従得意の独壇場であらう。…註一　志田義秀氏はこの「二万の里人」歌について、これを平家物語所載の頼政鵺退治説話と交渉ありとせられてゐる。(志田義秀氏著「伝説と童話」参照)。」(『冨倉』233、234頁)

「これは、占いに従って詠んだものであり、当時小侍従は歌人として公的に重んぜられていたと推察される。」(「田中」80頁)

【参考】③32兼盛105「ひつぎものたえずそなふるあづまぢのせたのながはし音もとどろに」(大嘗会歌「せたのはし」)

④27永久百首403「御調物きみが御代にはよしの川よし心みよたえやしけると」(冬「貢調」忠房)

【類歌】②16夫木2552「君がためにまのさと人うちむれてとるわかなへやよろづよのかず」(夏一、隆信)

②16夫木14571「すゑとほき春のむかへのみつきものかず数はこぶにまのさと人」(雑十三、隆教)

⑤197千五百番歌合2238「君が代はにまのさと人つくるたのいねのほずゑのかずにまかせん」(祝、隆信)

建春門院の[1]御方[2]の理[3]趣[4]三昧[5]聴聞にまいれとあれば[6]まい
りたるに[7]一院もお[8]なじお[9]ほむ[10]方[11]に[12]おはしますほ[13]どなり[14]
う[15]ちへか[16]へりま[17]い[18]りて[19]又[20]の日[21]こ[22]れより

123
とまりゐてかへらぬ[23]けふの[24]こゝろを[25]ばうらやむ[26]ものと我はなりぬる

【校異】「乙丙」（文）。1の―「ナシ習」（文）。2方―かた（本、神、岡、私Ⅱ）、かた《方〔?〕》（三）。方の―「願の習」（文）。3理趣―理《本ノ》〔玤・珠?〕記《マ、》（本、神）、羽記《本ノマ、》（三）、琱記（岡）、「□記前―羽紀三神―詷記類」（文）。4趣―記（B、私Ⅱ）。5味―味に（B、本、三、神、岡、国⑦、「乙丙」（文））、味に、（私Ⅱ）。6ば―ば、（国④）。7に―に、（私Ⅰ、私Ⅱ、国④、国⑦）。8お―を（B、私Ⅱ）。9おほむ―御（A、「習」（文））。10む―ん（B、本、三、神、岡、私Ⅱ）。11方―かた（A、B、本、三、神、岡、私Ⅱ、「習」（文））。12に―ナシ（B）。13ほど―程（A）。14り―り、（私Ⅰ、私Ⅱ、国④、国⑦）。15うちへ―「うき習」（文）。16かへ―帰（国⑦）、歸（A、B）。かへり―帰（私Ⅱ）、歸（本、神、岡）、「ナシ類」（文）。17まいり―参（三）。18い―ゐ（国④、国⑦）。19て―て、（私Ⅰ、私Ⅱ、国④）。20又―また（本、神、岡、私Ⅱ）。21日―日、（国④）。日これ―日これ《イニナシ》（三）。22これ―「くれ習」（文）。23けふ―今日（A）。24こゝろをば―「心をそ諸本」（文）。25ば―そ（A、B、本、三、神、岡、私Ⅱ）。26もの―物（A）。

【語注】**○建春門院**　平滋子。1142〜1176。後白河天皇女御、高倉天皇御母。仁安3年3月25日皇太后、嘉応元年4月12日（イ12月日）院号宣下。安元2年7月8日崩、35。承安4年（1174）2月23日、法性寺殿の中にある最勝光院小法堂《御》にて理趣三昧を催された（百錬抄。なお吉記、玉葉によれば同30日結願。百錬抄「同日。於二寂勝光院小御堂一。被レ始二行理趣三昧一。」（『新訂増補国史大系』第八、高倉、承安四年二月廿三日、89頁）、玉葉「卅日、…参二最勝光院一、依二理趣三昧結願一也、於二小御堂一被レ行、」（上、巻十四、承安四年二月、360頁））。**○理趣三昧**　礼懺のために『理趣経』を読誦する勤行をいう。性霊集「107叡山の澄法師の理趣釈経を求むるに答する書」（大系442頁）、梁塵秘抄「其の後、仁和寺理趣三昧に参りて候し程に、」（口伝集、巻第十、新大系164頁）。**○聴聞**　説法・法話など聞く事。枕草子「聴聞すなど、たふれさはぎぬかづく程にもなくて、」（新大系30段、41頁）。　○一院《いちのゐん》　同時に、院が二名以上いる時の前の院の称。「いちゐん」。後白河天皇・法皇。1127～1192（大治2年9月11日御降誕―建久3年3月13日崩）。第77代。在位、1155～1158（久寿2年7月24日践祚（即位）―保元3年8月11日御譲位）。鳥羽天皇第4皇子。母は待賢門院璋子。名は雅仁、法名行真。後、485詞書、497詞書に「院」として出る。源氏物語「内、春宮、一院ばかり、さては藤壺の三条の宮にぞまいり給へる。」（「紅葉賀」、新大系一―250頁）。　○とまりゐ　八代集三例・初出は金葉（二）345。「泊り居」か。　○こゝろをば　①6詞花236 235「こころをばとどめてこそはかへりつれあやしやなにのくれをまつらん」（恋下、顕広）。

【訳】その場にとどまっていて、（我身は帰ってしまったが、宮中へは）帰りはしない今日の心をば、うらやむものと私はなってしまった事よ。〈建春門院の御方が、「理趣三昧」の聴聞に参上せよと（の仰せが）あったので、参上したところ、一院も同じ御ところにいらっしゃった時であった。（やがて）宮中へ帰り参上して、次の日、ここから〉

▽「もの」。「物」→「心」、「君」→「我」。前歌が、帝の御代を寿いだ歌なら、123は、女院と後白河院が共におられ、宮中へ帰った翌日に、その場所に居残って帰らない今日の心をうらやむものと私はなったと歌う。身は帰っても、後ろ髪をひかれる思いでその場に残存して、両名と共にいる心をうらやむと歌う事で、滋子、院二人を賞揚しているのである。内裏に戻ってから建春門院邸に贈った詠。連体形止。

123の「小侍従の歌に対し、時忠は法皇の御所の女房にしたいとまでいって来たわけである。彼女が後白河法皇に或は建春門院に親しく奉仕申上げた時期があつたか否か不明であるが、彼女が特に御親しみを得てゐたことは事実なのであらう。」（『冨倉』286頁）

「この年時は、高倉天皇に出仕中の作としては最も早い時期を示すもの」（森本『研究』247頁）であり、既にこの時宮中に出仕しており、「このころは二《ママ》条天皇内裏に仕えていたことが明らかである。」（『馬場』118頁）

[1]返し
[2]中宮[3]権大夫時忠

124 よのつねのすみかを[4]ほし《本[5]ノマ[6]、》の[7]くちにして[8]かへらぬ人と君をなさばや

【校異】「乙丙」（文）。1返—御返（A、B、本、三、神、岡、私Ⅱ、「諸本」（文））。2中宮…時忠—ナシ（岡）。3権—権（文）、ナシ（「習」（文））。4ほしの《本ノマ、》—ほらの（B、三、岡、私Ⅱ、「乙…習類」（文））。ほしのくち《本ノマ、》—ほゝのうち《ちか歟　本ノマ、》（本）、ほゝのうち《ら歟本ノマ、》（神）。5マゝ—まゝ（A）。6ゝ—、（文）、マ（国④）。7く—う（B、三、岡、私Ⅱ、「乙習類」（文））。8かへ—帰（A）。

【語注】**○時忠**　平時信一男。建春門院の御兄。承安2年（1172）2月10日中宮権大夫。治承2年（1178）7月26日中宮大夫。5年（1181）11月25日止。尊卑分脈四巻7頁参照。千載作者。桓武平氏。1130〜1189（大治5年〜文治5年）。「中宮権大夫」は、承安4年（1174）2月23〜30日に行われた理趣三昧時における官表記である。ちなみに寿永元年（1182）は中納言兼左衛門督（2年正月権大納言）。**○ほしのくち**　「ほし」の用例は八代集に多いが、「洞《ほら》」の用例はない。枕草子一例「名おそろしき物　青淵。谷《たに》の洞《ほら》。鰭板《はたいた》。…」（新大系一四六段、196頁）。諸本などから「し」「ら」、「く」「う」、「星の口」「洞の口」、「星の内」「洞の内」が考えられるが、「洞の内」が穏当か。「ほらのうち」・「洞中」の日本よみ。「内」なら、前歌123の詞書「うち」を意識するか。③33能宣461「ちよをへむほらのうちなるつるさへもきみがかざしをつかふべきかな」（かざしのうた「花山に有霊樹、洞雲宅又霊芝神泉駐之、指下流白鶴翔晴天」）。仙洞（御所）の事か。出家遁世隠遁の巌窟の中か。

【訳】いつもの住まいを洞窟・仙洞の内となして、帰りはしない人と君をしたいものだよ。

▽「かへら」。「とまり」→「帰ら」、「我《われ》」→「人」「君」。時忠から小侍従への返歌。日常の住居を洞穴・仙洞の中と

して、決して帰らない人と君を為《な》したいと歌う。我身は帰り、帰らぬ心をうらやむといった前歌を、常の住居を「洞の中」として、君を帰らせないようにさせたいと返す。

[1]左[2]大將[3]の[4]三条の[5]い[6]ゑに大宮おはします[7]比[8]な[9]れあそびまいらせ[10]てかへらせたま[11]ひ[12]にしか[13]ば久しく[14]をとなき[15]にこれより

125 かつまたの池に[16]ぞたえしみづからをよそなる[17]ものとなに思ひけん

【校異】「乙丙」（文）。1左―さ（A）。2將―将（文、国④、国⑦）。3の―ナシ（「習」（文））。4条―條（本、神）。5いゑ―家（A、B、本、三、神、岡、私Ⅱ、国⑦）。6ゑ―へ（国④）。7比―ころ（本、神、岡、私Ⅱ）。8なれ―なれ本ノマヽ、。（本、神）。9れ―れ、（私Ⅰ、私Ⅱ、国④、国⑦）、れ。（三）、れは（A、「習類」（文））。れ□（一字空白、次は次行」（神）。10てかへらせ―ナシ（本、神）。11ひ―ゐ（私Ⅱ）。12にしかば―「しかは習」（文）。13ば―ば、（私Ⅰ、私Ⅱ、国④、国⑦）。14を―お（B、三、岡、私Ⅱ、国④、国⑦）。15に―ナシ（A）、に、（私Ⅰ、私Ⅱ、国④）。16ぞ―て（A）。17もの―物（A、B、岡、私Ⅱ）。

【語注】**○左大将** 3、119参照。実定。大宮多子の同母兄。 **○大宮** 近衛天皇の皇后藤原多子。右大臣公能女。母は藤原俊忠の娘。実定の妹。左大臣頼長の養女となって、久安6年（1150）入内、立后。保元元年（1156）10月皇太后、ついで、3年（1158）2月太皇太后となったが、その美貌のために二条天皇に強いられて、永暦元年（1160）1月二条天皇に再び入内、例のない二代の后となった。建仁元年（1201）12月24日崩、62。 **○おはします** 「行く」の尊敬語か。

○かつまたの池　八代集一例・後拾遺1053（次歌・126参照）。「かつまた」も①7千載1172 1169「いけもふりつつみくづれて水もなしむべかつまたに鳥のゐざらん」（雑下、物名「ふりつづみ」肥後）のみ。大和?、その所在地について諸説があり、また、そのイメージも万葉集のそれとは異なって、平安中期以降、水鳥も棲まない、埋没した池という把握が普通になった。「水ナシナドヨムベシ」（初学抄）のように、池の水がないと詠むのが類型発想の歌枕。枕草子「池はかつまたの池。いはれの池。にゐのの池、…」（新大系三五段、52頁）。**○みづから**　「水」と「自ら」との掛詞。「自《み》ら」は八代集にない。源氏物語に数多の用例がある。古今967（詞書）「…俄に時なくなりて嘆くを見て、自《みづか》らの、嘆きもなく、喜びもなきことを思て、よめる」、源氏物語「をのをの身づからの命をばさる物にて、かゝる御身のまたなき例に沈み給ぬべきことのいみじうかなしき、」（「明石」、新大系二―54頁）。③2赤人338「ひとさへやみづからくらんひこぼしのいもよぶこゑのちかづきぬるを」。**○よそなる**　小侍従4「よそに」、他、6、161など。**○末句**　95既出。

【訳】勝間田の池になくなってしまった水、その自《みづ》ら（＝私）を、（あなたとは）関係のないものとしてどうして（あなたは）思ったのでしょうか。〈左大将・実定の三条のわが邸宅に、大宮（多子）がいらっしゃった頃であったが、（私が）管弦の演奏を奉仕申し上げ、（大宮様が）お帰りなされたところ、長らく音沙汰がなかったので、こちらから〉

▽「人」「君」↓「自《み》ら」。池の水がない勝間田の池、その（「三条のいへ」を退去した）「みづから」（私）を「他《よそ》」の存在としてどうして思ったのかと、「久しくおとなき」事をたしなめた詠である。③122林下338「ひさしうおとづれぬよしなど申して」（長らく訪れない事など申し上げて）、小侍従。さらに同じ作者に④3小侍従179「かつまたの池のみづからたえしよりあるにもあらぬ我がこころかな」（名所「勝間田池」）がある。「雑」第二群・125～128・4首は、実定との贈答歌。

「かうした意味で彼女と恋愛交渉が噂に上つた人は少くはなかつたに違ひない。さうした中で、さうではなくしてさうした噂を一人で背負つてしまつたのが後徳大寺実定、…朗詠の名家、和歌の道にも亦すぐれてゐた貴公子である。／この人と小侍従との間の交渉に恋愛を彩づけたのは、古くは今物語であり、…実定が小侍従のもとに通つたといふ事は、その年齢からいつて、又今日信じ得べき二人の家集小侍従集林下集に伝へる歌が之を否定せしめるのである。…「鳥もゐで…」を背景にしての贈答歌である。これも一寸さうした交渉は否定したい歌と思はれる。」(『冨倉』215～218頁)

「小侍従ははやくからその女房〔私注―多子の〕として仕え、したがって実定とも親しかった。ただし詞書の敬語が示すように、実定は主家筋であり、また年齢も小侍従の十八歳年少。親しさがただちに恋愛につながるとは思いにくい。②の詞書〔私注―125のそれ〕は、実定邸に大宮が滞在された間、自分も親しく音楽の相手などしたが、その後大宮が自邸に帰られたため、長らく便りがないので当方から、という意。林下集が、「久し…」(339)と簡単なのに対して、大分詳しい。／かつまたの池は、…(179)／とあって、「水」から「自《みづか》ら」に転じて用いる点は125と似ている。万葉集十六の／勝間田の…／で知られ、大和の国にあったというが、和歌初学抄には美作国、五代集歌枕には下野国、八雲御抄には下総国とあって、未詳。枕草子の「池は」の段では、冒頭に名だけがあげられている。／古今六帖二に、／かつまたの…／後拾遺集雑四に、／鳥もゐで…／があって、後世本歌取に用いられ、②の126もその例だが、水が絶えたという古歌は見いだせない。[注]」、(注)「堤が切れたために水が絶えたことは、時代はおくれるが左記の例歌などで察せられる。／五月雨の晴れせぬ頃ぞかつまたの池も昔のけしきなりける(兵衛、久安百首、続詞花集夏)／水なしとききてふりにしかつま田の池あらたむる五月雨のころ(山家集)」、「125の歌は、大宮の女房としてではなく、個人としての私自身を、あなたに無関係な存在と、なんでお思いだったのでしょう、という意。「思ひけん」の主語は相手(左大将)である。返歌126は、「かつまたの池」から「生けらん」に転じ、「鳥のゐる世」は、上記後拾遺集の歌によっている。」(森本『女流』84、85頁)

126
おほん[1]返[2]し
かつまたのいけらむ[3]かぎり忘[4]めやまた[5]とりのゐる[6]よ[7]にかは[8]るとも

【校異】「乙丙」（文）。1おほん―「御習」（文）。おほん返―あふむかへ（A）。2返―かへ（B、本、三、神、岡、私Ⅱ）。3む―ん（A、三、私Ⅱ）。4忘―忘れ（A、岡、国④）。5また―又（A）。6る―「ぬ習」（文）。7よ―世（B、本、神、岡、私Ⅱ）。8は―、（B）、へ（本、三、神、岡、国⑦、「丙」（文））、え（私Ⅱ）。

【語注】**○かつまたのいけ**　②4古今六帖1066「かつまたの池にとりゐしむかしよりこふるいもをぞけふいまにみぬ」（第二、山「やしろ」）、⑤197千五百番歌合2216「かつまたのいけにとりゐしいにしへのすぎにしほどや君がゆくすゑ」（祝、具親）。　**○いけ**　「池」「生け」掛詞。　**○や**　反語。　**○とり**　鳳凰ではなかろう。

【訳】勝間田の池、その生きている限り（、私は）決して忘れる事はありませんよ、また時代が変化して鳥のいるようなそんな世の中になったとしても。〈御返し〉
▽「かつまたの池」。「みづから」→「鳥」、「水」→「池」。前歌をうけて、また昔の如く勝間田の池に鳥のいた時代となっても、生きている限りあなたを忘れない、と「返し」たもの。実定の歌。三句切、倒置法。③122林下339「…ん《む》（彰）かぎり…せ《・よ（彰）》にか《へ（彰）》はるとも」（「返ごと」）。
【参考】①4後拾遺1053 1054「とりもゐでいくよへぬらんかつまたのいけにはいひのあとだにもなし」（雑四、範永。③88範永9）
②4古今六帖2000「わがいのちいけらんかぎりわすれめやいやひごとにはおもひますとも」（第四、恋「こひ」。②4古今六帖2954、第五、雑思「たのむる」かさの女郎、第二句「あらんかぎりは」）

⑤162広田社歌合承安二年170「とりのゐしむかしにかへれかつまたのいけるかひなきわが身なげてん」（「述懐」経尹）

【類歌】④10寂蓮121「いにしへの跡をぞたのむかつまたの池にも鳥のかへり住む世に」

⑤197千五百番歌合1900「さゆる夜のこほりのうへにすみなれて月にとりゐるかつまたの池」（冬二、季能）

おなじ人[1]月おもしろき[2]夜ぐしてあそびて[3]つとめてあれより

127 ならひにきあかぬ別[4]の[5]あかつきもかゝる名残はなかりしもの[6]を

【校異】「乙丙」（文）。1人―人、（私Ⅰ、私Ⅱ、国④、国⑦）。2き夜ぐ―き夜く《くよきに》（三）。3て―て、（私Ⅰ、私Ⅱ、国④、国⑦）。4別―わかれ（B、三、私Ⅱ）。5あかつき―暁（本、神、岡）。6もの―物（A、B、岡、私Ⅱ）。

【語注】**○ならひ**　「馴れ親しむ」か。　**○あかぬ別**　七夕歌に多い。「あかぬ別の暁」は、あるいは七夕の別れの朝か。また一般の恋か、二人の恋か。小侍従98に、著名な、新古今1191「待つよゐにふけゆく鐘の声きけばあかぬ別れの鳥は物かは」（恋三「題しらず」。②10続詞花565）がある。①2後撰719 720「いかで我人にもとはん暁のあかぬ別やなににたりと」（恋三、つらゆき。②4古今六帖2739。③19貫之691）、①8新古今1301「ちぎりきやあかぬわかれにつゆおきしあかつきばかりかたみなれとは」（恋四、通具）。　**○あかつき**　恋歌においては、男女が別れるために起き出す最初の時間とされる。

【訳】体験し、学んだ事よ、名残の尽きない別れの暁も、このような名残（惜しさ）はなかったものであるという事を。〈同じ人（＝実定）と、月の味わいが深い夜、一緒に管弦の遊びをして、翌朝あの人より〉

▽前歌と同じく実定の詠。名残尽きぬ恋の「飽かぬ別れの暁」も、こんな名残惜しさはなかったというのを身をもって知った、と小侍従へ送った詠。詞書が新千載や林下集とやや異なる。初句切、倒置法。第二、三句あの頭韻。恋歌仕立て。新千載では恋の歌である。①18新千載1434、恋三「内裏にて小侍従とよもすがら物がたりして朝に申しつかはしける」後徳大寺左大臣、③122林下311「内裏にてよも《夜（彰）》すがら女房にかたりあかして、あしたに申したりし」（宮中で夜通し女房と語り明かして、翌朝に申した（歌））。

「しかしこの小侍従集にも亦、…〔127、128〕…の如き判断に迷はす歌がないわけではないのである。／かくて結局私はその年齢から考へて、——彼女が十七歳の年上である——この二人の交渉に恋愛の彩づけをして春湊浪話の如く、…といはうとは思はぬ。よしあつてもそれは四十代の事であらう。／只とにかく小侍従が既に四十代の身で宮廷にあつて、いとも朗らかにふるまつてゐた様は推定出来ると思はれるのである。」（『富倉』219頁）

「実定から、ああ思い出した、あかぬ別れのあの暁。しかしその折だって、これほどの名残惜しさはなかったのに——と言ってよこせば、こちらは、なるほど、これはたしかに前例がありましょう。昔のあかぬ別れでは、私も身を恨みさえしましたよ——と応ずる。「いにしへ」に対し、今はそんな気持はありませんが、の裏の心をうけとってよいだろう。／…いかにも親愛な恋人同士の贈答のようであるが、しかしよく詠むと、相手の気を引くように、ことさら詠みかける実定の若人らしい歌に対し、小侍従の返歌には、それをいちおううけながら、さりげなくそらす年輩者らしさがうかがわれる。」（森本『女流』86頁）、「しかし、そう考えた上でなお私は、小侍従が実定を、単に主家の年若い貴顕として以上に、また、歌を交しあう友人として以上に、心ひそかに恋愛の対象としていたものと解したい。それであればこそ、自撰家集の中に、特に自伝的性格をこめる雑部の冒頭に、その人を据え、また、恋愛かと疑われる危険を冒しても、②③〔私注—125、126、127、128〕のような贈答歌をとり入れたのではなかったか。」（森本『女流』87頁）

「実定が評判の「待つ宵の」の歌を踏まえて、「今朝はじめて、『あかぬ別れの鳥はものかは』と詠んだあなたから、暁の別れの名残惜しさのきわみを教わりました。あなたはいかがでしたか」と言ってよこすと、」（「三角」102頁）

【参考】①2後撰567 568「今ぞしるあかぬ別の暁は君をこひぢにぬるる物とは」（恋一、よみ人しらず。③39深養父52）⑤21陽成院親王二人歌合26「はるのよのあかぬわかれのあかつきはちへのにしきをたつにざりける」

【類歌】⑤249物語二百番歌合288「なきぬべしあかぬわかれのあか月をしらするとりのこゑのつらさに」（250風葉883）

御[1]返し

128 [2]こ[3]れぞ[4]げ[5]にためしはあらめ古[6]のあかぬ別[7]は身をもうらみき

【校異】「乙丙」（文）。1御―おほん（「類」（文））。御返―おほんかへ（B、本、三、神、岡、私Ⅱ）。2新千載（三）、新千載（岡）。3これ―是（岡）。4ぞげに―そちに《(ママ)》（私Ⅱ）。5げ―ち《本》（B）。げに―「ちに乙三」（文）。げにためし―ちにためし《本けにた、ひはあらぬ集》（三）、ちにためし《本けにたくひはしらぬ集》（岡）。6古―いにしへ（A、B、本、三、神、岡、私Ⅱ）。7別―別れ（岡）、わかれ（A、B、三、私Ⅱ）。

【語注】○げに　八代集初出は後拾遺273。　○古のあかぬ別　後拾遺1179「いにしへの別れの庭にあへりとも…」（釈教、光源）。昔の釈尊の入滅の事か。

【訳】これはなるほどいかにも前例はきっとあるでしょう、昔の名残尽きない別れは（相手のみならず）、我身（の拙ない宿世）をも恨んだ事よ。〈御返し〉

▽「あかぬ別」。「なかり」→「あら」。前歌実定歌への「返し」。前歌、「飽かぬ別の暁も」、こんな名残（惜しさ）は

なかったというのを知った、をうけて、イヤイヤないというが、この名残（惜しさ）は過去に例があろう、かつての暁のあなたとの「飽かぬ別れは身をも恨」んだ事だときり返したのである。「雑」の歌ではあるが、新千載では恋の部に入っており、これも恋歌仕立ての詠である。二句切。①18新千載1435、恋三「返し」小侍従、第二句「たぐひはしらぬ」、③122林下312、「返事《し（彰）》」小侍従、第二句「たぐひはしらぬ」。「小侍従はたくみに身をひるがえして、「昔は後朝の別れに際して、恋のさきゆきへの不安から人をも身をも恨んだものでしたが、今朝は名残慕わしい気持でいっぱいです」と、交友の情にもとづく感謝の意をあらわす。上の句「これぞげにためしはあらめ」は、世にはこういう例があってもよいという意に、実定には後朝の飽かぬ別れの経験があって馴れているだろうという推量を響かせる。歌のできばえはともかく、二人の呼吸はぴったりである。」（「三角」102頁）

129

久我のおほいど[1]の[2]しのびて[3]もの申[4]比（申す）[5]五月[6]半の[7]程よし[8]ほどなきに[9]とて久我に二三日あそびて[10]帰りたるに[11]あれよりはかなさは[12]あふ[13]な[14]ゝりけり夏の日もみる人[15]ありと[16]おぼえやはせし

【校異】「乙丙」（文）。1の—の、（私Ⅱ）。2しの—忍（岡）。3もの—物（A、B、本、三、神、岡、私Ⅱ）。4比—比、（国④）、頃（文）、頃、（私Ⅰ）、ころ（A、本、三、神、岡）、ころ、（私Ⅱ）。5五—五《五》（三）、さ（本、神）。6半—なかは（B、本、三、神、岡、私Ⅱ）。7程—程、（私Ⅰ、国④）、ほと（A、B、本、三、神、岡、国⑦）、ほと、（私Ⅱ）。

程よし—「ナシ習」（文）。8ほど—程（B、本、神、岡、私Ⅱ）。9て—て、（私Ⅰ、国④）。10歸—帰（文）。11に—に、（私Ⅰ、私Ⅱ、国④、国⑦）。12は—も（B、本、三、神、岡、私Ⅱ、「乙丙」（文））。13な、—名な（A、B、本、神、岡、私Ⅱ）。な、り—名成（三）。14、—な（国④）。15人—ほと（B、本、三、神、岡、私Ⅱ、「乙丙」（文））。16おぼ—覚（三）。

【語注】**○久我のおほいどの** 1118～1175年。小侍従より三歳？年上。権大納言顕通の男。久我内大臣源雅通。仁安3年（1168）8月10日任内大臣。承安5年（1175）2月27日薨、58。千載、新古今に歌あり。**○あふな** ①2後撰169「夏の夜はあふ名のみして敷妙のちりはらふまにあけぞしにける」（夏、高経）。**○夏の日** ①2後撰173「あふと見し夢にならひて夏の日のくれがたきをも歎きつるかな」（夏、安国）。**○おぼえやはせ** ③81赤染衛門360「はかなくてくるるいりあひの声聞けばわがよつくとはおぼえやはする」…ことば。**○やは** 反語。

【訳】はかなさというものは、逢うという名前である事よ、夏の日であっても、見ている人があるとは感じたであろうか（、気付かなかったのだ）。〈久我の大炊殿へひそかにものを申し上げている比、五月半ばのあたりに、よろしい、近いうちにといって、久我のところに、二、三日音楽を楽しんで帰った時に、あの人の所から〉

▽「あらり」。雅通の詠。はかない事は、会うという名目・言葉だけの事で、あの明るい夏の日であっても、人を見たという、あなたと会ったという記憶がまるでないと歌ったもの。これもやはり、「雑」ではあるが、恋歌仕立て。上句な音の多用。二句切。視覚（「見る」）。　第三群は、129～134・6首であり、129・130は、雅通の歌に小侍従が答え、131・132は、小侍従の歌に雅通が答えるという形になっており、二人の仲がよかった時期の贈答歌であろう。二人の交渉がやがて終わりをむかえるまでのことが、流れに沿って配列されている（「田中」80、81頁）

129、130「それは恐らくは二条天皇の御代長寛・永万〔私注—1163～1165年〕の頃であらうか。…源雅通の別荘は洛外久我にあつた。そこを訪ねて後、折から夏の事とて、夜の短かさにかけて、「夏の短夜に御逢ひした気もしない、逢ふとはかないものです。」といったのに対して、はかないのは逢ふことだけではございません、恋になやんで死ぬ命のはかなさも御考へになつて下さらねば――と妙にからんで答へたのである。」（『冨倉』205、206頁）

「雅通との交渉がいつごろのことであったか、これを確かにする方法は見当らない。ただここに見えるいく組かの贈答歌をとおして、作者も雅通も比較的年若いころのように察せられ、雅通が中将から参議に至る前後のころ、久安・仁平あたりのことではないであろうか。雅通三十歳ころから数年の間、小侍従はそれより三、四歳年少だったはずである。その仮定にもし信が置かれるならば、この贈答歌は、五〇首中最も制作年時の古いものとすることができるであろう。」（森本『研究』247頁）

「「久我のおほい…もの申頃」など源雅通との恋の贈答歌が数首あり、「おなじ…はしたるに」〔私注―134詞書〕といった怨嗟でもって終末をむかえたのであろう。雅通は元永元年（一一一八）生れで小侍従より三、四歳年長である。森本元子氏が指摘（古典文庫）されるように、その内容からみて若い時代のものであろう。後年それらに題詞を付けたのである。／では何故雅通との交渉が始ったのか。それは石清水八幡宮に対して村上源氏が特殊な位置を有していたからである。…雅定は雅通の父、顕通は実父、…別当光清の時代において已にこのような関係にあったことが二人〔私注―小侍従、雅定〕を結びつける前提となっている。伊実の妻となったのは…やはり花園左大臣家を通してのものであろう。このような推定に立つと多子（公能女）への出仕も理解されるし、出仕以前の公能薨去に際しての「大炊…み山木の」の歌（前述〔私注―142〕）のように多子に対して共感にも似た同情を表現することができたものと思われる。後年実定（保延五年一一三九生れ）との睦まじい交渉もこれに由来しているのではないか。」（『奥田』42、43頁）

返[1]し

130 おもひ[2]わびた[3]ゆるいのちもある[4]もの[5]をあふ名[6]のみやははかなかるべき

【校異】「乙丙」（文）。1返―かへ（A）。2わび―侘（三、岡）。3たゆ―絶（本、神）。4あるもの―有物（A）。5もの―物（本、三、神、岡）。6名―な（A、岡）。

【語注】○おもひわび　「わびし」「わぶ」の類は三代集時代にのみ特に好まれたとされる。　○や　これも反語。

【訳】思いわび悩んで（そうして果てに）絶えはててしまう命もあるというのに、会うという名目だけが、どうしてははかないなどといえるのでしょうか（、イヤ決してそうとはいえません）。

▽「はかな」「あふ名」「ありる」「やは」。「おぼえ」→「思ひ」。小侍従の返歌。恋に思い悩んで果てる命もあるのに、会って、会うという名前だけがはかないなどとどうしていえるのか、いえないと、「返し」歌の決まり《パターン》の如く、相手の言葉でもって切りかえしているのである。第三、四句あの頭韻。

「源雅通との交渉の深さが偲ばれる」（『杉本』20頁）。「歌柄もいかにも若く哀切である。」（『馬場』119頁）

【参考】①7千載818 817「おもひわびさても命はあるものをうきにたへぬは涙なりけり」（恋三、道因。⑤276百人一首82）

おなじ人のもと[1]へ[2]月[3]をながめて

131 [4]ながむらん[5]おなじ月をばみるもの[6]をかはすにかよふこゝろなりせば

【校異】「乙丙」（文）。1もと—かた（A）。2とへ月—とへ月《本ノマヽ》（神）。3へ—へ、（私Ⅰ、私Ⅱ、国④）。へ月—へ月《本ノマヽ》（本）。4風雅（三、岡）。5ん—む（A、B）。6もの—物（A）。

【語注】**○ながむらん**　①7千載984 981「物おもはぬ人もやこよひながむらんねられぬままに月をみるかな」（雑上、赤染衛門）。　**○第四句**　か音のリズム。

【訳】さぞながめているであろう同じ月をみている筈であるのに、交わすといって通い合う（二人の）心であったとしたら（、どんなにかよいのに）。〈同じ人のもとへ、月をながめていて〉

▽「同じ久我内大臣のもとへ、月をながめて」という詞書をもつ小侍従の詠。「交す」のに通じ合う心であったなら、今二人が別々にながめていよう、同じ月をば共に見ている筈なのに…、と歌ったもの。だから、二人の心が通っていないから、共にいて同じ月を見てはいないのだと内大臣のもとへいいやったものともとれるが、やはり「交すに通ふ心なりせば」、この私が眺めている同じ月を共に見る筈であるのに、それならどんなにいいだろうにと歌ったもの。万葉1662 1658「我が背子とふたり見ませばいくばくかこの降る雪の嬉しくあらまし」（巻第八）を思わせる。三句切、上句と下句との倒置法。反実仮想表現。視覚（「ながむ」「見る」）。①17風雅1288 1278、恋四「月の夜、久我内大臣もとへつかはしける」小侍従。

「かはすに通ふ云々—互に通い合う心ならよいのに。〔参考〕ながむらんおなじ雲居をながむるは思ひもおなじ思ひなるらん（源氏物語、明石）〔私注—⑤421源氏物語225〕」（『中世の文学』風雅1278）

【通釈】あなたが眺めていらっしゃるでしょう、同じこのよいの月を私も見ておりますものを、思いかわす事によって通じ合う心であったならば、何とか声をかけて下さってもよさそうなものでございますがね。／【語釈】○かはす…男女の愛情を通じる意に多く用いる。／【参考】「ながむらむ同じ…」（『風雅和歌集全注釈』1288）

返し

132　こよひわれ[1]とはれましやは月をみてかよふこゝろの空にしるくは

【校異】「乙丙」（文）。1われ—我（本、神）。

【語注】○やは　反語。　○月をみて　⑤155右衛門督家歌合久安五年18「秋の夜の露もくもらぬ月をみておきどころなき我がこころかな」（「秋月」隆縁）、⑤156太皇太后宮大進清輔朝臣家歌合33「夜もすがらをばすて山の月をみて昔にかよふ我がこころかな」（「月」清輔）、⑤160住吉社歌合嘉応二年12「なにはえのそこにやどれる月をみてまたすみのぼるわがこころかな」（「社頭月」敦頼）。　○空に　掛詞。

「○とはれましやは—このように手紙をもらう必要があろうか。倒置。○かよふ心の云々—空を通ってきているのがはっきりわかるとしたら。」（『中世の文学』風雅1279）

【訳】今夜私は訪われたであろうか、月を見て通い合う（二人の）心が暗に、また空にはっきりしているのならば。

▽「月を・見」「通ふ心」。小侍従の歌に対する内大臣の「返し」歌。月を見て行き通う心が暗に空にはっきりしているのなら、今夜私は手紙をもらったろうか、イヤそんな事は決してない筈だと小侍従へ訴えかける。これも反実仮想表現。二人は心が通っていないから、手紙をもらったのだとの言。二句切、倒置法。視覚（「見」）。①17風雅1289 1279、恋四「返し」久我内大臣、第一句「今夜わが」。

「歌では雅通は到底小侍従の相手ではない。どこか間のびした返歌である。もとより深い恋愛交渉ではないし、その期間も長いものとは云はれまい。」（『冨倉』206頁）

【参考】⑤146関白内大臣歌合保安二年3「こよひしもをばすてやまの月をみて心のかぎりつくしつるかな」（「山月」俊

頼）

⑤158太皇太后宮亮平経盛朝臣家歌合54「月をみて心をこよひつくすかなくまなき空は又もこそあれ」（「月」公重）

【通釈】おやおや、今夜私がこんな詰問をいただくなんて、そんな事がありましょうかね。月を見てあなたの所へ通って行く私の心が、空にはっきりと見えたならば。（それが見えないで文句をおっしゃるのは、あなたの心が私に通っていない証拠ですよ）」（『風雅和歌集全注釈』1289）

133

おなじ人[1]久我にてかゞりなどと[2]もしておもろ[3]《（ママ）》しきあそびありし後[4]久しくお[5]となきに

あ[6]はれいつよか[7]はのかゞり影[8]消[9]《（消え）》てあり[10]し思ひのは[11]てとな[12]がれん

【校異】「乙丙」（文）。1人—人、（私Ⅰ、私Ⅱ、国④、国⑦）。2と—、（A、B、岡、私Ⅱ）。3ろし—しろ（A、B、本、三、神、岡、私Ⅰ、私Ⅱ、文、国④、国⑦）。4後—のち（本、三、神、岡）、のち、（私Ⅱ、国⑦）、後、（私Ⅰ、国④）。5お—を（A、B、本、三、神、岡、私Ⅱ）。6あはれ—哀（本、神、岡）。7か—？（神）。かは—川（三）、「は神」（文）。8影—かけ（本、神、岡、私Ⅱ）。9消—きえ（A、B、本、三、神、岡、私Ⅱ）。10あり—有（本、神）。11はて—果（岡）。12な—き（本、三、神、岡、私Ⅱ、「乙丙」（文））。

【語注】**○よかは**　「横川」か「夜川」か。ただし八代集では「横川」一例（新古今1718・比叡山延暦寺の三塔の一）しかない。が、私家集には「篝火」と共に用いられて散見する。③19貫之10「篝火のかげしるければ烏羽玉のよかはのそこは水ももえけり」（第一「六月うかひ」）。②4古今六帖1643、第三「よかは」、第二句「影しうつれば」、下句「よかはの水はそこも見えけり」)、③106散木309「遠近のよ川にたけるかがり火と思へば沢のほたるなりけり」(夏「ほたるをよめる」)、⑤390蜻蛉日記23「こほるらんよかはのみづにふるゆきもわがごときえてものはおもはじ」(作者))…ことば。地理上、桂川か、又は邸宅内の遣水か。なお六百番歌合には、「鵜河」(題)が多い。 **○第二、三句** か音のリズム。

○かゞり 42既出。 **○ながれ** 「流れ」「泣かれ」掛詞か。「川」の縁語「流れ」。

【訳】 ああいつの事か、夜の川にうつる篝火の光が消えはててしまって、過去の思慕の情の果ての姿として流れ(・泣かれ)るのであろう、こうして月日は過ぎ去っていくのであろう、思いもまた消えはててしまうのであろう。〈同じ人が、久我にて篝火など灯して風雅な音楽の演奏があった後、久しく音沙汰がなかったので〉

▽同じく久我内大臣が久我(邸宅、別邸か)で、篝火など灯して情趣ある管弦の音楽があって、その後、「どうしているか」などとの音信が、ずうっとなかったから、という意の詞書をもつ。ああ あれは一体いつ、夜川の思い出の篝火の光が消えるように、思い出も消え、絶えて便りもなく、川の流れが流れ去るように、あの楽しかった管弦の遊興の思い出は、過去の彼方へ消え去ってしまうのでしょうかと歌ったものである。内省的な詠。視覚(「影」)。全体として逝川の歎「子在川上曰、逝者如斯夫、不舎昼夜、」(論語、子罕―十七)、万葉266 264「もののふの八十宇治川の網代木にいさよふ波のゆくへ知らずも」(人麻呂)、方丈記「ユク河ノナガレハ、絶エズシテ、シカモモトノ水ニアラズ。」(新大系3頁)などの考えがあるか。

「久我は横川に近い。久我の夜の音楽会の篝火の消えたやうに消息絶えた雅通に、これが二人の思ひの果てかと聞いたのであるが、巧緻な歌ひ振である。雅通の返歌はなかつたのか伝へられてゐない。この歌が示すやうに、いつか二人の間は途絶えがちになり、やがて破綻したが、それはもとより中年の戯恋で、さうした恋の常の終末でしかなかつたのであらう。」(『冨倉』206頁)

133には、「返歌がなく、詞書にも「久しくおとなきに」とあるところから、次第に二人の間が冷めてきている様子が

察せられる。」（「田中」80頁）

134

おなじ人のもとよ[1]りひが[2]事を[3]きゝて[4]うらみつかはし[5]て
[6]見ぐるしかりし[7]文ども[8]返したべといひつかはしたるに

[9]おもへたゞ[10]この[11]ことの葉を[12]返してはなにゝか[13]くべき露の[14]いのちぞ

【校異】「乙丙」（文）。1り—り、（私Ⅰ、私Ⅱ、国④）。2事—こと（A、B、本、三、神、岡、私Ⅱ）。3きゝ—聞（A、三）。4うらみ—恨（A）。5て—て、（私Ⅰ、私Ⅱ、国④、国⑦）。6見—み（文、国④）。7文—ふみ（本、三、神、岡、私Ⅱ）。8返—かへ（本、三、神、岡、私Ⅱ）。9おもへ—「思ひ神」（文）。おもへたゞ—思ひ《へ歟本ノマ、》たゝ（本、神）。10この—此（A）。11との葉—と《の》葉（私Ⅱ）。12返—かへ（A、B、本、三、神、岡、私Ⅱ）。13く—ゝ（本、神）。14いのちぞ—「命か習」（文）。

【語注】**○ひが事**　「ひがご《こ》と」。行為者の力の不足や偏りなどがもとで犯す間違いの意、とされる。枕草子「いかで猶すこしひがこと見つけてをやまん、とねたきまでにおぼしめしけるに、」（新大系二〇段、26頁）。源氏物語「もの心ぼそきに忍びかねて、かたくなしきひが言《こと》多くもなりぬるかな」とて、うち泣き給ふ。」（「椎本」、新大系四—349頁）。**○文ども**　「相当多くの文のやりとりのあった事が推察出来る。」（「杉本」20頁）。**○第二句**　このののリズム。**○葉**　「返す」「露」は縁語。

【訳】ひたすらに思えよ、この言葉（「文ども」）を返してしまっては、何にかける（頼り、頼みとする）わが露のようにはかない命だという事を。〈同じ人のもとから、都合の悪い事をきいて、恨みつらみ言をいってきて、見苦しかっ

た手紙などを返して下さいと（、その人が私のもとへ）言い送ってよこした時に〉

▽「思《ひ》へ」。「川」「流れ」→「露」。またまた同じ久我内大臣のもとより、よくない事（おそらくは色恋沙汰）をきいて、恨みがましい言葉を送ってよこし、昔の、人目にふれては具合の悪い手紙等を返してほしいと言ってきたのに対して、返した歌。この言葉群、即ち手紙を返しては、何にすがっていいのか途方にくれる、このはかない露のような命を、ただ一途に思いやって下さいと、訴え哀願したもの。【参考】【類歌】に近い歌が多い。初句切、倒置法（初句内も）。

「この大事な御手紙の数々、せめてはこれで私の淋しい心を慰めようと思つてゐますのに、これを今お返ししたら何に頼つて、今棄てられた私は生きてゆけませう——この答は当意即妙、もと〳〵お互に四十を越えた戯恋である。それでゐてかういつてみる所に何か遊行女婦型の彼女さへ思ひ浮かぶのである。恬淡たる恋であり、明るい戯談である。／その仲はこれきり切れたのであらう。…これはそれ以前の事、二条天皇の御代〔私注—1159〜1165年〕の事であらうと思はれる。」（『冨倉』207頁）

「噂話で仲違いしてしまった様子が語られている。これにも雅通の返歌はなく、おそらく二人は破局をむかえたであろうと推測される。」（『田中』80頁）

【参考】①4後拾遺813「おもひにはつゆのいのちぞきえぬべきことのはにだにかけよかしきみ」（恋四、入道摂政）

①5金葉二420「たのめおくことの葉だにもなきものをなににかかれるつゆのいのちぞ」（恋上、皇后宮女別当。5′金葉三420）

【類歌】③132壬二2919「ちかひあらばあひみんといふ露の身は何にかくべき言のはもなし」（恋）

⑤175六百番歌合674「たのむるに露のいのちをかけつればこのことの葉ぞおき所なき」（「契恋」経家）

修理大夫經[1]盛[2]宮亮[3]にて常[4]に申《(申し)》かはすに[5]久しくお[6]とづれねば

135　[7]わするゝはおなじうき身[8]のこれはたゞくやしきことのそはぬばかり[9]ぞ

【校異】「乙丙」（文）。1經—経（文）。經盛—つねもり（B、本、三、神、岡、国⑦）、つねもり、（私Ⅱ）。2盛—盛、（国④）。3亮—のすけ（B、本、三、神、岡、私Ⅱ）。4常—つね（本、神、岡、私Ⅱ）。5に—に、（私Ⅰ、私Ⅱ、国④、国⑦）。6お—を（A、本、三、神）。7玉葉（岡）、玉葉戀一（三）。8身—世《身》（A）、名（三、岡、私Ⅱ、「乙丙」（文））、な（B、本、神）。9ばかり—斗（岡）。

【語注】**○經盛**　平忠盛男。応保2年（1162）7月17日大宮亮。安元2年（1176）2月5日止亮。治承2年（1178）正月28日大宮権大夫。3年11月17日兼修理大夫（56）。1124〜1185年、62歳。尊卑分脈㊃35頁参照。新勅続後作者。「二十一代集才子伝」192、193頁参照。経盛につき詳しくは、『奥田』43頁参照。「小侍従が主として二条院の歌合に出詠したのは『永万二年五月経盛卿家歌合』（夫木集二十二、石）の頃か。そのあと『重家歌合』（仁安元年、頼政も出詠）、「太皇太后宮亮経盛歌合」（仁安二年八月女流は小侍従のみ）で、文芸としての作歌の場を与えられ、経盛とは「常に申かはす」関係になっていた。小侍従が二歳ほど年少である。」（『奥田』43頁）。「修理大夫経盛（…寿永二年七月以前）、…「修理大夫経盛、宮の亮にて…寿永元年現在の官職で、和歌の詠まれた状況に必要な場合、その時の官職を加える、」（『井上』488〜490頁）。後出に「太皇太后宮亮平経盛朝臣家歌合」228〜231、「経盛卿家歌合」512、「経盛集」517、518がある。**○申かはす**　宇津保物語「様〳〵に心憎ク申シかはし給フ。いと忍びてさべき折には、」（旧大系三―392頁）。**○わするゝは**　①7千載908 906「わするるはうきよのつねとおもふにもみをやるかたのなきぞわびぬる」（恋五、紫式部）。

○うき身　6、28前出。　**○くやしき**　「私」か、「あなた」か、やはり前者であろう。

【訳】（あなたが私を）忘れるのは、（私があなたと）同じ憂き身であって、この事（「久しくおとづれ」がない事）は、一途《ひとえ》に悔しい事が加わらないばかりだ。〈修理大夫経盛が宮亮であった時に、いつも言葉を交わし申し上げていたのに、長らくの間やって来なかったので〉

▽「ただ」「こと」「ぞ」（最末）。「この」→「これ」、「命」→「身」。平経盛が宮亮の時に、たえず言い交し合っていた仲だったのに、長い間訪れて来なかったとの意の詞書で、あなたが私の許へ訪れるのを忘れたのは、昔と同じくわが憂き身の定めであって、今回の、あなたがやって来ない事については、もうただ悔しさが加わらないだけとなってしまったのだと断言しているのである。もう一つ意が不分明である。ちなみに『玉葉和歌集全注釈』は、「親しい人が自分を忘れるという点では、恋仲の場合と同じぐらい辛い噂の立つことではありますが、単に仲よしの友達というあなたとの仲では、身を許してしまったという悔しさの加わらないだけが救いですよ。」とする。①14玉葉1299 1300、恋一「前参議経盛つねに申しかはしけるが、ひさしくおとづれざりければ」小侍従、第二句「おなじうき名の」。

【参考】「恋ひ死なんおなじうき名をいかにして逢ふにかへつと人に言はれん」（新古今一一四四、長方）…**【補説】**経盛は応保二～安元二年（一一六二～七六）太皇太后宮亮、すなわち小侍従の仕えた多子の後宮の事務次官であり、経盛家歌合に小侍従も参加するなど、役職・歌壇両面で親しかったので、その無沙汰に対し軽く戯れたもの。」（『玉葉和歌集全注釈』1299）

経盛は「清盛の弟である。彼女より遙に年下であると思はれるので、その間に殊更に恋愛関係を考へるべきではないであらう。…彼が太皇太后宮亮であつたのは永万・仁安・嘉応の頃であり、彼女も太皇太后宮に仕へてゐた事から当時親しい事は想像せられるのであつて、この贈答歌の如き、殊更かうした恋愛じみた歌ひ方をするのが当時の風でもあり、又小侍従の好みでもあつたのであらう。経盛の返歌がいかにもそれらしい苦笑を示してゐよう。」（『富倉』213頁）

「第四群は、様様な人人との贈答歌で構成されており、小侍従が当時女房としてまたは歌人として華やかに活躍していたことがうかがえる。」（「田中」82頁）、135、136は、経盛との贈答歌。小侍従は承安二年（1172）頃まで大宮に仕えている。小侍従は仁安二年（1167）の経盛歌合に参加しており、親交があったことがうかがえる。この贈答歌は、大宮多子に仕える歌人同士のやりとりと思われる。（「田中」81頁）

返し[1]

136　[2]くやしさのそふばかりに[3]もなれにせば[4]わするゝまでにとはざらめやは

【校異】「乙丙」（文）。1返―かへ（B、本、神、私Ⅱ）。2同上（三）。3にも―にも《たに玉》（三）。4わす―忘（A、本、神）。

【語注】○くやしさ　これも「私」か、「相手」か。「自分」の事であろう。八代集二例・後撰99、①4後拾遺561「おもひやれかねてわかれしくやしさにそへてかなしき心づくしを」（哀傷、式部命婦）。③89相模520「くやしさもわすられやせむあしがらのせきのつらさをいづになりなば」（雑）、④31正治初度百首2076「わすられき恋しきよりはあふことのくやしさまさる物おもひかな」（恋、小侍従）＝305。○やは　反語。

【訳】悔しさが加わるほどにも（二人の仲が）慣れはててしまったとしたら、忘れるほどに訪れない事があろうか（、イヤ必ず訪れたよ）。

▽「くやし」「のそふ」「ばかり」「わするる」。経盛の返歌で、私に悔しさが加わるばかりに二人の仲が馴れ親しんだなら、私が忘れる前に必ず訪れましたよと、応答する。悔しさが加わるほどに馴れていないから、忘れるほどに訪れはしなかったのだと切り返しているのである。反実仮想の詠。①14玉葉1300 1301、恋一「返し」前参議経盛、第二句「そ

ふばかりだに」。

【通釈】悔しさが加わるとあなたがおっしゃる、せめてそれほどまでに親しい仲になっていたのなら、あなたが忘れてしまうまでお便りしないなんて、そんな事はしませんよ。（あなたが心を許して下さらないので、つい御無沙汰するのです）…【補説】贈歌の「わする﹅」は「経盛が小侍従を忘れる」意であったものを、わざと曲解して「小侍従が経盛を忘れる」と取りなし、色めかしく興を添えた返歌。」（『玉葉和歌集全注釈』1300）

左兵衛督しげ[1]のりのもとへ[2]七月二あ[3]るとし[4]の後[5]の七月七日[6]

137 [7][8]あまつほし空にはいかゞ[9]さだむらん思ひたゆべきけふの暮かは[10]

【校異】「乙丙」（文）。1しげ—しゞ《け》（三）。2へ—へ、（私Ⅰ、私Ⅱ、国④）。3あるとし—有年（A）。4とし—年（岡）。5後の—ナシ（B、本、三、神、岡、私Ⅱ）。6日—日に（本、神）。7玉葉戀四（三、岡）。8あまつほし—天津星（本、神）。9ゞ—に（A）、が（国④、国⑦）。10は—は《な》（三）。

【語注】○しげのり　藤原成範。本名成憲。入道通憲三男。仁安2年（1167）2月左兵衛督。安元2年（1176）権中納言。治承3年（1179）正月右衛門督。文治3年（1187）3月16（イ17）日薨、53。1135～1187年。千載初出。尊卑分脈㊁488頁参照。「二十一代才子伝」163頁参照。　○あまつほし　八代集三例・古今269、①3拾遺479「あまつほし道もやどりも有りながらそらにうきてもおもほゆるかな」（雑上、贈太政大臣）、新古今316。　○いかゞさだむらん　「七夕の夜の逢瀬を忌む禁忌を前提に、閏七月七日には二星はどうするのだろう、それによって人間の逢瀬の可否も決まるのだが、の意。」

（『玉葉和歌集全注釈』1634）。　○さだむらん　①3拾遺1213「あだなりとあだにはいかがさだむらん人の心を人はしるやは」（雑恋、能宣）。　○思ひたゆべき　①3拾遺996「あやしくも厭ふにはゆる心かないかにしてかは思ひたゆべき」（恋五、よみ人しらず）。　○けふのくれ　③67実方305「かへさずはほどもこそふれあふ事をいかにかすべきけふのくれをば」（「七月七日、中将のきみに」）。　○かは　反語。

【訳】（二度目の七月七日という事で）天の星（の、）空ではどのように決めるのであろうか、思慕の情がなくなってしまうような今日の夕暮であろうか、イヤ決してそのような事はない。〈左兵衛督成範のもとへ、七月が二つある年の後の（閏月の）七月七日〉

▽「やは」（反語）→「かは」（同）。二度目の七夕という事で、空ではいかに決めているのか、二度目だからといって思いが絶えて訪れないという事は決してない筈だ、だからあなた（成範）も思いが絶えていない筈だから、この今日の夕暮に訪れよかし、と誘《いざな》ったもの。三句切。①14玉葉1634 1626、恋四「閏七月七日民部卿成範につかはしける」小侍従。「これは仁安二年と思われ、…歌を贈った時点の官表記である。」（『井上』488頁）。青木賢豪氏もこの時の事とされている。（『講座平安文学論究第三輯』「藤原成範年譜考」267、277頁）。

137は、成範への贈歌。成範が左兵衛督であったのは、仁安2年（1167）～治承3年（1179）。小侍従は承安4年（1174）頃から高倉《（ママ）》天皇に出仕している。成範とは宮中で接する機会もあったのであろう。（「田中」81頁）

【通釈】七夕の二星は、閏七月七日の夜に逢うのか逢わないのか、空でどう決めたことでしょう。（もし七夕が逢わないのなら私はあなたに逢いたいのですが）七夕にしても私にしても、逢いたさを断念できそうな今日の夕暮とも思われませんこと。…【補説】年に一度逢う七夕は、閏のある年にはどうするのだろう、という意表をついた発想。」（『玉葉和歌集全注釈』1634）

138

隆[1]信かねてより九月十三夜[2]の月もろともに[3]み[4]むと[5]ちぎり[6]て人[7]〻にさそはれ[8]てほかに[9]ゆき[10]て[11]又の[12]日

人しれぬこゝろは[13]空にあ[14]こがれておもはぬ[15]さとの月を見しかな

【校異】「乙丙」（文）。1信—信、（私Ⅰ、私Ⅱ、国④、国⑦）。2の月—ナシ（B、本、三、神、岡、私Ⅱ、「乙丙」（文））。3みむ—「ナシ習」（文）。4む—ん（三）。5ちぎ—契（三）。ちぎり—契（A、岡）。6て—て、（私Ⅰ、私Ⅱ、国④）。7〻—く（A、B）。8て—ナシ（「習」（文））。9ゆき—てゆ=遊（A）、てあそひ（B、本、三、神、岡、私Ⅱ、「乙…類」（文））、遊（「図」（文））、あそひ（「習」（文））。10て—て、（私Ⅰ、私Ⅱ、国④、国⑦）。11又—また（本、三、神、岡、私Ⅱ、12日—ひ（本、神、岡、私Ⅱ）。13空—さら（「類」（文））。14こ—く（A、B、本、三、神、岡、私Ⅱ、「諸本」（文））。15さと—里（本、神）。

【語注】**○隆信**　著名。康治元年（1142）生、元久2（1205）2月没。64歳。父は為経（法名寂超）、母は藤原親忠女（美福門院加賀）。「詞書では、前の二人と異なり名前に官名がつけられていない。隆信は「別雷社歌合」にも出詠しており、『隆信集』は寿永百首家集の一つであることから、歌林苑の会衆であった小侍従とは歌合などで接する機会が多多あったであろうと思われる。おそらく小侍従と隆信とは官人としてではなく歌人としてのつきあいだったのだろう。そのため、詞書で名前に官名をつけなかったものと思われる。」（「田中」81頁）。**○九月十三夜の月**　八月十五日夜に次ぐ月の良い夜とされ、これを「後（のち）の月」、のちには「豆名月」「栗名月」といって月見の宴をした。「まつ延喜十九年九月十三夜そのえんせさせ給へり、」（『私家集大成・中古Ⅰ』33躬恒Ⅴ105）。

【訳】人（=あなた）の知らない心は空にあくがれさまよい出てしまって、思いもかけなかった（村）里の月を見た事

だよ。〈隆信（が）、以前から九月十三夜の月をば、一緒に見ようと約束をして、人々に誘われて他の場所へ行って（の）、翌日〉

▽「空に」「思《ひ・は》」。「思ひ」→「心」、「星」→「月」、「かは」（末尾）→「かな」（同）。隆信の詠。隆信集の詞書とかなり字句が異なる。「人知れぬ」わが心は空に「あこがれ」出て、思いがけない里の月を見たと歌う。「心」と「思は」。視覚（「見」）。④11隆信796、雑一「九月十三夜、小侍従のもとへまかりてあそばんと契りたりし程に、又さりがたきこと有りてほかへまかりて、そのつぎの日、かの侍従のもとへつかはし侍りし」、第三句「あくがれて」、⑦68隆信52、秋廿首「九月十三夜、小侍従が許へまかりて、あはんと申しちぎりたりしほどに、またさりがたきことありてほかへまかりて、そのつぎの日、申しつかはしし」（九月十三日の夜、小侍従の許へまいって、会おうと申し上げ約束したうちに、また断りがたい事があって、他へまいって、その次の日、申しつかわした（歌））、第三句「あくがれて」。138、139は、藤原隆信との贈答歌。「九月十三夜の名月を一緒に見ようとの約束であったと知られる。」（『隆信集全釈』796）。

「これらの歌〔私注―138・139、454・455〕を見ると、二人の間に何か恋愛的交渉を思はせなくもない。／隆信が九月十三夜の約束をすつぽかした事といひ、…これ等を見ると、色好みの隆信もさすがに小侍従には消極的であり、小侍従の方が好意的であつたといへるやうである。尤も小侍従は隆信より二十歳も年上ではある。」（『冨倉』220、221頁）

【参考】①5′金葉三168「あきの夜の月にこころはあくがれて雲井に物をおもふころかな」（秋、花山院御製。①6詞花106・104）

②10続詞花196「見る人の心は空にあくがれて月のかげのみすめるやどかな」（秋上、経信母）

③58好忠442「とぶとりのこころはそらにあくがれてゆくへもしらぬものをこそおもへ」

⑤43内裏歌合寛和元年1「あきのよのつきにこころはあくがれてくもゐにものをおもふころかな」（「月」御

⑤143内大臣家歌合元永二年24「ゆふづく夜ともしき影をみる人の心はそらにあくがらしけり」（「暮月」兼昌）
【類歌】⑤197千五百番歌合1450「はるばると月みるそらにあくがれて心にこゆるをばすての山」（秋三、季能）

返し[1]

139 雨[2]ふれと[3]わ[4]びつゝねにし月影[5]をいかなるさとにさはながめけむ[6]

【校異】「乙丙」（文）。1返―かへ（A、B、本、三、神、私Ⅱ）。2雨―あめ（B、岡、私Ⅱ）。3と―「は習」（文）。4わ―も（私Ⅱ）。わび―侘（岡）。5影を―「かけの書」（文）、かけは（B）。6む―ん（本、三、神、私Ⅱ）。

【語注】○雨ふれと 「…ど」か、「…と」（④新編国歌大観）。「雨」の縁語「ながめ」。 ○いかなるさと ①3拾遺792「今夜君いかなるさとの月を見て宮こにたれを思ひいづらむ」（恋三、中宮内侍。①3′拾遺抄365。③62馬内侍155）。

【訳】雨よ降ってしまえと、ものわびながら横になってしまった（、そうして眠れずにながめた）月影を（あなた＝隆信は）どのような（村）里で、そのように（平然と）ながめたのでしょうか。

▽「月・を」「さと」。「見」→「ながめ」。作者・小侍従の返歌。雨よ降れと（「雨が降ったが」か）、ものわびしながら寝てしまった月影を一体あなたはどのような里で、そのように「ながめ」たのであろうか、と切り返したものである。月影を小侍従が見たか、見なかったかが問題となるが、一応眠れずに見たとした。下句さのリズム。視覚（「ながめ」）。④11隆信797、雑一「かへし」、初句「あめふれど」、⑦68隆信53、秋廿首「かへし」、初句「あめふれど」。

【通釈】返歌／雨が降ればよいのにと、嘆きながら寝てしまった月の姿を、あなたはどんな村里でそれでは眺めたのでしょうか。」（『隆信集全釈』797）

【参考】古今775「月夜には来ぬ人待たるかきくもり雨も降らなむわびつゝもねむ」（恋五「題しらず」よみ人しらず。②3新撰和歌286。4古今六帖2829）

【類歌】③133拾遺愚草1851「かきくもりわびつゝねにし夜比だにながめし空に月ぞはれ行く」（「雨後月」）⑤175六百番歌合904「あめふれどわびてもいかがあきの夜の月ゆゑならで人をまつべき」（「寄月恋」寂蓮）

前[1]左衛門[2]督公光[3]ありかしらせず[4]とうらみてつかはしたるに[5]三[6]輪の山ならずとも[7]しるく[8]さ[9]ぶらふらむ[10]といひつかはしたるに[11]ほどなく尋[12]《(尋ね)》て人つかはして

140　[13]待[14]《(待つ)》ら[15]む[16]となにをしるしの枕[17]に[18]てかこゝろもしらぬやどをたづねん[19]

【校異】「乙丙」（文）。1前―前の（三）、さきの（B、本、神、岡、私Ⅱ）。2衛門―兵衛（A、三、「習」（文））。3光―光、（私Ⅰ、私Ⅱ、国④、国⑦）。4ず―に《(ママ)》（国⑦）、「に前」（文）。5に―に、（私Ⅰ、私Ⅱ、国④、国⑦）。6三輪―みわ（本、神、岡、私Ⅱ）。7しるく―「ナシ類」（文）。8く―く《し》（三）、し（A）。9さ―と（本、神）。10む―ん（A、B、本、三、神、私Ⅱ）。11に―に、（私Ⅰ、私Ⅱ、国④、国⑦）。12尋―たつね（本、三、神、岡、私Ⅱ）。13玉葉戀三（三）。14待―まつ（A、B、三、神、岡、本、私Ⅱ）。15らむ―ら《む》（私Ⅱ）。16む―ん（A、B、三）。17枕―杉（文）。枕にて―「すきて神」（文）。18に―ナシ（本、神）。19ん―む（A）。

【語注】○前左衛門督　「仁安元年四月「解官」以後の事か…極位極官表記で、物故者に対しても、」（『井上』489、490頁）。○公光　藤原季成一男。権中納言従二位左衛門督。永万二年（1166）解官。治承二年（1178）正月11日薨、49。

参考『国語と国文学』昭和57年2月号、「さりともと歎き歎きて過ぐしつる――藤原公光の生涯と和歌――」石川泰水、同論文「永暦元年〔1160〕(三十一歳)…七月二十五日検非違使別当。八月十四日左衛門督。」(15頁)。1130～1178年。尊卑分脈㊀185頁。「また別に交渉のあった公光は公実や顕隆の孫で季成の子である。」(『奥田』43頁)。「公光が左衛門督を辞したのは仁安元年(一一六六)であり、この歌は小侍従が高倉天皇に仕えていた頃に詠まれたものであろう。」(『田中』81頁)。　**○つかはしたるに**　「きた時に」か。　**○人**　小侍従側の「人」ではなかろう。　**○しるしの杦**　八代集三例・拾遺486「三輪の山しるしの杉は有ながら教へし人はなくて幾世ぞ」(雑上、元輔)、千載11、1178。「しるし」掛詞、「知る」も掛ける。「待つ(松)」に対応する「杉」か。「「知る」に大神神社の神木「しるしの杉」をかけ、「心もしらぬ」に対する。」(『玉葉和歌集全注釈』1573)。　**○か**　反語か疑問か、前者ととる。　**○こゝろ**　公光の心としたが、「ありか(も)しらせ」ないようなつれない冷淡な小侍従の心か。

【訳】(あなたが)待っているのであろうと、何をしるしにして、それは〝しるしの杉〟にしてか、(わが思いを寄せる)心も知らない家を尋ねる事があろうか、イエ決してそんな事はありません。〈前の左衛門督公光(が)、(私・小侍従の)ありかを知らせなかったと恨みつらみ言を言いやってきた時に、〝わが庵は三輪の山もと〟でなくても、(「ありか」は)はっきりしている事でございましょうと言い送ってきたので、まもなくさがし出して人をつかわしてきて〉

▽公光が、小侍従の居所を知らせずと恨み、それに対して小侍従がありかは明白だといってきたので、すぐにさがして(公光側の)人を送ってよこしてという、やや長い詞書をもつ。140は、あなた(小侍従)が待っていようという、何のしるしの杉として、「心(公光、小侍従どちらともとれる)も知らぬ」家を尋ねあてられるのでしょうか、イヤ決してそんな事はありえないと言い送ったもの。古今982「わが庵は三輪の山もと恋しくは訪ひきませ杉たてるかど」(雑下「題しらず」よみ人しらず)をふまえている。①14玉葉1573 1565、恋三、前左衛門督公光「小侍従あり所しらせざり

けるをうらみ侍りければ、三輪山ならずともしるくこそと申しける後、程なくたづねいでてつかはしける」、初句「まつらんと」。140、141は公光との贈答歌。【通釈】あなたが待っているだろうと、何を「松」ならぬ三輪山のしるしの杉のように目当てにして、本心もわからぬ人の宿を尋ねましょうか。（それにもかかわらず尋ね当てた私の誠意をわかって下さいよ）」（『玉葉和歌集全注釈』1573）。

「彼女と親しく、それが見やうによつては何とも考えられさうな人に尚前左衛門督公光がある。彼女より八歳の年下。詩歌の才もあつた。この人との贈答は、…〔私注―140、141〕…何といふ彼女の巧みな返歌であらう。この両首は玉葉集に採られて、恋の歌となつてゐる。しかしながら果してこの歌のみからさう云ひきれるであらうか。／小侍従が一二日どこかへ身をかくした時であらう。その住家を知らせないとて公光が恨んでやると、小侍従は古今集所載の「わが庵は…」を引いて「三輪の山ではないが、しるしがありませう。」と答へる。それでも大宮人の常、さがし出して彼女の所に文が来る。待つてゐてくれるかどうか御心もわからぬ御方のところを何をめじるしに訪ねてまゐつたらいいのでせうか。――彼女はすぐそれをとつて、お待ちしてゐた私の心の中のその松《まつ》だけが杉以上の標ですわといふのである。／これで公光があつと感嘆して宮中にこの歌をふれ歩きでもしたら、さしづめ清少納言の枕草子の一節といふことにならう。／小侍従の場合、さうした事は書いてゐない。しかしやつぱり彼女を取りまいて、崇拝者の中年の公卿殿上人はなか〳〵多かつたことは確かである。公光もその一人なのである。この歌のみからは淡い恋愛交渉以上は考へられないと思ふ。」（『冨倉』214、215頁）

返し[1]

141 [2]人し[3]れぬこゝろのうちの[4]まつのみぞ[5]杉にも[6]まさるしるし[7]なりけ[8]る

【校異】「乙丙」（文）。1返—かへ（B、三、私Ⅱ）。2玉葉（岡）、玉葉戀?・同〔三〕か（三）。3れ—ら（「類」（文））。4まつ—松（A）。5杉—枚（A）、すき（本、三、神、私Ⅱ）。6まさ—増（岡）。7なり—成（本、神、岡）。8る—り（三、私Ⅱ）。

【語注】○人 あなた（公光）か。 ○人しれぬこゝろ ③35重之29「おもひいでのかなしきものは人しれぬ心のうちのわかれなりけり」。 ○まつ 「待つ」「松」掛詞。後の「杉」と対応。

【訳】他人の知る事のない心の中の松（あなたを待っている事）だけが、杉以上のしるしである事よ。

▽「知《ら》れぬ」「心」「まつ」「杉に」「しるし」。他人（あなた）に知られぬ心の中の待つという事のみが、杉以上のしるしだと、小侍従が切り返した詠。実はあなた・公光を待つ歌である。この歌も古今982をふまえている。①14玉葉1574 1566、恋三「返し」小侍従。【通釈】人知れず心の内に待つ、その「松」こそは、三輪山のしるしの杉にもまさるしるしですよ。（あなたが尋ね当てる事ができたのは私が真心から待っていたおかげですわ、あなた方の誠意は、さあどうかしらね）」（『玉葉和歌集全注釈』1574）。

「この贈答における、清少納言にも劣らぬ鋭い才気のきらめき、絶妙な返歌ぶりは、後宮女房としての在り方を遺憾なく発揮している。」（『中世の抒情』「新古今集前後の抒情——女流歌人を中心に」糸賀きみ江、386、387頁）

【参考】①4後拾遺740「すみよしのきしならねども人しれぬ心のうちのまつぞわびしき」（恋三「題不知」相摸）

142

[1]大炊御門の右大[2]臣かくれさせ[3]給[4]て大宮へ[5]人[6]々の御[7]中に
[8]とて

[9]み山木のたのみしかげもかひなくてたまらぬ雨と[10]ふる[11]なみだかな

【校異】「乙丙」（文）。1大炊御門―おほいのみかと（B、本、三、神、岡）、おほい《の》みかと（私Ⅱ）、おほひのみかど（国⑦）。2臣―り？（B）。3給―給ひ（岡、私Ⅱ、国④）、たまひ（A、B、本、神、「乙」（文））、給ふ（「習」（文））。4て―ひて《イニナシ》（三）、て、（私Ⅰ、私Ⅱ、国④、国⑦）。5人―ひと（岡）。6々―々（文）、く（A、B、岡、私Ⅱ）、人（国④、国⑦）。7中―なか（B、本、三、神、岡、私Ⅱ）。8とて―とて《イニナシ》（三）。9み―深（本、三、神）。10ふる―降（岡）。11なみだ―涙（本、神、岡）。

【語注】**〇大炊御門の右大臣**　藤原公能。大宮多子の父。正二位右大臣右大将。永暦二・応保元年（1161）8月11日薨去（山槐記など）、47。実能の子、実定の父。尊卑分脈㊀177頁参照。**〇大宮**　宮中または大宮大路とも考えられるが、大宮多子（の所・邸）であろう。**〇み山木のたのみしかげ**　③89相模468「ことのはのいろのふかさをたのむかなつゆももらすなみやまぎのもと」（九月）、⑤175六百番歌合282「夕立のほどこそしばしとまりつれ名ごりもすずしみやま木のかげ」（夏「晩立」隆信）。**〇たまらぬ…なみだ**　古今556「つゝめども袖にたまらぬ白玉は人を見ぬめの涙なりけり」（恋二、安倍清行）。

【訳】深山木の如く、頼みとしたその庇護も（亡くなられて、すっかり）そのかいもなくなってしまって、とどまらないでこぼれ出す雨としてふる涙である事よ。〈大炊御門の右大臣がご逝去なされて、大宮多子へ、人々の御中に歌を送ろうとして〉

▽「松」「杉」→「木」。公能が亡くなり、「大宮へ人々の御中にとて」の詞書のある詠。頼りとした深山木の「かげ」もむなしくなって、流れ出る雨と降る涙だとの哀傷歌。多子への詠。

小侍従は公能の「御女であらせられる大宮（藤原多子、二條天皇后）に歌を奉つてゐる。／深山木…／この頃から彼女の宮仕へは始つたと推定せられるのである。」（『富倉』200、201頁）。この時、「小侍従は二条天皇に出仕している。この歌は当時皇后であった多子に、天皇の女房として贈ったものであろう。」（『田中』81頁）、「小侍従が二条院に親近し得たのは、このような関係による。その上歌人としての才能ばかりでなく、その名声までも母に負う所が大きかったであろう。永万元年〔私注—1166年〕二条院の崩御があり、その後は太皇太后宮＝大宮（多子）に奉仕した。」（『奥田』39頁）といわれるが、森本氏は、「「大宮へ人々の御中にとて」によれば、この当時作者は大宮に出仕してはいない。しかも大宮の不幸に対し、このように親身な同情をもらしている。作者と大宮との関係は、二条天皇崩御の後にはじまるのではないように思われる。」（森本『研究』247頁）、「歌〔私注—142〕は、多子が里邸で喪に服している時、小侍従は内裏に残っていたと解してよく、これを以て小侍従が大宮女房ではなかったとみる必要はないだろう。…つまり伊実の死去以前、小侍従はすでに大宮の女房であったと私は推定している。」（森本『女流』74、75頁）と主張される。なお巻末の「解説」の「一、生涯」も参照の事。

【参考】③113成通14「さりともとたのみしかげもくれはてて涙の雨にぬるるころかな」

大[1]炊御門少将宮[2]へまいりてたづねさせ給[3]に[4]あ[5]からさまにい[6]でぬと申せば[7]待(待ち)[8]かねていづとてつ[9]ぼねなる硯[10]のふたにか[11]きつけた[12]ま[13]ひ[14]し

143　いとせめてまつはくるしき[15]物ぞとはむかしはきみも思ひしりけむ[16][17]

【校異】「乙丙」（文）。1大炊御門—おほいのみかとの（B、本、三、神）、おほゐのみかとの（私Ⅱ）、おほひのみかどの（国⑦）。2將—将（文）、將、（私Ⅰ、私Ⅱ、国④、国⑦）。3給—給ふ（三、岡、私Ⅱ、国④）、たまふ（B、本、神）。4に—に、（私Ⅰ、私Ⅱ、国④）。5あからさま—白地（A）。あからさまに—ナシ（B、本、三、神、岡、私Ⅱ、「乙丙」）。6いで—出（A）。7ば—ば、（私Ⅰ、私Ⅱ、国④、国⑦）。8待—まち（本、三、神、私Ⅱ）。9て—て、（私Ⅰ、私Ⅱ、国④）。10硯—すゝり（本、三、神、岡、私Ⅱ）。かきつけ—書付（A）。12たまひ—給（三）。13まひ—まふ《本ノマ、》（本、神）。14ひ—ふ（B、岡、私Ⅱ、「乙神」（文））。15まつ—待（本、神）。16物—もの（本、三、神、岡、私Ⅱ、国④）。17む—ん（A、本、三、神、私Ⅱ）。

【語注】**○大炊御門少将**　公能二男実家か。保元元年（1156）9月より永暦元年（1160）8月まで左大将。尊卑分脈㊀182頁参照。　**○宮**　大宮か宮中か。　**○させ**　尊敬か使役か。　**○硯**　『守覚全歌注釈』283参照。源氏物語「いと若くおかしげなり。／硯引き寄せて、手習に、」（「玉鬘」、新大系二—365頁）。　**○いとせめて**　古今554「いとせめて恋しき時はむばたまの…」（恋二、小町。②4古今六帖3272）。　**○まつはくるしき物**　①1古今778「ひさしくもなりにけるかなすみのえの松はくるしき物にぞありける」（恋五、よみ人しらず）、②4古今六帖2832「ゆくみづのかげやはみゆるかたきしのまつはくるしきものにざりける」（「人をまつ」）。

【訳】たいそうきわめて、待つというのは苦しいものだという事は、昔は君も（さぞ）思い知っていた事であろうものを。〈大炊御門の少将が、宮へ参上して、（私を）さがし求めなされた時に、ちょっとの間外出したと（少将へ）申し上げたので、（私の帰りを）待ちあぐねて（もうそこを）出るといって、（少将が）局にあった硯のふたに書き付けな

さいました〈歌〉〉
▽「木」→「(松)」。同じく詞書中の「大炊御門」「宮」「させ給」の詞が、前歌と通う。少将がやって来たが、会えなくて待ちかねて、硯のふたにかいた（詞書）歌で、何としても待つという事は苦しいと、かつては君も思い知っていたであろうに…、と恨み言を言った少将の歌。「参照〔九八〕本文〔私注―「待よひのふけ行かねの…」〕。」（文）。「この歌によると、当時既に彼女の「待宵の歌」は有名であったにちがひなく、それなればこそ少将が「まつは…りけむ」と云ひ、小侍従が「更け行…かじ」と云ったのである。／この大炊御門少将は誰人であるか、今明らかでないが、相当若き日から彼女にこの名のあった傍証にはなるのである。／「待宵の小侍従」の名は歌人としての名誉の名ではあるが、又その名の艶かさに於て当年の彼女にふさはしい名であったともいへるのである。」（『冨倉』225、226頁）143、144の贈答歌は、「大炊御門少将との宮中でのやりとりである。この少将が誰であるか詳しいことはわからないが、大炊御門とつくところから、公能・多子親子と関係の人物であろう。」（「田中」81頁）「大炊御門少将について不明で、森本氏は「公能二男実家か」と推定されたが、そうとすれば、「むかし」の詞が懸念されるものの、出詠時より間もなく取沙汰されたことになろう。待ちかねた少将が、評判の「待よひ」の歌をとり挙げて恨みを言いかければ、「いい加減なお気持でお待ちになっておられても、あなたはよもやわたしのように、夜更けの鐘の声をお嘆きにはならないでしょう。」と鮮かに切り返す。俊恵も言うように、贈答歌における感度の敏捷さ確かさと、発想の巧妙な返歌ぶりは、後宮女房としての在り方を遺憾なく発揮している。」（糸賀「残映」116頁）
【類歌】①13新後撰934 936「いとせめてまつにたへたる我が身ぞとしりてや人のつれなかるらむ」（恋二、典侍親子朝臣）

返[1]し[2]やがてまいりあひて

144　[3]なをざりに[4]待（待つ）とはすとも君はよも[5]ふけ行（行く）[6]かねの[7]こゑはなげかじ

【校異】「乙丙」（文）。1返—かへ（A、B、三、岡、私Ⅱ）。2し—し、（私Ⅰ、私Ⅱ、国④、国⑦）。3「なを…」の歌—ナシ（A、「以下歌詞脱図」（文））。4待—まつ（B、本、三、神、岡、私Ⅱ）。5ふけ—更（本、神、岡）。6かね—鐘（本、神）。7こゑ—声（本、神）。

【語注】○まいりあひ　高貴な場所に参上して出会い。作者が少将に出会ったか。源氏物語「弁、中将などまいりあひて、高欄に背中をしつゝ、」（「花宴」、新大系一—281頁）。○よも　「夜も」との掛詞か。○かねのこゑ　八代集初出、後拾遺918。

【訳】所在なく待ちはしても、あなたはまさか（男を待ってつらい思いをする）夜の更けゆく鐘の音《ね》を決して嘆いたりはなされますまい。〈返しを、すぐに参上し会って〉

▽「待つ」「君」。「苦しき」→「嘆か」。返しをすぐ出会って渡してという詞書で、手もちぶさたで、（苦しくも）待っているとはいっても、あなた（＝少将）は決して「更け行く鐘の声」の嘆きをなさった事は、まさかありますまいと歌う。143、144とも、小侍従の有名な、①8新古今1191「まつよひのふけ行くかねのこゑきけばあかぬわかれの鳥はものかは」（恋三、小侍従。②10続詞花565。④3小侍従98、恋「恋」）をふまえている。作者・小侍従の詠。聴覚（「こゑ」）。

【類歌】①22新葉832 830「なほざりに頼めおきてし夜半ならば深行くかねに待ちやよわらん」（恋三「…、待恋」経高母）

145
[1]石[2]清水[3]の行幸の御[4]ともに[5]參りたる[6]にせう〔、〕[7]との[8]權別當成清も[9]宮にさぶらふ[10]に[11]悦したり[12]と[13]て人[14]ゝ[15]悦申なか[16]に殿上よりとてまた[17]とく

うれしとや神も心に[18]いはし[19]水にしきをきつゝ[20]かへる[21]氣色を

【校異】「乙丙」(文)。1石—岩(A)、いは(B、岡、私Ⅱ)。2清—し(B、岡、私Ⅱ)。3の—ナシ(A、B、「習」(文))。4とも—供(三)。5參—参(文)、まい(A、B、本、三、神、岡、私Ⅱ、「類」(文))、まゐ(国⑦)。6に—に、(私Ⅰ、私Ⅱ、国④、国⑦)、ナシ(本、三、神、岡、「類」(文))。7う—う〔、〕(A、B、本、三、神、私Ⅰ、私Ⅱ、文、国④、国⑦)。8權—権(文)。9宮に…ふに—ナシ(B、本、三、神、岡、私Ⅱ、「乙丙」(文))。10に—に、(私Ⅰ、国④)。11悦—よろこひ(B、本、三、神、岡、私Ⅱ)。12り—る(A、B、本、三、神、岡、私Ⅱ、「乙丙」(文))。13て—て、(私Ⅱ)。14ゝ—々(文)、く(A、B、三、私Ⅱ)、人(国④、国⑦)。悦—よろこひ(B、三、岡、私Ⅱ)。16に—に、(私Ⅰ、私Ⅱ、国④、国⑦)。17とく—こと宮に御ふみに(B、本、三、神、岡、私Ⅱ、「乙…類」(文))、「こと宮に給文に習」(文)。18いはし—岩清(A)、石清(本、神)。19水—みつ(私Ⅱ)。20かへ—歸(A)。21氣—気(文)。氣色—けしき(A、B、本、三、神、岡、私Ⅱ)。

【語注】**〇石清水** 石清水八幡宮の事。清澄な流れの久しさや、神の心に寄せた祝意の歌が多い。**〇權別當成清** 石清水八幡宮第二十五代別当紀光清男。第三十代別当。小侍従の弟。**〇いは** 掛詞「石」、「言は」(あるいは「祝(ふ)」か)。**〇いはし水** 普通名詞も含む。地名としては、八代集では、①4後拾遺1174 1176「ここにしもわきていでけん《ける(増)》いはし水神の心をくみてしらばや」(雑六、増基法師。③47増基1)初出。③131拾玉4161「いはし水神のこころのす

みしよりかげをならべてたてる松かな」（詠三首和歌「社頭松」）。**○にしきをきつつ** ①3拾遺1130「白浪は（貫之の）ふるさとなれやもみぢばのにしきをきつつ立帰るらん」（雑秋、よみ人しらず。③19貫之87）。**○にしきをきつゝかへる** 拾遺210「朝まだき嵐の山の寒ければ紅葉の錦着ぬ人ぞなき」（秋、公任）。漢書・項籍（羽）伝「富貴不ㇾ帰二故郷一、如二衣ㇾ錦夜行一」、南史・柳慶遠伝「卿衣ㇾ錦還ㇾ郷」。紅葉の候か。**○氣色** 三代集には用例がない。みずからの思いを自然の景に託して表現する三代集的詠法では、この語を用いる必要もなかったのであろう、とされる。

【訳】うれしい事だと（、八幡の）神も心に告げる、岩の清水の清らかな石清水よ、紅葉の錦をきながら（都へ）帰って行く様子を見て。〈石清水八幡宮への行幸の御供として参上した時に、弟の権の別当成清も宮に伺候するので、慶事だといって、人々がお悦びを申し上げるなかで、殿上の間の殿上人からといって、またすぐ〉

▽「なげか」→「うれし」。石清水行幸の御供として参った時に、弟も宮に伺候したので、喜悦の事だと人々がお喜びを申す中で、殿上間・殿上人よりすぐに、の詞書で、紅葉の錦を着ながら帰る様子を「うれし」と神も心に言う、石清水八幡宮だと歌っているのである。倒置法、三句切。

145、146は、「同母弟紀成清とのやりとりである。『石清水祠官系図』の成清の項には、／長寛…当賞。／という記述がある。当時小侍従は二条天皇に出仕しており、この歌はこの際のものか。」（「田中」81頁）。小侍従は、「永暦元年〔私注―1160年〕九月伊実の薨（分脈）後、二条天皇に出仕したものか、」（『奥田』38頁）とされる。

145、146「これは応保三年（長寛元。一一六三）三月二十五日、二条天皇の石清水行幸の賞に同母弟の成清（一一二九～九九）が法眼に叙せられた時のものらしい。（4）〔注〕「（4）『鳩嶺年代記』〔私注―「二条七。／応保三年癸未三月廿五日丙辰行幸。」（群書類従、雑、巻第四百五十三、471頁）〕『石清水祠官系図』による推定。」成清の閲歴については『古事談』巻五「神仏社寺」に逸話がある。石清水にとどまっている小侍従あてに祝いを述べた殿上人（あるいは帝か）の贈歌には、『蒙求』の「冒妻耻樵」の故事が詠まれていると知ると、答歌ではさらに同じ『蒙求』の「相如題柱」の故事を付け加えて、打てば響くように謝意をあらわすのである。「浮橋」はここでは天に通じる橋のことで、もちろん昇仙橋を指す。両故事とも『唐物語』にも翻案されるほど著名な話である。」（『三角』103頁）。「にしきをきて古里にかへる」（『唐物語全釈』212頁）、「「我、大車肥馬にのらずば、又このはしをかへりわたらじ」とちかひて、…その、ちおもひのごとくめでたくなりてなん、はしをかへりわたりたりける。」（『同』36、37頁）

【参考】③119教長781「きみがよはちよと《を(久)》かぎりていはし水神の心にまかせてをみん」（雑「…、慶賀を」。④30久安百首282、慶賀）

【類歌】⑤443唐物語28「もろともににしきをきてやかへらましうきにたへたる心なりせば」（夫（朱買臣））

返し

146　思ひやれちかひし[1]夜はの[2]うきはし[3]も[4]にしき[5]た[6]ちきて[7]かへる[8]こゝろ[9]を

【校異】「乙丙」（文）。1夜—夜《とイ》（三）。2はし—橋（三）。はしも—「橋を乙丙」（文）。3も—を（B、本、三、神、岡、私Ⅱ）。4にしき—錦（本、神）。5た—を（三）。たちきて—「をたちて《ママ》」（文）。6ちきて—ち《き》。て（三）。7かへ—帰（A）。8こ、ろを—「心は図」（文）。9を—は（A）。

【語注】**○ちかひし**　③115清輔292「ちかひしをおもひかへるの人しれずくちから物を思ふ比かな」。**○うきはし**　八代集二例・①2後撰1122 1123「へだてける人の心のうきはしをあやふきまでもふみみつるかな」（雑一、四条御息所女）、新古今38。「憂き端・浮橋」掛詞か。源氏物語二例「浮橋のもとなどにも、好ましう立ちさまよふよき車多かり。」（「行幸」、新大系三—59頁）、③81赤染衛門232「たれとまたふみ通ふらんうき橋のうかりしよひもうき心かな」、④28為忠家初度百首453「みづのおもにもみぢちりしくうきはしをひきわたしたるにしきとぞみる」（「橋上落葉」）。**○にしきたちきてかへる**　拾遺210「朝まだき嵐の山の寒ければ紅葉の錦着ぬ人ぞなき」（秋、公任）、漢書・項籍（羽）伝「富貴不レ帰二故郷一、如二衣レ錦夜行一」、南史・柳慶遠伝「卿衣レ錦還レ郷」。**○たちきて**『八代集総索引』では、「裁切」は古今296、「裁着」は拾遺79、金葉（三）97のみ。「裁ち」は「錦」の縁語。①1古今296「神なび《かみなみ（是）》のみむろの山を秋ゆけ《わけ（是、六）》ば錦たちきる心地こそすれ」（秋下、ただみね。②4古今六帖3519「にしき」。③13忠岑30。⑤3是貞親王家歌合22）。

【訳】思いやって下さい、誓いをたてた夜の浮き橋の上をも、錦を裁ち着て帰ってゆく心をば。

▽「錦」「着」「かへる」「心（を）」。出世せずは、この橋を帰り渡らじと誓った夜半の昇遷橋も栄誉を荷って・出世して（都へ）帰って行く心をば思いやって下さいといったもの。初句切、倒置法。作者・小侍従の詠。

【参考】③117頼政572「思ひやれ雲ゐの月になれなれてくらきふせやにかへる心を」

【類歌】⑤443唐物語28「もろともにしきをきてやかへらましうきにたへたる心なりせば」（夫（朱買臣））

宮の内侍[1]どの[2]、もとよ[3]りつみふか[4]く夢みてわびさせ[5]給
し[6]こと[7]を[8]たうときひじりにかた[9]りたれ[10]ばまいりてこま
かに[11]承はら[12]むと[13]申いか[14]ゞと[15]いひつかはしたれば

147　さそふべき人とふな[16]らばしるべせよさ[17]てや思[18]ひの[19]い[20]ゑをいづ[21]とて

【校異】「乙丙」（文）。1どの、—殿の（A）。2、—の（国④、国⑦）。3り—り、（私Ⅰ、私Ⅱ、国④、国⑦）。4く—

「き習類」（文）。5給—給ひ（国④）、たまひ（本、神、私Ⅱ）。6こと—事（B、本、神、岡）。7を—を、（私Ⅰ、私Ⅱ、国④）。8たう…まいりて—「脱習」（文）。9りた—ナシ（B、本、三、神、岡、私Ⅱ、「乙丙」（文））。10ば—ば、（私Ⅰ、私Ⅱ、国④）。11承—うけ給（三）、うけたま（A、B、本、神、岡、私Ⅱ）。12む—ん（A、B、本、三、神、岡、私Ⅱ）。13申—申す（B、本、三、神、岡、私Ⅱ、国④）、申、（私Ⅰ、私Ⅱ、国④）。14ゞ—ゞ〔?〕（本）、が（国⑦）、が、（国④）。15いひ—云（A）。16ら—く《ら歟》（本、神）、く（「神」（文））。17て—く（岡。「て」か）。18ひ—ナシ（B）。19いゐ—いへ（三、国④）、家（A、私Ⅱ）。20ゐを—を《本ノマヽ》（本、神）、「を神」（文）。21とて—ると（B、本、三、神、岡、私Ⅱ、「乙丙」（文））。

【語注】○宮の内侍どの　二条院中宮育子の女房。仁安2年（1167）夏頃出家。「「宮の内侍」の名は「大宰大弐重家集」に、仁安元年（一一六六）七月摂政基実が薨去した際及びその翌年夏のころ、内侍が出家した際の贈答が見え、「小侍従集」のこの歌も出家に関係があるらしいから、制作年時はだいたい想像がつく。ここの「宮」は二条天皇の中宮育子（基実妹）であろう。」（森本『研究』248頁）。「宮の内侍、殿《との》のもとより」か。③118重家360「世をうみにしづみもはてであまをぶねうかみいでぬときくはまことか」（「宮の内侍よをそむかれぬときゝしかばいひつかはしし」）、他、重家312、361、362、396（『日本古代人名索引（韻文編）』）。○ひじり　源氏物語「寺のさまもいとあはれなり。峰高く深き岩の中にぞ聖入りゐたりける。」（「若紫」、新大系一—152頁）。○しるべせよ　勅撰集初出は後拾遺616。③125山家1034「やま人よ吉野のおくのしるべせよはなもたづねんまたおもひあり」、②12月詣1075「うごきなきもとの都のしるべせよさそひ出でしも心ならずや」（釈教、定伊法師）…ことば。○ひのいゐ　「火宅」の訓読語。宇津保物語（国譲、下）や栄花物語（殿上の花見）に用例があり、「思ひの家」として、拾遺1331「世中に牛の車のなかりせば思ひの家をいかで出でまし」（哀傷「題しらず」よみ人知らず。②6和漢朗詠集611、下「僧」）や③74和泉式部続集444「ものをのみおもひのいへをいでてこそのどかにのりのこゑも聞きけれ」、他、③74和泉式部続集614、③114田多民治170、③119教長956、

③124殷富門院大輔180などに用例がある。　○いへをいづ　③125山家753「いへをいづる人としきけばかりのやど心とむなとおもふばかりぞ」（雑「返し」）。

【訳】（出離の道に）いざなう事のできる人を訪れるなら、（道）案内をして下さい、そうして煩悩に苦しむ火宅を出る、出家の道に進むとならば。〈宮の内侍殿の許から、罪業が深く、夢をみて、思いしおれなさっていた事を、尊い修行者に語ったところ、「（そちらのもとへ）参上して、こと細かに（話を）おうかがいしましょう」と（、「尊き聖」が）申し上げてきた、「どのようにしましょうか」と言いつかわしてきたので〉

▽「思ひ」。宮内侍殿から、「罪深くわびさせ給ひし事を尊き聖に語」ったので、聖が参上して（「尊き聖」の許へ、ともとれる）、詳しくうけたまわろうと申した（私が、内侍が、ともとれる）ので、「どうですか（どうしましょうか）」といってきたので、という詞書をもつ作者・小侍従の詠。147は、そのようにや煩悩の火宅を出るというので、解脱の道に誘うという人を訪れる（人が訪れる、ともとれる）というのなら、私も導いてくれと歌ったもの。三句切、倒置法。末句いのリズム。

147は、「宮の内侍からの出家の相談の手紙への返歌」（「田中」81頁）

哥[1]のとくい[2]にて申《（申し）》かはすに[3]定長[4]出家しつとき[5]ゝ[6]て

148　したひこ[7]ん[8]おなじきわ[9]か[10]の浦[11]ぢ[12]よ[13]り思ひい[14]りける末たがはずは[15]

【校異】「乙丙」（文）。1哥—歌（文）。2い—ひ（B、本、三、神、岡、私Ⅱ）。3に—に、（私Ⅰ、私Ⅱ、国④、国⑦）。4長—長《本ノマヽ》（岡）、奥（B〔or眞〕、本、三、神）、「真書」（文）、「長か習」（文）。5きゝ—聞（A）。6ゝ—き（国④、国

⑦)。7こ—み(B、本、三、神、岡、私Ⅱ、「乙丙」(文))。8ん—む(A、B、本、神、岡、私Ⅱ)。9わ—和(A、本、神)。10か—哥(本、神)。11浦—うら(A、B、三、岡、私Ⅱ、「乙丙」(文))。12ぢ—千(私Ⅱ)。ぢより—千鳥(本、三、神、岡、「ちとり乙丙」(文))。13よ—と(B、私Ⅱ)。14いり—入(A、本、神)。15は—「な習」(文)。

【語注】○とくい(得意) 心を知り合った友。知友。源氏物語一例「入道はかの国のとくゐにて、年ごろあひ語らひ侍れど、」(「明石」、新大系二—58頁)。○申かはす 互いにお話し合う。また、親しくつきあい申し上げる。宇津保物語「様〴〵に心憎ク申シかはし給フ。いと忍びてさべき折には、」(「楼上上」、旧大系三—392頁)。○定長 藤原。保延5年(1139)頃~建仁元年(1202)7月20日頃没。父は俊成の兄弟である阿闍梨俊海。承安2年(1172)頃出家。法名寂蓮。○したひこ 八代集一例・千載1192(雑下、俊頼)。『源氏物語用語索引』は三例。源氏物語「郭公、ありつる垣根のにや、おなじ声にうち鳴く。慕ひ来にけるよ、とおぼさる、ほども、」(「花散里」、新大系一—397頁)、「いざりせし影忘られぬかゞり火は身のうき舟やしたひきにけん」(「薄雲」、新大系二—246頁)。○わかの浦ぢ 八代集にない。ただし、「和歌の浦」は、古今序(「和歌の浦に潮満ち来れば…」)、後拾遺1131よりあり、「浦路《ぢ》」は八代集一例・千載536「須磨の浦路」(羇旅、家隆)にある。「和歌の浦」の「和歌」から、「歌」「歌道」「歌道家」さらには「詠草」などを表象するようになるのも平安時代後期からである、とされる。式子307「しがの浦ぢに」。『研究会誌』No.4(京都府立高等学校国語科研究会)、拙論「式子内親王1例の詞」30頁「浦路《ぢ》」参照。さらに『歌枕索引』において、「和歌の浦路」は、林下集一八五、隆信集九六四(=④11隆信956)二例しかない(ちなみに148は「わかのうらちどり」のほうにある)。あと「和歌の浦路」は、③129長秋詠藻596「契りおきし契のうへにそへおかんわかの浦ぢのあまのもしほ木」(「又おくの歌」。新勅1197)、③122林下186「としのゆくすゑはものうしいざさらば我もおなじきわかのうらぢへ」(「おなじうたをこじじゆうがもとへもつかはしたりしかば」)=447、④31正治初度百首1152「うれしさぞなほかぎりなき君が代にわかの浦ぢの月を見るごと」(秋、釈阿)、⑤172御裳濯河歌合74「契りおきし契のうへにそへおかん和歌のうら路のあまのもしほ木」。さらに「浦路」の用例として、③122林下236、③129長秋詠藻639、③132壬二147、962、③133拾遺愚草231、④10寂蓮358などがある。　○思ひいり　「いり」掛詞的。

【訳】思い慕い来るつもりだ、同じ和歌の浦路から（、和歌の道へ）、深く思って入り込んだ将来が同一であるのなら。

〈歌の親しい友として、お互い（歌や言葉を）申し上げやりとりし合っていたのに、定長（寂蓮）が出家したと聞いて〉

▽「思ひ」。歌仲間である定長（＝寂蓮）の出家をきいて、同じ和歌の道に入った行末が一緒なら、思慕する気だと歌ったもの。小侍従の詠。初句切、倒置法。④10寂蓮68「おなじ比〔「世をのがれぬと聞きて」比〕小侍従がもとより」、初句「したひみむ」。この歌に対する返歌は、10寂蓮69「わかのうらに入りにし道を尋ねこばいと心あるあまとこそみめ」（「返し」）である。寂蓮68、69は、「和歌での交友関係を確認した上で仏道でも同じ道を歩もうという内容の贈答になっている…挨拶には違いないが、和歌を媒介としての交友の深さを文字通り受けとってよいかと思われる。」（『鳥帚』97頁）。寂蓮が出家した1172年頃、まだ小侍従は出家していない（出家は1179・治承3年）。

「治承三年正月以後治承四年四月以前彼女は尼姿となつてゐる。／これより先彼女は寂蓮（定長）の出家を聞いて、／慕ひみ…と詠んでゐる所など見ると、彼女の出家の心は以前から次第に萌してゐたものと思はれる。／かつて父のゐた石清水八幡に住んでゐたといふ。当山中谷椿坊がそれだと書いてある。／ここに彼女の静かな晩年の尼生活が営まれることになつたのである。」（『冨倉』235頁）

「当時の女流歌人の多くが、隠遁生活に憧れた事は、「家長日記」に、…とある事からも推察出来るが、小侍従もその一人であった。…／寂蓮…その出家は嘉応（承安元）三年（一一七一）である。この頃小侍従には既に出家の気持があったものと思われる。」（「杉本」22頁）

148は、寂蓮「が出家したと聞いて贈った歌であり、出家に関する歌が二首並んでいる。１４８番でも１３８番と同様、名前に官名がつけられていない。定長は小侍従と同じ歌林苑の会衆であり、『寂蓮集』も寿永百首家集の一つである。詞書にも「歌のとくい」とあり、定長とは歌人としてのつきあいであったのであろう。」（「田中」82頁）

149

源三位[1]頼政[2]物[3]申[4]比二三日[5]をとづれぬ[6]に風さへ[7]おこりて
[8]こ[9]ゝろぼそければ

とへかしなうき[10]世の[11]中にあり〳〵[12]て[13]こゝろとつける[14]戀のやまひを

【校異】「乙丙」（文）。1頼政—よりまさ（B、本、三、神、岡、私Ⅱ）。2物—もの（本、三、神、岡、私Ⅱ）。3申—申す（B、本、三、神、岡、私Ⅱ、国④）。4比—比、（私Ⅰ、私Ⅱ、国④、国⑦）、ころ（本、三、神、岡、私Ⅱ）。5を—お（岡、私Ⅱ、国④）。6に—に、（私Ⅰ、私Ⅱ）。7お—を（本、神、岡、私Ⅱ）。8こゝろ—心（A、B、本、三、神、岡、私Ⅱ）。9ゝ—こ（国④）。10世—よ（B、本、神、岡、私Ⅱ）。11中—なか（A、B）。12て—て《◌〔?〕》（三）。13こゝろと—「心を《（ママ）》」（文）。14戀—恋（文）、戀ひ（岡）。

【語注】**○源三位頼政** 1104～1180。兵庫頭仲正の子。治承2年（1178）12月叙従三位。治承3年11月出家し、翌年5月、平家討伐を企図し、宇治平等院に敗死した。「頼政とは二条院の女房であった頃かと思われる（二条院の歌壇も成立していた）。恋の贈答歌にみる交友関係が高倉院へ出仕後も（尼になるまで）続いた（頼政は二十歳年長）。」（『奥田』43頁）。「『頼政集』の詞書にも「物申しそめて後二三日云々」と見える。頼政との交渉がいつに始まるかは明らかでないが、このあとの「大内にさぶらふころ」なる詞によってみれば、作者が禁中に出仕するより以前と考えられるのではないだろうか。…「源三位頼政」の呼称によって、この五〇首の撰述は、頼政が従三位に叙した治承二年（一一七八）十二月をさかのぼり得ないことが知られる。」（森本『研究』248頁）。「この両人の恋愛関係がいつ始まったのか、」「後白河天皇代であるようだ。」」、頼政が「久寿二年（一一五五）五十二歳の折。以後仁安元年（一一六六）まで十二年にわたり、…小侍従との親交が始まるのは、その初めころ数年の間とみてよい。」（以上、森本『女流』72頁）。「小侍従がいつまで伊実室の位置を保っていたかはわからぬが、すくなくとも久寿元・二年（一一五四・五）の時点では、範兼女の方が優位にあったとみなければなるまい。」（森本『女流』73頁）。「極位極官表記で、物故者に対しても、…それに当る。」（『井上』490頁）。　**○物申**　八代集一例・古今1007「うちわたす遠方人にもの申す我そのそこに白く咲けるはなにの花ぞも」（雑体、旋頭歌「題しらず」よみ人しらず）。枕草子「神寺などにまうでて物申さするに、寺は法師、社は禰宜などの、くらからず、」（新大系二八段、38頁）。　**○風**　122（詞書）前出。　**○とへかしな**　⑤362平家物語（延慶本）186「とへかしなさけは人のためならずうきわれとてもこころやはなき」…ことば。　**○うき世の中に**　③74和泉式部続集2「ありやとももとはばこたへむ誰ゆゑに《と》うきよの中にあるも《かくて》ある身ぞ（③74同214）」。　**○うき世の中にありくて**　「伊実と別れてから頼政と結ばれるまでのいく年かの間に、小侍従が親しんだ男性は、小侍従集によって幾人も求めることができる。その中には十五も二十も年少の人もいて、小侍従の人気の高さを思わせる一方、年齢相応の相手でかなり深く思いあいながら、いつしか別れた人もいる。上記①の「うき世の中にありありて」という叙述は、このような男性たちとのかなり錯雑した過去をふまえてのものと考えてよいだろう。」（森本『女流』75頁）。　**○こゝろと**　八代集初出は後拾遺143。　**○恋のやまひ**　八代集一例・金葉513。「やまひ」は「風」の事。　**○を**　解、様々（「…を」「…よ」）。

【訳】訪れて下さいよ、つらく悲しいこの世の中に生き永らえて、自分の心から付いてしまった恋の病いであるから。〈源三位頼政が言葉を交わし申し上げている頃、（頼政が）二、三日やって来ない上に、風邪（病気）までがおこって心細かったので〉

▽頼政が数日来ない上に、さらに風邪もひいて心細かったので、作者から頼政へ言い送った歌で、「憂き世の中」に生きて、自《み》らした恋の病なので訪れよと懇願している。作者・小侍従の詠。初句切、倒置法か。第四、五句この頭韻。この集によく見られる、146「うきはし」に続いて、「うき世の中」の意識がうかがわれる。③117頼政536、下、恋「物申しそめて後二三日おとづれ侍らざりしを、小侍従か〔女の（桂）〕〔静嘉堂文庫本・類従本等「女の」ヲ「小侍従か」トスル〕のもとよりいひつかはしたりし」、（物を申し初めて後、二、三日訪れる事をしてみませんでしたので、小侍従の（あの）所から言い送った（歌））、第四句「心をつ〔と（桂）〕く〔け（桂）〕る」。

「頼政との交渉も亦この久我内大臣とのそれと遠い頃の事ではなからう。これは彼女としてはなか〳〵に深い交渉であつたと云へる。…小侍従より十八歳の年上。…彼女との交渉はそれより後二条・六条天皇〔私注—1159～1168年〕の頃であつたらうか。これも亦中年を越えた二歌人の交渉である。恋の愛のといふ沙汰ではない。活殺自在な歌の贈答がその生命といふべきであらう。…二人の恋愛は噴き出したくなるやうな練達さではないか。」（『冨倉』207、208頁）

「見舞って下さいまし。うき世の苦労をさんざんなめたあげく、みずからとりつかれた恋の病なんですもの。」（森本『女流』71頁）、「贈歌の第四句は、小侍従集の「心とつける」（わが心からとりついた、の意）の方が本来の形であろう。…贈歌は、初句切れから入って調子が強く、「うき世の中にありありて」には、男とのことで苦労したあげくに、またもや…、という思い入れがある。結句「恋のやまひを」の「を」は詠嘆。」（森本『女流』72頁）

「そ〔私注—重家家歌合〕の後の歌合でも、又宮中でも（…仁安二年〔私注—1167〕に昇殿を許されている）度々〔二人は〕合う機会は多かったであろう。…こうして二人の交渉ははじめられた様である。…両者の間は、情熱的なものではなく、歌友達としての淡々とした交渉であった様にも思われるが、桜によせ、菊につけての贈答歌の数々には、それ〴〵の心情の深さが偲ばれる。」（「杉本」19頁）

「第五群は、源三位頼政との贈答歌である。…第三群同様、恋の初め頃から終わりまでという流れで配列されている。」（「田中」82頁）、149・150は、「「恋のやまひ」という語を用いて互いに思いを述べあっており、関係が深まりつつある頃のものであろう。」（「田中」82頁）。小侍従集では、六組（149・150、151・152、153・154、155・156、157・158、159・160）が、詠作の順に続けて掲げるのに対し、頼政集では、そうした順序をとっていないのは、主題によって連想的に挙げている為である。小侍従集の六組は、頼政集で他に見えている、六組の前後の贈答歌を一切外し、恋愛中のものだけを選んで据えた事となる。（森本「小侍従二題」4頁）

【参考】⑤163三井寺新羅社歌合73「いかにぞと事とふ人にかたるかな恋の病のつきしおこりを」（「談合友恋」賢辰）

返し[1][2][3]　[4]　[5]

150　いかば[6]いけしなば[7]おくれじ[8]君ゆへに[9]われもつきにし[10]おなじ[11]やまひを

【校異】「乙丙」（文）。1返―かへ（B、本、三、神、岡、私Ⅱ）。2し―し、（私Ⅱ）、「し　頼政乙丙」（文）。3よりまさ（B、本、神、岡、私Ⅱ）。4頼政（A）、よりまさ（三）。5よりまさ（国⑦）。6け―き（本、三、神、岡、私Ⅱ、「乙丙」（文）。7お―を（A、B、本、三、神、岡、私Ⅱ）。8君―きみ（A）。9われ―我（A、B、本、神、岡、私Ⅱ）。10おなじ―同（本、神）。11やまひ―病（A、本、神）。

【語注】**○やまひ**　八代集三例・後撰632、拾遺665、金葉513。

【訳】（定めとして）この世に生きるとしたら生きよ、死んだとしたら、決して死に遅れたりはすまい、あなたゆえに、われもとりついてしまった同じ病であるから。

▽「つき」「やまひを（最末）」。頼政の返歌。君（小侍従）ゆえに、私にもとりついた同じ恋の病だから、生きるのも死ぬのも一心同体だ、と小侍従へ「返し」た歌である。③117頼政537、初句「いかばいき」、末句「おなじやまひ

ぞ《を（桂）》」。「生きるというなら生きよ、死ぬというならお供しよう。あなたのためにわたしもとりつかれた恋の病なのだもの、となろう。「恋のやまひ」を核として、求めあう恋情を真率に披瀝しあっている。中年の歌巧者同志の物馴れた詠み口といえよう。…返歌はまた、初句切れ、二句切れを重ねて、これも調子が張り、むだなく贈歌に乗っている。」（森本『女流』71、72頁）

おなじ人[1]はゞかる事[2]ありてしばし音[3]せで[4]しはすのつごもりに

151 とゞこほる[5]春よりさきの山みづ[6]を[7]たゝ[8]さ[9]てぬとや人はしるらむ[10]

【校異】「乙丙」（文）。1人—人、（私Ⅰ、私Ⅱ、国④、国⑦）。2事—こと（A、B、本、三、神、岡、私Ⅱ）。3音—おと（岡、私Ⅱ）、をと（A、B、本、三、神）。4で—で、（私Ⅰ、私Ⅱ、国④）。5る—り（私Ⅱ）。6みづ—水（A、本、三、神、私Ⅱ）。7たゝ—絶（本、神）。8ゝさ—ゝさ（ママ）（私Ⅰ）、えは（A、B、三、岡、私Ⅱ、国④、「諸本」（文））。9さ—は（本、神）。10む—ん（A、B、本、三、神、岡、私Ⅱ）。

【語注】**○はゞかる**　源氏物語「いよ〳〵あかずあはれなる物に思ほして、人の識りをもえ憚らせ給はず、」（「桐壺」、新大系一—4頁）。**○とゞこほる**　「氷る」掛詞。①5金葉二534 569「春のこしそのひつららはとけにしをまたなにごとにとどこほるらん」（雑上、律師慶範）。「春」「山水」のどちらへかかるのか、おそらく「水」のほうであろう。**○春よりさき**　「しはすのつごもり」（詞書）。**○山みづ**　八代集二例・後撰590、861。「山下水」の用例は多い。源氏物語「「さしぐみに袖ぬらしける山水にすめる心はさはぎやはする」（「若紫」、新大系一―167頁）。**○たえはて**　104既出。「たゝさて」は意不明。「返し」の歌・152にもよる。便り、二人の仲がたえる。③42元良161「山の井のたえはてぬいともみゆるかなあさきをだにも思ふところに」、⑤421源氏物語729「絶えはてぬ清水になどかなき人のおもかげをだにとどめざりけん」（東屋、（薫））。**○や**　疑問か詠嘆か。**○人**「おなじ人」（詞書）とあるが、いうまでもなく、頼政ではなく、小侍従。

【訳】なかなかやっては来ない、流れない春以前の、まだ冬の山水を、すっかり絶えはててしまったのだと、人（あなた＝小侍従）は知るのでしょうか。〈同じ人（＝頼政）で、さしつかえがあって、しばらくの間便りをよこさないで、十二月の終りに〉

▽「君」「われ」→「人」。頼政の歌。頼政に支障があって便りがなく、歳末にという詞書で、冬の氷って停滞している山水を絶えはてたと、あなたは知るのかと言い、言外に、イヤそんな事は決してありません、やがての後の〝春〟に必ず水は流れてきます、私もあなたの許を必ず訪れますと言って寄こしたものである。③117頼政421、恋「久しくおとづれ侍らぬ女のもとにしはすの廿日あまりのほどにつかはしける」（長らく訪れませんでした女の許に、12月20日余りのあたりにつかわした（歌））、第四句「絶えはてぬとや」。

151、152は、「訪ねられぬ我がおこたりを冬枯の山水にたとへてわざ〳〵ことわつてきた頼政に、師走の間は返事もせず、さて春になつて十日、まだ訪ねてもくれぬと、突如「春になつても滞つてゐるお訪ね、――これでは冬枯れに滞つた山水にたとへるわけには参りますまい。」と云つてやつたのである。」（『冨倉』210頁）

151、152は、「しかし、音沙汰ないことがあっても、今は双方に信じあっているので、「絶えはてぬとや人は知るらむ」（絶えてしまったとあなたはお思いだろう）などと平気で言えるのだし、小侍従もまた、正月十日にもなってから、滞る（「凍る」をかける）程度と思っていましたのに、絶えはてたとは、春になってわかりました、と返事のおくれた言

訳もできるのである。」（森本『女流』76、77頁）

[1]としご[2]もりにものにこもり[3]て[4]出[5]て（出で）[6]返し

152 と[7]ゞこほる[8]ほどかと[9]き[10]ゝし[11]山[12]川の[13]たえはて[14]けるは春ぞしらるゝ

【校異】「乙丙」（文）。1とし―年（A）。2もの―物（A、私Ⅱ）。3て―て、（私Ⅰ、私Ⅱ、国⑦）。4出て―いて、（A、B、本、三、神、岡、私Ⅱ）。5て―て、（国④）。6返し―次行（本、神）。7ゞ―〃し《と》（B）、ど（国④、国⑦）。8ほど―程（B、本、神、岡、私Ⅱ）。9き、―聞（A）。10ゝ―き（国④、国⑦）。11山川―やま水（私Ⅱ）。12川―河（A）。13たえ―絶（本、神）。14け―ぬ（「習」（文））。

【語注】〇としごもり　大晦日の夜から元日の朝にかけて、神社や仏閣などに参籠する事。後拾遺6・詞書「年ごもりに山寺に侍りけるに、今日はいかゞと人のとひて侍りければ」。〇とゞこほる　「氷る」掛詞。①5金葉二534 569「春のこしそのひつらはとけにしをまたなにごとにとどこほるらん」（雑上、律師慶範）。〇ほど　「時」「あたり（所）」か。　〇山川の　④26堀河百首1563「世の中を何なげくらん山川のうたかためぐるほどとしらずや」（雑「無常」基俊）…ことば。　〇るゝ　受身または自発。可能も可。

【訳】停滞しているぐらい（程度）かときいていた山間《あい》を流れている川（の水）が、すっかり流れなくなってしまったというのは、（却《かえ》って今氷っていても、次にくる筈の）〝春〟が自然と知られる事よ。〈「年籠り」として、ある所に籠っていたが、そこを出て、返し（の歌）〉

▽「とゞこほる（初句）」「山（第三句初め）」「たえはて（第四句初め）」「春」「知るら」・15字で約半分。「山水」↓「山

川」（第三句）。「年籠り」より出て、「返し」をした作者・小侍従の詠で、滞る程かと聞いた山川が氷で絶えたのは、逆に春が分る、「絶え果て」たあなたとの仲も、春がやがてくるといったもの。「冬来りなば春遠からじ」の心。③117頼政422、恋「かく申しつかはしたれども物に籠りたるよしを申して返事もなかりしが、年かへりて正月十日比にかれよりつかはしたりける／小侍従」（このように申していいやったけれども、参籠した事を申し上げて、返事とてもなかったが、年がかえって正月十日比に、むこう・小侍従より言い送ってきた（歌））、第二句「おとかとき《ほかとも》し《か（桂）》」、第四句「絶えはてぬとは」。

おなじ人[1]此[2]暮[3]とちぎり[4]つゝあまた過[5]《（過ぎ）》ぬるに[6]そのさはりどもこまかにか[7]きつゞ[8]けて[9]こよひぞかならずと[10]申[11]たるに

153　[12]筏[13]おろすそま[14]山[15]川[16]のあさき[17]瀬[18]はまた[19]もさこそ[20]はくれのさはらめ

【校異】「乙丙」（文）。1人―人、（私Ⅰ、私Ⅱ、国④、国⑦）。2此―この（A、B、本、三、神、岡、私Ⅱ）。3暮―くれ（本、三、岡、私Ⅱ）、夕くれ（神）。暮と―「くれは習」（文）。4ちぎ―契（国⑦）。ちぎり―契（B、本、三、神、岡、私Ⅱ）。5過―すき（A、本、神、岡、私Ⅱ）、き（B）。6に―小字（B）、に、（私Ⅰ、私Ⅱ、国④、国⑦）。7かき―ナシ（「類」（文））。8つゞ―つ（「習」（文））。9て―て、（私Ⅰ、私Ⅱ、国④）。10と申た―と《申》た（私Ⅱ）。11申―申し（岡、国④、国⑦）。12玉葉（三、岡）。13筏―いかた（A、B、本、神、岡、私Ⅱ）。14そま―杣（A）。15山―やま（本、神、私Ⅱ）。16川―かは（A）。17あさ―淺（本、神）。18瀬―せ（A、B、本、三、神、岡、私Ⅱ）。19また―

又（A、本、神）。20もさこそはくれの—もさこそはくれの《このくれもさこそさはらめ集》（三、岡）。

【語注】○さはり　源氏物語「野山の末にはふらかさんに、ことなる障りあるまじくなむ思ひなりしを、」（「幻」、新大系四—195頁）。　○筏おろす　第一句字余り（「お」）。①4後拾遺1225「いかだおろすそま山人をとひつれば此のくれをこそよしと言ひつれ」（異本歌、よみ人しらず。【参考】・『玉葉和歌集全注釈』1387）。　○そま山川　八代集にない。杣川。「杣山から切り出した木材を流し下す山川」。が、「杣山」は、八代集では拾遺1138初出で、これも含めて四例、「杣川」は、金葉（三）144初出で四例。前者は「信楽」、後者は大堰川が著名。　○あさき瀬　あなたの浅い心・心情を諷する。①1古今722「そこひなきふちやはさわぐ山河のあさきせにこそあだなみはたて《も（素）》」（恋四、そせい法し。②3新撰和歌252、恋。②4古今六帖1732「ふち」。③9素性26）。　○くれ　「榑」（皮つきの材木）に「暮」を掛ける。「杣」の縁語。「榑」の八代集初出は後拾遺904。　○さはら　「触る」「障る」の掛詞。八代集索引では「障る」のみ。土佐日記「20水底の月の上より漕ぐ船の棹にさはるは桂なるらし」（新大系15頁）。

【訳】筏を下ろしてくる杣山の川の浅い瀬は、再びまた前のように、（浅い瀬ゆえに、）榑が瀬にさしつかえる事であろうよ、すなわち暮にはさぞまた支障が起こるであろうよ。〈同じ人（＝頼政）が、この夕べ（必ず行くよ）と約束しつつも、すっぽかして多くの日々が過ぎてしまったので、その行けなかった事情などを、こと細かに書き連ねて、そうして今夜は絶対（行きます）と申しつかわしてきたので〉

▽「山川」。頼政が、この夕暮こそ行くと約束しながら、何日もすっぽかしたので（時に、か）、その言い訳を詳細に書いて、今夜必ず行くと言ったのに対しての、作者・小侍従の詠。あなたの薄情な心は、今日も前と同じく夕べにはまたさしつかえが出て来ようと言いやったもの。「筏下す杣山川の浅き瀬」「（さはる）榑」という具体的景物で心情を巧みに吐露している。①14玉葉1387 1388、恋二「くれにと契り侍りけるをとこのおとづれ侍らで、よべはあしわけなることのありてなん、こよひかならずと申したりける返事に」小侍従、下句「またこのくれもさこそさはらめ」。③117

頼政364、恋「此《ナシ(桂)》暮にと契れる女のもとにさはることありておとづれ侍らで、次の日人をつかはして過《過(桂)》ぎぬる夜はあしわけなることのありしなり、今夜《こよひ(桂)》はかならずまてとたのめつかはしたりし返しにこと《事(桂)》ばはなくて」（この夕暮に行くよと約束した女の許に支障があって、訪れませんで、次の日人を派遣して、昨夜は、さしつかえがあったのだ、今夜は絶対に行くから待てと、人に頼んでつかわした返しに詞（書）はなくて、ただ歌のみ）小侍従。「あしわけ」―拾遺853「港入りの葦分け小舟さはり多み我が思ふ人に逢はぬ頃哉」（人麿、恋四）、③106散木821「とどめよとしろくいへども折ふしのあしわけにてもすぐしつるかな」（悲歎）、③129長秋詠藻528「あし分の程こそあらめ難波舟おきに出でても漕ぎあはじとや」（「遇不逢恋」右大臣家百首）。また新大系・千載778「そま川の浅からずこそ契りしかなどこの暮を引きたがふ覧」（恋二、盛方）の脚注に、この小侍従歌・153を「参考」とする。

【通釈】筏を下流に流す杣山川の浅瀬は、また材木がつかえてきって立ち往生でしょうよ。（口先だけうまい事を言うあなたの浅いお心では、今夜もまたお差支えが出来ましょう）」（『玉葉和歌集全注釈』1387）

「小侍従が川の浅さ故に榑《くれ》（木材）の障ると彼がさしさはりあつて訪ねてくれぬその薄情を恨んで、さうした浅い情で今日の暮れも亦さしさはりがありませうといふと、頼政は昨夜逢へなかつた嘆故に涙が落ち添うた今宵は榑（暮）もさはらず、と答へたのである。恋情如何よりも恋歌の自在さに遊ぶ両歌人を想ひ浮かべるべきであらう。／二人の贈答歌は共に夫々の家集小侍従集・源三位頼政集に見えるが、それは当年の好色の一つの典型であるともいへよう。」（『冨倉』209頁）

「そ〔私注―杣山〕の下の川を流す筏に託した比喩の歌である。心が浅い以上は、今宵も同様さしつかえがおこるでしょう、という小侍従の歌に対し、昨日から涙が落ちて川の水量も増したので、筏はじゅうぶん流せます、今夜は大丈夫、と答える。「暮」に「杣」の縁語「榑《くれ》」をかけ、川が浅ければ伐り出した丸太は流れにくい、それが「さはる」の語で表わされている。」（森本『女流』77、78頁）

【参考】②4古今六帖1015「いかだおろすそま山河のみなれざをさしてくれどもあはぬ君かな」（「そま」。①9新勅撰721 723、恋二、よみ人しらず。「【参考】」（『玉葉和歌集全注釈』1387））
③108基俊78「いかだおろす杣山川にうき沈み君に逢ふべきくれを待つかな」
【類歌】①19新拾遺1111「筏おろす杣山川の早き瀬にさはらぬ暮と思はましかば」（恋三「恋の心を」大江広秀）
③130月清解4「うき枕夏の暮とやすずむらん杣やま川をおろすいかだし」
④15明日香井1426「いかだおろすそまやまがはのはやせがはとしのくれこそほどなかりけれ」（冬「歳暮従水早」）

返[1]し

154 昨[2]日よりなみだ落[3]（落ち）そふそま川[4]のけふはまさればくれもさはらず

【校異】「乙丙」（文）。1返―かへ（B、本、三、神、私Ⅱ）。2昨日―きのふ（A、B、岡、私Ⅱ）。3落―おち（A、B、本、三、神、岡、私Ⅱ）。4川―河（A）。

【語注】○なみだ　あなたに会えない辛さの私の涙。あなた（小侍従）の涙ではなかろう。○落そふ　八代集にない。源氏物語一例「見し人は影もとまらぬ水の上に落そふ涙いとゞせきあへず」（「手習」、新大系五―380頁）。○そま川　八代集初出は金葉（三）144、詞花76。②4古今六帖2594「けふよりはそまがはのみづはやくゆけくれまつ程をひさしと思はば」（「あした」）。○けふはまされ　①3拾遺199「昨日よりけふはまさるもみぢばのあすの色をば見でややみなん」（秋、恵慶法師。3′拾遺抄124）。

【訳】昨日から涙が落ち加わる杣川は、今日は水量がふえているので、瀬に榑もさしつかえる事はない、暮に行くのに何ら支障はない。

▽「そま川」「くれ・さはら」（末句）。昨日より涙が落ち添う杣木を流す川の水量は、今日は一段と増加しているので、榑も瀬にさわる事もなく、暮に支障もないとの頼政の「返し」の詠。前歌同様「くれ」「さはら」掛詞。「昨日」（上句初め）に対して、「けふ」（下句初め）と応ずる。

【参考】②4古今六帖2345「きみをのみなみだ《しむ（貫之）》おちそひ《ふ（貫）》このかはのみぎはまさりてながるべらなり」（「わかれ」。③19貫之730）

155

大内にさぶらふ[1]こ[2]ろ[3]頼政もさぶらふ[4]に五月雨日[5]數へてはれまなき[6]に大宮へまいりたる[7]に[8]お[9]なじ[10]頼政ちかき[11]ほどに[12]いでたる[13]に月[14]めづらしくさ[15]し[16]いでたれば

あま雲の[17]はれまに[18]我も[19]出（出で）たる[20]を月[21]ばかり[22]をやめづらしとみる

【校異】「乙丙」（文）。1ころ—比（A、三）。2ろ—ろ、（国④）。3頼政—よりまさ（B、本、三、神、岡、私Ⅱ）。4に—に、（私Ⅰ、私Ⅱ、国④、国⑦）。5數—数（文）。9に—に、（私Ⅰ）。7に—に、（私Ⅰ、私Ⅱ、国④、国⑦）。8おなじ—「同しく類」（文）。9な—ほ（A）。10頼政—よりまさ（本、三、神、岡、私Ⅱ）。11ほど—程（B、本、神、岡、私Ⅱ）。12いで—出（A、三）。13に—に、（私Ⅰ、私Ⅱ、国④、国⑦）。14めづら—珍（三）。15し—して（B）。16いで—出（B、三）。17はれま—晴間（岡）。18我—われ（三）。19出—いて（B、本、三、神、岡、私Ⅱ）。20を—「に習」（文）。21ばかりをや—「をやこよひ習」（文）。22を—お（B、私Ⅱ）。

【語注】○大内　源氏物語「もろともに大内山は出でつれど入るかた見せぬいさよひの月」（「末摘花」、新大系一―209頁）。①7千載623 622「二条院御時、おほうちにおはしましてはじめて、花有喜色といへる心を…」（詞書）。○めづらしく　前・詞書の「日数へて」に対応。　○あま雲　「天・雨雲」掛詞。詞書の「五月雨」の「雨雲」。③125山家886「あまぐものはるるみそらの月影にうらみなぐさむをばすての山」（雑「勧持品」）。　○はれま　八代集二例・千載188、1047。①7千載188「五月雨の雲のはれまに月さえて山ほととぎす空に鳴くなり」（夏「月前郭公といへるこころをよめる」賀茂成保）。②15万代2992「あかなくにくもがくれゆく月かげのはれまを見ればかたぶきにけり」（雑二、隆信）。　○月ばかり　③113成通41「雲の上の月ばかりをばながむれど我が身もおなじ数ならぬかな」、④30久安百首888「雲もみなむなしととくに空晴れて月ばかりこそすみまさりけれ」（尺教「般若」顕広）、③131拾玉193「都にてながめしことにかはらずと月ばかりをや思ひいづべき」（百首述懐）。　○や　詠嘆か疑問か。

【訳】天空の雨雲の晴れ間に私も（月のみならず）出たのに、あなたは月（の光）だけを珍しいとみるのでしょうか。

〈宮中に伺候している頃、頼政もお仕えしていた時に、五月雨（＝梅雨）が数日続いて晴れ間のない時に大宮へ参上した時に、同じく頼政も（大宮の）近いあたりに（宮中より）出たその時に、月（の光）が珍しく射し出したので〉

▽「川」→「雨」。宮中に頼政も伺候していて、梅雨が続いて晴れ間のない頃に大宮へ参上して、同じく頼政も大宮の近くに出て、月が珍しく出たという詞書で、天・雨雲の晴間に私も出たのに、月だけを珍しいと見るのかという、小侍従へ送った頼政の詠。視覚（「見る」）。③117頼政152、夏「五月雨の比内に候ひてまかり出でたる夜めづらしく月のあかかりしかば大宮に小侍従候ふとききて近きほどなりければ申しつかはしける」（五月雨の頃に、内裏に伺候していて、退出した夜、珍しく月が明るかったので、大宮の許に小侍従がお仕えしているときいて、近い距離であったので、申しつかわした（歌））、第三句「出たれは」（桂）。

「これによると、二人の交渉は二条・六条天皇の頃のことかと思はれる。」（『冨倉』210頁）、「永暦元年〔私注―1160〕九月伊実の甍（分脈）後、二条天皇に出仕したものか、」（『奥田』38頁）「おなじ唱和が「頼政集」にも「五月雨の…」と詞書して見える。頼政は久寿二年（一一五五）十月から仁安元年（一一六六）十月まで兵庫頭を勤めたが、その間いずれかの時期―おそらく二条天皇の朝―に、小侍従は禁中に仕えていたのであろう。」（森本『研究』248頁）。「これでみると、小侍従も頼政も大宮に伺候しており、小侍従はその間大宮に参上することがあって、頼政の退出する先はその近所だった。…珍しく雲の上（宮中）を出たのは月ばかりではないが、と頼政が対面の意志を仄めかせば、小侍従は、ちらっとでも顔をお見せになれば、月よりましと思いますよ、と答える。愛の交歓はかなりのものといってよい。」（森本『女流』78頁）

返し

156　[1]あめのまにおなじ[2]雲[3]井[4]は[5]出《出で》にけりもりこばなどか月に[6]おとら[7]む

【校異】「乙丙」（文）。1あめ―雨（A、本、神）。2雲井は―「くもゐを乙丙」（文）。3井―ゐ（A、三、私Ⅰ、私Ⅱ）。4は―を（本、三、神、岡、私Ⅱ）。5出―いて（本、三、神）。6お―を（A、本、三、神）。7む―ん（A、B、本、三、神、私Ⅱ）。

【語注】 **○あめのま**　八代集にない。　**○おなじ雲井**　⑤421源氏物語525「月かげはおなじ雲ゐに見えながらわが宿からの秋ぞかはれる」（鈴虫、（光源氏））。③122林下304「いまぞきく心はきみにかよひけりおなじくもゐのつきをながめて」（「かへし」）、④30久安百首1095「故郷におなじ雲井の月をみばたびの空をやおもひいづらん」（羇旅、堀川。③112堀河86、「たび」）。　**○もりこ**　③97国基131「くものうへにへだてて月のこもりこねばしづのやどりはおぼろなるかな」。

○か　反語。

【訳】雨の（晴れ）間に、天の（雲の）間に、同じく宮中、空をば（月と同じく）出てしまった事よ、あなたが（宮中より、月光が雲居・雲の間より漏れ来るごとく）漏れ出た、外出して来たなら、どうして月（の光）に負ける事がありましょうか、イヤ決してありません、あなたは月以上の存在です。

▽「あま《め》」「雲」「出で」「月」。「あめ」「雲井」「漏り来」が掛詞であり、「月」を頼政にたとえる。雨の晴間、雲の切れ目に、同じく宮中を出て、空に出て、雲間より月が漏れるように外出したら、どうしてあの月になんぞ劣るものではない、月に勝っているといいやった小侍従の「返し」の詠。三句切。③117頼政153、夏。

ともにはゞかり[1]ありて久しく[2]まさぬ[3]に十月一[4]日つぼみ
たる[5]きくの[6]えだ[7]につけて

157　君をなを[8]烌こそはてねいろかはるきく[9]をみよか[10]しひらけだにせぬ

【校異】「乙丙」（文）。1あり—有（本、神）。2まさ—あは（「習」（文））。3に—ナシ（本、神）、に、（私Ⅰ、私Ⅱ、国④、国⑦）。4日—日に（B、本、三、神、岡、私Ⅱ）。5きく—菊（A、岡）。6えだ—枝（A、本、神、私Ⅱ）。7つけ—付（A）。8烌—秋（三、文、国④）、あき（A、B、本、神、私Ⅱ）。9を—も（B、本、三、神、岡、私Ⅱ、「乙…類」（文））、「と習」（文）。10し—く（本）。

【語注】**○十月一日**　この日より冬である。　**○つぼみ**　八代集にない（名、動詞とも）。源氏物語一例「御前近き若木の梅、心もとなくつぼみて、鶯の初声もいとおほどかなるに、」（「竹河」、新大系四—259頁）、枕草子一例「花はまだよくもひらけはてず、つぼみたるがちに見ゆるを、」（新大系二〇五段、253頁）。　**○秋こそはて**　「秋」は常套の「飽き」との掛詞、以下160まで。さらに「はて」も掛詞、これは159まで。　**○いろかはる**　①8新古今1353 1352「色かはる萩のした葉をみてもまづ人の心の秋ぞしらるる」（恋五「題しらず」相摸）。　**○いろかはるきく**　蜻蛉日記「例よりはひきつくろひて書きて、うつろひたる菊にさしたり。」（上、新大系47頁）。王朝人は「うつろふ菊」を賞美。菊は、花盛りとしおれかけの色変りしたのと二度賞美したのである。　**○ひらけ**　八代集二例・拾遺572、千載1160。

【訳】あなた（小侍従）をそれでも、十月一日でもう冬だが、秋が終らないように、飽き果てるという事がないよ、この美しい色の変化した菊を見なさいよ、（蕾ゆえに）開けだにしていない事よ、つまりまだ秋は果てるという事はない、すなわちあなたに飽きるという事はあり得ないのだ。〈お互い（私・小侍従と頼政）にさしつかえがあって長い間（こちらに）おいでにならない時に、十月一日蕾の菊の枝につけて〉

▽「月」→「秋」「菊」。二人とも支障があって長らく頼政が来ないで、十月一日に蕾の菊に（この歌を）付けてという詞書をもつ。小侍従・君をやはり（蕾で）秋が終らぬように、飽き果てない、この変色の美しい菊を見よ、蕾で開く事さえしていない、堅い心の状態で、季節の秋は終っても、まだまだ飽き果ててもいないのだ、その事がこれで分るという頼政の詠。二句切、四句切。初句、第四句きの頭韻。連体形止め。視覚（「色」）。以下贈答四首、頼政集に見える。③117頼政498、恋「ひさしくおとづれ侍らぬ女に十月朔日比にいまだ《また（桂）》ひらけぬ菊に付けてつかはしける」（長く訪れませんでした女に、十月一日比に、まだ開けない菊に付けて言い送った（歌））、初句「君を我」、末句「ひらけだにせず《ぬ（桂）》」。

「かう長々引用してくると、二人の恋は歌物語めいてくるが、隔てては逢ひ、逢つては又隔てるのは当年のかうした女房と大宮人とには多く見る所なのである。彼等二人の仲も亦絶え間がちながらも絶えぬ微温的なものであつたらう。さうしてそれだけに又長く続いたものともいへるのである。／しかしそれもやがては絶える。しかし絶えた後迄も二

人は互に文を通はしてゐたのはもとよりで、」（『冨倉』211頁）
後半の157～160の菊をめぐっての贈答歌は、「久しく会っていないことに関してのやりとりである。しかし、これらの贈答歌には歌人としての遊び心が感じられ、恋愛関係もさることながら歌人同士のつきあいという意味あいも強いように思われる。」（「田中」82頁）
「詞書の「まさぬ」は、…あるいは「まうさぬ」の長音無表記かもしれない。…「秋」に「飽き」をかけることは例の通り。菊は霜にあって色がわりする。贈歌が、この菊はまだ咲いてもいない、秋はまだ終わってはいませんよ、という表出で、わたしは今も君を愛している、という心を示すのに対し、返歌は、さあどうでしょう、咲かぬとおっしゃるその菊も信用できません、人の心の秋はすでに終わった以上はね、と応ずる」（森本『女流』79頁）。149、①150、151、②152、153、③154、155、④156、157、⑤158、159、⑥160「これらの贈答歌のうらには、むろん快い言葉の遊びがある。恨みごとも愛のひとつの形であり、裏切りや不信をなじる深刻な思い入れはない。⑤の「ともに憚りありて」は、それぞれ多忙な宮仕えの身であり、公表のできない秘密の恋でもあったのだろう。そうとわかっているだけに、相手を責めるわけにいかない。しかし、苦しく恨めしい思いに変りはない。」（森本『女流』80頁）
【参考】①1古今278「いろかはる秋のきくをばひととせにふたたびにほふ花とこそ見れ」（秋下、よみ人しらず。②3新撰和歌110。②4古今六帖3767）

返し

158 いさ《ま歟》[1]やそのひらけぬ菊もたのまれず[2]人のこゝろの秌[3]はてしより

【校異】「乙丙」（文）。1さや《ま歟》―さや《まカ》（国④）、さや（B〔「さ」は「万・ま」とも〕、本、三、神、岡、私Ⅱ）、まや（A、「書」（文））。2たの―頼（三）。3烋―秋（三、文、国④）、あき（A、B、本、神、岡、私Ⅱ）。

【語注】**○いさやその**　④11隆信647「いさやその花の心はしらねどもおもふにつらき人はあらじを」（恋五「かへし」）。**○や**　詠嘆。　**○たのまれず**　①1古今1044「紅にそめし心もたのまれず人をあくにはうつるてふなり」（雑体、よみ人しらず）、②9後葉407「しら菊のかはらぬ色もたのまれずうつろはでやむ秋しなければ」（恋四「返し、女にかはりて」公実）。　**○人のこゝろの烋**　①1古今804「はつかりのなきこそわたれ世の中の人の心の秋しうければ」（恋五、きのつらゆき。③19貫之623、恋）、①4後拾遺970 971「風吹《ば》になびくあさぢはわれなれや人の心の秋をしらする」（雑二、斎宮女御）。

【訳】さあ、その（蕾で）開きはしない菊も頼りにはできませんよ、秋が終って、人の心に飽きがきてしまってからというものは。

▽「ひらけ・ぬ」「菊」「秋・果て」。「君」→「人」。秋が終り、人（あなた・頼政）の心が私に対して飽き果ててしまって以来、さあ、その蕾で、開いていない菊も決してあてにできない、と私・小侍従の、頼政へ切り「返し」た歌。三句切、倒置法。第二、四句ひの頭韻。③117頼政499、初句「いざや此《この（桂）》」小侍従図書寮本類従本等（桂）、第二句「ひらけぬ菊に」（桂）。385・⑤197千五百番歌合1606「よそへつるまがきのきくはうつろはで人の心の秋をしる《に（新）》かな」（秋四）参照。

【参考】⑤3是貞親王家歌合37「なにしおはばしひてたのまむをみなへしひとのこころのあきはうく《くる（新）》とも」（②2新撰万葉143、秋）

【類歌】②15万代2547「ひとごころあきはてしよりはつしものおくてのやまだかりにだにこず」（恋四、経通）
②16夫木5686「たのめこし人の心はあきふけてよもぎがそまにうづらなくなり」（秋五、鶉、後鳥羽院）

かくて二三日ありて[1]うつろひたるきく[2]につけ[3]て[4]これより

159　ひらけぬ[5]を穐[6]はてずとやみしきく[7]のたのむ方[8]なくうつろひにける[9]

【校異】「乙丙」（文）。1て—て、（私Ⅰ、私Ⅱ、国④、国⑦）。2きく—菊（三）。3つけ—付（A）。4て—て、（国④）。5ぬ—め（岡）。6穐—秋（A、三、文、国④）。7きく—菊（三、岡）。8方—かた（B、本、三、神、私Ⅱ）、かひ（岡）。9る—り（A、B、三、私Ⅰ、文）。

【語注】○うつろひ　「菊」の縁語。「ふる」「世にふる」とともに、平安時代文学のキイワードとされる。古今279「秋をおきて時こそ有けれ菊の花うつろふからに色のまされば」（秋下、平貞文）、古今280「咲きそめし宿し《の（六）》かはればきくの花色さへにこそうつろひにけれ」（秋下、貫之。①4古今六帖3735、「きく」、おなじ（＝つらゆき））、蜻蛉日記「例よりはひきつくろひて書きて、うつろひたる菊にさしたり。」（上、新大系47頁）。⑤129散位源広綱朝臣歌合長治元年五月26「おく霜にまがきのきくをみわたせばいろいろにこそうつろひにけれ」（「籬菊色」女房）。恋、心変りの歌として、④31正治初度百首78「しら菊に人の心ぞしられけるうつろひにけり霜おきあへず」（恋十首、御製）がある。

【訳】蕾のままで、開きはしない菊を、秋が終ってはいない、まだ飽きはててはいないと見た菊は、あてにしたそのかいもなく、色変りし、（あなたの心も）うつろい変わりはててしまった事よ。〈こうして二、三日がたって、色変りあせ衰えた菊につけて、こちら（作者・小侍従）の許から〉

▽「ひらけぬ」「秋はて」「菊」「たのむ」「ず」。「（たのま）・ず」→「（たのむ）・なく」。前歌の続き。やがて二、三日の後、色変る菊に付けて、小侍従の許からという詞書で、開けはしない菊（蕾）を、秋がまだ終らない、あなた・

頼政が飽きていないと見た菊も、これこの通り、頼みもできず色あせてしまった、つまりあなたの心はあてにならないと、小侍従のほうからいいやった詠。連体形止。視覚（「見」）。③117頼政500、恋「さて後ほど《ナシ（桂）》へてうつろひたる菊に付けてかれよりつかはしける」（そうして後、いくらかたって変色した菊に付けて、むこうより言い送ってきた（歌））、末句「うつろひにけり」（桂）。

206と共に、「贈答歌があるが、それらには、相手の歌意をすぐに感じとる才気や、巧妙な返歌振りがよく感じられる。」（「杉本」28頁）

「色がわりした菊につけて、このあいだはつぼみだったので、秋果てず（あきあきしない）とか御覧になった菊ですが、今はこれこの通り、もう一縷《る》の望みもなく色変りしてしまいました。（さあどう言訳なさいますか）——小侍従がこういうのに対し、頼政もさるもの、色変りするなら、菊だけをうらんだらいいでしょう、わたしの心にはもともと秋（飽き）などないのだから——。／こういう返歌を得て、小侍従は会心の笑みをもらしたことだろう。」（森本『女流』80頁）、「頼政集には、…小侍従との間はいつとなくとだえたのだろう。しかし、後年、…かりそめでもいたずらでもない恋を、それも中年の互に世の苦労をへた人たちの本心からの恋を、この二人にみることはなかなかに興味ぶかい。」（森本『女流』80、81頁）

【参考】①4後拾遺914 915「あさなあさなおきつつみればしらぎくのしもにぞいたくうつろひにける」（雑二、公信）

返し[1]

160 うつろはゞ菊[2]ばかりをぞうらむ[3]べき我[4]《我が》こゝろにはあきしなければ

【校異】「乙丙」(文)。1返―かへ(B、本、神、私Ⅱ)。2菊―きく(B、三、岡、私Ⅱ)。3うらむ―恨(A)。4我―我か(岡)、わか(A、B、三)。

【語注】**○うつろは** ③12躬恒190「きくの花あきののなかにうつろはば夜ぶかきいろをこよひみましや」、④31正治初度百首78「しら菊に人の心ぞしられけるうつろひにけり霜おきあへず」(恋十首、御製)。

【訳】色が心が移り変ったとしたら、(送ってよこした)菊だけを恨みとすべきだ、なぜなら私の心の中には秋、すなわち飽きというものが決してないのだから。

▽「うつろは」「菊」「秋」。わが心には秋・(あなた・小侍従への)飽きがないから、うつり変ったというのなら、菊だけを恨むべきで、私の心は少しも変わらないと言い「返し」た頼政の詠。三句切、倒置法。初、第三句うの頭韻。

③117頼政501。

【参考】①5金葉二691420「白菊のかはらぬ色もたのまれずうつろはでやむ秋しなければ」(異本歌「人にかはりて」公実。6詞花217。②9後葉407)

③73和泉式部428「うらむべき心ばかりは有るものをなきになしてもとはぬ君かな」(①7千載958955、恋五、和泉式部。②10続詞花642)

③113成通65「白ぎくのなほもたのまじ年をへて心にそめぬ秋しなければ」

161

あはのかみたゞのりになき名たつ[1]ころ[2]頼政がもとよ[3]り[4]時めか[5]せ給ふら[6]むこそめでたくと[7]申[8]つかは[9][10]したる《(申し)をくりたる歟》《をこせたる歟》返[11]しに

よそにこそむやのはまぐりふみ[12]みしかあふとは[13]あまのぬ[14]れ[15]ぎぬとしれ

【校異】「乙丙」(文)。1ころ—比(A、三)、ころ、(私Ⅰ、私Ⅱ、国④、国⑦)。2頼政—よりまさ(B、本、三、神、岡、私Ⅱ)。3り—り、(私Ⅰ、私Ⅱ、国④)。4時めかせ—「ときめかさせ類」(文)。5せ—させ(岡)。6む—ん(A、B、本、三、神、岡、私Ⅱ)。7 8を—お(国④)。つかはしたる《をくりたる歟》《をこせたる歟》—つかはしたる(A、B、三、岡、私Ⅱ)、つかわしたる(本、神)。9 10歟—カ(国④)。11し—事(A、「三類」(文))、事《こと》〔?〕」(三)、こと(B、本、神、岡、私Ⅱ、「乙…習」(文))。12み—ゝ(A、B、三、岡、私Ⅱ)。13あま—海士(本、神)。14れぎぬとし—れとし《(ママ)》(私Ⅱ)。15ぎぬ—「脱前」(文)。

【語注】**○あはのかみたゞのり**　「未詳。あるひは平忠度か。但し「あはのかみ」は不審。」(文)。薩摩守忠度。阿波守平忠度。「哥人／左兵衛佐／薩广守正四下」(尊卑分脈㊃37頁)。1144～1184年。頼政は1104～1180年。小侍従は通説1121年頃～1202年頃。忠度と頼政とは四十歳の年齢差があり、小侍従はその間ぐらいである。「仁安元年十一月忠度は既に阿波前司だから、それより以前(寿永元年は薩摩守)、恐らく阿波守時代の事という推測となる。」(『井上』489頁)。**○に**「の所に」「に対して」か。**○なき名たつ**　古今629「あやなくてまだき無き名のたつた河わたらで止まむ物ならなくに」(恋三、御春有助)、源氏物語「常にとりない給こそ。「なき名は立てで」とうち背き給ふも、」(「東屋」、新大系五—154頁)。**○時めか**　源氏物語「あまたまいり集まり給中にもすぐれて時めき給。」(「賢木」、新大系一—355頁)。

○むやのはまぐり　「むや」「はまぐり」共に八代集にない。枕草子一例「貝は　うつせ貝。蛤。…」（新大系・一本（二六）段、340頁）。山家集1477「いまぞしるふた見の浦のはまぐりをかひあはせとておほふなりけり」（下、雑）。「むや」は「撫養・牟夜・牟野」で徳島県鳴門市の中心地区。上代からの港町で、塩業の町としても知られた。「阿波守忠度」による。が、『歌枕索引』にも、『日本古代文学地名索引』にも項目はなかった。新編国歌大観①～⑩の用例では、②12月詣471「便りあらばむやのはまぐりふみみせよ遥なるとの浦に住むとも」（恋中、源宗光女）と⑨32柿園詠草（諸平）810「撫養の浜栗」のみ。　**○あま**　「はまぐり」の縁語。　**○あまのぬれぎぬ**　八代集にない。勅撰集初出は①9新勅撰729。②4古今六帖3318「君によりあまのぬれぎぬわれきたりおもひにほせどひるよしもなし」（第五「ぬれぎぬ」）、同3319「なほきたれあまのぬれぎぬわれほさんよそふる人のにくからなくに」（同）、⑤421源氏物語547「松島のあまの濡れぎぬなれぬとてぬぎかへつてふ名をたためやは」（「夕霧」、（夕霧））。他、小侍従以前では、③12躬恒18、18敦忠2、3、28元真234、85能因216、98顕綱27、⑤59斎宮貝合18などがある。

【訳】（あなたは）他の所で、自分に関係のないものとして、むやのはまぐりを踏んでみた事よ＝とんだ見当ちがいの解釈をされた事よ、会った、即ち（男と女の）関係があるとはあらぬ疑いだと知りなさいよ。〈阿波守忠度との間に根も葉もない噂が立った頃に、頼政のもとから、寵愛を受けられてお栄えなされるような事がすばらしい、慶賀すべき事だと申しよこした返しとして〉

▽「菊」→「蛤（貝）」。忠度との間に事実無根の噂・艶聞が立った時に、頼政より、羽振りがよくっておめでたい事だと言ってきた「返し」として歌ったもので、とんだおかどちがいにふんだ解釈をした事だ、いい仲になったのだとは、ぬれぎぬだと知りなさいと言い放っている。上句は、忠度が他の女と関係をもった、私（小侍従）は恋愛とは無関係に忠度とのつきあいがあるなど様々な解釈が考えられる。三句切。第四句あのリズム。視覚（「み」）。149より続く〝頼政とのやりとり〟詠の最後の、小侍従の歌。

「この忠度との浮名はどうやら事実濡衣らしいが、頼政が「時めかせ給ふらむこそめでたく」といったのも勿論真面目で云つてゐるのではない。」（『富倉』212頁）

最後の161は、「第三群と同様、二人の関係の終わりを思わせるような歌である。…平忠度は仁安元年（一一六六）には阿波前司であり、１６１番の歌はそれ以前に詠まれたものということになる。当時小侍従は大宮多子に仕えており、多子と共に内裏を出ていたのだが、噂話は絶えなかったのであろう。しかし、詞書にみられる「時めか…めてたく」という頼政の言葉は、小侍従を責めているようには思えない。小侍従と忠度との贈答歌も残っておらず、忠度とはうわさだけであったようだ。小侍従と頼政は仲違いをしたわけではなく、細細と続いていったのではないだろうか。」（「田中」82頁）

中[1]將[2]隆房[3]八条の[4]家[5]に内の女房あまた見に[6]ゆきたる[7]に[8]門田[9]をもしろく[10]て[11]鳴子かけな[12]どした[13]り見あそびて[14]立（立ち）[15]かへ[16]りこれより

162　ほのみつるか[17]ど田の[18]いねに[19]つなはへてしかいとはずは又もゆかばや

【校異】「乙丙」（文）。1將—将（文）。2隆房—たかふさ（B、本、三、神、岡、私Ⅱ）。3条—條（本、神）。4家—いへ（本、三、神、国⑦）、いゑ（岡、私Ⅱ）。5に—に、（国④）。6ゆき—行（A）。7に—に、（私Ⅰ、私Ⅱ、国④、国⑦）。8門田—ナシ（B、本、三、神、岡、私Ⅱ、「乙丙」（文））。9を—お（A、B、本、三、神、岡、私Ⅱ、国④）。10て—ナシ（A）。11鳴子—なるこ（B、三、岡、私Ⅱ）、なるこ《本ノマヽ》（本、神）。12ど—ら（A）。13り—り、（私Ⅰ、私Ⅱ、国④、国⑦)。14立―たち(B、本、三、神、岡、私Ⅱ)。15かへり―返(B、岡、私Ⅱ)、返り(国⑦)、かへり《歸》(三)、帰(本、神)。16り―り、(国④)。17かど―門(A、本、神)。18いね―稲(本、神)。19つな―ひた(B、本、三、神、岡、私Ⅱ、「乙丙」(文))。

【語注】**〇中将隆房**　藤原隆季男。治承3年(1179)11月17日右中将。寿永2年(1183)正月22日左中将、補蔵人頭(36)。尊卑分脈(二)364頁参照。「中将隆房…同〔=寿永二年〕十二月以前」(『井上』488頁)、162、163も、「中将時代(治承三年十一月以後)かどうか疑問で、寿永元年当時のかもしれぬ。」(『井上』489頁)。「隆房は治承三年(一一七九)十一月右中将になった。「中将」の呼称によれば、(七)〔=一三五〕の場合と同様、この一集はこの年以後の成立でなければならない。「内の女房」は、高倉天皇附きの女房の意で、作者もそのひとりだったことになる。」(森本『研究』248、249頁)。「承安三年(8)〔私注―1173年〕高倉天皇に出仕、五年ほど後五十八歳頃に女房生活を止めている。」(『奥田』40頁)。・「注(8)家集に「中将…たるに」とあり。この題詞にみる呼称が歌の制作時のものであれば、隆房が右中将になった治承三年十一月以降に高倉天皇に出仕したようだと云う(古典文庫)〔私注―これについては疑問である〕。」(『奥田』49頁)。　**〇門田**　「門田」の大小は、その家の財力・勢威をはかる目安とされた。万葉集巻八の家持の歌(1600 1596)「妹が家の門田を見むとうち出で来し…」の影響か平安時代末期以降よくよまれるようになった。山田などの対で、良田。八代集初出は、有名な金葉173「夕されば門田の稲葉をとづれて…」。　**〇鳴子**　八代集にない。「引板《ひた》」の事。長秋詠藻250「ますらをは鳴子も曳かず寝にけらし月に山田の庵は守らせて」(中、秋「田家月」)。　**〇立かへり**　源氏物語「「いといみじき花の陰にしばしもやすらはず立ち返り侍らむは飽かぬわざかな」」(「若紫」、新大系一―169頁)。　**〇かど田のいね**　①5金葉二215 228「やまざとのかどたのいねのほのぼのとあくるもしらず月を見るかな」(秋「山家暁月をよめる」顕隆)。　**〇つな**　諸本の「ひた」か。「引板」の八代集初出は後拾遺369。　**〇つなはへて**　③19貫之513「つなはへてもりわたりつるわがやどの早田かり金今ぞ鳴くなる」。なお「ひたはへて」は、①8新古今301「みしぶつきうゐし山田にひたはへて又袖ぬらす秋は来にけり」（秋上、俊成）がある。　**○しか**　掛詞「鹿・然（そのように）」。
○しかいとは　「そちらが鹿をきらう」か。
【訳】ほのかに見た門田の稲に綱を張りわたして、鹿がきらうように、あなたがおいやでなければ、再び行きたいものですよねぇ。〈中将・隆房の八条の家に、宮中の女房が大勢見物に行った時に、門田に風情があって、鳴子をかけなどしたりしていて、見て楽しんで、引き返して、こちらから〉
▽「見」。「むや」（地名）→「八条（詞書）」「門田」、「はまぐり」→「稲」「鹿」、「（海士の）濡衣」→「綱」、「ふみ」→「行か」。隆房の家に、女房が多く行って、門田に興趣があり、「鳴子掛け」などしていて、「見遊」んで帰って来た後、こちらよりという詞書で、ほの見た門田の稲に綱（「引板」か）を張って、鹿がいやがるように、そちらがいやでなければ、又行きたいと言い送ったもの。視覚（「見」）。
「〔しか厭はずば（ママ）」…鳴子のつなを縄を張つて人の出入を厭ふ意味にとつて戯れて云つたのである。〔稲葉の風のまねく心を」風に揺れる稲葉を人を招くと見たてて、あなた方をお招きしてゐる心を意味したのである。…これは彼女の出家の前年頃の作であらうか。高倉天皇奉仕の女房達が若き富裕な貴族隆房の邸宅を訪ねたのである。枕草子のほとゝぎす聞きの門出のやうに、定めしかしましい又愉快なさわぎであつたらう。／宮廷生活の女流には門田の稲田は珍らしかつたらう。正に清少納言が…。帰つてからの歌の贈答がこの門田の鳴子縄を中心に行はれたのは面白いといはねばなるまい。／因みに隆房が右中将に任ぜられたのは治承三年十一月十七日であるが、この「中将」をこの事のあつた当時の隆房の官名と見て治承三年十一月十七日以後の秋と見るのはもとより当らない。これは治承三年の秋位の事ではなからうか。」（『富倉』289頁）
「第六群は、出家の際の贈答歌や出家後の心境を詠んだ歌が、時間の流れに沿って配列されている。」（「田中」84頁）、「第六群は出家に関する歌で構成されている。／162・163番は藤原隆房との贈答歌である。詞書より小侍従が高倉天皇に出仕していた頃の歌であることがわかる。隆房が中将になったのは小侍従が出家した後の治承三年（一一七九）一一月であり、詞書では『小侍従集』成立当時の官名が用いられている。従ってこの歌の詠まれた時期は断定できないが、歌集の配列からみて出家からそれほど遠くない時期に詠まれたものではないかと思われる。」（「田中」82頁）

返[1]し

163 いとふまで思[2]なかけそ鳴[3]子なわ[4]稲[5]葉のか[6]ぜ[7]のまねくこゝろを

【校異】「乙丙」（文）。1返—かへ（三）。2思—思ひ（本、三、神、国④）、おもひ（A、B、岡、私Ⅱ）。3鳴子—なるこ（岡）。鳴子なわ—なるこ縄（A）、なるこなは（B、本、三、神、私Ⅱ）。4わ—は（国④）。5稲葉—いなは（私Ⅱ）。6かぜ—風（本、三、神、私Ⅱ）。7ぜ—け本（B）。

【語注】**○かけ**　「（鳴子）縄」の縁語。**○鳴子なわ**　八代集にない。新編国歌大観①～⑩の索引では、他に④44正徹千首852、⑧10草根6475、9805、9851（④44正徹千首852と同じ）、17松下3066がある。**○稲葉のかぜ**　①5金葉二173183「ゆふされぱかどたのいな葉おとづれてあしのまろ屋に秋風ぞふく」（秋「…田家秋風と…」経信）。③35重之280「山しろのとばのわたりをうちすぎていなばのかぜにおもひこそやれ」（秋廿）。**○まねくこゝろ**　「まねいている（風のような）心を」の解釈は近代的すぎるか。**○を**　「（わが心である）のに」か、「（わが心である）から」か。

【訳】（鹿が）いやがるほどに、そんなに思いをかけてはいけませんよ、鳴子の縄に、稲葉の風がまねくように、まねく（私の）心をば。

▽「いとふ」「稲」、「綱（引板）」→「鳴子・縄」。鳴子縄の張り渡してある（門田の）稲葉に吹く風の如く、私があなた・小侍従を招いているわが心を、鹿がきらう程度に思い慕ってはいけないといった隆房の「返し」歌。二句切、一、二句と三句以下との倒置法。

164
かくて[1]後[2]さまかへて八幡[3]にこもりたるに[4]都[5]より人ゝ[6]あまた哥[7]を[8]くられたり五[9]条[10]三位俊成[11]
かのきし[12]に[13]わたり[14]にけりなあまを[15]舟すまはあふ瀬と[16]思し[17]し[18]ものを[19]

【校異】「乙丙」（文）。1て—や（本、神）。2後—のち（B、本、三、神、岡、私Ⅱ）、後、（国④）。3八幡—やはた（B、本、神、岡、私Ⅱ）。4に—に、（私Ⅰ、私Ⅱ、国④、国⑦）。5都—宮こ（B、三、岡、私Ⅱ）。6ゝ—々（文）、く（A、三、私Ⅱ）、人（国④、国⑦）。7哥—歌（文）。8を—お（B、私Ⅱ、国④）。9五…成—この行最下（国④、国⑦）、次行（A、本、神、岡、私Ⅰ、私Ⅱ）、次行最下（B、三）。10条—條（本、神）。11俊成—としなり（B、本、三、神、岡、私Ⅱ）。12かのきし—彼岸（三）。13きしに—「岸へ諸本」（文）。14に—へ（A、B、本、三、神、岡、私Ⅱ）。15を—小（A、三、岡）。16瀬と—せと（国⑦）、せと《を》（A）、せをと（B、本、三、神、岡、私Ⅱ、「図乙…類」（文））、「せを習」（文）。17思し—おもひし（B、三、私Ⅱ）。18し—ひし（A、本、神、岡、国④）。19もの—物（A、岡、私Ⅱ）。

【語注】○さまかへ　①7千載1148 1145「源清雅九月ばかりにさまかへて山でらに侍りけるを、」（雑中、詞書）。小侍従の出家は治承三・1179年、59歳頃の事である。「春出家。」（『玉葉和歌集全注釈』2468）、①14玉葉2468 2455「われぞまづ…」（雑五「小侍従かざりおろしぬときてつかはしける」頼政)・475。**○八幡**　男山。石清水八幡。小侍従は同八幡宮別当紀清光の女。**○俊成**　1114～1204年。定家の父。五条三位は通称。1121年頃生まれの小侍従とは年齢も近い。**○かの岸**　都より川を渡った八幡。あるいは源氏物語によって明石。八代集にない。「彼岸《ひがん》」(悟りの世界)の訓読語。源氏物語「『それもいと罪深くなることにこそ。かの岸に到ること、などか。』」(「早蕨」、新大系五―14頁)。⑤421源氏物語286「かの岸に心よりにしあま舟のそむきしかたにこぎかへるかな」(「松風」、尼君(明石の尼君))、③108基俊158「かのきしにこぎつきぬともあま小舟こなたに忍ぶ人を忘るな」、③114田多民治190「かの岸にわたりの舟ののりをえてとりわづらはすみなれ棹かな」(「薬王品、如渡得船」)。**○あまを舟**　「尼」を掛ける。「舟」と「瀬」は縁語。漁父が乗る小船。八代集初出は金葉409、あと「あまのをぶね」八代集二例・拾遺638、963。**○すま**　「海士小船」ゆえに「須磨」。俊成の源氏物語(の詞)重視の考えは、有名な、六百番歌合(冬上、十三番「枯野」)などにもみられる。あるいは、165の如く、「澄まば…」(濁世汚濁のこの世が澄んだとしたら、会う折もあろうかと思っていたのに)、「住まば…」(都に住んだとしたら…)か。「すまは」(国④・本文)。

【訳】向う岸に渡ってしまった事よ、尼となり、海士小舟(にのって)、須磨は(源氏物語でも分るように)男女の相会う機会だと思っていたのだが…。〈こうして後、出家して石清水八幡(社)に籠った時に、都から人々が沢山歌を送ってこられた。(そのうちの)五条の三位俊成(の詠)〉

▽「思ひ」「…を」(最末)。出家して八幡に籠った時に都から人々が多くの歌をよこした、そのうちの俊成の一首で、源氏物語に基づいて、須磨は(源氏と明石上との出来事でも分るように)会う折だと思っていたのに、海士小舟によって、あの岸・明石へ渡ってしまったという。それはつまり会う時もあろうかと思っていたのに、尼となって彼岸・八幡へ行った事を裏にひそませているのである。二句切、倒置法。また、以下により、小侍従の出家は治承三年十一月廿八日以前、治承三年正月七日以後であろう。

「彼女の出家は都の多くの歌人達に惜しまれたものと思はれる。俊成も、忠度も、頼政も夫々歌を彼女に贈つてゐる。…〔164、165〕…いづれの歌にも涙はない。明るく朗らかな出家である。」（『富倉』235、236頁）。「彼女の出家は、都の人々から惜しまれて、多くの歌が贈られたらしく、〔164〕、〔166〕の歌がみられる。」（「杉本」22頁）。「出家の時期についての一つの手懸りは〔475〕…頼政存命中の出来事である点である。…治承四年（一一八〇）五月宇治川で戦死しているから…治承四年五月以前であり、しかも、皇子を祝う歌を奉った治承三年正月（前述）以後の期間であり、…〔166〕頼輔集の詞書によって治承三年の秋と推定される。…「頼輔集」に「大宮…」とあるのは、小侍従の高倉帝出仕時代を、治承三年秋の出家の直前まで降らせることを可能にしうるのではなかろうか。」（「杉本」22、23頁）「「かくて」の語の示す具体的内容は明らかでないが、歌人として小侍従が、生涯をかえりみてのふかい吐息を看取することは許されてよいであろう。五十首選（あるいはその草稿）を閉じようとするにあたって、もっとも新しい体験だったと考えられ、この一集が出家隠栖後の成立であることは明らかであろう。出家の年時は未詳であるが、「刑部卿頼輔集」の「大宮…」〔私注―⑦55頼輔124の詞書、166参照〕によれば、高倉天皇出仕から引き続いてのことであるらしい。また「源三位頼政集」に「小侍従尼になりにけると聞きてつかはしける」と詞書して「我ぞまづ…」〔私注―③117頼政625、小475、476参照〕とあるのによれば、これは頼政が出家した治承三年（一一七九）十一月二十八日以前のことと推定され、前記㈣〔＝一二一〕の事実を合わせ考えれば、治承三年正月をさかのぼることを許されない。小侍従五十九歳（推定）のころである。／（追記）「藤原親盛集」（寿永元年ころ成るか）に「院八幡に…」〔私注―⑦64親盛23詞書、小485、486参照〕と詞書する作がみえる。「山槐記」によれば治承三年三月二十日から一〇日間、後白河法皇は八幡に参籠されたが、「親盛集」に言うのはそのおりのことではないか。そうすると、小侍従は治承三年三月すでに八幡に引き籠っていたことになり、上記の推定を確実にすることになる。…「都より人々あまた歌おくられたり」とあるが、ここには俊成と頼輔の歌しか収められていない。歌数の制限からやむをえなかったのであろう。この他の人々の作としては、前掲頼政の作をはじめ、忠度の「あやなしや…」〔私注―③121忠度89、小503参照〕などがある。」（森本『研究』249頁）

164〜168は、「出家に際しての贈答歌…最初に俊成の歌が載せられている。俊成は御子左家の中心人物であり、歌林苑の会衆であった小侍従とは歌人同士としてのつきあいがあったのであろう。当時の歌壇の権威者であった俊成から出家を惜しむ歌が贈られたということは、小侍従にとって晴れがましいことであったろう。よって、この歌を初めにもってきたと思われる。」（「田中」82、83頁）。164、165、166、167「この一連の贈答が、出家後それほど年月を経たものではない、とみるのは自然だろう。」（『井上』489頁）

【参考】④27永久百首658「かのきしにわたりつきぬるあまを舟いかにのりえてうれしかるらん」（雑三十首「泉郎」常陸）

[1]これ[2]が返しとは[3]なくて[4]こまかなることゞ[5]もの返事[6]のお[7]くに

165 すみし[8]世にあふ[9]瀬なかりし[10]石[11]清水おりうれしく[12]ぞ思ひ[13]いでたる

【校異】「乙丙」（文）。1これ―是（B）。2が―は（本、神。共に「か」か。「は神類」（文））。3は―ナシ（本）。4て―て、（私Ⅰ、私Ⅱ、国④、国⑦）。5ゞ―と（三、私Ⅱ）、ど（国④、国⑦）。ゞも―共（岡）。事―こと（B、本、三、神、岡、私Ⅱ）。7お―を（私Ⅱ）。8世に―よに《は》（三）、「よは習」（文）。9瀬―せ（A、B、本、三、神、岡、私Ⅱ）。10石―いは（B、岡、私Ⅱ）、岩（A）。11清―し（私Ⅱ）。清水―しみつ（B、岡）。12ぞ―も（私Ⅱ）。13いで―出

（A、B）。

【語注】○すみ　「住む」。さらに「澄む」を掛け、それは「瀬」「清水」の縁語。「澄みし世」の対は「濁世」。　○石清水　145前出。①1古今537「相坂の関にながるるいはし水いはで心に思ひこそすれ」（恋一、読人しらず。ただし普通名詞）。　○思ひいで　第一、二句「すみし世にあふ瀬なかりし」昔の事を。　○いで　「清水」の縁語。

【訳】（私が）住んだ、澄んだこの世では、会う機会がなかった、石清水（八幡宮に）、時としてうれしく、あなたとの昔の事をうれしくも思い出した事よ。〈この歌の返しというのではなくて、こまごまとした事柄などの返事の奥のほうに〉

▽「あふ瀬」「思ひ」、「すま（須磨）」→「すみ（住・澄み）」。前歌・164の「返し」としてではなく、細かい事などを書いた返事の奥に（書いたものとして）という詞書で、昔住・澄んだ都の世に、逢う機会がなかったが、この石清水に籠った折、あなた・俊成から歌を送られてうれしく、昔の事を思い出したと歌う作者・小侍従の詠。ちなみに俊成の出家は安元二・1176年で、小侍従の出家の3年前。あるいは、都に住んでいた時に、澄んだ世には会う時もなかったが、出家して、この時（小侍従の出家とも、俊成の出家ともとれる）、うれしくも、貴方・俊成の3年前の出家を思い出したと歌ったものか。また澄んだ世に会う時もなく、澄んだ世を過去に願っていたのであるが、今度出家して、あなた・俊成と同じようになり、澄んだ世に会える事ができるというのを思い出した事よと歌ったものか。二句切か。

【参考】①1古今1004「君が世にあふさか山のいはし水こがくれたりと思ひけるかな」（雑体、忠岑。②4古今六帖842、第二「山」忠峰。同1465。③13忠岑82）

③30久安百首1382「いはし水ながれのすゑもはるばると長閑なる世にすむぞ嬉しき」（神祇、小大進）

新[1]三位頼輔[2]

166 [3]君はさは[4]あま[5]夜の[6]月日[7]雲井より人にしられで山に[8]いり[9]ける

【校異】「乙丙」(文)。1新…輔―最下(B、三、国⑦)。2頼輔―よりすけ(B、本、三、神、岡、私Ⅱ)。3玉葉(?)雑(?)五(?)詞書中(三)。4あま―雨(三)。5夜―よ(A)。6日―か(B、本、三、神、岡、私Ⅱ、国④、「乙丙」(文))。7井―ゐ(A、私Ⅰ、私Ⅱ)。8いり―入(本、神)。9け―ぬ(A、「習」(文))。

【語注】**○新三位頼輔**　藤原忠教四男。養和2年叙従三位。文治2年4月5日卒、75。天永3年(1112)～1186。刑部卿。頼経の父。尊卑分脈㊀219頁参照。「「新三位」の呼称により、これは頼輔が従三位に叙した養和二年(一一八二)四月十三日以後程遠からぬころ記述されたと考えられる。」(森本『研究』250頁)、「この一連の贈答が、…頼輔が三位になった寿永元年四月まではとても下らないであろう。なお「新三位頼輔」という表記は、その叙位からごく近い家集成立時のものとみてよい。」(『井上』489頁)。寿永元年の中頃成立。　**○あま夜**　八代集では後述の詞花207一例。「天夜」の掛詞とはみなさない。源氏物語二例「ありし雨夜の品定めののちいぶかしく思ほしなる品ぐあるに、」(「夕顔」、新大系一―107頁)。　**○雲井**　「空」「宮中」の掛詞。　**○山にいり**　出家の意の仏教語「入山」をふまえていう。出家。八幡・男山。小侍従は、石清水八幡別当紀光清の女。

【訳】君・小侍従はそう、雨の夜の月であろうか、空・宮中から、人に知られる事なく、山に入ってしまった、出家してしまった事よ。

【本歌】詞花207「かげみえぬ君は雨夜の月なれやいでても人にしられざりけり」(恋上、僧都覚雅。この166・「「君はさは…」(頼輔集)は本歌に拠る。」(新大系・詞花207)とされる)

▽「石清水」→「山」。本歌は恋歌であり、166はこれに基づいて、姿の見えない君は、そのように、本歌で歌われた雨夜の月なのか、都から出て知られないで出家してこもったと、小侍従へいいやったもの。左記の頼輔集の詞書が詳しく、この間の事情が知られる。①14玉葉2500 2487詞書（次歌・167参照。ただし詞書中の歌の第二句「あま夜の月か」、末句「山にいりぬる」）。⑦55頼輔124、雑「大宮小侍従内にまゐりて候ふほどに、道心おこして、あきになりてやはたの御山にまゐりこもりぬときゝて、かくともつげぬよしなど申しておくにかきてつかはせる」（大宮小侍従が宮中に参上してお仕えしているうちに、道心を起こして、秋になって八幡の男山に参って籠ってしまったと聞いて、出家するのだとも言いはしなかった事など申し上げて奥のほうに書いていい送った（歌））、第二句「あまよの月か」、末句「山へいりぬる」。「注4…「あきになりて」の叙述はどうもおかしい。「き」は「ま」の誤字ではないだろうか。他の一本「刑部卿頼輔集」の本文「あまになりて」によるべきであろう。」（森本『研究』260頁）。164（「杉本」22頁）参照。

【詞書】…「あなたはそれでは、雨夜の月というわけですかね。雲の上（宮中）から、誰にも知られないで山に入ってしまうなんて」」（『玉葉和歌集全注釈』2500）

「頼輔から、／君は…の歌を贈られて、／すむ…と返歌してゐるが、その出家は既に老齢に及んだ有明の月にも比すべき我が身を知つて、雲居を去つた出家と見るべきである。」（『冨倉』236頁）

166、167は、「頼輔との贈答歌…「新三位」とあるのは、源三位頼政、五条三位俊成と区別するためか。頼輔が従三位になったのは、養和二年（一一八二）四月で、『小侍従集』が成立する数か月前のことである。よって、「新三位」としたのであろう。『頼輔集』は寿永百首家集の一つであり、小侍従とは歌人同士としてのつきあいもあったと思われる。この贈答歌は『頼輔集』にも収められているが、それには非常に詳しい詞書が添えられている。このことからも、以前から歌のやりとりなどしていたと察せられる。」（「田中」83頁）

【参考】③67実方230「おもへきみちぎらぬよひの月だにも人にしられでいづるものかは」

返し

167 [1]すむかひもなくて雲[2]井に[3]あり[4]明の月は[5]いるともなにかしられん

【校異】「乙丙」（文）。1玉葉（岡）、玉葉雑五（三）。2井―ゐ（A、私Ⅰ、私Ⅱ）。3あり―有（A、本、神、岡）。4明―あけ（B、私Ⅱ）。5いる―入（A、本、神）。いるとも―いるとも《なにいろ〔?〕》（三）。

【語注】**○すむ**　「澄・住む」掛詞。「月」の縁語「澄む」。　**○あり**　「有り」「有明」掛詞。　**○あり明の月**　②4古今六帖365「よの人はつらき心ぞ有明の月とやまにやいりもしなまし」（第一「ありあけ」）。

【訳】この世に住み、澄んでいるかいもなくて、宮中、空にいる、有明の月は山に入って籠ってしまっても、どうして知られる事がありましょうか、そんな事はありません。

▽「雲井」「月」「いる」「しられ」。「夜」→「有明」。澄んでいる甲斐も、宮中に生きている甲斐もなく、空の有明月・私は山へ入ったとしても、どうして人に知られるのか、知られない、そんな存在なのですと、頼輔へいい送った小侍従の「返し」歌。「雲井」掛詞。①14玉葉2500 2487、雑五「高倉院御時、内にさぶらひけるが、さまかへて八幡の御山にこもりぬとききて刑部卿頼輔もとより、君はさはあま夜の月か雲井より人にしられで山にいりぬる、と申しおくりて侍りける返事に」小侍従、下句「月はなにとかいるもしられん」。⑦55頼輔125、雑「かへし」小侍従、下句「月はなにとかいひもしられん」。

「【通釈】澄んでいる甲斐もなく雲にかくれている有明の月は、どうして入る所を人に知られたり致しましょうか。（出仕して内裏住みをする甲斐もない有様で宮中にいた私ですから、引きこもるのもひと様に知っていただけるはずがありませんわ）」（『玉葉和歌集全注釈』2500）

「内（高倉）の女房づとめもおもしろくなかったようで、漸く求道に心が傾き生家に戻ったのである。」（『奥田』40頁）
【参考】②10続詞花787「まちでた《待ちえ(治)》る雲ゐの月もやどらねばおぼろのし水すむかひぞなき《もなし(治)》」（雑上、寂超。⑤165治承三十六人歌合116）④30久安百首1045「すむかひもなき世ながら《の中の(堀)》の思出ではうき雲かけぬ山の端《秋の夜(堀)》の月」（秋二十首、堀川。③112堀河63、秋）
【類歌】④32正治後度百首33「あり明の月にはちかき名のみしてすむかひなしやにしの山もと」（秋「月」御製）

かくてこもりゐたる[1]におもはずに[2]宮の御[3]もとよ[4]りいま[5]ゝで申さぬなどこまやかに[6]おほせられたるに

168　とふ人も[7]なみにたゞよふあま[8]を[9]舟うら[10]みは[11]いまぞこぎ[12]かへりぬる

【校異】「乙丙」（文）。1に—に、（私Ⅰ、私Ⅱ、国④、国⑦）。2宮—みや（本、神、岡、私Ⅱ）、二宮（A）。3もと—かた（A）。4り—り、（私Ⅰ、私Ⅱ、国④）。5ゝ—ま（岡、国④、国⑦）。6おほせ—仰（A、三）。7なみ—波（本、神）。8を—小（A）、ナシ（B、三、岡、私Ⅱ、「乙…習」（文））。9舟—ふね（本、神）、ふねの（B、私Ⅱ、「乙三習」（文））、舟の（三、岡）。10み—「に習」（文）。11いまぞ—磯に（本、神）。12かへ—帰（A）。
【語注】**○おもはずに**　源氏物語「「たがうべくもあらぬ心のしるべを、思はずにもおぼめい給かな。」（「帚木」、新大系一―67頁）。　**○宮**　「宮は大宮多子をさすか。」（文）。太皇太后宮多子。　**○こまやかに**　源氏物語「なをまことの筋をこまやかに書き得たるは、うはべの筆消えて見ゆれど、」（「帚木」、新大系一―45頁）。　**○とふ**　「なぜ出家したかをきく」、「どうしているかときく」、「我許を訪れる」などが考えられるが、最初のものか。　**○なみ**　「無《な》・波」

掛詞。**○たゞよふ** 八代集初出は後拾遺874。**○あまを舟** 「尼」を掛ける。164（俊成歌）参照。②1万葉1186 1182「海人小船《アマヲブネ》《あまをぶね》帆毳張流登《ホカモハレルト》《ほかもはれると》見左右荷《ミルマデニ》《みるまでに》鞆之浦廻二《トモノウラワニ》《とものうらみに》浪立有所見《ナミタタルミユ》《なみたてりみゆ》」（第七、雑歌）。**○うらみ** 「浦見、浦廻、恨み」掛詞。「浦」の縁語「波、舟、漕ぎ」。八代集では「浦見」のみがあって、「浦廻」（浦づたいをしてめぐり行く事）はない。古今816「わたつ海のわが身こす浪立かへり海人の住むてふうら見つる哉」（恋五、読人しらず）。**○こぎかへり** 八代集一例・①1古今732「ほり《入(六)》江こぐたなしを舟こぎかへりおなじ人にやこひわたりなむ《のみおもほゆるかな(六)》」（恋四、よみ人しらず。②4古今六帖1654、第三「江」。「かへり」は「波」の縁語。源氏物語二例、⑤421源氏物語286「かの岸に心よりにしあま舟のそむきしかたにこぎかへるかな」（「松風」、尼君（明石の尼君））。

【訳】（どうしてかと）尋ねる人もなく、波にさすらう海士小舟（が）、浦を見て、浦をめぐり行く事は今で、小舟が漕ぎ帰る如く、尼となって、恨みは今、我身へ帰って来た事よ。〈こうして山に籠っているうちに、思いがけなくも宮の御許から、なぜ（出家の事を）今まで申さなかったのだなどと、ねんごろにおっしゃったので〉

▽空「雲井（宮中）」「有明の月」→海「波」「海士小船」「浦（み）」。さらに「波に漂ふ海士小船浦み…漕ぎかへり」と海に縁《ゆかり》の語を重ねる。同じく籠っている時に、「宮」より、「おほせ」があったとの詞書で、その事・出家の事をきく人もなく、波に漂う海士小舟が浦を見、浦めぐりして今帰ってゆくように、思いがけない宮の心のこもったお言葉に、尼となっての出家の恨み・後悔は今我身に帰ってきたと歌ったものである。

「当時は大宮にも特に御報せすることもなかつたのであらう。しばしこもつてゐると意外に大宮から懇ろな御手紙があつた。「何故今迄その由を申してよこさぬか。」との仰せである。彼女は／とふ人も…とお答へ申した。／その住坊を款冬《やまぶき》坊といつたといふ。款冬を多く前栽に植ゑ置いたからであるといふ。（石清水祠官系図）款冬のくちなし色の花楚々たる坊の生活は晩年の彼女には清くたのしいものであつたにちがひない。」（『富倉』237頁）

「「宮」は大宮多子をさすのであろう。二条天皇崩御（永万元年七月二十八日）の後、多子は出家されたが、このころ小侍従も内裏を去って大宮に出仕するようになったと察せられる。その後数年にして大宮のもとを去り――東国下向はこの折のことか――ふたたび上洛して、今度は高倉天皇に仕えるようになったのではないだろうか。その間大宮のもとに出入りしたであろうことは、一二五の詞書によっても想像されるが、出家については告げることがなかったのであろう。大宮の書信にこたえる右一六八の歌には、尼の身のひとり住まいを悔いる心に合わせて、大宮への思慕の情がこもっている。これを機会に作者は山を下り、再度大宮の御所に身を寄せるようになったのであろう。」（森本『研究』250頁）

「実定との交友について小侍従が家集にかきしるしたことは、思い出すのもなつかしいことばかりだった。治承三年（一一七九）に、小侍従は五十九歳ばかりで尼になる。八幡にこもっていた時、思いがけず大宮からこまやかな見舞の使があった。小侍従はこう答えた。／とふ…／見舞ってくれる人もない心細い今の私、ありがたい仰せに、今さら過去の自分が悔まれます、どうぞお許し下さいませ、という意である。大宮がこの歌を兄の実定にも示して、ふたりの間にどんなことが語りあわれたことだろう。／林下集はそのすこし前に自撰されていて、小侍従の出家には触れていない。」（森本『女流』89、90頁）

【参考】①5金葉二409 436「しのぶれどかひもなぎさのあまをぶねなみのかけてもいまはたのまじ」（恋上「忍恋と…」読人不知）

①7千載1163「…しほたれまさる　あまごろも　あはれをかけて　とふ人も　なみにただよふ　つり舟の　こぎはなれにし　世なれども　…」（雑下、堀河。④30久安百首1101）

②4古今六帖1813「風をいたみおきつしらなみたかからしあまのつり舟こぎ帰るみゆ」（第三「ふね」つのまろ）

⑤424狭衣物語133「藻刈舟なほ濁り江に漕ぎ返りうらみまほしき里のあまかな」（狭衣）

【類歌】④31正治初度百首2186「ゆくへなき浦路教へよあまを舟こぎ行く跡にかへるしら浪」（羇旅、丹後）

⑤221光明峰寺摂政家歌合186「こぎいづるおきつ浪間のあまをぶねうらみしほどにとほざかりつつ」（「寄船恋」資季。①12続拾遺1082 1083、恋五）

おもひをのぶ

169 [1]石清水[2]きよき[3]ながれのすゑ〳〵に我のみにご[4]す[5]名をすゝがばや

【校異】「乙丙」（文）。1石清—いはし（私Ⅱ）。石清水—いはしみつ（B、三）。2きよ—清（三）。3ながれ—流（A）。4す—る（B、本、三、神、岡、私Ⅱ、「乙丙」（文））。5名を—なほ（国⑦）。

【語注】**○おもひをのぶ** 「述懐 …小侍従Ⅰ169〜171・Ⅱ112〜114…」（歌題索引）。 **○石清水** 145、165参照。石清水ゆかりの人間が小侍従。石清水八幡宮別当紀光清の女。 **○きよきながれ** ②6和漢朗詠集612「みわがはのきよきながれにすすきてしわがなをさらにまたやけがさむ」（下「僧」）、③131拾玉3670「法の水のきよきながれにすすぐ袖のかわくに残る露ぞかなしき」（詠百首和歌、雑十五首）、③131拾玉4705「いかにして心けがさじはしり井のきよきながれのすすがざらめや」。 **○すゑ〳〵** 八代集一例・新古今734（賀、式子）。源氏物語「いづれをも陰とぞ頼む二葉より根ざしかはせる松のすゑ〳〵」（「藤裏葉」、新大系三—195頁）。 **○にごす** 上の「清き」の対。八代集にない。②16夫木14612「なはしろの水ふみにごしけふよりはさなへとるらんかつまたのさと」（雑部十三、里、読人不知）。何か、歌人としてか、（色恋沙汰などの）世評としてか。

【訳】石清水（八幡宮の）、清冽な代々の流れの子孫として、私だけが汚した名を除去したいものだよ。〈感懐を述べる〉

▽「波」→「清水」「流れ」。「人」→「我」。石清水八幡宮の人間の昔からの流れの末に、自分だけがけがした汚名をそそぎたいとの作者の「思いを述」べた歌。「清水清き流れの末々…濁す…濯が」と、水にゆかりの語句を並べる。この歌は「出家に臨んでの述懐。」（『日本古典文学大辞典』第二巻、607頁）。述懐三首。ちなみに小侍従の出家は治承三・1179年、作者59歳頃。また母の詠に、②9後葉571「いはし水ながれの末もはるばるとのどかなる世にすむぞうれしき」（第十九、雑四「神祇のこころをよめる」小大進）がある。

「八幡で詠んだ歌に、…〔169〕…〔5〕…好色と和歌をすてて彼女はこゝに求道の日々を迎へるのである。」（『冨倉』237頁）。「出家後の小侍従の心境は、〔169〕〔362〕〔382〕〔191〕などの歌にもみられる様に、ひたすら仏道に帰依し、心澄む明け暮れを送ったらしい。」（「杉本」23頁）

169～173、5首は、「出家後の心境を詠んだもの…まず、「おもひをのふ」という題で三首並ぶ。」（「田中」83頁）、169は、「初句に「石清水」とあるところから、出家した直後石清水八幡に籠っていた頃詠んだものと思われる。」（同83頁）

「このように説話化までされた歌人小侍従のイメージはすでに新古今撰集の時点においてかなり固定したものになっていたに違いない。「家集」には「おもひをのぶ」として、／石清水…／と詠じている。」（『奥田』44頁）

170、171共に、「和泉」九・26頁

【類歌】①12続拾遺1419 1421「君のみやくみてしるらむいはし水清きながれの千代の行末」（神祇「…、社頭祝」入道内大臣）

①15続千載919 923「世をおもふわがすゑまもれいはし水きよき心のながれ久しく」（神祇、法皇）

①18新千載1009「人よりも我が人なれば石清水きよきながれの末まもるらん」（神祇、等持院贈左大臣）

①22新葉585 584「石清水きよきながれをたのむよりにごらじとこそ思ひそめしか」（神祇、中院入道一品）

③131拾玉5505「みかさ山さしてたのまばいはし水きよきながれのすゑもすみなん」…ほぼ169の上句と同じ

170 [1]そ[2]むきにししるしはいづら[3]立《（立ち）》かへり[4]うき[5]世にかくてすみ[6]ぞめの袖

【校異】「乙丙」（文）。1續古雑下（三）、新古《本無歟》（岡）。2そむ―背（本、神）。3立―たち（A、B、三、岡、私Ⅱ）。4新古（B）。5世―よ（三）。6ぞめ―染（A、本、神、岡）。

【語注】〇そむきに　③33能宣103「よのなかをそむきにとてはこしかどもなほうきことはおほはらのやま」。〇立かへり　掛詞（動詞、副詞）。162の詞書。副詞「立ちかへり」は八代集に用例はないが、「たちかへる（立帰）」の数多の用例がある。古今474「立かへりあはれとぞ思よそにても人に心をおきつしらなみ」（恋一「題しらず」在原元方）、源氏物語「いとゞ涙もとゞまらず。たちかへり、「誰が名は立たじ」などかことがましくて、」（「竹河」、新大系四―275頁）。〇すみぞめの袖　「住み初め」（八代集一例・拾遺1175）を掛ける。「墨染（の）袖」の八代集初出は詞花85。③133拾遺愚草2889「花の色もうき世にかふる墨染の袖や涙に猶しづくらん」、③133同2982「墨染の袖のかさねてかなしきはそむくにそへてそむく世の中」。

【訳】出家をした証拠はどこにあるのか、すぐに引き返して、たち帰って、この憂き世にこうして住み初める、出家の衣を身にまとって。

▽世を背いた（＝出家）しるしもなく、戻ってきて「憂世」に、出家の衣を身につけて住み初めると歌う。作者・小侍従が一たん出家して、また俗世にまい戻った事か。出家したまま在俗の自己を歌う。①11続古今1837 1846、雑下「出家ののちよみ侍りける」小侍従、②15万代3731、雑六「述懐の心を」小侍従。202後出。［一、三首目〔私注―170、171〕は、よくみると、一たん遁れた世に再び還り住む心情を述べているように解される。身は墨染の尼衣ながら京の町に住み、前にもふれたように、おそらくは大宮多子のもとで老後を送ることに決意したのであろう。そのころ百首選述の企て

があり、歌稿を求められたのが機縁で既往の作品をまとめ、それが直接間接に「小侍従集」成立の基盤となったのではないであろうか。」（森本『研究』251頁）

170は、「前歌と同じ題であり、詠歌事情をはっきり示す言葉も用いられていない。…「背く」は出家するという意であり、「尼姿でありながらまたうき世にもどって暮らしております。」という歌である。では、「うき世」とはどこを指すのであろうか。小侍従は出家する直前まで内裏に出仕していたらしく、「立かへり」とあることから、おそらく石清水八幡を出て京の都にもどったのではないかと思われる。そして、出家の際にこまやかな文を届けてくれた大宮多子のもとに身をよせたのであろう。つまり、「うき世」とは華やかな京の都を指すのである。」（「田中」83頁）

【参考】①7千載1137 1134「おほけなくうき世のたみにおほふかなわがたつそまにすみぞめのそで」（雑中、慈円。③131拾玉499、日吉百首和歌、雑二十首。⑤276百人一首95）

【類歌】④41御室五十首63「こればかり世をそむきぬるしるしとてけふ立ちかへぬすみ染のそで」（夏七首、静空）

171　[1]さめぬ[2]世[3]の[4]夢に[5]此世をみる[6]にだにうきは久しき[7]な[8]さけならずや

【校異】「乙丙」（文）。1さめ―覚（本、神）。2世―よ（三）、夜（A）。世の―「よに習」（文）。3の―の《にイ》〔?〕（三）。4夢に―「かくて習」（文）。5此―この（B、本、三、神、岡、私Ⅱ）。6にだに―たにも（B、本、三、神、岡、私Ⅱ、「乙丙」（文）。7なさけ―情（A）、歎き（本、神）。8さけ―けき（B、三、岡、私Ⅱ、「乙丙」（文））。

【語注】○さめぬ　③67実方45「うたたねのこのよのゆめのはかなきにさめぬやがてのうつつともがな」、③70嘉言17「たとふべきかたこそなけれ世中をゆめも久しやさめぬかぎりは」（「この身夢のごとしといふ題を」）、④26堀河百首1552「はかなしとたれかいひけんさめぬまの夢は中中久しかりけり」（雑廿首「夢」河内）、④32正治後度百首560「さとりえぬうき世のゐひをさめぬ身にかりの情はたれすすむとも」（雑「不飲酒戒」家長）、⑤437我が身にたどる姫君55「さめぬ夜の夢のちぎりのかなしさをこの世にさへもそへてみるかな」（こきさいの宮（故皇后宮））。　**○さめぬ世**　掛詞「覚、醒めぬ夜、世」、目さめない夜、迷っている夜、世の中。無明長夜。

【訳】目ざめず、迷い漂うこの世の、夜の夢に、今のこの世を見る事でさえ、辛く悲しい事は幾久しい感情ではないのか。

▽「世」。述懐三首の末歌。「さめぬ世・夜」、悟り切れない夢に、迷妄の世を見る事さえ、「憂き」はずうっと長い間体験してきた思いではないかと主張する。末句「嘆きならずや」のほうが解釈しやすい。要するに、夢にまでこの世を見るのは、長く辛く悲しい心情であり、それを長らく味わってきたと歌ったもの。視覚（「みる」）。171は、「その後の生活についての心情を述べたものであろうか。」（「田中」83頁）

【参考】③118重家443「のりきけばうきよのゆめもさめぬべしこのうれしさにおどろかれつつ」（九月九日、懺法次「聞法歓喜」）

人命不停[1]遇[2]於[3]山水といふ[4]文を

172　山水[5]はむすぶこ[6]ほりによどみけりすぎ[7]行《(行く)》[8]と[9]しぞ[10]せ[11]く方もなき

【校異】「乙丙」（文）。1停―停（本、三、神）、傍（B）。2遇―過（A、B、岡、私Ⅰ、私Ⅱ、文、国④）、過〔?〕（神）。3於―お（B）。4といふ―云（A）。5水―みつ（岡）。6こほり―氷（本、神、岡）。7すぎ―過（A、岡）。8行―ゆく（B、本、三、神、私Ⅱ）。9とし―年（本、神、岡）。10ぞ―も《そ》（B）。11せ―を《せ》（三）、を（「三神」（文））。せくー《本ノマ、》をく（本、神）。

【語注】**○人命不停遇於山水**　さらに「人命不停過於山水」共に「↓人命不停速於山水」（歌題索引）・「小侍従Ⅰ172・Ⅱ115・西行Ⅰ873」（同）。③125山家873「山川のみなぎる水の音きけばせむるいのちぞおもひしらるる」（雑「人命不停速於山水の文の心を」）。　**○山水**　151既出。　**○よどみけり**　①1古今836「せをせけばふちとなりてもよどみけりわかれをとむるしがらみぞなき」（哀傷、みぶのただみね。②4古今六帖1638、第三「しがらみ」ただみね）。

【訳】山の水の流れは、生じる氷によって澱む事よ、そうであるのに過ぎてゆく年（歳末で）は、とどめる所もない事よ。〈「人の生命がとどまらない事は、山の水の流れに会うようなものだ〔流れよりも速く過ぎさる〕」という文章を（よんだ歌）〉

▽「ず」↓「なき」。釈教二首。山水は生じた氷によって淀むが、過ぎ去る歳だけは、止める所・方法がないといったもの。97「行水はむすぶ氷によどみけり暮行としぞせく方もなき」（冬「歳暮急自水」）と酷似、97参照。三句切。172は、「「人…文を」…山水がさらさらと流れるように人の命も停まることはない、という意味の文に対し、…「山水は氷ができれば滞るが人の年はそうはいかない。」と、時間がどんどん過ぎ去っていくことを強調している。」（「田中」84頁）

【参考】①2後撰590 591「ゆく方もなくせかれたる山水のいはまほしくもおもほゆるかな」（恋一、よみ人しらず）

【類歌】③132壬二3199「つとめても法のつとめの山水はむすぶとすれど氷る日もなし」
④40永享百首606「よもすがら結ぶ氷にせかれてやたえだえに行く庭のやり水」（冬十五首「氷」性脩）

心経[1][2]

173 色[3][4]にのみそ[5]めし心のくやしきをむなしと[6]とけるの[7]りぞ[8]う[9]れしき[10]

【校異】「乙丙」（文）。1経—経（私Ⅱ、文、国④）、經（B、本、三、神、岡）。2を（B、岡、私Ⅱ、「乙」（文））。3新古（岡）、新古今（三）。4■（A、B）。5そめ—染（本、神）。6と—、（A、本、三、神、私Ⅱ）。7のり—法（A、本、神、岡）。8ぞ—の（B、本、三、神、岡、私Ⅱ、「乙丙」（文））。9うれ—婬（岡）。10き—さ（B、本、神「き」か、岡、私Ⅱ、「乙丙」（文））。173の歌までナシ（私Ⅲ）。「新古今集にも「のりのうれしさ」とする本があり、この別はどう処置すべきであろうか。」（森本『新古今』263頁）。

【語注】○心経 「↓」（歌題索引）、「般若心経 金葉626（忠通）・千載1228（隆信）…小侍従Ⅰ173…」（同）。①5金葉二626 666「色もかもむなしととけるのりなれどいのるしるしはありとこそきけ」（雑下「心経供養してその心を…」）摂政左大臣。①5´金葉三618）、③129長秋詠藻433「春の花秋の紅葉のちるを見よ色はむなしき物にぞ有りける」（下、釈教歌「心経」）。173は、「『摩訶般若波羅蜜多心経』の心を詠んだ歌。」（古典集成・新古今1937）。色即是空。 ○色 「仏教語「色（しき）」の訓読。知覚の対象となるが、かりそめの物質的現象にすぎないものごと。」（新大系・新古今1936）。 ○そめ 「色」の縁語。 ○とけ 八代集初出は金葉626。

【訳】この世の色模様の様々なものにばかりそめた心をば、くやしいと思うので、そういった「色」はすべて空しい（ものだ）と説いている法がうれしい事よ。

▽色欲をはじめとする煩悩五欲になずんだ心、「色」にばかり執着していた心が残念であったが、そんなものは空だと説く心経の教えが、ありがたくうけとめられると、「色即是空」の句を念頭に置き、「心経」の教えを歌ったもの。

視覚（「色」）。①8新古今1936 1937、巻二十、釈教「心経のこころをよめる」小侍従（有隆雅＊）、第三句「くやしきは」、末句「法のうれしさ」、「法ぞうれしき」（鷹司・小宮本）。②10続詞花456、釈教「心経の心をよめる」大宮小侍従、②11今撰〔永万元・1165年頃〕207、雑「心経」小侍従。⑤376宝物集489、小侍従、第三句「悔しさに」。なおこの173によく似た参考歌として、④30久安百首89「おしなべてむなしととける法なくは色に心やそみはてなまし」（尺教「心経、色即是空空即是色」御製）がある。

「後悔される過去と法悦に浸っている現在を対比させつつ、『般若心経』の「色不ㇾ異ㇾ空、空不ㇾ異ㇾ色、色即是空、空即是色」という法文の心を詠んだ。」（古典集成・新古今1937）。「心経の意味を詠んだ釈教歌である。経文を和歌に詠むことは当時行はれたことであるが、この歌はこの経文に触れた作者の喜びが素直に詠はれてゐてよい。」（『冨倉』264、265頁）

「この歌で出家に関する歌群は終わっている。」（「田中」84頁）

「和泉」九・26頁

【参考】①7千載1068 1065「この春ぞおもひはかへす《もあへぬ（治）／もかくす（続）》さくら花むなしき色にそめしこころを」（雑中、寂然。②10続詞花902、雑下。⑤165治承三十六人歌合129）

③123唯心房10「このはるぞおもひはかへすさくら花むなしきいろにそめし心を」（「はなのうた」）

④30久安百首386「何事もむなしととける法なればつみもあらじときくぞうれしき」（尺教「大品経、畢竟空」顕輔）

【類歌】③131拾玉1351「さらでだにちればむなしき花の色にそめし心をおもひかへしつ」（花月百首、花五十首）

174 名所[1]
相坂[2]

昔みし友[3]にけふこそ[4]あふさかのせきの木かげ[5]の下すゞみして

【校異】1名所―ナシ（A、B、本、三、神、岡、私Ⅱ）。詞書（題）、歌―ナシ（B、本、三、神、岡、私Ⅱ）。「丁」（文）。2相―會（A）、会（私Ⅲ）。3友―とも（A）。4こそ―社（私Ⅲ）。5かげ―陰（A、私Ⅲ）。☆底本をみると、新編国歌大観④の如くであり、119「雑」はどこまでか、という事で、「名所」（174～180）、「かくし題二首」（181、182）は、独立した部のように思われるが、いうまでもなく「雑」は、回想的記述をもつ歌50首と、述懐3、釈教2、名所7、隠題2、祝5首の題詠から成り立っており、「雑」の字の位置が、「春」「夏」などの部立と同位置（ほぼ2字目、がA本ナシで、その分1行アキ、B本は「春」のみ最上、他は詞書と同じく2字目）であり、詞書の位置とは異なるのは勿論なのであるが、174「名所」は、【校異】の如く、A、B、本、三、神、岡、私Ⅱナシ、181「かくし題二首」は、A本詞書と同位置、B、本、三、神、岡、私Ⅱはナシ、183「祝・いはひ」は、詞書と同位置（A、B、本、三、神、岡、私Ⅱ）であり、底本の如く、「名所」「かくし題二首」が、「雑」（部立）のような位置にくるのは変だと思われるので、「名所」歌群、「かくし題二首」も「雑」の部の中に含める（「祝」歌群はいうまでもなく）ものとする。

【語注】**○相坂**　意外にも、これ自体は、「会坂《あふさか》　小侍従Ⅰ174・Ⅲ60」（歌題索引）のみ。　**○あふさか**　「会ふ」掛詞。④30久安百首563「逢坂のせき守心あれや岩まのしみづかげをだにみむ」（恋二十首、隆季）、③130月清1006「あふさかのすぎのこかげにやどかりてせきぢにとまるこぞのしらゆき」（春「残雪」）。　**○木かげ**　八代集二例・詞花150、新古今234。源氏物語一例「花の木どもやう〳〵盛り過ぎて、わづかなる木陰のいと白き庭に薄く霧りわたりたる、」

（「須磨」、新大系二―8頁）。　**○下すずみ**　八代集にない。「涼み」（名詞）も八代集一例・後拾遺220。ただし「涼む」は二例。③130月清521「すぎふかきかたやまかげのしたすずみよそにぞすぐすゆふだちのそら」（南海漁父百首、夏十首。③131拾玉1748）、⑤175六百番歌合290「しげりあふあをきもみぢのしたすずみあつさはせみのこゑにゆづりぬ」（夏「蟬」信定）。

【訳】昔見た事のある友に今日逢う逢坂の関の木陰で（二人）下涼みをしながら（逢う事よ）…。

▽昔の知りあいに逢坂の関の木陰において下涼みして会うと、「名所」歌・七首の冒頭は、「相坂」（近江）で始まる。第三句以下のののリズム。視覚（「見」）。「左大将家百首のうちか。」（文）。174～180は、「「隆信朝臣集」に「左大将の百首の中に名所を十首よみしに述懐によせてよめる」として吉野山・長柄の橋の詠をあげてあるのとおなじく、この百首中の作にちがいあるまい。」（森本『研究』256頁）

「第七群は「名所」の七首…甲類本にのみあるもの…「相坂」は、下句に「せき…して」とあるので、春から夏にかけての頃を詠んだものであろう。…「名所」は春夏秋冬恋と並んでおり、『小侍従集』の部立と同じ配列になっている。」（「田中」84頁）

【参考】①4後拾遺741「あふさかのせきのしみづやにごるらんいりにしひとのかげのみえぬは」（恋三、遍救）

①7千載523 522「こえて行くともやなからむあふ坂のせきのし水のかげはなれなば」（羇旅「…、独行関路…」定房）

難波江

175　なには江[1]の浦ぢの月の影すみて[2]あしのほずゑに[3]飈風ぞふく[4]

【校異】詞書、歌―ナシ（B、本、三、神、岡、私Ⅱ）。「丁」（文）。1江―え（A）。2あし―芦（A、私Ⅲ）。3穐―秋（A、私Ⅲ、文、国④）。4ふく―吹（A、私Ⅲ）。

【語注】○難波江 「難波《なには》江《え》 家隆628・小侍従Ⅰ175・Ⅲ61・定家1228」（歌題索引）。③132壬二728「なには江の鶴の毛衣夏をうすみみちくる塩に立ちぞわづらふ」（順徳院名所百首、夏「難波江」）。○浦ぢ 148既出。○月 名月。○すみ 「住む」との掛詞ではなかろう。○あし 「難波」の名物。「難波の葦は伊勢の浜荻」（『守覚全歌注釈』43参照）。○あしのほずゑ 八代集にない。が、⑤72関白殿蔵人所歌合1、④26堀河百首974「難波がた蘆のほずゑに風ふけばたちよる浪の花かとぞみる」（冬十五首「寒蘆」肥後）などに用例がある。○ほずゑ 八代集にない。○穐風ぞふく 一つの終わり方の型《パターン》。

【訳】難波江の海辺の道の月の光が澄みきって、芦の穂先に秋風が吹く事よ。

▽「かげ」。「涼み」（夏）→「秋」、「相坂」→「難波江」（摂津）、「相坂の関の木陰の下（涼みして）」→「難波江の浦路の月の影（すみて）」。難波江の浦路の月光が澄みわたって、芦の穂末に秋風が吹いているという一幅の絵画的叙景歌。全体ののリズム（特に一、二句）。第四、五句あの頭韻。

175「秋風」、176「「もみち」がもちいられているところから、この二首は秋を詠んだものであることがわかる。」（「田中」84頁）

【参考】③125山家242「つゆのちるあしのわか葉に月さえてあきをあらそふなにはえのうら」（夏「海辺夏月」）

⑤115媞子内親王家歌合14「なにはえのあしのほずゑもかぜふけばあらいそなみのたつかとぞみる」（「蘆花」）

【類歌】②16夫木8760「船とむる入江のさをのおとすみて蘆まの山に秋風ぞふく」（雑二、あしまの山、後九条内大臣）

②16夫木10633「舟とむる入江の月の影すみて笛の音さびし夜半のうら風」（雑五、江、中務卿のみこ）

③132壬二2436「浦風のさそふもしらず難波江の蘆のほ舟に月をみるかな」（秋「江舟月」）

④38文保百首1644「すむ月のかげさしそへて入江こぐ蘆分小舟秋風ぞふく」（秋二十首、為藤。①15続千載491）⑤235新時代不同歌合275「焼くしほのけぶりも見えず月すみて難波のみ津に秋風ぞ吹く」（中務卿親王）

和哥浦[1]

176　かぎりあれば[2]おき[3]には[4]やぐ〳〵[5]成《成り》にけりわかの[6]浦[7]まつ[8]したもみぢして

【校異】詞書、歌—ナシ（B、本、三、神、岡、私Ⅱ）。「丁」（文）。1哥—歌（文、国④）、かの（A）。2おき—沖（私Ⅲ）。3に—風（私Ⅰ、文）。4〲—ばや（国④）、く（私Ⅰ、文）。5成—也（私Ⅲ）。6浦まつ—うら松（A）。7まつ—松（私Ⅲ）。8した—下（A、私Ⅲ）。

【語注】**○和哥浦**　①7千載1051 1048「ゆくとしは浪とともにやかへるらんおもがはりせぬわかの浦かな」（雑上「わかのうらをよみ侍りける」祝部宿禰成仲）。**○初句**　字余り（「あ」）。**○はやぐ〳〵**　八代集にない。枕草子一例「ちかく立たむがうれしさにや、「はや〳〵」と引いであけていだすを見給て、」（新大系三二段、46、47頁）。宇津保物語「南の廂に出でゐ給へるを「早《はや》く」とて乗せ給ふ。几帳も、殿二所してさし給へり。」（「楼上上」、大系三—428頁）。栄花物語「乱り心地よろしくもなり侍らばこそは参り侍らめ。はや〳〵この御送《おくりと》疾く〳〵」（「つるのはやし」、大系下—321頁）。**○わかの浦まつ**　「浦松」ともに八代集にない。「和歌の浦」は148参照。さらに「和歌の浦」は、赤人歌の鶴から松への連想という伝統的パターンを感じとる事もできる。『歌枕索引』は、他、③122林下347のみ。あと④32正治後度百首496（「祝言」隆実）があり、以後用例が非常に多い。**○したもみぢ**　①2後撰834 835「高砂の松を緑と見し《ありけるものを（古）》事はしたのもみぢをしらぬなりけり」（恋四、よみ人しらず）、①3拾遺844「したもみぢするをばしらで松の《は（古）》木のうへの《は（古）》緑をたのみけるかな」（恋三、よみ人しらず。②4古今六帖3512、第五「みどり」）。

【訳】限度があるので、（沖の島の松は）沖に早々と早くもなってしまった事よ、和歌の浦の松は、下のほうが紅葉して変ってしまって。
▽「浦」。「難波江」→「和歌浦」、「江」「浦」→「沖」、「芦の穂末」→「松・下紅葉」。和歌の浦の松は下が紅葉して、限度があるので沖に早くもなったと歌ったものだが、「沖」が、沖の小島の玉津島の事で、その松が早くも紅葉した事か、「おき」が「あき」のまちがいか、もう一つ分りにくい。三句切、下句と二、三句との倒置法。
【参考】③15伊勢416「さをしかのつまごひどきになりにけりさがのの花もしたもみぢして」

長柄橋

177 聞《（聞き）》[1]おきしながらのはし[2]はこれかさは雪ふりにけり跡だにもなく

【校異】詞書、歌―ナシ（B、本、三、神、岡、私Ⅱ）。「丁」（文）。1聞―き、（私Ⅲ）。聞お―き、を（A）。2はし―橋（A）。

【語注】**○長柄橋** ①8新古今1594 1592「年ふればくちこそまされ橋ばしら昔ながらの名だにかはらで」（雑中「ながらのはしをよみ侍りける」忠岑）。**○聞おき** 40既出。**○ながらのはし** 古いもの・壊れたもののたとえ。橋そのものは朽ちても、橋柱だけが残っている景もよくよまれた。①1古今890「世中にふりぬる物はつのくにのながらのはしと我となりけり」（雑上「題しらず」よみ人しらず）。「長、無《な》」を掛けるか。**○ふり**「旧（古）る」を掛ける。

【訳】昔からきいていた長柄の橋は、これかそれは、雪が降りはてて、すっかり時がたってしまった事よ、（橋の）跡さえもなく。

▽「りにけり」「（おき）」。「和歌浦（松）」→「長柄橋」、「松」「紅葉」→「雪」。以前に聞いていた長柄の橋は跡形もなく、年がたち、そこにはただ雪だけが降っていると、長柄橋を歌う冬の詠。三句切。四句切、下句倒置法。聴覚（「聞き」）。

177は「雪」、178は「「つらゝ」が用いられており、これらは共に冬の歌である。」（「田中」84頁）

【参考】①7千載1032 1029「けふみればながらのはしはあともなしむかしありきときゝわたれども」（雑上、道因）

②10続詞花758「きゝわたるながらの橋は跡たえてくちせぬなのみとまるなりけり」（雑上、公重。⑤165治承三十六人歌合307）

④354栄花物語604「あとばかり見えしなりけりこれやさは長柄の橋の渡りなるらん」（一品宮女房）

【類歌】①10続後撰1028 1025「ひとりのみわれやふりなんつの国のながらのはしはあともなき世に」（雑上「寄橋述懐といへる心を」有教）

②16夫木9435「ふりにけるゆききのたよりいつよりかながらのはしに舟よばふらん」（雑三、ながらのはし、摂津、信実）

③131拾玉3564「ふりにけるながらのはしは跡もなしわがおいの末はかからずもがな」（詠百首和歌、雑十首）

⑤175六百番歌合1014「いまもなほながらのはしはつくりてむつれなきこひはあとだにもなし」（「寄橋恋」信定。③131拾玉1675、歌合百首、恋七）

[1]音無瀧

178 [2]みなが[3]らにつらゝの[4]むすぶ時にこそげに[5]音なしの瀧はしるけれ

【校異】詞書、歌—ナシ（B、本、三、神、岡、私Ⅱ）。「丁」（文）。1音無—をとなしの（A）。2みながら—水上（A）。3ら—み（私Ⅲ）。4むす—結（A、私Ⅲ）。5音—おと（私Ⅲ）。

【語注】**○音無滝**　「小侍従Ⅰ178・Ⅲ64・能因Ⅱ100」（歌題索引）。21能因Ⅱ100「都人きかぬはなきをおとなしの　滝とはなとかいひはしめけん」（雑「音なしの滝を」）。**○みながら**　八代集一例・古今867。残らず全部。「見《み》・水《み》」を掛ける。「水」は「滝」の縁語。「身ながら（我ながら）」までは掛けていないであろう。また「身ながらに」は古今1003（雑体、長歌、忠岑）にあり、次の1004（反歌）と合せて、「長柄の橋」「難波の浦」（「音羽の池」）／「相坂（山）」が歌われている。**○つらゝ**　88既出。④30久安1103「おとたえし滝のしら糸つららとけわくにぞ春のくるはみえける」（春二十首、上西門院兵衛）。**○げに**　128既出。**○音なしの瀧**　八代集一例・詞花232。「音無し」を掛ける。枕草子一例「滝は　音なしの滝。布留の滝は、…」（新大系五八段、73頁）。⑤421源氏物語542「朝夕になく音をたつる小野山は絶えぬなみだや音なしの滝」（「夕霧」、（落葉の宮））、③86伊勢大輔55「こほりとぢ山下みづもかきたえていかにとだにもおとなしのたき」（「ふゆ、おとせぬひとに」）、③106散木1046「おとなしのたきといかになながらましふゆふかからぬつららなりせば」（恋上）。山城国と紀伊国とにある歌枕とされるが、特定のものを指すわけではなかった、どこでもよかったのであろうといわれる。

【訳】皆すっかりと、見たままで、水の、氷ができる時に、なるほどいかにも音無の滝というのは、はっきりしている事よ。

▽「ながら」（音）、「なし」。「長柄橋」→「音無滝」、「聞き」→「見」「音」、「雪」→「つらら」。すっかり氷が生じる時に、まさにその通り音なしの滝とはっきり分ると、源氏物語によれば、山城（「小野山」は今の修学院付近）の冬（「つらら」）の音なしの滝を歌う。視覚（「見」）と聴覚（「音」）が対照。

勝間田池

179　かつまたの池[1]の[2]みづから[3]たえしよりあるにもあらぬ[4]我（我が）こゝろ哉

【校異】詞書、歌―ナシ（B、本、三、神、岡、私Ⅱ）。「丁」（文）。1の―ナシ・空白（A、「□図」（文））。2みづから―水かみ（A）。3たえ―絶（私Ⅲ）。4我―わか（私Ⅲ）。

【語注】**○勝間田（の）池**　「後拾1053（範永）小侍従Ⅰ179・Ⅲ65・範永9」（歌題索引）。①4後拾遺1053 1054「とりもゐでいくよへぬらんかつまたのいけにはいひのあとだにもなし」（雑四「関白前大まうちぎみいへにてかつまたのいけをよみ侍りけるに」藤原範永朝臣）。125参照。**○上句**　「水が絶え」と「自ら」を響かす。**○みづから**　125参照。**○あるにもあらぬ**　①7千載1160「…　うつせがひ　うつし心も　うせはてて　あるにもあらぬ　よのなかに　又なにごとを　…」（雑下、雑体、短歌、俊頼。③106散木1518）。

【訳】勝間田の池（の水）がなくなってから、自《み》らがたえはててより、生きているとは思えない我が心である事よ。

▽「身」、「水《み》」→「水《みづ》」。「音無《の》滝」→「勝間田《の》池」、「つらら」→「水《みづ》」、「なし」→「たえ」。勝間田の池の水がないように、自《み》ら死んでしまったようになってから、「あるにもあらぬ」そんな状態のわが心を歌った述懐的詠。「みづからたえし」を、「自己の生きがい（存在価値）がなくなった」というような近代的解釈はしない。恋歌なら、相手の

男自《み》らの来訪が絶えてより…となる。「身」と「心」対照。同じ小侍従に125「かつまたの池にぞたえしみづからをよそなるものとなに思ひけん」（「左大将の…」）。③122林下338、小侍従）がある。
179は、「「勝間田の池が自ら絶えてしまい水があるかないかぐらいしか底に残っていない。私の心もその水と同じくらいはかないことだ。」という内容で、これは恋の歌ではないだろうか。」（「田中」84頁）

【参考】②10続詞花455「かつまたの池の心はむなしくて氷も水も名のみなりけり」（釈教、寂然法師）
③118重家269「世の中にあるにもあらずなりしよりたはれごころもうせはてにしを」（「恋為昔事」）

伏見里

180 思ひわびぬるもねられぬ我戀《（我が）》[1]はふしみのさとにすむ[2]かひぞなき

【校異】詞書、歌―ナシ（B、本、三、神、岡、私Ⅱ）。「丁」（文）。1戀―恋（私Ⅲ、文）。2すむ―住（A）。

【語注】**○伏見里**「家隆661・1518・経衡70・小侍従Ⅰ180・Ⅲ66・定家1261・1943」（歌題索引）とままある。③132壬二761「遠からぬふしみの里の関守は木幡の峰に君ぞすゑける」（順徳院名所百首、恋「伏見里」）。**○思ひわび** 130既出。**○ふしみ** 大和（菅原）と山城がある。「寝《ぬ》」の縁語「臥《ふ》し身《み》」を掛ける。「臥す」・寝る事を連想。拾遺938「恋しきを慰めかねて菅原や伏見に来ても寝られざりけり」（恋五「題しらず」重之）、③86伊勢大輔75「つきもせずこひする人はねもやらでふし見のさとのよこそながけれ」（「ふしみのさとのこひ」）。

【訳】（あの人は一向にやって来ず）つらい切ない思いをし、ねようとしても眠られないわが恋は、伏見・身という名をもっている伏見の里に住んでいるかいもない事よ。

▽「(ぬ)我が」。「勝間田池《の》」↓「伏見里《の》」、「心」↓「思い」。思い「侘び」て、寝られはしないわが恋は、臥し身の伏見の里に住む甲斐がないとの恋歌で、「名所」歌を終える。

【参考】⑤72関白殿蔵人所歌合27「いもせやまいまはこえてもなぐさめむふしみのさとにぬるかひもなし」

181　かくし[1]題二首

櫻[2]柳[3]梅[4]

あ[5]さくらやなき[6]名なのらぬまろ[7]殿をさてや[8]すぐさ[9]むめもたてずして

【校異】かくし…ずして—ナシ(B、本、三、神、岡、私Ⅱ)。「丁」(文)。1かくし—隠(私Ⅲ)。2櫻柳—桜柳(文、国④)。櫻柳梅—さくらやなきむめ(私Ⅲ)。3 4共—三字分アキ(A)。5さくらやなき—さくらやなき(私Ⅲ)。6名な—なな(私Ⅲ)、な丶(A)。殿—との(私Ⅲ)。8すぐ—過(A、私Ⅲ)。9むめ—むめ(私Ⅲ)。

【語注】**○櫻柳梅**　「桜《さくら》・柳《やなぎ》・梅《むめ》(物名)　小侍従Ⅰ181・Ⅲ67」(歌題索引)のみ。181「あさくらやなき名…すぐさむめもたてず」。**○あさくら**　筑前国。八代集二例・後拾遺1081「明けぬ夜のこゝちながらにやみにしを朝倉といひし声は聞ききや」(雑四、よみ人しらず)、新古今1689(後述)。**○第二句**　なのリズム(3音)。**○まろ殿**　八代集にない。「木の丸殿」は後拾遺1082、1083よりある。107参照。③100江帥422「心ざしあさくらやまのまろどのはたづぬ人もあらじとぞおもふ」。**○めもたて**　源氏物語「御文を焼き失ひ給しなどに、などて目を立て侍らざりけん」(「蜻蛉」、新大系五—284頁)。「目《を・も》たつ」は八代集索引に項目なし。

【訳】朝倉よ、今となってはつまらない、かいのない名を名のらない、粗末な御殿をそのままで、放っておこう、何ら注目もしないで。
▽「伏見里《の》」→「朝倉」「丸殿」、「ぬる」「寝」→「目」。朝倉で、退出するのに、とるに足りない名を名のってはいかない丸殿を、何ら気にかけないでそのまま通り過ぎる、やり過ごす事にしようと、退出する人間の立場で、「桜、柳、梅」を入れ込んで歌っている。四句切、下句倒置法。①8新古今1689 1687「あさくらやきのまろどのに我がをれば名のりをしつつ行くは誰が子ぞ」(雑中、天智天皇。原歌は神楽歌・朝倉、末句「行くはたれ」)がもと。
「「朝倉や…子ぞ」の歌により名のりの縁語として用ひたので特に意味はない。この歌はいつはりの名を名のらぬ御方を特に目をつけずそのまゝに通さうといふ意で、只中にさくら、やなぎ、むめを隠してしかも一つの纏つた意味を持つ歌といふだけである。…「かくし題」といふ事は当時好んで行はれた遊びである。古今和歌集巻十・拾遺集巻七に物名の部があるが、千載集にも雑歌下の中に「物名の部」が立てられてゐる。当時の流行であつたらう。しかもかうした言葉の遊戯に小侍従が特に傑れた才を示したことは想像に余りあらう。／二首共によく出来てゐる。」(『冨倉』290頁)
「第八群は「かくし題」の二首である。これも甲類本にのみ…〔181の題〕は春の植物、…〔182の題〕は秋の植物であり、季節を考慮して181番を先にもってきたのであろう。」(「田中」84頁)
【参考】③100江師55「あさくらやきのまろどのにおもへどもなのりてすぐるほととぎすかな」(夏)
③108基俊22「朝くらや木丸殿のあけがたに山ほととぎす名のりてぞゆく」(「暁聞郭公」)
③122林下223「わするなといひてはたれぞあさくらやきのまろどのにそらなのりして」(恋)
③122同224「いまよりもなのらでをみむあさくらや木のまろどのにひとたづねけり」(「返し」)
④30久安百首111「なのらねど匂ひにしるし朝倉や木の丸どのにさける桜は」(春二十首、公能)
④30同625「朝倉やとはぬになのるほととぎす木の丸どのの名をたかしとや」(夏十首、親隆)

[1]薄[2]菊[3]蘺[4]

182
ほと丶ぎ[5][11]すすぎがてに[6]なく一聲[7]は[8]きくとしもな[9]くこ丶ろさ[10]はぎに

【校異】詞書、歌―ナシ（B、本、三、神、岡、私Ⅱ）。「丁」（文）。1薄菊蘺―す丶ききくはき（私Ⅲ）。2 3共―三字分アキ（A）。4蘺―萩（A、文、国④）。5すすぎ―すすき（私Ⅲ）。6なく―鳴（私Ⅲ）。7は―を（A）。8きく―きく（私Ⅲ）。9く―し（A、私Ⅰ、私Ⅲ、文）。10はき―はき（私Ⅲ）。11「（四行分空白）」（私Ⅲ）。

【語注】○薄菊蘺　「薄《すすき》・菊《きく》・萩《はぎ》（物名）小侍従Ⅰ182・Ⅲ68」（歌題索引）のみ。182「ほと丶ぎすす《に（十六）》ぎがて…はきくと…さはぎに」。○すぎがてになく　①1古今154「夜やくらき道やまどへるほととぎすわがやどをしもすぎがてになく」（夏、紀とものり）。②4古今六帖4440、第六「ほととぎす」とものり）。○一声　新古今時代となるに従って、次第に時鳥（、鶯）のみならず、他の種々な鳥の一声も歌い込むようになった事は、歌の世界において、「語らふ」が、時鳥の鳴く事に、時代が下るにつれてほぼ収斂されていったのとは逆に、新古今時代における新風歌風の追求、新しい詩世界の開拓拡大としての側面をもっていたのだと思われるのである。（以上詳しくは拙論『国文学研究ノート』24号「式子内親王の「語らふ」「一声」――歌語、歌詞《ことば》としての側面――」参照）。○こ丶ろさはぎ　八代集にない。源氏物語「まづこの人いかになりぬるぞと思ほす心さはぎに、身の上も知られ給はず添ひ臥して、」（「夕顔」、新大系一―124頁）。「さわぐ」が正しい。①4後拾遺752「心さわがす」。⑤175六百番歌合690。

【訳】時鳥（が）、通りすぎかねるようにして鳴く一声は、きくどころではない状態であり、（その時鳥の一声によって）気持ちがすっかり乱れているので。

▽「すぎ《ぐ》」、「なき《く》」。隠題「桜柳梅」→「薄菊萩」、「目」（視覚）→聴覚、「なのら」→「なく」。時鳥の過ぎにくげに

鳴くほんの一瞬の声は、私の心がゆれ騒いで聞いたのか聞かなかったのか分らないようなありさまだと歌ったもの。下句、倒置法。類似の用例が多く、時鳥を一般的に歌っている詠といえる。聴覚（「一声」「聞く」）。

【参考】①3拾遺99「やまざとにやどらざりせば郭公きく人もなきねをやなかまし」（夏、よみ人しらず。3′拾遺抄67）

①3同1073「年をへてみ山がくれの《あしびきのやまがくれなる(和)》郭公きく人もなきねをのみぞなく」（雑春、実方。②6和漢朗詠集705、下「王昭君」）

①4後拾遺188「ききつともきかずともなくほととぎす心まどはすさよのひとこゑ」（夏、伊勢大輔）

③117頼政139「世中をすぎがてになけ時鳥おなじ心に我もきくべく」（「郭公」）

⑤147永縁奈良房歌合27「ほととぎすひとこゑなきてすぎぬれどしたふ心ぞちぢにありける」（「郭公」上総君）

【類歌】④32正治後度百首116「一声はききつともなきほととぎす雲のいづくにまたなのるらん」（夏部「郭公」範光）

183　祝[1]

君が代[2]をなにゝたとへむ[3]二葉なる松[4]もちと[5]せ[6]の末[7]をしらねば

【校異】183の詞書～187―ナシ（私Ⅲ）。「乙丙」（文）。1祝―いはひ（B、本、三、神、岡、私Ⅱ）。2代―世（本、神）、よ（三、岡、私Ⅱ）。3む―ん（A、本、三、神、岡、私Ⅱ）。4松―枩（三）。5とせ―年（岡）。6せ―せ〔?〕（三）。7末―すゑ（本、三、神、私Ⅱ）。

【語注】**○君が代を**　⑤35円融院扇合1「君が代を松吹く風にたぐへてぞかへす千とせのためしなりけり」。**○二葉**　31前出。④26堀河百首17「子日して二葉の松を千世ながら君が宿にも移しつるかな」（春廿首「子日」公実）。**○二葉なる**　③100江帥370「ふたばなるわかまつのもりとしをへてかみさびむまで君はましませ」（「いづる…」）。**○ちと**

せ　9既出。「千歳の松」は八代集二例・金葉326、329。「千歳の末」は八代集にない。①20新後拾遺1548「四代までにふりぬと思ふ宿の松千とせの末はまだはるかなり」（慶賀「…、松」後西園寺入道前太政大臣）。拾遺456「音にのみ…住吉の松の千とせを今日見つる哉」（雑上、貫之）。

【訳】わが君の御代を何にたとえたらいいのだろうか、まだ二葉である松でさえも千年の将来を知らないのだから。

【本歌】①4後拾遺432「きみがよをなににたとへむときはなる松のみどりもちよをこそふれ」（賀、よみ人しらず）

▽「時鳥」→「君」「松」、「一声」→「二葉」「千歳」。本歌と183は、第一、二句が全く同一である。本歌は、常磐の松の緑も千年を過ごすだけと歌い、183はそれをうけて、二葉の松も千歳の先を知らないから、そこで終りだから、わが君の御代を一体何にたとえればよいのか、それ以上の長久不変のものだと寿いでいるのである。常緑不変の松を用いた、おなじみの〝我が君〟を祝賀する型《パターン》の詠。二句切、倒置法。同じ小侍従に、類似した詠として、⑤197千五百番歌合2206「ふた葉なるまつのためしもたえぬかないくちよとなき君が御代には」（祝）＝402がある。「祝」五首の冒頭。

「第九群は祝の歌」、183〜185・三首は、「題に祝をもつ歌である。」（「田中」84頁）

【参考】③31元輔27「二葉なる子日の松をいかばかり行すゑ遠き物にたとへん」（「大将…」）

③111顕輔116「君が世はながみねやまにふたばなるこまつのちたびおひかはるまで」（御屏風六帖和歌十八首、甲帖、正二月「長峰山小松多生」）

⑤171歌合文治二年3「君がよをなににそへむといろかへぬまつもちとせをかぎるとおもへば」（「祝」経家）

【類歌】③131拾玉70「ふた葉なる松は千代ふる物ぞとも君がみたててかたるにぞしる」（百首和歌十題、祝）

184

宮白[1]川[2]どの、御わたりに[3]祝[4]二首[5][6]竹[7]風になる[8][9]月[10]松[11]を照[12]す

うちそよぐ風なかりせばいかにしてよる我《我が》[13]友[14]をありとしらまし

【校異】「乙丙」（文）。1白—しら（三）。白川—しらかは（本、神、岡、私Ⅱ）。2川—河（A）。3に—に、（私Ⅰ、私Ⅱ、国⑦）。4祝—いはひ（B、本、三、神、岡、私Ⅱ）。5首—首、（国④）。6□（私Ⅰ、文）、次行（A、本、神、私Ⅱ）。7竹—たけ（B、本、三、神、岡、私Ⅱ）。8る—る、（国④、国⑦）。9□（文）、一字分アキ（本）、二字分アキ（B、三、神、岡）、三字分アキ（A）。10月…す—ナシ（私Ⅱ）。11松—まつ（B、本、三、神、岡、国⑦）。12照—てら（本、三、神、岡）。13我—わか（A、B、三、岡、私Ⅱ）。14友—とも（B、三、岡、私Ⅱ）。

【語注】**○宮**　「宮は大宮多子。」（文）。　**○白川どの**　建礼門院右京大夫集「女院たち、后のみや〳〵、三條女御どの白河どのなど、みな御ほう物たてまつらせ給し、」（大系419頁。「后のみや〳〵」の頭注に「太皇太后宮多子」の名もみえる）。愚管抄「サテ白河殿ト云シ北政所モ、延勝寺ノ西ニイミジク家ツクリテアリシモ、治承三年〔注—1179年〕六月十七日ウセラレニケリ。」（大系247頁）。関白基実室平盛子の事。白川延勝寺西に邸宅があった。平家物語「高倉院御在位の時、御母代とて准三后の宣旨をかうぶり、白河殿とておもき人にてまし〳〵けり。」（「吾身栄花」、新大系上—15、16頁）。　**○竹風になる**　「竹鳴風　小侍従Ⅰ184・Ⅱ118」のみの珍しい歌題（歌題索引）。184のほうの歌。「生《な》る」ではなく、「鳴る」か。「竹風になる」、「月松を照す」は対句。　**○月松を照す**　「月照松　続詞351（忠季）…小侍従Ⅰ185…」（歌題索引）。この題は185の歌。②10続詞花351「はがへせぬ松のこまよりもる月は君が千年のかげにぞ有りける」（賀「二条のおほき大后宮にて、月照松と云ふことを」源忠季）。　**○うちそよぐ**　八代集二例・拾遺162、新古今615。ただし「そよぐ」は八代集において、古今172を初出として多くの用例がある。　**○よる**　風によって「寄る」か。

「夜」（和漢朗詠集151）のほうは、音によって知る。　○我友　八代集一例・千載607（ママ）。千載608（ママ）「我が友と君が御垣の呉竹は千世に幾世のかげを添ふらん」（賀、俊成）。和漢朗詠集432「…唐の太子賓客白楽天　愛して吾が友となす」（下「竹」篤茂）。④26堀河百首1325「わが友と我ぞいふべきくれ竹のうきふししげき身としなれれば」（雑廿首「竹」隆源）。

【訳】もし（竹に）そよいでいる風がなかったとしたら、どうして夜（であるのに）、わが友＝竹がそこにいると知ったであろうか、イヤ知らなかったに違いない。〈宮が白川殿にお行きになった時で、祝二首、「竹が風に生ずる、月が松を照す」〉

▽「知ら」。「君が（代）」→「我が（友）」、「松」→竹（「我が友」）。そよぐ風があるから、夜であっても音で我友・竹があると知るのだと歌ったもの。反実仮想（表現）。竹はめでたい、寿ぐものである。「よる我が友」に、宮が白川殿に来られた事を寓意するか。③116林葉955「太皇太后宮しら川にはじめてわたりゐさせ給ひて、左大将実定など参りて和歌会あらんとせしに、…月照松」（雑、祝）、956、957共「おなじ心を（＝「月照松」）」、さらに958〜960三首は「風生竹」の詞書、題をもつ。184の詞書（題）は、和漢朗詠集151「風の竹に生る《な》（風生竹）夜窓の間に臥せり　月の松を照す（月照松）時台の上に行く《あり》」（夏「夏夜」白）による。

【参考】②4古今六帖439「おもへどもきえぬうき身をいかにしてあたりの風にありとしらせん」（第一「ざふのかぜ」）

185　[1]あけぬとやねぐらの[2]たづは[3]思ら[4]む月にし[5]のぶる松の[6]たま[7]えを

【校異】「乙丙」（文）。1あけ—明（A、三、岡）。2たづ—たつ《鳥》（三。「鳥」は「雀」か）。3思—思ふ（本、神、岡、国④、おもふ（A、三、私Ⅱ）。4む—ん（A、B、本、三、神、岡、私Ⅱ）。5の—も（B、本、三、神、岡、私Ⅱ、「乙丙」（文））。6たまえ—こまつ《本ノマ、》（本）。たまえを—たまへを《本ノマ、》（神）。7え—へ（三、岡、私Ⅱ、「神」（文））。

【語注】○ねぐら　八代集二例・拾遺344、1009。源氏物語「めづらしや花のねぐらに木づたひて谷のふる巣をとへる鶯」（「初音」、新大系二―383頁）。　○しのぶる　「偲ぶ（上二段）」は、八代集一例・新古今818。源氏物語「亡き人をしのぶるよひのむら雨にぬれてや来つる山ほとゝぎす」（「幻」、新大系四―201頁）。　○松のたまえ　新編国歌大観索引①〜⑩では、この歌のみ。　○たまえ　「玉枝《え》」か。ただし「玉枝」は八代集になく、「玉江」のほうは、後撰1251を初出として八例ある。『日本国語大辞典』において、「玉枝」の用例として挙げる散木奇歌集の用例は、③106散木959「たえま」であり、ここは「玉江」（「玉」は美称接頭語。地名なら摂津の三島江）と考えておく。なお「玉枝」の用例としては、②16夫木15677「浪かくる玉えのいとをくりはへてしのにほすてふころもおるらし」（雑部十五、糸「同、雲葉」貫之）があげられる。③15伊勢418「なにはがたたまえのあしをふみしだきなくらんたづのわがためにかも」、新古今932「夏かりの蘆のかり寝もあはれなり玉江の月のあけがたの空」（羇旅、俊成）、④18後鳥羽院888「かりねする玉えの月のあけ方に声もさやかに鳴く千鳥かな」（詠五百首和歌、冬五十首）。　○を　詠嘆か。単純に「（玉江）を」か。

【訳】夜が明けてしまったのだと、塒の鶴はさぞ思うであろう、月が（松を）皎皎と照らして、その月によって思い慕う松の生えている玉江であるゆえに。

▽「よる」「風」→「鶴」「月」「玉江」、「我が友」＝竹→「松」。月が明るく照らす松によって、玉江では（あるいは「松の玉枝によって」）、夜が明けはてたのだと、さぞ寝座《ねぐら》の鶴は思っている事であろうよとの「月松を照す」詠、184参照。三句切、倒置法。さらに四句切か。「松竹梅」の松はめでたい、寿ぐもの、ゆえに「鶴《たづ》」と組み合せる。「塒の鶴」に白川殿を寓意するか。

【類歌】②15万代3283「あけぬとやたづもなくらむいもがしまかたみのうらにのこる月かげ」（雑三、西園寺入道前太政大臣）

186
[1]さきにけり[2]みかさの山の[3]木ずゑまで[4]この[5]みをかくる[6]藤のしるしは

【校異】「乙丙」（文）。1さき—咲（岡）。2みかさ—三笠（本、三、神）。3木ずゑ—梢（本、三、神、岡）。4こ—た（「類」（文））。5み—身（本、三、神、岡、私Ⅱ）。6藤—ふち（本、三、神、岡、国⑦）。藤の—ふちの（私Ⅱ）。

【語注】〇みかさのやま　120前出。三笠山の麓にある春日神社が藤原氏の氏神であるゆえに、「藤」を藤原氏に、「松」を皇室にたとえてその共存を寿ぐ場合につながるといわれる。「松」は前歌・185に歌い込まれている。「笠」の縁語「しるし」？。三笠山などを含む春日山、さらに春日神社、春日野など藤（春）の原。③131拾玉1598「のどけかれみかさの山の藤浪をかけてもいのるすみよしの松」（秋日詣住吉社詠百首和歌「述懐」）。〇木ずゑまで　⑤247前摂政家歌合嘉吉三年69「木ずゑまで花は咲きこす藤波のしたに残れる松風のこゑ」（「後春」定衡）。〇このみ　「木の実、此《こ》の身」掛詞。古今445「花の木にあらざらめども咲きにけりふりにしこのみなる時も哉」（物名、文屋康秀）。

【訳】（藤は）咲いた事よ、三笠の山に生えている木の梢までも、木の実をさらに此の身を懸けている藤の（繁栄の）証拠としては。

▽「玉江」→「三笠の山」、「松」→「藤」「梢」「木の実」。三笠山の梢まで木の実をかけ、此の身を懸ける藤のしるしは咲いた事だ、つまり末端の我（「此の身」）まで藤原氏の栄えの恩恵に浴しているとの藤氏への「祝」賀歌。初句切、倒置法。第三、四句この頭韻。

186は、「題も詞書もない。しかし「みかさの山」や「藤」が詠みこまれていることから、藤原氏に関係がある歌と思われる。小侍従は『小侍従集』編集当時、大宮多子のもとに身をよせていたらしく、この歌は多子の実家である藤原氏の繁栄をたたえたものではないだろうか。」（「田中」84頁）

【参考】①7千載1077 1074「かすが山まつにたのみをかくるかなふぢのすゑばのかずならねども」（雑中、公行）
【類歌】⑤358増鏡72「思ひやれ三笠の山の藤の花咲きならべつつ見つる心は」（太政大臣（実氏））

187　君が[1]代[2]は[3]きくの[4]した[5]水[6]むすびけ[7]る人のよはひ[8]もなにならぬかな

【校異】「乙丙」（文）。1代—代《世》（三）。2は—ナシ（岡）。3きく—きく《菊》（三）、菊（本、神）。4した—下（A）。5水—みつ（B、三、岡）。6むす—結（三）。7る—「り習」（文）。8も—に（本、三、神、岡）。

【語注】**〇きくのした水**　八代集一例・新古今717（賀、興風。②4古今六帖2267、第四「いはひ」おきかぜ。③10興風32）。和漢朗詠集264「谷水花を洗ふ　下流を汲んで上寿を得る者は三十余家　…」（秋「九日付菊」已上紀）。⑤261最勝四天王院和歌135「万代の契ぞむすぶ水無瀬川せきいるる庭のきくの下水」（「水無瀬川摂津」有家）。**〇人のよはひ**　八代集にない。②4古今六帖3748（第六「きく」）。③19貫之135）、③85能因230など。**〇なに**　「名に」ではなかろう。

【訳】わが君の御代は菊の下水をすくいとった人の年齢も何ら問題とならない事よ（、それ以上はるかに越えるものだ）。
▽「藤」→「菊」、「山」→「（下）水」。天皇家の御代は、菊の下水を飲んだ人の年も問題ではない、それ以上のはるか長久だと、前歌の藤原氏に続いて、「祝」の詠である。さらに小侍従集の結びの歌として、式子内親王集の三つの百首歌の末が、「君が世」（100、201）、「君が齢」（300）の永遠なる事を寿ぐ構造と同一である。初句、第二句きの頭韻。187も「前歌同様題も詞書もついていない。これは長寿を祝っている歌である。祝句の「君」は、前歌からの流れを考えると、大宮多子を指すものと思われる。／祝の歌の群である第九群は、大宮多子への祝の歌でしめくくられている。」（「田中」84、85頁）

【参考】③98顕綱91「君がよはきくのしたゆくたに水のながれをくみてちとせをぞまつ」（「…、きくを」）

【類歌】①17風雅2208 2198「くむ人のよはひもさこそ長月やながらの川のきくのした水」（賀、隆博）
④1式子354「むすぶべき末もかぎらじ君が代に露のつもれるきくの下水」
⑤177慈鎮和尚自歌合208「うき世かなよはひのべても何かせんくまずはくまず菊の下水」（「菊を」。③131拾玉754、楚忽第一百首、秋「菊」）
⑤258文治六年女御入内和歌193「すゑむすぶ人さへのぶるよはひかな千世をやうつすきくの下みづ」（九月「菊」殿）
⑤262寛喜女御入内和歌63「おいをせくきくのした水てにむすぶこのさと人ぞ千代もすむべき」（九月「人家菊花盛開」。③133拾遺愚草2112、寛喜元年十一月女御入内御屛風和歌、九月「菊」）

187　君が代は　…[1]にならぬかな[2]

[3]（七行分空白）

（半葉白紙）

此本以両本令校合畢落所之歌
[4]悉書入之於[5]尓今者可爲證本哉
應永廿七年三月日
前上總介

【校異】1「校了」（B）…この帖（頁）は、ここまでで終り（B、岡）。2「（半葉白紙）」（私Ⅱ）。3（二行分空白）（三）。4悉—愚（文）。5尓—爾（私Ⅰ）。奥書・奥付「右以為定卿自筆之本不違令書写校合畢」（本、神）、「右以為定

卿自筆之本不違／一字令書寫校合畢」（三）、「本云／此本一夜仁馳筆書写之、定謬多〻有之哉／後人一見之時被直付者可為芳志者也／応永廿六年八月日　前上総介／（二行分空白）」／（四行分空白）／右小侍従集一巻以ナシ（文）飛鳥井栄雅卿自「御自」（文）筆本／書写之由藤原某奥書有之／（四行分空白）」八」（私Ⅲ）。

【語注】**○応永廿六、廿七年**＝1419、1420年。　**○二条為定**（永仁元・1293～延文五・1360年）。　**○芳志**　人の親切な志に対する敬称。おこころざし。平家物語「これまでとぶらひ来給ふ衆徒の芳志こそ、報《ほうジ》つくしがたけれ」とて、」（新大系上―71頁）。　**○飛鳥井栄雅**（応永二三・1416～延徳二・1490年）。

入[1]撰集此集不見哥[2]〈[3]載撰集不載家集〉

戀[4]のうた[5]とてよめる

188　千[6]載[7]戀四
戀[8]そめ[9]しこゝろ[10]のいろ[11]の何[12]なれば／[13]おもひ[14]かへすにかへらざるらん[15]

【校異】1入…見—載撰集不撰此集（本、神、「習」（文））。2哥—歌（本、神、文）。3載…集—ナシ（本、神、文）。4 8戀—恋（文）。5うた—哥（本、神、岡）。6千…四—ナシ（文）・以下略。7載—栽（岡）。9そめ—初（本、神）。10こゝろ—心（岡）。11いろ—色（本、神、岡）。12何—いか（本、神、「類」（文））。13／—ナシ（文）・以下略。14おも—思（本、神、岡）。15んーむ（本、神）。

【語注】**○入撰…家集**　「雖入勅撰不見家集歌」（式子内親王集301〜）に似る。詳しくは、武井和人『中世和歌の文献学的研究』「私家集末尾に勅撰集による補遺を加へるといふこと――勅撰集の終焉――」参照。**○戀そめ**　八代集初出は後拾遺638。「初め」に「色」の縁語「染め」を掛ける。**○こゝろのいろ**　八代集三例・初出は後撰735。心の動きを色にたとえる。**○おもひかへす**　八代集初出は後拾遺826。**○かへら**　「「かへる」は色が褪（あ）せること。「かへら」は「返ら」と色の縁語「かへら」をかける。」（新大系・千載892）。

【訳】恋い初め、染まってしまった心の色が、一体どういうものであるから、恋しく思う前の心に返そうとするのに、なぜ元に戻らないのであろうか。〈勅撰集に入っているのではあるが、この集に見えない歌〈勅撰集に記載されてはいるが、家集に載っていない〉／恋の歌としてよんだ（歌）〉

▽恋い初め、染めて、心の色が何であるから、もとの思いに返そうとしても、どうして帰らないのか、と恋の心・思いを歌う。第一、二句この頭韻。「以下補遺、丙類諸本のみに見える本文。」（文）。①7千載892 890、恋四「恋歌とてよめる」太皇太后宮小侍従。「右歌は、後入道二品親王〔私注―覚性法親王（1129～1169）か〕の百首の中に、こひそめし心はなにのいろなればおもひかへせどかへらざるらん、と侍るに心詞たがはぬうへに、…」（傍点筆者）⑤197千五百番歌合2630（左）、2631（右）・188の〔類歌〕の判、恋三、判者顕昭）。④39延文百首2486「こひごろもおもひかへすにかへらぬは心の色をいかにそめけん」（恋二十首「寄衣恋」源有光）が、188に酷似する。

「参考「限りなく思ひそめてし紅の人をあくにぞかへらざりける」（拾遺・恋五・読人しらず）。恋の深みにはまり込んでいく心の状態を染色に寄せていう。」（新大系・千載892）

「涙の色という紅色さえも灰汁で染め返すことができる。それなのに恋心の色は、いちどその思いにとらわれると、恋しく思うことを止めてもとの平静な心にもどろうとしても、もう戻れないという作意の歌。／◉前歌を受け、それとは反対に恋心の変わり得ないことを詠む歌を配列する構成。」（和泉・千載891・補注）

【参考】③127聞書252「あひそめてうらこきこひになりぬればおもひかへせどかへされぬかな」（「恋」）

⑤139新中将家歌合36「わがこひはながるるみづにあらねどもおもひかへすにかへらざりけり」（大夫）

【類歌】⑤197千五百番歌合2631「きみこふるなみだのいろのくれなゐはおもひかへすにかへるものかは」（恋三、丹後）

百首哥[1][2]たてまつりし時

189 新古今冬[3]

[4]おもひやれ八十のとし[5]の暮[6]なれば／いかばかりかは[7]もの[8]はかなしき[9]

【校異】1哥―歌（文）。2たてまつ―奉（本、神）。3今―ナシ（本、神、岡）。4おも―思（本、神）。5とし―年（本、神、岡）。6暮―くれ（本、神）。7ばかり―斗（岡）。8もの―物（岡）。9かな―くる（本、神、「習」（文））。

【語注】〇八十　「やそぢ」。八代集三例・初出は金葉581。「釈迦入滅の年齢をさすかと思われる。」（田中裕『水郷春望――新古今私抄――』61頁）。「「八十」は概数で、古語では七十代の後半から八十代の前半をさすことが多い。」（『新古今和歌集全評釈　第三巻』696）。〇とし　掛詞（「八十の年」と「年の暮」）か。〇暮なれば　「夕暮」も掛けるか。

【訳】察して下さい、八十歳の年末であるから、どれほどか物悲しいという事をば。〈百首歌をたてまつった時（の歌）〉

▽八十の年の暮だから、どんなに悲しいかを思いやっていただきたいと、相手へ呼びかけもらしたもの。西行を思わせる詠。歳暮の歌。初句切、倒置法。「建仁二年（一二〇二）頃」（新大系・新古今696）。「老嫗の実感の表白」（古典集成・新古今696）。千五百番歌合で、忠良の2087「としといひてよそぢもちかくおくりきぬさてもむかふるはるはうとくて」と番えられて、判において蓮経（季経）は、「左歌、まことに八十《八十（校本）》算のくれ、いかばかりかはあはれにぞ《ナシ（校）》はべるべき、ただしなにごとをおもへるにか、かみをうけたまはる程はすゐにいかなることかとおもふ《ひ（校）》たまふるに、いかばかりかはものはかなしきといへる、こひざめにこそうけたまはれ《り侍れ（校）》…左の八旬よりは右の四十算はまさりてうけたまはる」（歌合集（大系）501頁参照。「左歌は、実に八十路の年の暮が、どれほどかあはれでございましょうか、が、ただし一体何事を思っているのか、上句をききました時には、下句はどのような事であろうかと思い申し上げるのに、「いかばかりかはものはかなしき」といったのは、恋*の心がさめはててしまい、期待外れの興ざめのようにきかれる事だ…左の八十よりは、右の四十路はまさってきかれる」。「恋ざめ*」・「左、いかなることのあるべきぞと聞くほどに、末いとこひざめなり。」（『歌合集』（大系）400頁、「仁安二年（1167）八月太皇太后宮亮平経盛家歌合」）、⑤175六百番歌合626「ひとづてになにかこころをつくすらんこひざめならばくやしからじや」（恋「聞恋」中宮権大夫））と判じ、負とした。

①8新古今696、冬、小侍従。⑤197千五百番歌合2086、冬三、千四十四番、左、小侍従。⑤335井蛙抄534。三つ共初句「おもへただ」。

「判、上・下句合はず《ママ》、「恋ざめにこそうけたまはり侍れ」とするが、むしろそこに新古今的評価があろう。」（『奥田』41頁）

井蛙抄「女房懐紙は端作も題も書事なし。たゞ歌ばかり書なり。小侍従、正治御百首〔私注―まちがい〕の時人にあつらへてかゝするに、春廿首とばかり書たり。是うけたるすがたなり。其時の歌に、／おもへたゞ…／とよめり。」（歌学大系、第五巻、109頁）

【参考】①5´金葉三368「うれしきはいかばかりかは思ふらんうきは身にしむ物にぞありける」（恋、道信。6詞花223。②7玄玄21。③61道信16）

【類歌】③133拾遺愚草369「身につもる年をば雪の色にみてかずそふ暮ぞ物はかなしき」（閑居百首、冬十五首）

④11隆信675「あふことをたのめし今日のくれなればさぞあらましに物ぞかなしき」（「かへし」）

④18後鳥羽院897「身にとまる月日はいつもかはらねどくれぬる年ぞ物はかなしき」（詠五百首和歌、冬五十首）

題[1]しらず

190 同繼三 つらきをも恨[2]ぬわれ[3]になら[4]ふなよ／うき身をしらぬ人もこそあれ

【校異】1題―たい（本、神）。2恨―うらみ（本、神）。3われ―我（本、神、岡）。4なら―習（本、神）。

【語注】**○恨**「うらみ」。　**○恨ぬわれにならふなようき身**「あなたのつらいそぶりを恨まぬ私に馴れるなよ。私の恨まないのに馴れて他の人につらくなさいますな。つらい運命。」（『冨倉』297頁）。〇**うき身をしら**　④35宝治百首2515「とひがたみさてもや人のつらからんうき身をしれる袖の雨かな」（「寄雨恋」弁内侍）。〇**人もこそあれ**　①4後拾遺655「おもひしる人もこそあれあぢきなくつれなきこひに身をやかへてむ」（恋一、小弁）、③117頼政342「ことしげきあべの市路に我たたじ恋を見しれる人もこそあれ」（下、…歌合）。

【訳】あなたのつらい仕うちにも恨みはしない私というものに慣れて、他の人もそういうものだと思わないようにして下さい、自分の拙ない宿世の身の上を知らない人もいる事ですよ（、そうして恨みをうける事もありますから）。

▽我が「憂き身」を知らない人もいるのだから、あなたのつれない仕うちにも堪えて恨まない私に、人はそういうものだと思い習わないように、と歌ったもの。三句切。倒置法および逆接（末句）とはとらない。「題しらず」となっているが、正治初度百首の作。①8新古今1227、恋三、小侍従。④31正治初度百首2075、恋、小侍従、「正治・別本」第二句「うらみぬわれは」。⑤183三百六十番歌合正治二年662、雑、四十三番、右、小侍従。⑤223時代不同歌合210、百五番、右、小侍従、初句「つらさをも」。⑤248和歌一字抄1165、「憂とつらき裏書」小侍従。⑤362平家物語（延慶本）90、「実定卿待宵小侍従合事」待宵小侍従、「卅一　実定卿待宵の小侍従に合事／…在明の月の山のはを出けるを猶不ㇾ堪や覚しけむ撥《ハチ》にてまねき給けむもかくや有けむと其夜を被思知けり、／つらき…／と読たりし待宵小侍従を尋出して昔今の物語をし給ふ。」（平家物語・延慶本、第二中、339頁）。

「つれない恋人を恨まないという主題。…自分自身はもはや相手の冷淡さを恨もうとは思わないと言うことによって、暗に男の反省や同情を求めた歌だが、取りようによっては皮肉とも解される。「忘らるる身をば思はず誓ひてし人の命の惜しくもあるかな」（『拾遺集』恋四、右近）が連想される。」（古典集成・新古今1227）

「わが苦しみの秘かな訴えでもあるが、なおも相手を思いやる女のいじらしさであろう。参考「いかばかり人のつらさを恨みましうき身の咎と思ひなさずは」（詞花・恋上・賀茂成助）。」（新大系・新古今1227）

「自分の事は運命と諦めるといひながらも、尚他人に事よせて諦めきれぬ恨みを述べた婉曲巧緻な恋歌である。」（『冨倉』297、298頁）

「女と久我内大臣雅通との贈答歌〔私注—新古今1226〕のあとに置かれているのは配列の妙か。次の歌は殷富門院大輔の歌。」（『奥田』41頁）

「延慶本『平家物語』で実定との恋愛を語った段に引かれている。『新古今集』入集歌を延慶本作者が利用したものであろう。」（山崎『正治』262頁）

515との共通性（「つらし」「うき」）を指摘する…「桜井」43頁

【参考】①2後撰749 750「つらきをもうきをもよそに見しかどもわが身にちかき世にこそ有りけれ」（恋三、土左）
①3拾遺947「つらきをも思ひしるやはわがためにつらき人しも我をうらむる」（恋五、よみ人しらず）

【類歌】⑤230百首歌合建長八年1470「わすらるる人をつらしとおもふこそうき身をしらぬ心なりけり（ママ）」（二位中将）

191　百首哥[1]奉りしに[2]山家の心を

同雑中

[3]しきみつむ山路の露にぬれにけり／[4]あかつきおきの[5]墨染の[6]そで

【校異】1哥—歌（本、神、文）。2に—時（本、神、「習類」（文））。3しきみ—樒（本、神）。4あかつきお—暁を（岡）。5墨—黒（本）。6そで—袖（岡）。

【語注】**○しきみ**　八代集ではこの歌一例。源氏物語二例「濃き青鈍の紙にて、樒にさしたまへば、例の事なれど、いたく過ぐしたる筆づかひ、」（「若菜下」、新大系三—391頁）。　**○あかつきおき**　八代集三例・あと後撰914、新古今924。

「暁」は「東雲《しののめ》」や「曙」よりも早い時間。晨朝《じんちょう》即ち夜明けの勤行の支度のために早く起きるのである。「起き」の掛詞の「置《く》《き》」は、「露」の縁語。②4古今六帖552「ゆきなれぬ道のしげきに《さ(重)》夏のよ《ぐさ(重)》の暁おきは露けかりけり」（第一「つゆ」。③35重之260、下、夏廿）。　**○墨染のそで**　170既出。

【訳】樒を折り採る山路の露にすっかり濡れてしまった事だ、暁に起き出す、露の置いた墨染の袖は。〈百首歌をたてまつった時に、山家の心を（よんだ歌）〉

▽暁起きの僧衣は樒を摘むと、置いた山路の露に濡れはてると、尼僧としての日常を歌う。三夕の歌にみられる三句切「…けり」、体言止の新古今表現の典型、倒置法。①8新古今1666 1664、雑中、小侍従。④31正治初度百首2088、山家、小侍従。⑤183三百六十番歌合正治二年706、雑、六十五番、右、小侍従。⑤277定家十体91「心ある部卅九」小侍従。⑤328三五記69、小侍従。同じ小侍従に、「山・の露にぬれにけり」（同じ二、三句）の詞の通う60がある。

「山家（閑居）の歌」（古典集成・新古今、下、221頁）、「尼僧としての修行生活を歌う。「吾が背子を大和へやるとさ夜ふけて暁露に吾が立ち濡れし」（『万葉集』一〇五、大伯皇女）を意識するか。」（古典集成・新古今1664）

270や191は、「彼女の生活をそのまゝに歌つたものと見られよう。」（『富倉』238頁）。「小侍従の作品中「待宵」の歌と共に最も有名な作である。「暁おきの墨染の袖」と結んで、かつてはきぬ〴〵の恋の涙にぬらした袖を今は仏に奉る樒をつむのに濡らしてゐる深い感慨がこもつてゐる。／彼女の八幡に住んでからの実生活とその感慨とを歌つたと見る時愈感が深い。草庵の生活の中にかつての恋愛生活を余情として盛つて妖艶な風趣を薫らした歌、名歌といはれる所以である。」（『富倉』299、300頁）

「新風」（「島津」31頁）。226、191、364は、「しかし、当時の風潮と異《ママ》つて、率直に詠み余情をたたえている歌が多く、清新な趣を味うことができる。」（「木越」74頁）

「山家に生活している出家者の実際を詠んだもの。…この歌を若い日の恋の回想とみて…墨染めの袖に恋の艶をひびかせていると読む、実人生に強く引き付ける注解も魅力がある。」（『日本名歌集成』）
「前の式子内親王歌〔私注―新古今1665〕と袖で対応。そこに、この歌の心――余情を見出す。袖の露には在俗の頃の暁恋に涙した思い出が宿る。」（『奥田』41頁）
「和泉」九・27頁

【参考】④26堀河百首1283「山ぢにてそほちにけりなしら露の暁おきの木木のしづくに」（雑廿首「暁」国信。①8新古今924、羇旅）

【類歌】⑤247前摂政家歌合嘉吉三年540「雪の中にたれ山ふかくすみぞめの袖ふりはへてしきみつむらん」（冬釈教、仲方）
⑤411とはずがたり34「樒摘む暁起きに袖濡れて見果てぬ夢の末ぞゆかしき」（阿闍梨（有明の月））
⑤439兵部卿物語10「いにしへの袖のしづくにひきかへてやまぢの露にしぼるすみぞめ」（姫君（按察使の君））

新勅撰秋上[6] 和哥[1]所哥[2]合に海邊[3]秋月といへ[4]る心をよみ侍り[5]ける

192 沖∘《津》[7]風[8]ふけゐ《（ひ）》[9]のうら[10]による浪[11]の／よる[12]ともみえず秋[13]のよ[14]の月

【校異】1哥―歌（文）。2哥―歌（本、神、文）。3邊秋―辺炑（本、神）。4いへ―云（本、神）。5り―ナシ（本、神、岡）。6撰―ナシ（本、神）。7∘《津》―∘《つ》（文）、つ（本、神、岡）。8風―かせ（岡）。9ふけゐ―吹飯（本、神）。10うら―浦（岡）。11浪―なみ（本、神）。12よる―夜（本、神）。13秋―あき（本、神）。14よ―夜（本、神）。

【語注】○和哥所 ④11隆信306（賀）の詞書「和歌所にて、十首歌合侍りしに、にはのまつ」。○海邊秋月「新古399（宮内卿）・400（丹後）・401（長明）／定家2261・隆信Ⅱ201・良経1117」（歌題索引）。①8新古今399「こころあるをじまの海人のたもとかな月やどれとはぬれぬものから」（秋上「八月十五夜和歌所歌合に、海辺秋月といふことを」宮内卿）。
○沖《津》。風　八代集三例、初出は後拾遺1063。　**○ふけゐのうら**　八代集三例、初出は千載879。「吹けき」、「更け」の掛詞。
無名抄（86頁）に指摘する「風ふけて」の類とはみなさない。和泉国とされる。紀伊国の「吹上の浜」と混同された。
「小夜千鳥」「月」を景物とする。

【訳】沖の風がふき、夜が更けて、吹飯の浦に波がうちよせてはいるが、皓皓と照っているので、今が夜だとはとても思われない、秋の夜の月である事よ。〈和歌所の歌合に、「海辺の秋月」といった心（題意）をよみました（歌）〉

▽沖を吹く風があり、吹飯の浦に寄る波が、明るい秋夜の月によって、夜だとも見られないという「海辺秋月」の叙景歌。出典・⑤189撰歌合により、八月十五日の中秋の名月。第三、四句「よる」のリズム。「よる…のよるとも（みえ）ず」は一つの型《パターン》である。四句切。視覚（「見」）。①9新勅撰269、秋上、小侍従、初句「おきつ風」。⑤189撰歌合建仁元年八月十五日38、「海辺秋月」十九番、右、小侍従、初句「おきつかぜ」、釈阿の37「たとへてもいはんかたなしあかしがた秋のも中の波のうへの月」と番えられて、「又又可為持、判者申之」（又又持となすべし、判者これを申す）と、釈阿に判ぜられた。⑤232歌合文永二年七月32判。
「「沖つ風吹飯の浦」と言い掛け、「よる波のよるとも見えず」と語を重ねたところに、先例はなくはないが（参考参照「私注―③15伊勢384、③119教長403」）、表現上の面白味がある。」（『新勅撰和歌集全釈　二』）

【参考】①7千載879 877「まちかねてさよもふけひのうらかぜにたのめぬ浪のおとのみぞする」（恋四、参河）
③15伊勢384「おきつかぜふけひのうらにたつなみのなごりにさへや我はしづまむ」（⑤416大和物語42）
③119教長403「わたつみのきよきはまべ《（おき）》によるなみのよるともみえずてらすつきかげ」（秋。④30久安百首241）
③129長秋詠藻54「月清き千鳥鳴くなり奥つ風ふけひの浦の明がたの空」（上、冬歌十首。④30久安百首854）
④30久安百首解2「空晴れて月すみわたる秋の夜はよるともみえずあまの川なみ」（秋歌上、安芸）

【類歌】①19新拾遺627「立つ波の音は残りておきつ風ふけひの浦に氷る月かげ」（冬、祝部成光）
③131拾玉3114「あきも今はふけゐのうらのまつ風にたづ鳴くよはの有明の月」（秀歌百首草、秋二十首）

193 同[4]　　後[1]京極攝政百首哥[2]よませ[3]侍けるに

いくめぐり過行秋[5]にあひぬらん／かはらぬ月のかげ[6]をながめて

【校異】1後…政―同し家（本、神、「習」（文））。2哥―歌（文）。3ませ―み（本、神、「習」（文））。193の歌ナシ、が195の歌の後（本、神、「習」（文））。4同―同秋下（本、神）。5秋―秌（本、神）。6かげ―影（岡）。

【語注】○いくめぐり　八代集一例・新古今1275。④26堀河百首1584「いくめぐり過しきぬらん春秋に《の（紀）》そむる心を《ころも（紀）》うつろはせ《し（紀）》つつ」（雑廿首「述懐」紀伊。③102紀伊74）。③133拾遺愚草1643「昔だに猶ふるさとの秋の月しらず光のいく廻とも」（韻歌百廿八首和歌、秋）。

【訳】何回かめぐりめぐって過ぎ去ってしまう秋にあった事だろうか、過去と少しも違わぬ月の光をば物思いにふけってながめくらして。〈良経が百首歌をよませました時に〉
▽不変の月光をぼんやりと見やりながら物思いにふけり、どれくらい過ぎ行く秋にあったろう、わが身は昔と変りはて、すっかり年老いてしまった事だと、古今747「月やあらぬ…」（恋五、業平）、劉希夷・代白頭吟「年年歳歳花相似。歳歳年年人不レ同」と同じく、自然は不変であるが、人間は変化するという、万葉集以来、わが国の詩歌に一般的底流として摂取されている詩想によっている。三句切、倒置法。第四、五句かの頭韻。視覚（「ながめ」）。建久六・1195年二月左大将（良経）家百首。①9新勅撰294、秋下、小侍従。⑤223時代不同歌合206、百三番、右、小侍従。

「趣向上、昔から変らない月と変ってしまったわが身とを対蹠的に表現した歌であるが、「変らぬ月」という詞により、わが身の有様を余意として表している点がすぐれている。／配列上、「月」歌群最後の歌。」（『新勅撰和歌集全釈二』）

【類歌】④41御室五十首276「あはれとは我をも思へ秋の月いくめぐりかはながめきぬらん」（秋歌十二首、阿覚）
⑤189撰歌合建仁元年八月十五日5「ゆく末の千とせの秋はいくめぐりなれても夜半の月をながめん」（「月多秋友」女房）
⑤189同10「年を経ておなじ雲井にいくめぐりかはらぬ秋の月をみるらん」……（「月多秋友」公経）
⑤244南朝五百番歌合423「いくめぐりおなじ空行く月かげにかはるうき身の秋をしるらん」（秋七、無品法親王）

194　同下　おきてゆく[1]秋のかたみやこれならん／みるもあだなる露のしら[2]玉

【校異】194の歌―ナシ（本、神、「習・類」（文））。1ゆく―行（岡）。2しら―白（岡）。

【語注】**○おきてゆく**　「置く」は「露」の縁語。「起・置き」の掛詞とはみなさない。「行く」掛詞。「起き行く」は八代集一例・千載963、が、「置き行く」はない。③73和泉式部751「おきてゆく人の心もしらつゆのいままできえぬ事をこそ思へ」（「人の…」）。　**○ゆく秋のかたみ**　新古今545「ゆく秋の形見なるべきもみぢ葉は…」（秋下、兼宗）。「ゆく秋」と「秋のかたみ」（73既出）を掛ける。　**○や**　疑問、詠嘆どちらともとれる。　**○これならん**　④10寂蓮176「おほかたの秋くるよひやこれならん色なき露も袖に置きけり」（「立秋恋」）。

【訳】置いてゆく、行く秋の〝秋のかたみ〟というものが、これなのであろうか、見るのもはかない露の白玉は。

【本歌】①3拾遺214「くれてゆく秋のかたみにおく物はわがもとゆひのしもにぞ有りける」（秋、平兼盛。3′拾遺抄133。②5金玉31。6和漢朗詠集278）…73既出

▽見るにつけてもはかない露の玉、これが置きゆく秋の形見なの（か）、と本歌に答えたものであり、重出の自作73「けふくる、秋のかたみはこれかさはをくもあだなる露のしら玉」（秋「暮秋」）とかなり近い詠ではあるが、異なる詞もあり、各々別個の歌として注を施す事とした。73参照。三句切、体言止、倒置法。視覚（「見る」）。①9新勅撰356、秋下「後京極摂政百首歌よませ侍りけるに」小侍従。

【参考】類歌／『古今集』恋四・七四六・よみ人しらず／かたみこそ今はあたなれこれなくはわするる時もあらましものを／『拾遺集』秋・二一四・兼盛／くれてゆく…【余釈】…『拾遺集』兼盛歌を念頭に置き踏まえており、秋の形見は「わが元結の霜」と古歌にはいうが、の意をも含む。／配列上、…「暮秋」の歌。」（『新勅撰和歌集全釈　二』）

【参考】③61道信12「こむらさきのこれるきくはしらつゆのあきのかたみにおけるなりけり」（「おまへの菊を見たまひて」）…73既出

⑤75播磨守兼房朝臣歌合17「かくながらきえせざりせば白露を秋のかたみにおきてみてまし」（「白露」頼基）

⑤159実国家歌合59「しら露を秋のかたみとみるべきにあすは霜にやおきかはりなん」（「九月尽」前馬助）…73既出

後京極攝政家[1]百首哥[2]よみ[3]侍[4]けるに

195[9] 同戀三　雲となり雨となりて[5]も身にそはゞ／むなしきそら[6]をかたみとや[7]みん[8]

【校異】1家―ナシ（本、神）。2哥―歌（文）、ナシ（本、神）。3み―ませ（本、神、「習」（文））。4侍―侍り（本、神）。5なり―成（本、神）。6そら―空（本、神、岡）。7や―か《やイ》（本、神）、「か神」（文）、「は習」（文）。8ん―む（本、神、岡）。9 193の詞書、歌（本、神）。

【語注】○むなしきそら　漢語「虚空」の訓読語。①5金葉二465 497「こひわびてたえぬおもひのけぶりもやむなしきそらのくもとなるらん」（恋下、忠教。5´金葉三461）、③93弁乳母27「あはれ君いかなるのべのけぶりにてむなしきそらの雲となりけん」（①8新古今821、哀傷）、③123唯心房78「おもひきや春のみやまのはなざかりむなしきそらのくもとみむとは」、①8新古今1134「あふことのむなしき空のうき雲は身をしる雨のたよりなりけり」（恋二、惟明親王。④31正治初度百首175）。○や　詠嘆か疑問か、前者とする。

【訳】たとえ死んで、私の魂が身を離れて雲となり、雨となったとしても、あなたの身につと寄り添うならば、虚空をあなたは形見としてみる事でしょうよ。〈良経家の百首歌をよみました時に〉

▽恋に死んで遺骸を焼いた火葬の煙が雲となり、やがて雨となっても、あなたの身に近づくとしたら、虚空を（死んだ私の）形見とあなたはさぞ見る事だろうと歌う、式子（女歌）に多くみられる恋死の型《パターン》の詠。後述の源氏物語（「葵」）をふまえている。第一、二句「…となり」のリズム。視覚（「見」）。①9新勅撰集830 832、恋三、小侍従。⑤223時代不同歌合208、百四番、右、末句「かたみにやみん」。

源氏物語「「雨となり雲とや成にけん、いまは知らず」…「雨となりしぐるゝ空のうき雲をいづれの方とわきてながめむ」」（「葵」、新大系一―318頁）。脚注「「雨となり雲とやなりにけむ今は知らず」（劉夢得外集一・有所嗟・劉禹錫）亡妻を悼む詩の一節。「雨となり…」は、楚王が夢の中で契った神女に「妾《せふ》は巫山《ふざん》の陽《みなみ》、高丘《かうきう》の岨《そ》にあり、旦《あした》には朝雲となり、暮には行雨となる　朝朝暮暮《（ママ）》、陽台の下にす」と誓った言葉（文選十・高唐賦幷序）による。」。「文選宋玉が高唐賦序」については、続歌林良材集（歌学大系、別巻七、524頁）が詳しい。

【参考】八二八番歌の参考項を参照〔私注―「『文選』高唐賦　宋玉」〕。／類歌。／『古今集』恋四・七四三・人真／おほぞらはこひしき人のかたみかは物思ふごとにながめらるらむ／【余釈】恋しいあの人を夢に見たが、楚王の夢の故事のように、夢から覚めた後、あの人が雲や雨となってわが身近くにあるならば、古歌では恋しい人の形見ではないという空を形見として見るだろうか、という意の歌である。／上句の雲や雨になって身近に添うというのは楚王の夢の故事を踏まえており、下句の空を形見とするという発想は『古今集』七四三番人真歌によるものであって、この両者を取り合せて巧みに詠んだ一首である。」（『新勅撰和歌集全釈　四』）・自他の主語が異なる。

「和泉」源氏・23頁

【類歌】④10寂蓮85「尋ねきてむなしき空をながめても雲と成りにし人をしぞ思ふ」（「返し」頼輔。341）

④44正徹千首661「雲となり雨となりにし山をだにをしへしままの形見とやみぬ」（恋二百首「隠在所恋」）

⑤175六百番歌合815「雲となりあめとなるてふなかぞらのゆめにもみえよ夜はならずとも」（恋「昼恋」有家）

正治百首歌たてまつ[1]りける時

196 續後撰[2]夏　さのみやは山井の清[3]水涼しとて／かへさもしらず日をくらすべき

【校異】1たてまつ—奉（本、神）。2後撰—撰（本、神）。3清—淸（本、神、岡）。

【語注】○さのみやは　八代集二例・金葉455、新古今1228。「以下のことを反語表現で自問する形の表現。この頃から多く用いられ始める。」（新大系・金葉455）。そう一概に。「のみ」は、もっぱらそれに限定する意。○やは　反語、「日をくらすべき」へかかる。疑問の強調か。○山井　『八代集総索引』は、「山井《やまゐ》」の用例なく、すべて「山井《やまのゐ》」としているが、新編国歌大観①の索引は、すべて「やまゐ」とする。枕草子一例「足引の山井の水は氷れるをいかなるひものとくるなるらん」（新大系八六段・117頁）。「山井」は、山の中の自然に湧く水が溜ってできた井戸。○山井の清水　③133拾遺愚草130「夏ぞしる山井のし水尋ねきておなじ木陰にむすぶ契は」（二見浦百首、夏）、③133同2949「身をしをる山井のし水おとちかしさきだつ人に風やすずしき」（四巻）、④41御室五十首367「岩ねふみ山井の清水たづねいる木陰こそまづ涼しかりけれ」（夏七首、賢清）。　○かへさ　八代集初出は後拾遺91。

【訳】そんなふうにばかり、山の井の清水が涼しいからといって、帰る時も忘れて日々をそこで暮らしてよいでしょうか、そうではない。〈正治百首の歌を詠進した時に〉

▽そうとばかり、山井の清水が涼しいといって、帰りも忘れて日をすごすべきか、イヤ決してそうではないと歌ったもので、結局は「山井の清水」の清涼感を歌っているのである。①10続後撰230 221、夏、小侍従。④31正治初度百首2037、夏、小侍従。

【参考】⑤170三井寺山家歌合30「涼しとて山井の水をむすぶまにもろてにやどる夏のよの月」（「夏月」親盛）

【類歌】④29為忠家後度百首563「さのみやはいはまほしくてすぐすべきいざもらしてむやまがはのみづ」（恋十五首「未通詞恋」）

題しらず

197 同戀三 待もみよあふよをたのむ命にて[1]／我もしばしのこゝろづよさを[2]

【校異】1たの―頼（岡）。2こゝろ―心（岡）。

【語注】○待もみよ　「待《まち》」。①待ちうけて待っていて見よ、②ためしに待ってもみよ、両方の解が考えられるが、前者か。「待ち見る」は八代集三例。　○よ　「世」と思われるが、「夜」か、また掛詞か。　○命　①6詞花195「いのちあらばあふよもあらむよのなかになどしぬばかりおもふこころぞ」（恋上、惟成）、④38文保百首82「いかにせんあふにかへぬる命にて又は待つべきちぎりならねば」（恋、忠房）。　**○こゝろづよさ**　八代集一例・新古今1658。源氏物語「あやしう人に似ぬ心づよさにてもふり離れぬるかな、と思つゞけたまふ。」（「夕顔」、新大系一―146頁）。③133拾遺愚草2561「こひしなぬ身のおこたりぞ年へぬるあらば逢ふ夜の心づよさに」（恋「…、久恋」）。

【訳】ともすれば、もろくはかない絶え入りそうな私の命ではあるが、待ってみよ、あなたと会える世を頼みとして生き永らえている命であって、それを支えとして生きている私もしばらくの間の心強さを。

▽あの人と逢える時を頼りとして生きる命であり、私もしばらくの間死なない、生存している心強さを自《み》ら待ちもうけみよと、自らへよびかけたもの。初句切、倒置法。①10続後撰集800 795、恋三、小侍従。「お逢いできます夜を期待して、わたくしもしばらくのあいだ心強く思って、こうしてわずかに生きながらえているいのちですから、しばらく待って見てくださいまし。やがて、真意をお分かりいただけますから。」（『続後撰和歌集全注釈』800）

【参考】③19貫之587「あひみんとおもふ心を命にていける我が身のたのもしげなき」（恋）

正治二年百首[1]哥に

198　[2]續古今夏　咲にけり遠方人に[3]ことゝひて／名をしり[4]そめ[5]し[6]ゆふがほのはな

【校異】1哥―歌（本、文）。2古今―古（本、神）。3ことゝ―事と（本、神）。4そめ―初（岡）。5ゆふ―夕（岡）。ゆふがほ―夕皃（本、神）。6はな―花（岡）。

【語注】**○遠方人**　万葉集以来の表現。　**○しりそめ**　八代集一例・古今49（春上、貫之）。源氏物語二例「をのづから関守強くとも、ものの心知りそめ、いとおしき思ひなくて、」（「常夏」、新大系二―13頁）。**〇ゆふがほ**　八代集一例・新古今276（夏、前太政大臣）。平安時代後期になると多くよまれるようになった。源氏物語「心あてにそれかとぞ見る白露の光添へたる夕顔の花」（「夕顔」、新大系一―103頁）。

【訳】咲いてしまった事よ、遠い彼方にいる人に問うてみて、初めて名前を知った夕顔の花は。〈正治二年の百首歌に〉

【本説】源氏物語「白き花ぞおのれひとり笑みの眉ひらけたる、「をちかた人に物申」とひとりごち給を、御随身ついゐて、「かの白く咲けるをなむ夕顔と申侍。花の名は人めきて、」（「夕顔」、新大系一―101頁）

▽「遠方人」に尋ねて、（源氏が）名を最初に知った夕顔は咲いたと、**【参考】**の古今1007によった**【本説】**源氏物語の物語世界を歌いあらわしている。初句切、体言止、倒置法。①11続古今273、夏「正治二年百首歌」小侍従。④31正治初度百首2033、夏、小侍従。⑤183三百六十番歌合正治二年246、夏、五十一番、右、小侍従。⑥10秋風210、夏下「正治二年にたてまつりける百首の夏のうた」こじじう。⑥11雲葉360、夏「百首歌たてまつりし時」小侍従。「源氏物語夕顔の巻を配景としてゐる。源氏の光君が夕顔の家に始めて注意する所に、／（源氏が）「をちかた…咲き侍りける云々」／とある。この光君の言葉は古今集巻第十九所載の旋頭歌／打ち渡す…／によつてゐる。…／源氏物語と交渉して歌ふ事は平安末期には多い。登蓮や頼政の歌にも見える。小侍従のにも他に…〔114〕…がある。」（『冨倉』293、294頁）

【参考】①1古今1007「うちわたすをち方人に物まうすわれそのそこにしろくさけるはなにの花ぞも」（雑体、旋頭歌、よみ人しらず。②4古今六帖2510）

【類歌】①8新古今1490 1488「うちわたすをちかた人にこととへど答へぬからにしるき花かな」（雑上、小弁）
③133拾遺愚草1229「わたりするをちかた人の袖かとやみづのにしろき夕がほの花」（内裏百首、夏十首「美豆御牧」）
⑤175六百番歌合276「たそかれにまがひてさける花のなををちかた人やとはばこたへん」（夏「夕顔」隆信）

⑤213内裏百番歌合建保四年72「こたへねどそれとはみえぬたそかれやをちかた人の夕貌の花」（夏、範宗）

題[1]しらず

199 同戀三 諸共[2]にあかぬ別[3]のきぬ〴〵[4]に／いづれのそで[5]かぬれまさる[6]らん

【校異】1題―たい（本、神）。2共―とも（本、神）。3別―わかれ（本、神）。4きぬ―衣（本、神、岡）。5そで―袖（本、神、岡）。6まさ―勝（岡）。

【語注】**○あかぬ別**　七夕歌に多い。98、127、128既出。源平盛衰記「大将ハ通夜《よもすがら》御物語アリテ、アカヌ別ノ衣々ヲ引分帰給ケル明方ノ空何トナク物哀ナリケルニ、侍従モ共ニ起居ツヽ、」（三、161頁）。**○きぬ〴〵**　八代集二例、初出は古今637。源氏物語一例「風のをともいと荒ましく霜深きあか月に、をのがきぬ〴〵も冷やかになりたる心ちして、」（「浮舟」、新大系五―212頁）。④31正治初度百首182「きぬぎぬの別れしほどをおもふよりかさねぬ袖もうちしをれけり」（恋、三宮）。**○そで**　七夕か恋人の袖か。**○か**　疑問。**○ぬれまさる**　八代集にない。土佐日記「9行く人もとまるも袖の涙川汀のみこそ濡れ勝りけれ」（新大系9頁）。蜻蛉日記「89はちすばのたまとなるらんむすぶにもそでぬれまさるけさのつゆかな」（上、新大系71頁）。

【訳】お互いに決してみたされる事のない別れの朝に、一体男か女いずれの袖がより多く濡れ勝っているのであろうか。

▽共に「飽かぬ別れ」の後朝、男と女のどちらの袖がより濡れているのかと歌う。七夕の歌とも考えられるが、続古今のこの歌の前後が「きぬぎぬ」の歌であるので、一般的な「衣衣（後朝）」の歌とする。①11続古今1160 1168、恋三

「題不知」小侍従。
【参考】①6詞花9290「たなばたのまちつるほどのくるしさもあかぬわかれ［と（顕）］といづれまされり」（秋、顕綱。③98顕綱99、「七夕」）
⑤165治承三十六人歌合54「衣衣になりし別にあらねどもぬれしはいかに墨染の袖」（寂信）
【類歌】②14新撰和歌六帖1703「袖かはすよはのたまくらいづかたにあかぬなみだのぬれまさるらん」（「たまくら」）

後京極摂政百首哥[1]に[2]

200　同戀五[3]　何事も夢ときく[4]よにさめやらで／うつゝに人[5]をうらみつるかな[6]

【校異】1哥—歌（本、神、文）。2に—ナシ（岡）。3戀五—五（本、神）。4きく—聞（本、神）。5人—ひと（本、神）。6かな—哉（岡）。

【語注】○何事　②10続詞花273「木葉ちる峰の嵐に夢覚めてなにごとをかはおもひのこさん」（秋下、弁乳母）。○夢と　新古今1972「夢や夢うつゝや夢とわかぬかないかなる世にかさめんとすらん」（釈教「維摩経　十喩中に、此身如夢といへる心を」赤染衛門）。○よ　「夜」か「世」か、掛詞か。○さめやら　八代集にない。①12続拾遺1313 1315「さめやらであはれ夢かとたどるまに…かな」（雑下、忠良）、②16夫木17063「さめやらぬゆめ」（雑十八、衣笠内大臣）。

【訳】この世のものすべてが、とどのつまり夢だときいている世の中に、迷妄の夢からさめきる事なく、現実に今あの人を恨んだ事であるよ。〈良経の百首歌に〉

▽全部が夢幻だと聞く世で目覚めず、悟りきらないで、煩悩にとらわれ、実際にあの人を恨んだと歌う恋歌。上句は

一般的表現ではあるが、後述の久安百首989によっている。第四、五句うの頭韻。聴覚（「聞く」）。①11続古今1371、1379、恋五「後京極摂政家百首歌に」小侍従。

【参考】④30久安百首989「何事もむなしき夢ときくものを覚めぬ心になげきつるかな」（尺教「大品経」清輔）

【類歌】①20新後拾遺1010「さよ衣かへすかひなき思ひねの夢にも人を恨みつるかな」（恋二、後嵯峨院）

③132壬二1340「何事も夢とのみみるよの中に神のまことぞうつつなりける」（為家卿家百首、雑十五）

千五百番哥合[1]に[2]

201 續古今戀五[3] たのめつゝこぬよ[4]を待しい[5]にしへを／忍ぶべしとは思ひやはせし

【校異】1哥—歌（文）。哥合に—「歌合歌神類」（文）。2に—哥（本、岡）、歌（神）。3續…五—同（本、神）。4よ—夜（本、神）。5いにしへ—古し（岡）。

【語注】**〇忍ぶ**　「我慢する」ではない。　**〇下句**　「身につまされて思いやろうとは夢想だにしなかった。」（歌合集、大系514頁）。　**〇思ひ**（名詞）　恋愛を中心とした精神的凝縮とされる。　**〇やは**　反語。

【訳】もう今はすっかりたえはて、あきらめてしまっているので、「あてにしつつ来ない夜を待った」昔の事を思いやるようになろうとは、かつて思ったのであろうか、イヤ決して思いもしなかったのだ。

▽「あてにしつつも来ぬ夜を待った」昔に、今思いをはせる事になろうとは、過去に少しでも思ったのか、イヤ思いはしなかったと歌った恋の〝懐旧〟詠。顕昭判の如く、「いにしへ」の「ふることをおもひて」の歌。自己の体験として、「頼めつつ来ぬ夜を待」った昔を、今思い慕うようになろうとは、その時の昔にわずかでも思ったのであろう

か、イヤ思いもしなかったのだ、ともとれる。①11続古今1383 1391、恋五「千五百番歌合」小侍従。⑤197千五百番歌合2656、恋三、千三百二十九番、左、(勝)、小侍従、俊成卿女の2657「ならひこしたがいつはりもまだしらでまつとせしまの庭のよもぎふ」と番えられて、顕昭判に、「左歌は、たのめつつこぬ夜あまたにとよみおけりしふることをおもひて、わが身にしられ《られし(校本)》、いにしへの人のつらさを、おもひあはせられたるかとおしはからるるもをかしくや／右歌は…いかにてもふるき歌をまねばんにとりては、柿本の詠にはおよぶべからず、ただし、さりとも歌のさまをとりて侍らば申すべきにおよばず、左の歌《左歌(校)》はまさり侍り《ら(校)》なん」(左歌は、「頼めつつ来ぬ夜あまたに」〔拾848〕とよんでいた古い言葉、歌を思って、我身にしみじみと知られ、古の人のつらさをも、思い合せられたのかと推量されるのも、おもしろい事か／右歌は…どのようにでも古歌をまねぼうとしても、柿本の詠には決して及ぶ事はできない、しかし、そうであっても歌の体をとるのでありましたら、かまいません、左の歌はきっと優れている事でございましょうよ)とされた。

「今仲絶えてしまってはかへって、嘗て約束しておいて来てくれなかったにせよ待つ心に生きた当時が、なつかしくしのばれるといふ意味の恋歌。」(『冨倉』306頁)

「和泉」十・31頁

【参考】①3拾遺848「たのめつつこぬ夜あまたに成りぬればまたじと思ふぞまつにまされる」(恋三「題しらず」人麿。3´拾遺抄284。②6和漢朗詠集788、下「恋」人丸。③1人丸208)

【類歌】①19新拾遺1160「たのめつつこぬよの数はつもれどもまたじと思ふ心だになし」(恋三、行広)
④31正治初度百首1126「いにしへをおもひよそへてしのぶれば花たちばなや我を待つらん」(夏、釈阿)

出家の[1]、ち[2]よみ侍[3]りける

202 同雑下 そむきにししるしはいづら[4]たちかへり／[5]うき世にかくて[6]すみぞめの袖

【校異】詞書、歌―ナシ（本、神、「習・類」（文））。1、ち―後（岡）。2よみ―讀（岡）。3り―ナシ（岡）。4たちかへ―立歸（岡）。5うき―浮（岡）。6すみぞめ―墨染（岡）。

【訳】170〈出家した後でよみました（歌）〉

▽170既出。

[1]千五百番[2]哥合に

203 續拾遺[3]冬 [4]をとづれて[5]なを過ぬるかいづくにも／[6]こゝろをとめぬ[7]初[8]しぐれかな

【校異】1千…哥―同し歌（本、神、「習」（文））。3拾遺―拾（本、神）。4をと―音（岡）。5なを―猶（本、神）。6こゝろ―心（本、神、岡）。7初―はつ（本、神）。8しぐれかな―時雨哉（岡）。

【語注】**〇をとづれて** ③110忠盛52「ねざめするまきのいたやにおとづれてなみだもよほすはつしぐれかな」（百首、冬十首）、⑤160住吉社歌合嘉応二年56「たびねするのぢのしばやにおとづれてすぐるはよはのしぐれなりけり」（「旅宿時雨」素覚）。 **〇初しぐれ** ③126西行法師276「初時雨あはれしらせてすぎぬなりおとに心の色をそめつつ」（冬「時雨」）。

【訳】音をたてやってきては、それでもやはり過ぎて行ってしまった事であろうか、どこにも心をとどめず、去ってしまう初時雨である事よ。

▽音をさせてやって来るが、過ぎ去るのか、どこにも心を止めない初時雨だと、擬人法——恋の世界をほのめかすか——で、この時代（千載、新古今集）の、〝音〟によって時雨を知るという、初冬の〝時雨〟詠。二句切。聴覚（「をと」）。①12続拾遺382 383、冬（「千五百番歌合歌」）、小侍従。⑤197千五百番歌合1696、冬一、八百四十九番、「左　持」、小侍従、第二句「なほすぎぬなり」、通光の1697「たえだえのこの葉がしたのおとづれもしもにとぢつるむしのこゑごゑ」と番われ、「このつがひ《ことはつかひ(校本)》、又おなじおとづれに侍れば、しひてききわきがたくや侍らん」（この結番は、又同じ「おとづれ」でございますので、特に区別しがたい事でございましょうか）と定家に判ぜられた。

「一時雨一…秋風集・冬〔私注—⑥10秋風集463、冬上「千五百番歌合歌」小侍従〕。…▽何処にも気持ちを残さないで過ぎ去って行く初時雨。時雨を男によそえ、一所に降り定めない様を恋歌のごとく仕立てたか。」（『続拾遺和歌集』382）

「「おとづれて猶過ぎぬなり」は京都の時雨をよく歌ってゐる。しと〱と降り出したかと思ふといつか止んでゐる時雨を擬人していづくにも心とゞめぬとその無執著に好感をよせたところもいい。」（『冨倉』304頁）

「和泉」七・9頁

【類歌】④31正治初度百首560「あはれをば木葉ばかりにおとづれてやがて過ぎぬるはつ時雨かな」（冬、通親）

題[1]しらず

204 同

霜[2]がれの[3]あさぢ色づく冬[4]埜には／[5]おばな[6]ぞ[7]秋のかたみ[8]なりける

【校異】1題—たい（本、神）。2がれ—枯（本、神）。3あさぢ—淺茅（岡）。4埜—野（岡、文）、の（本、神）。5おばな—尾花（本、神）。6ぞ—に（本、神）。7秋—秌（本、神）。8なり—成（本、神）。

▽78前出。78「霜がれて…」（「寒草霜」）。

205

二月の[1]廾[2]日あまりの[3]比大内の花[4]みせよと小侍従[5]申けれ

ばいまだひらけぬ[6]枝に[7]付て[8]遣しける　[9]従三位頼政

[10]新後撰春上

[11]おもひやれ君がためにと[12]まつ[13]花の／[14]さきもはてぬにいそぐ[15]こゝろを

【校異】1の廾—廿（本、神、岡）。2廾—廿（文）。3比—ころ（岡）。4み—見（本、神）。5 9従—従（文）。6枝—えた（本、神）。7付—つけ（本、神、岡）。8遣—つかは（本、神、岡）。9従…政—次行下（岡）、次行下「よりまさ」（本、神）、「頼政習」（文）、「ナシ神」（文）。10新…上—ナシ（本、神、岡）。11おも—思（本、神、岡）。おも…—二字半下げ（岡）。12まつ—待（岡）。13花—はな（本、神）。14さき—咲（本、神、岡）。15こゝろ—心（岡）。

【語注】**〇さきもはて**　「さきはつ」は八代集にないが、②4古今六帖3778、③88範永16、③131拾玉4031などに用例がある。

【訳】思いやって下さい、あなたのためにと（咲くのを）待っている花が咲ききらないのに、（早く咲くようにと）せかす心をば。〈二月二十余日の頃に、宮中の桜花を見せて下さいと小侍従が申しよこしたので、まだ花の咲いていない枝に付けてよこした（歌）〉

▽宮中の花を見せよとの小侍従の申し出に対して、まだ花の咲いていない桜の枝に付けて頼政が送ってよこした歌で、あなた（小侍従）のために咲くのを待っている花の、まだ咲ききりもしないのに、あなたのほうからせかす心を、この枝を見て考慮し、考えなおして下さいと言ったものである。初句切、倒置法。①13新後撰57、春上「きさらぎの廿日あまりの比、大内の花みせよと小侍従申しければ、いまだひらけぬ枝につけてつかはしける」従三位頼政、③117頼政32、（春）、「二月《きさらき（桂）》の廿日比に大内の花見せよと申し侍る《人のもと（桂）》にいまだひらけぬ花につけてつかはしける」（桂、第四句「咲もいてぬに」。二月の二十日頃に、宮中の花・桜を見せよと申し上げました時に、まだ開花していない花につけて言い送った（歌）。

「二人〔私注―頼政、小侍従〕の親しい交りは、さうした恋の彩づけの有無とは別に長く治承の頃迄もつゞいたのである。」（『冨倉』213頁）

【参考】①4後拾遺451「おもひやれやそうぢ人のきみがためひとつ心にいのるいのりを」（賀、為盛女。⑤56賀陽院水閣歌合18）

①7千載486「年へたる人の心をおもひやれ君だにこふる花の都を」（離別「かへし」資通。②10続詞花688、別「返し」）

②7玄玄138「おもへきみかしらのゆきをはらひつつきえぬさきにといそぐこころを」（赤染）

返し

206 同上[1] あふ事にいそがざりせば咲やらぬ／花[2]をばしばし待《まち》もしてまし[3]

【校異】1同上―新後撰春上（本、神、岡）。2花―はな（本、神）。3て―て《て》（本）。

【語注】**○咲やら**　八代集にないが、③122林下23「さきやらぬはなみてのみぞいそがれぬさらではをしきはるのひかずを」（「山花…」）、③129長秋詠藻208「山桜さきやらぬまは暮毎にまたでぞ見ける春のよの月」（中「山家にて、…」）、②14新撰和歌六帖37「ながき日にまたるる花はさきやらでくらしかねたるきさらぎのそら」（第一「なかのはる」）などにみられる。

【訳】会う事を急がなかったとしたら、咲ききらない桜花をば、しばらくの間でも待つ事をしたであろうのに（、あなたに会う事をいそぐから待てないのだ）。

▽「いそが」「咲」「やら・ぬ」「花」「待」。小侍従の「返し」歌で、結局、会うのを急ぐから、「咲やらぬ」花をしばしも待てないのだと言っているのである。反実仮想の詠。①13新後撰58、春上、小侍従。③117頼政33、（春）、小侍従、第二句「いそぐなりせば」。／159（「杉本」28頁）参照。

心月輪の心を

207 同尺教[1][2] いさぎよく月はこゝろ[3]にすむ物[4]と／しるこそやみのはるゝなりけれ[5]

【校異】 1同尺敎―ナシ（岡）。2尺敎―尺（本、神）。3こゝろ―心（岡）。4物―もの（本、神）。5れ―り（本、神、「習」（文））。

【語注】 **○心月輪**　自分の心を清浄な円月と観想する事。「真言の金胎両部に於て胎蔵界には衆生の肉団心を蓮華と観じて其の開合を以て因果を分ち金剛界には之れを月輪と観じて其の円欠を以て凡聖を分つ。其の月輪は菩提心の円明の体を標幟する」（国歌大系・新後撰和歌集、91頁）。「覚性772・資隆92」（歌題索引）。⑦46出観772「よとともに心のうちにすむ月を峰よりにしになにをしむらん」（雑「心月輪」）、⑦51禅林瘀葉集（資隆）92「身のうちにつねにすみける月をなどやまよりいづるものとしりけん」（「心月輪」）、さらに後拾遺1188、詞書「月輪観をよめる」。月輪は絶対の真理を月に比喩して言う。「月輪観　…自身の心が月輪のごとしと観ずる。」、後拾遺1188「月の輪に心をかけしゆふべよりよろづのことを夢と見るかな」（雑六、覚超）。新古今1934「わが心なをはれやらぬ秋ぎりにほのかに見ゆる在曙の月」（釈教「観心如月輪若在軽霧中の心を」公胤）。また「月輪」は「月輪観《ぐわちりんくわん》」の事でもある。③92成尋阿闍梨母集108「やまのはにいでいるつきもめぐりてはこころのうちにすむとこそきけ」（「…、月のいみじうあかきを見侍るに、よふけているに、月りんといふことのおぼえてあはれに」）。**○いさぎよく**　「いざきよく」とも考えられるが、用例よりして「潔く」とする。八代集三例、初出は金葉628。本来訓読語。**○すむ**　「澄・住む」掛詞。**○けれ**・「り」の本文もあるが、「れ」が正しい。

【訳】 清浄に月は心に住み、澄みきっているものだと、知る事こそが、無明迷妄の闇が晴れる事であるよ。〈「心月輪」の心を〉

▽清く月は心の内に住み、澄んでいるという事を知るのが、迷いの闇が晴れる事だと、〝心月輪〟の心をそのまま歌う。①13新後撰653、釈教、小侍従。207に近似した参考歌として、①5金葉二642 685「よとともにこころのうちにすむ月をありとしるこそはるるなりけれ」（雑下「常住心月輪といへる心をよめる」澄成法師。5´金葉三634）がある。

【参考】③111顕輔61「いかばかりくまなくてらす月なればこころのやみもはるるなるらん」（「…、月」）
【類歌】④39延文百首2446「しばしわがうき世の外にすむものは月にむかへるこころなりけり」（秋二十首「月」源有光）
④41御室五十首832「天の原空にもしばしとどまらで月は心ぞすみかなりける」（秋十二首、寂蓮）

千五百番哥合に[1]

208 同戀二
浪[2]たかきゆらの湊をこぐ舟の[3]／しづめもあへぬわがこゝ[4]ろかな

【校異】1哥—歌（文）。2浪—波（本、神）。3舟—ふね（本、神）。4こゝろ—心（岡）。

【語注】**○浪たかき** 現実、現状。**○ゆらの湊** 八代集二例・新古今1073、1075。由良は紀伊と丹後説がある。「湊」は「水《み》な（の）戸・門」。「ゆら」は、「揺れ」の意を含ませるか。**○しづめもあへ** 「しづめあふ」は、八代集にない。源氏物語一例「忌の残りも少なくなりぬ、過ぎしてと思ひつれど、しづめあへずものしつるなり。」（「蜻蛉」、新大系五—285頁）。「沈め」と「静め」を掛ける。

【訳】浪の高い由良の河口を漕ぎ行く舟のごとく、沈みきらず、静める事ができないわが心であるよ。

▽浪の高い「水門」を漕ぐ舟が沈みきらない如く、静められない恋心であると歌ったもの、上句が序詞であり、比喩・象徴となっている。①13新後撰900 901、恋二、小侍従。②15万代2306、恋三「千五百番歌合の歌」、小侍従。⑤197千五百番歌合2326、恋一、千百六十四番、左、小侍従、通具の2327「めぐりこし世世のちぎりに袖ぬれてこれもむかしのうきなみだかな」と番えられて、師光に「左、ゆらのみなとをこぐ舟のしづめもあへぬと侍る、さもありぬべし／右、…左にはまさるべくや侍らん」（左歌は、「由良の湊を漕ぐ舟の沈めもあへぬ」とございます、そうもきっとある事でしょ

うよ、右、…左には優れているようでございましょうよ。「右　勝」と判ぜられた。古典文庫は、①8新古今1071「ゆらのとをわたるふな人かぢをたえ行へもしらぬ恋のみちかも」（恋一「題しらず」曽禰好忠）を指摘する。「「ゆらのとを…」を本歌としてゐる。由良は丹後の由良であらう。〔鎮めもあへぬ〕恋に乱れてしづめようとしてもしづめられぬ。…おほらかな調の美しい恋の歌。」（『冨倉』306頁）

【参考】①2後撰670 671「白浪のよするいそまをこぐ舟のかぢとりあへぬ恋もするかな」（恋二、大伴黒主）

【類歌】⑤244南朝五百番歌合556判「よ舟こぐゆらの湊も水鳥のなみのうきすもさむきしほ風」

戀[1]の哥[2]の中に

209　新[3]後撰戀二
住よしの神にい[4]のりしあふ事[5]の／まつ[6]も久しくなり[7]にける哉[8]

【校異】1戀—恋（文）。2哥—歌（神、文）。3新…二—同（本、神）。4いの—祈（本、神）。5事—こと（本、神）。6まつ—松（本、神）。7なり—成（岡）。8哉—かな（神）。

【語注】**○住よしの神**　八代集一例・後拾遺1062（雑四、後三条院御製）。**○まつも久しく**　「松」掛詞。住吉の松は古来有名。

【訳】住吉の神に祈念した、あなたと会うのを待っている事も、（住吉の）松の久しいごとくずいぶんになってしまった事だよ。

【本歌】①1古今778「ひさしくもなりにけるかなすみのえの松はくるしき物にぞありける」（恋五、よみ人しらず）

▽住之江の〔松、待つ事が長くなって〕苦しいと歌った本歌をうけて、摂津「住吉の神」として、その神に祈った会

う事を〔松、待つ事が長くなって〕しまったと歌う。①13新後撰931 933、恋二「恋歌中に」小侍従。209に酷似した類歌に、①21新続古2134「さりともと祈りし事も住よしのまつほどひさになりにけるかな」（神祇、成恩寺関白前左大臣）がある。113と共に「待つ恋の作」（糸賀「残映」114頁）、113参照。

「住吉の神に逢ふことを祈つて来たが、その逢瀬を待つ事も既に久しくなつたといふ意味の歌。住吉の神と出し「松」にかけた懸言葉の巧妙さが中心であるに過ぎない。」（『冨倉』283、284頁）

【参考】①4後拾遺1176 1178「さもこそはやどはかはらめすみよしの松さへすぎになりにけるかな」（雑六、よみ人しらず）
①6詞花140 138「なにごともゆきていのらむとおもひしに神な月にもなりにけるかな」（冬、好忠）
③119教長745「あふことをまつのいはねにとしふりてこけむすばかりなりにけるかな」（「寄苔恋」）
④26堀河百首1597「すみよしの神にぞ祈る松の葉の数しらぬまで君が御千世を」（雑「祝詞」永縁）

【類歌】②16夫木16101「住吉の神代の松のあきのしもふりてもひさしみつの玉がき」（雑部十六「…、神祇」有家）

[1]平忠度朝臣山里の花見[2]侍けるに家づとはおらずや[3]と申つかはして侍[4][5]ければいへ[6]づともまだおり[7]しらず山櫻[8]ちらで歸[9]りし春しなければと申て侍ける返事[10]に

210 玉葉春下[11] 我[12]ために おれや[13]一[14]えだ[15]山[16]ざくら／[17]いへづとにとはおもはずもあれ

【校異】1平…見―右側へ（＝2）。2。（平…見（本、神）。3ず―は（本、神、「習」（文））。4て―ナシ（神）。5侍―侍り（本、神）。6いへ―家（本、神、岡）。いへ…れば―他歌と同じく一首の歌の扱い（本、神）。7おり―折（本）。8

櫻―桜（文）、さくら（本、神）。9歸―帰（文）、かへ（本、神）。10事に―し（本、神、「習」（文））。11玉葉―玉（本）。12ため―為（本、神）。13一―ひと（本、神）。14えだ―枝（岡）。15山―やま（本、神）。16ざくら―櫻（本、神、岡）。17いへ―家（本、神、岡）。

【語注】○忠度　161詞書「ただのり」。小侍従との間になき名が立った事が、161の詞書に見える。○山里　もと孤絶した淋しさをいう代表的景物。『式子全歌注釈』68参照。○「いへ…」の歌　二句切、倒置法。「家づとはおらずや」の言に対しての応答。「まだ」は、「また」か。「おり」は、「折（時）」と「折り」の掛詞。下句「いつも散りつくすまで帰らないから、花の枝をみやげにする習慣はない。」（『玉葉和歌集全注釈』163）。○一えだ　八代集初出は後拾遺100。○いへづと　八代集三例・初出は古今55。家苞。わが家に持ち帰る土産。家へのみやげ。

【訳】私のために折って下さい、一枝の山桜をば、家への土産とは思わないように。〈平忠度朝臣が山里の花見に伺候した時に、家への土産として桜の枝を折らないのですかと申し送りましたところ、「家への土産として、未だその時期も、折る事も知らない、山桜であるよ、（山桜が）ちる事もなく帰った春がないのだから、即ちいつも散ってから帰るのだから」と申しました返事として〉

▽忠度に、「家づとは折らずや」といったところ、歌を送ってよこした「返事」として、小侍従が、「家づと」とは思わないで、山桜を一枝私の為に折って下さいと歌ったものである。これらの詞（歌）のやりとりの大もとに、①1古今55「見てのみや人にかたらむさくら花てごとにをりていへづとにせむ」（【参考】）（『玉葉和歌集全注釈』163）。春上、そせい法し。②4古今六帖3470、第五「つと」そせい。4199。6和漢朗詠集125。③9素性8）があるのはいうまでもない。三句切。①14玉葉163、春下、「平忠度朝臣山里の花み侍りけるに、家づとはをらずやと申しつかはして侍りければ、いへづともまだをりしらず山桜ちらでかへりし春しなければ、と申して侍りける返ごとに」小侍従、③121忠度16「家づともまだをりしらず《ぬ(月)》山ざくらちらぬにかへる《でかへりし春》ならひ《し(月)》なければ」（百首和歌平忠度、春「ひがし山の花み侍りけるに、家づ

とはをらずやと、人の申しはべりければ」。②12月詣142、二月「山ざとの花見侍りけるに、人のいへづとはをらぬかとまうしければ」)。

歌苑連署事書「一、詞中歌事／後拾遺に藤原相如が女、ゆめ…、といふ歌〔私注―565〕よりしてとき〴〵見ゆれども、再三にはすぎざるべし。今見及ぶところ二十首に及べり。如何なるべき事にか。」（歌学大系、第四巻、105頁）

【詞書】平忠度朝臣が山里に花を見に行きました時に、「あら、素性法師とは違うのね。おみやげに花の枝は折らなかったの」と言ってやりましたところ、「おみやげの花なんて、まだ折った経験はないよ。山桜を見に行って、全部散らないうちに帰ったなんて春は、今までないんだからね」と申しました、その返事に詠みました歌。／【通釈】（あなたの風流ぶりはよくわかりましたが）私のためには一枝折って来て下さいな、山桜を。お宅へのおみやげとはお思いにならないにしても。」（『玉葉和歌集全注釈』163）

【参考】③108基俊121「家づとにさのみなをりそ桜花やまの思はんこともやさしく」（194）

③116林葉154「帰らんと思ふ心のあらばこそ折りても花を家づとにせめ」（春）

【類歌】④41御室五十首760「一枝もわれはたをらじ山桜家づとなしと人はいふとも」（春十二首、生蓮）

七夕によめる[1]

211 同秋上 まれにあふ秋[2]のなぬか[3]のくれはどり[4]／あやなくやがてあけ[5]ぬこの[6]夜[7]は

【校異】1める―み侍ける（本、神）。2秋―秌（本、神）。3なぬか―七日（本、神、岡）。4れ―り（岡）。5あけ―明（岡）。6この―此（本、神、岡）。7夜―よ（岡）。

【語注】○まれにあふ　②4古今六帖2730「こひこひてまれにあふよのあかつきはとりのねつらきものにざりける」（第五「あかつきにおく」）、③100江帥244「こひこひてまれにあふよのとことはばちとせをへてもあけずもあらなん」（更（久））、②16夫木4052「としをへて稀に逢ふ夜の明行くはみる人くるし七夕のいと」（秋一「久安百首」待賢門院あき。④30久安百首1233）。○秋のなぬかの　③133拾遺愚草2242「天河あくるいはともなさけしれ秋の七日のとしの一夜を」（秋）。○くれはどり　呉織。呉服。「呉機織《くれはたおり》」の約。古《いにしえ》、呉国から渡来した織物。綾織であるところから「あや」に掛かる枕詞。七日の「暮れ」を掛け、「あやなく」を導く。八代集一例（後撰712、金葉367）。○あやなく　むやみに。道理もなく。わけもわからず（に）。つまらなく。しるしなく。

【訳】年に一度、まれに会う秋の（七月）七日の暮は、むなしくすぐに明けてしまうのだ、この夜は。〈七夕に詠んだ歌〉

▽年に一回会う、秋となって初めての七日の夕暮、はかなくかいなく過ぐ七夕の逢瀬のこの夜は明けてしまうとの七夕詠。末句、倒置法。第二、四、五句あの頭韻。①14玉葉477、秋上「七夕によみ侍りける」小侍従。④31正治初度百首2040、秋、小侍従、第四句「あやなくいかに」。

「【通釈】稀にようやく逢えた、秋、七月七日の夕暮は、忽ち時がたって、空しくも早々と明けてしまったよ、この貴重な夜は。」（『玉葉和歌集全注釈』477）

「七夕の歌。「くれはどり」といふ第三句の技巧を注意すべきである。第四・五句も巧みである。」（『冨倉』295頁）

「【参考】「天の川岩こす波の立ちゐつつ、秋のなぬかの今日をしぞ待つ」（後撰二四〇、読人しらず）「七夕の天の川原の岩枕かはしも果てず明けぬこの夜は」（千載二三九、俊頼）」（『玉葉和歌集全注釈』477）

正治二年百首哥[1]奉[2]ける時秋[3]哥[4]

212 同秋下[5] ながめても誰《たれ》をかまたん[6]月夜よし／夜よ[7]しとつげん[8]人[9]の[10]なければ

【校異】1哥―歌（神、文）。2奉―奉り（本、神、岡）。3秋―あきの（本、神）。4哥―歌（文）、うた（本、神）。5秋下―下（本、神）。6ん―む（本、神）。7夜よ―よ、（岡）。8つげん―告む（神）、告ぬ（本）。9人の―ひとし（本、神）。10の―し（岡、「類」（文））。

【語注】**○ながめ**　「ぼんやりと戸外に目をやりながら物思いにふける」か、「眺望する」か。　**○か**　反語。　**○夜よしと**　①14玉葉125「夜よしとも人にはつげじ春の月梅さく宿は風にまかせて」（春上、入道前太政大臣）。

【訳】一体物思いをこめてみたとしても、誰を待ったらいいのでしょうか（、誰も待つ人はいない）、なぜなら月夜がいい、（秋の）夜がいいと言いやるような人がいないのだから…。〈正治二年（の）百首歌を詠進した時（に、詠んだ）秋の歌〉

【本歌】①1古今692「月夜よしよしと人につげやらばこ《ん（六）》てふににたりまたずしもあらず」（「【参考】」（『玉葉和歌集全注釈』684）。恋四、よみ人しらず。②4古今六帖2843）

▽「月が美しい、夜がすばらしいとあの人に言い」やったなら、まるで来て下さいと言っているようなもの、でもしかし「待って」いないというわけじゃないという本歌をうけて、反対に、秋の「月夜よし、夜よしと言ってくれるような人がいないから、月・夜を「ながめ」ても、誰も待つ人がいないともらした、「恋」歌の本歌取りの四季（秋）詠である。当然212は恋歌仕立てとなる。それは詠歌大概の教え、詞の用法にも叶っている。二句切、倒置法。視覚（「ながむ」）。①14玉葉684 685、秋下「正治二年百首歌たてまつりける時、秋歌」小侍従、第二句「たれをかまたむ」、

末句「人しなければ」。④31正治初度百首2054、秋、小侍従、末句「人しなければ」、「正治・別本」第二句「たれをかまたむ」。

【通釈】ぼんやり空を眺めて、一体誰を待つという事があるのだろう。あの古い歌のように、「よい月だよ、すばらしい夜だよ」と知らせてやるような人もいないのだもの。」（『玉葉和歌集全注釈』684）

【参考】③56恵慶23「わがやどの物とのみみば秋のよの月よよしとも人につげまし」（「人の家に、女どもきたり」）

④30久安百首901「…　いかがとも　とふ人もなき　ま木の戸に　猶ありあけの　月かげを　待つ事がほに　ながめても　おもふこころは　…」（短歌、顕広）

【類歌】①17風雅1057 1047「わすれずは夜よしと人につげずとも月みるたびに待つとしらなむ」（恋二、源和氏）

④18後鳥羽院410「月よよし夜よしとたれにつげやらん花あたらしき春の故郷」（千五百番御歌合、春廿首。⑤197千五百番歌合271）

④18同1595「月のこるやよひの山のかすむ夜をよしとつげよまたずしもあらず」（恋十五首撰歌合「春恋」。⑤194水無瀬恋十五首歌合3）

前右近中將[1]資盛家に哥[2]合し侍けるによみてつか[3]はしける[4]

213　同戀二　お[5]なじ世にあるをたの[6]みのい[7]のちにて／おしむもた[8]れがた[9]めとかはしる

【校異】1將―将（本、神、岡、文）。2哥―歌（本、神、文）。3つか―遣（本、神、「習」（文））。4る―る戀哥（本、神、「る恋歌神習」（文）。5おな—同（本、神）。6たの—頼（岡）。7いのち—命（本、神、岡）。8たれ—誰（岡）。
9ため—為（本、神）。

【語注】**○資盛**　応保元・1161年—元暦二・1185年。尊卑分脈㊃34頁参照。新勅撰作者。「平重盛の二男。…治承二1178年右近権少将、次いで右近権中将、寿永二1183年蔵人頭を歴任し…俊成・隆信・小侍従・有房・寂蓮・親宗・定家の著名歌人が参加した右近中将資盛家歌合は寿永元年以前の成立かという。」（和歌大辞典）。寿永二年定家二二歳「1・22—4・5？「頭中将平資盛朝臣家歌合」（判者釈阿、散佚）に出詠〈三八三九〔私注—①14玉葉67〕〉（『藤原定家全歌集下』384頁）。『平安朝歌合大成　八』の「四三五〔寿永元年以前〕右近中将資盛歌合雑載」参照、この歌・213は15。「彼女〔私注—右京大夫〕と小侍従との贈答歌も亦この頃のことである。彼女が右京大夫の愛人資盛の歌合に歌を送つた記録もある。即ち…おなじ…これもこの頃であらう。／さてこの間彼女の出席した歌会の記録に今にのこるものは、安元元年十月十日の右大臣（兼家）家歌合のみのやうである。」（『冨倉』233、234頁）。**○おなじ世にある**　③73和泉式部773「たのむべきかたもなけれどおなじよにあるはあるぞとおもひてぞふる」。**○おしむ**　「名」とも考えられるが、やはり「命」であろう。**○たれが**　「か」とも思われるが、「が」（新国①）であろう。

【訳】あなたと同じこの世に生きているのを支えとするわが命であって、命を惜しむのも一体誰のためであるのか、（あなたは）知っていますか。〈前右近中将資盛が自邸で歌合をしました時に、詠んで送りました（歌）〉

▽あなたと同じ世に生きているのをあてにして生き、この命を惜しみ生き永らえているのも、誰の為かというのを、あなたはご存知か、みんなただひとえにあなたの為なのですよと言いつかわしたもの。①14玉葉1605 1597、恋三「前右近中将資盛家に歌合し侍りけるに、よみてつかはしける恋歌」小侍従。

【通釈】あなたと同じこの世に生きている事だけを頼みにしている命ですもの、それを惜しむというのも誰のためだとお思いですか。（ただあなたに逢いたいためだけではありませんか）／【参考】「恋すればうき身さへこそ惜しまるれ同じ世にだにすまむと思へば」（詞花二二四、心覚）」（『玉葉和歌集全注釈』1605）

【類歌】 ①19新拾遺1064「つれなさ別（経、治）のかぎりもしらず同じ世に命あらばとたのむはかなさ」（恋二、良憲）②12月詣398「恋ひしなん命はなほもをしきかなおなじ世にあるかひはなけれど」（恋上、頼輔。⑤158太皇太后宮亮平経盛朝臣家歌合116。165治承三十六人歌合86）③131拾玉50「同じ世にあるかひもなき身なれども命ばかりはなほをしきかな」（百首和歌十題、恋）⑤358増鏡40「消えかぬる命ぞつらきおなじ世にあるも頼みはかけぬ契を」（第三、藤衣、御母后）

正治百首哥[1]奉り[2]けるとき[3]羇旅

續後拾遺旅（こよひ）[4]

214　今夜[5]もや宿かりかねん[6]津[7]のくに[8]の／こやとも人のいはぬわたりを[9]

【校異】 1哥—歌（本、神、文）。2り—ナシ（本、神）。3とき—時（本、神、岡）。4遺—ナシ（本、神）。5今夜—こよひ（本、神）。6ん—む（岡）。7津—つ（文）。8のくに—國（本、神、岡）。9を—は（本、神、岡、「習類」（文））。

【語注】 **○かりかね**　八代集にない。「宿かりかねて」②16夫木10170（雑四、行真）。**○津のくにの**　④30久安百首670「こやとだにいふとしきかば津の国のいくたびなりといはましものを」（恋二十首、親隆）。**○こや**　「昆陽」「小屋」「来や」を掛ける。

【本歌】 ①4後拾遺691「つのくにのこやとも人をいふべきにひまこそなけれあしのやへぶき」（恋二、和泉式部。③73和泉式部690）…この歌の初めのほう、及び214の第三句以下（位置も同じ）は、①3拾遺223「あしのはにかくれて

すみしつのくにのこやもあらはに冬はきにけり」（冬、源重之）と通う

【訳】今宵も旅宿を借りる事ができないのであろうか、摂津の国の昆陽と同音の「小屋」に「来や（来て下さい）」とも、人が言わない辺りであるから。〈正治百首の歌を詠進した時、羇旅（の歌）〉

▽〔摂津の昆陽で、小屋に来て下さいと、〕その土地の〔人〕が、あの人への如く、〔言い〕はしない辺りだから、今晩も宿を借りられないのかと、つぶやいた旅歌である。本歌の上句を、第三句以下に用いて、歌を羇旅に変えているのであるが、本歌ゆえに歌を恋歌めかしている。二句切、倒置法。第一、四句この頭韻。①16続後拾遺588、羇旅「正治百首歌たてまつりける時、羇旅」小侍従、末句「いはぬわたりは」。④31正治初度百首2085、羇旅、小侍従、末句「いはぬわたりは」。

「津の国の…」（…）の影響があろうが、「こや」と言って招かれる側の作としている。」（糸賀「残映」117頁）

【類歌】④37嘉元百首2073「そのままにこやといはずは津の国のながらへばこそ人もうからめ」（恋二十首「逢不逢恋」宗寂）

高倉院御時内裏より女房あまたいざなひて上達卩[1]殿上人花見[2]侍[3]けるに右京[4]大夫折ふし風のけ有[5]とてともなひ侍らざりければ花[6]の枝[7]につけてつかはしける

215 風雅春中[8] さそはれぬ心のほどはつらけれど／ひとりみるべき花[9]のいろ[10]かは

【校異】1卩—部（文）。2見—み（岡）。3侍—侍り（本、神）。4京—近（本、神）。5有—あり（岡）。6花—はな

（岡）。7枝—えた（神）、ゑた（本）。8風雅—同（本、神）。9花—はな（本、神）。10いろ—色（本、岡）。

【語注】**○高倉院**　1161〜1181（永暦2・応保元、9、3—治承5・養和元、1、14）年。第80代。在位1168〜1180（仁安三—治承四）年。「右京大夫集と「小侍従集」に両者の贈答歌があるが、…右京大夫との交りもこの高倉帝出仕時代の事と思われる。」（「杉本」21頁）。　**○侍**　あるいは「伺候する」か。　**○風**　122（詞書）前出。　**○さそはれぬ**　「れ」受身と考えられるが、可能か。可能なら、上句「私が誘う事ができない「心の程」は心苦しいが」。しかし他の「さそはれぬ」の多くの歌の用例よりして、やはり受身とする。③81赤染衛門129「さそはれぬ身にだになげく桜ばなちるをみつらん人はいかにぞ」、③130月清20「なにとなく春の心にさそはれぬけふしらかはのはなのもとまで」（花月百首、花五十首）。　**○心のほど**　①3′拾遺抄234「人しれぬこころのほど《内（集）》をみせたらばいままでつらき人はあらじな」（恋上「題不知」読人不知。①3拾遺集672）。

【訳】誘われない心の具合は心苦しいのであるが、一人で見るようなそんな桜の色あいでしょうか、イヤ決してそんな事はありません（、他の人と見るものです）。〈高倉院の御時に、宮中から女房を沢山誘って、公卿殿上人の人たちの花見がございました時に、建礼門院右京大夫がちょうどその時、風邪の気があるという事で、一緒に行きませんでしたので、桜の枝につけて贈った（歌）〉

▽高倉院の時の花見に、右京大夫が風邪で行かなかったので、小侍従が花と共に送った歌である。風邪で誘われなかったあなたの「心の程」は苦しいが、一人で見るような花の色であろうか（、イヤみんなで見るものだ）、と。視覚（「みる」「色」）。①17風雅182 172、春中「高倉院御時、内裏より女房あまたいざなひて上達部殿上人花見侍りけるに、右京大夫をりふし風のけありてともなひ侍らざりければ、花の枝につけてつかはしける」小侍従、「返し　建礼門院右京大夫／183 173風をいとふ花のあたりはいかがとてよそながらこそおもひやりつれ」。④16建礼門院右京大夫集70「内の御方の女坊《房（書）》、宮の御方の女坊《房（書）》、くるまあまたにて、近じゆの上達部殿上人ぐして、花みあはれしに、なやむこ

とありてまじらざりしを、花の枝に紅のうすやうにかきて、小侍従とぞ／70さそ…／風のけありしによりてなれば、かへしにかくきこえし／71風をいとふはなのあたりはいかがとてよそながらこそおもひやりつれ」（天皇の御方の女房、中宮の御方の女房（が）、車多くして、側近の上達部、殿上人を伴って、共に花見をなさった時に、病があってご一緒しなかったので、花の枝に紅の薄様にかいて、小侍従とかいう事だ／70さそ…／花をちらす風の気、風邪の気があったのだから、返しとしてこのように申し上げた／71風邪と風を厭い嫌っている花のあたりはどのようだろうと、私は他所にいて思いをはせていました事だ）。

【通釈】お誘いに乗って下さらなかったあなたのお気持は恨めしいけれど、やはり一人で見て満足できる花の色ではありませんわ。（だからこうしてお目にかけます）」（『風雅和歌集全注釈』182）

【参考】③71高遠123「つらかりしこころのほどはわすれねどみるにつけてはまづぞなぐさむ」

題[1]しらず　新千載誹諧[2]

216 忍[3]びこし夕くれなゐ[4]のまゝならで／くやしやなに[5]のあくにあひけん

【校異】1題—たい（本、神）。2載—栽（岡）。載誹諧—雑下（本、神）。3忍—しの（岡）、思（「類」（文））。4くれなゐ—紅（岡）。5なに—何（本、神、岡）。

【語注】**○誹諧**　古今1011～1068。**○忍びこ**　八代集にない。枕草子一例「又忍びくる所に、長烏帽子して、さすがに人に見えじとまどひいるほどに、」（新大系二五段、35頁）。万葉一例・②1万葉4171 4147「之奴比来尓家礼《シノヒキニケレ》《しのひきにけれ》」。**○夕くれなゐ**　八代集一例・①5金葉二80＝5′金葉三83。③59千穎28、106散木571、119教長478など。「夕暮」を掛ける。**○**

まゝなら　「ままなり」は八代集二例・金葉189、624。が、「ままに」は数多い。〇**あく**　「灰汁」は八代集三例、初出は古今1044。「悪」の用例は八代集にないが、「悪し」は六例みられる。が、「悪」を掛けているとはみなさない。次の古今1044の如く、「飽く」を掛ける。古今1044「紅にそめし心もたのまれず人をあくにはうつるてふなり」（雑体、誹諧歌「題しらず」よみ人しらず）。

【訳】忍んできた〝夕くれない〟のままではなく、くやしい事よ、一体何の灰汁に、飽く事に出会ったのであろうか。

▽頼政集の詞書に、この間の事情がよく分る。あなた・頼政が忍んでやって来た夕暮、紅色に染めたあなたの真心（漢語「赤心」に当る）も昔のようでなく、悔しい事に、どのような灰汁に会って変色して褪せるように、あなたは私を飽きはてるようになってしまったのかと歌ったものである。①18新千載2159 2158、雑下、誹諧歌「題不知」小侍従。③117頼政547、恋「かたらひ侍りける女ひさしうおとし侍らざりければ絶えはてぬとや思ひけむ、いとわかき新枕をなんしたりと聞きていま音信れざりしかばかれより遣しける／547…ままならば…／返し／548紅のあくをばまたで紫のわかねにうつる心とぞきく」。この中の「いとわかき新枕（をなんしたり）」は、161の詞書の「あはのかみただのり」あたりの事をさすか。⑥10秋風和歌集1333、雑体「だいしらず」こじじう。

男のつらくあたりけるにつかはさんとてこひける人にかはりて

217　新拾遺[1]戀一[2]
なびきける[3]我身あさまの心から／くゆる[4]おもひにたつ[5]けぶり[6]かな

【校異】1遺—ナシ（本、神）。2一—三（本、神）。3我—わか（本、神）。4おも—思（本、神）。5けぶり—煙り

(神)、煙(本、岡)。6かな―哉(岡)。

【語注】○こひ 「請ひ」であろうが、「恋ひ」か。 ○なびき 「煙」の縁語。 ○あさま 活火山「浅間」と「浅まし」(「浅し、浅はか」か)の掛詞。⑤415伊勢物語9「信濃なる浅間の獄にたつ煙をちこち人の見やはとがめぬ」(第八段、男。①8新古今903)。 ○心から ①1古今600「夏虫をなにかいひけむ心から我も思ひにもえぬべらなり」(恋二、みつね。②4古今六帖3982、第六「夏むし」みつね)。 ○くゆる 「燻る」と「悔ゆる」の掛詞。「燻る」は「煙」の縁語。「悔ゆ」は八代集二例、初出は後拾遺819、他、「悔い」一例・古今837。 ○おもひ 133、147前出。恋愛を中心とした精神的凝縮。「煙」の縁語「思ひ(火)」を掛ける。

【訳】なびいた我身の浅間、即ちあきれはてた心のせいで、くすぶりくやむ思いに立つ煙である事よ。〈男がつらい仕打ちで当ってきたのに対して、贈ろうとして望み求めた人に代って(よんだ歌)〉

▽男が「辛く当」った時に送ろうとし望んだ人の代作で、あなたになびいた我身のあきれた心によって、後悔の念で心がふさいで晴れない思いの火によって立つ煙である、つまり忍ぶべき恋心が外にあらわれた、他人に知られてしまったと歌う。叙景でもって心象をあらわす象徴詠。①19新拾遺987、恋一・「をとこの…」小侍従。

【類歌】①10続後撰903 899「あし火たくしのやの煙心からくゆるおもひにむせぶころかな」(恋四、肥後)
④31正治初度百首981「あさましやあさまのたけに立つ煙いつしめるべき思ひなるらん」(恋、季経)
④39延文百首2373「したにのみくゆるおもひぞたぐひなき富士もあさまも煙たつなり」(恋二十首「寄煙恋」空静)
⑤226河合社歌合寛元元年十一月50「ふじのねになびくを人の心ともならぬ思ひに立つ煙かな」(「不遇恋」永光)

戀[1]哥の中に

218 同戀二[2] 身のうさを思ひもしらぬものならば／何をかこひ[3]のなぐさめにせん[4]

【校異】1戀哥―恋歌（文）。2同戀二―同（本、神）。3こひ―戀（本、神、岡）。4ん―む（本、神、岡）。

【語注】○身のうさ　不遇か、宿世の拙なさか。

【訳】我身のつらさ悲しさを思い知っていないとしたら、一体何を恋の慰めにしようか。

▽つまり、我が「身の憂さ」を骨身にしみて知っているから、それが「憂き」恋の慰めとなると歌ったもの。反実仮想。第四、五句なの頭韻。①19新拾遺1093、恋二「恋歌中に」小侍従。⑤183三百六十番歌合646、雑、卅五番、右、小侍従。

【参考】①4後拾遺808「こひしさのわすられぬべきものならばなににかいける身をもうらみん」（恋四、元真。③28元真95「…、こひ」）

【類歌】①11続古今1229 1237「みのうさをおもひしりぬるものならばつらきこころをなにかうらみん」（恋四、忠義）
②12月詣831「折しれる人のみ花をみましかば何をうき身のなぐさめにせん」（雑下、親佐）

千五百番哥合[1]に

219 新後拾遺冬[2] 跡つけしそのむ[3]かしこそこ[4]ひしけれ／[5]のどかにつもる雪をみるにも[6]

【校異】1哥—歌（神、文）。2遺—ナシ（本、神）。3むかし—昔（岡）。4こひ—戀（本、神、岡）。5のどか—長閑（本、神）。6に—と（本、神）。

【語注】○跡つけし ④31正治初度百首772「庭のおもに跡つけしとやとはざらんながめわびぬる雪のあしたを」（冬、忠良）。「人の訪れ」で、ここは「恋の訪問」か。

【訳】足跡をつけた幼く若かったその昔がしみじみと恋しい事だ、のどやかに積っている雪をみるにつけても。

▽のどかに積る雪を見ても、幼少（?）の、跡をつけた昔がとても恋しく懐しいとの詠。晩年の懐旧歌か。三句切、倒置法。視覚（「見る」）。①20新後拾遺558、冬、小侍従。⑤197千五百番歌合1756、冬一、八百七十九番、左、小侍《左(校本)》従、俊成卿女の1757「秋はなほあはれぞありしゆふまぐれかかるあらしの風はなかりき」と番えられて、定家に「左はむかしのことをこひ、…これもいづれとはわかれ《わき(校)》侍らねど、あらしのかぜはじめをはりかなひてやきこえ侍らん」（左は昔の事を恋い、…これもどちら（がよいか）とも分りませんが、「嵐の風」のほうが、初めと終わりとがよく合ってきこえるのでございましょうか。「右　勝」）と判ぜられた。

「こゝは恋人の訪れたことである。…老境の心境が見え、しかも妖艶の趣を余情にもつ。淡々として歌つてゐるいい歌である。」（『冨倉』305頁）

【類歌】①18新千載1966 1965「うれしきにまづ昔こそ恋しけれははその杜をみるにつけても」（雑中、永縁）
④10寂蓮62「しらざりし昔さへこそ恋しけれたけちのみやの月をながめて」（雑）

220

[1]きさらぎばかりに小侍[2]従あづまよりのぼりぬと[3]き、て
法橋[4]顯[5]昭[6]許より[7]今はよし君まちえたりかくてこそ都の
[8]花を[9]もろ共にみめと[10]云[11]遣したりける返事に

新續古[12]今雑上

[13]あひみ[14]んといそぎし[15]ものを君はさは／花ゆへのみや[16]われを[17]まち[18]ける

【校異】1きさらぎ―衣更着（本、神）。2従―従（文）。3き、―聞（本、神）。4顯―顕（本、神、岡、文）。5昭―昭の（本、神）。6許―もと（本、神）。7今は…と云―他歌と同じく一首の歌の扱い（本、神）。8花―はな（本、神、岡）。9もろ―諸（岡）。もろ共―諸とも（本、神）。10云―いひ（岡）。11遣―つかは（本、神、岡）。12今―ナシ（本、神）。13あひ―逢（本、神）。14ん―む（本、神、岡）。15もの―物（岡）。16われ―我（岡）。17まち―待（岡）。18け―つ（本、神、「習」（文））。

【語注】**○顕昭**　大治五・1130年頃―承元三・1209年頃。治承頃から石清水社との関係がみられ、後年に及ぶ。承元元・1207年には法橋位を受けた。作歌活動は、顕輔、清輔の存命中は、主に六条家的色彩の強い場に出詠し、没後は石清水社周辺や仁和寺守覚法親王家において指導的立場に立った。**○今はよし**　あまり見られない表現。**○「今はよし…」の歌**　「詞中歌事」210参照。二句切。**○あひみんと**　「あなたと逢おうと。」（『新続古今和歌集』1639）。③92成尋阿闍梨母集38「あひみんとおもふこころはふかけれど我やなくなくまたずなりなん」。**○花ゆへ**　③30久安百首514「花ゆゑに我が身ぞあやないのらるる千とせの春にあはんと思へば」（春二十首、隆季）。**○や**　詠嘆。**○われをまち**　②1万葉4002 3978「…ゆふけとひつつ　わをまつと　なすらむいもを　あひてはやみむ」（第十七）、②4古今六帖1846「むらさきのなだかのうらのなのりそのいそぎなびかんとき待つ我は」（第三「なのりそ」）。

【訳】都の花を共に見ようといそいであせったものですが、あなたはそれでは桜の花のせいだけで私を待っていたのですね。〈二月の程に小侍従が東国より上京したと聞き伝えて、法橋顕昭の許より、「今は好機だ、あなたを待ちもうけていたところだ、こうして都の花をあなたと共に見ようぞ」といってよこされた返事として〉

▽二月頃、小侍従が東《あずま》より上京したときいて、顕昭より「今、君を待っていた、都の桜を共に見よう」といってきた返事として、小侍従が応じたもの。220は、「共に見ようと、急いで都に帰ってきたのだが、あなたはさては花のせいだけで、私を待っていたのだ」との年上の女《ひと》の歌。「み」「君」「花」「まち」の詞が重なる。二人は恋仲か、それなら「恋」の部に入っていよう。因みに1121年頃生の小侍従より、顕昭は十歳程年下。小侍従の東国下向については、以下に述べる冨倉説（五十代前半）と森本説（四十代に入った頃）とで異なる。視覚（「見」）。①21新続古今1639、雑上「…ときいて、法橋顕昭もとより、いまは…宮この花をもろともにみめ、といひつかはし…」小侍従、第四句「花ゆゑのみや」。⑩176言葉集「小侍従、きさらぎのころ、あづまのかたよりのぼりたりとききて／顕昭法師／246いまはよし…／返し　小侍従／247あひみむと…はなゆゑ…」。

「明朗な小侍従の帰洛は当時歌壇では大いに歓迎されたのである。／しかし以後彼女は大宮には仕へずに、高倉天皇にお仕へすることになつた。それは承安四年〔私注―1174〕二月の帰洛早々のことである。ここに彼女の再度の宮仕へが始まるのである。…かくてその東下りの期間は承安二年〔私注―1172〕十月七日以後承安四年二月廿三日迄の間と考へられる。」（『冨倉』229、230頁）

「林下集の美濃の国下向を含めて、右三項〔私注―林下集（342、343＝小450、451）、頼政集（686、687＝小479、480）、新続古今集〕の東国下向はおそらく同一のものであろう。大宮女房の生活が厭わしくなり、男に従ってその任地に赴いた。男は恋人であろうが、誰かはわからない。時期もさだかでないが、二条天皇代の終りごろ、応保・長寛（一一六〇代）のころではないか。小侍従は四十歳代に入ったころとなる。あれほど親しかった頼政とも、このころは疎遠になっていたと思われる。実定は十八歳年少であるから、二十二歳から二十五歳ころのあいだ。顕昭は三十歳代。」（森本『女流』89頁）
「恋人同士を装ったような巧みな贈答。」（『新続古今和歌集』1639）

正治二年百首哥[1]に

221 同[2]
何事も露もこゝ[3]ろのとまらまし／月をながめぬこ[4]のよ[5]なりせば

【校異】1哥―歌（本、神、文）。2同―新續古今雜上（岡）。3こゝろ―心（岡）。4この―此（岡）。5よ―世（本、神、岡）。
【語注】○何事　月でないどういう事。「月以外の何事」ととるのと、「他の何事」とで解釈が異なる。②10続詞花794「なにごとをおもふともなき人だにも月見るたびにながめやはせぬ」（雑上、隆信）。○上句　「一体何事に対して、露にもまた心が止まったであろうか、イヤそんな事はない」ともとれる。○露も　「少しも」の意だが、実際の「（月の宿る）露」も含ませるか。「全く。「月」を宿す「露」の意も響かす。」（『新続古今和歌集』1723）。○月　釈教的な救済・済度の月というよりも、「もののあはれ」の月。○ながめ　単なる「眺望」ではなく、212同様、「思いを込めて遠くをぼんやりと見る」、つまり戸外に目をやりながら物思いにふける事。○よ　「夜」「世」掛詞。
【訳】一体何事に少しでも心がとまるのであろうか、何もないのだ、（すなわち）月をしみじみと思いを込めてみないこの世であったとしたら。
▽「せば…まし」の反実仮想で、月を「ながめ」るこの「よ」であるから、ほんの少しでもこの「よ」のもの・月

——或いは月によって照らされた物か——に心が止まると歌う。三句切、倒置法。視覚（「ながめ」）。①21新続古今1723、雑上、小侍従。④31正治初度百首2053、秋、小侍従、「正治・別本」第三句「とましまし（ママ）」。

【参考】①7千載983 980「ひとりゐて月をながむる秋のよはなにごとをかはおもひのこさん」（雑上、具平親王。②8新撰朗詠集243、秋「月」後中書。②10続詞花174）——この歌「に贈答するがごとき体。」（『新続古今和歌集』1723）

③125山家729「なにごとにとまる心のありければさらにしもまたよのいとはしき」（雑「述懐」）

【類歌】①11続古今1682 1690「なにごとにこころをとめてありあけの月もうきよのそらにすむらん」（雑中、中務卿親王家新右衛門督）

正治百首哥[1]奉[2]りけるとき[3]

222 同雑中[4]
朝夕のけぶり[5]ばかりをあるじにて／人はをとせ[6]ぬ大はらのさと[7]

【校異】1哥—歌（文）。2奉—たてまつ（岡）。3とき—時（本、神、岡）。4同雑中—同（本、神）。5けぶり—煙（岡）。6を—お（岡）。7さと—里（岡）。

【語注】**○朝夕**　八代集三例、初出は後拾遺330。「○朝夕のけぶり——一般に大原の煙は炭焼のものだが、ここでは炊飯のそれか。○主にて——人気がなく煙しか見えない様。」（『新続古今和歌集』1850）。**○あるじ**　①3拾遺1015「春きてぞ人もとひける山ざとは花こそやどのあるじなりけれ」（雑春、公任。②5金玉21、春、四条大納言）。**○人はをとせぬ**　「人は訪れない」か。　**○大はらのさと**　八代集二例・新古今690、1628。「北の大原は、炭竈を宗とせり。」（顕昭陳状、冬上「野行幸」、『新校六百番歌合』493頁）。都を捨てて隠棲する地でもあった。

【訳】朝夕の煙だけを主（人）として、人はことりとも音のしない大原の里である事よ。

▽朝夕の炭竈の煙のみ主《あるじ》であって人は物音をたてない大原の里だと、人は居ずに煙ばかりが見えるのをいい、人の気配がない事を歌う。上句の視覚と第四句の聴覚（「をと」）でもって、隠遁の地「大原の里」を描く。①21新続古1850、雑中、小侍従。②16夫木14678、雑部十三、おほはらのさと、大原、山城、「同（＝正治二年百首）」小侍従、第二句「けぶりは庭を」。④31正治初度百首2090、山家、小侍従、「正治・別本」第二句「けぶりはにはを」。264と共に、「「彼女〔私注―小侍従〕が新風をとり入れようとしていることが推察される」といはれる通りであり、」（「島津」31、32頁）

【類歌】④31正治初度百首1166「すみがまのけぶりばかりを人めにてはつ雪ふりぬおほ原のさと」（冬、釈阿）―「参考」（『新続古今和歌集』1850）

⑤197千五百番歌合1964「ふるゆきに人こそとはねすみがまのけぶりはたえぬおほはらのさと」（冬三、讃岐）

⑤197同2066「すみがまのけぶりばかりはおほはらやたえぬもさびし冬の山ざと」（冬三、具親）

333　入撰集此集不見哥

大（ママ）皇大后宮[1]
小侍従　石清水別當光清女　母小大進号大宮小侍従

入撰集哥数凡五十四首歟

千載四首[2]　新古今七[3]　新勅撰五　續後撰二
續古今六　續拾遺二　新後撰四　玉葉十一
續後拾遺一　風雅二　新千載二　新拾遺四
新後拾遺一[4][5]　新續古今三[6]

【校異】1大―太（文）。大皇…首歟―ナシ（本、神、岡）。2千載…新續古今三―ナシ（岡）。3七―七首（本、神―以下すべて「首」が漢数字の下に入る…以下省略）。4一―二（本、神）。5小侍従（本、神）。6太皇后宮侍女　石清水別當光清女母小大進／号大宮小侍従詠待宵深行鐘声歌當時／称美此歌故号待宵小侍従一旦出家成尼／隠石清水／〔一行アキ〕天和四甲子暦二月下旬於京師書写畢（本、神）。その帖（頁）の左下「勤思堂邑井敬義」（神）。さらに左頁左下すみ、囲み「天明四年甲辰八月吉旦奉納／皇太神宮林崎文庫以期不朽／京都勤思堂村井古巖敬義拝」（神）。

【語注】**○天和四**　＝貞享元・1684年。**○邑井敬義**　「10334村井《ムライ》　敬義《タカヨシ》［称］新兵衛［号］古巖・勤思堂［屋号］菱屋、山城天明6 5晦〈没年〉、46〈享年〉、『仙台人名大辞書』（1010）〈備考（参考文献）〉」（『和学者総覧』（汲古書院）704頁）、『国史大辞典8』626頁最下段にも触れられている。**○天明四年**　1784年。

▽小侍従の勅撰集、私撰集入集歌については、この著の巻末に一覧がある。

⑤157中宮亮重家朝臣家歌合　左「実国　勝二持二負一　小侍従」

223　いのちあらばはるにはまたもあふべきをはなにおくれてひと日やはへむ

（2、一番、右、「花」）

左歌、…右歌、はるにはまたもなどいへるわたり、をかしくもきこゆるを、すゑの句やあまりならむ、さすがにさきざきのとしも花にはおくれてのみこそは、かの貫之が、我が身にしあればをしき春かなといひ、長能が、いけらばのちのなどよめるは、めでたく侍るものを、この一日やはへむはいかにぞや、たらずもきこゆるにや、ただし、歌のさまとりどりなり、仍為持

【語注】○初句　字余り（「あ」）。　**○すゑの句**　「下の句」（『重家朝臣家歌合全釈』―以下『全釈』と略―）ともとれるが、後に「この一日やはへむはいかにぞや」とある事により、末句ととる。　**○我が身に…**　①2後撰146「又もこむ時ぞとおもへどたのまれぬわが身にしあればをしきはるかな」（春下「やよひの…」つらゆき。左注「つらゆき、…」）。　**○いけらば…**　①3拾遺54「身にかへてあやなく花を惜むかないけらばのちのはるもこそあれ」（春「権中…」藤原長能）。　**○たらず**　「レベルに「足らず」、達していない」か。

【訳】命があったなら、春にはまた再び会う事ができるのに、咲いた桜に遅れて一日をすごせる事であろうか、イヤそうではない。〈左歌、…右歌は、「春にはまたも」などといっているあたりは、味わいがあると耳にされるのだが、

末句があまりの・ひどい事であろうか、とはいうものの前の年々も桜に取り残されてばかりであった筈である、あの貫之が、「我身にしあれば惜しき春かな」といい、長能が、「生けらば後の」などと詠んだのは、優れてすばらしくございますが、この「一日やは経む」は、（少し）どうでしょうか、言い足りず・表現不足とも耳にされるのであろうか、ただ、歌の姿形はそれぞれである、そこで持とする〉

▽命さえあれば、「また来ん春に」会えるのに、「花に遅れて」・もう桜がちりはててしまって一日も過ごせないと歌う。末句「一日が経過した」ともとれるが、無理であろう。「をちかたのかぜにみだるるいとざくらわがてにかけてみるよしもがな」（「左持」中納言実国）と番えられ、判者俊成によって、第二句あたりはいいが、「末の句」はダメだと論評されているが、「歌の様」はとりどりだとして持となっている。二、四句は頭韻。

「中宮亮重家朝臣　和歌合　永万二年」、「判者　前左京大夫顕広朝臣」、1166年、46歳頃、参考『平安朝歌合大成　七』（萩谷朴）361、「仁安元年〔八月廿七日以前〕」、小侍従5首、2（小223）、30（224）、58（225）、86（226）、114（227）

「この一日…たらずもきこえ侍る」と評しているのも、やはり表現の不足を云っているのであろう。」（「杉本」27頁）

「その本歌乃至類歌と思しきもの…万葉巻十五三七四五「命あらばあふこともあらむわがゆゑにはたなおもひそ命だにへば」…本歌合の歌を本歌としたものは、…歌2を模した玉葉春下二一九為兼の「めぐりゆかば春にはまたも逢ふとても今日のこよひは後にしもあらじ」」（歌合大成2111、2112頁）

【考察】…右の歌は、命があれば春には再び会えるにしても、花との別れが何よりもつらい旨を、「花におくれて一日やは経む」と強調して詠んでいる。上句を「命あらば」で始める歌い方は先行する用例が少なくない中で、具平親王の歌、／…（『千載集』一二三）／は、上句全体が似たところがある。下句に、花に取り残されては一日も過ごせない旨を言ったのは、俊成の判詞に指摘するように、いささか強調の度が過ぎているのであろう。／俊成の判詞は、…右歌については「をかしく」思われる点はあるが、下句は「あまりならむ」と言い、貫之や長能の春や花を惜しんだ歌と対照して、花を惜しむ心が度を超えて強調されている点を批判している。しかし「歌のさまとりどりなり」として、二首を持と判定する。穏やかな判定態度であろう。」（『全釈』）

【参考】①7千載123「いのちあらば又もあひなむ春なれどしのびがたくてくらすけふかな」（春下「やよひ…」中務卿具平のみこ。②10続詞花94、春下「やよひのつごもりに」六条宮）

⑤155右衛門督家歌合〈久安五年〉34「いのちあらば秋には又もあふべきに身にかふばかりをしきなになり」（「九月尽」顕方）

224　たづねつるこころのほどやみえぬらんかへればおくるほととぎすかな

（30、一番、右、「郭公」）

左歌、…右の歌も、かへればおくるなどいへる、すがたはいとをかしく見ゆるを、ほととぎすにおくられむほどや、ききすててとくかへりけるにやとおぼゆらん、…

【語注】○こころのほど　八代集六例、初出は後撰201。

【訳】尋ね求めてやって来た我が心の程度が、郭公にも分ったのであろうか、帰って行く時に見送ってくれる郭公である事よ。〈左の歌、…右の歌も、「帰れば送る」などといっているのは、歌の姿はたいそうおもしろく見えるのだが、郭公に見送られたのであろう時には、（郭公の声を）聞き捨ててすぐに帰ったのであろうかと思われるようだ、…〉

▽訪い求めた心のレベルが見えたのか、帰る時には声で送ってくれる郭公だと歌う。その第四句を判者は、郭公に送

られるあたりは、郭公の声を聞き捨てにしてすぐ帰ったと思われると指摘して、左・29「なごりなく過ぎぬなるかな郭公こぞかたらひし宿としらずや」（「左勝」、権中納言実国）を勝にした。三句切。

【考察】…右の歌も、郭公を擬人的にとらえたところが見られるが、これは、自分が郭公を尋ねて来た思いの深さが通じたのか、帰ろうとすると見送るように郭公が鳴くと詠んでいる。／俊成の判詞は、…右歌について、「かへればおくる」などと詠んだのを取り上げて、「姿はいとをかしく見ゆる」と評したのも、左歌の場合と同様の観点で評価〔私注―「郭公に恋人のイメージを重ねた詠み方をした点を」〕したのであろう。しかし、この詠み方では、その送ってくれる郭公の声を聞き捨てて帰ったように受け取られるのを、問題点として挙げている。題の郭公に対する思い入れの深さが損なわれる虞があると見ての批判であろう。」（『全釈』）

【参考】⑤81六条右大臣家歌合16「たづねつる心もあるをほととぎすなどふたこゑときかせざるらん」（「郭公」）

【類歌】④15明日香井75「おもひあまるこころのほどやみえぬらんうちしづまればながめせられて」（鳥羽百首、恋）

225　こころすむをりからなれや月かげの秋しもなにか光そふべき　（58、一番、右、「月」）

左歌、…右歌、心すむをりからなれやといへるは、すがたも心もをかしくきこゆるを、秋しもなにかとよまれたるや、すこしことのちに（ママ）たがふらん、四序五行随節運転、秋は少陰之位也、月又陰之精也、かかれば、月の影もひかりをそへ、人の心もあはれをますべきをりにて侍るなり、されば、秋しも光のますことはこと

わりなりとぞあらまほしき、されど、いづれも歌ざま
　をかし、仍為持

【語注】○ことのち（ママ）「ことのち―文意不明、ことのり、ことわりナトノ誤カ朴」（歌合大成2101頁）。「『平安朝歌合大成』の見解に従いたい。」（『全釈』）。 ○四序 春夏秋冬の移り変り。「〔魏書、律歴志〕四序遷流、五行変易。〔隋書、音楽志〕分二四序一、綴二三光一。」。 ○五行 万物の根源となる五つの元素。木・火・土・金・水の事。 ○少陰 春夏が陽、秋冬が陰で、秋を少陰、冬を太陰とする。漢書、律暦志、第一上、巻第二十一上「少陰者ノ西方。西ノ遷也ノ陰気遷落ノ物於時為秋。」（第4冊、971頁）。 ○月…也 日を陽、月を陰として、「月を陰の純粋なものとして言う。」（『全釈』）。「月者、天地之陰、金之精也、」（『芸文類聚』巻一、天部上、月、7頁）。淮南子「月陰精也」（一六「説山」七、右）。

【訳】心の澄みきる時だからであろうか、月光が秋に強いてなぜ光が加わるように見えるのだろうか、イヤそんな事はないのだ。〈左歌、…右歌の、「心澄む折からなれや」と歌っているのは、歌の姿も歌の趣も味わい深く聞かれるが、「秋しも何か」と歌われたのは、少々「事のち〔道理？〕」に外れているのであろうか、四季の順序や五行は、時節に随ってめぐり、秋は少陰の位置に当り、月はまた陰の精髄である。だから、月の姿も輝きを加え、人の心も感慨を増すような時でございます、ゆえに、秋に光が増す事は当然の事として（詠むのが）ありたいものだ、だが、どちらの歌も歌いざまはすばらしい、そこで持とする〉

▽秋に月が明るく澄んで見えるのは、心澄む折からか、月光は秋になぜ光が加わるのか、そんな事はないと歌う。俊成は、初、第二句を評価するが、第四句を批判する。が、57「なにのかくふけゆく月ををしむらんまつに心はつきにしものを」（「左持」、権中納言）と共に、「歌ざまをかし」として持とする。

【考察】…右の歌は、秋の月の澄んだ明るさをとり上げているが、その澄んだ明るさは人の心の澄む時節のためだろ

うか、月の光が特に秋に加わるはずがないと、独自の見方を詠んでおり、そこにやはり作者の趣向があると思われる。／俊成の判詞は、二首とも「をかし」と評する一方で、趣向に無理があるのを批判している。…また右歌については、月の光が秋に特に加わるはずがないと詠むのは、道理に合わないと指摘する。その場合、陰陽五行の説を引き、秋も月も陰に属するものだから、秋は特に月も光も加え、人の心も一段とあわれを増すのが道理であろうと説く。このような説明には多少ペダンチックなところがあると言えるかもしれないが、こういう批評の仕方は、俊成が歌の師の基俊から受け継いだところであったかと思う。」（『全釈』）

「だが、俊成は異論を述べる。四序五行（四季・万物・宇宙とそれを組成する元素）は、天の法則に従って循環しそれぞれの季節をつくりだす。秋は冬に移る前だから少陰の位にあり、月に陰気がつよくあらわれる。よって、秋になると月光は陰気が増し、人の心は澄み、しみじみと「あはれ」を感じる。そのように五行の法則をふまえて自然を詠むべきだと諭している。」（『文学』2002年3、4月号、「〈風景〉をうたうとき」錦仁、132頁）

【類歌】①17風雅609 599「心すむ秋の月だになかりせばなにをうき世のなぐさめにせむ」（秋中「月の…」選子内親王。
②15万代3002、雑二、選子内親王家右近）

226 庭のおもにふりつむ雪の上を見て今朝こそ人はまたれざりけれ　（86、右勝、「雪」）

左歌、…右歌、こころはめづらしからねど、ふりつむ
雪の上を見てなどいへるすがたをかしく見ゆ、右のか
ちと申すべし

【語注】○庭のおも　八代集十例、初出は古今1005。○初句　字余り（「お」）。②4古今六帖2507「… 庭のおもに　むらむらみゆる　ふゆ草の　うへにふりしく　しらゆきの　つもりつもりて　あらたまの　…」（第四「冬のなが歌」みつね）。④31正治初度百首1067「庭の雪に跡をつけじと思ふまに人もとひこぬ宿とみゆらん」（冬、経家）。

【訳】庭の上に降り積っている雪の景色を見ていると、今朝こそは人をばさして待たれない事だよ。〈左歌、…右歌は、歌の心・趣は珍しくも何ともないが、「降り積む雪の上を見て」などといっている歌の姿・有様がすばらしく見える、（そこで）右歌の勝と申すべきであろう〉

▽庭に降る雪を見て、今朝は足跡を付けられるのがイヤで、人を待つ気にはなれないと歌う。俊成をして、趣向は珍しくも何ともないが、第二、三句の「姿をかしく」して、85「その原やふせやは雪にうづもれてありとばかりも見えぬははき木」（「左」、権中納言実国）に対して、勝となった詠。この歌につき191参照。

「降り積む雪の美しさに、この雪に跡つけて訪ふべき彼の人が、いつも待たれるのに今朝に限つて待たれないといふのである。…よい判であると思ふ。」（『冨倉』266、267頁）

「下句においてこれは、平兼盛の「山里は雪降りつみて道もなし今日こむひとを哀とはみむ」（『拾遺』冬、二五一）とは逆説的な発想での、雪景色の美に耽溺する志向がうけとめられよう。谷山博士は、平家の歌人忠盛の「山里は跡なき庭の雪みてぞ人のとはぬもうれしかりける」を挙げ、この歌の発想ないし手法の先蹤を、六条藤家顕季の「雪ふりて踏ままく惜しき庭の面は尋ねぬ人もうれしかりける」に求められた。さらに「こういう含みのある『うれし』自体の発想や手法も中世になると、むしろ一般化し類型化するが、忠盛の時代にはまだそれほど陳腐ではなかったはずである」と述べられている。小侍従の場合は、顕季、忠盛の用いた「うれし」の心情表現語は見当らないが、発想の点では同様の詠みぶりが認められるし、これも和泉式部に「まつ人のいまもきたらばいかゞせんふまゝくをしきにはの雪かな」（『和泉式部集』冬、『詞花』冬、一五六）がある。」（糸賀「残映」118頁）

【考察】…右の歌は、朝の庭に降り積もった雪の美しさに、ここに足跡をつけて来る人を待つ気にはなれないとの心を詠んでいる。／俊成の判詞は、…右歌についても、まず「心はめづらしからねど」と指摘する。これは例えば、／まつ人の…（『和泉式部集』一七〇「庭の雪」）／の作に見られるように、似た発想の先行歌があることを念頭に置いた指摘であろう。しかし「降り積む雪の上を見て」などと詠んだ点を、「姿をかしく見ゆ」と評価して、勝と判定する。この表現は「降りつもりたる雪を見て」の類の言い方と比較すれば明らかなように。《ママ》即物的であるとともに簡潔な言い方で、印象的な表現と思われ、そういう点を評価したのであろう。」（『全釈』）

【類歌】④11隆信812「庭のおもに雪をながめて待つ人はふみみて後ぞくやしかりける」（雑一）
④22草庵778「跡つけてとへとはいはじ庭の面にけさふる雪はともをまつとも」（冬「…、庭雪」）
④38文保百首661「庭の面に降りつむ雪のふかさをばとひくる人の跡にこそみれ」（冬十五首、実泰）
④39延文百首865「朝霜のこほりてのこる庭の面にふるほどよりもつもる雪かな」（冬十五首「雪」尊道）
⑤251秘蔵抄13「ささめ雪ふりしくやどの庭の面に見るに心もあへずざりけり」

227 夢にさへ見し面影の立ちそひてぬるよもやすむ心ちこそすれ　（114、右、「恋」）

左歌、…右歌、よるのころもをかへし、あかつきのまくらをそばだてても、夢のうちになりぬれば、あはれともつらしとも見むことこそつねのことなれ、夢のうちにさへおもかげのたちそはんこと、いかがおぼえ侍れ、左のかちとすべし

【語注】○夢にさへ　①3拾遺919「夢にさへ人のつれなく見えつればねてもさめても物をこそおもへ」（恋四「題しらず」よみ人しらず。①3′拾遺抄356）。○立ちそひ　八代集三例・拾遺1018、金葉578、千載228。○やすむ　八代集三例、初出は古今658。○心ちこそすれ　①1古今554「いとせめてこひしき時はむば玉のよるの衣を返してぞきる」（恋二「題しらず」小野小町）。恋しい人に夢で会いたいとして（古代の俗信による）。○あかつきのまくらをそばだてて　「夜の衣を返し」に対応。①8新古今1809「あか月とつげの枕をそばだてて聞くもかなしき鐘のおとかな」（雑下「暁の心をよめる」俊成）。和漢朗詠集554「遺愛寺の鐘は枕《まくら》を欹《そばだ》てて聴く」（下「山家」白）。源氏物語「ひとり目をさまして枕をそばだてて四方の嵐を聞き給に、」（「須磨」、新大系二―31頁）。暁の「枕を傾け立てて頭にあてがう。悲傷して心の安らかでない態をいう。」（新大系・新古今1809）。「夜明け前に眠れずに人を思うような状態にして」（『全釈』）。

【訳】夢にまでも、見た面影が立ち加わって、寝る夜も安らぐ心ちがする事だよ。〈左歌、…右歌は、「夜の衣を返し」、「暁の枕をそばだてて」も、夢の中になってしまった時には、〝あはれ（悲しい）〟とも、辛いとも見るようなのは常《いつも》の事であるのに、夢の中にまでも面影が立ち加わるようなのは、どうかかと思われます、（だから）左の歌の勝とすべきでしょう〉

▽夢にも、会って見た面影が加わって、一人で寝た夜も心安らかとなると歌う。「やすむ」は、或いは「臥して寝る、共寝する」か。判者俊成は、思い通りにならず、夢の中の面影に「あはれとも辛しとも」見る事は常だが、夢の中にまでも面影が添う事はいかがかとして、左・113「しほたるる伊勢をのあまや我ならんさらば見るめをかるよしもがな」（「左勝」、権中納言）を勝にしている。また上句は、①1古今117「やどりして春の山辺にねたる夜は夢の内にも花ぞちりける」（春下、つらゆき）に歌世界が通う。

【考察】…右の歌は、夢にまで恋人の面影が現れて、ひとり寝る夜も「やすむ心ち」がすると詠む。／俊成の判詞は、…右歌については、恋の思いが深い状態にしても、夢の中では心のままにならず「あはれ」とか「つらし」とか思うのが普通であるのに、夢に恋人の面影が現れて「やすむ心ち」がすると詠むのはいかがなものかと批判している。これは作者の側に立てば、右歌のような場合もあり得るとも言えようが、伝統的な歌心を重んじる俊成の立場からすれば、それでは恋の歌として「あはれ」に欠けると見られるのであろう。」（『全釈』）
【参考】③93弁乳母98「ゆめのうちにみしおもかげのかはらねばなほありしよの心ちこそすれ」（「むかしみし…」）

⑤158太皇太后宮亮平経盛朝臣家歌合

228　もも草の花もあだにやおもふらんひと色ならずうつす心を
（6・三番「草花」右勝、小侍従大宮女房）

左、…右心なきにもあらねば勝ちもしなん

【語注】**○もも草**　八代集三例、初出は古今246。**○もも草の花**　③5小町44「もも草の花のひもとく秋の野に思ひたはれん人なとがめそ」（①1古今246、秋上「題しらず」よみ人しらず、第三句「秋ののを」。②4古今六帖1215、第二、「のべ」、第四句「思ひみだれん」）。**○ひと色**　「もも（百）」に対して、「ひと（一）」と置く。八代集にない。が、「ひとつ色」は八代集一例・①4後拾遺397「しもがれはひとついろにぞなりにけるちくさにみえしのべにあらずや」（冬「しもがれのくさをよめる」少輔）にある。④26堀河百首837「…おく露は一色ならぬ玉かとぞみる」（秋「菊」顕季）。土佐日記「貝の色は蘇芳に、五色にいま一色《ひといろ》ぞ足らぬ。」（新大系23頁）。**○うつす**　「映す」を掛けるか。
【訳】多くの草の花も、浮気（者）だと思うのであろうか、様々に花の移し変ってゆく心をば。〈左、…右歌、歌の趣

がないではないので、勝ちもする事であろうよ〉

▽一色の花と定めず、移して行く心をば、百草の花もさぞ頼みがなく浮気者と思うだろうと歌い、判者清輔によって、5「女郎花露もわきてやおきつらんしほれ姿のあてにも有るかな」（「左」、右近少将源通能朝臣）に対して、勝とされた詠。三句切、倒置法。

「仁安二年八月（ママ）日」、「判者　太皇太后宮前大進藤原清輔朝臣」、1167年、『歌合大成　七』365、『歌合集』（大系）378〜407頁。小228〜231、他に88＝小71がある。

「色とり〴〵である多くの草に心引かれるのを「ひと色ならずうつす心」といった辺に作者の言葉の技巧がみえるが、結局言葉の縁に引かれて作った歌で、実感の稀薄なのはいたし方がない。…もと〳〵大していゝ歌ではない。」（『富倉』267頁）

【類歌】⑤175六百番歌合351「ももくさの花もいかにかおもふらむあななさけなのけさの野分や」（秋「野分」兼宗）

①11続古今1270 1278「つきくさのはなもあだにやおもふらんぬれぬにうつる人のこころを」（恋四「…、寄草恋」有教。④35宝治百首2853）

①12続拾遺49「色香をもしる人なしとおもふらん花の心をきてもとへかし」（春上、月花門院）

229　独のみみねのをしかのなくこゑにあはれ吹きそふ風の音かな（44、十番、右「鹿」、小侍従）

左、…右あはれ吹きそふ心えず、うちそふなどこそいへ、されどふかきことならねばただ持などにて侍るべし

【語注】○あはれ吹きそふ　「あわれガ吹き添わる、又は、あわれニモ吹き添わる、の意である。…判者も「吹き添ふ」では「あはれヲ吹き添フル」と誤解されやすいと思ったか。」（歌合集・大系388頁）。○吹きそふ　八代集二例・千載960、新古今515。

【訳】ただ一匹・峰の牡鹿の鳴く声に、しみじみと吹き加わる風の音である事よ。〈左、…右の、「哀吹き添ふ」という表現は納得できない、「打ち添ふ」などとはいうが、がしかし、たいした事ではないので、ただ単に持などという事でございましょう〉

▽一頭の牡鹿に吹き添う風の音を歌うが、清輔によって、「あはれ吹き添ふ、心得ず」と論評され、43「夜もすがら妻こふるまにさをしかのめさへあはでや鳴きあかすらん」（「左持」、参河）と番えられて、結局は持となった詠。同じ小侍従歌・317に、229と近い④31正治初度百首2091「嵐吹く嶺のましらの鳴くこゑにあはれもよほすたぎつ音かな」（「山家」）がある。

【参考】⑤39三条左大臣殿前栽歌合18「くさむらに千よまつむしのなくこゑにこゑふきそふるあきのよのかぜ」（やすたね）

【類歌】①15続千載417 419「ふかくなる秋のあはれを音にたてて嶺の小鹿もなきまさるかな」（秋上「山鹿と…」法皇御製）

⑤192仙洞影供歌合〈建仁二年五月〉41「たかさごのをのへの松のゆふすずみ鹿なきぬべき風のおとかな」（「松風暮涼」公継）

230　あまつほしありともみえぬ秋のよの月はすずしき光なりけり（61、七番、左持、「月」、小侍従）

左、岸樹病あるうへにいま一句そひて三句までは初の字おなじ、これはふるき歌合にも申したる事なり、…
左歌心えられねばいづれとも申しがたし

【語注】○あまつほし　八代集二例・古今269、拾遺479、「あまつほしあひのそら」一例・新古今316。○秋のよの月　①1古今195「秋の夜の月のひかりしあかければくらぶの山もこえぬべらなり」（秋上「月をよめる」在原元方）。○光なりけり　③133拾遺愚草37「あまの原おもへばかはる色もなし秋こそ月の光なりけれ」（初学百首、秋。⑤216定家卿百番自歌合51）。○岸樹病　「第一岩（ママ）樹者、第一句初字与第二句初字同声也。」（歌学大系第一巻「倭歌作式」喜撰、18頁）、「石見女式」（歌学大系第一巻31頁）、「一、岸樹病　第一句始第二句始同也。」（歌学大系第三巻「八雲御抄」27頁）。○ふるき歌合…　「たとえば、寛治八年高陽院歌合「八千代へむ宿ににほへる八重桜やそうぢ人も散らでこそ見め」という歌に対して、判者経信は「句のかみごとに、や文字や多からむ」と咎めている。」（歌合集・大系393頁）。

【訳】天の星があるとも見えそうにもない秋夜の月光は涼しい光である事よ。〈左歌は、岸樹病があるのに加えて、さらに一句加わって三句まで初めの字が同じ（〃あ〃）であり、この事は古い歌合にも申している事である、…左歌が理解できないので、どちら（が勝）とも申しにくい〉

▽星があるとも見えない秋の夜の皓皓と照らす月は、澄んで清らかな光だとの詠。清輔は、岸樹病にもう一句プラス、さらに今一つ納得できかねる所があるので、62「さ夜ふくる空にきえゆく浮雲の名残もみえぬ秋のよの月」（「右」、師光）に対して、持とされた詠。上句あの頭韻、岸樹病か。

「「秋はなほ数多の星の見えぬまでいかで一つの月照らすらむ」（久安五年家成家歌合）。」（歌合集・大系393頁。⑤155右衛門督家歌合〈久安五年〉1、「秋月」家成）

【参考】①2後撰340「女郎花ひる見てましを秋の夜の月の光は雲がくれつつ」（秋中「題しらず」よみ人も）②4古今六帖3770「あきのつきちかうてらすとみえつるはつゆにうつろふ光なりけり」（第六「きちかう」）⑤4寛平御時后宮歌合98「秋のよのあまてる月の光にはおく白露を玉とこそ見れ」（秋。②2新撰万葉95、秋歌三十六首）

【類歌】①18新千載405「うたたねにはかなくあくる秋の夜と思へば月のひかりなりけり」（秋上「秋歌中に」肥後）④31正治初度百首1150「秋の夜の月を見るこそこのよにもこんよの空もひかりなりけれ」（秋、釈阿）⑤182石清水若宮歌合〈正治二年〉195「をとこ山草をむすびし秋のよのひかりもかくやあり明の月」（月、道清）

231　たのめしをまちし程なる暮毎におもひ侘びぬるわが心かな　（115、十番、左、「恋」、小侍従）

これは、右勝にこそは、いとをかしく侍る、…

【語注】〇たのめしを　③97国基68「たのめしをこころ見むとておとせねばわすれたりともおもひけるかな」（「かへし」）。〇暮毎　八代集二例・後拾遺601、903。

【訳】（あなたがやって来るのを）頼みとしたのを待った時の暮毎に、思いうちしおれてしまったわが心である事よ。〈これは、右が勝でこそあろう、たいそう趣があるのでございます、…〉

▽来るのをあてにして待った夕暮毎に、来ずにうちしおれた我心を歌う。判者は一方的に、右・116「こひしなむ別は猶もをしきかなおなじ世にあるかひはなけれど」（「右勝」、頼輔）を勝とする。

「「たのめしを待つに日数のすぎぬれば玉の緒よわみ絶えぬべきかな」（後拾遺一一三）。…作者隠名の歌合であった事を

証する。」（歌合集・大系405頁）

【類歌】⑤197千五百番歌合2393「たのまじとおもふものからくれごとにこころにかかるくものふるまひ」（恋一、三宮）

⑤160住吉社歌合〈嘉応二年〉

232　あくがるるたまとみえけむなつむしのおもひはいまぞおもひしりぬる

（107、四番、左、「述懐」、小侍従）

左歌、こころふかからむとはみえたり、ただし、これはかの和泉式部がさはのほたるもわがみよりといへるうたをおもひてよめるなるべし、さらば、あくがるるたまとほたるをおもひけむなどやうにあらばこそ、いづみしきぶがおもひをしるにては侍らめ、これはたまとみえけむなつむしのといひつれば、なつむしのおもひをおもひくるにてぞきこゆる、さらば、かのかつらのみこによみてたてまつりけるみよりあまれるおもひなりけりといへるうたのこころにぞかなひぬべき、さてはまたあくがるるたまとみえけむといへることばはたがふべくや、…、右のかちとすべくや

【語注】○あくがるるたま　和泉式部の歌によった語であり、捨てられた恋人へ恋いあくがれる我が魂の事。○なつむしのおもひ　「夏虫」は、「螢」の事。「螢の火」と「思ひ」を掛ける。この語は、①2後撰209「つつめどもかくれぬ物は夏虫の身よりあまれる思ひなりけり」（夏、よみ人しらず）による。

【訳】身からさまよい出た魂と見えたろう夏虫の思いは、今こそ思い知った事だよ。〈左歌は、情趣が深いようだとは分る、がしかし、これはあの和泉式部の「沢の蛍も我身より」と言った歌を考えに入れて詠んだのであろう、だから、「「あくがるる魂と螢を思ひけむ（思ったのであろう）」などのようにあったとしたら、和泉式部の思いを知るのでございましょうが、この歌は、「魂と見えけむ夏虫の」と言ったので、夏虫の思いを思い考えてくるという事で解釈される、それならば、あの桂の皇女に詠んで献上した「身より余れる思ひなりけり」という歌の趣に必ずや合っていよう、（が、）それではまた「あくがるる魂と見えけむ」という表現は違っているのであろうか、…、右の勝とすべきであろうか〉

▽「あくがるる」魂と見えた蛍の思いは今知ったと歌う。判者俊成は、この歌が、和泉式部（の歌）の思いではなく、蛍の思いを思いくるように聞こえ、後撰209の「歌の心」に合っており、それなら、232の第一、二句は不適切ではないかと指摘し、108「いはずともおもひはそらにしりぬらむあまくだりますすみよしのかみ」（「右勝」、実守朝臣）を勝としている。和泉式部詠は、①4後拾遺1162 1164「ものおもへばさはのほたるを《も》わがみよりあくがれにける《いづる》たまかとぞみる」（雑六、神祇、和泉式部）。第四、五句・「思ひ…」、「思ひ…」のリズム。
「嘉応二年十月九日」、「判者　正三位行皇后宮大夫兼右京大夫藤原朝臣俊成」、1170年、『歌合大成　七』381、他に13＝小62、87＝小77がある。
和泉式部歌と①2後撰209「とを一緒にしてできたやうな歌である。作者としては凝つた歌であらう。内容は勿論恋人に捨てられた女の述懐の歌である。／しかしよく考へてみると、この歌は前述の二首を合せたやうに思へるだけに難点がある。それは前述の二首が一つは失恋の歌であり、一つは求恋の歌だからである。／先づこの小侍従の歌は上句が穏やかでない。和泉式部の歌のやうであるならば、「あくがる、魂と螢を思ひけん」となくては意味が透らないのである。このまゝでは、「夏虫の思ひを思ひしる事」になつてしまふからである。では桂皇子によみ奉つた「身よりあまれる思ひなりけり」の歌の心にかなふかといふと、それではこの歌は求恋の歌になり、「あくがる、玉と見えけむ」といふ失恋の上句と合はなくなる。これがこの歌の難である——といふのがこの歌が提出された住吉社歌合に於ける判者俊成の批難であるが、よい批評である。」（『冨倉』270、271頁）

（範茂）

【参考】①2後撰968 969「夏虫のしるしる迷《まど（古、伊）》ふおもひをばこりぬかなし《あはれ（伊）》とたれかみざらん」（恋五「返し」伊勢。②4古今六帖3986、第六、「夏むし」伊勢。③15伊勢124「返歌」）

⑤11陽成院歌合〈延喜十二年夏〉9「みをすてておもひにいれるなつむしのいまいくばくもあらじとぞおもふ」（左）

【類歌】⑤190和歌影供歌合〈建仁元年九月〉48「さるさはの池の玉藻となりにけんおもひはいまぞおもひしらるる」

⑤162広田社歌合〈承安二年〉

233　とくるまもつもるもえこそみえわかねとよみてぐらにかかるしらゆき

（5、三番、左、「社頭雪」、太皇太后宮小侍従）

左、しろたへのみてぐらにゆきをかけてとくるもつもるもわきがたからんこころいとをかしくは侍るを／…

左はさきにも侍りつるくのはじめのもじも毛をふくに

やみえ侍れば、以右為勝

【語注】**○みえわか** 八代集にない。③10興風20「…ひとつかほにもみえわかぬかな」。枕草子「色の黒さ赤ささへ見えわかれぬべきほどなるが、いとわびしければ、」（新大系二五九段、302頁）、紫式部日記「まほならぬかたちも、うちまじりて見え分かれけれ、」（新大系276頁）、同「卅余人、その顔とも見え分かず、母屋の東面、東の廂に、」（新大系288頁）、同「目うつりつゝ、劣りまさりけざやかにも見え分かず。」（新大系292頁）。**○とよみてぐら** 「豊」は、美称の接頭語、「みてぐら」は、神に供える幣帛。純白である。八代集二例・後拾遺1164、新古今1876。①4後拾遺1164「しろたへのとよみてぐらをとりもちていはひぞそむるむらさきののに」（雑六、神祇、長能）。

【訳】とけている時も積っている時も、よう見分ける事ができないよ、御幣帛にかかっている白雪は。〈左歌は、真白な幣に雪をかけて、とけるのも降り積るのも見分けがたいような歌の趣は、たいそうおもしろくはございますが、…左歌は前（一番）にもございました句の初めの文字（〝と〟）も、毛を吹いて疵を求めるようにもみえますので、右を勝とする。〔※①2後撰1155 1156「なほき木にまがれる枝もあるものをけをふききずをいふがわりなさ」（雑二、高津内親王）〕〉

▽白い豊御幣にかかる雪は、とけるのも積るのも見分けられないとの「社頭雪」詠であり、その「心」はとても味わいがあるのだが、右歌6「山あゐもてすれるころもにふるゆきはかざすさくらのちるかとぞみる」（「右勝」、藤原実房）の「心姿、いと珍しく艶に見え」る上に、欠点も左歌に存在するので、俊成は右を勝とした。三句切、倒置法。同じ小侍従の類歌に小525・⑤182石清水若宮歌合〈正治二年〉1「ちらぬまは花ともえこそ見えわかね梢ばかりにふれるしら雪」（「桜」）がある。

「承安二年十二月八日広田社歌合道因入道勧進之」、「判者 正三位行皇太后宮大夫藤原朝臣俊成」、1172年、『歌合大成 七』、387

「承安二年十二月沙弥道因広田社歌合」、『新訂歌合集（全書）』一一、以下３首
「天徳四年内裏歌合十八番右歌判詞「右歌の上下の句の上に同じ文字ぞあめる、にくさげにぞ。」」（歌合大成2293頁）、「毛を吹く」——「欠点をさがし求めるやうであるが、上下の句に「と」の重複があるから……。」（歌合集・全書307頁）「純白の幣帛に積る雪を歌つたので、着眼の巧智を誇るべきであつたらう。しかし…この凝つた趣向〔私注—右歌の〕に彼女の歌は当然負けであつた。」（『富倉』272、273頁）

234　あまつそらくもゐやうみのはてならんこぎゆくふねのいるとみゆるは
（63、三番、左勝、「海上眺望」、小侍従）

左歌こころすがたよろしくこそみえ侍れ／…よりて左の、くもゐやうみのといへるはなほまさるとや申し侍るべからん

【語注】○うみのはて　八代集にない。⑤423浜松中納言物語46「なにかはたとへていはむ海のはて雲のよそにて思ふ思ひは」（巻の二、（中納言）、大系237頁）。③132壬二1148「海のはて空のかぎりも秋のよの…」（大僧正四季百首「月」）。○こぎゆく　八代集四例、初出は拾遺1327。○こぎゆくふねの　③132壬二2988「難波がた雲ゐにみゆる島がくれこぎゆく舟のよその浮雲」（雑「雑歌よみける中に」）。

【訳】天の空（で）、雲のある所が海の果てなのであろう、漕いで行く舟が入り込むと見える所は。〈左歌は歌の趣、有様が悪くなくうかがえます／…そこで、左歌の、「雲居や海の」と歌っているのは、やはり（右に比べて）優れていると申すべきでしょうよ〉

▽漕ぎ行く舟の入ると見える雲の場所が、空での海の果てだろうと推量した詠。右・64「わたのはらなみぢたゆたふくもまよりほのみえわたるあはぢしまやま」（「右」、実房）の末句に難があり、左の第二句が優っているという事で、234が勝となった。三句切、倒置法。

「実房の、／わたの原…／に対して勝になつたが、実房の歌よりは広い眺望がつかまへられてゐる事がその理由であつた。…そ〔私注―58首の「海上眺望」の歌〕の中でも小侍従の歌は雄大な感は恐らく一番強いといへるかもしれない。」（『冨倉』271、272頁）。「俊成から讃えられている歌」（「杉本」27頁）

【参考】②1万葉1072 1068「天の海に雲の波立ち月の舟星の林に漕ぎ隠る見ゆ」（巻第七、雑歌「天を詠む」、柿本朝臣人麻呂が歌集に出づ）…ことば

⑤162広田社歌合〈承安二年〉73「おきつなみあまのがはにやたちのぼるこぎゆくふねのそらにみゆるは」（「海上眺望」成範）

【類歌】④41御室五十首200「尋ねけるあまの河にやかよふらんこぎ行く舟の雲に入りぬる」（雑「眺望二首」公継）

235　きみがよにあふせうれしきいはしみづすむにかひあるながれともがな

（121、三番、左持、「述懐」、小侍従）

左、きみがよにあふせうれしきいはしみづ、とよまれたり、かたがたにいかでかうたにまけ侍らん／…ただし左歌勝負はばかりあり、持などにや侍らん

【語注】○きみがよに　③131拾玉66「にごるらむ河せの水もきみがよにすむべきかずのかぎりなきかな」（十題百首、

祝)。　○せ　「流れ」の縁語。　○いはしみづ・ながれ　①5金葉二306 327「よろづよはまかせたるべしいはしみづながきながれをきみによそへて」(賀、六条右大臣)、③130月清491「にごるよもなほすめとてやいはし水ながれに月のひかりとむらむ」(治承題百首、神祇)。　○みづ　「瀬」「澄む」「貝」「流れ」は縁語。　○ながれ　「時(代)の流れ」とはとらない。

【訳】わが君の世に会う折のうれしい石清水(我家)よ、この世に住むのに甲斐がある流れであってほしいものだよなあ。〈左歌は、「君が代に会う瀬うれしき石清水」、と詠まれたのである、それぞれにどうして(相手の)歌に負けましょうか、…ただし左歌の勝負については、さしつかえがある、(そこで)持などでございましょうか。

▽君が御代に会う時のうれしい紀・我が一族は、生きるのにその甲斐がある一門の流れであってほしいと歌う。石清水の神及び祝意の述懐ゆえに、122「とにかくにあはれむかしにあらませばとおもふ事のみかずつもりつつ」(「右」、実房)に対して、負とできず、持となった詠。数多の【参考】【類歌】がある。

「かたがたに…侍らん」―「二一番の頼政の歌と同様に、石清水の神にことよせてある上に、「君が代にあふ瀬うれしき」と祝の意をこめた述懐であるから、どちらにしても負とすることはできない。これが歌合の掟であつた。」(歌合集・全書342頁)。この歌に「我家を折り込む。」(『奥田』40頁)

【参考】①1古今1004「君が世にあふさか山のいはし水こがくれたりと思ひけるかな」(雑体、忠岑。②4古今六帖842、第二「山」忠峰、1465。③13忠岑82)
①33能宣114「君がよにみなそこすめるいはしみづながれてちよにつかへまつらむ」(二巻)
③111顕輔8「かぎりても君がよはひはいはし水ながれむよにはたえじとぞおもふ」(祝。⑤137六条宰相家歌合26)
③118重家143「君がよをさしてもなにか石清水ながれたゆべき時しなければ」(内裏百首、祝十首)
④30久安百首1382「いはし水ながれのすゑもはるばると長閑なる世にすむぞ嬉しき」(神祇、小大進=小侍従の母。②9

後葉571、雑四「神祇の…」)

【類歌】③131拾玉3863「昔よりたれかおろかにいはし水世にすむかひの有るにまかせて」(詠百首和歌、神祇五首「八幡」)
④31正治初度百首800「千世すまん影をやうつすいはし水たえぬながれを君にまかせて」(祝、忠良)
④34洞院百首1926「石清水君が為とやながれても久しき世よりすみはじめけむ」(知家)
④41御室五十首642「君が代にあふうれしさはおほえ山ます井の水のたえじとぞ思ふ《ともなれ(石)》」(雑十二首、祝二首、顕昭)
⑤250風葉446「ふかくのみたのみをかくる石しみづながれあふせのしるべともがな」(神祇、いはしみづのいよのかみ。
⑤434石清水物語26)

⑤164右大臣家歌合〈安元元年〉　(8、四番「落葉」)

236　紅葉ちるを川の浪のたつ度にきれぎれになるからにしきかな

右歌、もみぢちるを川の浪、といへるたよりなき心ちに猶山などの事あらまほしき、きれぎれになる、といへるもおびたたしきやうなれば左勝とや申すべからん

【語注】○を川の浪の　一句・②16夫木599「を川のさなみ」(春二、春氷《(ママ)》「百首歌」為家)。**○きれぎれ**　八代集にない。今昔物語集「菜料ニ好ミケリ。干タル魚ノ切々《きれぎれ》ナルニテナム有ケル。」(巻第三十一の第三十一、新大系五—505頁)。

「きれぎれ―」は、新編国歌大観①～⑩の索引では、この歌以外に用例はない。**〇たつ**　「錦」の縁語「裁（断つ）」ゆえに、「切れ切れ」。**〇からにしき**　古今六帖で「立田山」が多い。

【訳】紅葉の散り入っている小川の浪が立つごとに、切れ切れになる唐錦であるよ。〈右歌は、「紅葉散る小川の浪」、と表現する（のは、何か）物足りない心ちがするので、やはり「山」などの表現があってもいいところで、（さらに）「切々になる」と歌うのも、大げさであるようなので、左の勝と申すべきでしょうか〉

▽紅葉の散り込む小川の浪が立つ度に切切になる（紅葉の）唐錦の叙景詠。清輔は、第一、二句は物足らなく、「山」などがありたいところ、さらに第四句も仰山《オーバー》なようだからと、7「一むらも枝にこの葉のとまらねば庭をぞ秋のかたみとはみる」（一左勝、女房皇嘉門院別当局）に対して、負となった。第三、四句「たつたびにきれぎれになる」のリズム。「安元元年十月十日」、「判者　清輔朝臣、右、小侍従」、1175年、『歌合大成　八』401、以下3首

「「きれぎれに…やうなれば」と評しているのも「歌仙落書」の評と共通するものがあると思われる。」（「杉本」27頁）

――巻末の「解説」の「三、歌風」参照

【参考】⑤161建春門院北面歌合19「から錦たちかさねてもみゆるかな衣の関にちれる紅葉ば」（十番、左勝、「関路落葉」季広）

【類歌】⑤211月卿雲客妬歌合〈建保二年九月〉5「吹く風のここにはみえぬからにしき川せのなみのたつにまかせて」（三番、左勝、「河落葉」家衡）

237　めづらしく我《われ》は待ちみる初雪をいとひやすらんをのの里人　（22、一番、右、「初雪」）

左歌…／右歌、まちみるといへる詞いとしもなし、又

古歌に、さぶさをこふるをのの炭やき、とよめるは冬のくるをばうれしき事におもへるにこそ、初雪をいとふべしとはおぼえず、大かた歌がらもおとり侍るにや

【語注】○めづらし（く）「初雪」と付きもの。①4後拾遺635「したきゆるゆきまのくさのめづらしくわがおもふ人にあひみてしかな」（恋一「かへし」和泉式部）…詞。**○待ちみる** 八代集三例・古今78、780、千載770。**○をのの里人**（一句）八代集一例・①5金葉二98 103＝5′金葉三103。**○いとしもなし**「全く用いられていない」か。**○さぶさを…** ①3拾遺1144「み山木をあさなゆふなにこりつめてさむさをこふるをののすみやき」（雑秋「三百六十首の中に」曽禰好忠）。

【訳】 珍しいものとして、我は待望久しかった初雪を、さぞ嫌っている事であろうよ、小野の里人は。〈左歌…／右は、「待ち見る」という詞は、どうという、特別な詞でもない、又古歌に、「寒さを恋ふる小野の炭焼」と詠んだのは、冬の到来をうれしい事に思っているのであって、初雪を厭い嫌っているのであろうとは思われない、（それに）大よそ歌の有様も劣っていますのでしょうか〉

▽珍しいと私は待ち見る初雪を小野の里人は嫌っておろうと歌ったもの。清輔は、「待ち見る」という詞は、それほどたいした詞でもなく、古歌によっても分るように、来冬をうれしく思っているのであって、初雪を嫌っていようとも思われないし、さらに「歌柄」も劣っているという事で、21「めづらしと神もみるらん榊葉にしらゆふかくる今朝の初雪」（「左勝」、女房別当）に対して負とした。四句切、下句倒置法。第四、五句続いているか。

【参考】 ①3′拾遺抄147「宮こにて《は》めづらしく《と》みるはつ雪を吉野の山は《に(和)》ふりやしぬらむ」（冬「はつゆきを見侍りて」かげあきら。②6和漢朗詠集381）

③114田多民治103「はつ雪をみるとは人のいひながらかつめづらしく思ひこそすれ」（冬「雪」。⑤142内大臣家歌合〈元永元年十月十三日〉38、「初雪」）
③122林下175「宮こにはをしみしものをはつゆきのきえぬをいとふをののさとびと」（冬「冬のうたのなかに」）
⑤76太宰大弐資通卿家歌合19「めづらしくふれるゆきかないかばかりうれしかるらんをのの山人」（「初雪」肥後守のりゆき）…237と反対

【類歌】⑤287類聚証24「宮こにはめづらしく見るはつ雪をあまぐもりつつふれば山里」（人丸）

238　おもひきやなげきて過ぎし年月に今朝の別のまさるべしとは　（60、十番、右、「暁恋」）

左歌月あらまほし／右歌は後朝の歌にこそ侍めれ、暁恋はなほ分別すべき事なり、左はあるべき事なし、右は題のこころなければ同じほどのことに侍めり

【語注】**○おもひきや…とは**　一つの（表現）型《パターン》。反語。決して思った事はなかった。初句を最後の句として解釈すべきである。伊勢物語「152忘れては夢かとぞ思思ひきや雪ふみわけて君を見むとは」（八十三段）、新大系161頁）。**○なげきて過ぎ**　「嘆き過ぐ」は八代集にない。源氏物語「かくてのみやは、新しき年さへ嘆き過ぐさむ、こゝかしこにも、」（「総角」、新大系四―467頁）。「なけきて過《す（き）》―」、「なけき過《（き）》―」は、新編国歌大観①～⑩の索引では、この歌以外に用例はない。　**○今朝の別**　七夕歌に多い。

【訳】（かつて）思ったのだろうか、イヤ嘆いて生きてきた年月に、今朝のこの時の別れが優っているだろうなどとは。〈左歌は月がありたいところだ／右歌は後朝の歌でございましょうが、「暁恋」（題）とはやはり区別すべき事である、

左のほうは、あるべき筈の月がない、右歌は題の本意に即していないので、同じ〝程度〟の事でございますようだ。〉
▽嘆き過ぎた年月に、今朝の別れが優っていようなどとは思いもしなかったとの詠。清輔は、238は後朝の歌で、〝暁恋〟とは区別すべきであり、左・59「鳥の音も我もかはらぬあかつきにかへりし人の影ぞ恋しき」(「左持」、女房別当)はまた左で、月が欠けている、右は題の趣向がないので、共に同レベルという事で持としている。第三句、長の「年月」と第四句「今朝の(一瞬の)別」との対照。初句切、倒置法。⑤183三百六十番歌合〈正治二年〉628、雑、廿六番、右、小侍従。

「後朝の歌である。今迄逢へぬ思ひに歎いてきた年月、逢ひさへすればと思つたが、さて逢つて別れた後朝の別れのつらさは、又その逢瀬を待つた昔におとりはしなかつたとはゆめ知らなかつたといふのである。…清輔はこの歌が「暁恋」の題に合はぬ点を注意してゐる。これは「後朝の恋」であらうといふのである。」(『冨倉』273、274頁)

【参考】①5金葉二441 470「おもひきやあひみしよはのうれしさにのちのつらさのまさるべしとは」(恋下「遇不遇恋の心をよめる」実能。5′金葉三440)

【類歌】③132壬二2690「いつの間に年月のこと思ふらんあふは一夜の今朝の別を」(恋)

④31正治初度百首　小侍従2004～2102

春

239　くる春のすがたはそれと見《み》えねども名のみやこふ《ゆ》る逢《相》坂の関《せき(別)》・2004

【語注】○や　詠嘆としたが、疑問か。

【訳】来る春の姿はそれだとは分らないけれども、名前だけを恋い求める逢坂の関である事よ。

▽「春」二十首の一首目――以下「「春」20の1」などとする――。来春の姿は見えないが、春に会うという逢坂の関の名を恋うと、百首歌・春を歌い出す。この根底には、①4後拾遺4「あふさかのせきをやはるもこえつらんおとはの山の今日はかすめる」（春上「立春日よみはべりける」橘俊綱）にみられるように、春は東から来るという考えから、逢坂の関を越え春が都へやってくるという発想がある。〝逢坂の関の（まだ来ない）来春〟の詠。またこの歌より5首、有名な歌枕が続く（239は、「逢坂の関」・近江）。四句切、倒置法（逢坂の関は「名のみや恋ふる」）か。正治二年院初度百首、1200年。②16夫木68、春一、立春「正治二年百首」小侍従、第四句「名のみやこゆる」。

【付記】小侍従の正治百首につき詳しくは、240～262頁も含めて山崎桂子著『正治百首の研究』参照の事。小侍従は「第一次下命」（山崎『正治』90頁）である。また島原図書館松平文庫蔵『小侍従集別本』（一三九・四六）があり、これは正治初度百首詠の「小侍従の詠進本或いは草稿本百首の姿を伝えたものと思われ、編纂本成立前の形を窺わせる貴重な資料と言わねばならない。」（山崎『正治』40頁）とされる。山崎『正治』の491～503頁に「書誌」「翻刻」がなされている。各歌の右に書いたが、「ゝ」、「〱」の異同は一々書かなかった。正治百首の原本は〔　〕とした。さらに編纂本は「春、夏、秋、冬、恋、羇旅、山家、鳥、祝」の順、別本は「春、夏、秋、冬、恋、祝、山家、旅、鳥」の順である。そして編纂本は冬14首であるが、別本は「さらぬだに…」・小514の歌が、冬の部の三首目、2060、2061の間にある。この「さらぬだに…」の歌の「脱落の時期としては、…やはり詠進本が書式等を統一して書写・編纂される編纂本成立時が最も蓋然性が高いのではなかろうか。」（山崎『正治』49頁）とされる。その他順序が逆や細かい異同について、詳しくは、山崎『正治』50～53頁参照の事。さらに『式子内親王集』の正治百首、三つ目の百首、所謂C百首において、冬15首の14首目がなく、一首（二六九b・269と270の間（※））足りずに冬14首となっている。宮内庁書陵部蔵本（A本、第一類本（五〇一・三二））、第一類本は冬14首。が、正治初度百首、前斎院百首は冬15首、「この闕脱が、第一類が諸本の共通祖本から分岐した後に起きた可能性が残される。」（武井和人『中世和歌の文献学的研究』「式子内親王集諸本系統概括」14頁）、ちなみに益田本では、334にも重出しており、※とは「手跡、用字とも相違するので、おそらくは書写の原本にもともとなかったものであり、他の（諸）本や正治百首をみて、この歌※を別人が後より、もしたとえ同一人であっても後に補入し、書き加えたものであろうと思われる。」（『式子内親王全歌注釈』388頁）。同じ冬であるので、何か関連があるとも考えられるが、偶然とも思われる。

「女房懐紙は…小侍従、正治御百首の時人にあつらへてか、するに、春廿首とばかり書たり。」（歌学大系、第五巻、「井蛙抄」、109頁）…なお189参照

240　三輪の山尋《たつ》ねし杉《すき》は年ふりて春《はる》のしるしの松《まつ》たててけり・（別）2005

【語注】○しるし　掛詞。　○松たて　門松・③116林葉961「春にあへる此かど松を分けきつつ我も千世へんうちに入りぬる」（雑、祝「正月三日、人のもとにまかりたりしかば、中門に松をたてていはれたりしに、歌よめと侍りしかば」）、

④26堀河百首1109「門松をいとなみたつるそのほどに春明がたに夜や成りぬらむ」（冬「除夜」顕季）、⑤159実国家歌合（嘉応二年）7「賤のやどにたてならべたる門松にしるくぞみゆる千代の初春」（「立春」公重）。「平安末から鎌倉時代には門松が都の風俗として普遍化されていた。」（『日本年中行事辞典（角川小辞典16）』70頁）。歌の位置・順番、内容よりして、子日の引いてきた松ではなかろう。また、「（「尋ねし」人を）待つ」も掛けるか。

【訳】三輪の山において、尋ね求めた杉はすっかり年が古びてしまって、春のしるしである、目印の松を立てた事よ。

▽「春」20の2。「春」。歌枕「逢坂の関」→「三輪の山」（大和）、「くる」→「尋ね」。①1古今982「わがいほはみわの山もとこひしくはとぶらひきませすぎたてるかど」（雑下「題しらず」よみ人しらず）により、三輪山で、（人が）尋ねた杉は古び、その代りに春をあらわす、「験《しるし》の（門）松」を（私は）立てたと歌う。杉の代りに松。なぜか、共に神が宿る〝依代〟として霊験のこもる木だからである。②16夫木128、春一、初春、「正治二年百首」小侍従、第四句「春のしるしに」。

【参考】②4古今六帖4278「わすれずはたづねもしてんみわの山しるしにうゑし杉はなくとも」（第六「すぎ」）
②4同2939「みわの山しるしのすぎはかれずともたれかは人のわれをたづねん」（第五「人をたづぬ」）
③119教長7「あふさかのせきのすぎはらかすみたつはるのしるしはみわもたづねし」（春「立春歌」）
④26堀河百首44「みわの山尋ねてぞゆかむ春霞しるしの杉はたちなかくしそ」（春「霞」永縁）

【類歌】③131拾玉1109「雪きえぬみわの山べにたづねきて春のしるしにまどひぬるかな」（勒句百首、春三十首）
③131拾玉2965「花杉《花はすぎ（慈）》よ吉野の山はみわのやま春のしるしはたちまさるらん」（詠百首和歌、春二十首。⑤177慈鎮和尚自歌合193）
④33建保名所百首55「三わの山春のしるしを尋ぬれば霞の中に杉たてる門」（春、三輪山同国）
⑤176民部卿家歌合〈建久六年〉46「三輪の山杉の青葉は時過ぎて花こそ春のしるしなりけれ」（「山花」静賢）

241　あさ《朝》日山いつしか春の景色《気》にて霞《かすみ(別)》をながす宇治の河浪・2006

【語注】○あさ日山　八代集二例・詞花419、新古今494。「朝」も掛けるか。　○霞をながす　新風表現か。新編国歌大観①～⑩の索引には、この歌以外の用例はない。「河」の縁語「流す」。　○宇治の河浪　八代集にない。③129長秋詠藻204「朝戸あけて伏見の里をながむれば霞にむせぶうぢの河波」（中）。

【訳】朝日山は、早くももう春の景色となって、霞を流している宇治の河浪である事よ。

▽「春」20の3。「春（の）」「山」。歌枕「三輪の山」→「朝日山」「宇治の河」（山城・宇治）。朝日山はいつの間にか春の景色で、宇治の河浪に霞を流すと歌う。宇治の河浪が霞を流しているとも考えられるが、①3拾遺1「はるたつといふばかりにや三吉野の山もかすみてけさは見ゆらん」（春、忠岑）や上句とのつながりによって、「河浪に霞」ととる。三輪山の松から宇治の霞へと主題を変える。

242　よそにてやかすむと見《み》まし吉野山嶺《みね》に庵《いおり(いほり)(別)》をむすばざりせば・2007

【語注】○や　疑問としたが、詠嘆・「他の場所から（私は）さぞ吉野山が霞んでいると見たであろうよ」か。　○かすむと見まし　「この桜花を霞かと見誤るであろうに」とも解されるが、歌の位置・順から花霞ではない。

【訳】外からは、霞んでいると見るのであろうか、吉野山の嶺の所に庵を結ばなかったならば。

▽「春」20の4。「にて」「山」。「霞」→「かすむ」、「景色」→「見」、歌枕「朝日山」→「吉野山」（大和）。結局（吉野山の）嶺に庵を結んでいるのだから、ここでは他所と異なって、霞んでいるとは見ないと歌う。「見」の主語が、

私か他の人かで解釈が微妙に異なる。〝吉野山の霞〟の詠。有名な勅撰集の巻頭歌。①3拾遺1「はるたつといふばかりにや三吉野の山もかすみてけさは見ゆらん」（春、忠岑）、①8新古今1「みよしのは山もかすみて白雪のふりにしさとに春はきにけり」（春上、摂政太政大臣）が各々ある。二句切、倒置法、反実仮想。第一、三句よの頭韻。②16夫木14359、第三十、雑、廬、「みねのいほり、よしの山」・「正治二年百首」小侍従。⑤183三百六十番歌合28、春、十四番、右、小侍従。

「花」といふ語は歌の表てにあらはれてゐないが、吉野山といひ、かすみといふので、それと分る。巧妙な歌である。」（『冨倉』291頁）

【類歌】③132壬二209「芳野山霞も花の色ならばいくへもみまし峰の白雲」（殷富門院大輔百首、春十五首）

243　春くれば麓《ふもと》めぐりの霞こそおびとは見ゆれきびの中山《なか(別)》・2008

【語注】○きびの中山　八代集三例、初出は①1古今1082「まがねふくきびの中山おびにせるほそたに河のおとのさやけさ」（神あそびのうた「かへしもののうた」）。⑤108内裏歌合〈承暦二年〉3「たにがはのおとはへだてずまがねふくきびのなかやまかすみこむれど」（「霞」家忠）。②10続詞花20、春上、孝善）、⑤167別雷社歌合55「下の帯にほそ谷川はなりにけり霞をきたるきびの中山」（「霞」親盛）、同様なもの（「帯」「霞」）に、⑤247前摂政家歌合〈嘉吉三年〉37（「中春」時繁）がある。

【訳】春がくると、麓をめぐっている霞こそが、帯とは見える事よ、吉備の中山では。

▽「春」20の5。「見」「山」。「霞む」→「霞」。「嶺」→「麓」。歌枕「吉野山」→「吉備の中山」（備中、岡山市）。吉備の中山においては、来春時の麓の霞が帯と思われると歌ったもので、「霞」を「帯」と見立てるのは珍しいが、

前述の古今1082に拠ったもの。「吉備の中山」の霞の詠。四句切。倒置法ともとれるが、①8新古今627「さびしさにたへたる人のまたもあれないほりならべむ冬の山里」（冬「題しらず」西行）と同じ表現法で、末句が独立したものとみなす。②16夫木526、春二、霞、「同、山《ママ》」、小侍従。

【参考】③97国基1「はるくればふもとも見えずさほやまにかすみのころもたちぞかけける」（「霞籠棹山と…」）

244 鶯《うくひす》の谷のふるすのとなりにてまだかたことの初音《はつね》を《お》ぞ聞《き（別）》く・2009

【語注】○鶯の　①1古今14「うぐひすの谷よりいづるこゑなくは春くることをたれかしらまし」（春上、大江千里。②4古今六帖32。同4396）。　○谷のふるす　③35重之114「うぐひすのとなりに我もすむものをこゑをわきてぞ人もとひける」。　○鶯の・となりに　「「谷の古巣」の語は後掲の源氏物語の歌が初出例。」（新大系・詞花259）、⑤421源氏物語356「めづらしや花のねぐらに木づたひて谷のふる巣をとへるうぐひす」（「初音」、（明石の君））。　○かたこと　八代集にない。源氏物語「母君みづから抱きて出で給へり。片言の、声はいとうつくしうて、袖をとらへて、」（「薄雲」、新大系二―221頁）、蜻蛉日記「ともすればこゝろづきなうのみ思ふほどに、こゝなる人、片言などするほどになりてぞある。」（上、新大系57頁）。③106散木1155「あふことのかたことしけるみどりこはなこそといふことぞきこゆる」（恋下「寄小児恋」）。　○初音　「郭公」が多い。

【訳】鶯の谷の古巣の隣にいて、まだ片言といった感じの（鶯の）初音を聞く事よ。

▽「春」20の6。「籠」「山」→「谷」、「見ゆれ」→「聞く」。歌枕はなく、鶯の谷の古巣の隣＝山家・山居にいて、まだ鳴き初めの〝片言〟の初音を聞くという春まだ浅い谷の様を歌う。〝鶯の初音〟の詠。「古」と「初」が対照。聴覚（「音・聞く」）。②16夫木319、春二、鶯、「同［＝正治二年百首］」、小侍従。

【参考】③119教長54「よのまにやたにのふるすを出でつらんまだあかつきのうぐひすのこゑ」（春歌「うぐひすの…」）
④30久安百首607「うぐひすのはつ音は谷を出づれどもまづきく人のこころにぞいる」（春二十首、親隆）
【類歌】④31正治初度百首1905「鶯の谷のふるすをとなりにて友に待ちつる春はきにけり」（春、讃岐）
⑤174若宮社歌合〈建久二年三月〉4「わが宿は谷のふるすを隣にてふかくみにしむうぐひすの声」（「山居聞鶯」隆信）
⑤174同21「たにふかくいぶせきやども鶯のいでたちがたの初音をぞきく」（「山居聞鶯」是忠）
⑤185通親亭影供歌合〈建仁元年三月〉111「かへる春いづかたならむうぐひすの谷のふるすにとなりしむなり」（「山家暮春」釈阿）

245　はつ春の草のはつかにつむ《しめ》とてや若《わか》な（別）といひて年のへぬらん・2010

【語注】**○はつ春**　八代集一例・新古今708（賀「題しらず」よみ人しらず）。②1万葉4517 4493「初春の初子の今日の玉箒手に取るからに揺らく（ママ）玉の緒」（巻第二十、家持）。②4古今六帖36、第一「子日」大伴やかもち）、②1万葉4540 4516「新しき年の初めの初春の今日降る雪のいやしけ吉事」（巻第二十、家持）、他、③108基俊131、④30久安百首47（秋二十首、御製）など。**○草のはつかに**　①1古今478「かすがののゆきまをわけておひいでくる草のはつかに見えしきみはも」（恋一、みぶのただみね）。**○若な**　①1古今22「かすがののわかなつみにや白妙の袖ふりはへて人のゆくらむ」（春上、つらゆき）、拾遺20「春日野に多くの年はつみつれど老いせぬ物は若菜なりけり」（春「若菜を御覧じて」円融院御製）。
【訳】初春の草のわずかに芽ばえたのを摘もうとして、それを若菜というけれども年がたった事であろうか。

▽「春」20の7。「初」。「鶯」（鳥）→「草」「若菜」（植物）、「片言」→「はつかに」、「聞く」→「言ひ」。初春の草のわずかなのを摘むから、つまり芽のうちから摘んで生長させないので、いつまでも若菜だといって長い年月がたったのかと歌う。〝若菜摘み〟の詠。前述の古今478や同22により、舞台は春日野である。古今的な理知的詠。「若」と「年のへぬ」が対照。「はつはるの…はつかにつむ」のリズム。

「老齢の小侍従の感慨も込められており、「摘む」と「積む」の掛詞で若菜と言いながらも年をとることを詠んでいる。」（山崎『正治』52頁）。正治百首で、「身辺状況を詠じたもの」として、245、246、258、270、275、302、191（＝正治初度2088）の歌が挙げられ、「出家の身や高齢ゆえの老いの述懐を詠んだものである。」（山崎『正治』243頁）

【類歌】②14新撰和歌六帖1288「故郷のかすがのはらにおひぬれどわかなといひてとしをつむらん」（第四帖「わかな」）

③131拾玉2238「しりがたき春のこ草のならひかなとしをつみてもわかなといふらん」（「草」）

④36弘長百首40「たれかまた雪まを分けてかすが野の草のはつかにわかなつむらん」（春「若菜」為氏。①20新後拾遺28）

246　ききおきしそのかたみにはあらねどもせりつむ袖はただもぬれけり・2011

【語注】○ききおき　八代集にない。源氏物語「さしも聞きを《(お)》き給はぬ世のふることどもくづし出でて、」（「明石」、新大系二—63頁）、枕草子「一ふしあはれともお《(を)》かしとも聞きを《(お)》きつるものは、」（三七段）、新大系57頁）。③119教長978「…ききおきしむかしの人やわがみなるらん」（「返歌」）。○かたみ「筐」との掛詞。①8新古今14「ゆきて見ぬ人もしのべと春の野のかたみにつめるわかななりけり」（春上、貫之）。○せりつむ　心を尽くして思いの通じない事をいい、ここもそれか、それなら恋をにおわしている。①8新古今15「沢におふるわかならねどいたづらにとしをつむにも袖はぬれけり」（春上「…、若菜」俊成）、③58好忠20「ねせりつむはるのさはだにおりたちてころものすそのぬれぬひぞなき」（正月中）、④1式子175「おもひかねあさざはをのにせりつみし袖のくち行くほどをみせばや」（恋）。

【訳】きいておいたその形見ではないけれども、その筐に芹を摘む袖はひとえに濡れる事よ。

▽「春」20の8。「つむ」。「（草）」「若菜」→「芹」、「いひ」→「きき」。袖が濡れたのは、聞いていた形見ではないというのであり、つまり思いが相手に通じず、かなわぬ苦労をするという「芹摘む」の故事・伝承（俊頼髄脳）ではないが、筐に、湿地に生える芹を摘む袖は一途に濡れると歌う。聴覚（「きき」）。

247　君が代《世》のあまねき雨やこれならんめぐみわたらぬ草のは《葉（別）》もなし・2012

【語注】○君　正治二年（1200）当時の土御門帝というよりも、この百首を詠進せしめた後鳥羽院であろう。○あまねき　八代集四例、後撰444初出。○めぐみ　「萌・芽ぐむ」八代集二例・新古今734、1946（「恵み」との掛詞）。ここも「恵み」との掛詞。「芽ぐむ」と「草」は縁語。④1式子298「天のしためぐむ草木のめも春にかぎりもしらぬ御代の末末」（祝。新古今734。④31正治初度百首300）。

【訳】君が世の、この世にあまねくふる慈雨がこれなのであろうか、恩沢がすべての草の葉に行き渡っている事よ。

▽「春」20の9。「芹」→「草（の葉）」、「ぬれ」→「雨」。君の世の、すべてに注ぐ慈しみの雨がこれであろう、恩恵がすべての人に降り渡っている、即ち天子の恵みがすべての民、国土にみちあふれると歌う。三句切。251参照（『冨倉』292頁）。

「『法華経』薬草喩品の「一味の雨」をふまえて詠んでいるだけである。」（山崎『正治』244頁）

248 いづかたの梅《むめ》のたちえ《は》に風《かせ》ふれて思《おも》はぬ袖《そて》に香《か》(別)をとどむらん・2013

【語注】○梅のたちえに　③100江帥15「ゆきずりの人のそでさへにほふかなむめのたちえに風やふくらん」(春)。○思はぬ袖に　③125山家447。「自分の袖に香をとどめる事などを…」とも考えられるが、「梅の立枝に直接触れたと…」であろう。

【訳】どの梅の立枝に風が触れて、思いもしなかった袖に(梅の)香をとどめる事であろうか。

▽「春」20の10。「草の葉」→「梅の立枝」、「雨」→「風」。どこの梅の立枝に風が触れ、予想外の袖に香をとどめるのかと歌う。嗅覚(「香」)。⑤183三百六十番歌合48、春、廿四番、右、小侍従。

【参考】①3拾遺15「わがやどの梅のたちえや見えつらん思ひの外に君がきませる」(春、平兼盛)

【類歌】①11続古今62「たがさとのむめのたちえをすぎつらんおもひのほかににほふはるかぜ」(春上、入道前太政大臣)

249 かしかましぬしある野《の》べのさわらびを《そ》を《お》〔お〕らばほ《お》どろと成《な》(別)りもこそすれ・2014

【語注】○かしかまし　八代集二例・①1古今1016「秋ののになまめきたてるをみなへしあなかしかまし花もひと時」(雑体、誹諧歌「題しらず」僧正へんぜう。古今226「名にめでてお《(を)》れる許ぞをみなへし我おちにきと人にかたるな」(秋上、遍昭))、金葉505。男のいる女の事か。○ぬしある　②4古今六帖2984「たれぞこのぬしある人をよぶこどり…」(第五「人づま」)。○さわらび　八代集三例、初出は拾遺1154。○をら　花を「折る」のは、花を心から愛するやさしい美的行為の一つであるが、ここはそれに当てはまらないか。〇ほどろ　八代集にない。方丈記「東ノキハニ蕨ノホトロ（ママ）ヲ敷キテ、」（新大系20頁）。他、②14新撰和歌六帖2149、④4有房18、7広言13、30久安百首308など。

【訳】騒がしい事よ、主人のいる野辺の早蕨を折ったとしたら、伸び過ぎた「蕨」の穂と成りもする事だよ。

▽「春」20の11。「梅」→「早蕨」。女郎花ではないが、野の早蕨（女）はうるさい、その、夫のいる女・早蕨を折る人もいないと、普通やがていつかほどろとなるというが、この場合女郎花のように折ったとしたら、蕨（女）がほどろ――ほほけたもの――となる事が気がかりだと歌ったもの。恋歌仕立てで、寓意あるか。初句切。

【参考】③106散木155「春くれどをる人もなきさわらびはいつかほ《お》どろと《に》ならん《む（堀）》とすらん」（春、三月「百首歌中に蕨をよめる」。④26堀河百首136、春「早蕨」俊頼）
③125山家161「なほざりにやきすてしのさわらびはをる人なくてほどろとやなる」（春「さわらび」）

250　さきそめし花やさかりに成り〔成〕ぬらん雲《くも》に色《いろ》そふみよしのの山《やま》（別）・2015

【訳】咲き初めた桜が満開となってしまったのであろうか、雲に桜の色が加わる吉野山である事よ。

▽「春」20の12。「成り」。「早蕨」→「花（桜）」。雲に色が加わる吉野山を見て、咲き初めた桜が花盛りになったのだろうと推量したもので、定家の①8新古今91「しら雲の春はかさねて立田山をぐらのみねに花にほふらし」（春上、定家）の趣である。前の雲に色が加わる桜の詠。「や」は例によって、疑問、詠嘆どちらにもとれる。三句切。⑤183三百六十番歌合82、春、四十一番、右、小侍従。
「桜の花を白雲とみる歌は古今集の貫之の歌／桜花さきにけらしも…／以来極めて多い。これは吉野山の花盛りを「色添へた白雲」に見た歌である。そこに、即ち、色添ふといふ所に作者のはたらきがあるのである。」（『冨倉』

292頁）
【類歌】③131拾玉1310「さきそむる花の梢をながむれば雲に成行くみよしの山」（花月百首、花五十首。⑤177慈鎮和尚自歌合129）

251 年へたる花にと《そ》はばやかくばかりのどけきみよ《御世（別）》の風やありしと・2016

【語注】**○のどけきみよの**　③118重家1「はるかぜものどけきみよのうれしさははなのたもともせばくみえけり」、④1式子353「吹く風ものどけき御代のはるにこそ心と花の散るは見えけれ」（「百首歌の中に」。①12続拾遺103）、④31正治初度百首1917「吹く風ものどけき御代の春にてぞさきける花のさかりをもしる」（春、讃岐）。**○風**　風は花・桜を散らすものであるが、この場合、前後の歌や251の内容から、のどかな微風《そよかぜ》、花を散らす風ではなく、文字通り春風駘蕩たる風ととる。
【訳】年月のたった花に問いたいものだよ、これほどにのどかな御代の風はあったのかと。
▽「春」20の13。「花」。これほどのどやかな御代の風があったのかどうか、長の歳月を経てきた花に聞きたいものだと歌ったもの。二句切、倒置法。御代・君が代の賛美、賀歌的詠。
「御代を祝ひ称へた歌。この百首の中で同様な歌に／〔247〕」（『冨倉』292頁）

252 昔《むかし》見《み》し吉野《よしの》の山は年《こと》ふりて花《はな》は都《みやこ》ぞさかりなりけ《斗（別）》る・2017

【訳】昔に見た吉野山はすっかり歳月がたってしまって、桜は都が花盛りである事よ。

▽「春」20の14。「年」「花」。「経たる」→「古りて」。昔見た吉野山の桜は年月が経過し衰えて、桜は都こそが満開の盛り・全盛期だとの詠。〝吉野〟の〝ふるさと〟をふまえ、昔の吉野から今の（花の）都へと「盛り」が移る。前歌の賀歌的詠にひき続いて、京・帝都を寿ぐ感がある。また下句は、①1古今56「みわたせば柳桜をこきまぜて宮こぞ春の錦なりける」（春上、そせい法し）を想起させる。

【参考】⑤147永縁奈良房歌合14「花ざかりゆきとぞ見ゆるとしをへてよしのの山はふゆはふたたび」（「桜」式部君。②11今撰27）

【類歌】③131拾玉904「ここのへの人さへ春はうつりきぬよしのの山は花のみやこか」（一日百首「花」）

253　ねやまこる□しづがかり《旅》ねに旅《のかり》枕さてものどかに花を《お》だに見ば《み(別)》・2018

【語注】○ねやま　20参照。近くにある山の意という。　○かりね　「仮寝」八代集五例、初出は千載534。「刈根」八代集二例・千載807、新古今932。山での仕事の為の「仮寝」と解したが、「刈根」（「刈根」は「賤」の縁語）か。それなら「賤の刈った根元の所に」となる。　○旅枕　八代集一例・新古今1486（雑上、式子）。拙論『国語教室』35号「式子内親王の「旅枕」」参照。③133拾遺愚草（定家）、④1式子に用例が多い。

【訳】根山を樵る賤夫の仮寝の共に（私は）旅寝をし、それにしてものどかに花をさえ見たら、それはそれでよい。

▽「春」20の15。「山」「花」「見」。「吉野の山」→「根山」。舞台を（「吉野の山」）、「都の花」から「根山の花」へ移し、根山を伐る山人が慌だしく仮寝をするその傍で旅寝をするが、のんびりと桜を見たらいいのに…と歌う。古今集、仮名序「言はば、薪負へる山人の、花の陰に休めるがごとし。」（新大系、15頁）の趣である。この歌で250・正2015から4首の桜歌群を終えるが、〝散花〟の歌はなかった。あるいは、253・この歌は、①1古今117「やどりして春の山辺に

ねたる夜は夢の内にも花ぞちりける」（春下、つらゆき）の如く、散花詠か。末に「よからまし」などが省かれている。同じ小侍従20に④3小侍従20「こよひもや花ゆゑここにね山こるしづがまくらを又ならべてむ」（春「山路尋花」）がある。

254　見わたせばまた草たえぬ春の野に思《おも》ひあがるやひばりげの駒《こま》（別）・2019

【語注】○また　新編国歌大観④本文。「まだ」か。　○たえぬ　「たゝぬ」か。「別本の本文によって「まだ草立たぬ」と解すべきであろう。」（山崎『正治』52頁）。　○春の野　④26堀河百首180「春の野の駒のけしきのことなるはさはべの草やわかばさすらん」（春「春駒」師頼）。　○野に・「故に」とも解される。　○思ひあがる　八代集にない。大和物語「いといたう人々懸想しけれど、思（ひ）あがりて、男などもせでなむありける。」（百三、大系281）、源氏物語「はじめより我はと思ひ上がりたまへる御方ぐ、」（「桐壺」、新大系一―四頁）。　○あがる　掛詞・「思ひ―」、「雲雀」が―。②1万葉4316 4292「うらうらに照れる春日にひばり上がり心悲しもひとりし思へば」（巻第十九、家持）、源氏物語「おとゞ、太政大臣にあがり給て、大将、内大臣になり給ぬ。」（「少女」、新大系二―289頁）。　○ひばりげ　八代集にない。「ひばり」も八代集一例・詞花141（冬、好忠）。「ひばり」掛詞。「ひばり」「駒」と「（飛び）立つ」とは縁語で、第二句「たゝ」としたのであろう。②16夫木614「…下もえてまだくさたたぬ荻のやけはら」（春二、若草、喜多院入道二品のみこ）。吾妻鏡「此間人々所進馬被立于新造御厩、…一疋鴾《鵇》毛、小山左衛門尉進」（建久二年八月十八日。一―379頁）。また「ひはりけのこま」は、新編国歌大観①～⑩の索引では、⑥39大江戸倭歌集210（春「春駒」勝明）しか、この歌以外で用例はない。

【訳】見渡すと、（冬とは異なって）また草がなくならない［まだ草が生え立たない］春の野に思いが高揚している事よ、上《あが》る雲雀と同じ名を持つ雲雀毛の駒は。
▽「春」20の16。「見」。「草」→「花」、「根山」→「(春の) 野」、「賤」→「駒」。見まわすと、再び草が絶えない〔まだ草が生え立ち揃わない〕春野に、雲雀が上り、雲雀毛の馬がはしゃいでいる状景を描く。第二句はやはり、草がなくならない故に馬が思い高ぶっているのなら、「また(だ)草たえぬ」の本文が正しいか。「まだ草たゝぬ」ではそぐわない。また歌の位置・順番からしても「…たえぬ」がいいか。四句切、下句倒置法。②16夫木1019、春三、春駒、「正治二年百首」、小侍従、第二句「まだ草たゝぬ」。
【類歌】②16夫木1855「春の野にあがる時のみ声はして草にはなかぬゆふひばりかな」(春五、為相)

255　なつかしき妻《つま》もこもりき同《おな》じくはこの野《の(別)》べにてやすみれつままし・2020

【語注】〇同じくは　第一、二句をうけて、「妻も私も同じ野にこもっているなら」とも、下句にかかり「同じことならこの野辺で…」とも考えられる。　〇すみれ　八代集七例、初出は後撰89。「王朝の和歌では荒れはてた庭に咲く花とされている。[19]」(『源氏物語の地理』203頁)。
【訳】慕わしい妻もこもった事だ、同じなら、この野辺で菫を摘もうと思う。
▽「春」20の17。「(春の) 野に」→「(この) 野べに」、「草(、雲雀、駒)」→「すみれ」。愛《いと》しい妻も隠れているこの春日野(武蔵野)で、菫を摘みたいとの詠。有名な①1古今17「かすがのはけふはなやきそわか草のつまもこもれり我もこもれり」(春上「題しらず」よみ人しらず。⑤415伊勢物語17「武蔵野は…」(第十二段))や山部赤人歌=②4古今六帖3916「はるののにすみれつみにとこしわれぞ野をなつかしみひとよねにける」(第六、「すみれ」。②1万葉1428)以外の、255の詞は、「…き…き同じくはこ(の野)べ(に)てや…まし」である。二句切。②16夫木1950、春六、菫菜、「正

治二年百首」、小侍従、第二、四句「つまもこもれり」、「ここのへにてや」。「古今集所載の／春日野は…／この歌を本歌とした。この歌は伊勢物語では男の歌となり、即ちつまは女性をさすが、歌としては女性の歌で「つま」は夫を指すと考へるべきものであらう。」（『冨倉』292頁）

256 すみよしのあさざはをのにかきつばた衣《きぬ》にお《を〔を〕》すらん人もさぞせし（別）・2021

【語注】**○すみよしのあさざはをの** 八代集一例・①6詞花239 238「〳〵すみよしのあさざはをのゝわすれみづ…」（恋下、範綱）。 **○かきつばた** 八代集二例・後撰160、金葉72。が、①1古今410「唐衣きつつ…」（羇旅、業平「その河のほとりにかきつばたいとおもしろくさけりけるを見て、…かきつばたといふいつもじを…」）。⑤415伊勢物語10）。 **○衣…らん**「ころもにおすらむ」（④31正治初度百首2021索引。字余り（「お」））にするが、本歌によりキヌであろう。 **○おす** 八代集一例・古今20。源氏物語「かの明石の舟、この響きにを《（お）》されて過ぎぬる事も聞こゆれば、」（「澪標」、新大系二―115頁）。 **○さぞ** 八代集一例・後拾遺596、が「さぞな」は四例もある。

【訳】住吉の浅沢小野に杜若を見ていると、それをさぞ衣に押し摺る事であろうよ、（なぜなら）他の人もそうしたのだから。

【本歌】②4古今六帖3798「すみのえのあさざはをののかきつばたきぬにすりつけきんひしらずも」（第六「かきつばた」。②1万葉1365 1361「スミノエノ すみのえの…」）

▽「春」20の18。「野」。歌枕「春日野（武蔵野）」→同「住吉の浅沢小野」（摂津、大阪市）、「菫」→「杜若」、「妻」→「人」。住吉の浅沢小野に杜若を見て、古の人と同じく衣に押し付け、摺衣にするのであろうよと推量したものである。本歌が、衣に摺り付けて着る日はいつか分らないといったのをうけて、昔の人と同様、衣に押し付けるであろ

うよ、古の人もそうしたと変えているのである。四句切。が、「らむ人も…」と続けて、下句「今現在衣に押し付け摺るであろう人も、昔の人と同様にきっとそのようにしたのであろうよ」とも解される。

【参考】④26堀河百首266「住よしのあさざは沼のかきつばたあかぬ色ゆゑけふもとまりぬ」（春「杜若」顕仲）

257　さきかかるしづえ《枝》は浪のあらへ《つ》ども猶色ふかしたこの浦藤《ふち（別）》・2022

【語注】○さきかかる　八代集三例、初出は拾遺83。○たこ（多胡）の浦　八代集一例・拾遺88、新古今1482。○浦藤　八代集にない。④26堀河百首279「むらさきのしきなみよすとみゆるまで田子の浦藤花咲きにけり」（春「藤花」仲実）。

【訳】咲きかかっている下枝は浪が浸し洗っているけれども、それでもやはり色は深い事だよ、多祜の浦藤は。

▽「春」20の19。歌枕「住吉の浅沢小野」→同「多祜の浦」（越中）、「杜若」→「藤」、「沢」→「浪」。咲きかかる下のほうの枝（の花）は浪が洗ってはいるが、多古の浦藤は色あせないで濃い色を保っていると歌う。四句切、下句倒置法。

【参考】④26堀河百首287「藤の花きしのしら浪あらへども色はふかくぞ匂ひましける」（春「藤花」紀伊）

258　さり共《とも》と年《とし》をたのみし昔だに春のくるるはを《〔お〕お（別）》しからぬかは・2023

【語注】○年　「来る年・新年」とも考えられるが、「これから先の長い年（月）」であろう。

【訳】だからといって、将来の年をあてにした昔でさえも、春の暮れて行くのは惜しくはなかったのであろうか、イヤ惜しかったのだ。
▽「春」20の20。まだ若く先先の未来の年を頼りとした昔も、暮れてしまうのは惜しかった、生い先の短い今はましてや…というのである。暮春、惜春の詠。因みに、この正治二年（1200）秋の正治初度百首の比、小侍従は80歳ぐらいで、死の二年程前の事である。
【類歌】②12月詣182「後のはるありとたのみし昔だに花をしまぬ年はなかりき」（三月、俊恵。②13玄玉513）

夏

259 夏《もつ》くれば心がはり《わ》のいつのまに花にいとひし風《かせ》をまつ《待(別)》らん・2024

【語注】○心がはり　八代集にない。が、①7千載483「たのむれど心かはりてかへりこば…」（離別、顕輔）がある。③50一条摂政87「まつよりもひさしくとはずなりぬるはおもふといひて心がはりか」（「ひさしうて、女」）、源氏物語「心ひとつにおぼし嘆くに、いとゞ御心変はりもまさりゆく。」（「葵」、新大系一―308頁）。

【訳】夏がやって来ると、心変りをして、いつの間にか、（散らすと）花に対して忌み嫌った風を（涼しいものだと）待つのであろうか。

【本歌】①3拾遺82「花ちるといとひしものを夏衣たつやおそきと風をまつかな」（夏、盛明のみこ。3′拾遺抄56）
▽「夏」15の1。「春（のくるる）」→「夏（くれば）」、「頼み」→「いとひ」「まつ」。来夏に、心変りをして、あれほど花を散らすとして嫌った風を、今度は一転して、いつか涼を求めて待つのかともらしたもの。本歌と似るが、259の

第二、三句の詞が本歌になく、（夏がくると）いつの間に心変りしてしまったのかとつぶやくところが、259の眼目である。「首夏（来夏）」の詠。

【参考】④29為忠家後度百首168「いつのまにはなをわすれてほととぎすまつにこころのうつるなるらん」（郭公「首夏郭公」）…詞

⑤87六条斎院歌合〈秋〉4「いつのまに風のけしきもかはるらん今日こそ秋のはじめとおもふに」（「秋立」、右、むさし）…詞

【類歌】④18後鳥羽院21「夏くれば心さへにやかはるらむ花にうらみし風もまたれて」（正治二年八月御百歌、夏）

④35宝治百首820「ちりのこる花をみながら夏衣心をかへて風をまつらん」（夏「首夏」蓮性）

260　日影《ひかげ》さす卯花山《うのはなやま》のをみ衣誰《たれ》ぬぎかけて神《かみ》まつるらん〔覧〕む（別）・2025

【語注】○日影　「日陰鬘」を掛ける。「ひかげ」＝「日陰葛」は、八代集では後拾遺1121、新古今1419（「小忌衣」も歌い込まれている）。　○卯花山　30前出、参照。　○をみ衣　八代集五例、初出は後拾遺1125。　○ぬぎかけ　八代集三例、初出は古今239。　○神まつる　八代集四例、初出は拾遺91。

【訳】日陰鬘を挿し、日の光が差す、卯の花山の小忌衣を、一体誰が脱ぎかけて神祭りをしているのであろう。

▽「夏」15の2。「花」（「花」→「卯花」）、「らん」。日光の差している卯花の咲き満ちている山、その白い卯花は小忌衣の白布にも見立てられるので、一体誰が日陰蔓を頭に挿し、その小忌衣を脱ぎ掛けて、今神を祭っているのであろうかと推量したものである。「卯花」の詠。②16夫木2469、夏一、神祭「正治二年百首」小侍従。⑤183三百六十番歌合155、夏、六番、左、定家朝臣。『藤原定家全歌集　下』3989――拾遺91、92を「参考」とし、「日影」に、「「小忌衣」

「神祭る」の縁語「ひかげ」（ヒカゲノカズラ）を掛ける。」とする――、『藤原定家全歌集全句索引本篇』3989、『藤原定家全歌集』3989。

【参考】③119教長208「やまがつはおのがかきねのうのはなをやがてしでてや神まつるらん」（夏「卯花の歌」）

261 ほととぎす《郭公》いづくをかどと《や》定《さた》めてか雨ふるやみに鳴《な》きて過《す（別）》ぎぬる・ 2026

【語注】〇いづくをかどと　新編国歌大観の索引（①～⑩）に他に用例がない。「か」は「や」（一例、④41御室五十首345・季経）の誤りか。が、底本の「書陵部蔵五〇一・九〇九」の原本をみても、「可」（か）である。また「かど」は、家の意とも考えられるが、「門《モン》《カド》」（家の出入口）としておく。鳥（郭公）の鳴いて過ぎる場としての門の用例に、万葉4200 4176「我が門ゆ鳴き過ぎ渡るほととぎすいやなつかしく聞けど飽き足らず」（巻第十九、家持）、万葉4487 4463「ほととぎすまづ鳴く朝明いかにせば我が門過ぎじ語り継ぐまで」（巻第二十、家持）がある。

「これも別本の方がよさそうで、「や」と「か」の誤写は考えにくいが、恐らく編纂本の誤りであろう。」（山崎『正治』52、53頁）。

【訳】郭公は一体どこを通り過ぎる門と定めているのか、雨の降っている闇の中に鳴いて過ぎてしまった事だ。

▽「夏」15の3。「誰」→「いづく」、「山」→「門」、「日影（光）」→「雨」「闇」。郭公は、どこを通過の門と決めてか、雨の闇に鳴いて通り過ぎて行ってしまったと歌う〝郭公〟詠。聴覚（「鳴き」）。

【参考】②10続詞花109「珍しく鳴きてすぐなる郭公いづくもこれやはつねなるらん」（夏、師賢）

③3家持84「このくれは《の》ゆふやみなるを《に（万）》ほととぎすいづくをいへとなきわたるらん」（夏歌。②1万葉1952 1948、巻第十、夏雑歌）

【類歌】⑤182石清水若宮歌合〈正治二年〉91「郭公いづくにとまる心もて宿の木ずゑをなきて過ぐらん」（「郭公」基範。①21新続古今264）
⑤182同110「神がきや花たちばなに郭公なきてすぐなる五月雨のそら」（「郭公」寂蓮）
⑤184老若五十首歌合159「あたら夜の月にのみかは郭公なきてすぐなり五月雨の空」（夏、寂蓮）

262　一声《ひとこゑ》に雲路《くもぢ》過《す》ぎぬるほととぎすまたいづかたの人さわ《は（別）〔は〕》ぐらん・2027

【語注】○雲路　式子22「郭公いまだ旅なる雲路より…」、同225「声はして雲路にむせぶ郭公…」。漢語「雲路」に当る。
【訳】一声鳴いて、雲の中の通路を通り過ぎてしまった郭公よ、またどの所の人が（郭公の行った先で）動揺し、ざわめいているのであろうか。
▽「夏」15の4。「過ぎぬる」「郭公」。「いづ（く）」→「いづ（かた）」、「鳴き」→「一声」。一声に雲路を過ぎた郭公に、どの里の人が、鳴いたか、また来たかどうか騒ぐのだろうと推量する前歌・261同様の郭公詠。同じ小侍従182に、④3小侍従182「ほととぎすすぎがてになく一声はきくとしもなくこころさはぎに《（ママ）》」（雑、かくし題二首「薄菊萩」）がある。
【参考】①7千載159「ひとこゑはさやかに鳴き《すぎ（頼）》てほととぎす雲ぢはるかにとほざかるなり」（夏、頼政。③117頼政140、夏「郭公」）
⑤136鳥羽殿北面歌合14「あけぼのにふたかみやまの郭公一声なきていづちすぐらむ」（「郭公」重資）
⑤147永縁奈良房歌合27「ほととぎすひとこゑなきてすぎぬれどしたふ心ぞちぢにありける」（「郭公」上総君）

⑤157中宮亮重家朝臣家歌合46「ほととぎす雲路にきゆる一こゑはゆくかたをだにえやはながむる」（「郭公」隆信）
【類歌】④12讃岐22「なきすてて雲ぢすぎ行くほととぎすいま一こゑはとほざかるなり」（「ほととぎす」）

263　ねらひす《た》るほぐしのかげ《影》にさを鹿《しか》のうらなく何《なに(別)》かめをあはすらん・2028

【語注】○ねらひ　八代集にない。万葉2153 2148「山辺にはさつ男のねらひ畏けど…」（巻第十）、他、③58好忠295、③106散木1105など。　○ほぐし　八代集二例・①5金葉二146 155「さは水にほぐしのかげのうつれるをふたともしとやしかは見るらん」（夏「照射の…」源仲正。5′金葉三141）、千載200、「ほぐしのまつ」八代集三例、初出は千載197。　○うらなく　八代集一例・後拾遺826。伊勢物語「91初草のなどめづらしき言の葉ぞうらなく物を思ける哉」（四十九段）、新大系126頁）。
【訳】狙いをつけた火串の火の光に、雄鹿は無心にどうして目を合わすのであろうか。
▽「夏」15の5。「らん」。「郭公」→「さを鹿」、「いづ（かた）」→「何」。狙っている（狩人のもつ）火串の木の火の光に、鹿は心なく何故目を合わせるのか、射られるではないか、つまり猟師は光を受けて輝く鹿の目を目標に矢を射ると歌う「照射」の詠。
【参考】④27永久百首194「ねらひするしづをがさまをさをしかの一村草とみてやよるらん」（夏「夏猟」兼昌）
【類歌】①19新拾遺274「さ月山ゆずゑふりたてともす火に鹿やはかなくめをあはすらん」（夏、崇徳院御製）
④18後鳥羽院430「ともしするかげを夜な夜なみ山木のこりずもしかのめをあはすらむ」（夏、千五百番歌合。⑤197千五百番歌合870）
④31正治初度百首629「ともしするほぐしの影にくれはどりあやしと鹿のおもはざるらん」（夏、慈円）

264　おりたちてつむべきなぎのはも見《み》えずたなかのゐどの霖《さみだれ》五月雨(別)のころ・2029

【語注】○なぎ　「なぎのは」と共に八代集にない。「梛」(例、梁塵秘抄547「熊野出でて切目の山の梛の葉は　万の人の上被なりけり」(新大系145頁))ではなく、万葉3851 3829「…鯛願ふ我れにな見えそ水葱の羹」(巻十六)、枕草子「朝日のはな〴〵とさしあがるほどに、水葱の花、いときはやかにかゝやきて、」(二五九段)、新大系301頁)。葉が食用。○たなか　八代集一例・詞花292(普通名詞「田の中」)。「田中」は『歌枕索引』に項目がない。④27永久百首274「はかなしや田中の里はいなづまの…」(秋「稲妻」顕仲)。他、「田中の井戸」は⑤157中宮亮重家朝臣家歌合137、「田中の里」は③112堀河11など。「田中の井戸」は、田の中の灌漑用の井戸の事。催馬楽「54田中の井戸に　光れる田水葱　摘め摘め吾子女　小吾子女　たたりらり　田中の小吾子女」(「田中」、412頁)を、④18後鳥羽院729「袖ぬらすたなかのゐどのさみだれにひかるたなぎも朽ちやしぬらん」(詠五百首和歌、夏五十首)の「本歌」(和歌文学大系24『後鳥羽院御集』)とする。これ・264も後鳥羽院歌の本歌か。○ゐど　八代集一例・後撰104。枕草子「家は　…／染殿のみや。…紅梅。県の井戸。東三条。小六条。小一条。」(一九段)、新大系21頁)。水をせき止めた所。○霖のころ　八代集では新古今以降。が、④26堀河百首433(夏「五月雨」公実)に用例がある。

【訳】(田に)降り立って摘む事のできる水葱の葉も見えない事よ、田中の井戸の五月雨の比には。

▽「夏」15の6。「目」→「見え」。五月雨の増水で、下りて摘む水葱の葉も隠れて見えない田の中の井戸の五月雨の比の状景を描いたものである。「霖」の詠。三句切、倒置法。が、第三句の「ず」は連用中止法か。下句ののリズム。

⑤183三百六十番歌合212、夏、卅四番、右、小侍従。222(「島津」31、32頁)参照。

「この歌、催馬楽田中井戸によつた。」(『冨倉』293頁)

【類歌】④4有房90「さみだれに《は》たなかのゐどに《の》みづこえてこなぎつむべき《露けき(治)》かたもしられず」（「さみだれを」）。⑤165治承三十六人歌合183、「五月雨」有房）

265　五月雨の日をふるままにかはり行《ゆ》くつたの入江のみ《身》をつくしかな《哉(別)》・2030

【語注】**○五月雨の日をふるままに**　一つの表現型《パターン》（例、①6詞花65 63「さみだれの日をふるままにすずか河やそせのなみぞこゑ《(ママ)》まさるなる」（夏、治部卿）、③117頼政156など）。「降る」は、「五月雨」の縁語。**○つた**「つたの入江」共八代集にない。万葉950 945「…さもらひに都太《つだ》の細江に浦隠り居り」（巻第六、赤人）…「姫路市、船場川河口の入江。」（角川文庫注）、「都太《つだ》の細江」・「飾磨川の河口。」（新大系二）。『歌ことば大辞典』・「津田《つだ》の細江」、『歌枕索引』は「都《つ》多乃細江《たのほそえ》」として、③117頼政164と③122林下176をあげるが、「つたの入江」の項目はない。「都太川《つだがは》衆人、之称《い》はず。」（『風土記』播磨国319頁）、「《播》つたのほそ（万。うらがくれゐぬ。）」（八雲御抄、「江」、歌学大系別巻三―425頁）。**○つたの入江**　③126西行法師家集759「ながれやらでつたの入江にまく水は舟をぞもよふ五月雨の比」（127聞書集190）。**○のみをつくし**　①6詞花67 65「さみだれになにはほりえのみをつくしみえぬやみづのまさるなるらん」（夏、源忠季）。

【訳】五月雨の降り続く日がたつにつれて変化して行く、つたの入江の澪標である事よ。

▽「夏」15の7。「五月雨の」。「田中の井戸」↓「つたの入江」、「水葱の葉」↓「澪標」。五月雨が幾日も降るのに従って、つたの入江の澪標の姿は変って行くと歌う、前歌・264と同じ五月雨詠ではあるが、増水で日々姿を変え、見えなくなって行くつたの入江の澪標の叙景歌でもある。②16夫木10674、雑五、江、つだのいりえ（本文も）、「正治二年百首」、小侍従。

【類歌】①10続後撰210 201「五月雨はつたの入江のみをつくし見えぬもふかきしるしなりけり」（夏「五月雨を」覚盛）

④31正治初度百首2130「五月雨は沼の入江の身をつくし岸のひさぎの梢なりけり」（夏、丹後）

266　さみだれ《五月雨》に《の》庭《には》の蓬《よもき》や朽《く》ちぬらんすだく蛍《ほたる》の数《かず(別)》そひにけり・2031

【語注】○さみだれ・（や）朽ちぬらん　一つの表現型《パターン》（例、③100江帥58・⑤109内裏後番歌合〈承暦二年〉14、③122林下79）。　○すだく　八代集四例、初出は後拾遺159。　○数そひ　八代集二例、初出は金葉318。

【訳】五月雨によって、庭の蓬が朽ち果ててしまったのであろうか、集まってくる蛍の数が加わる事よ。

▽「夏」15の8。「五月雨」。「つたの入江の澪標」→「庭の蓬、蛍」。五月雨のせいで庭の蓬が朽ちたのか、集まる蛍の数が多くなると、「腐草蛍ト為ル」（『礼記』月令）をふまえる。前歌・265同様、五月雨を歌い込むが、蛍詠でもある。【参考】歌④26堀河百首473をもとに、堀河473が、礼記をそのまま歌にしたようなものであるのに対して、266は下句に分るように、その飛んでいる場所（堀河473）の蓬が腐り、蛍の数がふえると歌っているのである。三句切。②16夫木3212、夏二、蛍、「正治二年百首」、小侍従。

【参考】④26堀河百首473「さみだれに草くちにけり我がやどのよもぎが杣に蛍とびかふ」（夏「蛍」師時）

267　吹《わ》ききつる花たちばなの身にしめば我《(われ)》も昔の袖《そて》のか《香(別)》やする・2032

【語注】○花たちばなの　⑤197千五百番歌合799「よそへてもむかしはいまはかひもなし花たちばなの袖の香もがな」（夏二、釈阿）。　○しめば　「占む」ではなく、「染む」（下二）であり、未然形＋「ば」、故に末句の「や」は詠嘆ではなく、疑問。　○昔　「昔の我」か、「昔の（他）人」か。が、本歌もそれであり、やはり「昔の人」のほうが味わいが深かろう。　**○袖のか**　八代集三例、初出は古今139。

【訳】風によって吹かれやって来た花橘の香を身にしみこますなら、私も昔の（人の）袖の香がする事であろうか。

【本歌】①1古今139「さつきまつ花橘のかをかげば昔の人の袖のかぞする」（夏、よみ人しらず。②3新撰和歌127。4古今六帖4255。6和漢朗詠集173）

▽「夏」15の9。「蓬」「蛍」→「花橘」。有名な本歌、橘の香に昔の人の袖の香をしのんだ詠をうけて、風で吹いて来た橘の香を我身に帯びると、私も昔の（人の）香がするのかと歌う。蛍から花橘詠へと転ずる。嗅覚（「香」、「橘」）。

【類歌】①10続後撰1052 1049「おいぬるはあるもむかしの人なればはなたちばなに袖のかぞ《を（壬）》する」（雑上、家隆。③132壬二1265、為家卿家百首、夏十首）

①15続千載1720 1721「匂ひくる花たちばなの袖のかにこの里人も昔こふらし」（雑上、成賢）

2033　さきにけり遠《おち》かた人に事問《こと》ひて名《な》を知《し》りそめし夕《ゆふ》がほの花《はな（別）》＝小侍従198

▽「夏」15の10。「花」。「さき」→「花」、「我」→「（遠かた）人」、「花橘」→「夕顔」。花橘から夕顔詠へと転ずる。詳しくは198参照。

268　この里は過《す》ぎぬとみゆる夕立のほかに成《な》りゆくかたをしぞおも《思（別）》ふ・2034

【語注】○夕立　八代集九例。が、初出は詞花78。④31正治初度百首1736「夕立のすぎ行く雲に成りぬるは心よりこそ晴れはじめけれ」（夏、生蓮）。**○下句**　①1古今409「…島がくれ行く舟をしぞ思ふ」（羇旅、よみ人しらず）。○

末句　字余り（「お」）。
【訳】この里は通り過ぎてしまった夕立が、他の場所で降るようになって行く地域《エリア》を思いやる事よ。
▽「夏」15の11。「夕」「方」。〝夕顔〟から〝夕立〟詠へと転ずる。この里は行ったとみえる夕立が、他所で降る先が思いやられると歌う。

269　うかひ舟《ふね》月をいとふにしるきかなこんよ（む）世（別）のやみにまよふべしとは・　2035

【語注】**○うかひ舟**　八代集五例、初出は千載205、あと四例は新古今。鵜を用いて鮎をとる舟。鵜飼には月夜を嫌う。
○こんよ　「来む世（代）」・来世。「闇」の縁語「夜《よ》」「月」。「来ん世の闇」は、来世の地獄の事。
【訳】鵜飼舟は月（光）を忌み嫌う事によってはっきりしている事よ、来世の闇にさ迷うであろうとは。
▽「夏」15の12。「夕立」→「闇」。夕立から鵜飼舟の詠へ。鵜飼（舟）は、来世は必ず無明長夜の闇に迷妄する事は、漆黒の闇夜の中で漁を行ない、月（光）をさける事によって明白だと歌う。月は仏法の久遠の真理を体現する、真如の月でもある。また鵜飼の罪業の深さなどは、梁塵秘抄「355○鵜飼は憐《いとを》しや、万劫年経る亀殺し　又鵜の頸を結ひ、現世は斯くても在りぬべし、後生我が身を如何せん」（他、440）などにうかがわれる。三句切、倒置法。
「鵜飼の歌に仏教的思想を加へた。月は仏に譬へ、闇は迷界に譬へるのは当時の常である。しかし鵜飼の闇を仏説の闇に結びつけたのは珍らしい。千五百番歌合の彼女の作に、／〔361〕／といふのがある。」（『冨倉』294頁）
【参考】③110忠盛117「おもひきやくもゐの月をよそに見てこころのやみにまよふべしとは」（⑤356今鏡59）
【類歌】④39延文百首1131「うたてなどこん世をかけてうかひ舟月のかつらのやみを待つらん」（夏「鵜河」公賢）
⑤175六百番歌合225「おほ井がはなほ山かげにうかひぶねいとひかねたるよはの月かげ（な（月））」（夏「鵜河」女房。③130月

清318）

270 いかで《に》わが《れ》ねがふはちすの身と成《成〔成〕》りて花に《を（別）》なるてふ夢をさまさん・2036

【語注】○ねがふ　八代集にない。が、「願はくは」八代集二例・新古今1931、1993、「願ひ」八代集二例・千載1273、新古今1904。　○ねがふはちすの　③131拾玉5660、⑤384古今著聞集327「老の身にねがふはちすの花のみに君も千とせの後や生れん」（同二品（壬生二位））＝古今著聞集・六三九「同じ二品、不食の所労の比、蓮の実ばかりを食するよし聞きて、坊城殿の池の蓮の実を所望して、おくり侍りし返事に、／老の身に…」（巻第十八、古典集成下―324頁）。　○第二、三句　梁塵秘抄「65○…経には聞法歓喜讃、聞く人蓮の身とぞ成る」（巻第二）。成仏する事。　○はちすの　宝物集「427ごくらくの蓮の花のうへにこそ露のわがみはを《（お）》かまほしけれ」（巻第七、新大系349頁。⑤376宝物集534。②10続詞花466）。阿弥陀経「池中蓮花大如二車輪一。」（大正蔵十二）。　○身　「花」の縁語「実」。　○花　ここは、源氏物語「蓮の花の盛りに、御八講せらる。」（「蜻蛉」、新大系五―297頁）、④26堀河百首508「いかにしてにごれる水にさきながら蓮の花のけがれざるらん」（夏「蓮」永縁）、「善ク菩薩ノ道ヲ学ビ世間ノ法ニ染マザルコト、蓮花ノ水ニ在ルガ如シ」（『法華経』従地踊出品）などの「蓮花」ではなく、上べだけの華やかさをもつ一般の花か。俗世間での出世栄達をいうか、所謂花になる、立身出世の事か。古今集、仮名序「今の世中、色に付き、人の心、花に成りにけるより、不実《あだ》なる歌、儚き言のみ出来れば、」（新大系9頁）。「蓮」の縁語「花」。

【訳】何とかして、私の願望である蓮の身＝浄土に生れる身となって、〝花〟になるという夢を覚ましたいものだよ。

▽「夏」15の13。「月」→「花」、「闇」→「夢」、「まよふ（べし）」→「さまさ（ん）」。何とか極楽往生を遂げ、立身出世の煩悩の、迷妄の夢から覚めたいと歌う。前歌・269の迷妄の闇にひき続いて、この歌・270も煩悩の夢と、釈教歌

的夏詠が続く。第三、四句ナリテ、…ナルテのリズム。270や191は、「彼女の生活をそのまゝに歌つたものと見られよう」（『冨倉』238頁）

2037　さのみやは山ゐ《井》のし水涼《す》しとてかへさもしらず日を暮《くら(別)》すべき＝小196

▽「夏」15の14。「夢」→「日」。前歌・270の、この世ならぬ「蓮」詠から、「山井の清水」の涼の歌となる。

271　わぎもこがすがぬくかみ《神》もなびくめりこれやみそぎのしるしなる《成(別)》らん・2038

【語注】**○すがぬく**《(き)》　菅貫。八代集一例・①5金葉二解38「御祓《みそぎ》(金三147)する河せにたてるいくひさへすがぬきかけてみゆるけふかな」（夏「六月祓の心を」有政。①5´金葉三147）―もと。④26堀河百首551「八百万神もなごしに成りぬらむけふすがぬきのみそぎしつれば」（夏「荒和祓」仲実）、④26同557「ちとせまで人なからめや六月のみたびすがぬきいのる御祓に」（夏「同」隆源）、④30久安百首1032「身をすてて人かとだにもおもはぬをなににすがぬくみそぎなるらん」（夏十首、堀川）、③131拾玉2331「なつはつるけふのみそぎ《はらへ》のすがぬきをこえてや秋のかぜはたつらむ《にならむとす(2998)》」（詠百首和歌、夏。③131同2998、詠百首和歌、夏）。「茅の輪を首にかける」とも考えられる。茅の輪をくぐるのであろう。**○ぬ**　原本「ゆ《ぬ也》」。**○かみ**　「みそぎ」の縁語「神」。**○なびく**　実は川風によってであろう。**○こ（れ）や…しるしなるらん**　一つの表現型《パターン》（例、①3拾遺841）。**○下句**　百人一首98「風そよぐならの小川の夕暮は御祓ぞ夏のしるしなりける」（家隆）。

【訳】我が愛しい女《ひと》（妻）が茅の輪をくぐり抜けている髪もたなびいているようだ、これがみそぎのしるしなのであろう。

【本歌】④26堀河百首548「わぎも子が打ちたれがみのうちなびきすがぬきかくる夏祓かな」（夏「荒和祓」師頼）
▽「夏」15の15。「べき」→「ぬり、らん」、「さ・や」→「これや」。本歌をふまえて、吾妹子のくぐっている髪もなびくのは、祓のあらわれであろうと推量した「夏越の祓《はら》へ」詠で、夏歌を閉じる。三句切。

秋

272　夜のほど《程》にかたへ涼《すゝ》しき風《かせ》吹《ふ》きて秋に成行《なりゆ》く荻《おき》の音《をと(別)》かな・2039

【語注】**○夜のほど**　八代集二例・後拾遺398、千載1169。　**○かたへ**　八代集二例・古今168、①8新古今282・③131拾玉3506「夏ごろもかたへすずしくなりぬなりよやふけぬらむ行あひの空」（詠百首和歌、夏。⑤197千五百番歌合1024）。　**○秋に成行く**　上句と末句にかかる。

【訳】夜のうちに片一方に涼しい風が吹いてきて、秋に次第に成って行き、さらに秋（の音）と成って行く荻の音である事よ。

【本歌】古今168「夏と秋と行きかふそらのかよひぢはかたへすずしき風やふくらむ」（夏「みな…」みつね。②4古今六帖124。③12躬恒446）
▽「秋」20の1。「菅」→「荻」。本歌の、夏秋の交差する空の通路では、一方に涼しい風が吹くだろうという季節の交錯の詠をうけて、初、末句にみられるように、夜に（、一方に涼風が吹き秋と成って行き、）秋らしい音になって行く荻の音を歌う詠で、「秋」を始める。第二、三句かの頭韻。聴覚（「音」）。

【参考】③73和泉式部45「風吹けばいつもなびけど秋くればことにきこゆる荻のおとかな」（秋）
【類歌】③132壬二230「あき風のうちふくよひはうたたねの人だのめなるをぎの音かな」（秋、大輔百首）
④18後鳥羽院126「うちなびきさやかにみえぬ秋なれど荻ふくかぜぞかたへすずしき」（正治二年第二度御百首「草花」。④32正治後度百首26）
④18同1240「夏と秋とゆきかふ夜半の浪の音のかたへすずしきかもの河かぜ」（夏、賀茂上社卅首御会）

2040　まれにあふ《逢》秋の七日《なぬか》のくれは鳥《とり》あやなくいかにあけぬこのよ《夜(別)》は＝小211

▽「秋」20の2。「秋」「夜」。「夜」↓「くれ」「明け」、「荻（の音）」↓「くれは鳥」。前歌・272の初秋詠から七夕歌となる。

273　いかにせん《む》あま《さ》の川《河》風《かせ》身にしみて恨《うらみ》をのこす明《あけ》ぐれの空《そら(別)》・2041

【語注】○初句　反語と解したが、疑問ともとれる。　○あまの川風　八代集三例、初出は①5´金葉三161「ちぎりけむほどはしらねどたなばたのたえせぬけふのあまの河風」（秋「七夕をよめる」宇治入道前太政大臣）。他、⑤22陽成院一親王姫君達歌合35。　○恨をのこす　男か女か、また共か。恋歌的語句。が、七夕歌なら当然の語句。二星の否応なく別れねばならない怨みを残す、の意。　○明ぐれの空　「明暮（は）」八代集一例・新古今1674、「明暗《あけぐれ》（と）」八代集一例・拾遺467（新大系も。拾遺抄523）、「明暗空《あけぐれのそら》」八代集二例・拾遺736（新大系も）、千載884。明け方の暗い時分の空。③74和泉式部続157「わがこふる人はきたりといかがせんおぼつかなしやあけぐれのそら」（「あか月の恋」）。
【訳】どのようにしようか、どうしようもない、天の川風が身にしみじみとしみて恨みを残している明け暗の空である事だ。
▽「秋」20の3。「いかに」「明」。前歌も同じ七夕詠で、夕暮から夜が明ける時を歌い、此歌・273は、天の川風が身にしみ、恨みを残したままで明け行く空をどうする事もできないと慨嘆する夜明け時分の詠。初句切。
【類歌】①8新古今322「いかばかり身にしみぬらむ七夕のつままつよひの天の河かぜ」（秋上、入道前関白太政大臣）

274 わきかねし同《おな》じみどりの夏草□を花にあらはす秋のゆふ暮《くれ》（別）・2042

【語注】○わきかね 八代集五例、初出は後撰714。 ○第四句 「何の花かという事を明示する」か。 ○秋 上、下にかかる。「仄暗い」ゆえ、そう解した。
【訳】以前には判別できかねた同じ緑の夏草を、（咲いて）花としてあらわす秋、その秋の夕暮である事よ。
▽「秋」20の4。「暮」。一面の緑で区別しかねた夏草も、咲いて花と草とを区別して見せる秋の夕暮と、〝草花〟と〝秋夕〟を歌い込む。②16夫木4537、秋二、秋華、「正治二年百首」、小侍従。
【類歌】③131拾玉4321「こはぎはらまづさく花に露ちりて夏のの草の秋のゆふぐれ」（「立秋」）
④31正治初度百首843「夏のをば同じ緑にわけしかどあきぞおりつるなくさの花」（秋、隆房）
④32正治後度百首426「秋やこれおなじみどりにみし野べを千種にわくるおのが色色」（秋「草花」隆実）

275 たはるれ《な》どをら《おし》でぞ過《うす》ぐる《は》女郎花《をみなへし》うきみを《な》え《ひ》たる罪《つみ》（別）のふかさに・2043

【語注】○たはるれ 八代集二例、古今246、1017。が、「たはれじま」八代集二例。①1古今1017「あきくればのべにたはるる女郎花いづれの人かつまで見るべき」（雑体、よみ人しらず）。「女郎花が（は）戯るれ…」であって、「に」ではない。　○をら　①1古今226「名にめでてをれるばかりぞをみなへし我おちにきと人にかたるな」（秋上、僧正へんぜう）。　○第三句以下　女郎花は女性に譬えられるので、仏教でいう女人の五障の事、作者・小侍従が女性なので、それをいうとも考えたが、やはり「女郎花」の事であろう。

【訳】戯れかかってくるが、折らないで過ぎて行く事だ、女郎花の、（女という）憂くつらい身を現世で得た罪業の深さによって。

▽「秋」20の5。「夏草・花」→「女郎花」。女身という憂き身をもった罪業の深さによって、女郎花が戯れてくるが、折らないで通り過ぎると歌う。古今1017・「たは」れ摘む、古今226・折る、堀河百首611・折って過ぎる、といった古歌（群）をうける。就中、堀河百首611に対して歌ったもの。二句切、倒置法。第二、三句をの頭韻。

【参考】④26堀河百首611「夕さればふしみの里の女郎花をらで過ぐべき心ちこそせね」（秋「女郎花」国信）

⑤151住吉歌合〈大治三年〉12「わがこひのなぐさむつまにあらねどもをらですぎうきをみなへしかな」（恋「をみなへし」兵衛君）

⑤424狭衣物語216「たちかへり折らで過ぎうき女郎花なほやすらはん霧の籬に」（（狭衣））

276　きき《聞》お《を〔を〕》きし名《な》をあだしののしの薄《すゝき》いつな《の》れがほに招《まね》くけしき《気色(別)》ぞ・2044

【語注】○ききおき　八代集にない。枕草子「折につけても、一ふしあはれともお《（を）》かしとも聞きを《（お）》きつるものは、草木鳥虫もおろかにこそおぼえね。」（三七段）、新大系57頁）、源氏物語「年比、公私御暇なくて、さしも聞きを《（お）》き給はぬ世のふることどもくづし出でて、」（「明石」、新大系二―63頁）。　○あだしの　八代集三例、初出は金葉237。掛詞・

「徒《あだ》」（不実・他心）。　〇しの薄　八代集五例、初出は古今1107。まだ穂の出ていない薄の称といい、「花薄」に対する。「篠や薄が群生している事」という説もある。⑤421源氏物語717「秋はつる野べのけしきもしのすすきほのめく風につけてこそ知れ」（「宿木」、（中の君））、⑤424狭衣物語128「招くとも靡くなよゆめ篠薄秋風吹かぬ野辺は見えぬと」（「宮の中将」）。　〇なれがほ　八代集にない。源氏物語「いと馴れ顔に御帳の内に入り給へば、」（「若紫」、新大系一―185頁）。　〇招くけしき　①4後拾遺373「あけはてばのべをまづみむ花すすきまねくけしきは秋にかはらじ」（秋下「九月…」範永）、③116林葉849「つれもなき人に見せばや女郎花あだしの野辺にまねく気色を」（恋「寄秋花恋同」）。

【訳】今まで話としてきいておいた名とは異なる化野の〝しの薄〟は、いつ一体なれなれしげに招く様子か。

▽「秋」20の6。「女郎花」→「（しの）薄」、「身」→「顔」、「たはるれ」→「招く」。きいていた名とは中身が違っている化野の〝しの薄〟は、いつ〝花薄〟のように、「穂に出でて」人を招くようになっていったのかと、恋歌（忍ぶ恋という噂とは異なり、あなた・女性は、いつ馴れ馴れしげに誘惑する）仕立てとする。上句、き、し、ののリズム「ききおきしなをあだしののしのすすき」。②16夫木4394、秋二、薄、「正治二年百首」、小侍従、第四句「いつなれそめて」。

277　そよといふ荻《おき》の葉風《かせ》の人ならばおなじ心《こゝろ》の友《とも》と見《み（別）》てまし・2045

【語注】〇そよといふ　古今584「ひとりして物をおもへば秋のよの稲葉のそよといふ人のなき」（恋二、躬恒）、④28為忠家初度百首344「風ふけばまがきのほかのをぎなれどわがおもふことはそよといふなり」（秋「隣家荻」）。「そよ」掛詞。　〇荻の葉風　八代集一例・千載226。他、③28元真145など。④26堀河百首673「秋きてもまだほに出でぬ荻の葉は風につけてぞそよと告げける」（秋「荻」公実）。　〇心の友　八代集にない。有名な徒然草「まめやかの心の友には、遥かに隔つるところのありぬべきぞ、わびしきや。」（第十二段）、新大系89頁）。③131拾玉671「よをそむく心のともとなる身こそ我が物からにうれしかりけれ」（厭離百首、雑五十首）、他、④32正治後度百首758など。

【訳】そよと、「ああそうだ」という、荻の葉風がもし人であるとしたら、私と同じ心の友として〝荻の葉風〟をきっと見たてであろうものを。

▽「秋」20の7。「きき」→「いふ」「見」、「（しの）薄」→「荻（の葉風）」。「そよ」・そうだと知らせる荻の葉風が、もし人なら、私と同じ心を持った友と思ったてであろうに、が、〝荻の葉風〟は人ではないのだから…という「荻（の葉風）」詠。擬人法。「未然形＋ば…まし」で反実仮想を表す。

【参考】④30久安百首1136「きもあへずそよとぞ荻のこたふなるおなじ心に風や吹くらむ」（秋、兵衛）

278　こし路《ち》より其玉章《そのたまつさ》はかけねどもくる雁《より》がねの数《かず》（別）ぞよまるる・　2046

【語注】○雁がね「雁」としたが、「雁の音」もあるか。○よま「玉章（書信）」の縁語。○るる　可能としたが、自発とも考えられる。

【訳】越路より、その手紙は身につけてはいないが、来る雁の数は勘定する事ができるよ。

【本歌】古今207「秋風にはつかりが音ぞきこゆなる誰が玉章をかけて来つらむ」（秋上、友則）

▽「秋」20の8。「荻（の葉風）」→「雁（がね）」。漢の蘇武の雁信の故事〔漢書・蘇武伝〕をふまえ、また本歌・秋風に初雁の音が聞こえる事によって、誰の手紙を身につけて来たのかと推量した歌をうけて、蘇武の手紙――「誰が玉章」も可――とし、北の越〔来し〕路のあたりから来て、その蘇武の昔の手紙は、足に付けていないけれど、やって来る雁の数は、手紙ゆえ読む事・計算ができると、末句〔母・小大進の詠がある〕に変化をもたせているのである。

初雁・早雁詠。

【参考】②10続詞花962「こまごまとかく玉章にことよせてくるはつかりの数ぞよまるる」（戯咲、小大進・母）
③107行尊19「たまづさをかけてもなどかとはざらんこしぢよりくるかりのつばさに」
④30久安百首542「いにしへのその玉章はかけずしてあしをふくめるかりのつかひか」（秋、隆季）

279　契《ちき》りてもよ《夜》がれやすらんさを鹿《しか》の恨《うら》みがほなるこゑ《へ（別）》きこゆなり・2047

【語注】**○よがれ（や）す**　八代集二例、初出は後撰914。が、「よがる」六例、「よがれ」一例、「よがれがちなり」一例がある。夜の訪れの絶える事。　**○さを鹿の**　⑤69祐子内親王家歌合〈永承五年〉33「さをしかのこゑきこゆなり、みやぎのはもとあらのはぎのはなざかりかも」（「鹿」小弁。①9新勅撰234）。　**○恨みがほ（なり）**　八代集二例・新古今1231、1821。　**○なり**　終止形接続により、所謂、伝聞推定。
【訳】（行くよと）約束しても、夜離れをするのだろうか、雄鹿の恨んでいる様子の声がきこえるようだ。
▽「秋」20の9。「雁（がね）」→「さを鹿」詠へ。【訳】は、一応右の如くとしたが、或いは上句は、夫婦となっても、夜離れをせねばならない事情があるというのだろうか、雄鹿は…か。約束しても夜離れをするのか、行けない理由が何かあるのかと推量し、雄鹿の恨み顔の声が聞こえるようだと歌う。当然、「契り」「夜離れ」「恨み顔」という個々の詞や全体の内容からして、恋歌的四季・秋歌。二句切。聴覚（「声・聞こゆ」）。
【参考】③112堀河137「よもすがらつまこひかねてさをしかのうらめしげなるあか月のこゑ」（「しかのうら」）

280　草むすぶ旅《たび》ねの夢のさむるまにをりあはれなるさを鹿《しか》の声《こゑ》（別）・2048

【語注】○草むすぶ　八代集にないが、②4古今六帖2424「まくらとてくさむすびてしこともをし…」（第四「たび」）。伊勢物語「151枕とて草ひき結ぶこともせじ…」（（八十三段）、新大系160頁）にある。○さむるま　③122林下253「さらぬだにさむるまもなきゆめのうちをおどろかすにもしかこそはなけ」（哀傷「返し」）。○末句・さを鹿の声　歌の終り方の一つの型《パターン》。⑤244南朝五百番歌合367「ききわびぬ秋のねざめもふかきよのあはれをそふる棹鹿の声」（秋四、公長）。

【訳】草を枕とする旅寝の夢が覚めるちょうどその時に、しみじみと身にしむ雄鹿の声が聞こえる事よ。

▽「秋」20の10。「さを鹿の・声」。「よ」→「ね」「夢」「さむる」、「恨み」→「あはれ（なる）」。草を結んだ旅寝の夢が覚める時に、折しも身にしむ雄鹿の声がすると歌う。また全体として、伊勢物語の東下りの段の面影があるか（「行き〳〵て、駿河の国にいたりぬ。…11駿河なる宇津の山べのうつゝにも夢にも人にあはぬなりけり」（九段）、新大系88頁）。前歌・279の恋歌的秋歌から、羇旅歌的秋歌へ。また同じく「（さを）鹿（の声）」詠。

281　しら露《つゆ》やわがそめがほにおもふらん千草《ちくさ》の花《はな》の色《いろ》（別）をうつして・2049

【語注】○そめがほ　八代集にない。さらに「わかそめかほ―」、「そめかほ―」共、新編国歌大観①～⑩の索引に、他の用例はない。が、「…がほ」の用例は多い。②4古今六帖3824「…わがそめ袖のぬれにけるかも」（「ひし」人丸）。
○千草の花　八代集二例、初出は後拾遺331。①15続千載731 735「露ながら色もかはらずすり衣ちくさのはなのみやぎのの原」（物名「かはらすずり」為氏）、④41御室五十首122「秋といへ《の野の（経）》ば千草の花の色色を心ひとつにそめてこそみれ」（秋二十首、隆房。⑤158太皇太后宮亮平経盛朝臣家歌合22、「草花」参河）。

【訳】白露よ、（それは）自分が染めた様子で思うのであろうか、千草の花の色を映す事によって。

▽「秋」20の11。「草」。「声」↓「顔」「色」。千草の花の色を映しているので、白露は自《み》らが染めたものに思っているのかと推量した「露」詠。三句切、倒置法。⑤183三百六十番歌合390、秋、五十一番、右、小侍従。

【参考】④30久安百首1044「月きよみ千草の花の色はえてひかりをそふる露のしら玉」（秋二十首、堀川）

【類歌】②12月詣656「秋の野の千くさの花のいろいろを露ばかりしていかがそむらん」（七月、大江通景）

282 舟《ふね》（ふね）よばふよどの渡《かたり》（わたり）の朝霧にのりおくれたるみつの里人《さと》（別）・2050

【語注】○よばふ　八代集五例、初出は古今539、が、「舟よばふ（呼）」の初出は金葉240。○よどの渡　八代集二例、初出は拾遺113。○朝霧に　上、下にかかり、「に」は、「…の為に」、「…の中で」となる。○のりおくれ　八代集にない。源氏物語一例・歌（⑤421源氏物語784・「手習」）。他、②4古今六帖1450など。○みつの里　八代集にない。が、「みづのさと（美豆野の里）」は千載887（「みつののさと」（新編国歌大観・千載887 885）、「美豆野《みづの》の里」（新大系・千載887））。山城国の歌枕（京都市伏見区〜久御山町）。あるいは「御津」（摂津・大阪市。難波江における船着場の御津。今の大阪市南区島の内辺であろうという）か。が、「御津の浦、浜」などとよまれる事が多いので、歌の内容から「美（三）豆」とする。⑦57粟田口別当入道171「さざなみやしがのうら風ふきこして夜さむなるらしみつのさと人」（②15万代3235。②16夫木14796。⑩181歌枕名寄6028）・これは明らかに近江。⑤182石清水若宮歌合〈正治二年〉120「郭公なれもあかずや聞きつらむまこもかりさすみづの里人」（「郭公」沙弥見仏）・「真菰」ゆえ淀。そして②13玄玉95「さみだれはかつみが葉ずゑ水こえて家路にまどふみつの里人」（天地上、平康頼）・「かつみ」は「マコモの異称」であり、これも淀。他、⑧35雪玉〔実隆〕1541（冬「時雨」）の用例がある。

【訳】舟を呼び続ける、淀の渡りの朝霧の中、霧によって乗り遅れた美豆の里人である事よ。

▽「秋」20の12。「露」→「霧」。前歌・281が、秋の野と思われる場所であるのに対して、282は川辺へ舞台を持ってくる。霧によって乗り遅れた美豆の里人が、朝霧の中に淀の渡りで舟を呼び続けると、「淀の渡り」「美豆の里人」という二つの歌枕を入れ込み、朝「霧」の詠とする。古歌①5金葉二240 255「うぢがはのかはせも見えぬゆふぎりにまきのしま人ふねよばふなり」（秋「河霧をよめる」基光）とは時空を変えて、282は乗り遅れた里人を描き出すのである。聴覚（「呼ばふ」時間も）。初句切、倒置法、即ち末句が初句に続いていくとも、「舟呼ばふ（人は）…美豆の里人（であるよ）」ともとれる。が、とどのつまり同一世界である。

【参考】③117頼政352「山城の水《みつ》の里も《に》いもをおきていくたび淀の《に（千）》舟よばふらん」（下、恋「隔河恋」）。①7千載887）

⑤165治承三十六人歌合132「霧ふかき淀の渡りの明ぼのによするも知らず船よばふなり」（「暁霧隔舟」寂然）

【類歌】②16夫木6804「船よばふよどのわたりのかは千鳥みづののさとにつまやこふらし」（冬二、千鳥、公朝）

③131拾玉3267「朝まだきよどのわたりのわたしもり霞のそこに舟よばふなり」（百首句題、春「水郷朝霞」）

283　月《つき》の比《ころ》八十《やそち》の秋を見《み》ぬはなしおぼえぬもの《物》をかかる光《ひかり（別）》は・2051、284と順序逆（別）

【語注】**○月の比**　④15明日香井337「ながしとはげにもいづらはつきのころ見る人からの秋のよのそら」（詠百首和歌、秋二十）。　**○八十**　「やそち」（④索引）。八代集三例、初出は金葉581、うち一例は「やそぢあまり」。小侍従189・①8新古今696「おもひやれ八十のとしのくれなれば…」、小侍従はこの時まさに80歳ぐらいであった。　**○八十の秋を**

③131拾玉5430「おもへただやそぢの秋をながめ過ぎて今までかくて有明の月」。**○おぼえぬものを**　③130月清85「まつ人もおぼえぬものをまきのとにあらしやたたく月を見よとて」（花月百首、月五十首）。**○かかる光**　④39延文百首2045「いまぞ世にすむかひはある雲のうへにかかる光の月をみる身は」（詠百首和歌、秋「月」）。

【訳】月の頃に、八十年間・秋（の月）を見て来なかった事はなかった事だよ、（がしかし、）経験した事のないものだよ、こんな月の光というものは。

▽「秋」20の13。「霧」→「月」、「みつ（三つ）」→「八十」。中秋の名月か。「秋」20首の13首目、ほぼまん中の位置である。月の比には必ず八十年というもの、秋のこの月をずうっと皆見てきたが、こんなに美しくすばらしい名月（の光）をかつて味わった事はなかったと詠嘆したもの。三句切。下句、倒置法。⑥10秋風和歌集1100、雑上「（正治二年たてまつりける百首の歌に）」こじじう。第三句「みねばなし」。

284　あだにおく露にぬれたる槿《あさかほ》はかたがた世《よ》（別）をやおもひしるらん・2052、283と順序逆（別）

【語注】○かたがた　「いずれにしても」か。

【訳】むなしく置いた露にぬれてしまった朝顔は、それぞれ無常のこの世を思い知る事であろうか。

▽「秋」20の14。はかなく置く露にぬれた朝顔は、露と共に、はかなのこの世を実感するだろうと推量する。

【参考】④26堀河百首758「世のうさを思ひしれとや朝がほのさきてはかなき程をみすらん」（秋「槿」顕仲）

2053　何事《なにこと》に露《つゆ》も心《こゝろ》のとまら《し》まし月をながめぬ此世《この》（別）なりせば＝小221

▽「秋」20の15。「露」「世」。「らん」→「まし」、「槿」→「月」。「（露の）槿」→「（露の）月」詠へ、共に「世」が

からむ。

2054　ながめても誰《たれ》をかまたん《む》月よよしよ《夜(別)》よしとつげん人しなければ＝小212

▽「秋」20の16。「ながめ」「月」「…ば（最末）」（「夜」）、句切、倒置法。月の純粋詠から、有名な本歌をふまえた恋歌仕立て（の詠）となる。詳しくは、小212参照。

285　夜もすがら月をながむるうたたねの心《こゝろ(別)》のうちをしる人もがな・2055

【語注】〇うたたね　①夜寝ずに、昼仮寝、②夜に（臥せるなどして）月を見て、その夜に仮寝、③「夜も…ながむる」夢を見る仮寝、が考えられるが、やはり②か。　〇末句　①8新古今137「…風よりさきに問ふ人もがな」（春下、式子内親王）。「がな」は、願望の助詞。　〇人　上に、①1古今553「うたたねに恋しきひとを見てしより…」（恋二、小町）の「うたたね」もあり、恋人（男）、その訪れを待って月を見ている、と考えられるが、秋・四季歌ゆえ、以下に見られる、心の共感を求める①4後拾遺43「こころあらむ人にみせばやつのくにの…」（春上、能因）や①8新古今627「さびしさにたへたる人のまたもあれな…」（冬、西行）の詠により、惜月、月をいとおしむ、風雅の心をもった人か。

【訳】一晩中、月をながめて明かす仮寝の心の中を知ってくれる人がいればなあ。

▽「秋」20の17。「夜」「月」「ながむ」「人」。月をながめても待つ人はいないといった前歌をうけて、夜通し月を見る〝転寝〟のわが心の内（の思い）を知る人があれば…と願い、希求する。前歌・2054同様、「人」を恋人とするなら、前歌に続いての恋歌仕立てとなり、「人」をそうでないとするなら、①8新古今416「よひのまにさてもねぬべき月な

らば山のはちかき物はおもはじ」（秋上、式子内親王）や「名月や池をめぐりて夜もすがら」（芭蕉）の如く、月をめで、月に物思いを尽す風騒人、風流の心を知る人となるが、やはり、恋「人」か。

【参考】③105六条修理大夫231「ころもうつつちのおとにてよもすがら人の心のほどぞしらるる」（百首和歌、秋「擣衣」）

③115清輔151「夜もすがら人をさそひて月影のはてはゆくへもしらでいりぬる」（秋、「月…」）

286 散《ち》りなましを《お〔お〕》りうれしくぞ見《み》にきける紅葉の錦《にしき（別）》風たたぬまに・2056

【語注】○見にき　「見に来」。「身に着」は「錦」の縁語。　○たた　「立つ」「断（裁）つ」掛詞。

【訳】（この時を逃せば）きっと散ってしまったであろうよ、うまい折に、うれしくも見にやって来た事だ、紅葉の錦に対して、風が立って、裁ち切ってしまわないうちに。

▽「秋」20の18。「ながむる」→「見」、「月」→「紅葉」「風」。紅葉に風が立ち、錦を裁って散らす前に、うれしくちょうど見に来た、もしそうでなかったら、紅葉はきっと散り果ててしまった事であろうと推量した詠。①1古今63「けふこずはあすは雪とぞふりなましきえずはありとも花と見ましや」（春上「返し」業平）の趣である。前歌〝月〟→〝紅葉〟の詠。⑤151住吉歌合〈大治三年〉4「ちりぬべきもみぢのにしきゆふ風のたたぬさきにときてもみるかな」（「紅葉」重道）が、286によく似ており、286と同じく風の前に紅葉の錦を来て見た世界を歌う。初句切。三句切、倒置法。

【参考】⑤102気多宮歌合6「秋ふかみあさ夕霧のたつ田山紅葉のにしきてのみぞみる」（「紅葉」行宗）

287
秋はつるかれのの草《くさ》の下葉《したにそ》にはさもよわる《は〔は〕》べし虫《むし(別)》のこゑごゑ・2057

【語注】○秋はつるかれのの　④18後鳥羽院840「秋はつるかれ野の虫のはつ霜にむすぼほれゆく声のはかなさ」(詠五百首和歌、秋百首)。　○かれの　八代集二例、初出は千載1093。有名な⑤175六百番歌合505～516の歌題「枯野」、冬、515「…見えわたるかれのはむしの声ぞ恋しき」。枕草子「唐衣は　赤色。…秋は枯野。」(新大系(七)、338頁)。　○虫のこゑごゑ　八代集一例・千載256。③106散木1566「…なりにけりむしのこゑごゑよわりゆくまで」、④31正治初度百首1255「おとらじとおのがさまざまよわるなりあきはすゑの虫のこゑごゑ」(秋、隆信。④11隆信230)、⑤83六条斎院歌合(天喜四年七月)6「…下草にむすぼほれたるむしのこゑごゑ」(「夜虫鳴初」さぬき)。

【訳】秋が終ってしまった枯野の草の下のほうの葉には、きっと弱っているであろうよ、虫の声々は。

▽「秋」20の19。「紅葉」→「草(の)下葉」「虫」、「まし」→「べし」。秋の終る枯野の草の下葉では、虫の音は必ず弱るのに違いないと、「秋果つる枯野」の晩秋、そこに「虫の声声」を配する。①8新古今472「きりぎりす夜さむに秋のなるままによわるかこゑの遠ざかり行く」(秋下、西行)が思われる詠である。四句切、下句倒置法。聴覚(「声声」)。

【参考】①7千載1093 1090「秋はつるかれののむしのこゑたえばありやなしやを人のとへかし」(雑中、基俊。②10続詞花856。③108基俊47＝218)

【類歌】①12続拾遺346「秋かぜにほずゑなみよるかるかやのしたばに虫のこゑよわるなり」(秋下、西行)
②16夫木6303「行く秋のすゑ野のこのはあさなあさなそむればよわるむしのこゑごゑ」(秋六、暮秋、「…、寒野虫」定家)

③133拾遺愚草147「そこはかと心にそめぬ下草もかるればよわる虫のこゑごゑ」（二見浦百首、秋）

288 いかにせん《む》過行《すきゆ》く秋の日数へて今夜《こよひ(こよひ)》にかぎる夕暮《くれ(別)》の空・ 2058

【語注】○初句　反語としたが、疑問ともとれる。　○夕暮の空　八代集十六例、が、初出は千載124。③133拾遺愚草2322「三十あまりみしをばなきとかぞへつつ秋のみおなじ夕暮の空」（秋）。

【訳】どうしようか、どうしようもない、過ぎて行く秋の日数をへて、今夜だけの夕暮の空は。

▽「秋」20の20。「秋」、体言止。秋の日々が過ぎ去り、とうとう今夜限りとなってしまった、秋の終りの夕べの空を如何ともしがたいと慨嘆して秋歌を閉じる。春の去り行くのを嘆いた有名な詠に、⑤415伊勢物語165「をしめども春のかぎりのけふの日の夕暮にさへなりにけるかな」（第九十一段、男）がある。初句切、倒置法。

【類歌】③133拾遺愚草185「いかならん三輪の山もと年ふりて過行く秋のくれがたの空」（二見浦百首、雑廿首、神祇五首）

冬

289 落《を》ちつもるならのかれ葉に吹《ぞ》く《吹》風は《の》おとにぞしるき冬のけしき《気色(別)》は・ 2059

【語注】**○落ちつもる**　八代集五例、初出は古今1096。　**○ならのかれ葉**　③96経信160、④26堀河百首940など。　**○か**

れ葉　八代集二例、初出は新古今625。更級日記「47秋をいかに思いづらむ冬ふかみ嵐にまどふお《(を)》ぎの枯葉は」(新大系401頁)。

【訳】落ち積っている楢の枯れた葉に吹く風は、音にそれだとはっきり分る事だ、冬の様子は。

▽「冬」15の1。落ち積った楢の枯葉に吹きすさぶ風の音によって、冬の到来の様は、しかと分ると詠じて、冬歌を始発させる。聴覚(「音」)。四句切。下句、倒置法。

【類歌】①10続後撰464 456「かたをかのあさけのかぜも吹きかへて冬のけしきにちるこのはかな」(冬、前内大臣基)

④38文保百首2455「かたをかのならのかれはに吹く風はちるもちらぬも音ぞかはらぬ」(冬、行房)

290　よ《夜》がれせず音信《おとつ》れわたる時雨《しくれ》かな空《そら》だのめする人も有《あ(別)》る世に・2060

【語注】○よがれせ　八代集二例、初出は後撰914。ただし「よがる」など多い。⑤197千五百番歌合1875「まきのやにしぐれあられはよがれせでこほるかけひのおとづれぞなき」(冬二、定家。③133拾遺愚草1063)。恋人の夜の訪れのとだえる事。○音信れわたる　八代集一例・新古今350。「夜通し」も入るか。○時雨かな　①4後拾遺380「あはれにもたえずおとするしぐれかなとふべき人もとはぬすみかに」(冬、兼房)、①7千載403 402「おとにさへたもとをぬらす時雨かなまきのいたやの夜はのねざめに」(冬、源定信。②10続詞花286。⑤141内大臣家歌合〈元永元年十月二日〉13)、⑤160住吉社歌合〈嘉応二年〉100「あはれにもよはにすぐなるしぐれかななれもやたびのそらにいでつる」(「旅宿時雨」俊成)。○空だのめする　八代集一例・後拾遺862。が、「空頼め」は、金葉489を初出として五例。「空」は、「時雨」の縁語。来ると約束しておきながら通って来ない事。から約束をする事。○人　待つ人、来る人(恋人)両方ともとれる。○世　「夜」を掛けるか。それなら、上の「夜離れ」と重複する。○に　「のに」ともとれる。

【訳】夜離れもせずに、ずうっと毎夜毎夜やって来る時雨である事よ、（その音が）来ないのにあてにさせる人もいるこの世において。

▽「冬」15の2。「音」、（「がれ」）。「風」→「時雨」「空」。〝空頼めする人も有る世に〟、〝夜離れせず〟、夜ごと来る時雨を描いて、冬の二首目は、前歌に続いて音の来訪を歌う。いうまでもなく恋歌仕立て。聴覚（「音信れ」）。三句切、倒置法。

「自然の景物を擬人し之に恋愛情趣を加へることは当時の風潮である。」（『冨倉』297頁）

【類歌】⑤175六百番歌合940「たのめねどたえずおとするしぐれかなこひしき人のかからましかば」（恋下「寄雨恋」経家）

2060・2061の間、別本、新出歌、「さらぬ…」＝小514。「冬」15の3。

291　雲《くも》かかる比良《ひら》の高根《たかね》にふぶきしてさざ浪《なみ》よするまのの浦松《うら》（別）・2061

【語注】**○比良の高根**　八代集三例、初出は千載366。他、⑤24麗景殿女御歌合11（「若菜」兼盛）、⑤106前右衛門佐経仲歌合11（慶基）など。**○ふぶき**　八代集二例、初出は千載455。**○さざ浪**　八代集五例、初出は金葉364。**○まのの浦**　八代集にない。が、「真野」は八代集四例、初出は後拾遺880。②4古今六帖3462に「真野の浦」の用例がある。①11続古今618 621「くもはらふひらやまかぜに月さえてこほりかさぬるまののうらなみ」（冬、経信）。**○まのの浦松**　新編国歌大観の①～⑩の索引に他に用例がない。『歌枕索引』にも項目、歌共にない。**○浦松**　八代集にない。④41御室五十首37（守覚。①14玉葉915。④2守覚解67。⑤183三百六十番歌合532）などに用例がある。

【訳】雲がかかっている比良の高嶺に吹雪が吹いて、さざ波が寄せている真野の浦松である事よ。

▽「冬」15の4。小514（2060・2061の間、別本）とは、「霰」→「雲」「吹雪」、歌枕「木曽の懸路」→「比良の高嶺」「真野の浦松」、290＝正2060とは、「時雨」→「吹雪」、「空」→「雲」。雲のかかる比良の高峰に吹雪が吹き、真野の浦松のところに、さざ波が寄せる、高、低、の情景を描いたもの。高所（上句）の激、動、低所（下句）の穏、静の対照の妙。その中の「比良の高峰」、「真野の浦松」という二つの歌枕。構成の明確な漢詩を思わせる叙景歌である。②16夫木13798、第二十九、松、「正治二年百首」、小侍従。

【参考】③116林葉504「さざ浪やひらの高根に月すめばしがつの浦に雪ぞ降りしく」（「湖上月同」）③118重家199「まのうらをこぎいでみればさざなみやひらのたかねに月かたぶきぬ」（「湖上暁月」）。⑤165治承三十六人歌合350）

292　すみうしと昔いひける難波《なには》江《て》に《て》又《または（別）》わび人のあしかるやたれ・2062

【語注】○すみうし　八代集六例、初出は後撰951。○昔いひける　①1古今917「すみよしとあまはつぐともながゐすな人忘草おふといふなり」（雑上、みぶのただみね）、この歌ではなかろう。○あしかる　「芦刈る」。①3拾遺538「難波がたしげりあへるはきみがよにあしかるわざをせねばなるべし」（雑下、ただみ）。貧しい生活の象徴。「憂し」から「悪しかる」（掛詞）が導かれる。「葦」は難波江の名物。

【訳】住むのがつらい、苦しいと昔言われたという難波江に、また〝侘び人〟の生活が悪くなって、芦を刈っているのは、（昔の人の他、一体）誰なのであろうか。

【本歌】①3拾遺540「君なくてあしかりけりと思ふにもいとどなにはの浦ぞすみうき」（雑下。大和物語百四十八段（大系319頁））〔①3拾遺541「あしからじよからむとてぞわかれけんなにかなにはの浦はすみうき」（雑下「返し」）〕

▽「冬」15の5。前歌と同じく歌枕（292は「難波江」）、水辺（琵琶湖→大阪湾・海）、「比良の高根」「真野の浦（松）」→「難波江・芦」、「さざ波」→「江」、「松」→「芦」。有名な、いわゆる蘆刈説話の歌を本歌としたもの。（難波江の）近くの「住吉《すみよし》」ではなく、「住み憂し」と昔にいった難波江（の浦）に、昔と同じく又、今、わびしく暮らしている人の生活がますます悪化して、芦を刈っている人は一体どこの誰かと疑問を呈したものである。

「この歌は拾遺…／君なくて…返し／あしからじ…を配景にして歌つてゐる。」（『冨倉』296頁）

【類歌】③131拾玉375「あしかりし身こそかはらねみな人はなにはの事も昔ならぬに」（百首、雑十六首）

④35宝治百首3512「なにはえや風吹きすさむ蘆の葉にすみうかりけん昔をぞ思ふ」（雑「江葦」小宰相）

293 はまきよきゆらのみなとで《に》(ママ)鳴《な》く千鳥《ちとり》夜舟《よふね》やのぼる立《た》ちさわ《は〔は〕(別)》ぐなり・ 2063

【語注】○はまきよき ②1万葉3654 3632「波麻芸欲伎《ハマギヨキ》《はまぎよき》」。○ゆら（由良） 紀伊、丹後、淡路説がある。新古今1075「紀の国や由良のみなとに…」によれば、紀伊。 ○ゆらのみなと 八代集二例、初出は新古今1073。また「ゆらのと」八代集一例。 ○で 「の」（山崎『正治』498頁下段）。原本「之」のように思われる。 ○夜舟 八代集二例、初出は千載315。 ○立ちさわぐ 八代集五例、初出は後撰526。 ○なり 推定。

【訳】浜のきよらかな由良の水門の辺りで鳴いている千鳥よ、夜舟が川を上っているのか、騒ぎ立てているようだ。

▽「冬」15の6。「江」→「浜」「舟」、「難波江」（歌枕）→「由良の湊」（同）、「人」→「千鳥」。夜舟が上るのか、浜の美しい由良の湊で立ち騒いで鳴いているらしいと推定した詠。前歌「芦刈」（冬）→「千鳥」（冬）。歌枕は、291より続く。また293の第一、二句は、万葉集1210 1220「妹がため玉を拾ふと紀伊の国の由良の岬にこの日暮らしつ」（巻第七、藤原卿）によるか。さらに同じ小侍従208に「なみたかきゆらのみなとをこぐふねのしづめもあへぬわが心かな」

（⑤197千五百番歌合2326、恋二）があり、293によく似た歌に、⑤197千五百番歌合1305判「月きよきゆらのみなとのはまちどり夜ぶかきそらの霜にゆくなり」（秋二、御判）がある。②16夫木11912、雑七、湊、ゆらのみなと、由良、紀伊「正治二年百首」、小侍従、第二句「ゆらのみなとに」、末句「こゑさわぐなり」。⑤183三百六十番歌合534、冬、五十一番、右、小侍従、第二句「ゆらのみなとに」。

294　すみなれし池《いけ》は氷にとぢられてゐもさだまらぬあぢのむら《村》鳥《とり》（別）・2064

【語注】○すみなれ　八代集八例、初出は後拾遺850。　○とぢられて　①3拾遺241「ふゆの池のうへは氷にとぢられて…」（冬、よみ人しらず）、同1145「にほ《水（金）》どりの氷の関にとぢられて…」（雑秋、好忠。5´金葉275）、③131拾玉3905「にほ鳥のおのがうきすもとぢられて池のつららに鳴きあかすらむ」（「氷」）。　○ゐ（も）さだまら　八代集にない。枕草子「塵はきすて、ゐもさだまらずひろめきて、」（（二五段）、新大系34頁）、同「いとおかしうてえ居もさだまらず、」（（三二段）、新大系43頁）。　○ゐもさだまらぬ　じっと一所に居ない事。④28為忠家初度百首264・一句（夏「池上蓮」）。　○さだまら　八代集二例、初出は古今143。　○あぢ　八代集にない。「あぢのむら鳥」も。が、「あぢふの池」が後拾遺872にある。しかし、万葉には、489 486「山の端にあぢ群騒き行くなれど我れは寂しゑ君にしあらねば」（巻第四、相聞、「反歌」）を初め、多くよまれている。水鳥の名。あぢ鴨。数百羽群をなす。故に群鳥《むらどり》という。　○むら鳥　八代集二例、初出は古今674。

【訳】住み慣れていた池は氷にすっかり閉じこめられてしまって、居場所も定まらないあじ鴨の村鳥であるよ。

▽「冬」15の7。「鳥」。「浜」「湊」→「池」、「千鳥」→「あぢ（鴨）」、「千鳥」→「群鳥」。住み馴れた池は氷に閉じられ、居場所のないあじ鴨の群を歌ったもので、2058、2061などと同様の、腰句て、末句体言止の歌の型《パターン》の一つ。この歌

には歌枕はない。

【参考・類歌】②16夫木10837「今朝《けふ(散)》よりはみはらの池に氷ゐて《つららゐて(散)》《つららイ》あぢのむらどり隙求むらん」（雑五、池、みはらのいけ、摂津「氷満池水」俊頼。③106散木651、冬「氷満池上といへるを」）

295　霜《しも》いとふ鳥《とり》のうは毛《け》に紅《くれなゐ》の紅葉《もみち》をのこすたつた川《かは(別)》かな・2065

【語注】〇鳥「しゃこ（鷓胡）」をさす。それにつき詳しくは、山崎『正治』279、280頁参照。〇鳥のうは毛　②16夫木6455「みふゆきぬいかで嵐ののこしけん鳥のうはげの木の葉ばかりを」（冬一、落葉「家集、落葉纔残」源仲正）。〇うは毛　八代集六例、初出は後撰460。また後拾遺681は「上毛の霜」。〇紅の　⑤197千五百番歌合1508「くれなゐの色にぞなみもたつた河もみぢのふちをせきかけしより」（秋四、公経）。

【訳】霜を嫌いいとっている鳥の上毛に、紅色の紅葉をまだ残している立田川である事よ。

▽「冬」15の8。「鳥」。「池」→「川」、「氷」→「霜」、「あぢ（鴨）」→「鳥」。立田川では、霜（の寒さ）を嫌う鳥の上の毛に、防寒用のために着る、紅の秋の紅葉をまだ残し散り置いていると歌う。紅葉は秋（①8新古今363「見わたせば花も紅葉もなかりけり」）である。いうまでもなく、①1古今294「ちはやぶる神世もきかず竜田河唐紅に水くくるとは」（秋下、なりひらの朝臣）、①3拾遺210「あさまだき嵐の山のさむければ紅葉の錦きぬ人ぞなき」（秋、公任）をふまえている。霜の白、紅葉の赤との色彩の対照。歌枕（「立田川」）がまた復活、次歌「こやの池」。②16夫木6453、冬一、落葉、「正治二年百首」、小侍従。⑤183三百六十番歌合446、冬、七番、右、小侍従、末句「こがらしのかぜ」。この本文の改変の可能性について詳しくは、千草聡「『三百六十番歌合』本文小考――本文改変の可能性をめぐって――」（『福岡教育大学国語科研究論集』第四〇号、平成一一年一月）参照・「当歌合編者が前後歌の配列に留意しつつ、

この点で第五句を意改したとみられる。」（10頁）。「歌意の上から見ても紅葉を残すのは「こがらしのかぜ」の方がふさわしく、「たつた川かな」は不審である。」（山崎『正治』292頁）。

【類歌】⑤175六百番歌合578「この葉をやとりのうはげにのこすらんねやのふすまもさゆる霜夜に」（冬「衾」寂蓮。②16夫木6677）

⑩16朗詠百首（隆房）26「しもをいとふ鳥のうはげのくれなゐは散りし紅葉の残りなりけり」（秋「鵰胡背上数片之紅纔残」。295も同様に、和漢朗詠集310「梧楸の影の中に　一声の雨空しく灑く　鵰鵠の背の上に　数片の紅わづかに残れり」（上、秋「落葉」順）に拠っている）

【付記】夫木抄に、②16夫木6454「とぶ鳥のうはげにのこるくれなゐはちりしもみぢのなごりなりけり」（冬一、落葉「家集、冬歌中」信明朝臣。私注―③25信明集にこの歌は見当らなかった）があり、この点について、山崎氏は、「隆房の『朗詠百首』歌に類似しており、或いは『夫木抄』の誤伝かと思われる。」（山崎『正治』279頁）と述べられる。さらに、室町期成立とされる歌書に、⑤251秘蔵抄54「雪をいとふとりのうは毛のくれなゐにちりし紅葉ののこるなりけり」（⑤252蔵玉集117と118の間、初句「鵰胡といふ」。「隆房歌の訛伝と覚しき歌」（山崎『正治』279頁））がある。また鵰胡を詠んだ同じ正治初度百首に、④31正治初度百首1497「おのが身にいかなる鳥の残すらん紅葉をはらふ冬の山かぜ」（「鳥」家隆）がある。

296　こやの池《いけ》に宿《やと(別)》りし月はさもあらであるじがほにもゐるつららかな・2066

【語注】○こやの池　八代集四例、初出は後拾遺420。①7千載434「をし鳥のうきねのとこやあれぬらんつららゐにけりこやの池水」（冬「氷始結と…」経房）、③116林葉447「こやの池に月しやどれば詠めやる心も水の上にすみけり」

（秋）。　**○初句**　字余り（「い」）。　**○さもあらで**　「もう今はなく」ではなかろう。　**○あるじがほ**　八代集一例・金葉604。源氏物語一例「すみなれし人はかへりてたどれども清水は宿のあるじ顔なる／わざとはなくて言ひ消つさま、」（「松風」、新大系二―202頁。⑤421源氏物語290）。他、③108基俊109＝192など。

【訳】昆陽の池に、（秋に）宿った月は、（冬は）主人という顔ではなく、（かわりに）主人面で張っている氷である事よ。

▽「冬」15の9。「かな」。「川」→「池」、「霜」→「つらら」、「立田川」（歌枕）→「昆陽の池」（同、摂津）、「残す」→「ゐる」。昆陽の池にかつて主人として宿していた秋（前歌の「紅葉」と同じ）の月は、もう冬の今はそうではなく、氷がその代りとして主人顔をして居据っていると歌う。

【参考】⑤170三井寺山家歌合57「こやの池のつららのひまを尋ねつつわりなくやどる冬のよの月」（「冬月」信観）

297　さえ《て》わたる風《かせ》によるなる《み》ひをなればまつとも今夜《こよひ（別）（こよひ）》かひやなからん・2067

【語注】**○さえわたる**　八代集五例、初出は拾遺242。　**○ひをなれ**　③29順236「あさ氷とくる網代のひをなればよれどあわにぞみえわたりける」（「十一月、あじろ」）、①20新後拾遺809「ひをならぬ波もかへりてあじろ木にこよひは氷るうぢの河かぜ」（雑秋、前関白近衛）。

【訳】さむざむと澄みきる風に寄るという氷魚であるので、待ったとしても今夜は（暖かなので）かいがない事であろうよ。

【本歌】①3拾遺1133「月影のたなかみ河にきよければ網代にひをのよるも見えけり」（雑秋、元輔）

▽「冬」15の10。「つらら」→「さえ」、「池」「つらら」→「氷魚」、「月」→「今夜」。本歌をふまえ、場面設定をし

て、冴え渡る風に（、網代に）寄る（のが見える）という氷魚だから、（月影の清い田上河に）待ったとしても、今夜は暖かいのでその甲斐がないと歌う。「甲斐」に「貝」を掛けるか。「冴え」ゆえ「氷魚」か。

298　さかき《榊》とる庭火の影にまとゐして八十氏《やそうち》人の声《こゑ》あはすなり《也（別）》・2068

【語注】○庭火　八代集にない。枕草子一例「庭火の煙の、ほそくのぼりたるに、神楽の笛の、おもしろく、わななきふきすまされてのぼるに、」（新大系（一三五段）、184頁）、源氏物語一例「おもしろきことに心はしみて、庭火も影しめりたるに、なを「万歳〳〵」と、榊葉を取り返しつゝ、祝ひきこゆる御世の末、」（「若菜下」、新大系三—326頁）。○庭火の影に　④1式子266「身にしむは庭火のかげにさえのぼる霜夜のほしの明がたの空」（正治百首、冬）。○まとゐし　八代集四例、初出は古今864、「まとゐ」（いわゆる団らんと神楽）は八代集二例、初出は後撰1098。○八十氏人　八代集四例、初出は後撰161。

【訳】賢木（の枝葉）をとる庭火の光に、円座をして、多くの氏人の声を合わせる事よ。

▽「冬」15の11。「氷魚」（網代）↓（宇治川↓「八十氏」）。榊を手にして神楽を奉納する、聖火として神楽の中心におかれたという庭の篝火の光の中に、輪となって宴をしている多くの人々が、神楽を声を合せて歌っている様を詠じたもの。神楽詠。同じ小侍従508に、第一、二句が全く同じの②16夫木7480「さか木とる庭火のかげにひく琴のしらべにかよふみねの松風」（冬三、神楽「石清水三首歌合、社頭松」）がある。

【参考】①3拾遺577「さか木葉のかをかぐはしみとめくればやそうぢ人ぞまとゐせりける」（神楽歌）

【類歌】①10続後撰565 557「さかきとるやそうぢ人の袖の上に神代をかけてのこる月かげ」（神祇「神楽を…」土御門院御製）

②16夫木7484「春日山そのうぢ人のまとゐしてうたふさか木はさぞさかふらん」（冬三「…、神楽」為家）

299 くれぬともはつとやだしのはした《さ》かをひとよは《り（別）》いかがあはせざるべき・2069

【語注】**○はつとやだしの**　「初鳥屋出し」、「初鳥屋」は八代集にない。「鳥屋」は八代集四例、初出は後拾遺267。②13玄玉671「はし鷹やはつとやだしの秋風にまだきしはれぬ野路のかるかや」（草樹下「かるかやを」俊成。②16夫木4444。⑩6俊成五社百首141、秋「刈萱」）。⑤188和歌所影供歌合〈建仁元年八月〉162「おぼつかなはつとやだしのかたがへりかりばのをのの恋の行末」（「初恋」釈阿）、他、「はつとやだし―」は、⑧6慕風愚吟〔尭孝〕387（「初恋」）、⑧17松下〔正広〕3139（「秋逢恋」）、「慈鎮和尚鷹百首」・「にへかりの日なみのけふはきにけりと初とや出しの鷹の狩衣」（群書類従、第十二輯、鷹部、493頁）。また「とやたし―」は、新編国歌大観①～⑩の索引に用例はなかった。**○とや**　風土記「誉田の天皇のみ世、鳥屋《とや》を此の郷に造り、…。因りて鳥屋の郷といひき。」（肥前、養父郡、大系385頁）。⑦81如願法師（秀能）845「はしたかのとやまのはらのすぎの葉に…」（山家）。**○はしたかを**　④28為忠家初度百首533「かりくらしいりひとともにはしたかをやまのあなたにあはせこしつる」（「晩頭鷹狩」）。

【訳】暮れはててしまっても、初めて鳥小屋から出したはし鷹を、一夜とはいえ、どうして獲物に合せない事があろうか、合わせるのだ。

▽「冬」15の12。「あはす／せ」。神楽（夜）↓「暮れ」「（一）夜」。暮れたとて、「初鳥屋出し」の鷹を一夜も欠けずに獲物に合せると歌った鷹狩の詠。第二～四句、は、は、ひの頭韻。②16夫木7380、冬三、鷹狩、「正治二年百首」、小侍従、第四句「ひとよりいかが」。②16夫木12772、雑部九、動物部、鷹「同〔＝正治二年百首〕」、小侍従、第四句「一よりいかが」。

【類歌】④28為忠家初度百首530「はしたかをいまひとよりもあはせばやたちかへるさはよるになるとも」(「晩頭鷹狩」)

300　雪ふかきを《お》のの炭《すみ》がまよそながら心《こゝろ(別)》ぼそさは煙にぞしる・2070

【語注】○心ぼそさは　①21新続古今1847「たちのぼる煙にしるし山ふかみすむらん人の心ぼそさは」(雑中、明魏法師)。　○煙　「けむり」か。「けふり」(④索引)。
【訳】雪の深い小野の炭がまを他人の眼でみているが、心細さは煙に知る事よ。
▽「冬」15の13。雪の深く積る小野の炭がまの心細さを、我身の事ではないが、体験してはいないが、煙でよそながら分るとの〝炭がま〟の詠。歌枕「小野の炭がま」。根幹に堀河百首の師頼歌が存在する。
【参考】③129長秋詠藻270「煙たつをのの炭がま雪つみてふじの高ねの心ちこそすれ」(冬「…、雪」)
④26堀河百首1076「おほ原やをののすみがま雪ふりて心ぼそげに立つけぶりかな」(冬「炭竈」師頼。②16夫木7548)
④26堀河百首1079「大原やをののすみがま雪ふれどたえぬ煙ぞしるべなりける」(冬「同」仲実)
【類歌】④39延文百首2969「雪ふかき小ののすみがまおのれのみ猶うづもれずたつ煙かな」(冬「炭竈」行輔)

301　てすさび《み》にとふはひうら《し》のあたり□《た》までうづめど消《き》えぬ我《わ》がお《た》もひ《と(別)》かな・2071

【語注】○てすさび　八代集二例、初出は金葉154。③74和泉式部続642「てすさびやしけむとおもふにいとどしくおもひのはひはゐられざりけり」。　○とふはひうら　③131拾玉558「ね覚する夜はのうづみ火かきのけてとふはひうらもうき身なりけり」（冬、御裳濯百首）。　**○はひうら**　八代集にない。④9長方175（「寄占恋」）など。　**○あたり**　「当る」を掛けるか。　**○うづめ**　八代集四例、初出は拾遺303。④26堀河百首1096「いかにせんはひの下なる埋火のうづもれてのみ消えぬべき身を」（冬「炉火」俊頼）。　**○おもひ**　「灰」「消ゆ」の縁語。「火」を掛ける。

【訳】手慰みに、問い尋ねる灰占いのその辺まで（灰を）埋めはするが、とても消えはしない我が思いの火である事よ。

▽「冬」15の14。「炭」「煙」→「灰」、「煙」→「火（思ひ）」。手すさびに占い求める灰占いのその付近まで、灰を埋めるが、消えない我が思いの火を歌う。「埋火」、身辺詠。この「思ひ」は何か、恋か、述懐か、和歌への情熱の炎か。歳末ゆえ一年の回顧か。また単純に、埋火が残るように、「我が思ひ」という火は消えないと歌ったものか。②16夫木7599、冬三、炉火、「同〔＝正治二年百首〕」、小侍従、第二句「とぶはひうらの」、末句「おもひなりけり」。一つ前が、次の式子歌（16夫木7598）「正治二年百首」〔注―正治初度百首ではない〕、末句「はひのてすさび」。式子詠に、式子393「うづみ火のあたりのまとゐさよふけてこまかになりぬはひのてならひ」（⑥11雲葉878、冬「百首歌の中に」）がある。

【参考】③116林葉882「むつごとのわがてずさびのはひうらをよそげにいもが思ひ顔なる」（恋「炉辺女談」）

302　ゆく年《とし》やうら島が《しまの》子《こ》の箱《か》ならんあくれば老の身につも《とま（別）》りぬる・2072

【語注】**○ゆく年**　八代集五例、初出は古今342。　**○うら島が子**　八代集「うら島のこ」三例、うち一例「うら島の子が箱」（後述）。　**○箱**　八代集二例・上記の他、金葉㊂140。　**○あくれ**　「開く」と「（夜、年が）明く」の掛詞。

【訳】行く年よ、（それは）浦島の子の箱なのであろう、（年が）明けると、老が我が身に積ってしまう事だ。

【本歌】①3拾遺122「なつのよは浦島のこがはこなれやはかなくあけてくやしかるらん」（夏、中務。3′拾遺抄81）

▽「冬」15の15。「思ひ」→「身」、「埋《うづ》め」→「積り」。去り行く年は浦島の子の箱なのか、〃あけ〃ると年をとると歌う。本歌の「夏の夜」を「行く年」に変えて、「儚く明けて悔しい」から「明けると（浦島同様）老いる」としているのである。三句切。年末の詠。これで冬・四季歌を終える。⑤183三百六十番歌合572、冬、七十番、右、小侍従、第二句「うらしまのこが」。

【参考】④26堀河百首1212「有りし夜やうら島が子の箱ならんあけにし日より逢ふ事のなき」（恋「遇不逢恋」永縁）

④27永久百首208「くひなゆゑあけてくやしきつまどかなうらしまがこのはこならなくに」（夏「鶏《くひな》」兼昌）

【類歌】①18新千載1890「あけば又恋の煙に立ちやせんうら島の子が箱ならねども」（雑中、慈鎮）

恋

303　くれなゐのこぞめの衣《ころも》ぬ《そ》れ《ぬ》ぬれ《く》てくちん袂《たもと》をなにかこたん《む》（別）・2073

【語注】○くれなゐのこぞめ　八代集一例・詞花218（後述）。「こぞめ」もこれのみ。原本「…よそめ」ともよめる。②4古今六帖3261「くれなゐのこぞめのころもしたにきてうへにとりきばしるからんかも」（第五「ころも」）、①6詞花218 217「くれなゐのこぞめのころもうへ《した》（顕）にきむこひのなみだのいろかくるやと」（恋上、顕綱。③98顕綱90、「恋」）。○ぬれぬれ　八代集三例、初出は金葉281。　○かこた　八代集三例、初出は千載791。他「かこち―」二例、初出は後撰206。「嘆く」意か。

【訳】紅に濃く染めた衣が（涙で）ぬれにぬれて、すっかり朽ちはててしまう袂をば、一体何の口実にしたらいいのだろうか（、あなたのせいなのに）。

▽「恋」10の1。「ん」。「箱」→「衣」「袂」。紅の濃染の衣が、恋の涙で濡れ果て朽ち腐る袂を何にかこつけようかと嘆く詠。「こぞめのころも、ぬれぬれて」と、第二句こ、第三句ぬのリズム。涙は血涙か。

【類歌】②14新撰和歌六帖1370「くれなゐのこぞめの衣あくたれてまたことづまになにうつるらん」（第五帖「こと人をおもふ」）

304 思ひあまりあまり思へば前世《思へはさきの世》にわが《我(別)》つらかりしむくひなるらん・2074

【語注】○思ひあまり　八代集五例、初出は後拾遺618。①8新古今1107「おもひあまりそなたのそらをながむれば…」（恋二、俊成）。　○あまり　副詞のほうは、八代集三例、初出は金葉389。　○前世　八代集三例、初出は金葉438。
○むくひ　「むくい」の後世の形。

【訳】恋しさにたえきれず、あまりにも思い慕うのは、さぞ（これは）前世に、あの人につれなかったわが報いなのであろうよ。

▽「恋」10の2。「ん」（末）→「らん」（末）、「かこた」→「むくひ」。思い余り、あまりにも思い焦がれ（苦しむ）のは、前世で私があの人に冷たかった報いなのだろうと推量した詠。「思ひ余り、余り思へ…」の繰り返しのリズム。

【類歌】①11続古今1068 1076「これもみなむくいあるらんさきのよにわれゆゑきみもものやおもひし」（恋二「恋歌とて」長方。②15万代2388）
①13新後撰954 956「さきの世にわれに心やつくしけん《つらくや人にあたりけむ(今)》むくいならでは《ず(今)》かからましやは」（恋二、実国。②11今撰141）

④37嘉元百首1660「うちかへしおもふもかなしさきの世のむくいとなれる人のつらさは」（恋「不逢恋」重経）

2075　つらきをも恨《うら》みぬ我《われは（別）》にならふなようき身をしらぬ人もこそあれ＝小190

▽「恋」10の3。「つらき《かり》」。「わが」→「我」、「むくひ」→「恨み」。前歌「わがつらかりし」から、あなたの「つらき」へと転じ、その冷淡さを恨まない私…と続く。

305　わすられき《て》恋しきよりはあふ《逢（別）》ことのくやしさまさる物おもひかな・2076

【語注】**○わすられき**　⑤175六百番歌合811「つきをみてしばしおもひのわすられきひるまぞこひのなぐさめはなき」（恋「昼恋」季経）。　**○れ**　受身。　**○あふことのくやしさ**　①「かつて会ったという事のくやしさ」か、それなら「あひしこと」。また②「今度会うなら、その時のくやしさ」（＝次に会う時のくやしさ）か、③「（忘られて）今度いつ会えるのかというくやしさ」か。すなおに①「過去に会ったというくやしさ」としておく。　**○くやしさ**　八代集二例、初出は後撰99。が、「くやし」は八代集に多い。原本「くやしき」ともよめる。　**○物おもひ**　恋の苦悩。

【訳】すっかり（あの人に）忘れられてしまった、（あの人を）恋しく思う事よりも、（今は会えずに）かつて会った事の悔しさのほうがまさっている、わが恋の物思いである事よ。

▽「恋」10の4。「しらぬ」→「忘られ（き）」、「つらき」「恨み」「うき」→「くやしさ」。あの人から忘れられて、恋しいのより、「会ふ事の悔しさ」が上の恋の物思いだと歌う。初句切。

306 しのべ《ふ》どもかひやなからんかくしつつ落《お》つる涙《なみた》の色《いろ》（別）かはりなば・2077

【語注】○しのべ「忍び、我慢する」ではなく、「思い慕う」か。○かひ 原本「かい」ともよめる。○落つる 涙の色 ①7千載740 739「衣手におつる涙の色なくは露とも人にいはましものを」（恋二「忍恋の…」参川）。

【訳】（恋を秘め）こらえるのだけれど、その甲斐はさぞない事であろうよ、このようにしながら落ちて行く涙の色が（血の紅に）変ったとしたなら（、人に我恋を知られてしまうだろうから）。

▽「恋」10の5。「思ひ」→「しのべ」。このような状態のまま、こぼれ落ちる涙の色が紅に変ったら、（恋が現われて）我慢してもその甲斐がなかろうと推量した、「忍ぶ恋」の詠。二句切、倒置法。二、三句かの頭韻。

【類歌】⑤236摂政家月十首歌合96「しのべどもかひこそなけれそでのうへのなみだあらはにやどる月かげ」（「寄月忍恋」題綱）

307 われこふるを《お〔お〕》りも有《あ》りなんあすかが《河》は昨日の淵《ふち》もせ《そ》には《わ》（別）るなり・2078

【語注】○初句「私が…」の解もあろうが、女の立場で辛く悲しい恋とする。○有りなん「あってほしい」ではなく、「必ずあるだろう」の意。○なり 断定よりも、いわゆる伝聞推定ととる。

【訳】私を恋い慕ってくれる時もきっとあるだろうよ、飛鳥川も、昨日の淵といえども、瀬に変わるという（のだから）。

【本歌】①1古今933「世中はなにかつねなるあすかがはきのふのふちぞけふはせになる」（雑下、読人しらず）

▽「恋」10の6。「ん」「かはる《り》」。有名な古今の本歌を第三句以下にふまえて、あの飛鳥川の淵も瀬に変化するというのだから、あの人が私を思慕する時もきっとあろうよと推量したもの。式子にも、式子346「つらくともさてしもはてじ契しにあらぬ心も定めなければ」（続古今1288 1296、恋四）がある。歌枕（「飛鳥川」）。二句切。古今933「が意識の裡にあったであろう。初期に見られる恋の歌の絢爛さは後退して、激しい人事の推移に直面した人の、切なる無常感情が流露し、彼女の静かな老境の反映する作である。」（糸賀「残映」117頁）

【参考】①2後撰525 526「ほかのせはふかくなるらしあすかがは昨日のふちぞわが身なりける」（恋一「女の人…」よみ人しらず）
⑤161建春門院北面歌合55「あすか川淵せにあらぬながれなれど昨日たのめて今日はかはりぬ」（「臨期違約恋」修範）

【類歌】①20新後拾遺231「五月雨のみかさをみればあすか河昨日の淵もあさ瀬なりけり」（夏、宝篋院贈左大臣。④39延文百首2728）
①22新葉1254 1250「飛鳥川ふち瀬にはあらぬ世中のかはるにやすき昨日けふかな」（雑下、二品法親王聖尊）
⑤197千五百番歌合1853「ふちはせにかはるのみかはあすかがはきのふの浪ぞけふはこほれる」（冬二、雅経。①14玉葉943 944。④15明日香井255）

308　たまさかにあひ見《み》し夜はに逢《あ》ふと見《み》し夢はまことにいみけるものを《お》・（別）2079

【語注】○たま…夜は　②10続詞花597「たまさかにあひ見しよはの暁のわかれがたさのまたぞわすれぬ」（恋中、津守国基）。　○逢ふと見し　①7千載876 874「あふとみしその夜の夢のさめであれなながきねぶりはうかるべけれど」（恋四、円位法師）。

【訳】たまたままれに会い見た夜半に、逢うと見たその夜の夢はまことにきらって避けたものであるのになあ。
▽「恋」10の7。たまに現実に会った夜に、逢うと見た夢は本当に忌み嫌うものであるのに、と歌う。夢のような逢瀬、「逢ひ見し夜半（現実）」と夢の一致に却って避け嫌う意識が働く。第二、三句「あひみし…あふとみし」。②16大木17054、雑十八、夢、「正治二年百首」、同（＝小侍従）。
【参考】①5金葉二459 489「たまさかにあふよはゆめのここちしてこひしもなどかうつつなるらん」（恋下、読人不知）

309 こりつもるなげきのはてを尋ぬればもゆる思ひはこの世のみかは・ 2080
（いと）（たつもゆる思ひもこの世のみ□ぬれは（別））

【語注】○こりつもる　「こりつむ」は八代集に多いが、「樵り積もる」は八代集にない。さらに「こりつもる（—）」も、新編国歌大観①～⑩の索引に、他に用例がなかった。「つもる」掛詞。「嘆き」の「木」の縁語「樵る」。「木」→「燃ゆる」。また「燃ゆ」の縁語、「思ひ」の「火」。○第二句　「なけきのはて—」は、新編国歌大観①～⑩の索引をみると、この歌の他、⑨21六帖詠草〔蘆庵〕1177、1320にしか用例がなかった。1177「やく炭となりてみやこに出でぬればなげきのはてはよろこびぞかし」。○もゆる思ひ　⑤175六百番歌合1184「あきかけてつま木こりつむやまびとももゆるおもひのほどはしらじな」（恋下「寄樵夫恋」寂蓮）。また式子に、344「さゞれ石の中の思ひのうちつけにもゆとも人にしられぬる哉」（続古今1051 1059、恋二「正治二年百首歌に」）がある。
【訳】木を切って積って行く、重なる嘆きという木の果てをさぐって行くと、燃える思いという火は、この世にあるのみであろうか、そうではない、心の中もそうだったのだ。
▽「恋」10の8。「夜半」→「世」。樵り積る嘆きという木の果てを尋ねると、燃える思いという火は、この世にあるだけではないとの抽象詠。「木」「火」掛詞。即ち、（積った）木の果ては（燃える）火、（積った）嘆きの果ては（燃

える）思いであり、木と火とはこの世（の中）・社会のみにあるのではなく、胸・心の中にもあるのだと歌ったもの。下句は、あの世での地獄の、愛慾による業火の炎とも考えられるが、【訳】の如くとした。

310　これやげにあさせをはやくゆく水にかずかく程の心《こゝろ》なるらん《む（別）》・2081

【語注】○これ　下の「心」か、本歌をふまえての「我が恋」か。　○あさせ　八代集五例、初出は古今177。「心浅し」をほのめかすか。　○かずかく　八代集三例、初出は古今522。⑤197千五百番歌合2072「つきよめばはやくもとしのゆく水にかずかきとむるしがらみぞなき」（冬三、左大臣。③130月清869）。「行く水に数かく」とは、はかない事の譬え。

【訳】（私を思慕してはくれないあの人を恋い慕うという）この事は、まことに浅い瀬をすばやく行く水に数をかく程の嘆きの心なのであろうよ。

【本歌】①1古今522「ゆく水にかずかくよりもはかなきはおもはぬ人を思ふなりけり」（恋一、読人しらず。⑤415伊勢物語95）

▽「こ（の）（れ）」。「尋ぬれ」→「行く」、「木」「火」→「水」、「思ひ」→「心」。これはまた、実に浅瀬を時の間に過ぎ行く水に数を書く程の心なのだろうと、本歌を変化させて、「浅瀬を早く（ゆく水）」・浅く速い流れの瀬を一瞬のうちに過ぎる水に…、とより悲劇性が強められ、むなしく、はかない、甲斐のないわが恋心が歌われているのである。「古今集…「行く水…」の作りかへである。古今時代とこの時代との歌ひ方の相違が分る。」（『冨倉』298頁）

311　いかで《に》われ夕の雨と身を成《な》して軒《のき》のしづくに物《ものおも》をいはせむ《ん（別）》・2082

【語注】○夕の雨　朝雲暮雨の故事をふまえたもの、文選「旦為朝雲暮為行雨」（巻十、第十九「高唐賦一首并序」270頁）による（195参照）。　○軒のしづく　八代集一例・①8新古今1801 1800「ながめつつ我がおもふ事はひぐらしに檐のしづくのたゆるまもなし」（雑下「秋雨を」具平親王）。⑤421源氏物語422「ながめする軒のしづくに袖ぬれてうたかた人をしのばざらめや」（真木柱、（玉鬘））。　○のしづくに　万葉108「我を待つと君が濡れけむあしひきの山のしづくにならましものを」（巻第二「石川郎女、和へ奉る歌一首」）。

【訳】（とにかく）何とかして、私は（巫山の女の如く）夕暮の雨と身を成しはてて、軒の雫に、あの人へのわが恋の物思いを言わせたいものだ。

▽「恋」10の10。「水」→「雨」「雫」、「心」→「身」。どうにかして夕雨になって我身をかえ、ポタポタと落ちる軒の雫に物をいわせ我が恋心を伝えたいと望む詠。「…て…む」の一つの表現型《パターン》。前歌は古今歌、今歌は有名な故事をふまえて、「恋」歌を終える。

「恋人を待つ雨の夕。我が身がこの雨となつて、かの人の家の軒端の雫となり、私のこの待つ心を伝へたいと思つたのである。／万葉集に見える石川郎女の／我を待つと…／が思ひ出されて、さうした歌から暗示を得たとも思はれなくはない。しかし歌としては実感がこもつてゐて、小侍従の体験と思へるのである。」（『冨倉』298、299頁）

羇旅

312 駒《こま》なべ《め》ていくののおくの人里《さと》にみ《見》ゆる煙《けふり》(別)やしるべなるらん・2083

【語注】○羇旅　別本は「旅」で、5首の歌は、「山家」2088〜2092と「鳥」2093〜2097の間。○なべ　「なぶ」は八代集にないが、同意味の「なむ」は古今111よりある。「けぶり」、「けむり」と同様である。○いくの　八代集三例、初出は金葉550「大江山いくのの道のとをければ…」。「行く、幾、生野」掛詞。丹波国、京都府福知山市。○いくののおく　「いくののおく—」は、新編国歌大観①〜⑩の索引では、この歌の他は、⑨3挙白〔長嘯子〕1208「大江山かたぶく月ぞはれくもるいくののおくや打ちしぐるらん」（冬「冬のうたの中に」）、⑩歌枕名寄7712・この312の歌のみである。○人里　八代集にない。今昔物語集「「若シ人郷《ひとざと》カ」ト思ヒテ近ク寄テ見レバ、人郷ニハ非デ神ノ社也。」（巻第二十七、新大系一—161頁）。⑤175六百番歌合288「これもやと人里とほきかたやまに夕立すぐすすぎのむらだち」（夏「晩立」信定）。　○や　詠嘆としたが、疑問ともとれる。　○しるべなるらん　①18新千載709「降る雪に小野の山郷跡もなし煙やけさのしるべなるらん」（冬、中宮上総）。

【訳】馬を並べて行く、その幾・生野の奥の山里に見える煙が、道しるべなのであろうよ。

▽「羇旅」5の1。「身」→「人」。馬を並べ行く幾野、生野の彼方の人里の煙が道案内だとの、旅5首の冒頭歌。②16夫木14556、雑十三、里、いくののさと、丹波、「正治二年百首」、小侍従。

【参考】①1古今111「こまなめていざ見にゆかむふるさとは雪とのみこそ花はちるらめ」（春下、よみ人しらず）

【類歌】④31正治初度百首1792「ながめやる煙ばかりやこの里のたのむとなりのしるべなるらん」（山家、生蓮）

313　むやひ《ゐ》〔ゐ〕するゑなた《なみ》の舟《ふね》のとまやかたいぶせき比《ころ》〔別〕に雨さへやふる・2084

【語注】○むやひ　「むやひ」「むやゐ」・「もやひ」共八代集にない。平家物語「千余艘がとも綱・へづなをくみあはせ、中にむやゐを入れ、あゆみの板をひきわたし〳〵わたひたれば、」（「水島合戦」、新大系下—92頁）。③106散木1002「むやひするがまのほなはのたえばこそ…」（恋上「思」）、③125山家1486「みなと川とまにゆきふく友舟はむやひつつこそよをあかしけれ」（雪十首）、⑤175六百番歌合1142「なみのうへにくだすをぶねのむやひして…」（恋下「寄遊女恋」中宮権大夫）。　**○上句**　「いぶせき」の序詞ではなく、実景であろう。　**○ゐなた**　八代集にない。地名か、「稲田《いなだ》」（これも八代集にない）か。「ゐなた（のふね）―」は、新編国歌大観①〜⑩の索引に、この歌の他、一切用例がない。　**○とまやかた**　八代集にない。①5金葉二解47「たびねする難波の浦のとま屋かた…」（秋「旅宿月と…」有業）、①19新拾遺259「五月雨のふるえのむらのとまやかた軒までかかる田子のうら波」（夏、定円。②16夫木14848）、③125山家1166「…ねざめがちなるとまやかたかな」（下、雑）、③133拾遺愚草1364「はま松のねられぬ浪のとまやかた…」（冬）。　**○いぶせき**　八代集三例、古今集序＝拾遺895、千載178、他「いぶせさ」二例。「旅によって」か。④26堀河百首443「いとどしく賤がいほりのいぶせきに卯の花くたしさみだれぞふる」（夏「五月雨」基俊）。

【訳】つないだ「ゐなた」の舟の苫葺きの小屋の中で、（旅寝が続いて）鬱屈している頃に、雨までが降って、ますます鬱屈する事よ。

▽「羇旅」5の2。「駒」→「舟」、「人里」→「苫屋形」、「煙」→「いぶせき」「雨」。つないだ「ゐなた」の舟の苫小屋での「いぶせき頃に雨」までも降るとの旅詠。

2085　こよひもや宿《と》かりかねん津《つ》の国《くに（別）》のこやとも人のいはぬわたりは＝小214

▽「羇旅」5の3。「舟」「苫屋形」→「宿」「小屋」。

314　まだよひの人におどろく鳥《とり》のねにふかく越《こ》えける相坂の関《せき（別）》・2086

【語注】○初句　「人」（関守ではない）へかかるようだが、「鳥」へであろう。
【訳】まだ宵状態の、人によって目ざめ（、夜明けを告げる）鶏の鳴き声に、夜深く越え果ててしまった逢坂の関である事よ。
▽「羇旅」5の4。「よひ」「人」。「人・の言は」→「鳥・の音」、歌枕「津の国の昆陽」→「相坂の関」（近江）。まだ宵なのに、旅人に驚いて、夜明けを告げる鶏の声で、夜明けではなく、夜深く、夜更けに相坂の関を越えたと歌ったもの。古今536「相坂の木綿つけ鳥も…」で分る鶏をもってきて、さらに有名な史記・孟嘗君伝の函谷関の故事をふまえひそませている。また、逢うという相坂の関であるので、恋歌仕立ての場面設定とも考えられるが、【類歌】群によって、〝旅〟の歌とみる。
【参考】①4後拾遺939 940「よをこめてとりのそらねにはかるともよにあふさかのせきはゆるさじ」（雑二「…、よぶかかりけるとりのこゑは…」清少納言。⑤391枕草子18）
【類歌】①13新後撰553「鳥のねに関の戸いづるたび人をまだ夜ぶかしとおくる月影」（羇旅、為家）
①19新拾遺776「関の戸もはや明方の鳥の音におどろかされていそぐ旅人」（羇旅、資明）
①20新後拾遺870「こえて行く杉の下道明けやらで鳥のねくらき相坂の関」（羇旅「…、関」後照念院関白太政大臣。④37嘉元百首583）
①20同871「鳥のねに関をばこえて逢坂の山ぢよりこそ明けそめにけれ」（羇旅、前関白近衛）

315　わればかり朝《あさ》たつ旅《たひ》とおも《思》ふま《に》にまづ出《い》でにけり有明の月《つき（別）》・2087

【語注】○朝たつ　八代集四例、初出は古今366。○まづ出で　③130月清1490「月も日もまづいでそむるかたなればあさゆふ人のうちながめつつ」（雑「東」）。「出発」ではなかろう。　**○有明の月**　古今691「今こむと言ひし許に長月のありあけの月を待ちいでつる哉」（恋四、素性）、③73和泉式部52「入るまでもながめつるかなわがせこが出づるに出でし有明の月」（秋）、⑤354栄花物語406「めぐりあはん頼みもなくて出づべしと思ひかけきや在明の月」（出羽弁）。

【訳】私だけが朝旅立って行く旅だと思っている時に、まず初めに出てしまっていた事だよ、有明月は。

▽「羈旅」5の5。体言止（「4字・の・2字」）。「人」→「われ」、「宵」→「朝」「有明（の月）」。自分のみが朝早く出発する旅と思っているうちに、有明月がまず出てきてしまっていたと歌って〝旅〟を閉じる。四句切、下句、倒置法。

「彼女には珍らしい旅の歌の一つ。これは彼女の東下りの折の実感の記憶にすがつて出来たのかもしれない。」（『冨倉』299頁）

山家

2088　しきみつむ山路《ち》の露《つゆ》にぬれにけり暁《あかつき》おきの墨染《すみそめ》（別）の袖＝小191

▽「山家」5の1。体言止（「4・の・2」）。「月」→「露」、「朝」「有明（の月）」→「暁」。

316　いかがしてすみはは《も》つべき雪《ゆき》つもるかけひの水の音《おと》も絶《た》え《し》〔絶〕（別）なば・2089

【語注】○すみ（は）はつ　八代集にない。が、「すみわびはつ」は、八代集一例・拾遺539。源氏物語「宮は、かくて住みはてなんとおぼし立つことありけれど、」（「夕霧」、新大系四―135頁）、徒然草「住みはてぬ世に見にくき姿を待ちえて、」（第七段）、新大系83頁）。 **○雪つもる** ④31正治初度百首2170「雪つもるおとはの山は音たえてしのびにかよふ松の下風」（冬、丹後）。 **○かけひ** 八代集六例、初出は後拾遺1040。 **○かけひの水** ②10続詞花813「山里はわれが心にまかせたるかけひの水ぞたえずおとする」（雑中、行尊）、③131拾玉367「なれのみぞたえずおとすると思ひつるかけひの水もこほりしにけり」（百首、冬）、④31正治初度百首890「かくてすむ心ぼそさを人とはばかけひの水の音をこたへむ」（「山家」隆房）。

【訳】 どのようにして住み終える事ができようか（、できない）、雪が積っている懸樋の水が氷って音も絶えはててしまったならば。

▽「山家」5の2。「つむ」→「つもる」、「露」→「雪」「水」。雪の積る筧の水の音もまた、人の音づれなどと同様に絶えたのなら、ここに住んでいる事はできないと歌ったものである。二句切、倒置法。

2090 朝夕《あさゆふ》の煙《けふり》ばかり《はには》〔斗〕をあるじにて人は音《おと》（別）せぬおほはらのさと＝小222

▽「山家」5の3。「音」。「住み」→「主《あるじ》」「人」「里」。

317

嵐吹《ふ》く嶺《みね》のましらの鳴《な》くこゑに《は》あはれもよほ《を》〔を〕すたぎつ音《おと》（別）かな・

2091

【語注】 **○嵐吹く** ①7千載410 409「あらしふくひらのたかねのねわたしにあはれしぐるる神無月かな」（冬、道因）、④31正治初度百首2255「嵐吹く嶺の紅葉のこゑくれて鹿のねのこる秋のこのもと」（秋、信広）。 **○ましら** 八代集一例・古今1067「わびしらに猿《ましら》なきそあしひきの山のかひあるけふにやはあらぬ」（雑体、躬恒）。 **○鳴く・こゑ** ④

28為忠家初度百首668「こずゑにてわびしらになくこゑきけばもののあはれのまさるなりけり」（雑「梢猿」）、④28同672「むれゐつつましらなくなりこゑごゑにはやまがみねのかへのこずゑに」（雑「梢猿」）。**○に**「の中に」、「に対して」、「によって」、「に加えて」か。**○もよほす** 八代集一例・千載234。土佐日記「「船とく漕げ。日のよきに」と催せば、」（「桐壺」、新大系一―25頁）。**○たぎつ**「たぎりたった」ではなく、「滝つ」ではないか。

【訳】 嵐が吹いている峰の猿の鳴いている声に、しみじみとした哀感をば催す滝の音であるよ。

▽「山家」5の4。「音」。「音」→「声」。嵐の吹く嶺にいる猿の声に、〝哀〟を催す滝の音と、猿声と滝音という聴覚の重層、作者は山家にいる体としている。同じ小侍従229に、317と近い⑤158太皇太后宮亮平経盛朝臣家歌合44「独のみみねのをしかのなくこゑにあはれ吹きそふ風の音かな」（「鹿」）がある。

【類歌】 ⑤191石清水社歌合〈建仁元年十二月〉16「草まくらはげしき峰のあらしかなたへぬけしきにましら鳴く声」（「旅宿嵐」生蓮）

318 くれごとにたえず音《をと》せよおなじくはふかき山路《ち》に入あひ《い》〔い〕（別）のかね・2092

【語注】○くれごと 八代集二例、初出は後拾遺601。**○入** 掛詞。**○入あひのかね** ①6詞花112 110「ゆふぎりにこずゑもみえずはつせ山いりあひのかねのおとばかりして」（秋「霧をよめる」源兼昌）、①8新古今116「山ざとのはるの夕暮きて見ればいりあひの鐘に花ぞ散りける」（春下、能因）、⑤184老若五十首歌合472「はつせ山さそふ嵐やいかならんたえだえになるいりあひのかね」（雑、宮内卿）。

【訳】 夕暮ごとに絶える事なく音をきかせよ、同じ事なら深い山路に入りたいので、その入相の鐘をば。

▽「山家」5の5。「音」。「嶺」↓「山（路）」。同じなら深い山路に入りたいから、入相の鐘へ、夕べごとに必ず音を聞かせておくれと歌って、「山家」5首を閉じる。二句切、倒置法。同じ小侍従に、74「さらぬだにものがなしかる山里に秋くれはつるいりあひのかね」（秋「山寺暮秋」）がある。

【参考】①3拾遺1329「山寺の入あひのかねのこゑごとにけふもくれぬときくぞかなしき」（哀傷、よみ人しらず。3′拾遺抄557。②6和漢朗詠集585、「山寺」。7玄玄74）

鳥

319　はねかはすこがらめぶしをみてもまづ我《わ》が独《ひとり》ねの契をぞ《お（別）》しる・2093

【語注】○鳥「後鳥羽院の鳥好きとこの鳥題とを切り離して考えることは出来そうにない。」（山崎『正治』111頁）。○こがらめぶし「こがらめ」とも。八代集にない（「こがらめ」も）。「こがらめ（小雀）」は、恋歌の素材としているものが多い。⑦43行宗14「たちのけどかつならびゐるこがらめをつれなき人のこころともがな」（「寄鳥恋大井」）、他、③125山家1401、②16夫木12885〜12889、雑九、動物「小陵鳥《コガラ》」、12885「友ねしてはぐくみかはすこがらめの思ふ人だにある世なりけり」（同〔＝十題百首〕、同〔＝寂蓮法師〕）、12886＝小319、12887「こがら」慈鎮（③131拾玉2303）、12888「こがらめ」土御門院＝⑦77土御門院344（鳥名十首）、12889「ならびゐるこがらめぶしの中に入りてわりなく人にむつれぬるかな」（「家集、寄小鳥恋」源仲正）。他、新編国歌大観索引①〜⑩をみると、「こがらめ（ぶし）―」は、これらの歌の他、⑧34雲玉〔馴窓〕576＝小侍従のこの歌、ただし末句「すがたをぞしる」がある。山崎桂子氏は、恋歌の素材としている点、小雀を詠んだ歌が少なく、「こがらめぶし（小雀臥）」を詠む事、さらに「霜いとふ」（小295）の鷓鴣の歌があり、仲正の歌が先行歌としてあった点などから、「やはり仲正と無関係とは考えられない。」（山崎『正治』283、284頁）と述べられる。　**○契をぞしる**　①19新拾遺1292「独ぬる霜よのかねのひびきより秋に深行く契をぞしる」（恋四、藤原為重）。

【訳】羽を交わして（雌雄でねる）こがらが伏せっている様をみても、まず初めに私の独寝という前世からの宿縁を知るよ。

▽「鳥」5の1。羽を交して寝るコガラ（鳥）をみても、自分の一人寝の「契り」を知るとの、「鳥」の初発の詠。

②16夫木12886、「正治二年百首」小侍従。

320　ふたむらの山のは《葉》しらむしののめに明《あ》けぬとつぐるはこ鳥《とり》の声《こゑ》（別）・2094

【語注】○ふたむらの山　八代集二例、初出は金葉㊂245＝詞花131、他「二村山」八代集三例、また③索引に、「ふたむらのやま」、「ふたむらやま―」共用例が多い。三河（愛知県豊明市）。「ふたむら」に、「箱」の縁語「蓋《ふた》」、絹織物の単位である「二疋《ふたむら》」を掛けるか。　**○しらむ**　八代集二例、初出は後拾遺392。　**○はこ鳥**　八代集にない。②4古今六帖4483～4485、第六、鳥「はこどり」、②14新撰和歌六帖2611～2615、第六帖、「はこどり」、②16夫木12906～12910、雑九、動物「箱鳥」、他、③30斎宮女御178、179、⑤421源氏物語480など。

【訳】両村の山の端が明け白んでくる東雲時に、夜が明けたのだと告げている箱鳥の声であるよ。

▽「鳥」5の2。「こがら」→「箱鳥」。二村山の山の端が白んでいる東雲に、箱鳥の声が夜明けを知らせているとの詠。②16夫木12910、雑九、動物、箱鳥「正治二年百首」、小侍従。

【類歌】①8新古今668「おとは山さやかに見するしら雪をあけぬとつぐる鳥の声かな」（冬、高倉院御時。②13玄玉303）

①16続後拾遺191「ほととぎす二むら山や越えつらむ明けはてての み声の聞ゆる」（夏、上総）
②14新撰和歌六帖2611「春さればともまどはせるはこどりのふたがみ山にあさなあさななく」（第六帖、「はこどり」）

321
よそながら心《こゝろ》ぞ見ゆる山鳥のを《お》ろのはつをの鏡《かゝみ》ならねば《と》（別）・
2095

【語注】〇山鳥のを　八代集二例、初出は拾遺778。②14新撰和歌六帖506～510、第二帖、「やまどり」、②16夫木12728～12743、雑九、動物「鸃《やまどり》」。①21新続古今1108「面影をよそにみつつや山鳥のはつをのかがみへだてはつべき」（恋二、後小松院御製）、万葉3487 3468「山鳥の峰《を》ろのはつをに鏡懸け唱ふべみこそ汝に寄そりけめ」（巻第十四、相聞）、③106散木1115「山どりのはつをのかがみかけふれでかげをだに見ぬ人ぞこひしき」（恋上。②15万代2025。16夫木12740）、⑤175六百番歌合1053「やまどりのはつをのかがみかけねども見しおもかげにねはなかれけり」（恋下「寄鳥恋」顕昭。②15万代2695。16夫木12738）。　〇をろ（尾ろ）　八代集にない。　〇はつを（極尾）　八代集にない。

【訳】外から見ても、心がありありと分る事だ、それは「山鳥の尾ろの端つ尾の鏡」ではない時には。

▽「鳥」5の3。「鳥」「山」。「声」（聴覚）→「見ゆる」（視覚）、「箱鳥」→「山鳥」。異性を恋い慕う気持ちをあらわして、山鳥の雄の尾の端《は》つ尾・最も長い尾のそこに、谷を隔てた雄の影が映るのであり、その鏡ではないのだから、外見・観で心が見えると歌う。二句切、倒置法。恋歌仕立てか。第一、二句は、恋歌的に「他人でありながら、あの人の心がしかと分る」か。

【類歌】①19新拾遺1018「山鳥のをろの鏡のよそながらみし面影にねこそなかるれ」（恋二、実直母）
②16夫木12735「山鳥のをろのながをのをかがみにかかる心をみるやとほづま」（雑九、動物、鸃、「思不言恋、万代」、仲実。
②15万代2026、恋二、初句「やまつどり」）

322　とらせけんゆくへもしらぬそのにきてわ《あ》たらひうちと鳴《な》くやなに鳥《なる（別）》・2096

【語注】〇わたらひ　八代集一例・新古今730（度会・地名）とあるが、意不明。　〇あたら（別本）　八代集にないが、「あたら夜」は、八代集四例、初出は後撰103。万葉4342 4318「秋の野に露負へる萩を手折らずてあたら盛りを過ぐしてむとか」（巻第二十）、源氏物語「「君の御心はあはれなりけるものを。あたら御身を」など言ふ。」（「帚木」、新大系一—42頁）。「わ《あ》たらひうち——」は、新編国歌大観①〜⑩の索引に、この歌の他用例はない。

【訳】とらせ〔とられ〕たのであろう行方も知らない苑・園にやってきて、「わたらひうち」〔「あたら」・惜しい「ひうち」〕と鳴くのは何鳥なのであろうか。

▽「鳥」5の4。「鳥」。「山鳥」↓（鳩）。謎々詠。また「鳴く」に「泣く」、「ひうち」に「憂」を掛けているか。②16夫木12836、雑九、動物、鳩、「正治二年百首、鳥五首中」、小侍従、下句「あたらひうちと鳴くやなになる」。山崎桂子氏の『正治百首の研究』306〜319頁「小侍従不詳歌をめぐって」において、この歌についての詳しい考察がある。山崎氏の本文は、「とられけん…あたら…」であり、「一首は「わが子を鷹に捕られたのだろう、その子の行方もわからない狩り場の園にやって来て、今となってはむだなことだが『ひうち（火来逼身）』と鳴いているのは何という鳥でしょうか」となろう。」（317頁）

323　こととひしすみだ河原の鳥《とり》のねは我《（われ）われ（別）》も心にわすれやはする・2097

【語注】〇すみだ河原　歌枕。八代集にない。②1万葉301 298（これは紀ノ川の川原）、③117頼政296、118重家579、122林下

160、129長秋詠藻94＝④30久安百首897。④2守覚56「みやこどりありとみえばやこととはんすみだがはらはきりこめてけり」（秋「旅霧と…」）。

【訳】言葉で尋ねた隅田川原の都鳥の鳴き声は、私も（業平一行と同様に）心に必ず忘れようか、イヤ決してそんな事はない。

【本説】伊勢物語「いと大きなる河あり、それをすみだ河といふ。その河のほとりにむれゐて…13名にし負はばいざ事問はむ宮こ鳥わが思ふ人はありやなしやと」（九段）、新大系89頁。古今411、「隅田河のほとりに至りて、」）

▽「鳥」5の5。「鳥」。尋ねきいた隅田河原の都鳥の声は、私も忘れない、との有名な伊勢物語をふまえた都鳥の詠で、「鳥」5首を閉じる。「音《ね》」（聴覚）。第四、五句わの頭韻。

【類歌】③130月清161「むかしおもふすみだがはらにとりもゐば我もみやこのこととはでやは」（二夜百首「寄河恋」）

祝

324　ももよ《世》まで世《よ》を守《まも》るべきちかひにも君をば《は》分《わ（別）》きてときはかきはに・2098

【語注】○ももよ・世　八代集にない。が、「百夜」は一例ある。万葉1057 1053「…天の下　知らしめさむと　百代にも変るまじき　大宮ところ」（巻第六）。　○世を守る　何か出典あるか。　○ときはかきはに　八代集三例、初出は拾遺273。①8新古今726「よろづよを松のを山のかげしげみ君をぞいのるときはかきはに」（賀、康資王母。③99康資王母154）、③115清輔304「君をのみときはかきはにいはふかな外には千代もあらじとぞおもふ」（祝「遐年属君」）、③133拾遺愚草996「万代とときはにたのむかなはこやの山の君の御かげを」（正治初度百首、祝五首。④31正治初度百首1399）、④31正治初度1902「うごきなきときはかきはの君なれば千代も八千代もかぎらざりけり」（祝、静空）。

【訳】いついつまでも世を守るようにという（わが君の）誓いにも、わが君を区別して、ことさらに永遠に（と祈り申し上げる事よ）。

▽「祝」5の1。325と順序逆（別本）。国主として永遠にこの日本を守るという誓言にも、わが君をとりわけ永久不変にと祈るという歌で、「祝」5首を開始する。

【類歌】④39延文百首2900「神代よりうけつたへたるすゐなれば君をぞまもるときはかきはに」（雑十首、祝言、時光）

325　いく千代《ちよ》か君《きみ》は見《み》るべき朝《あさ》ごとに煙《けふり（けぶり）》たえ《ゐ》せぬ民《たみ（別）》のかまどを・2099

【語注】**○かまど**　八代集一例・新古今707（後述）。他、「かまど山」一例・拾遺1180。

【訳】幾千代・永遠にわが君は見る事ができるのであろうか、朝ごとに繁昌・にぎわいを表わすという煙の絶えない民のかまどを。

【本歌】和漢朗詠集693「たかきやにのぼりてみれば煙たつ民のかまどはにぎはひにけり」（下「刺史」。①8新古今707）

▽「祝」5の2。「べき」（第二句末）。324と順序逆（別本）。「代」「君」。「百世」→「（幾）千代」。本歌の国見の詠をうけて、毎朝、豊かさを示すという煙の絶えない人々のかまどを永久にわが君は見る事ができると歌う。二句切、倒置法。

【参考】③116林葉955「いく千代か君は見るべき有明の月に花さくまつのこずゐを」（雑、祝「月照松」）…一つの表現型《パターン》。

【類歌】①10続後撰599 591「たかきやにをさまれる世をそらに見て民のかまども煙たつなり」（釈教「如民得王」雅経。

④15明日香井1660）

④15明日香井178「ゑじのたくけぶりたえせぬみよにあひてたみのかまどもいかがうれしき」（正治二度百首、禁中。④32正治後度百首285）

326　君が代《よ》にあふみの海《うみ》をいくそたび田につくれと《くはたになせと》かさだめ置《お（別）》きけん・2100

【語注】〇第一、二句　③131拾玉2658「君が代にあふみのうみの神がきや人のねがひをみつのはまかぜ」（春日百首草「日吉」）。〇君が代・さだめ置き（けん）　④34洞院摂政家百首1942「いはがねのかさなる山は君が代のちよのかずとや定めおきけん」（祝五首、行能）、④35宝治百首3927「かみ風やみもすそ河にせきとめてさだめおきける君が万代」（「寄社祝」信覚）。〇あふみの海　八代集三例、初出は後撰972。「あふ」掛詞。〇いくそたび　八代集にない。⑤415伊勢物語166「蘆辺こぐ棚無し小舟いくそたび行きかへるらむ知る人もなみ」（九十二段、（男））、③23忠見100「いくそたびはるのさくらにこりぬらん…」。〇田につくれとか　④30久安百首483「佐渡の海のあはのなるとをさしながら田につくるまで君はましませ」（慶賀、季通。②16夫木16818）。〇さだめ置き　八代集にない。源氏物語「こまやかなることどもをさへ定めをき給。」（早蕨、新大系五―13頁）。

【訳】わが君の御代に会い、近江の海を何度となく、田につくれとか定め置いたのであろうか。

▽「祝」5の3。「君」「代」「幾」。「幾千代」→「幾そ度」。地上の転変は一瞬の出来事にすぎないという譬えである「桑田変成海」（唐詩選、七言古詩「代悲白頭翁」劉廷芝＝希夷、上―84頁）をもとに、それとは逆に、君の御代に会い、近江の海が干上がり、何度か田に造成し耕作せよと決めて置いたのであろうかと、君の悠久のあらかじめの天の運命を歌う。②16夫木10369、雑五、近江、あふみのうみ「正治二年百首」、小侍従、第四句「くはたになせと」。

「儲光羲の詩「献八舅東帰詩」による故事「滄海変じて桑田となる」をふまえたもので、本義は世の変遷の甚だしいことをいうが、ここでは御代の長久を詠んでいる。…詠進本で「田につくれとか」へ改作されたのかもしれない。」（山崎『正治』53頁）

327 いく千世とかぎらぬ御代《世》の数《かす》にこそたとへんことの空《そら》に覚《おほ(別)》えね・2101

【語注】○第一、二句 ①7千載606 605「いく千代とかぎらざりけるくれ竹や君がよはひのたぐひなるらん」（賀、院御製）、①8新古今1488 1486「いく千代とかぎらぬ君がみよなれば猶をしまるる今朝のあけぼの」（雑上「返し」家通）。○空 掛詞か。 ○空に覚え 「そらにおぼ―」は、意外にも、新編国歌大観の索引①〜⑩において、この歌以外では、⑧35雪玉〔実隆〕332（「夜春雨」）、⑨2黄葉〔光広〕1393（「序品」）のみ。

【訳】幾千代と限りはしない御代の数に、譬えようとする事が、頭に思い浮ばない事よ。

▽「祝」5の4。「幾」「世」。「幾そ度」→「幾千世」、「君が代」→「御代」。幾千代と限らない君の御世代の数は、比喩が思いつかないと、例の如く、永遠の御代を寿ぐ。第二、三句かの頭韻。

【類歌】④34洞院摂政家百首解15「いく千世とかぎらぬ御代の春なれどくるるはをしきけふの空かな」（「暮春」兼高）

328 君が代《よ》は□《ま》二万の里《さと》人数《かす(かず)》ふれて数《かす(かず)は》より外《ほか(ほか)》に数《かす(かず)(別)》そひにけり・2102

【語注】○二万の里人 122前出。八代集一例・後述の金葉318。 ○第三句 「数触れて」か、もう一つ分りにくい。あるいは、「数ふえて」、「数ふれば」か。 ○数そひ 八代集二例、初出は金葉318。

【訳】わが君の御代は、二万の里人の数の事にふれると、定まった数（二万）より以上に数が加わった事よ。

【本歌】①5金葉二318 339「みつぎものはこぶよほろをかぞふればにまのさと人かずそひにけり」（賀、家経。5′金葉三324。⑤376宝物集356）

▽「祝」5の5。「代」「数」。「幾千代」「御代」→「君が代」、「千」→「万」。君の御代は、二万の里人の数でいうと、二万という数以上に数がふえた事だとの、本歌をふまえての詠。④3小侍従122「君が代は二万のさと人かずそひてたえずそなふる御つぎ物かな」（雑。⑤363源平盛衰記104）と上句がほぼ同一。「数」が三度、第三、四、五句の冒頭にくる。

【参考】③33能宣455「きみがへむよろづよのかずかずふればかつがつけふぞちとせなりける」

【類歌】②16夫木2552「君がためにまのさと人うちむれてとるわかなへやよろづよのかず」（夏一、隆信）

⑤197千五百番歌合2238「君が代はにまのさと人つくるたのいねのほずゑのかずにまかせん」（祝、隆信。②16夫木14570）

⑤183三百六十番歌合〈正治二年〉

329　ちらぬまはいざこのもとにたびねしてはなになれにしみとももしのばむ・86（春）

【語注】○このもとに　①2後撰105「今よりは風にまかせむ桜花ちるこのもとに君とまりけり」（春下、よみ人しらず）。

○たびねし　①1古今72「このさとにたびねしぬべしさくら花ちりのまがひにいへぢわすれて」（春下、よみ人しらず）。

【訳】桜のちらない間は、さあこの桜の木の下で旅寝をして、花にすっかりなれ親しんだ身とも、（散ってしまった）

後で我を思い慕う事にしよう。

【本歌】①4後拾遺124「ちるまではたびねをせなむこのもとにかへらば花のなたてなるべし」（春下、加賀左衛門）

▽桜の散らない時は、木の本に旅寝をして、散った後、花になじんだ我身だと思慕しようと歌ったもので、本歌と329の上句がほぼ同じ世界であり、下句において、「帰ったら花の名折でしょう」（本歌）から、「花に馴れにし身とも偲ばむ」と変えている。また平家物語の、⑤361平家物語（覚一本）77「行きくれて木の下かげをやどとせば花やこよひのあるじならまし」（「忠度最期」忠度）の趣の歌でもある。⑤183三百六十番歌合86、四十三番、右、小侍従。左、85「さくらばなかすみにかをるはるのよはくもるぞ月のひかりなりける」（定家）。

330　ほととぎすこれやたづぬるかひならんたまさかやまのよはのひとこゑ・171（夏）

【語注】○ほととぎす　③131拾玉2222「郭公猶いかにせん行きやらで山路にくらす夜半のひとこゑ」（詠百首倭歌、鳥）、④31正治初度百首2129「時鳥たづねてきけと思ひけり深山のおくの夕暮のこゑ」（夏、丹後）。○たまさかやま　八代集にない。枕草子「山は　おぐら山。…まちかね山。たまさか山。みみなし山。」（一〇段）、新大系18、19頁）。玉坂山。摂津国の歌枕。現、大阪府池田市石橋。能因歌枕（広本）「摂津国／…たまさか山」（歌学大系、第一巻92頁）。⑤145内蔵頭長実家歌合〈保安二年閏五月廿六日〉9「ほととぎすいくよなよなをまたせつつたまさかやまになきわたるらん」（「郭公」能登大夫。②16夫木2822、夏二「…、郭公」忠隆）、⑤175六百番歌合733「かたらひしわが恋づまやほととぎすたまさかやまに声のほのめく」（恋「稀恋」顕昭。②16夫木8416）。

【訳】郭公（よ）、これが探し求めたかいなのであろう、たまさかという名をもつたまさか山の夜半の一声は。

▽玉坂山の夜半の郭公のたまの一声がして、これが尋ね求めた甲斐というものであろうと歌う。「たまさか」掛詞。

三句切、体言止の新古今表現の典型。二、三句と下句との倒置法。夏、十四番、左。右、172「なほまたむなかでもやまじほととぎすこころつくすはことしのみかは」（権大納言）。

【参考】①7千載155「たづねてもきくべきものを時鳥人だのめなる夜はの一声」（夏、教長。④30久安百首228）
③119教長250「ききつともいかがかたらんほととぎすをちの山べのよはのひとこゑ」（夏「遠聞郭公」）
⑤116若狭守通宗朝臣女子達歌合5「時鳥あかずも有るかな玉くしげ二かみ山の夜半の一こゑ」（「郭公」）

【類歌】②16夫木2935「ほととぎす雲のよそにや過ぎぬらんあさくら山のよはの一こゑ」（夏二、「…、郭公」俊成卿女）
⑤192仙洞影供歌合〈建仁二年五月〉18「郭公ありあけの月の入がたにやまのはいづる夜はのひと声」（「暁聞郭公」寂蓮。①15続千載240）

331

たえはてぬいのちばかりをなげくかなあひみむことはこのよならねば・658（雑）

【語注】○たえはて　八代集三例、初出は後撰569。○あひみむことは　①1古今97「春ごとに花のさかりはありなめどあひ見む事はいのちなりけり」（春下、よみ人しらず。②4古今六帖4050）。○よ「世・夜」掛詞か。

【訳】死んでしまいはしない命ばかりをただ嘆く事よ、あなたに会えるのは、この世では（可能で）ないのだから。

【本歌】①3拾遺927「すてはてむいのちを今はたのまれよあふべきことのこの世ならねば」（恋五、よみ人しらず。3′拾遺抄369）

▽現世では逢えないので、死んで来世に逢瀬を期待する本歌をうけて、331は、会い見るのは現世では絶望的なので、生き永らえている命をただ嘆くとの恋歌。三句切、倒置法。雑・四十一番、右であるが、実は恋歌、左・657「としふれどおもひわするることぞなきいのちやこひのかぎりなるらむ」（顕昭）によっても、それは分る。

【参考】⑤157中宮亮重家朝臣歌合123「あふことのこのよならねばいとどしくしなんいのちもをしからぬかな」（恋、経盛）
【類歌】②15万代2400「あふことのたえまをしぬとなげくかなおもふなかこそいのちなりけれ」（恋四、琳賢）
④1式子177「わが恋はあふにもかへすよしなくて命ばかりのたえやはてなん」（恋）

⑤197千五百番歌合　小侍従

春、春一（判者、忠良）

332　こぞといふきのふにけふはかはらぬをいかにしりてかうぐひすのなく・17（九番、左、負）

左、こぞといふとおける、すこしみみにたつにや侍らん／右めづらしき所はなけれど、難なく侍るべし

【語注】**○こぞといふ**　①4後拾遺1「いかにねておくるあしたにいふことぞきのふをこぞとけふをことしと」（春上「正月一日よみはべりける」小大君）、③55源賢5「こぞといひことしといへどわれはただきのふけふともおもほゆるかな」。　**○うぐひすの**　④30久安百首706「雪ふりてこぞにかはらぬ山里に春めく物はうぐひすのこゑ」（春、実清）。
【訳】去年という昨日と、今日は何ら変らないのに、どうして分ってか、鶯が新年という事で鳴くのか。〈左、「去年と言ふ」と置いたのは、少々耳ざわりでございましょうか／…〉

▽建仁元・1201年。千五百番百首という「百首歌」としての歌の変化・〝移り変わり〟にも留意して、歌をみて行《い》った。判（詞）の訳は、小侍従歌該当部分のみとした。また小侍従の詠は左で、ほぼ30ぐらいの間隔で出てくる。「春」二十首の一首目――以下、「春」20の1などと記す――。去年の昨日と、今日は少しも変りはないのに、年が明け春だという事を、どうして知って、鶯は鳴くのかと歌う。春の初めにまず鳴く（初音）、春告鳥である鶯の詠。上句は「去年今年貫く棒の如きもの」（虚子）が思われる。右、18「いつしかとはるのけしきをながむればかすみにくもるあけぼのの空」（越前）。

333　ただかすむそらとやけふをおもはましたにのうぐひすおとせざりせば・47（二十四番、左、負）

左初五字ききよくも侍らぬにや、右よろしく見え侍り

【語注】**○たにのうぐひす**　①1古今14「うぐひすの谷よりいづるこゑなくは春くることをたれかしらまし」（春上、大江千里）、①4後拾遺23「たづねつるやどはかすみにうづもれてたにの鶯一声ぞする」（春上、範永）、③119教長4「はるたてばこほりのなみだうちとけてけふぞなくなるたにのうぐひす」（春「立春歌」）。

【訳】ただ単に霞んでいる空と今日を思った事であろうか、谷の鶯の音・声がしなかったなら…、つまり鶯の声によって新年となって春霞が立つと知ったのだ。〈左、初句・「ただ霞む」は、さしてききよくもございません事でしょうか、…〉

▽「春」20の2。「けふ」「鶯」。「鳴く」→「音せ」。三句切、倒置法、反実仮想で、谷の鶯の声がしたから、ただ単に霞んでいる空ではなく、立春の今日だと知ったと歌ったもの。右、48「はるといへど花やはおそきよし野山きえあへぬゆきのかすむあけぼの」（定家）。

334　雲つづくとをちのさとのゆふがすみたえまたえまにかへるかりがね・77（三十九番、左、持）

左、雲つづくとおきて又たえまたえまと侍る、はじめをはりことたがひてや／右、このこころふるくもおほくよめり、持とすべし

【語注】○雲つづく　八代集にない。「続く」「続き」は数例あるが、「雲続く」とつながるものはない。「続く」は八代集三例、初出は後撰190。②16夫木1657「雲つづく浪路の末にかず消えて鳥羽田のうらをかへる雁がね」（春五、帰雁「同〔=承元参年長尾社歌合、海辺帰雁〕」、法印昭清）。新編国歌大観索引①〜⑩をみると、「くもつづ（く）―」は、他では、⑩137道助法親王家五十首688「この里のあさけのけぶりはれやらでみねのしぐれの雲つづくなり」（冬「朝時雨」）のみである。○とをちの　②14新撰和歌六帖780「かのみゆるとほぢのさとの夕けぶりそれかあらぬか山のかすみか」（第二帖「さと」）、④31正治初度百首512「春霞たえまをわけてながむればとほぢのこずゑなづなさきしも」（春、通親）。○とをちのさと　八代集二例、初出は拾遺1197、他「十市」一例。「遠」を掛ける。「遠方の村里（遠路の里）」とも考えられるが、歌枕とした。『千五百番歌合の校本とその研究』（20頁）も「とをち」。校異は何もない。○ゆふがすみ　八代集にない。『守覚法親王全歌注釈』5参照。勅撰集初出は新勅撰12（春上、親隆）。③106散木1328「故郷となりぬる宮のゆふがすみ思ひかけずやたちかはるらん」。○たえまたえま　八代集一例・後拾遺735。が、「絶間」の用例は多い。○かへるかりがね　①7千載37「ながむればかすめるそらのうき雲とひとつになりぬかへるかりがね」（春上「帰雁の…」良経）、⑤92禖子内親王家歌合〈庚申〉8「霧わけておのがとこよはたちしかどかすみのまよりかへるかりがね」（「帰雁」小式部）。

【訳】雲の続いているはるかな十市の里の夕霞（の中の）、絶間絶間に帰って行く雁である事よ。〈左、初句「雲続く」と置いて、又第四句「絶間絶間」とございますのは、初めのほうと終りとで話がくい違っているのでは（ないだろうか）／…〉

▽「春」20の3。「霞（む）」。「霞む」↓「空」「雲」、「谷」↓「里」、「鶯」↓「雁」。雲の続いている遠い十市の里の夕霞の絶間絶間に帰って行く雁と、漢詩を思わせる一幅の絵画的叙景歌。末句かのリズム。②16夫木1675、春五、帰雁「同〔＝千五百番歌合〕」、小侍従、第二句「遠路の里の」。右、78「ゆきのうちになみだとけ行くうぐひすのわがねになきてはるやしるらん」（通具）。

「絵画的な詠風は新しい。」（『冨倉』301頁）

335　はるといへばなべてかすみやわたるらむ雲なきそらのおぼろ月夜は・107（五十四番、左、持）

左右同等に侍り

【語注】○はるといへば　字余り（「い」）。③131拾玉3061「春といへば霞とともにたなびきて空にぞしるき雲のうへ人」（秀歌百首草、春二十首）。　○や　詠嘆か。　○おぼろ月夜　八代集三例、初出は新古今55。③132壬二1745「雲はなほよもの春風吹きはらへ霞にきゆるおぼろ月よに」（道助法親王五十首、春「春月」）。

【訳】春というと、すべて霞が立ち渡っていくのだろうか、雲もない空の朧月夜は。〈左右同レベルでございます〉

▽「春」20の4。「霞」「雲」。「（雲）続く」↓「（雲）なき」、「続く」↓「渡る」、「雲」↓「空」、「雲」「霞」↓「月」、「霞」↓「朧」、「雁」↓「月」、「夕」↓「夜」。雲もない空の朧月夜においては、春だといった時には、すべてにわたって霞が立ち渡っていくのだろうかと推量した詠。あるいは、…朧月夜は…霞が立ち渡っているその結果なのだろう

かと歌ったものか。三句切、倒置法。右、108「はるの日のあさざはをののうすごほりたれふみわけてねぜりつむらん」（家隆）。

【類歌】②16夫木1571「おぼろなる春のならひもみせがほに雲なき空にかすむ月かげ」（春四、春月、為家）

⑤183三百六十番歌合30「はるのよのおぼろづきよやこれならむかすみにくもるありあけのそら」（春、丹後）

336　ふみなれしむかしのあとをたどるかなわかの浦にもかすみへだてて・137（六十九番、左、負）

　左さしたる事なし、右すがたよろしく侍り、かちとす

べし

【語注】○ふみなれ　八代集一例・新古今1045。③91下野56「心みしみねのかけぢのあやふさにふみなれけるもうとましきかな」（「かへし」）。「文・踏み」掛詞。○むかしのあとを　④30久安百首901「…しづけきに　むかしの跡をたづぬれば　…　四の海にも　浪たたず　和かのうら人　かずそひて　…」（短歌、顕広）。○たどるかな　④28為忠家初度百首12「つなでくるふねのよすがらたどるかなかすみこめたるうらづたひして」（春「海路霞」）。○わかの浦に　①12続拾遺1113 1114「わかの浦にむかしをしのぶはまちどりあと思ふとてねをのみぞなく」（雑上、泰朝）、②16夫木16515「なしつぼのむかしの跡にたちかへりわかのうらにぞ浪のより人」（雑部十七、歌人、家長）。

【訳】（和歌の）書物に慣れ親しみ、踏み慣れた昔の跡をたどり、和歌の道を行く事よ、和歌の浦にも霞が隔たっていて。〈左歌は、たいした事はない、…〉

▽「春」20の5。「霞」。「渡る」→「辿る」、「空」→「浦」。和歌の浦にも霞が隔たっているので、そこで書物に馴れ、踏み馴れ親しんだ昔の人の足跡を辿る、つまり、和歌の道（の極み）ははるか果てで、和歌の書物に馴れ親しんだ、

先人の跡をさぐる、さらにまた今まで生きてきた歌人としての人生を再び歩むと歌ったもの。三句切、倒置法。同じ小侍従に、④3小侍従5「老のなみくる春毎に立ちそひてかすみへだつる和歌の浦なみ」（春「霞隔浦」）がある。右、138「ゆきさむきまやののきばのむめがえにはるをまちしもうぐひすのこゑ」（雅経）。

「野心も覇気もなかるべき身が遠く都の歌壇を思ひつゝ、歌づくりして送る身をうたつたものであらう。」（『冨倉』241頁）

春二一（忠良）

337　いまぞしるみやのうぐひすさへづるもひとりききける人のこころを・167（八十四番、左、負）

左、上陽人のむかしの心をおもひやれるよりは、右のたにのうぐひすなくやむめがえといへる、めづらしきさまに侍るにや

【語注】○いまぞしる　⑤175六百番歌合619「いまぞしるあまたありけるこころとはしのぶものから人の恋しき」（恋上「忍恋」季経）。　○さへづる　八代集三例、初出は古今28。③106散木1262「あを竹を雲のうへ人ふきたてて春のうぐひすさへづらすなり」（雑上「笛」。②16夫木15208）。　○人のこころを　③118重家451「いたづらにゆきてはきぬとなげきけん人の心をいまぞしりぬる」（「遠尋不逢恋」）。
【訳】今こそ知る事よ、（上陽）宮の鶯がさえずったとしても、（上陽宮で）たった一人聞いた人・上陽人の心をば。

〈左の、上陽人の昔の心を思いやった歌よりは、…〉

▽「春」20の6。「昔」→「今」。上陽宮の鶯の囀りも一人きく上陽人の孤独な心を、今しみじみと知ると、宮中の上陽宮に閉じ込められ、老いて六十の配偶者のいない悲しい上陽人の心を思いやった詠。因みに千五百番歌合のこの時(建仁元・1201年)、小侍従は81歳程(死は翌年)と推定される。初句切、倒置法。第四、五句ひの頭韻。定家に③133拾遺愚草199(二見浦百首、雑「上陽人」)、式子も145で歌っている(詳しくは『式子全歌注釈』参照)。和漢朗詠集233(秋「秋夜」上陽人白)。『唐物語全釈』(267~271頁)、「第二四　宮女、楊貴妃に妬まれ、上陽宮に終生幽閉せらるる語」。「春日遅／日遅独坐天難暮／宮鶯百囀愁厭聞」(中国詩人選集12、「白居易」上、43頁。「上陽白髪人」)。右、168「花ならでまたもこころはうつりけりたにのうぐひすなくやむめがえ」(寂蓮)。

【参考】④28為忠家初度百首732「おいにけるみをぞうらむるうぐひすのもさへづるをひとりきくにも」(雑「上陽人」忠成)

④28同736「春ごとにさびしきみやのうぐひすをひとりききつつとしぞへにける」(雑「上陽人」盛忠)

338 身こそかく年ふりぬれどうぐひすのさへづるはるはあらたまりけり・197(九十九番、左、持)

左、ふるき歌のこころをも詞をもとりてよむはつねの事なれど、これはもも千鳥をうぐひすになせるばかりにや、めづらしげなくこそ／右、ゆくすゑの秋ならばおもひやるとぞあるべき、持などにや

【語注】○うぐひすの　①14玉葉36「年ふれどかはらぬものは鶯の春しりそむる声にぞありける」(春上、定頼。②15

万代84）、④38文保百首2698「あらたまの春くるごとにうぐひすの年に老いせぬ声ぞかはらぬ」（春、覚助）。**〇あらたまりけり**　古今57「色も香もおなじ昔にさくらめど年ふる人ぞあらたまりける」（春上、紀友則。③11友則4）。

【訳】我身こそは、このように年をとってしまったけれど、鶯のさえずる春はあらたまった事よ。〈左は、古い歌の趣をも詞をもとって歌を詠むのは、いつもの事ではあるが、これは古今集28の「百千鳥」を「鶯」にしただけであろうか、何ら珍しげがなく（てある事だ）／…〉

【本歌】古今28「百千鳥さへづる春は物ごとにあらたまれども我ぞふりゆく」（春上「題しらず」読人しらず。「年年歳歳花相似／歳歳年年人不同」（「代悲白頭翁」劉廷芝。「唐詩選」上、84頁）

▽「春」20の7。「鶯」「囀る」。「心」→「身」。我身は年古るが、鶯の囀る春はあらたまると、判の指摘の如く、「百千鳥」を「鶯」にかえ、順序を逆にしただけで、ほぼ本歌古今28のままである。共に「古り」（人・我）と「あらたまる」（自然）を対照化している。右、197「はるかぜのふくにつけてぞおもひいづるつのぐむをぎのゆくすゑの秋」（家長）。

「素直に歌つてゐるが、実感が出てゐると思ふ。」（『富倉』301頁）

【類歌】④35宝治百首121「鶯のさへづるけさのはつねよりあらたまりける春ぞしらるる」（春「朝鶯」御製。①19新拾遺4）

339　としつめばはてはおいけるわかなこそ見しそのかみのかたみなりけれ・227（百十四番、左、持）

左歌、わかなはとしつまざりけむそのかみもおいてこそ侍りけめ／右歌又かやうのこころ詞つねの事なり、

持とすべし

【語注】○としつめば　③131拾玉4805「としつめば老いてわかなといはれけりいかなる草の名にか有るらむ」。○つめ「積む」。「摘《つ》む」は「若菜」の縁語。「（毎年）摘め（ば）」を掛けるか。○おい「老」（校本）。「生」ではなかろう。○わか「我《わ》」（小侍従）を掛けるか。「若」は「老」と対照。○わかなこそ　③119教長58「きみがためはるごとにつむわかなこそおいずしなずのくすりなりけれ」（春）、⑤31宰相中将君達春秋歌合42「わかなこそとしをもつまめかささぎのかへくるあきぞひさしかるべき」（春）。○かたみなりけれ　③134拾遺愚草員外675「春をあさみきえあへぬ雪をつみそへてわかなぞ冬のかたみなりける」（堀河百首、春廿首）。○おい（判詞）「おひ」（「生ひ」校本）が正しかろう。

【訳】年を積んで、最後には老いはててしまう若菜こそが、見たその昔の形見である事よ。〈左歌は、若菜は年を積み重ねなかっただろうあの昔も、すっかり今となっては老いた〔生えていた〕のでございましたのでしょう／…〉

▽「春」20の8。「年」「けり/れ（未）」。「（年）ふり」→「（年）つめ」、「年ふり」→「老い」「そのかみ」。年を積んで、終りには老いる若菜こそが、昔見たその当時の名残だとの詠。昔を思い出す詠か、「若菜」に幼なかった当時の子をほのめかすか。右、228「むめのはなあかぬいろかをいくしほかこころにそめて春をへぬらん」（三宮）。

【参考】④30久安百首305「春ごとにわかなはおなじ若菜にて年つめる身の老いにけるかな」（春、顕輔）

【類歌】②16夫木201「亀岡にまだ二葉なるわかなこそとしをつむべきしるしなりけれ」（春一、若菜、季経）

②16夫木9805「さくらあさののべのわかなをつみにくるとしこそはるのかたみなりけれ」（雑四、さくらあさのの、平祐挙）

340
いろあればそれとは見てむ梅《むめ》の花枝にのこりのゆききえずとも・257（百二十九番、左、負）

左、有色易分残雪底と云ふ詩のこころをかしくこそ見え侍れ／右、かへるこしぢに日はくれぬとはべる、又宜しきうへに、初五文字などまさり侍らん

【語注】○いろ　紅梅か。が、まだ梅の咲いていない、雪と同色の白梅ととる。しかし、和漢朗詠集98によると紅。和漢98「色有っては分ちやすし残雪の底《もと》…」（春「紅梅」前中書王）。「残雪」の歌題は、古今六帖18〜35、堀河百首81〜96、久安百首〈部〉80〜85などにある。

【訳】色があるので、それときっと見る事にしよう、梅の花（の）、枝にまだ消え残っている雪が消えていずとも。〈左は、「梅には紅の色があるから、残雪のほとりにあっても見分けがつく」という詩の心が趣があって見える事でございますよ／…〉

【本歌】①1古今334「梅花それとも見えず久方のあまぎる雪のなべてふれれば」（冬「題しらず」よみ人しらず。①3拾遺12、春「題しらず」柿本人麿。③1人丸170。⑤266三十人撰3）

▽「春」20の9。「見」「そ」。「若菜」→「梅の花」。本歌が、雪がふっているので、梅はどれか分らないと歌ったものなら、340は、梅（枝）に（残）雪が消えずとも、（白）色があるので、梅と見ようと歌ったもの。二句切、倒置法。右、258「ひきつらねかへるこしぢにひはくれぬ雲のいづこにやどをかりがね」（内大臣）。

【参考】①2後撰22「わがせこに見せむと思ひし梅花それとも見えず雪のふれれば」（春上「題しらず」よみ人しらず。②1万葉1430。4古今六帖739、第一「ゆき」あか人。5金玉7。6和漢朗詠集94。③2赤人3。3家持11）

②4古今六帖721「梅花えだにかさくと見るまでに風にみだれて雪ぞふりける」(第一「ゆき」)。1万葉1651)
②4同759「梅花それとも見えずふる雪のいは(ママ)しろけむなまづかひやくは」(第一「ゆき」)。1万葉2348 2344、巻十、下句「いちしろけむな間使遣らば」)
③20公忠50「色をみてかつまどはせる梅の花えだふりかくるゆきなかりけり」
【類歌】⑤197千五百番歌合208「たちよらぬ袖だにかをるむめのはなそれともみえぬゆきもあやなし」(春二、通光)
⑤197同2048「むめのはなそれとも見えぬゆきの夜におぼめく月のかげぞもりくる」(冬三、公経)

341 かつ見てもちらんなげきをおもふまに花ゆゑ身をもくだくころかな・287(百四十四番、左、勝)

左歌心詞つねの事なるべし、右もめづらしきさまに侍らねば、左なほはなゆゑ身をもなどいへる、よろしきににたり、勝侍るべし

【語注】○くだく ①7千載84「山ざくらちぢに心のくだくるはちる花ごとにそふにや有るらん」(春下、匡房)。

【訳】一方で見ていても、やがて後には散るであろう嘆きを思っている間に、花のせいで、心も身も砕く頃であるよ。

〈左歌は、心と詞は普通通常の事であるようだ、…左はやはり「花ゆゑ身をも」などといっているのが、よろしいのに似ている、(ゆえに)勝となりますでしょう〉
▽「春」20の10。「見て」「花」。見るかたわら、やがて散る慨歎を思っているうちに、桜故身も(心同様)砕く頃だとの詠。右、288「かぜかをるゆきのみふかきよしのやま雲とは花のそらめなりけり」(忠良)。
「和泉」八・20〜22頁

【参考】①4後拾遺144「としをへてはなに心をくだくかなをしむにとまるはるはなけれど」（春下、定頼）

春三（釈阿）

342　はなを見ておもふこころのままならばちるにとまりてかくはなげかじ・317（百五十九番、左、持）

左右ともにことなるとがなく、優に侍るべし、持と申すべくや

【語注】○はなを見て　⑤60弘徽殿女御歌合〈長久二年〉6「をちこちににほふさくらのはなを見てのにも山にもちるこころかな」（「桜」じじゆうのめのと）。　○おもふこころの　④26堀河百首1136「わりなしや思ふ心の色ならばこれぞそれともみせましものを」（恋「初恋」河内）。　○ままなら　八代集二例、金葉189、624。が、「ままに」は八代集に多い。　○ままならば　②14新撰和歌六帖1794「秋かぜにちることのはのままならばこころの色もえやはたのまん」（第五帖「ことのは」）、⑤344東野州聞書35「かくばかり風の心のままならば残れる花もなどなかるらむ」（巻一、今川了俊）。

【訳】桜を見て（あれこれ）思っている心のままであるとしたら、花が散るのに対して、（散る事が）止まって、このように決して嘆きはすまい（ものを）、が、現実・実際はそうではない（から散るのに、慨嘆するのだ）。〈左右ともに、特にこれといった傷もなく、優雅でございましょう、持と申すべきでしょうか〉

【本歌】①5金葉二189 200「月を見ておもふこころのままならばゆくへもしらずあくがれなまし」（秋「月をよめる」肥

後。5´金葉三184）
▽「春」20の11。「花」「見て」「思ふ」「散らる」「嘆きか」。「身」→「心」。本歌の冒頭の「月」を「花」に、下句を「散るに止まりてかくは嘆かじ」に変え、342は、その花・桜を見て、花を思（い慕）う心のままなら、散るのが止まって、かくは歎く事はあるまいという反実仮想の詠。第二、三句は、「自由自在に自分の思うままに思えるのなら」か。また第四句が少し難解ではあるが、花が散るのに、「（あれこれ）思う事・心が」又は「命が」止まってとはとれず、やはり【訳】の如くなのであろう。右、318「よし野山はなとはたれかしらざらむたちながへそみねのしら雲」（兼宗）。
【類歌】①11続古今1816 1826「ねざめするよはのこころのままならばおもひさだめぬ身とはなげかじ」（雑下、平政村）

343　つくづくとはなにむかひていざさらばちりなんのちのおもかげにせむ・347（百七十四番、左、持）

左は、花にむかひていざさらばといひ、右は、山かぜをなにとこのといへるこころともにざれ歌の心なるべし、持にや侍るべからん

【語注】**○いざさらば**　八代集になく、比較的早いものでは、③81赤染186「いざさらばなるみの浦に家ゐせん…」（「かへし、みちさだ」）がある。「さあ、さよなら！」ではなかろう。**○ちりなんのち**　①1古今67「わがやどの花見がてらにくる人はちりなむのちぞこひしかるべき」（春上、みつね。②4古今六帖4042。5金玉16。6和漢朗詠124）。
【訳】つくづくと桜に向かって（桜の姿を心にとどめておいて）、さあそれならすっかり散ってしまった後の面影にしよう。〈左は、「花にむかひていざさらば」といい、右は、「山風」を「何とこの」といった歌の趣は、共に戯れ歌の趣なのでしょう、引き分けでございましょうか〉

▽「春」20の12。「花」「散る/り」。しみじみと、やがて散る定めにある桜にむかって、いっそそれなら脳裏に桜の像をとめて、散り果ててしまった後の面影にしようという、桜を愛惜する詠。「いざさらば」（左）、「何とこの」（右）が、共に「戯歌の心なるべし」とされた。判者はあるいは、「では、さようなら」ととったか。右、348「なにとこのさてもとまらぬ花ゆゑにうらみなれたるはるの山かぜ」（通光）。

【参考】③120登蓮2「さくらばなちりなんのちのおもかげにあさゐるくものたたむとすらん」（「桜」）

【類歌】⑤183三百六十番歌合115「山ざくらちりなむのちのおもかげをかはらずみせよみねのしらくも」（春、隆信）

344

かぜふけばはれぬる雲と見るほどにふもとにつもる花のしらゆき・377（百八十九番、左、勝）

左歌、はれぬる雲と見るほどにといひ、ふもとにつもる花のしらゆき、宜しくこそ見え侍れ、右歌、しらやまやとおける五文字、まづよろしからずきこえ侍り、以左勝とすべし

【語注】**○かぜふけば**　②16夫木1166「みよし野の峯の花ぞの風ふけばふもとにくもる春の夜の月」（春四、花「春月を」常磐井入道太政大臣）。**○と見るほどに**　⑤295袋草紙544「うちきらしあまぎるそらとみるほどにやがてつもれるゆきのしら山」（信慶得業）。**○花のしらゆき**　八代集二例・千載93、新古今136。①19新拾遺1554「庭の面は跡みえぬまでうづもれぬ風よりつもる花のしら雪」（雑上、為兼）、③130月清38「ふくかぜやそらにしらするよしの山くもにあまぎる花のしらゆき」（花月百首、花五十首）。

【訳】風が吹くと、すっかり晴れ上がってしまった空の雲と見る程に、（その分量に）麓に積っている花の白雪である

事よ。〈左歌は、「晴れぬる雲と見る程に」と言い、「麓に積る花の白雪」も、よい具合に見えます、…左を勝とすべきでしょう〉

▽「春」20の13。「花」。風が吹いて晴れきった雲と見るまでに、麓に積り終えた花の白雪だとの叙景歌。「雲」と「雪」。「雲」も桜の見立てか。右、378「しらやまやゆきなほふかきこしぢにはかへるかりにやはるをしるらん」（釈阿）。

【参考】④29為忠家後度百首84「くもかかるなちのたかねに風ふけばはなぬきくだすたきのしらいと」（桜「滝上桜」）

【類歌】①11続古今143「ちりつもるはなのしらゆきふきわけてかぜこそにはのあとはみせけれ」（春下、良教）

②16夫木1186「雲はらふたかねの風とみる程に麓は花のかきくもりつつ」（春四、花、為家）

③134拾遺愚草員外551「にはもせの花の白雪風ふけばいけのかがみぞくもりはてぬる」（詠百首和歌「池」）

⑤197千五百番歌合540「かぜふけば花のしら雲ややきえてよなよなはるるみよしのの月」（春四、女房）

345　をしめどもとまらぬはるをしたふとて花もこころやそらにちりけん・407（二百四番、左、勝）

左歌、花もこころやといへる、をかしく侍るめり／右歌、すゑの句はよろしく侍るめるを、はじめの五字やことごとしく侍らん、左はをはりの句のけんぞ、らんにてあらまほしくきこえ侍れど、左まさり侍らむ

【語注】**○をしめども**　①1古今130「をしめどもとどまらなくに春霞…」（春下、もとかた）。**○第一、二句**　①8新古今176「をしめどもとまらぬはるもあるものを…」（夏、素性）。②15万代478「をしめどもとまらぬはるのゆきがた

にはなをぬさともたむけつるかな」（春下「三月尽日人に…」摂津）、②16夫木1410「をしめども花はとまらずふはの関山ふきこゆる春の嵐に」（春四、花、雅経）、③28元真125「をしめどもとまらぬきみをさくらばなわかるるみちの見えぬまでちれ」、③131拾玉3486「をしめどもとまらぬ花のゆかりとて恨はつべき春のうへかは…」。⑤197千五百番歌合425）。

○とまらぬはる　③35重之72「としごとにとまらぬはるとしりながら心づくしにをしまるるかな」（「くれのはる」）。

○そらにちり　④31正治初度百首2115「花の香を一かたならず吹く風に春の心の空にちるかな」（春、丹後）。

○けん　「らん」との混乱については、新大系『六百番歌合』解説526頁参照。

【訳】惜しみはするけれども、とどまらない春を慕おうというのか、桜も（桜・花の）心が空に散ったのであろうか。〈左歌は、「花も心や」と歌っているのは、おもしろくございますようだ／…、左歌は末句の「けん」は、「らん」でありたい表現でございますが、左歌のほうが優れているのでございましょう〉

▽「春」20の14。「花」。「風」「晴れ」「雲」「雪」→「空」。惜しむが、止まらない春を慕うという事で、桜も私同様、心が空に散ったのかと、桜も人（私）と同じ心を持つと歌う。右、408「みねごえにちりくるはなをしるべにてうらみもあへぬはるの山かぜ」（俊成卿女）。

【参考】①4後拾遺132「をしめどもちりもとまらぬはなゆゑに春は山べをすみかにぞする」（春下、堀川右大臣。③87入道右大臣2。⑤248和歌一字抄1024）

③19貫之223「いつとなくさくらさけとかをしめどもとまらで春の空にゆくらん」（「春のくれ」）

③19同526「をしめどもとまらぬけふは世間にほかに春まつ心やあるらん」

③116林葉117「遠近の嶺のさくらををしむまに春は心も空に散りけり」

【類歌】②15万代476「をしめどもとまらぬものとしりながらこころくだくるはるのくれかな」（春下「…、暮春を」宣旨）

346
ありふれば人のこころもつらき世にめなれて花のちりぬるもよし・437（二百十九番、左、持）

此両方の歌、又ともにその心花をおもへるあまりにとりておもひわづらへる意趣、をかしく見え侍り、又勝負難分猶持とすべくや侍らむ

【語注】○めなれ　八代集一例・後撰857。上、下に掛かる。　○よし　「（それなりに）あきらめがつく、さしつかえがない」か。　○意趣　今昔物語集「事ノ趣キヲ問ヒ給フ。聖人、意趣ヲ具ニ語リ給フ。」（巻第六―第五、新大系二―18頁）。

【訳】生き続けていると、他人の心もつらく苦しい思いをする世の中にいつしか目馴れ、さらに目馴れて桜が毎年散って辛い思いをするのもいい（ものだ）。〈この双方の歌は、また二つ共、その心は桜を思い慕う余りゆえに、思い悩む心の趣が、おもしろくうかがわれます（ので）、又勝、負を判定しがたく、やはり持とすべきでございましょうか〉

▽「春」20の15。「心」「花」「散り」。「春」→「世」。生き永らえていると、人の心も辛い世の中に、いつか目馴れて、また目馴れて花が散って辛い思いをするのも、それはそれなりにまたいいものだとの詠。「めなれて」が、下のみにかかるとして、「（…辛い世の中に対して、）目馴れて花が散ったのもそれはそれなりにいい」か。上句は、「世」が男女の仲で、恋歌仕立てか。同じ小侍従に、④3小侍従18「としふともちらで桜の花ならばめなれてかくやをしまざらまし」（春「桜」）がある。右、438「さくら花またこむまでとちぎれどもうしろめたきははるのやまかぜ」（丹後）。

「和泉」八・22、23頁

【参考】①5金葉二690 415「ありふるも《れば（相）》うきよなりけりながからぬ人の心をいのちともがな」（異本歌、さがみ。③89相

模111）
③3家持21「きてみべき人もあらなくにわがやどのむめのはつはなちりぬるもよし」（早春）
【類歌】④11隆信645「ありふればのちうきものと世のなかを思ひしりてや花も散るらん」（恋五「かへし」）

春四（釈阿）

347　たれをかくうはのそらにはよぶこ鳥たのめぬ人のいかがこたへん・467（二百三十四番、左、負）

この左右、左は姿をかしきさまなり、右は風体たかかるべし、とりどりに見わづらひ侍るほどに、左の上下の句のはじめのたの字おなじく侍りけり、これは例としてふかき難にはあらざれど、すこしの勝劣をもとむる時はとがに申すなり、右すこしはまさるべくや

【語注】**○うはのそら**　八代集七例、初出は金葉220。「そら」掛詞。**○よぶこ鳥**　「よぶ」掛詞。17前出。
【訳】一体誰をこのように、上の空に、空に呼ぶ呼子鳥なのか、頼みにしない人が、どのように答えるのであろうか。〈この左右の歌は、左は歌の様が趣のある姿である、…左歌の上句（初句）、下句（四句）の初めの「た」の字は同じでございます事だ、これは、歌の例として、歌病の重大な欠陥ではないけれど、少しでも勝負を争う時には、欠点に申し上げる事である、（そして）右の歌が少し優れているでしょうか〉

▽「春」20の16。「人」。「人」→「誰れ」。誰をこのように、〝上の空〟で、空に呼ぶ、呼子鳥よ、あてにできない人がどのように応答するのかと歌う。気もそぞろで呼び、「頼めぬ人の…」と恋歌めかしている。右、468「はるかぜはふきにけらしなよし野山雲に浪たつゆふぐれの空」（越前）。

【参考】③106散木1080「おしなべてこたへぬ山の山びこをうはの空にもよぶこ鳥かな」（恋上「かへし」）

【類歌】②12月詣226「おぼつかなたれをかくのみよぶ子鳥人数ならばこたへしてまし」（三月、藤原親佐）

④16右京大夫36「夜をのこすねざめにたれをよぶこどり人もこたへぬしののめのそら」（②16夫木1841）

348 おもへどもこゑはたてじとしのぶるにうらやましくもよぶこ鳥かな・496（二百四十九番、左、持）

左歌、よぶこ鳥の心おもへどもといへるより、いみじく思ひしられ侍れば、左右なくまさると申すべく侍るを、右歌又、心もしらぬふるさとの春といへるも、身にとりてはすてがたくききなし侍るにや、勝劣申しがたく侍るべし

【語注】○しのぶるに ④39延文百首2180「みがくれてさはらずゆくかしのぶるにうらやましきはにほの通路」（恋「寄鳰恋」忠季）。○うらやましくも ②6和漢朗詠765「かくばかりへがたくみゆるよのなかにうらやましくもすめるつきかな」（下「述懐」）—一つの表現型《パターン》。○よぶこ鳥（かな）「よぶ」掛詞。①1古今29「…おぼつかなくもよぶこどりかな」。②4古今六帖4469「いつしかもこえんとおもふあしひきの山に鳴くなるよぶこ鳥かも」（第六「よぶこ鳥」）、③39深養父55「ひとりのみおもへばくるしよぶこ鳥声になきつつ君にきかせん」。

【訳】（あの人の事を）思い慕っていても、（私は思慕の）声は決して口外すまいと我慢しているにもかかわらず、うらやましくも人を呼ぶ、呼子鳥である事よ。〈左歌は、呼子鳥の心を〔心は、か〕「思ってはいても」といってから、たいそう（歌が）思い知られるのでございますので、問題なく優れていると申すべきでございますが、…勝負を申し上げにくくございますようだ〉

▽「春」20の17。「呼子鳥」。「呼ぶ」→「声」。あの人（呼子鳥か）の事を恋慕しても、声には出すまいとこらえているのに、うらやましくも人を呼ぶ、呼子鳥と、勿論恋歌仕立ての詠。右、497「花のかもかぜこそよもにさそふらめこころもしらぬふるさとのはる」（定家）。⑥11雲葉和歌集232、春下「千五百番歌合に」小侍従、第三句「しのぶるを」。

349

いそのかみふるののさとをきて見ればひとりすみれの花さきにけり・526（二百六十四番、左、持）

左のすみれ、右の落花とりどりなるべし、持とすべくや

【語注】**○いそのかみふるのの**　⑤424狭衣物語123「いそのかみふる野の道をたづねても見しにもあらぬ跡ぞ悲しき」（女一の宮）。**○ふるの**　八代集三例、初出は後撰368。**○下句**　①21新続古1652「あれはててさびしき宿の庭なればひとりすみれの花ぞさきける」（雑上、崇徳院）、②11今撰38「ぬしなくてあれにしやどの庭のおもにひとりすみれの花咲きにけり」（夏「閑庭菫菜」公重）。**○すみれ**　「住む」掛詞。八代集七例。②4古今六帖3916「はるののにすみれつみにとこしわれぞ野をなつかしみひとよねにける」（第六「すみれ」）。②1万葉1428 1424）。が、「すみれの花」は、八代集一例・後撰89。

【訳】布留野の里を、来て見ると、一人住みの菫の花が咲いていた事よ。〈左歌の菫、右歌の落花、それぞれなのであろう、持とすべきであろうか〉

【本歌】②6和漢朗詠529「いそのかみふるきみやこをきてみればむかしかざししはなさきにけり」（下「古京」。①8新古今88）

▽「春」20の18。「声」→「見れ」、「（呼子）鳥」→「（菫の）花」。布留野（大和）の里へ来て見ると、一人住まいの菫花が咲いていたと歌うが、「菫の花」にも喩えられる女性をほのめかした恋歌仕立てか。が、349の下句の「一人菫の花咲きにけり」という表現を持つ歌をみると、古くなって荒れ果てた処に一人住むといった感じの詠が多い。また本歌とは場所をやや変え、花も異にしている。同じ小侍従495に「いそのかみふるののかしはかれはててはなめくえだをよそに見しかな」（④4有房366）がある。②16夫木1949、春六、菫菜「千五百番歌合」小侍従。右、527「ふきはらふこのしたかぜにかつきえてつもらぬにはの花のゆきかな」（通具）。

【参考】②4古今六帖276「日の光やぶしわかねば磯上ふりにし里も花さきにけり」（第一「てる日」ふるのいまみち）
④28為忠家初度百首112「ふるさとののきばのしたをきてみればひとりすみれのはなさきにけり」（春「古砌菫菜」為盛）…349に酷似、第三句以下が全く同一

350　むらさきの雲井に見ゆるふぢのはないつかこころのまつにかからん・556（二百七十九番、左、持）

左歌、むらさきの雲いつか心のと、まつにかけたる、しかおぼゆべき事なりと覚え侍るを、右歌、花かとぞおもふといへる、花を雲とのみこそいふ事を、雲を花かといへる姿もをかしく、めづらしくも侍れば、又なぞらへて持にて侍るべし

【語注】○むらさきの・ふぢ　①3拾遺1068「ふぢの花宮の内には紫のくもかとのみぞあやまたれける」（雑春、国章。①3′拾遺抄400）。　○雲井に　「空高く雲の所に」か、また「宮中に」もか。　○こころのまつ　八代集二例、初出は拾遺866。「松、待つ」掛詞。

【訳】紫の雲として見える藤の花は、いつか心の、（紫雲、極楽往生を）待っている松にかかる事であろう。〈左歌は、紫雲が、「いつか心の」と、〝待つ・松〟に懸けた事は、その通りだと思われるべき事だと思われるのでございますが、…また（前に）なずらえて引き分けといたしましょう〉

▽「春」20の19。「見」「（菫→藤）の花」。「花」→「松」。紫雲に見える藤は、いつかやがて、松に、また待望している心に掛かろうと、藤原氏の藤と、永久不変な常磐の松との「松にかかる藤」の詠、天人の飛雲や聖衆来迎の雲としての瑞雲の紫雲が、待つ心に掛かるであろうと歌ったもの。右、557「なきとむるはなかとぞおもふうぐひすのかへるふるすのたにのしら雲」（家隆）。

【参考】①3拾遺1069「紫の雲とぞ見ゆる藤の花いかなるやどのしるしなるらん」（雑春、公任。②7玄玄51。②8新撰朗詠133。⑤354栄花物語37）
①5金葉二82 86「むらさきのいろのゆかりにふぢのはなかかれるまつもむつまじきかな」（春「藤花をよめる」顕輔）
③105六条修理大夫137「ふぢの花こころにかかるものならばたづねてまつもなどかみざらん」（「返し」）
⑤61源大納言家歌合〈長久二年〉6「むらさきの雲のたつとも見ゆるかなこだかき松にかかる藤波」（「藤」義清）

【類歌】②15万代456「山たかみまつにかかれるふぢのはなみどりのそらのくもかとぞ見る」（春下、三条入道左大臣）
④41御室五十首61「紫の雲かとみえて藤の花かかれるにしの窓ぞうれしき」（春十二首、静空）

351

ちると見る花もねにこそかへるなれすぎゆくはるのゆくへしらばや・586（二百九十四番、左、勝）

このつがひも又ともにをかしくは侍るを、さのみ持と
申すもれいの事に侍るうへに、右歌、こよひもすでに
といへる已の字、そのよせなくてはむげにただ詞にや
きこえ侍らん、よりて左すこしはまさるべくや侍らむ

【語注】**○ちると見** ②15万代481「ふくかぜのさそふにははちると見きたがかたらふにはるはいぬるぞ」（春下、津守国基）。**○なれ** 本歌の千載122も、いわゆる伝聞推定。**○すぎゆくはるの** ①8新古今1464 1463「桜花すぎ行く春の友とてや風の音せぬよるも散るらん」（雑上、忠教）。**○はるのゆくへ** 八代集二例・①1古今80「たれこめて春のゆくへもしらぬまにまちし桜もうつろひにけり」（春下、藤原よるか。②4古今六帖4203）、千載129。③25信明35「鶯のなきかへるねをしるべにて春の行へをしるよしもがな」、④34洞院摂政家百首300「うぐひすも谷の古巣にかへるらんしらばやくるる春の行へを」（「暮春五首」但馬）。

【訳】散ると見る桜も根に帰るという、過ぎ去って（帰って）行く春の行方を知りたいものだよ。〈この番（二首）もまた共に趣があるのでございますが、そういつも引き分けとばかり申し上げるのも、変りばえのしない事でございます上に、…そこで、左のほうが少し優れているようでございましょうか〉

【本歌】①7千載122「花はねに鳥はふるすにかへるなり春のとまりをしる人ぞなき」（春下、崇徳院。④30久安百首19。和漢朗詠61「花は根に帰らむことを悔ゆれども悔ゆるに益なし …」（春「閏三月」藤滋藤）による）

▽「春」20の20。「見」「花」。散ると見える桜も根に帰る、だから過ぎ行く春の（帰って行く）先を知りたいとの詠。

本歌から「鳥」を除き、「過ぎ行く（春の）行方（知ら）ばや」と願望しているのである。三句切。右、587「かぎりあればこよひもすでにふけにけりくれがたかりしはるの日数の」（雅経）。

【類歌】④37嘉元百首2020「花はなほ根にもかへるをしたひえぬ春の行へはいづくともなし」（春「暮春」宗寂）

夏、夏一（内大臣・通親）

352　きのふまでいとひしかぜをまつにこそさだめなき世のほどもしらるれ・616（三百九番、左）

【語注】**○きのふまで**　④38文保百首1733「昨日までまたれし風の涼しさも身にしみそめて秋はきにけり」（秋二十首、実前）。　**○まつ**　掛詞「待つ・松」。　**○まつにこそ**　③131拾玉5797「この世にはまどふ心にみちぞなき空行くかぜも松にこそふけ」。　**○世のほど**　八代集にない。「夜の程」は二例ある。　**○るれ**　自発としたが、受身、可能も可。
【訳】昨日まで花を散らすなど、あれほど厭い嫌っていた風を、（涼を求めて）松に（など）待つ事が、定めない、無常の世の程も自然と知られる事よ。
▽「夏」15の1。「知ら」。「花」→「松」、「春」→「世（の程）」。昨日まで嫌悪した風を、夏となり、納涼を求め、松下を初めとして風を待つ心の変化こそが、定めない世の具合を自《お》ら知るとの〝無常〟詠。右、617「野辺見ればかすみの袖もひきかへてみどりは草のたもとなりけり」（寂蓮）。

353　あふひ草たのみをかくるもろびとのしるしはいつかみあれなるべき・646（三百二十四番、左）

【語注】○あふひ草　八代集三例、初出は千載146。③131拾玉2651「としをへてかものみあれにあふひ草かけてぞたのむ神のめぐみを」（春日百首草「賀茂」）、⑤61源大納言家歌合〈長久二年〉9「おしこめていのりかけつる葵草しめのほかなる人もたのまむ」（「葵」頼家）。○かくる　「葵草」の縁語。○もろびと　八代集六例、初出は拾遺574。○みあれ　八代集一例・金葉92。「見《み》」掛詞。①17風雅1498 1488「みあれ木にゆふしでかけし神山のすそのあふひいつかわすれん」（雑上、氏久）、⑤175六百番歌合216「ゆふだすきかけてぞたのむたまかづらあふひうれしきみあれとおもへば」（夏「賀茂祭」中宮権大夫）。○べき　可能か。

【訳】葵草に頼みをかける多くの人の証拠は、いつか見える〝みあれ〟なのであろうよ。

▽「夏」15の2。「松」→「（葵）草」。葵に依願する諸人のしるし・効験は、みあれの神事でいつか必ず見るであろうよと、賀茂祭を歌う。右、647「わすれてはふゆかとぞおもふうの花のゆきふみわくるをのかよひぢ」（家長）。

【参考】③105六条修理大夫203「むかしよりけふのみあれにあふひ草かけてぞたのむ神の契《しるし》を」（堀夏「葵」）。④26堀河百首357）

④26堀河百首362「祝子がいはひてとれるあふひ草かけてぞ頼む神のしるしを」（夏「葵」顕仲）

④26同366「もろ人のかざす葵はちはやぶる神にたのみをかくるなりけり」（夏「葵」肥後）

④27永久百首132「人よりもたのみぞかくるあふひ草わきても神のしるしみせなん」（夏「賀茂祭」常陸）

④27同133「年をへてけふかざしくるあふひ草神にたのみをかくるしるしか」（夏「賀茂祭」大進）

【類歌】③131拾玉2652「としをへてあふひはかものみあれ草かけてぞ神のしるしをもみる」（春日百首草「賀茂」）

⑤258文治六年女御入内和歌82「いくかへりけふのみあれにあふひぐさたのみをかけてとしのへぬらん《れば(玄)》」(「葵…」左。

①9新勅撰142。②13玄玉5)

⑤258同84「けふみればかものみあれにあふひ草人のかみにもかけてけるかな」(「葵…」大)

354　おほえ山いそぎいくのの道にしもことをかたらふ郭公かな・676（三百三十九番、左）

【語注】○おほえ山　八代集三例、初出は①5金葉二550 586「おほえやまいくののみちのとほければふみもまだみずあまのはしだて」(雑上、小式部内侍。5´金葉三543)、①8新古今752「おほえ山こえていくののすゑとほみ道あるよにもあひにけるかな」(賀、範兼)、④18後鳥羽院795「おほえ山いくののみちの長き夜に露をつくしてやどる月かな」(詠五百首和歌、秋)、④31正治初度百首2157「秋のくるかたへかへらばおほえ山いく野の霧に道まよはなん」(秋、丹後)。○いくの　八代集三例、初出は、前述の金葉550、他、金葉㈢529と前述の新古今752。「行、生、幾」掛詞。○第四句「ことかたらふ」八代集一例・後撰1020。歌の世界において、「語らふ」が、時鳥の鳴く事に、時代が下るにつれてほぼ収斂されていった(詳しくは『国文学研究ノート』24号拙論「式子内親王の「語らふ」「一声」―歌語、歌詞《ことば》としての側面―」参照)。「急ぎ」と「語らふ」との対照。「こちらに語りかけてくる」、即ち「鳴きかける」か。④8資賢23「ほととぎすおぼつかなきにおなじくは宮このかたのことをかたらへ」(「述懐」)、④37嘉元百首1319「いにしへをためしにひきて君が代のことをかたらふ時鳥かな」(夏十首「郭公」俊定)。

【訳】大江山へ急いで行く、生・幾野の道であるにもかかわらず、ものごとを語り続け合っている、即ち鳴いている郭公であるよ。

▽「夏」15の3。「(葵)草」→「郭公」。大江山に急ぎ行く、生・幾野の道に鳴く時鳥を歌う。「大江山・生野」と

「郭公」との組み合せは珍しく、急いでいるのに…という気持ちを含ませる。②16夫木2949、夏二、郭公「同〈＝千五百番歌合〉」小侍従。右、677「はるすぎてなほみやまべをたづね見むあらしにのこる花はありやと」（三宮）。

355 なかなかにしのびしころぞほととぎすさかともききしよはのひとこゑ・706（三百五十四番、左）

【語注】○なかなかに ③95為仲42「なかなかに聞きてぞいとどまさりける人くるしめの時鳥かな」（「ほととぎすを」）。 ○ほととぎす ①2後撰150「ほととぎす声まつほどはとほからでしのびになくをきかぬなるらん」（夏「返し」よみ人しらず）、⑤111庚申夜歌合〈承暦三年〉3「夏の夜もあかしかねけりほととぎす一声をだにきかぬかぎりは」（「郭公」）。 ○さか 「然《さ》か」（そうか）、八代集一例・拾遺508「…身を投げばさかとばかりは問はむとぞ思」。「さり」（校本）。 ○よはのひとこゑ ①7千載155「たづねてもきくべきものを時鳥人だのめなる夜はの一声」（夏、教長。④30久安百首228）、⑤61源大納言家歌合〈長久二年〉14「まだきかでまちつるよりも子規おぼつかなきはよはの一声」（「郭公」経衡）、⑤81六条右大臣家歌合15「ひとづてにきかぬばかりぞほととぎすなごりひさ《こひ》しきよはのひとこゑ」（「郭公」くにふさ）、⑤99禖子内親王家歌合〈夏〉7「ほととぎす夜はのひとこゑききしよりやがてねがたき物こそ思へ」（「夜中こゑ」さいも）。

【訳】なまじっかに、思いしのんでいた頃よ、郭公（の）、そうかとも聞いた夜半の一声であるよ。

▽「夏」15の4。「時鳥」。「語らふ」→「（一）声」。

▽中途半端に昔は思い慕っていて、時鳥の夜半の一声をそれだとも聞いて、一層恋しい思いが募ると歌ったもの。後出の相模歌と多くの詞が通う。右、707「ひとこゑは見はてぬゆめのここちしてねてかさめてか山郭公」（内大臣）。

【参考】③89相模47「きかでただねなましものをほととぎす中中なりやよはのひとこゑ」（「ほととぎすのこゑをまさし

くききて」。①8新古今203）
④28為忠家初度百首179「なかなかにきくそらもなしほととぎすくもぢをかけるよはのしのびね…」（夏「雲間郭公」為忠）

356　あやめ草あさからぬまにひきつれどおもふばかりのねこそなかれね・736（三百六十九番、左）

【語注】○あやめ草　①4後拾遺875 876「ひきすつるいはかきぬまのあやめぐさ思ひしらずもけふにあふかな」（雑一）、②4古今六帖102「かくれぬのそこにおふれどあやめ草ねごめにひきて見る人はみつ」（第一「あやめぐさ」）、④28為忠家初度百首189「みくりはふいりえにおふるあやめ草ひく人なしにねやなかるらん」（「江中菖蒲」）、⑤77六条斎院歌合〈天喜二年〉21「ひきすぐしいはかきぬまのあやめぐさおもひしらずもけふにあふかな」（又）、⑤425堤中納言物語22「なべてのと誰か見るべきあやめ草安積の沼の根にこそありけれ」（「逢坂越えぬ権中納言」右）。○あさからぬまに「ぬ間」「沼」掛詞。「あさかの沼に」（校本）、「あさから沼に」（校本・高）。○ひきつれど「ひきつれて」（校本）。「引つれて」（校本・陽）、「ひきつれと」（校本・水・北・版）。○ねこそなかれ「音・泣く」「根・無し」掛詞。「根」の縁語「長」、「流れ」をほのめかすか。「れ」自発。①3拾遺1280「さ月きてながめまさればあやめ草思ひたえにしねこそなかるれ」（哀傷、女蔵人兵庫）、⑤296和歌初学抄36「いつかともおもはぬさはのあやめ草ただつくづくとねこそなかるれ」。○末句　内容で解釈したが、「ね」は「ず」の已然形であり、末句「根は自然とない事はない・ある、自然と声をあげて泣く事はない」か。

【訳】菖蒲草、浅くない時に――（根の）深い時に――、沼に、引っぱったのだけれど、思った理想通りの根は（この世に）なく、声をあげて泣く事よ。

▽「夏」15の5。「時鳥」→「(菖蒲)草」、「声」→「音《ね》」「泣く」、「忍び」→「無か」。菖蒲草を、根の長くなった時に、深い沼——「安積の沼」か——に引いたけれども、期待したような希望の根はなく、泣けたとの、掛詞を駆使した詠。また、前歌・355をうけ、この歌・356にも通う⑤68六条斎院歌合(永承五年五月)1「ほととぎすこゑもやきくとあやめぐさあさからぬまをたづねつるかな」(「さうぶ」やまと)がある。第一、二句あの頭韻。さらに同じ小侍従に、「沼に」「あやめ草」「あさ」「ね」の詞の通う464がある。右、737「なけやなほおのがさつきぞほととぎすたれゆゑならぬ夜半のねざめを」(忠良)。

【参考】①5金葉二129 138「あやめぐさひくてもたゆくながきねのいかであさかのぬまにおひけん」(夏、孝善。5′金葉三128)
③86伊勢大輔28「あやめぐさあさかのぬまにひくめれば今日ばかりなるうきねとぞ見る」(「かへし」)
⑤123中宮権大夫家歌合〈永長元年〉7「あやめぐさあさかのぬまにおふれどもひくねはながきものにざりける」(「昌蒲」斎院摂津君)

【類歌】④16右京大夫85「きみにおもひふかき江にこそひきつれどあやめの草のねこそあさけれ」

夏二一(内大臣)

357 よそへけむ昔の人を見るににて露にぬれたるなでしこの花・766(三百八十四番、左)

【語注】**○なでしこ(の)花** ①2後撰199「わがやどのかきねにうゑしなでしこは花にさかなんよそへつつ見む」(夏

「題しらず」よみ人しらず)、①2同698 699「おくつゆのかかる物とはおもへどもかれせぬ物はなでしこのはな」(恋二)。

【訳】比喩としたのであろう昔の人を見るのにも似て、露に、涙に濡れはてた撫子の花であるよ。

▽「夏」15の6。「泣く」→「見る」、「沼」→「露にぬれ」、「(菖蒲)草」→「(撫子の)花」。なぞらえた昔の人を今目の前に見るのにも似て、露に濡れそぼった撫子の花が眼前にあるよとの詠。②16夫木3431、夏三、瞿麦「おなじく(=千五百番歌合)」小侍従。右、767「ほととぎす雲井はるかになきゆくは月のみやこの人もきけとや」(兼宗)。

【参考】③70嘉言123「心あらむ人にみせばや朝露にぬれてはまさるなでしこの花」(「女、なでしこをみる所」)

⑤421源氏物語88「よそへつつ見るに心は慰まで露けさまさるなでしこの花」(紅葉の賀、(光源氏))

【類歌】①8新古今1494 1492「よそへつつ見れどつゆだになぐさまずいかにかすべきなでしこの花」(雑上、恵子女王)

⑤294奥儀抄258「さくら花つゆにぬれたるかほみればなきてわかれし人ぞこひしき」…ことば

358　さみだれに水やこゆらむさはだ河袖つくばかりあさかりしかど・796(三百九十九番、左)

【語注】○さみだれ　今目前の空に降っている五月雨か、彼方の沢田川に降るそれか。○さはだ河　八代集一例・①5金葉二138 147「さみだれにみづまさるらしさはだ川まきのつぎはしうきぬばかりに」(夏、藤原顕仲)。5′金葉三134。⑤131左近権中将俊忠朝臣家歌合6)。泉川に同じとされる。枕草子「河は　飛鳥川、…五貫川、沢田川などは、催馬楽などの思はするなるべし。」(新大系、(五九段)、73頁)。○つく「漬・付く」掛詞か。「漬く」八代集二例・「柴漬《ふしづく》」拾遺234、「柴漬《ふしづけ》」千載389。

【訳】五月雨に水がきっと越える事であろうよ、沢田川は、以前は袖がつくほどに浅くはあったのだが…。

▽「夏」15の7。「露にぬれ」→「五月雨」「水」「沢」「河」「漬く」。沢田川は、前は袖が水漬くぐらいに浅かったの

だが、五月雨の増水で、さぞ水が越えている事だろうと現在推量する詠。①9新勅撰168「さみだれのころもへぬればさはだ河そでつくばかりあさきせもなし」（夏、公衡）が、358によく似る。第一、三句さの頭韻。二句切、倒置法。歌としては三句切的。右、797「さなへとるけふおもかげにたちそめていな葉もそよの秋のはつかぜ」（通光）。

【類歌】②16夫木11219「さはだ河　袖つくばかりあさきをや《けれど（9474）》　くにみや人の　たかはし渡す」（雑六、さはだ川、山しろ又大和或越中「同〔＝題不知〕、催馬楽」同〔＝読人不知〕。②16夫木9474）

④35宝治百首2139「さはだ川水の心もあらはれて袖つくばかりふれる白ゆき」（冬「浅雪」蓮性。②16夫木11223）

④39延文百首1934「ゆく水もすずしくすめる沢田川袖つくばかりむすびつるかな」（夏「納涼」実継）

④41御室五十首66「五月雨に水こえにけりさはだ河くに宮人のわたす高はし」（夏、静空。②16夫木9473）

催馬楽、澤田川「澤田川　袖漬くばかりや浅けれど　はれ　浅けれど　恭仁の宮人や　高橋わたす　あはれ　そこよしや　高橋わたす」（380、381頁）

359　ふくるまではれずと見えしゆふだちのなごりともなき在明の空・826（四百十四番、左）

【語注】○ゆふだち　八代集初出は金葉150。「夕立」の新しさについては、「夕立の歌――中世和歌における歌材の拡大――」（『国語国文』昭和57年6月、稲田利徳）参照。①7千載217 216「夕だちのまだはれやらぬ雲まよりおなじ空ともみえぬ月かな」（夏、俊恵）。○在明の空　八代集六例、初出は詞花324。それまでは「有明の月」。

【訳】夜の更けるまでは、曇っていると見えた夕立の名残ともなく、晴れ上った有明の空であるよ。

▽「夏」15の8。「浅かり」→「更くる」、「五月雨」→「晴れ」、「五月雨」「水」→「夕立」「空」。夜更けまで晴れはしまいと、さっきまで見られた夕立は、名残なくすっかり晴れてしまった在明の空であると歌う夕立の叙景詠。②16

夫木3557、夏三、夕立「千五百番歌合」小侍従。右、827「たちばなにあやめのまくらかをる夜ぞむかしをしのぶかぎりなりける」（釈阿）。

【類歌】④31正治初度百首2133「夕立の名残の空に雲晴れていざよふ月に秋ぞほのめく」（夏、丹後。⑤183三百六十番歌合258）

④39延文百首2433「夕立のなごりの空の雲まよりしばしは見ゆるいなづまの影」（夏「夕立」有光）

⑤183三百六十番歌合257「まだよひにひとむらすぐるゆふだちのはるればやがてありあけのそら」（夏、家隆）

360　われならぬさはのほたるもよるよるのおもひはえこそしのばざりけれ・856（四百二十九番、左）

【語注】○さはのほたる　③118重家69「われのみとさはのほたるやおもはましくまなき月のかげみざりせば」。○よるよる　八代集三例、初出は後撰561。○おもひ　「火」を掛ける。○しのばざりけれ　③106散木47「数ならぬ身を鶯と思へどもなくをば人も忍ばざりけり」（春）、③122林下56「おもひいでてとふはうれしき今日なれどくるるはえこそしのばざりけれ」（「返歌」）。

【訳】我身ではない沢の螢も夜夜の（恋の）物思いの炎は、よう我慢できず、あらわす事よ。

▽「夏」15の9。「夕立」「空」→「沢」、「更くる」「夕立」「在明」→「夜夜」。私ではない沢の蛍も夜ごとの思いの火は堪えられず見せる、我は勿論の事…との詠。裏に後述の和泉式部の有名な歌があるのは、いうまでもない。右、857「さみだれの雲ぢたどらぬほととぎすおのが五月のやどをならして」（俊成卿女）。

【参考】①4後拾遺1162 1164「ものおもへばさはのほたるを《も》わがみよりあくがれにける《いづる》たまかとぞみる」（雑六、和泉式部）

③100江師457「とはぬ人われもとはじとおもへどもはなにはえこそしのばざりけれ」…ことば

361　しづまぬはこの世ばかりとしらずしてはかなく見ゆるうかひぶねかな・886（四百四十四番、左）

【語注】○しづま　「舟」の縁語。　○この世ばかりと　③133拾遺愚草488「身のはてをこの世ばかりとしりてだにはかなかるべき野べの煙を」（早率百首、雑。①14玉葉2589 2576）。　○世　「夜」を掛けるか。　○うかひぶね　八代集五例、初出は①7千載205 204「はやせ川みをさかのぼるうかひ舟まづこの世にもいかがくるしき」（夏、崇徳院）。③133拾遺愚草329「うちもねずくるればいそぐうかひ舟しづまぬよ《（世も）》りやくるしかるらん」（閑居百首、夏）、④15明日香井397「よの中はふかきちぎりをうかひぶねしづまむよよのせをたづねつつ」（詠千日影供百首和歌、夏）、④31正治初度百首728「かがり火の影にもしるや鵜かひ舟こんよのやみの行末の空」（夏、忠良）、⑤175六百番歌合219「のちの世をしらせがほにもかがりびのこがれてすぐるうかひぶねかな」（夏「鵜河」有家）。

【訳】川に沈まないのは、この世・現世だけだとは知らないで、むなしく見える鵜飼舟であるよ。

▽「夏」15の10。「夜夜」→「(夜)」、「沢」→「(川)」「舟」、「蛍」→「鵜」。水に沈まないのは、この世だけ、来世（「来ん世」）は必ず地獄（・苦海）に沈み落ちると知らないで、〝はかなく〟見える鵜舟だと詠嘆する。梁塵秘抄355「○鵜飼は憐《いとを》しや、万劫年経る亀殺し　又鵜の頸を結ひ、現世は斯《か》くても在りぬべし、後生我が身を如何せん」（巻第二。梁塵秘抄440類似表現）に見られる、殺生戒を犯し、殺生の罪の報によって堕地獄の苦の運命を予見する。269参照（『冨倉』294頁）。また361は、①8新古今251「うかひぶねあはれとぞみるもののふのやそうぢ川の夕やみの空」（夏、慈円）と詠法の違いを見せている。右、887「うかひぶねほのかにともすかがりびにかずそふものや蛍なるらむ」（丹後）。「和泉」九・27頁

【類歌】⑤175六百番歌合223「かがりびのかげだにあらじのちの世のやみをばしらぬうかひぶねかな」（夏「鵜河」兼宗。――六百番歌合、歌題、夏「鵜河」217〜228）

夏三（左大臣・良経）

362　はちす葉にあさおく露のみだれあひてひとつになるものりの心か・916（四百五十九番、左勝）

誰憶猟人期鹿志　露光宜観一円蓮

【語注】**○はちす葉**　八代集四例（「古今集序」を含めて）、古今、後撰のみ。①1古今165「はちすばのにごりにしまぬ心もてなにかはつゆを玉とあざむく」（夏、僧正へんぜう）、②4古今六帖3792「はちすばにいでゐるつゆの玉水はうかべる人のこころとぞみる」（第六「はちす」）、④26堀河百首506「はちす葉は妙なる法の花なればまことの池の心にぞさく」（夏「蓮」顕仲）、④26同509「二なき法のたとへにとるのみかはちすは人の心とぞきく」（夏「蓮」隆源）、④31正治初度百首1935「まだしらぬ衣の玉の面影も心にかくるはちすばの露」（夏、讃岐）、⑤421源氏物語496「契りおかむこの世ならでも蓮葉に玉ゐる露のこころへだつな」（若菜下、（光源氏））。**○みだれあひ**　八代集にない。枕草子「搔練のつや、下襲などの乱れあひて、こなたかなたに、」（新大系（一三五段）、183頁）、源氏物語「前の前栽の花どもは心にまかせて乱れあひたるに、水のをといとすゞしげにて、山おろし心すごく、」（「夕霧」、新大系四―94頁）。「乱れ」と「一つ」は対照。**○第三句**　字余り（「あ」）。

【訳】蓮の葉に朝に置いた露が乱れ合って、やがて後に一つにまとまるのも、法の心であろうか。〈誰が思うのか、狩

人が鹿の心をあてにするのを、露の光はよろしく見える全体の蓮に〉
▽「夏」15の11。「(夜)」↓「朝」、「鵜飼舟」↓「蓮葉」「法」。蓮葉の朝の露が乱れていても、最後には一つになるのも、法華経の仏法のみ心であろうかと歌う。これも釈教的詠であり、前歌と続く。あるいは「露」は人間存在の比喩か。右、917「夏山のともしのかげにほし見えてふもとにたれかさつをまつらん」(越前)。「蓮の葉に乱れる朝露が美しく詠ひ出され、しかもそれが仏法の心によそへられてゐる。老境の彼女の歌。」(『冨倉』302頁〉

【類歌】①19新拾遺1498「心をも猶やみがかむ蓮葉の露のたまたまのりに逢ひつつ」(釈教「題しらず」読人しらず)

363　まくずはふ夏野の草のしげくのみたれをうらみて露こぼるらん・946(四百七十四番、左)

縦教葛葉成其恨　河水曝衣叶夏心

【語注】○まくず　八代集一例・①5金葉二157 166「まくずはふあだのおほののしらつゆをふきなみだりそ秋のはつかぜ」(秋、長実)。他、「真葛(ガ)原」三例、初出は千載145。「葛」ゆえ「裏見(恨み)」。①1古今823「秋風の吹きうらがへすくずのはのうらみても猶うらめしきかな」(恋五、平貞文)。○夏野の草の　②1万葉1987 1983、②4古今六帖3551「人ごとはなつののくさのしげくとも…」(第六、草「夏の草」)。○しげく　掛詞。

【訳】葛の這《は》っている夏野の草は、多くさかんにばかり茂り、しきりに一体誰を恨むというので、あんなにも露・涙がこぼれているのであろうか。〈たとえ葛の葉がその恨みをなさしめても、河の水は衣をさらして夏の心に叶う〉
▽「夏」15の12。「露」。「蓮(葉)」↓「(真)葛」、「(蓮)葉」↓「(野の)草」、「一つ」↓「繁く」、「みだれ」↓「こぼる」。葛のはう夏野の草は多く、しきりに誰を恨むのか、露・涙がこぼれるのかと歌う。右、947「夏衣たつたがは

らをきてみればしのにおりはへ浪ぞほしける」（定家、右勝）。

【類歌】①21新続古今416「真葛はふおなじ籬の花薄うらみぬ袖もしげき露かな」（秋上、小宰相）
④35宝治百首1007「まくずはふ夏野の草はしげれども君が御代には道ぞおほかる」（夏「夏草」隆親）
④41御室五十首430「けふのみとふく秋風にま葛原恨みかねてや露こぼるらん」（秋十二首、隆信）

364　しるしらぬひとつこかげにたちよりてちぎりをむすぶ山の井の水・976（四百八十九番、左勝）

只斯草露不能翫　已盗当時先達歌〔「翫」―「習」《翫イ》（校本）〕

【語注】**○しるしらぬ**　土佐日記「かれこれ、知る知らぬ、送りす。」（新大系3頁）。①2後撰1089 1090「これやこのゆくも帰るも別れつつしるもしらぬもあふさかの関」（雑一、蝉丸）。**○こかげ**　八代集二例・詞花150、新古今234。**○むすぶ**　掛詞「結ぶ・掬ぶ」。**○山の井の水**　八代集五例、初出は拾遺1147。④30久安百首643「かくばかりすむ月影は清けれどむすぶに濁る山の井の水」（秋、親隆）。

【訳】知っている人も、知らない同士も、たった一つの木陰に立ち寄って縁を結び、手ですくい飲む山の井の水である事よ。〈ただこの草の露はめでる事は不可能　すでに現在の先人の歌を盗んでいる〉

▽「夏」15の13。「繁く」→「一つ」、「（野の）草」→「木（陰）」、「こぼる」→「結ぶ」、「野」→「井」、「露」→「井の水」。顔見知りもそうでないのも、一つの木蔭に立ち寄って、人との（浅からぬ他生の）因縁を結ぶ山の井の水と、平家物語「一樹の陰にやどるも、先世の契あさからず。同じ流をむすぶも、多生の縁、猶ふかし。」（新大系下―61頁）にみられる「一樹の蔭一河の流れも他生の縁」（前世からの浅からぬ因縁によるもので、おろそかには思われな

い）をふまえて、結縁の場所である樹下の山の井の水を描く。さらに名歌①1古今404「むすぶてのしづくににごる山の井のあかでも人にわかれぬるかな」（離別、つらゆき）は、山城国の「志賀の山越え」であり、蟬丸歌の「逢坂の関」の北で、近い。この歌・364につき191参照。②16夫木12505、雑八、山の井の水「千五百番歌合」小侍従。右、977「夏ごろもすそ野のはらのゆふかぜにあきおもほゆるさゆりばのつゆ」（通具。③133拾遺愚草1746「うちなびくしげみが下のさゆりばのしられぬほどにかよふ秋風」（仁和寺宮五十首、夏））。

「山の井の水の湧く木蔭の人々の親しげな姿。それに説法明眼論の「宿二一樹下一汲二一河流一一夜同宿、一日夫妻、皆是先世結縁」の意を含ました歌。…叙景の歌に深い情趣をたゞよはせた歌である。」（『冨倉』302、303頁）

【類歌】①14玉葉1308 1309「かげばかりみしをかごとのちぎりにてむすばぬ中の山の井の水」（恋一、宗緒朝臣母）
①19新拾遺296「夏衣たちよる袖の涼しさにむすばでかへる山の井の水」（夏、雲雅）
④39延文百首2534「たちよりてむすぶもすずし相坂や関の清水の杉の下かげ」（夏「納涼」実名）

365　てにむすぶいづみの水のすずしさにわすれて鹿のねをぞまちつる・1006（五百四番、左持）

手掬清泉湛忘夏　定同滝裏出峻頭〔「湛」—「堪」（校本）、「出」—「古」（同）、「峻」—「嶽」（同）〕

【語注】○上句　①1古今2「袖ひちてむすびし水のこほれるを…」（春上、貫之）、前歌と同じく①1古今404「むすぶてのしづくににごる山の井の…」（離別、つらゆき）、②6和漢朗詠167「まつかげのいはゐのみづをむすびつつなつなきとしとおもひけるかな」（夏「納涼」恵慶）、⑤248和歌一字抄898「結ぶ手のあたりすずしき泉には夏くれしより秋やきにけん」（忘「対泉忘夏」資仲）。なお「手に結ぶ」は、①3拾遺1322「手に結ぶ水にやどれる月影の…」（貫之、哀傷。②4古今六帖2458。6和漢朗詠797。③19貫之902）、③73和泉式部30「手にむすぶ水さへぬるきなつのひはすずしき風もかひなかりけり」（夏）。

【訳】手にすくい（飲む）泉の水の涼しさに、（今の夏の暑さを）忘れて、（秋に鳴く）鹿の音を待った事よ。〈手に清涼の泉（の水）をすくい、手にたたえて夏を忘れる　定めて同じく滝の内の険しい山の先に出る〉

▽「夏」15の14。「結ぶ」「水」。「井の（水）」→「泉の（水）」。手にすくう泉の水の涼しさに、今が〝夏〟だという事を忘れて、すっかり〝秋〟と思って、鹿の鳴き声を待つとの納涼の詠。右、1007「まつかげやたきのうちはのいはまくらなつなき山にかよふころかな」（家隆）。

【参考】②6和漢朗詠166「したくぐるみづにあきこそかよふなれむすぶいづみのてさへすずしき」（夏「納涼」中務）
④26堀河百首解18「わがやどのいづみのみづのすずしさになつをわすれてあきをしるかな」（夏・泉・五二九・公実）

【類歌】④38文保百首333「手にむすぶ泉の水に影見えて秋の色なる月ぞ涼しき」（夏、内経）
⑤248和歌一字抄897「むすぶ手の秋よりさきに涼しきは泉の水に夏やこざらん」（忘「対泉忘夏」土御門右大臣）

366　みそぎ河なづるあさぢのひとかたにおもふこころをしられぬるかな・1036（五百十九番、左）

非唯白浪超松上　又有風情超左方

【語注】○みそぎ河　八代集にない。源氏物語「立ち出で給へりし御禊河の荒かりし瀬に、いとゞよろづいとうくおぼし入れたり。」（「葵」、新大系一―300頁）。　○ひと　「一」（校本）。　○ひとかたに　「一方に」八代集四例、初出は詞花206。「人形《ひとかた》」は八代集にない。366の「ひとかた」は、人形にけがれを託して水流に流してやるもの。「一方」を掛ける（「一方に思ふ」。「なづる…一方に」もか）。源氏物語、掛詞（「知らざりし大海の原に流れきてひとかたにやはものはかなしき」(「須磨」、新大系二―44頁)。他、源氏物語「又うたて御手洗川近き心地する人形こそ、思ひやりいとおしくはべれ。」(「宿木」、新大系五―82頁)。

【訳】禊をする川、なでる浅茅の人形に、(私がいかに思っているのか、)一途なその心を知られてしまった事であるよ。

〈ただ一えに白浪が松の上を超えるに非ず　また風情があって左方を超える〉

▽「夏」15の15。「泉の水」→「河」、「鹿」→「人」、「手」→「心」。夏越しの祓えをする陰暦六月晦日、体をなでて、身のけがれや災いを移して禊川に流そうとする、その浅茅の人形に、なでた事によって、私の今一途に思っている心を知られてしまったと歌う。右、1037「みなづきやさこそは夏のすゑのまつあきにもこゆる浪のおとかな」(雅経、右勝)

【参考】④26堀河百首552「沢べなるあさぢをかりに人なしていとひし身をもなづるけふかな」(夏「荒和祓」俊頼)

【類歌】③133拾遺愚草225「みそぎ川からぬあさぢの末をさへみな一方に風ぞなびかす」(大輔百首、夏。②16夫木3826)

秋、秋一(左大臣)

367 いかなれば身にはしむぞとたづねても秋ふくかぜの色をしらばや・1066(五百三十四番、左)

問誰将識秋風色　只感心機終緯声

【語注】**○身に・しむ**　堀河百首576「いつしかと今朝は身にしむ風にこそ秋来にけりと思ひ知らるれ」(秋「立秋」河内)、俊成237「草も木も色づく秋の初風は吹きそむるより身にぞしみける」(秋)。　**○たづねても**　③95為仲51「尋ねても吹きくる風のなかりせばいかでかみましよその紅葉ば」。　**○秋ふくかぜ**　④9長方72「おほかたも秋ふく風は身にしむにこはよにしらぬ荻の音かな」（秋「荻」）。

【訳】どういうわけで身にはしむぞと問いただしてみても、秋に吹く風の色をば知りたいものだよ。〈誰に問うてまさに秋風の色を知ろうとするのか、ただ感心し心を動かす、機の緯の音を終えるのを〉

【本歌】古今六帖423「吹き来れば身にもしみける秋風を色なき物と思ひけるかな」（第一、天「秋の風」友則）

▽「秋」20の1。「知ら」。「心」→「身」。吹いて来ると身にしむ秋風を〝色のない物と思い知った〟という本歌を、367は、（色ゆえ）どうして身にしむのかと尋ね求めても、秋吹く風の〝色を知りたい〟と歌う。『式子全歌注釈』343、353をみても分るように、古歌（【参考】）、類歌が多く、就中後出の詞花109 107（和泉式部）が、367に近い。右、1067「あきかぜはひと夜ばかりをむしのねのはたおるまでやゆふぐれのそら」（寂蓮、右勝）。

【参考】詞花109 107「秋吹くはいかなる色の風なれば身にしむばかりあはれなるらむ」（秋、和泉式部）
①7千載671 670「わが恋はをばな吹きこす秋かぜのおとにはたてじみにはしむとも」（恋一、源通能）
③73和泉式部176「身にしみてあはれなるかないかなりし秋吹く風をよそに聞きけん」（74和泉式部続245。①10続後撰918。②15万代940）
久安百首〈部〉422「いつしかとけさふく風の身にしみて秋の色にも成にける哉」（秋上「立秋」公能。④30久安百首131）

【類歌】①12続拾遺256「いかにふく秋の夕べの風なればしかのねながら身にはしむらん」（秋上、院少将内侍）
③131拾玉5655「たづねきてさびしき色や身にはしむ昔の跡にのこる秋風」
⑤189撰歌合〈建仁元年八月十五日〉16「これやこの月をみどりのまつが枝に秋ふく風の身にもしむ色」（「月前松風」内大臣）

368　あまのがはとしにひと夜はまちも見しまたわくかたのこころありせば・1096（五百四十九番、左）

星躔仮有靡他矢　風体太卑似落弓〔「矢」―「失」（校本）、「卑」―「早」（同）〕

【語注】○あまのがは　⑤376宝物集273「わすれにし人にみせばや天川またれし星の心ながさを」（新左衛門）。○まちも見　「待ち見る」は八代集三例、初出は古今78。

【訳】天の川の畔で、年に一夜は織姫は待ち見た事よ、またいつという判断できる方面の理性があったとしたら。〈星がめぐって仮に他の矢になびく事があっても、風体ははなはだ卑近だ、落ちた弓に似ている〉

▽「秋」20の2。「身」→「心」、二つ前「みそぎ河」→「天の川」。今度はまたいつと区別できる判断力があったとしたら、天河で年に一夜は待ったであろうに…、だが、織姫は年に一度という不幸・悲しみのために理性もなく…という詠か。下句が屈折して難解。三句切、倒置法。第三、四句まの頭韻。右、1097「いとはやもをのへの鹿はこゑたてつすそののこはぎさきもあへぬに」（家長、右勝）。

【類歌】③132壬二286「七夕のあまの川原に宿からん年に一夜も契りありやと」（大輔百首、寄名所恋十首）
④38文保百首2272「よそにのみ聞きこそわたれあまの川年に一夜もまつ身ならねば」（恋、雅孝）
④39延文百首437「たどりても又こそわたれ天の川としにひと夜のあさ瀬しらなみ」（（秋、）顕実母）

369　いつしかとけふをまちつるたなばたのあすの心をおもひこそやれ・1126（五百六十四番、左持）

不知詞浪深将浅　河漢比等両首心〔「等」―「才」（校本）〕

【語注】○たなばた　①7千載235 234「たなばたの心のうちやいかならむまちこしけふの夕ぐれのそら」（秋上、摂政前右大臣）、③73和泉式部249「七夕のけふのよはひのうちかへりまたまちどほに物や思はん」（「七月八日、…」）、③81赤染215「うら山し今日を待出でて七夕のいかなる心ちしてくらすらん」（「七月七日…」）、④41御室五十首70「七夕の心よいかにまちまちてなかなかけふの暮に成りぬる」（秋、静空）、⑤83六条斎院歌合（天喜四年七月）8「秋たてば織女つめはいつしかとおもひやわたるかささぎのはし」（「七夕」左衛門）。

【訳】一刻も早くと今日を待ち望んだ織姫の（別れねばならない）明日の（つらく悲しい）心の中を思いやる事だ。〈知らない、詞の浪が深いか、はたまた浅いのか、天の川は比〔此?〕等二首の心である〉

▽「秋」20の3。「待ち」「心」。「天の川」→「七夕」、「一夜」→「明日」。早くと今日を待ちに待った織姫の、翌朝の心に思いをはせるという詠。「待つ」のは女。さらに同じ小侍従467「尋ねつつけふをまちつる心をば花を思ふになほやなるべき」（恋）がある。右、1127「たなばたもしばしやすらへあまのがはわけこしなみはかへりやはする」（三宮）。

【参考】①3′拾遺抄100「あひみてもあはでもおもふたなばたのいつか心ののどけかるべき」（秋、読人不知）
⑤35円融院扇合7「そよみなく君をばみれど織姫のけふまちえたる心ちこそすれ」（「いまかたつかたの」）

【類歌】③131拾玉1040「たなばたのまちとるけふの思ひより秋のあはれはゆふ暮の空」（宇治山百首、秋「七夕」）

370　おきわぶる露にやしをるたなばたのかへるあしたのあまのは衣・1156（五百七十九番、左）

万里秋風胡地報　望雲先感遠鴻来〔「お」―「を」（校本）、「を」―「ほ」（同）〕

【語注】○おきわぶ　八代集にない。③133拾遺愚草1462「おきわびぬながきよあかぬくろかみの…」（関白左大臣家百首「後朝恋」）。「起・置き」掛詞。「露」の縁語「置き」。男、女、または両星共か。○あまのは衣　②10続詞花163「露けさを思ひこそやれ彦星のけさ立ちかへるあまのは衣」（秋上、八条入道太政大臣北方）。これも男、女、両星か。が、「天の羽衣」というイメージからは、織女星の纏う衣が相応しい。

【訳】初秋で置きわびている露に濡れているのか、また起きるのが辛く、ぐっしょりと涙にしおれはてているのか、牽牛の帰って行く翌朝の（織女の）天の羽衣は。〈あたり一面すべて秋風（がふき）、胡の地での報知は、雲を望み見て先ず初めに感ずるのは、遠い鴻がやって来る（事である）〉

▽「秋」20の4。「七夕の」。「明日《あす》」→「あした」、「七夕」→「天の羽衣」。男星の帰って行く翌朝の天の羽衣は、置き・起き侘び、露・涙に濡れているのかとの七夕詠。三句以下のののリズム、体言止。倒置法、二句切。右、1157「こしぢまであきかぜふくとたれつげてみやこにけさははつかりのこゑ」（内大臣、右勝）。

「七夕の歌である。織女星が年に一度の逢瀬に起きかねる七夕の朝、秋の露、後朝の涙に天の羽衣もしをれるであらうと歌つたので、派手な好みの歌。八十歳の女性の歌とは思へない位絢爛たるものであらう。／しかし「天の羽衣」は少し無理な用語であらうか。…に対して負であつた。」（『冨倉』303頁）

【参考】①2後撰248「たなばたの帰る朝の天河舟もかよはぬ浪もたたなん」（秋上「七月…」兼輔。②4古今六帖166）

①4後拾遺239「いとどしくつゆけかるらんたなばたのねぬよにあへるあまのはごろも」（秋上、大江佐経）

③12躬恒312「あけゆけばつゆやおくらむたなばたのあまのはごろもおしくしぼるまで」（「七日」）

【類歌】③132壬二1378「たなばたの別の舟のかぢかくせ帰るあしたの天の河ぎり」（家百首、秋「七夕別」）

371　ただならずみゆるまがきのしのすすきいかなるつゆのちぎりなりけん・1186（五百九十四番、左）

松上鹿声雖事旧　若論叢薄尚為増〔「りけ」―「るら」（校本）、「叢」―「藂」（同）〕

【語注】○しのすすき　276前出。　○ちぎりなりけん　①15続千載1535 1538「おのづからみしやそのよのおもかげもいかなる夢の契なりけん」（恋四、祝部成良）、①16続後拾遺736「夜る夜るも逢ふとはみえずいかにねて待つべき夢の契なりけん」（恋二、為綱）。

【訳】普通ではなく見える籬の、穂の出ない薄は、どのような露の約束・因縁であったのだろうか。〈松の上〈「ほとり」か〉の鹿の声は、言い古されたとはいっても、もし村薄を言うなら、それになお増さっている〉

▽「秋」20の5。「露」。露が置いて普通の光景とは異なる・趣のある景の籬の篠薄、まだ穂が出ていないのに、どのような露の〝契り〟なのであろうか、と歌ったもの。右、1187「をのへよりかよふあらしにたぐひきてまつのこずゑにさをしかのこゑ」（忠良、右勝）。

【参考】③29順129「はなのみなひもとく野べの《に(女、著)》しの薄いか《でか(著)》なる露か《の(著)》むすびお《を(著)》きけん」（「すすき」侍従。⑤34女四宮歌合1。⑤384古今著聞集334（古典大系496頁、古典集成・下339頁））

秋二（女房・後鳥羽院）

372 いかにせん風にしたがふかるかやのおもひさだむるかたもなき世を・1216（六百九番、左）

見わたせばきつつなれにし野辺のをざさかたみと袖に
ちるかしらつゆ

【語注】○初句 「どうしようもない」か。②15万代2581「いかにせんおもひなぐさむかたぞなきあらましごともかぎりこそあれ」（恋五、平経正）、③132壬二959「いかにせん定なきよをいとふべき芳のの山も時雨ふるなり」（百首、冬十五首）、④34洞院摂政家百首1165「いかにせん風吹く浦のしほ煙なびかぬかたに思ひきえつつ」（恋「不遇恋」光俊）、④38文保百首2791「いかにせむ風しく浪の島がくれ世にすて舟のよるべなき身は」（雑十首、覚助）。○したがふ 八代集五例、初出は拾遺208。○かるかやの ⑤197千五百番歌合1197「おのれのみおもひみだるるかるかやのよをあききぬと風やつげけん」（秋一、丹後）。○おもひさだむる 八代集にない。源氏物語「いづれとつゐに思ひ定めずなりぬるこそ。」（「帚木」、新大系一―56頁）。○かた 「所」か。○きつつなれにし ⑤415伊勢物語10「から衣きつつなれにしつましあればはるばるきぬる旅をしぞ思ふ」（第九段、男）。

【訳】どのようにしたらいいのだろうか、風のままに従う刈萱の如く、思いをしかと決める手段・方法もない世の中を。〈「みきのかち」。見渡すと、来つつ慣れはててしまった野辺の小笹の形見という事で、袖に散るのか、白露は〉

▽「秋」20の6。「いか（なる/に）」。「露」→「風」、「しの薄」→「刈萱」。風のままの刈萱の如く、思い乱れる世（男女の仲か）をどうしょうかとの困惑の詠。初句切、倒置法。二、三、末句かの頭韻。右、1217「わけきつるをざさがはらの

あさつゆにたもとひまなきたび衣かな」（兼宗、右勝）。

【類歌】①13新後撰1212 1217「いかにして思ふかたにはかよふらむ風にしたがふあまのつりぶね」（雑上、公雄）
④41御室五十首241「いかにせん秋の野かぜにかるかやのおもひみだれてすぐる我が身を」（雑「述懐」兼宗）

373　たのめつる人まつよひにあはれまた心さわがす荻のうはかぜ・1246（六百二十四番、左持）

おくつゆになびくをがやのしをれつつほすまもなしと
とはばこたへよ〔「わ」―「は」（校本）、「を」―「お」（同）、「しを」―「ほ」（同）、「なし」―「おし」（同）〕

【語注】○たのめつる　③25信明74「今といひてかりの心もみるべきをかひなき人にたのめつるかな」（「返し」）。○あはれまた　③132壬二226「浅茅原あきかぜ吹きぬあはれまたいかに心のならむとすらん」（大輔百首、秋十五首）。○さわがす　八代集一例・後拾遺752。他「さわがし」八代集一例・金葉573。源氏物語「こほ〳〵と畳み寄せて、おどろ〳〵しくさはがすに、」（「紅葉賀」、新大系一―262頁）。　○荻のうはかぜ　八代集六例、が、初出は千載233。②6和漢朗詠229「あきはなほゆふまぐれこそただならねをぎのうはかぜはぎのしたつゆ」（秋「秋興」義孝少将）。⑤197千五百番歌合2491「人ならばおどろかすなといひてましこころもしらぬをぎのうはかぜ」（恋二、越前）。
【訳】頼みとした人を待っている宵に、ああまた別のものとして心をざわつかせる荻の上葉に吹く風であるよ。〈「おなしほと（同じ程）」。置く露になびいている小萱がしおれながら、「干すひまもない」と聞かれたら答えなさい〉
▽「秋」20の7。「風」。「思ひ定むる方もなき」→「心騒がす」、「刈萱」→「荻」。あてにした人を待つ宵の荻の上風

を詠じて、これにも、さらにまた恋人が来たのかと思って、心を騒がせると歌う。右、1247「わりなしなをがやがしたのみだればはつゆふきむすぶ秋の夕風」（通光）。「彼女の恋歌には「待つ」心のあやを詠じたものが目につく。…やはり同じ待ちつくした心が折からの荻の上風に、もしやとまた心がさわぐの歌などである。」（糸賀「残映」114頁）「和泉」十・30頁

【類歌】②14新撰和歌六帖1473「いまはまたとふべきものとたのまればこころさわがぬ荻のうはかぜ」（第五帖「またず」）…373に近い

④14金槐426「きかでただあらましものを夕づくよ人だのめなる荻のうは風」（恋「恋歌中に」）

374　はるかにぞをのへのしかはなくなれど涙はそでのものとこそなれ・1276（六百三十九番、左）

　　　庭のをぎのほむけの風に日かずへてよなよなやどるし
　　　ののめの月

【語注】〇をのへのしか　八代集四例、初出は古今218。　〇なれ　いわゆる伝聞推定。

【訳】はるかに山の峰の鹿は鳴いているようだが、（それによって催される）涙は袖のものとなっている事よ。〈「にほひよし」。庭の荻の穂をなびかせる風に日数がたって、夜ごとに宿る夜明け方の月であるよ〉

▽「秋」20の8。「人」「荻」→「鹿」、「風」→「鳴く」。はるか彼方「尾上の鹿」は鳴くが、涙は「袖の物」だとの、はるか〝尾上（の鹿）〟と身辺の〝袖〟、つまり遠と近との対照詠。左記の⑤158経31が、歌の構造、内容ともよく似る。第三、四句なの頭韻。右、1277「なこそあらめ見るもなつかし女郎花枝さへ花の色ににほひて」（釈阿、右勝）。

【参考】⑤158太皇后宮亮平経盛朝臣家歌合31「さをしかのなくねはよそにききつれど涙は袖の物にぞ有りける」(「鹿」定長)

375　はかなさをともに見んとやおもふらむあだなる露にやどるいなづま・1306(六百五十四番、左持)

ともさそひうらわの霧にとぶかりはうはのおほぞらにかくるたまづさ(「わ」―「は」(校本))

【語注】○ともに見　「露と稲妻」。「私と稲妻」ととるのは、やはり無理であろう。○第二句　「ともにん《ママ》みむとや」(⑤索引)。「共に見よとや」であれば解しやすい。「ん」を意志と解したが、推量(「共に見るであろうと」)か。○おもふらむ　③33能宣272「をみなへしあだにやよをばおもふらんつゆのこころにまかせられつつ」(「をみなへし」)。○いなづま　⑤175六百番歌合335「風わたるあさぢがうへのつゆにだにやどりもはてぬよひのいなづま」(秋「稲妻」有家)、⑤175同336「ながむればかぜふく野辺の露にだにやどりもはてぬいなづまのかげ」(秋「稲妻」家隆)。「稲妻」・「六帖813～819／六百番325～336／永久274～280／家隆228・慈円1647・寂蓮Ⅱ296・定家828・良経327」(歌題索引)。

【訳】はかなさ・無常を共に見ようと思っているのだろうか、かりそめの露に宿っている稲妻は。〈「とうとうか(同等か)」。友を誘って浦の曲がりの霧の中を飛ぶ雁は、上の大空にかける玉梓・手紙であるよ〉

▽「秋」20の9。「涙」→「露」。仮りの露に宿る稲妻は、無常を共に見ようとや思っているのかとの稲妻詠。三句切、倒置法、体言止。式子にも④1式子139「草まくらはかなくやどる露のうへをたえだえみがくよひの稲妻」(秋)がある。右、1307「よしさらばかならず人にあはずともこよひの月にねなんものかは」(俊成卿女)。「和泉」九・27頁

【類歌】①10続後撰1066 1063「ゆめよりも猶はかなきは秋の田のほなみのつゆにやどるいなづま」（雑上、通方）
④41御室五十首327「もろともにはかなき物とおもふらん露のやどれるあさがほの花」（秋、季経）
⑤175六百番歌合333「はかなしやあれたるやどのうたたねにいなづまかよふたまくらの露」（秋「稲妻」女房）

376 あさごとの露にはなにのおくるらんわが袖のみぞそれとしらるる・1336（六百六十九番、左持）

おきつ風なみやふくらんしがの浦にてる月かげのいそにさやけき〔「るらん」―「ならん」（校本）〕

【語注】○あさごとの ④31正治初度百首1942「おきて見る物ともしらで朝ごとの草ばの露をはらふ秋かぜ」（秋、讃岐）。○露 涙の事。「来ないあの人を待ちわびて夜を明かした」又は「辛い後朝の別れ」の涙。○おくる 「後る」ではあるまい。○るる 自発。

【訳】朝ごとの露には、何が送ってくるのであろうか、わが袖だけがそれと自然に知っている事よ。〈「おなしてい（同じ体）」。沖にふく風が、波に吹いているのであろうよ、志賀の浦に照っている月の光が磯に明るい事よ〉

▽「秋」20の10。「露に」「お…らん（第三句）」。朝ごとの秋の草葉に置く露は、一体何が送ってきたものか、その答は私の袖だけがその正体を知っている、それはわが袖の涙なのだという体。三句切。この376に似た西行の①7千載267 266「おほかたの露にはなにのなるならむたもとにおくは涙なりけり」（秋上、円位。③125山家294）がある。右、1337「うき世とはおもふものからすずむしのふりすてがたき身をいかにせん」（丹後）。

秋三（女房）

377
きりふかき難波《なには》のうらのもかりぶねいとどあしまをよせやわづらふ・1366（六百八十四番、左持）

契あれやとこよのかりの山をわけてみやこのそらにむれてきにけり

【語注】〇きりふかき　④35宝治百首3552「霧深き浦路はるかに行く舟の風にまかする跡もはかなき」（雑「浦船」小宰相）、⑤165治承三十六人歌合132「霧ふかき淀の渡りの明ぼのによするも知らず船よばふなり」（「暁霧隔舟」寂然）。〇難波のうら　⑤10亭子院歌合56「あしまよふなにはのうらにひくふねのつなでながくもこひわたるかな」、⑤354栄花物語602「うち寄する難波の浦の浪よりも心ぞかかる蘆の若葉に」（一品宮女房）。〇もかりぶね　八代集一例・拾遺465。②4古今六帖1823「いそにだにおきつをみればもかり舟あまさへつらしかもかけるみゆ」（第三「ふね」）。〇よせ（や）わづらふ　八代集にない。「よせやわづら―」、「よせわづら―」は、新編国歌大観索引①〜⑩において、この歌の他は、②16夫木7086「うなばらやあきつしまわに氷ゐてよせわづらひぬから人のふね」（冬二、「同〔＝今宮御会、氷碍舟〕」、同〔＝源仲正〕）のみである。

【訳】霧の深い難波の浦の藻刈船は、（深い霧のために）たいそう芦間を寄せ煩っているよ。〈「ちとやみむ（持とや見む）」。因縁があるのだろうか、常世に住むという雁が山を分けて、都の空に群れてやって来た事だよ〉

▽「秋」20の11。「露」→「霧」。霧が深いせいで、芦間をはなはだ寄せわずらっている難波の浦の藻刈船を描く叙景歌。右、1367「われさへに涙ぞおつるあきかぜにしのびもあへぬむしのこゑごゑ」（越前）。

378 つねよりも月にこころのすむ夜かなかくてや人の雲にいりけん・1396 （六百九十九番、左）

草枕もりくる月にうらむなりけさたつ山のすゑのしら雲

【語注】○すむ夜 ⑤197千五百番歌合2933「かずならぬわが身は花にふくあらしすむ夜も月にかかるうき雲」（雑二、忠良）。○雲 「月」の縁語。

【訳】いつもよりも月によって心の澄みわたる夜であるよ、こうして人・簫史・弄玉二人は雲に入ったのであろう。

〈「くもうけす（雲うけず）」。旅枕をして、（雲より）漏り来る月に恨むのである、今朝出発する山の末の白雲（の間より）〉

▽「秋」20の12。「霧」→「雲」、「寄せ」→「入り」。常よりも月によって心の澄み増る夜、だからこんな夜に、二人は雲の向こうに入って行ったのだろうかとの過去推量の詠。①7千載1249 1246「もち月の雲がくれけんいにしへのあはれをけふのそらにしるかな」（釈教「山しなでらの涅槃会のくれがたに遮羅入滅のむかしをおもひてよみ侍りける」恵章法師）の如く、釈迦入滅とも考えられるが、左記の唐物語の故事によっておろう。三句切。初、二句つの頭韻。②16夫木5255、秋四、月「同（＝千五百番歌合）」小侍従。1397「こころのみもろこしまでもうかれつつ夢ぢにとほき月のころかな」（定家、右勝）。

「月やうやくにしにかたぶきて、山のはちかくなる程に、心やいさぎよかりけん、（此のとり）、簫史・弄玉ふたりの人をぐして、むなしきそらにとびあがりぬ。／たぐひ…／むなしきそらにたちのぼるばかり心のすみけんも、ためしなくぞ。」（「第十一 簫史・弄玉、鳳凰と共に飛び去る語」、『唐物語全釈』74頁）

【参考】③118重家66「いかばかり月にこころのすみければやがてかへらぬ人のありけん」…これも唐物語によるか
⑤43内裏歌合〈寛和元年〉1「あきのよのつきにこころはあくがれてくもゐにものをおもふころかな」（「月」御）
【類歌】⑤244南朝五百番歌合416判「秋をへてなれぬる雲の上人や月に心のすみまさるらん」（秋六）
⑤443唐物語13「たぐひなく月にこころをすましつつ雲にいりにし人もありけり」（作者）

379　くらき夜のやみにまよはんみちにてもこよひの月やおもひいづべき・1426（七百十四番、左）

　みねの月きよきいはまにやどりきてさざなみ氷るしがの山の井〔「氷」―「こゆ」（校本・高）〕

【語注】○くらき夜　②4古今六帖2848「くらきよはむべもきまさず梅の花さける月よにいでまさじとや」（「人をよぶ」きの女郎）。　○やみにまよは　③71高遠292「つねよりもこよひの月を人は見よやみにまよへる身とはしらずや」、③119教長409「なにせんにやみにまよふと思ひけんかかるくまなきつきもすみけり」（秋）、③124殷富門院大輔63「つきをみて思はぬ事はなけれどもなほかなしきはやみにまよはん」（「秋のうたに」）。　○こよひの月　②10続詞花685「思ひ出でよこよひの月のひかりをばたれも雲ゐのよそになるとも」（別、実叡）。
【訳】暗い夜の闇に迷うであろう道、即ち無明長夜の煩悩の闇に迷妄するであろう（以後の）人生でも、済度の、今宵の月はきっと思い出す事であろうよ。〈「みきやさし（右優し）」〉。峯の月は清美な岩間に宿って来て、さざ波が氷っている志賀の山の井である事よ〉
▽「秋」20の13。「夜」「月」。「夜」→「今宵」、「心」→「思ひ」、「入り」→「出づ」。実際の漆黒の闇に惑う道、つまり煩悩の人生においても、今後の救済、真如の月（「中秋の名月・八月十五夜の満月」か）を思い出すだろうと歌っ

たもの。和泉式部、式子に各々、有名な「暗きより暗き道にぞ入りぬべき遙に照せ山のはの月」（拾遺1342、哀傷）、式子153「玉今はとて影をかくさむ夕にも我をばをくれ山の端の月」（秋）がある。右、1427「深草のさとの月かげさびしさもすみこしままの野べの秋風」（通具、右勝）。

「和泉」九・27頁

【参考】①5′金葉三341「ながきよのやみにまよへるわれをおきて雲がくれぬるそら《夜半（小）》の月かな」（別離、小大君。③36小大君22）

380　ながむるにかたぶく月ぞうらめしきわれはかくこそいりもやられね・1456（七百二十九番、左）

　ながむればにはのあさぢをはらふかぜにかげうちなびく月のころかな［「かぜに」―「に」ナシ（校本）、「ころ」―「影」（同）］

【語注】**○かたぶく月**　⑤175六百番歌合476「くれてゆくあきもそなたぞうらめしきかたぶく月のかげを見しより」（秋「暮秋」家隆。③132壬二340）、⑤176民部卿家歌合〈建久六年〉112「ひるとのみかたぶく月を詠むればかねも入相のここちこそすれ」（「暁月」祐盛）。**○うらめしき**　④18後鳥羽院1033「いへばえにかはらぬ月ぞうらめしき我のみふかきこりのたもとに」（詠五百首和歌）、⑤140右兵衛督家歌合2「夏の夜のつきはこころにいりぬればあけゆくそらのうらめしきかな」（「夏月」女房）。**○いり（も）やら**　八代集二例・千載806、新古今1549。「山家する」、「悟りをひらく」事か。**○判の歌の第三句**　字余り（母音ナシ）。

【訳】しみじみと見るに、西に傾く月が恨めしく思われる事だ、私はこのように西（の山）に入りやる、つまり極楽往生する事ができない。〈「なにはかつ（難波勝つ）」〉。しみじみと見るに、庭の浅茅を払う風に、その影が靡いている月の頃であるよ〉

▽「秋」20の14。「月」。「出づ」↓「入り」。「…いつかは月の入るかた（西方浄土）を見ん」（新古今1841、雑下、八条院高倉）から、私は月のように入りきれない・往生できないから、西に沈んで行く月が恨めしいと歌う。他に、〃月に寄せて極楽を念〃じた①7千載1208 1205「いる月をみるとや人はおもふらん心にかけてにしにむかへば」（釈教「寄月念極楽といへる心をよみ侍りける」堀川入道左大臣）がある。右、1457「こころなき身にさへを（校本）さらにをしむかななにはわたりの秋のゆふぐれ」（家隆、右勝）。

381　ながむれば身にはこころのとまらぬにさそひもしてよ秋の夜の月・1486（七百四十番、左）

なきわたるかりのなみだにむすぶつゆまなくもちるか
くずのうらかぜ

【語注】○とまらぬに　「〜が・のに」ともとれる。○さそひ　「心を」か。①11続古今414 416「たれとなくこころにひとのまたるるやながむるつきのさそふなるらん」（秋上「月歌…」慈鎮）。○秋の夜の月　「—を」、初句「ながむれば」、「—は」、第四句「誘ひもしてよ」となる。○まなくもちるか　古今923「抜き見たる人こそあるらし白玉のまなくも散るか袖のせばきに」（雑上、業平）。

【訳】しみじみとみると、体には心はとどまらないので、（我身を）誘いもせよ、秋の夜の月は。〈「なかむまく（詠む負く）」〉。鳴いて渡って行く雁の涙に生じる露は、絶え間なくも散るのか、葛の裏風によって〉

▽「秋」20の15。「ながむる・れ」「月」。「我れ」↓「身」、「うらめし」↓「心」、「かたぶく」「入り」↓「止まら」。秋夜

月を「詠め」ると、身に心は止どまらないので、月は誘えと、秋夜月へ呼びかけた詠。月を見ると、心はフワフワと浮かれ出づるのである。後述の③125山家404が381に似る。秋が来て月に誘う式子の詠に、④1式子147「むぐらさすやどにも秋のたづねきて月にさそふはことしのみかは」（秋）がある。四句切、倒置法。右、1487「いはしろの野辺のしたくさ吹く風にむすぼほれたる松むしのこゑ」（雅経、右勝）。

【参考】③125山家404「さらぬだにうかれてものをおもふ身の心をさそふあきのよの月」（秋「寄月述懐」）

⑤119従二位親子歌合20「ながむればこころぞいとどすみわたるくもりなき夜のあきのつきかげ」（「月」）

【類歌】③131拾玉1375「うき身にはながむるかひもなかりけり心にくもる秋のよの月」（花月百首、月五十首）

④17明恵17「あきの夜の月のひかりにながむればみにしみわたるわかのうら風」（阿闍梨）

⑤197千五百番歌合1438「ながむればちぢにものおもふこれぞこのこころづくしの秋の夜の月」（秋三、顕昭）

秋四（定家）

382 よしさらばながむる月にすむこころやがてにしへの道にともなへ・1516（七百五十九番、左）

…左歌、当時述懐にすぎて来世得脱をおもへる心、秋歌にはかなはずやと見え侍れどおぼつかなき所侍らぬにや〔「と見」―「とはみ」（校本）〕

【語注】**○よしさらば** ③132壬二236「よしさらば心はつくせあきの月入りなむ後の物もおもはじ」（大輔百首、秋。②

13玄玉151）。　○ながむる月　④18後鳥羽院1346「さらぬだに都こひしき東路にながむる月の西へ行くらん」（日吉卅首御会、雑。①19新拾遺792）。　○すむこころ　「すむ」掛詞（澄・住）か。①20新後拾遺1493「にごりある水にも月はやどるぞと思へばやがてすむ心かな」（釈教、願蓮）。　○にしへの道　④17明恵133「西へゆくみちしる人はいそぐとも…」。　○ともなへ　八代集にない。源氏物語一例「なつかしき御遊びがたきにてともなひ給へば、」（「匂宮」、新大系四―216頁）、他「ともなひ」一例。③125山家950「しばのいほはすみうきこともあらましを友なふ月の影なかりせば」（中）。

【訳】ええそれなら、しみじみと見る月によって澄みゆく（我が）心、そのまますぐに西方浄土への道に共につれていってくれ。〈…左歌は、今現在（の）述懐を越えて来世（の）悟りの道に向かう事を思っている趣（心か）は、秋歌にはふさわしくないのではないかと見られますが、はっきりしない（気にかかるカ）所がございませんのでしょうか〉

▽「秋」20の16。「ながむれ《る》」「月」「心」。「誘ひ」→「伴へ」。見る月に澄み行く心ゆえ、（真如の）月よ、極楽浄土へ導いてくれと、前歌・381が月へ誘えと呼びかけた歌であったのに対して、382は西方浄土へ「伴へ」との命令詠。月は仏法の久遠の真理を体現する、いわゆる真如の月である。小侍従の「左　勝」（校本、323頁――以下、校本による）。

右、1517「あかつきのしぎたつまでもなかりけりいなばにこもるやどのゆふぐれ」（寂蓮）。

「第二句、第三句の巧みさ。老年の彼女の歌の代表である。」（『冨倉』304頁）

「四季の歌でありながら重点は述懐にあるのである。」（山崎『正治』244頁）

383　ひとりねのまくらのしたのきりぎりすとぶらふこゑはしのばざりけり・1546（七百七十四番、左）

いかにほしあへでまつしまやといへる、をかしく侍るにや

【語注】○とぶらふ　「訪ふ」八代集二例・古今202、982。「弔ふ」八代集一例・千載1067。前者であろう。

【訳】一人寝の枕の下にきりぎりすの声がきこえる、訪れる声は忍びはしない事よ（、男の来訪は、普通忍んでくるものだが）。〈「いかに干しあへで松島や」と表現したのが、趣があるのでございましょうか〉

▽「秋」20の17。「伴へ」→「とぶらふ」。一人寝をしている枕元のきりぎりすのやってくる声は〝忍ば〟ないと歌う。「一人寝の枕」「とぶらふ」「しのば」で、恋歌めかすか。第一、二句ののリズム。1547「あまのそでいかにほしあへでまつしまやをじまがいそに衣うつらん」（家長「右　勝」）。

【参考】⑤150南宮歌合13「夕されば蓬がねやのきりぎりす枕の下に声ぞ聞ゆる」（「虫夕」伯。①15続千載528 530、秋下「夕虫を…」顕仲。②16夫木5615）

【類歌】①10続後撰385 376「あはれにも枕のしたのきりぎりすむそぢのゆめのねざめをぞとふ」（秋中、幸清。②15万代1149）
①14玉葉620「きりぎりすねざめの床をとひがほにわきて枕のしたにしもなく」（秋上、新院少納言）
①17風雅565 555「夜さむなるまくらのしたのきりぎりすあはれにこゑの猶のこりける」（秋中、今出川前右大臣）
①20新後拾遺319「よそに聞く声だにあるをきりぎりす枕のしたに何恨むらん」（秋上、太政大臣）

384　なるこひくとばたのおものゆふまぐれいろいろにこそかぜも見えけれ・1576（七百八十九番、左）

鳥羽田のおものゆふべの色色は、稲花遠望にこそはとは見え侍れど、なるこひくによりて風のいろいろに見えむやうにやきこえ侍らん…

【語注】○なるこ　八代集にない。小163「鳴子縄」。③129長秋詠藻250「ますらをはなるこもひかずねにけらし…」（中「田家月」）。　○とばたのおも　八代集二例・詞花82、新古今503。山城。　○ゆふまぐれ　八代集五例、初出は詞花396。　○いろいろに　八代集四例、初出は後拾遺447。

【訳】鳴子を引いている鳥羽田の面の夕まぐれは、さまざまに風も見える事よ。〈鳥羽田の面の夕暮の様々な色は、稲の花が遠くの方に望見されるのだと見られますが、「鳴子引く」という初句表現によって、風がさまざまに見えるように聞こえますでしょうか…〉

▽「秋」20の18。「寝《ね》」→「夕（まぐれ）」、「声」→「色色」「見え」。鳴子を引く鳥羽田の面の夕暮は、様々な色に風が見えるとの叙景歌。②16夫木5061、秋三、秋田「千五百番歌合」小侍従。1577「かげやどすきしのしらぎくさきしよりそこに秋あるたにがはの水」（三宮「右　勝」）。

【参考】③116林葉423「ゆふまぐれをちの山田をもる人もいなおほせ鳥に鳴子引くなり」（秋「田家晩望…」）

③125山家292「なにとなくもの《あぜ（千五百番歌合1153）》がなしくぞ見えわたるとばたのおもの秋の夕ぐれ」（「秋歌中に」。126西行法師244）

【類歌】②16夫木5670「風つたふとばたのおものゆふまぐれわくるいなばにうづらたつなり」（秋五、鶉「千五百番歌合」家長）

③131拾玉4035「秋とほき鳥羽たのおもの夕さなへやがてはすゑに風のみゆらむ」（「夕早苗」）

③133拾遺愚草756「なるこ引く田のもの風になびきつつなみよる暮の村すずめかな」（十題百首、鳥十。②16夫木12874）

385　よそへつるまがきのきくはうつろはで人の心の秋をしるかな・1606（八百四番「左　勝」）

…左歌、心はこひにすすみて見え侍れど、詞えんをも

ととして歌のさまよろしく侍るにや〔「はで」—「ひて」（校本）〕

【語注】○（まがきの）きく・うつろ（は）①5金葉二691 420「白菊のかはらぬ色もたのまれずうつろはでやむ秋しなければ」（公実。①6詞花217 216、恋上。②9後葉407）、②16夫木14837「うつろはでたてりのむらの白菊はさていく秋の露じもかへん」（雑十三、村、たてりのむら、立入、近江、俊光）、⑤194水無瀬恋十五首歌合35「うつりゆくまがきの菊もをりをりはなれにしころの秋をこふらし」（冬恋、親定）。○人の心の秋（を）しる ①4後拾遺970 971「風吹《ふくかぜに（斎）》に《ば》なびくあさぢはわれなれや人の心の秋をしらする」（雑二、斎宮女御。③30斎宮女御19）、①8新古今1353 1352「色かはる萩のした葉をみても《るとても（相）》まづ人の心の秋ぞしらるる」（恋五、相摸。③89相模547、秋）。○心の秋 八代集五例、初出は古今804「…世中の人の心の秋しうければ」（恋五、きのつらゆき）。「秋・飽き」常套の掛詞。

【訳】ことよせた籬の菊は、色が変わる事なく（、が、人の心は変化して）、季節の秋を知るように、人の心の飽きを知る事だよ。〈…左歌は、歌の〝心〟・趣は恋の領域に入ってみえますが、詞は〝艶〟・優雅を基底にして歌の有様が悪くないのでございましょうか〉

▽「秋」20の19。「鳴子」「田の面」→「籬」、「見え」→「知る」。かこつけた籬の菊は色変りしないが（「色変りして」の本文もあり）、人の心の秋・飽きを知ると歌う。判詞にも分るように恋歌めかしている。後述の158（③117頼政499）参照。頼政、小侍従の歌のやりとりの中に、③117頼政498「君を我秋こそはてね色かはる菊をみよかしひらけだにせず」（「ひさしく…」）・小157、③117同499「いざ《まカ》や此《いさやその（小）》ひらけぬ菊も憑まれず人の心の秋はてしより」（「返し」小侍従）・小158、③117同500「ひらけぬを秋はてずとやみし菊の憑むかたなくうつろひにける」・小159、③117同501「うつろはば菊ばかりをぞ恨むべき我が心には秋しなければ」（「返し」）・小160がある。詳しくは、小149〜161、461〜480参照の事。右、

1607「ながらへばまたもさこそはとおもへどもこひしかるべき秋の空かな」（内大臣）。

【参考】①1古今797「色見えでうつろふ物は世中の人の心の花にぞ有りける」（恋五、小町）

386　ながづきのみそらにあきやかへるらんけふしもかぜのおともたてぬは・1636（八百十九番、左）

左歌、みそらの秋のかへりぢ、いまはじめて思ひよれるやうにやきこえ侍らん、ながづきのみそらならではいづれの秋かはかへり侍るべき…

【語注】〇ながづきの　②16夫木6323「なれきつる秋さり衣ながづきのけふのわかれのなにやたつらん」（秋六、暮秋「旅九月尽」為家）、④39延文百首2455「けふのみと何かしたはん長月の秋のちとせはつきじとぞおもふ」（秋「九月尽」有光）。　〇みそら　八代集三例・千載279、455、1229。

【訳】長月・九月の空に秋が帰って行くのであろうか、今日はまさに風が音も立てないのは。〈左歌は、空の秋の帰り道、今初めて考えついたようにきこえますでしょうか、長月の空でなくては、どの秋が帰る事ができましょうか（、そんな事は決してありません）。〉

▽「秋」20の20。「秋」。「移ろふ」→「帰る」「音」。今日、風が音も立てないのは、長月の空に秋が帰って行くのだろうかとの詠。古今集「秋」の巻頭歌・①1古今169「あききぬとめにはさやかに見えねども風のおとにぞおどろかれぬる」（秋上「秋立つ日よめる」敏行）に対して、風の音で来秋（古今）、風の音がなく帰秋（386）と応ずる。三句切、倒置法。1637「とどまらぬあきになみだはさきだちてこのはもたへず山おろしのかぜ」（忠良「右　勝」）。

冬、冬一（定家）

387 おくしものおとをたててやまねきつるをばながすゑに冬はきにけり・1666（八百三十四番、左）

左歌、まどうつ雨、まきのやのあられをばさらにもいはず、ならの葉にこぼるる露、竹の枝にをれふす雪、おとにたててききなれたるものはおほく侍れど、霜のおとこそいかなるべしともおぼえ侍らね…

【語注】**○まねき**　「尾花」の縁語。　**○をばながすゑ**　八代集四例、初出は後撰361。④32正治後度百首248「霜こほるを花がすゑも浪のおともむすぼほれたるまの浦風」（冬「氷」雅経）。　**○冬はきにけり**　①5金葉二解72「住吉のちぎのかたそぎゆきもあはで霜おきまど［よ（堀、和）が（散）］ふ冬はきにけり」（冬、俊頼。①20新後拾遺484。③106散木851。④26堀河百首、冬「霜」。⑤302和歌色葉449）、④37嘉元百首1247「浅茅生のつゆのやどりもけさよりはしもおきかへて冬は来にけり」（冬「初冬」実覚）、⑤197千五百番歌合1664「秋くれてあはれつきにしかねのおとの霜にこたふる冬はきにけり」（冬一、讃岐）。　**○まどうつ雨**　①4後拾遺1015 1016「…まどうつあめにめをさましつつ」（雑三、高遠）、⑤175六百番歌合365「秋の夜はまどうつあめに夢さめて…」（秋「秋雨」有家）、他、同366（中宮権大夫）、367（兼宗）。和漢朗詠集233「…蕭々たる暗き雨の窓を打つ声　白上陽人」（秋「秋夜」）。　**○まきのやのあられ**　千載444「さゆるよの槙の板屋の一人寝に心くだけと霰ふるなり」（冬、良経）、堀河百首938「故郷の槙の板屋のつまびさし霰たばしる冬ぞさびしき」（冬「霰」顕仲）、式子387（『式子全歌注釈』、三百六十番歌合490、冬）。　**○ならの葉にこぼるる露**　③126西行法師170「あはれいかに草葉の露のこぼるらん…」（秋「秋風」）。　**○竹の枝にをれふす雪**　①8新古今667「…きこゆなり籬の竹の雪の下をれ」（冬、範兼）、①8同673「…呉竹のふしみの里の雪の下をれ」（冬、有家）。

【訳】置いている霜が音を立てて招いたのであろうか、薄の花の先に冬は来た事よ。〈左歌は、窓を打つ雨、槇の屋の霰の事はいうまでもなく、楢の葉にこぼれる露、竹の枝に折れ伏す雪など、音に立てて聞き慣れたものは多くありますが、霜の音こそは、どのようなものであろうかと、とても思い及びもいたしません…〉

▽「冬」15の1。「音・立て」。「風」→「霜」、「かへる」→「まねき」「来《き》」。置く霜が音を立てて招いたのか、尾花の末に冬は来たとの詠。判の如く、霜の音を不審とされて負となった。末句、終り方の一つの型《パターン》。三句切。第一、二句おの頭韻。1667「神無月けさはこずゑに秋すぎて庭にもみぢの色をみるかな」（兼宗「右　勝」）。

1696　おとづれてなほすぎぬなりいづくにも心をとめぬはつしぐれかな・小203（八百四十九番、左）

▽「冬」15の2。「まねき」→「おとづれ」。

388　たづねきてかへらむみちぞわすれぬるはなにかはらぬ雪の木かげは・1726（八百六十四番「左　持」）

左、尋雪中寒樹、混春花之美景／…、各催其感、可謂
同科歟

【語注】**○木かげ**　八代集二例・詞花150、新古今234。木は、神の憑りつくものであり、樹下は異界との接点に当っている。　**○雪中**　李益・尋紀道士…「壇草雪中春」。

【訳】尋ね求めて、帰ろうとする道を忘れはててしまった事よ、桜と少しも変わりはしない雪の木蔭は。〈左歌は、雪

の中の寒樹を尋ねやって来て、春の花・桜の美しい景色と見誤る…、各歌それぞれが、その感慨を催して、同じ程度《レベル》というべきであろうか〉

▽「冬」15の3。「おとづれ」「過ぎ」→「尋ねき」「帰ら」、「(初)時雨」→「雪」。桜が散り積ったのと何ら変らぬ雪の木蔭は、尋ね来て帰りの道《ルート》を全く忘れてしまったと、判の「尋雪…美景」の世界を歌う。異郷、神仙境にさ迷い込んで、帰路が分らなくなった様を歌ったものか。三句切、倒置法。右、1727「うゐおきてあきのかたみとみるきくの冬の色こそ猶まさりけれ」(釈阿)。

「千載時代の歌風であった主情性は稀薄になり、客観的、叙景的な傾向が著しくなっている。」(糸賀きみ江『中世の抒情』「新古今集前後の抒情――女流歌人を中心に」389頁)

【参考】①4後拾遺91「山ざくら心のままにたづねきてかへさぞみちのほどはしらるる」(春上、小弁。⑤248和歌一字抄117)

③33能宣4「ふるさとへかへらむみちもおもほえずはなをたづねてきにはきにしを」(「三月…」)。⑤248和歌一字抄894)

【類歌】①14玉葉1901 1893「尋ねきてかへるさまよふみ山ぢは花こそやがてしをりなりけれ」(雑一「山路花を」紀淑氏)

④31正治初度百首966「雪ふればとひくる人もあと絶えぬ花にかはらぬ木ずゑなれども」(冬、季経)

1756　あとつけしそのむかしこそこひしけれのどかにつもる雪をみるにも・小219(八百七十九番)

▽「冬」15の4。「雪」。「変らぬ」→「昔」、「忘れ」→「恋し」。

389　ゆふしほにあらいそなみやさわぐらんさもさだまらずなく千鳥かな・1786(八百九十四番「左　持」)

さもさだまらずといへる、をかしき詞には侍らぬにや、あらいそのゆふしほ、山里のあられ、いづれもふりてやきこえ侍らん〔「しほ」二ツ―「しほ《もイ》」(校本)、「さも」二ツ―「さも《ゐイ》」(同)〕

【語注】○ゆふしほ　八代集にない。源氏物語一例「日、暮がたになり行。夕潮満ち来て、入江の鶴も声おしまぬほどのあはれなるおりからなればにや、」(「澪標」、新大系二―116頁)。他、万葉六例(総索引)、更級日記二例。万葉2841「みさご居る洲に居る舟の夕潮を待つらむよりは我れこそまされ」(巻第十一)、③115清輔7「夕しほにゆらのとわたるあまを舟…」(春「海上晩霞」)。○あらいそなみ　八代集一例・千載425。②4古今六帖2951(第五、雑思「たのむる」)にある。他、万葉3267 3253「荒磯波《ありそなみ》」、⑤38一条大納言家石名取歌合11など。「あらいそ」八代集三例、が、「ありそ」は多い。また「いそなみ」は八代集にない。○さもさだまらず　勅撰集初出は「さもさだめなき」・①17風雅1203 1193、他に「さもさだめなき」・②14新撰和歌六帖271(「冬の月」)がある。○さだまら　八代集二例・古今143、後撰1065。

【訳】夕潮によって、荒磯波が騒ぐ事であろう、そのように定めもなく、鳴く千鳥である事よ。〈「さもさだまらず」というのは、趣のある詞ではありませんでしょうか、荒磯の夕潮、山里の霰、どちらも古びてきこえる事でございましょうよ〉

▽「冬」15の5。夕汐に荒磯波が騒ぐのか、あのように定めなく千鳥が鳴いているとの千鳥の(叙景)詠。三句切。

右、1787「しぐれだにおとにしらるるやまざとのならのかれはにあられふるなり」(丹後)。

【参考】③35重之161「よるやどるいそべ《や(玉、万)》のなみやさわぐらん《ん・む(玉、万)》大うみのはらにちどりなくなり」

③35同314「みさごゐるあらいそなみぞさわぐらししほやくけぶりなびくかたみゆ」(「うらみ十」)。①14玉葉2108。②15万

代3298）
【類歌】②16夫木10570「ゆふさればさみねの島に啼く千鳥あら磯みちに塩やみつらん」（雑五、さみねのしま、狭峰、讃岐、顕盛）
④14金槐353「夕づくよみつしほあひのかたを浪なみにしをれてなく千鳥かな」（冬）
④37嘉元百首1959「立ちかへり跡もさだめず夕浪のあらき浜辺になくちどりかな」（冬「千鳥」）
④38文保百首169「風あらきおきつ（ママ）浪やたかからし磯山ちかく鳴くちどりかな」（冬、冬平）

冬二一（季経）

390 なみかかるいそまがくれのともちどり浦よりをちにうらつたふなり・1816（九百九番、左）

左歌、いそ、うら、かやうなることをばふるくはとがめ申すにや、いまはあながちに申さぬにこそ、されども先例を申さんもことながかるべし／…〔「かかる」―「かくる」（校本）、「がちに」―「かち」（同）〕

【語注】**○いそま** 八代集二例・後撰670、千載645。 **○いそまがくれ** 八代集にない。珍しい語。⑤175六百番歌合628＝③132壬二353。 **○ともちどり** 八代集にない。源氏物語一例「友千鳥もろ声に鳴くあか月はひとり寝さめの床もたのもし」（「須磨」、新大系二―38頁）。他、③114田多民治94、96、④26堀河百首979、⑤142内大臣家歌合〈元永元年十月十三日〉7など。　○下句　⑤421源氏物語220「はるかにも思ひやるかな知らざりし浦よりをちに浦づたひして」（「明石」、（光源氏））。　○より　「〜を通って」ではなかろう。　○うらつたふ　八代集二例・千載426、515。「うらづたひす」八代集二例・後拾遺389、千載361。　○なり　断定か。　○いそ、うら、…　異語同義重複の同心病。「和歌八病…第一　同心…文辞雖レ異義理其同最不レ宜耳。」（『歌学大系　第一巻』「和歌式」（孫姫）26、27頁）。　○ことながかる　「言長し」。長々と言い続けるさま。源氏物語一例「何くれと言長き御いらへ聞こえ給ふこともなくおぼしやすらふに、」（「蛍」、新大系二―429頁）。

【訳】浪のかかっている磯間に隠れている、群をなす千鳥は、浦より彼方に、浦を伝い行くようだ。〈左歌は、磯、浦といった、このような事（・表現）をば、古くは咎め申し上げるのであろうか、今はことさらに申し上げない事でしょうか、がしかし、先例を申し上げるような事も話が長くなりましょう…〉

▽「冬」15の6。「波」「磯」「千鳥」。「潮」「（荒）磯波」→「浦」。波のかかる磯間隠れの友千鳥は、浦より遠方に浦伝うらしいとの、前歌に続いての千鳥詠。第四、五句うらの頭韻。1817「やまざとのにはのあさぢふしもがれて人もさぞなとおもふかなしさ」（越前「右　勝」）。

【参考】①7千載426 425「いはこゆるあら磯なみにたつ千どり心ならでやうらづたふらん」（冬、道因）
④30久安百首158「しらなみに声うちそふる友千鳥むれてぞわたる浦づたひすと」（冬、公能）

【類歌】①16続後拾遺456「風さむみ夕波たかきあら磯にむれて千鳥の浦づたふなり」（冬、平政村）
③131拾玉4638「ふけ行けば声とほざかる友千どり浪の枕にうらつたひつつ」（詠三十首和歌「深夜千鳥」北山隠士）

391　たにふかみすむ人いかにせよとてかこほりをむすぶ山川の水・1846（九百二十四番、左）

左歌、めづらしき事なきうへに、すむ人いかにせよとてかといへる、無下になに心もなくや、…

【語注】**○谷ふかみ**　①15続千載637 639「谷ふかみ山風さむきたきつせのなかなかよどやまづこほるらん」（冬「滝氷と…」今上御製）、②12月詣32「谷ふかみ人もかよはぬ山ざとはうぐひすのみや春をつぐらん」（正月、平資盛）、③30斎宮女御167「たにふかみやましたかげにゆくみづはとくるもいさやとどこほりつつ」（「おほむかへり」）。**○こほりをむすぶ**　詞として新しく、いわゆる新風語か。勅撰集初出は、①10続後撰503（=③130月清208）、他、④31正治初度百首1835「夏の夜の空行く月し清ければ氷をむすぶ山の井の水」（夏、静空）。**○山川の水**　③133拾遺愚草2735「むすびながす末を心にたたふればふかくみゆるを山川の水」（「返し」上人）、⑤175六百番歌合36「春くればこほりをはらふたにかぜのおとにぞつづく山河のみづ」（春「春水」信定）。**○なに心**　（表現の）趣向か。

【訳】谷が深いので、住んでいる人はどのようにせよという事でか、氷を生じる（=すっかり氷ってしまった）山川の水であるよ。〈左歌は、歌（の中身）が陳腐である上に、「住む人いかにせよとてか」と表現したのは、この上なく何の考え・思慮もないのであろうか、…〉

▽「冬」15の7。「磯」「浦」↓「谷」「山川」、「(友)千鳥」↓「人」、「波」↓「氷」「水」。谷深く住む人は、一体どうせよというのか、山川の水は氷ったと歌う。1847「しぐれこしきしのまつがえつれもなくすむにほどりの池のかよひぢ」（定家「右　勝」）。

【参考】③116林葉479「谷ふかみ山井の水にすむ月は心の移るかがみなりけり」（秋「澗底月」）

392　たにがくれこのはがしたのむもれみづこほればやらんおともせぬかな・1876（九百三十九番、左）

左歌、こほればやらんおともせぬかなといへるほど、無下にをさなくや…［「おともせぬかな」―「音信もせぬ」（校本）、判「せぬかな」―「せぬ」（同）］

【語注】○たにがくれ　八代集にない。蜻蛉日記「136…　みちなきことと　なげきわび　たにがくれなる　やまみづの　つゐにながると…」（中、新大系102頁）、他、③35重之119、114田多民治21、119教長132、④26堀河百首42、95、230、30久安百首1262、⑤122権大納言家歌合永長元年5などに用例がある。○む《（う）》もれみづ　八代集三例、初出は金葉二478。○第四句「氷ればやあらん」である。

【訳】谷に隠れている木葉の下の埋れ水は、氷っているからであろうか、物音一つたてない事よ。〈左歌は、「氷ればやらん音もせぬかな」といったあたりが、この上なく稚拙であろうか…〉

▽「冬」15の8。「谷」「水」「氷（れ）」。「山川（の水）」→「埋（水）」。谷隠れの木葉の下の埋水の音がしない事によって、氷っているのだろうと推量した詠。無音の世界。四句切。1877「あま人のほしあへぬそでもこほるらんをじまのなみに月さゆる夜は」（通具「右　勝」）。

【参考】③86伊勢大輔139「たにがくれ木の葉が下にゆく水はひとこそしらねすまぬものかは」

【類歌】③132壬二1083「谷の水かげにもたふる山里にこほれば雨の音まさるなり」（二百首和歌、冬「霰」）
④21兼好222「しらせばや木の葉がくれのむもれ水したにながれてたえぬこころを」（「女に…」）
④31正治初度百首921「谷がくれ苔のした行くむもれ水春は山田に人のひけかし」（春、季経）

393　あられふりかぜもはげしきふゆの夜につがはぬをしのこゑぞわぶなる・1906（九百五十四番、左）

…、されども左歌は、わぶなるといふ詞、いかにぞ侍ればまくべきにこそ〔「ふり」―「ふる」（校本）〕

【語注】○はげしき　八代集四例、初出は後拾遺339、さらに「はげしさ」一例・千載393。○ふゆの夜につがはぬをしの　③99康資王母88、④26堀河百首1020（冬「水鳥」永縁、ただし「冬の夜の」）、⑤424狭衣物語58（「狭衣」）。○つがは　八代集一例・①7千載787「つがはぬをしの」（恋三、公実。④26堀河百首1233）。○つがはぬをし　他に、③119教長595、④27永久百首394、30久安百首1258、⑤116若狭守通宗朝臣女子達歌合14判、137六条宰相家歌合24、161建春門院北面歌合33、354栄花物語80など。

【訳】霰が降り風も激しい冬の夜には、番《つが》いとなっていない、一人身の鴛鴦の声がわびしいようだ。〈…、そうではあるが、左歌は、「わぶなる」という詞が、どうかと思われますので、負けという事で〉

▽「冬」15の9。「氷れ」→「霰」、「音」→「声」。降霰と激風の冬夜に、独寝の鴛の声がわびているとの詠。1907「夏かりのたまえのあしもしもがれて葉わけのなみにをしぞなくなる」（家隆「右　勝」）。

【参考】③36小大君21「冬の夜のしもうちはらひなくことはつがはぬをしのわざにぞありける」（「返し」）

③73和泉式部70「冬の池のつがはぬをしはさよ中にとびたちぬべきこゑきこゆなり」（冬）

④27永久百首396「冬さむみはだれしもふるさ夜なかにつがはぬをしの声ぞかなしき」（冬「鴛鴦」忠房）…393に似る

394
あさひさすいけのこほりのひまひまにむれゐるをしのともぞあまれる・1936（九百六十九番、左）

左歌、これもさせるふしはべらぬうへに、ともぞあまれる、心えがたし…右勝歟〔「とも」―「とま《も歟》」（校本）、「これもさせる」―「させる」（同）〕

【語注】○ひまひま　八代集にない。が、「ひま」は用例が多い。枕草子「いとよく鳴る琵琶の、をかしげなるがあるを、物語のひま〳〵に、音もたてず爪びきにかき鳴らしたるこそ、をかしけれ。」（（一八四段）、新大系235頁）、源氏物語「半蔀は下ろしてけり。隙くより見ゆる灯の光、蛍よりけにほのかにあはれなり。」（「夕顔」、新大系一―105頁）。他、③116林葉716、125山家970、133拾遺愚草590、④30久安百首1299、⑤424狭衣物語154など。○むれゐる　八代集五例、初出は拾遺607。

【訳】朝日がさし込んでいる池の氷の割れ目割れ目に、群れている鴛鴦の友が余っているよ。〈左歌は、これもたいした点はありません上に、「友ぞ余れる」という表現は、納得しがたい。…右の勝か〉

▽「冬」15の10。「をし」。「霰（ふり）」「風」→「朝日（さす）」、「霰」→「氷」、「番は」→「群れ」。朝日のさす池氷の間《あいだ》々に群鴦の友が余るとの叙景歌。1937「なみのうへにともなしちどりうちわびて月にうらむる在明のこゑ」（雅経「右　勝」）。

【参考】③129長秋詠藻484「をしのゐる池の氷のとけゆくはおのがはぶきや春のはつかぜ」（右大臣家百首、立春。②16夫木83）

【類歌】③133拾遺愚草715「をしのゐる蘆のかれまの雪氷冬こそ池のさかりなりけれ」（十題百首、地）

④11隆信267「をしのゐる池のみぎはのうす氷ふかきちぎりを結ぶなりけり」（冬。⑤258文治六年女御入内和歌302）
④11同274「あさ日さすいけのこじまのこまつ原かげよりにしは猶こほりけり」（冬）
④41御室五十首236「をしのゐる池の氷のます鏡おもてにうらもみゆるなりけり」（冬七首、兼宗。②16夫木7077）

冬三（季経）

395 ますらをはとしよるひをにおもなれてかしらの霜もあじろとやみる・1966（九百八十四番、左）

左歌、としよるひを、いかが、又かしらのしもをあじろとはいかが見侍るべき、しろきよし歟／右歌、…勝侍るべし〔「よる」―「ふる」（校本）、「霜」―「雪」（同）、「みる」―「なる」（同）、「左歌」―「左の歌」（同）〕

【語注】○ますらを　八代集三例・金葉531、千載733、新古今67。○としよる　八代集にない。③106散木200、119教長947など。「寄る」掛詞。下の「日《ひ》」に対する「夜《よる》」を潜ませるか。○ひを　「日を」を掛ける。＋「網代」①3拾遺1133「月影のたなかみ河にきよければ網代にひをのよるも見えけり」（雑秋、元輔）、5金葉二267 285「ひをのよるかはせにみゆるあじろ木はたつしらなみのうつにやあるらん」（冬「網代をよめる」肥後）、6詞花137 135「あきふかみもみぢおちしくあじろ木はひをのよるさへあかくみえけり」（秋、惟成）、③129長秋詠藻166「身をよせん方こそなけれ宇治川の網代を見てや日を送らまし」（冬「網代」）。　○おもなれ　八代集二例・金葉289、新古今315。　○かしらの霜　八代集にない。他に、②2新撰万葉434、③114田多民治152、④27永久百首415、30久安百首438、499、⑤354栄花物語77など。が、「かしらの雪」は、八代集三例、初出は古今8。

【訳】丈夫は、年をとった日々に、さらに寄って来る氷魚に見慣れてしまって、丈夫の頭の霜も網代と見誤る事であろうか。〈左歌は、「年寄る氷魚」（の表現は）、どうか、又「頭の霜」を網代とはどうして見る事ができましょうか、白いせいでしょうか／右歌は、…勝としましょう〉

▽「冬」15の11。「をし」→「ますらを」「氷魚」、「氷」→「霜」、「池」→「網代」。〝ますらを〟は、年をとった日々や網代に寄る氷魚に面慣れているので、頭の白髪も網代と見るのかと歌ったもの。まさに見立ての詠。1967「しばのとにおとするかたをながむればおのれとゆきをはらふ松風」（寂蓮「右　勝」）。

396　みかりするやまぢにすずのおとはしてしらふのたかは雪にまがひぬ・1996（九百九十九番「左　持」）

左歌、するとしてとは、病にや／右歌、…共に病にこそ、仍為持

【語注】○みかりする　八代集五例、初出は拾遺1264。　○しらふ　八代集二例・①4後拾遺393「しらふのたか」、金葉二276。　○病　異語同義重複の同心病。「和歌八病…第一同心者、一篇之内再用二同辞一詞人用レ心恨二其同一之。」（『歌学大系　第一巻』「和歌式」（孫姫）26頁）。

【訳】狩をする山路に鈴の音はして、白斑の鷹は雪に入り乱れて分らなくなってしまった。〈左歌は、「する」と「して」とは、歌病ではないのか／右歌は、…共に病であって、よって持とする〉

▽「冬」15の12。「丈夫」「氷魚」↓「鷹」、「霜」↓「雪」、「網代」↓「狩」「山路」。狩の山路に鈴の音はして、白斑の鷹は雪にまじったと歌う叙景歌。さらに小侍従に、「み狩する（初句）」「鷹」「鈴」の詞の通う④3小侍従91（冬「鷹狩」）がある。②16夫木7419、冬三、鷹狩「文治六年五社百首」皇太后宮大夫俊成卿、第三句「こゐはして」―あるいは俊成『古典文庫』「五社百首歌群」の「鷹狩」424～428・五首の内の426「雪降ぬしはしやすらへみかり野にしらふのたかはこゐやまかへん」とまちがったのか。右、1997「かぜさえぬうぢのかはをさこよひもやよらんともせぬひををまつらん」（家長）。

「和泉」九・25、26頁

【参考】④26堀河百首1065「みかりするかたのの原に雪ふればあはするたかの鈴ぞ聞ゆる」（冬「鷹狩」師時）

④26同1070「雪ふりにしらふの鷹をあはせては鈴の音こそしるべなりけれ」（冬「鷹狩」肥後）

⑤125東塔東谷歌合20「みかりするかたののみのに雪ふればくろふのたかもしらふと《ぞ（夫）》みる」（「鷹狩」右勝）

【類歌】④31正治初度百首871「ふぶきするかたのの原をかり行けばくろふの鷹の雪にまがはぬ…」（冬、隆房。②16夫木7409）

397　けさはしもそるはしたかのかげもみじのもりのかがみうすごほりして・2026（千十四番「左　勝」）

左歌、はしたかののもりのかがみ、おぼつかなき事はべらず…左勝つべくや（「しも」―「霜」（校本））

【語注】○しも　末句に「薄氷して」とあるので、「霜」ではなかろう。○そる　八代集にない。が、「そりはつ」八代集一例・詞花253。「反り」同一例・金葉557。「そる・たか」といえば、まず蜻蛉日記「159あらそへば思ひにわぶるあまぐもにまづそるたかぞかなしかりける」（中、新大系119頁）が思われる。　○のもりのかがみ　八代集一例・①8新古今1432 1431「はし鷹の野もりのかがみえてしかなおもひおもはずよそながらみむ」（恋五、よみ人しらず）。　○うすごほり　八代集五例、初出は後拾遺623。「うすごほる」は同二例、初出は千載387。

【訳】けさはなんと、逸れたはし鷹の影も見ないだろう、なぜなら野守の鏡が薄氷しているからだ。〈左歌は、「はし鷹の野守の鏡」は、あいまいな事は一つもございません…左が勝つべき事よ〉

▽「冬」15の13。「鷹」。「音」→「（影も）見」、「山（路）」→「野」、「鈴」→「鏡」、「雪」→「氷」。野守の鏡が薄氷っているので、今朝は鷹の姿も見られまいとの詠。三句切、倒置法。②16夫木7045、冬二、氷「千五百番歌合」小侍従。

右、2027「あじろぎになみとひをとのよるよるをひとりやあかすまきのしま人」（三宮）。

【参考】④28為忠家初度百首534「ゆふさればのもりのかがみかひぞなきこゐするたかのかげしみえねば」（冬「晩頭鷹狩」）

【類歌】③132壬二2185「桜がりしばしかげみむ箸鷹の野守のかがみ花もうつりぬ」（春「野外花」）

④36弘長百首547「よそにても《だに（新）》思ひも出でじはしたかの野守のかがみかげもみえねば」（恋「忘恋」同〈＝為氏〉）。①13新後撰1123 1128）

④38文保百首2665「はしたかの野もりのかがみかげをみて遠山どりもねをや鳴くらん」（冬、国冬。①18新千載723）

⑤175六百番歌合538「いにしへの野もりのかがみけふ見ればみゆきをうつすこほりなりけり」（冬「野行幸」寂蓮。②15万代1416。16夫木15347）

398　かずならでよにすみがまのけぶりこそこころぼそくはおもひたちけれ・2056（千二十九番、左）

左歌、ききなれたるさまにはべり、けむりとかけるおぼつかなくはべり…左、ふるめかしさにまけ侍りなん
〔「けぶり」―「煙」（校本）、「けむり」―「けぶり」（同）、「侍りなん」―「侍へし」（同）〕

【語注】○すみ　「住み」と「炭」掛詞。　○けぶり　古くは「けぶり」（中古のもの）、「けむり」は後世の語。　○こころぼそくは　「心細く」は掛詞、下の「思ひ（火）立ち」、「立ち」にかかって行く。また「細く」「火」「立ち」は、「煙」の縁語。　○たち　掛詞・「（煙が）立つ」、「思ひ立つ」（決意する）。

【訳】とるに足りなく世に住み、炭竈の煙こそが心細く立ち、世の中を心細く思われて、出家遁世の決心をした事だよ。〈左歌は、きき慣れた歌の様《さま》でございます、「けむり」と書いたのは、心もとない事でございます。…左歌は、（歌の）古めかしさによって負けとなる事でしょうよ〉

▽「冬」15の14。ものの数ではなく世に生き永らえて心細く思い、厭離を決意し（「心細く厭離を思い立ち」か）、また炭竈の煙が心細く立っているとの、冬の述懐的詠。堀河百首の1073～1088が、冬「炭竈」の題詠歌であり、就中、後述の堀1080が、398によく似る。2057「ふゆとはるとゆきかふかぜのいけ水にかたへとけゆくうすごほりかな」（内大臣「右勝」）。

「六条藤家の季経にさへ、「ふるめかし」の判詞を受けるに至つてゐる。」（「島津」32頁）

【参考】②10続詞花858「けぶりにとよそふる旅のかどでには心ぼそくやおもひたつらん」（雑中「かへし」よみ人不知）
③125山家1210「すみがまのたなびくけぶり一すぢに心ぼそきは大原のさと」（「かへし」寂然）
④26堀河百首1076「おほ原やをののすみがま雪ふりて心ぼそげに立つけぶりかな」（冬「炭竈」師頼）

④26同1080「炭がまのけぶりならねど世の中を心ぼそくもおもひたつかな」（冬「炭竈」俊頼。①17風雅1615）
④30久安百首1358「小野山の心ぼそくもかすむかなたれすみがまに煙たつらん」（冬、小大進）
【類歌】⑤184老若五十首歌合383「君をのみおもふ心は大原や世にすみがまのけぶりにもみよ」（冬、前権僧正。③131拾玉5772）

2086　おもひやれやそぢのとしのくれなればいかばかりかはものはかなしき・小189（千四十四番、左）

▽「冬」15の15。「おもひ」。「心細く」→「悲しき」。

祝（師光）

399　やしまもるくにつみかみにいのりきてちとせは君が心なるかな・2116（千五十九番、左）

左、末句ききなれたる様に侍り／右の…上下かなひて侍れば、勝はべるべし〔「右の」―「右」（校本）〕

【語注】○やしま　八代集にない。が、「むろのやしま」は金葉㈢378よりある。古今集仮名序「遍き御慈みの浪、八洲《やしま》の外まで流れ、」（新大系15頁）。源氏物語一例（後述）。万葉1054 1050「現《あき》つ神　我が大君の　天の下　八島《やしま》の内に　国はしも　さはにあれども　…」（巻第六）。　○くにつみかみ　八代集一例・①7千載981 978「さざ浪やくにつみかみのうらさびて…」（雑上、法性寺入道前太政大臣）。④22草庵1446「やほよろづくにつみかみのかずかずにまもれる千世はわが君のため」（賀「寄神祇祝」）。　**○いのりき**　八代集三例、初出は後撰1376。④34洞院摂政家百首解91「君がよをちとせの春といのりきて老木も花のをりを知りけり」（「述懐」）。主語は「我」、「君」、前者であろう。　**○末句**　第五句ではなかろう。

【訳】日本を守る国の御神に祈ってきて、千歳はわが君の心のままである事よ。〈左歌は、下句はききなれた歌いぶり・様《さま》であります／右の…上下が相応じ合っていますので、勝となりましょう〉

▽「祝」5の1。「八十路の年」→「千歳」。大八島を守る国つ神に祈ってきたおかげで、千年はわが君の自由、思いのままだと歌ったもの。或いは、下句、千歳・永久（不変）は、わが君の思い・願い・意図するものだ、か。②16夫木16044、雑十六、くにつみかみ、近江「同〔＝千五百番歌合〕」小侍従、第三句「いのりおきて」、末句「こころなりけり」。2117「神風やうちとのみやにいのりおきてかたがた君が千代はたのまん」（兼宗「右　勝」）。

【参考】⑤421源氏物語137「八洲もる国つ御神もこころあらば飽かぬわかれのなかをことわれ」（「賢木」、大将殿（光源氏））

400　このきみとたのめてうゑしから人のちよのちぎりやいまの世のため・2146（千七十四番「左　持」）

左歌、ふるまはんとはよまれたれども、いとしもおぼえはべらず…仍為持

【語注】○このきみ　八代集にない。「竹」の異称。和漢朗詠集432「晋の騎兵参軍王子猷　栽ゑて此の君と称す　…」（下「竹」篤茂）。③116林葉959、962、970など。　**○から人**　八代集一例・新古今151。③119教長902「たけをうゑてかぜもそよとはから人もただわがことやちぎりそめけむ」（雑）、③131拾玉282「から人のともとたのみし呉竹を我もまがきに

うゑて見るかな」(百首、雑「竹」)。　**○ちよのちぎり**　晋書、王徽之の伝に、「何ぞ一日も此の君なからんや」といったという。⑤250風葉704「生ひたちて雲ゐになれむ鶴のこの千世の契も君のみぞみん」(賀、末葉の露の関白母)、⑧30為広Ⅱ・14「和歌のうらや千世の契りも深きえに又立ちかへる波の友鶴」(「…、鶴久友」)、⑨32柿園詠草〔諸平〕26「すみそめておもへば今朝のわか水は千代の契を結ぶなりけり」。新編国歌大観の①〜⑩の索引において、「ちよのちぎり―」は、小侍従歌・400の他、上記の例のみである。　**○ふるまはん**　「ことさらに趣向をこらそう」、「(中国のものを日本にもって来て)威儀を整えよう」か。

【訳】竹をこの君と頼みに思って植えた唐人《から》の永遠の約束は、今の世のためだったのだ。〈左歌は、殊に趣向をこらそうと詠まれたのだけれども、とても(その効果・甲斐があったとは)思われません…そこで持とする〉

▽「祝」5の2。「君」。「神」→「唐人」、「千歳」→「千代」。昔の中国での、竹を「此の君」と頼りとして植えた王子猷の永遠との誓いというものは、実は今の日本の君が御代の為であったのだとの賀歌。②16夫木13223、雑十、竹「千五百番歌合」小侍従、末句「いまのよの竹」。右、2147「君が代はたにのいはねのひめこまつ雲ゐるみねにしづえさすまで」(通光)。

401　よつのうみのなみしづかなる君が代にあまのいのちもうれしかるらん・2176(千八十九番、左)

左、あまの命、いかにぞやおぼえはべり／右、よろしく侍り、可為勝〔「はべり」―「侍る」(校本)〕

【語注】**○よつのうみ**　「四海」の訓読語。八代集にない。(「よつ」も)。が、「四方《よも》の海《うみ》」は八代集三例、初出は金葉311。「四海波静」は中国の慣用句で、楊万里の「六合塵、四海波静」から。詳しくは『守覚全歌注釈』220参照。「四《よつ》の海波《うみ》の声聞こえず、」（後拾遺集、序）。和漢朗詠集655「四海《しかい》の安危は掌の内に照し　…」（下「帝王」白百錬鏡）。本朝文粋「尽感ニ四海之静謐一」（巻第十三―402、新大系353頁）。**〇初句**　字余り（「う」）。**〇しづかなる**　八代集一例・新古今1969（式子）。他、後撰1377「こころしづかに」。詳しくは拙論「式子内親王の漢語的側面――「窓」「静（～）」―」（『古今和歌集連環』（和泉書院））参照。**〇君が代**　③111顕輔112「よものうみなみもおとせぬ君が世とよろこびわたるさののふなばし」（風俗和歌十首「…、佐野船橋」）。**〇代に**・「によって」とも「の中で」ともとれる。**〇あまのいのち**　八代集にない。「海士・天」掛詞か。「海士」は「海」の縁語。「尼」は掛けていないであろう。また「天の命」は「天命」の訓読語か。新編国歌大観①～⑩の索引において、「あまのいのち―」は、この歌以外に用例はない。

【訳】まわりの海の波静かな我が君の代に、漁師の命もさぞ嬉しい事であろう。〈左歌の、「海士の命」という表現は、どうかと思われます／右歌は、悪くありません、勝とすべきでしょう〉

▽「祝」5の3。「君」「世」。四海波静・天下泰平の君が代によって、海人の命もきっと嬉しかろうと、四海静謐、太平の御代を寿ぐ詠。②16夫木10245、雑五、海「千五百番歌合」小侍従、第四句「海士の命も」。2177「君がへんちよのためとぞこまつばらをしほの山もいはひそめけん」（釈阿「右　勝」）。

【参考】④30久安百首901「…四の海にも　浪たたず　和かのうら人　かずそひて　…　君が代に　あふくま川は　うれしきを　みわたにかかる　埋木の　…」（短歌、顕広。③129長秋詠藻100、雑歌廿首、短歌一首）

【類歌】②14新撰和歌六帖11「よ四（夫）べのうみ浪しづかなる御代なればはらかのにへもけふそなふなり」（第一帖「ついたちの日」。②14夫木34）

402　ふた葉なるまつのためしもたえぬかないくちよとなき君が御代には・2206（千百四番、左）

左、中五文字いかにぞきこえ侍る…〔「左」―「左は」（校本）、「にぞ」―「にそや」（同）〕

【語注】〇第一、二句　④11隆信14「ことしよりちとせのかげをならべよとふた葉の松をためしにぞひく」（春上）。

〇まつのためし　八代集にない。③30斎宮女御69、89相模295、⑤176民部卿家歌合建久六年195など。

【訳】二葉である松のならわしも絶えはしない事だ、幾千代とない、永久の我が君の御代には。〈左歌は、中の五文字が、どうかと思われます…〉

▽「祝」5の4。「（400・千代、）君が（御）代」。永遠《とわ》に続く我が君の代には、二葉の松のならわしも決して絶えない事だとの詠。402は、後拾遺436「これも又千代のけしきのしるきかな生いそふ松の二葉ながらに」（賀、右大臣）の詞書、「故第一親王生まれ給ひて、うち続き前斎院生まれさせ給ひて、…」のように、幼少の御子たちが続いて生まれる慶事をさすのであろう。三句切、倒置法。また小侍従にも④3小侍従183「君が代をなににたとへむ二葉なる松もちとせの末をしらねば」（雑「祝」）がある。2207「むれゐつつわかのうらわになくたづのこゑにも君が千代ぞきこゆる」（俊成卿女「右　勝」）。

【参考】③111顕輔116「君が世はながみねやまにふたばなるこまつのちたびおひかはるまで」（御屛風六帖和歌十八首、甲帖、正二月「長峰山小松多生」。②15万代3821。16夫木8465）

④26堀河百首17「子日して二葉の松を千世ながら君が宿にも移しつるかな」（春「子日」公実）

⑤109内裏後番歌合承暦二年1「ふたばなる子日のこ松引きうゑてはなさくよをば君ぞみるべき」（「子日」美作君。②9

後葉13）
⑤118左近権中将藤原宗通朝臣歌合2「ふたばなるねの日のまつはひきうゑつちよのかげをば君ぞみるべき」（「子日」
橘盛長）
【類歌】②16夫木13731「ゐにかける松のためしもいくたびかわが君が代におひかはるべき」（第二十九、松、衣笠内大臣）
③131拾玉70「ふた葉なる松は千代ふる物ぞとも君がみたててかたるにぞしる」（十題百首、祝）
④31正治初度百首1000「庭もせに二葉の松をうつしうゑて千世をば君が物とこそ見れ」（祝、季経）

403 みちとせになるてふもものももかへり花さくはるを君や見るべき・2236（千百十九番「左　持」）

いづれもいづれもなびやかにはべり、持とこそ見たまふれ「「いづれもいづれも」―「いづれも」（校本）」

【語注】○みちとせ　八代集一例・拾遺288（左記）。④30久安百首1019「君が代のかざしにをらん三千とせのはじめにさける桃の初花」（春二十首、堀川）。　○ももの　①11続古今1872 1882「みちよへてなるてふもものすゑのよのはなのさかりはきみのみぞみん」（賀、紀時文）、④27永久百首91「みちよへん春をしれとて桃の花君がそのにぞまづさきにけり」（春「桃花」大進）。　○ももかへり　八代集にない。④30久安百首1283、⑤159実国家歌合102など。夜の寝覚「〔帝〕「かゝるかたの思ひしめられなんには、百返《もゝ（かへり）》の宣旨、かひなくや侍らん」と、うちわらはせ給て、」（巻三、大系212、213頁）。⑤197千五百番歌合2158「きみがへんみちよをかけてさくもものももかへりまでさかへまさなん」（祝、顕昭）。
○なびやかに　⑤137六条宰相家歌合〈永久四年〉2「…右歌は、めづらしき事なけれども、なびやかなればかつなどこそは申すべけれども、」。

【訳】三千年に一度実がなるという桃が百度、花さく春を我が君は見る事ができるよ。〈どちらもどちらもなだらかでございます、持と判断し申し上げる事だ〉

【本歌】①3拾遺288「みちとせに《みちよへて(忠、亭)》なるてふ《といふ(和)》ももの《は(亭)》ことしより花さく春にあひにけるかな《そめにけり(和)》《ぞしにける(忠、亭)》《なりぞしにける(六)》」(賀、みつね。3′拾遺抄184。②4古今六帖58。6和漢朗詠集44。③13忠岑150。16是則6。⑤10亭子院歌合6)

▽「祝」5の5。「君」。「(幾)千代」→「(三)千年」「百(返)」、「松」→「桃」、「葉」→「花」。三千年に一度実が成る桃が百回も花の咲く春を、我が君は必ず見られるという寿歌。参考、類歌は多いが、就中②15万代3810「みちとせになるてふもものもかへりはなさくかずや君が世のかず」(賀、光頼)が、403に酷似する。「三千年になるてふ桃」が、本歌は今年より(花咲く春に)会う、403は百返(花咲く春を)我が君が見るとしているのである。第二、三句もものリズム。右、2237「かめのをのいはねにおつるたきつせにちるしら玉や君が代のかず」(丹後)。

【参考】③32兼盛175「みちとせにひらくる桃の花ざかりあまたの春は君のみぞ見む」

③49海人手古良78「みちとせになるてふ桃の百かへり君がためにとうゑし山人」(「いのり」)

③71高遠175「みちとせにはなさくもものけふごとにあひくるきみをためしにぞみる」

④27永久百首88「さきにけりいはひの水にかげ見えてみちとせになるももの初花」(春「桃花」忠房)

⑤420落窪物語53「三千年になるてふ桃の花ざかり折りてかざさむ君がたぐひに」(屏風歌))

【類歌】③131拾玉3587「春の夢のなほわすられぬ三千とせになるといふもの花をみるにも」(詠百首和歌、春)

③131同5715「三千とせになるてふもの花ざかり君もろともにみるぞうれしき」

恋、恋一（師光）

404 たてそめてあふ日をまちしにしきぎのあまりつれなき人ごころかな・2266（千百三十四番、左）

左歌、にしきぎのあまりつれなきとつづきて侍るは、ちつかにあまりてたつることのはべるにや／右歌は…勝侍るべきにや〔「侍る」—「侍れ」（校本）、「はべる」—「侍」（同）、「侍る」—「侍」（同）〕

【語注】○たてそめ　八代集一例・詞花190（後述）。④10寂蓮51「錦木を心のうちにたてそめてくちぬる程は袖ぞしりける」（恋「忍久恋と…」）。　○にしきぎ　八代集四例、初出は①4後拾遺651「にしきぎはたてながらこそくちにけれけふのほそぬのむねあはじとや」（恋一、能因）、①13新後撰891 892「うき名をや猶たてそへむにしき木のちつかにあまる人のつらさに」（恋二、花山院内大臣）、④31正治初度百首875「人しれぬ心にたつるにしき木のくちぬる色や袖にみゆらん」（恋、隆房）。　○あまり　八代集三例、初出は金葉二389。掛詞。　○人ごころ　④40永享百首801「あふ坂はなのみなりけりひとごころつれなき色に杉たてる山」（恋「寄木恋」兼良）…詞のみの類似。　○ちつか　俊頼髄脳「錦木はちづかになりぬいまこそは人にしられぬねやのうち見め…千束《ちそく》をかぎりにして、三年立つるなり。」（134、135頁）。

【訳】立て初めて会う日を待った錦木は千束以上であり、またあまりにも冷淡なあの人の心であるよ。〈左歌は、「錦木の余りつれなき」と続いていますのは、千束以上に立てた事がありますのでしょうか／右歌は…勝とするべきでし

ょうか〉

▽「恋」15の1。「見る」→「会ふ」、「年」→「日」、「桃」→「錦木」、「君」→「人」。立て始め、会う日を待った錦木は規定以上で、余りに冷たい人心よと、「祝」から「恋」へ歌い出す。「あふひ」に、（「桃」→）「葵」を潜ませるか。2267「こひぢにもおりたちぬればよそに見したごのもすそをたもとにぞしる」（越前「右　勝」）。

【参考】①6詞花190「おもひかねけふたてそむるにしきぎのちつかもまたであふよしもがな」（恋上、匡房。②9後葉316。④26堀河百首1122。⑤299袖中抄908）

③125山家579「たてそめて《ち（③西）》かへ《あ（⑤西）》る心はにしきぎのちつかまつべき心ちこそせね《すれ（⑤西）／め（③西）》」（中、恋「自門帰恋」。③126西行法師家集632。⑤386西行物語（文明本）128）

405　よしさらばこひしぬべしといひながらいけるは人のたのまざりしに・2296（千百四十九番「左　持」）

左歌、風情めづらしく見どころありて侍り／右歌は…

これも持などにてや〔「人の」―「人の《をイ》」（校本）〕

【語注】○よしさらば・こひ　①7千載953 950「よしさらば君に心はつくしてん又も恋しき人もこそあれ」（恋五、教長）、①9新勅撰935 937「よしさらばこひしきことをしのび見てたへずはたへぬいのちとおもはむ」（恋四、よみ人しらず）。○いひながら　②14新撰和歌六帖1555「夜もふけぬいまはよもとぞいひながらたのめし人のまたるるやなに」（第五帖「たのむる」）。○風情　方丈記「岡屋《ヲカノヤ》ニ行キカフ船ヲナガメテ満沙弥ガ風情《フゼイ》ヲヌスミ、」（新大系21頁）。

【訳】やむを得まい、きっと恋死するであろうと言いつつも、生きてきたのは、あの人が（私の恋死を）頼みとしなかったせいだ。〈左歌は、趣向が珍しく見所があります／右歌は…これも持などでございましょうか〉

▽「恋」15の2。「人」。ええい、それなら、ままよ、必ず恋死をしようといいながら、今もなお生きているのは、結局の所、あの人をあてにしなかったからだという歌か。「人の頼ま（ざりしに）」の部分がもう一つ分りにくい。「死ぬ」↕「生ける」。第三、四句いの頭韻。右、2297「かたいとのあふとはなしにたまのをもたえぬばかりぞみだれはてぬる」（定家）。

2326 なみたかきゆらのみなとをこぐふねのしづめもあへぬわが心かな・小208（千百六十四番、左）

▽「恋」15の3。前歌がどちらかといえば抽象的詠であったのに対して、これは、上句の具体的情景の序詞でもって、…の如く「しづめもあへぬ我心かな」と明快である。

406 夢とのみおもひはててもやむべきにちぎりしふみのなにのこりけん・2356（千百七十九番、左）

左歌、心はさても侍りぬべし、ちぎりしふみや、むげにただありに侍らん／右歌、…可為勝

【語注】○夢とのみおもひ　①3拾遺1206「夢とのみ思ひなりにし世の中をなに今更におどろかすらん」（雑賀、成忠女。①5金葉三430。②9後葉412。⑤296和歌初学抄64）、③100江帥453「ゆめとのみおもひなしつつあるものをなになかなかにおどろかすらん」（①10続後撰879 875）、④43為尹千首233「夢とのみ思ひやはてん郭公明くる枕にこゑをきかずは」（夏「夢中郭公」）。　○おもひはて　八代集四例、初出は拾遺442。③107行尊202「かばかりとおもひはててしよの中になにゆゑのこるこころなるらん」。　○なに　「名に」を掛けるか。　○心　（歌の）趣か。

【訳】（あの人との事は）夢とばかり思いあきらめても終わりとすべきであるのに、将来を誓い約束した手紙がどうし

て残ったのであろうか。〈左歌は、心情はそうでありましょう、約束の手紙が、むやみとただあるだけでしょう／右歌、…勝とすべきです〉

▽「恋」15の4。「心」↓「思ひ」。夢とばかりと断念してもいいのに、（あの人・男の）永久不変の愛を誓った手紙（歌か）がどうして残ったのかと、「夢」「果つ」（上句）と「文」「残る」の無形、有形の対照世界を歌う。②16夫木15078、雑部十四、文「千五百番歌合」小侍従、第二句「おもひいでても」、末句「なにのこるらん」。

407　おもはじとおもふこころのかなはねば人をばましていかがうらみん・2386（千百九十四番、左）

左、末句に人をばましてなどとつづけられて侍る、いとききよくも覚え侍らず／右、…可勝にこそ〔「ねば」―「ぬは」（校本）、「などと」―「など」（同）、「られて」―「られ」（同）〕

【語注】○まして　八代集五例、初出は古今397。○末句　反語。

【訳】あの人を決して思い慕いはすまいという、あの人を思い慕う心が自分の意のままにならないので、あの人をいうまでもなく、どうして恨む必要《こと》があろうか、そんな事はない。〈左歌は、下句に「人をばまして」などと詞を続けられていますが（のは）、たいそう耳ざわりがよくも思われません、右歌は、…勝とすべきです〉

▽「恋」15の5。「思は《ひ》《ふ》」。単純に、第一、二句は、あの人を思うまいとの心が（思いのままにならないので、ましてやあの人を恨む事はない）か。自分はこうだから、あの人をば…の詠。第一、二句おもの頭韻。2387「かけてだにたのめぬなみのよるよるをまつもつれなきよさのうらかぜ」（雅経「右　勝」）。

【参考】①4後拾遺812「けふしなばあすまでものはおもはじとおもふにだにもかなはぬぞうき」（恋四、西宮前左大臣）
【類歌】①14玉葉1585 1577「おもはじと思ふばかりはかなはねば心のそこよおもはれずなれ」（恋三、遊義門院）
③131拾玉3449「おもはじと思ふにかなふ心ならばかくしも世をばいとはざらまし」
④38文保百首2486「わが身だに心にかなふ世ならねば人のうきをもいかがうらみむ」（恋二十首、行房）

恋二（顕昭）

408 あさましやかくやはものをおもふべきわれつらからば人はしのばじ・2416（千二百九番「左　勝」）

…、左、させるとがはべらねば勝と申し侍るべし

〔「申し侍る」―「申侍」（校本）〕

【語注】〇あさましや　勅撰集（①索引）では、すべて八代集のみの用例。〇かくやはものをおもふ　⑤422夜の寝覚50「いにしへもかくやは物を思ひけんえもいひしらぬ心地こそすれ」（巻四、登花殿（督の君））。〇おもふべき　①14玉葉1287 1288「世世をへてわれやは物を思ふべきただひとたびのあふことにより」（恋一、和泉式部）、②12月詣341「おもふべき人はわれともしら露のしらずや君がこころおくらん」（恋上、祝部成仲）、②12同836「身をつみて誰か哀と思ふべき我ばかりうき人しなければ」（雑下、平行盛）、④30久安百首1166「つれなしと人をばなにか思ふべきこりず忍ぶは我が身まされる」（恋、上西門院兵衛）。

【訳】あきれはてた事よ、このように（恋の）物思いをすべきであろうか、イヤそうではない、私が冷淡なら、あの

人は決して私を思い慕いはすまいものを…。〈…、左歌は、これといった欠陥がありませんので、勝と申すべきでしょう〉

▽「恋」15の6。「思ふ《は》」「人」。「人」→「われ」。私が冷たいのなら、あの人は私の事を、こんなにも思慕しはすまい、一方、あの人が冷たいから、私はこんなにもあの人の事を恋慕するのだ、だからこんなにも物思いをする事はないのに、それをするのはあきれた事だとの、初、三句切による屈折した心象を歌う。右、2417「おもふことちえのうらわのうきさだによりあふすゐはありとこそきけ」（寂蓮）。

409　ちぎらずなまくらにとめんうつりがをたえなんのちのかたみなれとは・2446（千二百二十四番「左　持」）

左歌、枕にとむるうつりがのたえて後のかたみとならんも、なさけふかくこそおぼえ侍れ、…右歌にあはれもかけ侍りぬべし〔「ずな」―「すは」（校本）、「後の」―「後」（同）、「右歌に」―「左り右り《ママ》の袖に」（同）、「侍」―「はへ」（同）〕

【語注】○かたみなれとは　①16続後拾遺895 887「みるからに袖こそぬるれ月をだにかたみなれとは契らざりしを」（恋四、藤原泰宗）。

【訳】約束はしなかったよね、枕にとまるであろう移り香を、（二人の仲の）すっかり絶え果ててしまった後の形見であれとは。〈左歌は、枕にとどめる移り香が、（二人の仲の）絶えた後の形見となるだろう事も、情趣深く思われます事だ、…右歌に〝あはれ〟もさぞかけますでしょうよ〉

▽「恋」15の7。枕にとまる移り香を、二人の仲が絶えた後の形見なれとは、あの人と誓いはしなかったと歌ったもの。初句切、倒置法。右、2447「わびつつはおなじ世にだにとおもふ身のさらぬわかれになりやはてなん」（家長）。

410 たのむともいまはたのまじあふみぢのしののをふぶき人はかりけり・2476（千二百三十九番「左　勝」）

左歌は催馬楽に、あふみぢのしののをふぶきはやひかすこもちまちやせぬらんしののをふぶき、と申す歌につきてよめるなるべし、しののをふぶきは風の名と申しつたへたり、こもちまちやせぬらんといふことばにつきて、人はかりけりとよめるにこそ、それもおしはかりにや、たしかにことばことにあきらむる事はいかが、おほかた神楽、風俗、催馬楽などの歌は、ふるき歌にて心えやすきこともあり、又古語などまじり、ゆゑありてなに事と申しあきらむべくもなき事おほかりとぞ申しつたへて侍る、俊頼朝臣が竹風如秋と申す題に、秋きぬと竹のそのふになのらせてしののをふぶき人はかるなり、とよめるに末句同じ、如何／右歌は、…と侍る、左歌の下句、ふるげなればまくべし〔「申す」―「申」（校本）、「つたへ」―「伝《ツタヘ》」（同）、「ことば」

―「詞」（同）、「とよ」―「とはよ」（同）、「まじり」―「ましる」（同）、「とぞ」―「とこそ」（同）、「とぞ…如秋」―「とぞ申つたへて侍る俊頼朝臣か竹風如《とこそよろつの道しりくゝりたる人〳〵も申侍けれイ》秋」（同・補注）、「申しつ…如何」―「よろつのみちしかくしりたる人にも申侍けれ」（同）、「と侍る、…べし」―「といへりをしはかりなれと左勝歟」（同）」

【語注】○あふみぢ　八代集一例・後撰785。「逢ふ」と「身」「道」を掛ける。　○しののをふぶき　八代集にない（「をふぶき」も）。「篠の小薄」八代集二例、初出は金葉二680。④30久安百首164「名にしおはば春うち《はや(夫)》とけよ《出で(夫)》近江路のしののをふぶきしのびしのびに」（恋、公能。②16夫木7793）、⑤224遠島御歌合131「日数さへしののをふぶき立ちかさねあふみぢとほき行末の空」（羈旅、前内大臣）。　○竹風如秋　「基俊Ⅰ27・俊頼Ⅰ327」（歌題索引）。③108基俊27「ゆふさればささむら竹に吹く風のそよぐ音こそ秋かよふらし」（「竹風如秋」）。

【訳】頼むとしても、今は頼みとすまい、あの人に会う我身の方法・道のしるしである近江路の篠の小蕗を人は刈り取ってしまった事よ。〈左歌は催馬楽に、「近江路の篠の小蕗はやひかす子持まちやせぬらん篠の小蕗」と申した歌についてよんだのであろう、「しののをふぶき（吹雪）」は風の名と申し伝えている、「こもちまちやせぬらん」という詞に従って、「人はかりけり」と詠んだのであろうが、それも推量であろうか、確かに詞はことさらに明らかにする事はどうかと思われる。おおよそ神楽、風俗、催馬楽などの歌は、古い歌で理解しやすい事もあり、また古語などがまじって、わけがあってどういう事だと言い申し明らかにする事ができないのが多いと申し伝えているのです、俊頼朝臣の「竹風如秋」と申す題に、「秋きぬと竹のそのふになのらせてしののをふぶき人はかる《ばかり(夫)》なり」（③106散木327、夏。

②16夫木7791）と詠んだのに、下句が同じであるのは、どういう事か（「どうか」か）／右歌は、…とあります、左歌の下句が、古くさげであるので負であろう〉〔校本は左勝〕

▽「恋」15の8。頼もうとしても、今となっては頼むまい＝頼むつもりはない（「頼めないだろう」か）、なぜなら会う道しるべである、近江路の篠の小蕗を人（恋人か、恋の妨げをする人か、全くの他人・第三者か）が刈ってしまったのだから、つまり、あの人に逢える手段・道がないと歌った恋歌。二句切。②16夫木7792、雑一、しののをふぶき（7791〜7795・5首のうち）、「千五百番歌合」小侍従、末句「人ばかりなり」。『守覚全歌注釈』274（後述の④31正治初度百首377）参照。催馬楽19「近江路の　篠の小蕗　はや曳かず　子持　待ち痩せぬらむ　篠の小蕗や　さきむだちや」（「近江路」）。右、2477「さのみやは人のこころにまかすべきわするるくさのたねをしらばや」（三宮）。

【類歌】④31正治初度百首377「こひわびぬつれなき人にあふみ路のしるべにかよへしののをふふ《ぶ（夫）》き」（恋、御室。②16夫木7794）

411　まつひともとふのすがごもとはばこそななふをあけてぬともしらせめ・2506（千二百五十四番、左）

左歌、みちのくのとふのすがごもななふには君をねさせてみふにわれねん、と申す歌にてよまれたるが、上句にとふとよみて、下句ななふとよめる、やまひには侍らずや、とふのすがごもとはばとそへられたるは、このこもならずとも、その証はさだめてかんがへられてぞよまれて侍らん／右歌は…左は病侍れば、まけ侍るべし〔歌「ひ」―「や」(校本)、「せ」―「れ」(同)、判「下句」―「下句に」(同)、「とふ」―「又とふ」(同)、「ずとも」―「ねとも」(同)、「証」―「終」(同)〕

【語注】○とふ　掛詞(「十生」「訪・問ふ」)。　○とふのすがごも　八代集一例・金葉二275。平安後期、好まれた素材(後述歌参照)。　○ななふ　八代集にない。万葉423 420「…天なる　ささらの小野の　七節菅《ななふすげ》　手に取り持ちて…」(巻第三)、一首中に「とふのすがごも」も詠み込んだ歌に、袖中抄「一、とふのすがごも／みちのくのとふのすがごもなゝふには君をねさし《せ(俊)》てみふにわれねん／顕昭云、…」(『日本歌学大系　別巻二』第十四、223頁)、俊頼髄脳「心ざしを見せむと詠める歌、…みちのくの…」(96頁)、さらに他、⑤175六百番歌合691(有家)、197千五百番歌合2572(保季)など。　○やまひ　異語同義重複の同心病。396参照。

【訳】待っている人も訪れるという十筋の菅薦の事を聞かれたのなら、七筋を空けて寝ているとも知らせよう。〈左歌は、「陸奥の十生の菅薦七生には君を寝させて三生に我れ寝ん」と申す歌にて詠まれたが、上句に十生と詠んで、下句に七生と詠んだのは、歌病ではありませんか、「十生の菅薦とはば」と加えられたのは、この薦でなくても、その証拠《あかし》は、きっと考えられて詠まれているのでありましょうよ／右歌は…左歌は歌病がありますので、負でありましょう〉

▽「恋」15の9。「人」。「小蕗」→「菅薦」、「近江路」→「(陸奥)」。待つ人も訪れるという十生の菅薦の事を、あの人が聞いたなら、七筋を空けて寝ているともあの人に知らせたいと歌ったもの。第二、三句とふ、とはの頭韻。2507「ながむればこころさへこそうきくもやそのいにしへのゆふぐれのそら」(内大臣「右　勝」)。

【参考】④30久安百首275「君待つととふのすがごもみふにだに寝でのみあかす夜をぞ重ぬる」（恋二十首、教長。③119教長715）

【類歌】④4有房409「ななふまであけてもまたじとおもふかないもがねどこのとふのすがごも」④6師光66「さりともとふのすがごもあけて待つ七ふにちりのつもりぬるかな」（恋）

412　ただもせしながめなれどもをりからにしのぶもまたぞくるしかりける・2536（千二百六十九番、左）

左歌、ただもせしながめはつねのことなれば、しのぶる恋のをりのながめのくるしからん事は申しくらぶべきにあらずや／右歌は、…まさると申し侍るべし〔歌「だ」―「え」（校本）、「ど」―「て」（同）、判「だ」―「え」（同）、「こと」―「もの、こと」（同）、「ば」―「と」（同）、「ながめの」―ナシ（同）、「事」―「こと」（同）、「申し侍る」―「申」（同）〕

【語注】○をりから　八代集二例、初出は拾遺512。　○くるしかりける　①3拾遺770「しのぶればくるしかりけりしのすすき秋のさかりになりやしなまし」（恋二、勝観法師。3′拾遺抄252）、①5′金葉三419「しのぶるもくるしかりけりかずならぬ人はなみだのなからましかば」（恋、出羽弁。①6詞花325 324）。

【訳】一途にした〝ながめ〟ではあるけれども、時が時だといって我慢するのもまた苦しい事だ。〈左歌は、「ただもせしながめ」は、いつもの事であるので、堪え忍ぶ恋の時の〝ながめ〟が苦しいような事は、申し比べるような事に

ないのではないか／右歌は、…優れていると申し上げますようだ〉
▽「恋」15の10。いつも一筋にした〝ながめ〟（思いを込めて見る事）だが、折も折、堪え忍ぶ恋の〝ながめ〟もまた苦しい――以上、判詞による――と歌う。2537「身のうさは人のつらさをしるべにてなみだのやどはたもとなりけり」（忠良「右　勝」）。

恋二（顕昭）

413　つらきをばうらみぬものをあふことのあればぞかかる心をも見る・2566（千二百八十四番、左）

左歌は、天徳四年歌合に、朝忠卿が恋歌に、あふことのたえてしなくは中中に人をも身をもうらみざらまし、と侍る歌の心をいでずや侍るらん／右歌は、…可勝侍
〔「恋」―「恋の」（校本）、「と侍」―「といへ」（同）、「可勝侍」―「かち侍へし」（同）〕

【語注】○つらきを・うらみ　同じ小侍従190の①8新古今1227「つらきをもうらみぬわれにならふなようき身をしらぬ人もこそあれ」（恋四、小侍従。⑤248和歌一字抄1165）、⑤221光明峰寺摂政家歌合55「つらきをばうらみもはてずあづさ弓こころよわくもなほこふるかな」（「寄弓恋」資季）。○あふこと　③114田多民治129「つらしとて歎きしよりも逢ふ事の心のままになきぞわびしき」（恋「不叶心恋」）、⑤175六百番歌合1191「こひしさにあふ事かへんいちもがなつれ

なき人のこころをもみむ」（恋「寄商人恋」兼宗）。　○あふことのあれ　①7千載882 880「あふ事のありしところしかはらずは心をだにもやらましものを」（恋四、雅頼。②12月詣602）、①11続古今1218 1226「おもひいでてねこそなかるれあふことのありしむかしやつらさなるらん」（恋四、定円）、③74和泉式部続261「逢ふ事のありやなしやもみもはてでたえなん玉のををいかにせん」（①10続後撰712 705）、⑤250風葉790「あふことのあらばつつまんと思ひしに涙ばかりをかくる袖かな」（恋一、いはうつ浪の内大臣）。　○ずや　詠嘆か。

【訳】（会っていない時には、あの人との恋の）つらい事をば恨まないものであるのに、（あの人と）会う事があるから、こんな感情（＝つらさを恨む事）をも味わい知る事よ。〈左歌は、天徳四年歌合に、朝忠卿の恋歌に、「逢ふ事の絶えてしなくは中中に人をも身をも恨みざらまし」〔＝①3拾遺678、⑤28内裏歌合天徳四年38、⑤276百人一首44〕とあります歌の趣を出ていない事でありましょうか／右歌は、…勝とすべきであります〉

▽「恋」15の11。「くるしかり」→「つらき」、「ながめ」→「見る」。会わない時（「会う前の時」か）には、あの人（恋）のつらいのを恨まないのに、なまじ会うから、つらいのを恨む心情を知るとの詠。第三、四句あの頭韻。2567「ひとりねのとこにかたしくわがそでにあふうれしさをいつかつつまん」（兼宗「右　勝」）。⑥10秋風和歌集874、恋中「千五百番歌合歌」小侍従。

414　ながらふる身のつれなさをおなじ世にありときかるる事のみぞうき・2596（千二百九十九番「左　持」（校本））

左歌、恨のこころはふかけれど、下句の詞あららかにや／右歌、…たがひにえぬ所もえたる所も侍れば、ひとしめて同科とことわり申すべけれど、左はさしたるとが侍らず、まつした水はいかがときこえ侍れば、左かつと可申歟〔歌「と」―「て」（校本）、判「ふかけれど」―「ふかければ」（同）、「ぬ所」―「ぬ」（同）、「同科と…申歟」―「同科とつかまつるへし」（同）〕

【語注】○ながらふる・身　④24慶運280「かくてだにながらふる身に古の世のうき物と何思ひけむ」（雑「懐旧」）、④37嘉元百首2564「さぞとだに人はしらじな同じ世のたのみばかりにながらふる身を」（一条殿御局）、④38文保百首1180「ながらふる命よいかに人もいとふ我もをしまぬ同じうきみを」（恋二十首、教実）。○つれなさ　八代集五例、初出は金葉508。が、「つれなし」の用例は多い。

【訳】（恋死する事なく）生き永らえる我身の変りなさを、同じこの世に生きていると（あの人に）聞かれる事だけが辛いのだ。〈左歌は、恨みの心情（「歌の趣」か）は深いのだけれど、下句の詞は粗雑なのではないか／右歌は、…お互いに短所も長所もありますので、同様に同レベルと判断し申し上げるべきですが、左歌はこれといった欠点はありませんが、（が、）「松下水」（という表現）はどうかと思われますので、左歌のほうが勝つと申し上げるべきでしょうか〉

▽「恋」15の12。「あれり」。「つらき」「うらみ」→「つれなさ」「うき」、「見る」→「聞か」、「心」→「身」。平気で生き続ける我身を、この同じ世の中に生きていると恋人に聞かれる事ばかりが辛いと嘆く詠。右、2597「さりともとたのむこころのふかければなほこのくれもまつの下水」（通光）。

【参考】⑤424狭衣物語84「憂き事も堪へぬ命もありし世にながらふる身ぞ恥に死にせぬ」（入道の宮（女三の宮））

【類歌】①21新続古今1170「おなじ世にありときかれじつれなくてたのむと猶や人の思はん」（恋二、平師氏）
①21同1171「おなじ世にありときくだにつれなきに恋ひしなん身のはてぞかなしき」（恋二、経継）

②11今撰145「かくばかりつれなき人とおなじ世にむまれあひけむことさへぞうき」（恋、頼政。②15万代1973）

415 とにかくにおもへどもののかなはねばいける命をなげくばかりぞ・2626（千三百十四番、左）

左歌、あしからねど、恋の心はうすくて述懐の歌にも
かよひ侍りぬべくや／右歌は、…かちと申すべし〔歌
「ね」―「ぬ」（校本）、判「侍りぬべ」―「侍へ」
（同）〕

【語注】○とにかくに　八代集三例、初出は拾遺990。②10続詞花996「とにかくにみぎは心にかなはねばひだりかちとやいふ《人はみる(右)》べかるらん」（戯咲、顕輔。⑤155右衛門督家歌合久安五年52判）。○とにかくに・おもへ　③1人丸14「とにかくに物は思はずひだたくみうつすみなはのただひとすぢに」（上。②1万葉2656 2648。②16夫木16679）、④32正治後度百首133「秋はくれ月は更行くとにかくに物おもふべきあけがたのそら」（秋「月」範光）、⑤430有明の別れ75「とにかくに思ふもつらきみのうさをまたいかさまにそふるなげきぞ」（三、うちのおとど（内大臣））。○かなはねば　①14玉葉1585 1577「おもはじと思ふばかりはかなはねば心のそこよおもはれずなれ」（恋三、遊義門院）。○判の「や」　疑問か。

【訳】あれこれと思うのだけれども、（恋の）物事が意のままにならないので、ただ生きている命を嘆くばかりだ。〈左歌は、（歌として）悪くはないのだが、（歌において）恋の心は薄くて、述懐の歌にもさぞ通じますでしょうよ／右歌は、…勝と申すべきでしょう〉

▽「恋」15の13。「ながらふる（身）」→「生ける（命）」、「のみ」→「ばかり」、「憂き」→「嘆く」。何やかやと物思うのだが、何一つ実現しないので、生きているのを慨嘆するばかりだとの、判の言う如く述懐的恋歌。2627「いひかよ

ふみちだにたえぬあふ事のながらのはしはさこそくちなめ」（釈阿「右　勝」）。

【類歌】④38文保百首1794「とにかくになげくや猶も数ならぬ身をあるものに思ふなるらん」（雑十首、実前）

2656　たのめつつこぬよをまちしいにしへをしのぶべしとはおもひやはせし・小201

▽「恋」15の14。「思ひ《へ》」。

416　さらぬだにねざめさびしき冬の夜にうらみし鳥のねこそかはらね・2686（千三百四十四番「左　持」）

左の歌、うらみし鳥のねこそかはらねと侍るも、右の…心のうちのあささふかさ、とかく申さんにおよび侍らずや〔判「歌、」―ナシ（校本）、「と侍る」―「も侍」（同）、「心」―「心こ」（同）〕

【語注】○さらぬだに　八代集六例、初出は金葉209。○第二、三句　⑤421源氏物語320「とけて寝ぬねざめさびしき冬の夜に…」（「朝顔」、（光源氏））。○うらみし鳥（の）　新編国歌大観①〜⑩の索引では、この歌の他には、⑥34難波捨草566「諸ともにうらみし鳥のこゑよりも待つ夜更行く鐘の音ぞうき」（恋下、放鸚子）、⑥39大江戸倭歌集1641しかない。

【訳】そうでなくてさえ寝覚のさびしい冬の夜に、恨んだ鳥の音、つまり夜明けを告げる鶏の鳴き声は変らない事よ。

〈左の歌は、「怨みし鳥の音こそ変らね」とありますのも、…（恋の）心の中の浅さ深さも、あれやこれや申し上げるのに及んでいませんのでは…〉

▽「恋」15の15。「夜《よ》」。そうでなくても寝覚のさびしい冬夜――ましてやあの人の来ない一人寝の床はさびしい冬夜――に、以前あの人と別れた後朝の朝、恨みに思った夜明けの鶏の声は前と少しも変らないと歌ったもの。作者小侍従（98）の名歌に、新古今1191「待つよゐにふけゆく鐘の声きけばあかぬ別れの鳥は物かは」（恋三「題しらず」）がある。右、2687「しきたへのまくらもうとくなりぬればゆめみし夜はもこひしかりけり」（丹後）。

【参考】③106散木1313「さらぬだにねざめの床のさびしきにこづたふ猿のこゑ聞ゆなり」（雑上。②16夫木13021）
④30久安百首356「さらぬだに寝覚がちなる冬の夜をならのかれ葉に霰ふるなり」（冬、顕輔。①10続後撰502 494）
⑤142内大臣家歌合元永元年十月十三日3「たびねしてあかしのうらの冬のよにうらさびしくも鳴くちどりかな」（「千鳥」雅兼）

【類歌】④35宝治百首2285「さらでだに長きをかこつ冬のよにねられぬ月の影ぞひさしき」（冬「冬月」為家）

雑、雑一（前権僧正・慈円）

417　そでにおくつゆもまだひぬあかつきにゆふつけどりのなくぞあやしき・2717（千三百五十九番、左）

あかつきのとりのねたしやかみぢやま思ひなかけそみねの白雲、以右為勝〔歌「し」―「く」（校本）〕

【語注】**○おく**　「起く」も掛けるか。　**○つゆもまだひぬ**　①8新古今491「むらさめのつゆもまだひぬ槙のはに…」（秋下、寂蓮。④10寂蓮289。⑤184老若五十首歌合249）。「露」は「（暁の別れの）涙」を暗示するか。　**○あかつき**　「ゆふ

（夕）」と対照。　**○あかつき・ゆふつけどりの**　③133拾遺愚草1794「ことわりやうちふすほども夏の夜はゆふつけ鳥のあかつきのこゑ」（院五十首、夏。⑤184老若五十首歌合155）、④31正治初度百首1896「あふさかの関もる神にあけぬとやゆふつけ鳥のあかつきの声」（「鳥」静空）、④35宝治百首3213「夜をかさね老のねざめに待つものをゆふつけ鳥の暁の声」（雑「暁鶏」有教）。　**○ゆふつけどり**　八代集六例、初出は古今536。　**○あやしき**　或いは「心乱れる」か。　**○ねたし**　「音《ね》」を掛けるか。　**○かみぢやま**　八代集一例・新古今1878、「かみぢのやま」一例・新古今1875。三重県伊勢市。内宮を象徴。

【訳】袖に置いた露（涙）もまだ乾かない暁に、「夕付《つ》け」という鶏が鳴くのは変な事だよ。〈暁の鳥の音《ね》がして残念だよ、神路山（において）、思いを懸けるな、峯の白雲よ、右を勝とする〉

▽「雑」10の1。「鳥」。「夜に」→「暁に」、「鳥のね」→「木綿付鳥のなく」。④26堀河百首1296「あけぬなりゆふつけ鳥の名にしおはば暁おきの別せましや」（雑「暁」河内）の如く、夜をすごし袖の露（涙）もまだ乾かない暁であるのに、夕付《つけ》鳥の鳴くのが不思議だと歌ったもの。いうまでもなく、本来は「木綿つけ鳥」（古今536）である。或いは「いみじう選りと、のへて、その日の夕つけてまいらせたり。」（源氏物語「少女」、新大系二―309頁）の、「暁」に対する「夕つく」（夕方になる）、その鳥の鳴くのが変だといったものか。さらに後世の転である「夕告鳥」か。また式子（291）にも、名歌、①8新古今1810「暁のゆふつけどりぞあはれなるながきねぶりをおもふ枕に」（雑下、式子内親王）がある。右、2718「いすず河そのみなかみをたづぬればかみぢのみねにかかるしら雲」（越前）。

【参考】①2後撰1094 1095「我のみは立ちもかへらぬ暁にわきてもおける袖のつゆかな」（雑一、右衛門）
③25信明119「あかつきになくゆふつけのわがこゑにおとらぬ音をぞ鳴きてかへりし」
④26堀河百首1292「暁に成りにけらしなほととぎす夕つけ鳥とともになくなり」（雑「暁」永縁）

【類歌】③131拾玉2151「夏のよはまだよひながら明けぬとやゆふつけ鳥の暁のこゑ」（「暁」）

④35宝治百首3231「何として暁方になりぬればゆふつけ鳥のなきはじめけん」（雑「暁鶏」師）
④38文保百首3180「ひとり聞くゆふつけ鳥の暁はわかれしよりもねこそなかるれ」（宣子）

418　しほみてばかくるるいそのそなれまつこれも見るひぞすくなかりける・2748（千三百七十四番、左）

中中にかくるるまつはさもと見えてのやまのすゑはめにぞたたれぬ、左勝歟〔歌「ひ」—「め」（校本）、判「さも」—「さも《それイ》」（同）、「ぬ、左」—「ぬ又左」（同）〕

【語注】○しほみてば・まつ　①16続後拾遺778「塩みてば浪こす磯の岩ね松ぬれて年ふる袖のつれなさ」（恋二、雅有）、①20新後拾遺1285「しほみてばそれともみえずみをつくしまつこそ浦のしるしなりけれ」（雑上、源義春）。○そなれまつ　八代集にない。が、古今1128「かぜふけばなみこすいそのそなれまつねにあらはれてなきぬべらなり」（『古今集総索引』異本の歌（曼殊院本）。②4古今六帖4113、第六「まつ」人丸）にある。

【訳】潮が満ちてくると、隠れる磯の磯馴れ松、これも（本歌の「草」同様）見る日が少ない事よ。〈かえって隠れる松はそうだとも見えて、野山の末は目につかない事よ、左の勝か〉

【本歌】①3拾遺967「しほみてば入りぬるいその草なれや見らく《る日(新)》すくなくこふらくのおほき《し(新)》」（恋五、坂上郎女。①3′拾遺抄318。②3新撰和歌280。4古今六帖3582。⑤281歌経標式26。291俊頼髄脳343）

▽「雑」10の2。「露」→「潮」、「鳥」→「松」。418は、恋の本歌を雑・叙景歌として、（潮が満ちて隠れ入る磯の）「磯馴れ松」も、草同様に見る日が少ないと詠む。隠れる松を見る日が少ないとも考えられるが、本歌により、すな

おに松を見る日が少ない（＝隠れない松自体を見る日が少ない）とした。判はこの歌を勝とする。右、2749「たつけぶり野山のすゐのさびしさはあきともわかずゆふぐれのそら」（定家）。

419 うきふしはとどこほるともかはたけのながれてすゐにあふせなりせば・2778（千三百八十九番、左）

うきふしはげにとどこほる心ちしていりえのたづやなきまさるらん、以右為勝〔歌「ふせ」―「ふせ《よイ》」（校本）、「なり」―「有」（同）、判「ん、以」―「ん仍以」（同）、「勝」―「勝歟」（同）〕

【語注】**〇うきふし** 八代集三例、初出は古今957。「浮き」を掛けるか。「浮き」は「瀬」の縁語。「節」は「竹」の縁語。 **〇とどこほる** ④30久安百首1258「あふ事のとどこほりたる水の上につがはぬをしのうきねをぞ鳴く」（冬、安芸）。 **〇かはたけ** 八代集三例、初出は後撰1272。なお「川竹の」は「流れ」の枕詞。 **〇かはたけ・ながれ** ①10続後撰1138 1135「かはたけのながれてきたることの葉はよにたぐひなきふしとこそきけ」（雑中、肥後）、④11隆信930「…つるのこの すゐはるばるに かはたけの ながれひさしき よよまでも おいずしなずて …」（雑四）、④38文保百首599「かは竹のながれたえせず色かへず久しからなんみよの行末」（雑、空性）、⑤197千五百番歌合2751「ながれての世世につたはる河竹も君にちぎれるすゐぞひさしき」（雑一、通具）。 **〇ながれ** 「泣かれ」を掛けるか。 **〇あふせなり** ③125山家663「ものおもへばそでにながるるなみだがはいかなるみをにあふせなりなん」（中、恋）、⑤118左近権中将藤原宗通朝臣歌合18「こひわびてそでにながるるなみだがはいづくばかりかあふせなるらん」（「不合恋」宗通）。 **〇せ** 「瀬」は「流れ」の縁語。

【訳】辛く悲しい事は、今のこの世に滞ったとしても、生き永らえて未来に会う時があったとしたら。〈辛く悲しい事は、誠に世にとどまっている心ちがして、入江の鶴が鳴き優っているのであろうか、（ゆえに）右を勝とする〉

▽「雑」10の3。「潮」「磯」↓「河」「流れ」「瀬」、「松」↓「竹」。〝憂き節〟は今にとどまっていても、川の流れるように、生き永らえて未来に逢う時があったら、望みを持って、今を我慢して生きて行く事ができるとの詠。将来、何に会うのか、一族、子孫の繁栄か、極楽往生か。「祝」「恋」（共に前出）の部の歌ではないので、〝我が君の永久の栄え〟や〝恋人〟ではない。守覚法親王歌にも、守覚308「呉竹の本のかけひは絶えはてて流るる水の末をしらばや」（⑤363源平盛衰記150）があり、この場合の「末」は、「あなた・経正の行く末」である。右、2779「風はやみゆふしほみてばなにはがたいりえのたづのこゑもをしまず」（通具）。

【参考】③106散木1094「君とわれむすぼほれなば河竹のながれても見ようきふしやあると」（恋上）

【類歌】④37嘉元百首568「今ぞしるうきとし月のおもひ川ながれて末にあふせ有りとは」（恋「初逢恋」冬平）
⑤361平家物語（覚一本）6「うきふしにしづみもやらでかは竹の世にためしなき名をやながさむ」（「二代后」、太皇太后宮（藤原多子））

420　おとはがはおとにききつつやみなばやこえてくやしきあふさかのせき・2808（千四百四番、左）

いとどしくおとさへたかくきこゆなり雲にさらせるぬのびきの滝、以右為勝（歌「がは」―「山」（校本）、判「以」―「仍」（同））

【語注】**○おとはがは**　八代集四例、初出は古今749。「逢坂の関」に近い山科の川か。　**○あふさかのせき**　「会ふ」

を掛ける。①10続後撰845 841「なにせんにふみはじめけんあづまぢやこえてくるしき相坂の関」（恋三、伊光）、④35宝治百首2636「おもはずよ越えてくやしき相坂のせきとめがたき涙なれとは」（恋「寄関恋」但馬。①10続後撰847 843）。

○判歌　420と同じ三句切、体言止。

【訳】（音羽川の）噂でききつつ終えてしまいたいものだよ、一線を越えて、（逢坂の関の）会えばくやしい思いをするのが分っているから。〈いよいよ更に音までも高く聞こえる事よ、雲にさらしている布を思わせる布引の滝であるよ、右を勝とする〉

【本歌】①1古今473「おとは山おとにききつつ相坂の関のこなたに年を《ひとを》ふる《まつ（定）》かな」（恋一、在原元方。②4古今六帖879、第二「山」つらゆき。⑤8左兵衛佐定文歌合27「不会恋」元方。⑤223時代不同歌合75）

▽「雑」10の4。「川」「会ふ」。「滞る」「流れ」「瀬」→「川」、「滞る」→「関」。噂に聞きながら、会えないまま年月を過ごすという恋歌の本歌をうけて、あの人の噂をきくだけで終りたいものだ、なぜなら、会って契りを結べば、必ずその後に後悔の思いが待っているから…と歌う。あるいは、過去に一度会ってしまって悔しい思いをしているから、もう二度と会いたくない、悔しい思いをしたくないから、噂をきくだけで終りたいと歌ったものか。雑歌ではあるが、恋歌仕立て。歌枕（「音羽川」「逢坂の関」）が出るゆえに、羇旅歌（雑歌）的扱いか。第一、二句おと（「音」ゆえ、「川」がふさわしいか。が、本歌は「山」）の頭韻。三句切、体言止。右、2809「いくよともしられぬものはしらくものうへよりおつるぬのびきのたき」（家隆）。

【類歌】③132壬二701「あふ坂の関のこなたに音羽河音にききつる春は来にけり」（順徳院名所百首、春「音羽河」。④33建保名所百首7）
④14金槐461「会坂の関屋もいづらやましなの音羽の滝の音にききつつ」（恋「名所恋の心をよめる」）
④35宝治百首2612「あだなりやおとに聞きつつ音羽川思ひわたりしあふさかのやま」（「寄関恋」頼氏）

421　なにしおはばたづねもゆかんみちのくのあぶくま河はほどとほくとも・2838（千四百十九番、左）

　はしだてや夢ぢとだゆるさよまくらふきまさるらし松のしたかぜ、仍右勝〔歌「河は」―「川の《はイ》」（校本）、「とほく」―「遠」（同）、判「てや」―「てよ」（同）、「らし」―「らん」（同）、「、仍右勝」―「以右為勝」（同）〕

【語注】○初句　字余り（「お」）。④26堀河百首1386「名にしおはばあぶくま川を渡りみん恋しき人の影やうつると」（雑「川」顕仲）。**○たづねもゆか**　「たづねゆく」は八代集三例、初出は古今313。**○みちのく・あぶくま河**　「会ふ」を掛ける。磐城（福島、宮城県）。②4古今六帖886「みちのくにあぶくまがはのあなたにや人わすれずの山はさがしき」（第二「山」）、③24中務171「かくしつつよをやつくさむみちのくのあぶくまがははいかがわたらぬ」（「ある人」）、⑤90丹後守公基朝臣歌合康平六年20「朝夕におもへばくるしみちのくのあぶくま川のあふよしもがな」（「恋」右）。**○あぶくま河**　③133拾遺愚草1959「思ひかねつまどふ千鳥風さむみあぶくま川の名をやたづぬる」（最勝四天王院名所御障子歌「阿武隈河」）、⑤143内大臣家歌合元永二年60「尋ねかねそこにありともきかなくにあぶくま川の名をたのむかな」（「尋失恋」忠季）。

【訳】「逢ふ」というその名を持っているのなら、尋ねても行こう、陸奥の阿武隈河は都から遠い彼方であっても。〈橋立よ、夢路が途絶える小夜枕（に）、吹き優るようだ、松の下風は、そこで右の勝〉

▽「雑」10の5。「河」、「逢ふ」。「越え」→「行か」。「音羽河」「逢坂の関」（歌枕）→「（陸奥の）あぶくま河」（同）。

たとえ阿武隈川は遠くとも、「逢ふ」という名を持つなら尋ね行こうと歌う。前歌に続いて恋歌めかした羇旅歌。二句切、倒置法。右、2839「風わたるまつのしたねのさ夜まくらゆめぢとだゆるあまのはしだて」（雅経）。

雑二（前権僧正・慈円）

422　かすがののわかむらさきのつまごひはあふとぞ見しになどかへりけん・2868（千四百三十四番、左）

つまごひにあひてかつとやしらざらんよもぎにきえしその露の身は、右勝〔歌「ごひ」―「はゐ《こイ》」（校本）、「かへ」―「かは」（同）、判「ごひ」―「はひ《こイ》」（同）、「露」―「つみ」（同）、「勝」―「勝歟」（同）〕

【語注】**○かすがののわかむらさき**　①15続千載389 391「袖にこそみだれそめけれかすがののわか紫の萩が花ずり」（秋上「野萩を」為定）、①16続後拾遺151「春日野の若むらさきの初草もかはらぬ色にさける藤波」（春下、御製）、①21新続古1742「萩が花うつろふ比や春日野のわか紫のころもうつらむ」（雑上「擣衣を」紀俊豊）、②16夫木4514「かすがののわかむらさきのふぢばかま草のゆかりも露ぞくだくる」（秋二、蘭、為家）、④11隆信929「かすがののわかむらさきの　いろふかく　思ひそめては　としふれど　…」（雑四）、⑤15京極御息所歌合40「ことしよりにほひそむめりかすがののわかむらさきにてでなふれそも」（「本」。②16夫木13580。⑤299袖中抄316）、⑤15同42「ちはやぶるかみもしるらむかすがののわかむらさきにたれかてふれむ」（「右」。⑤295袋草紙635。299袖中抄318）。**○わかむらさき**　八代集三例、初出は後撰1177。　**○つまごひ**　八代集四例、初出は古今1033。

【訳】春日野の若い紫草のような妻を恋しく求めてた事は、（やっとの事で）逢うと見たのに、（男は）どうして帰ってしまったのであろうか。〈妻恋に逢って、「妻恋」の歌と合さって、勝つとか（右の歌は）知らないのであろうか、蓬に消えたその露のようなはかない身は、右の勝〉

▽「雑」10の6。「あふ」。「（陸奥の）阿武隈河」（歌枕）→「春日野」（同）、「たづね」→「ごひ」、「行か」→「帰り」。春日野の若紫草の如き妻を思い求め、会ったと見たのに何故帰ったのかと、勢語初段、⑤415伊勢物語1「かすが野の若紫のすり衣しのぶのみだれ限り知られず」（第一段、男。①8新古今994。②4古今六帖3309。③6業平77。⑤300六百番陣状133、208、917）と梓弓の二十四段「…逢はむとちぎりたりけるに、…おとこかへりにけり。」、両段――詞は初段、内容は二十四段――をふまえるか。これもまた恋歌的詠。第三者の、物語的視点で歌ったのか、女・「つま」の立場で歌ったのか。勢語をふまえるなら、前者であろう。右、2869「身につもる風のかよひぢたづねずはよもぎのせきをいかですゑまし」（寂蓮）。

423　かくばかりなこそのせきとおもひける人にこころをなにとどめけん・2898（千四百四十九番、左）

かくばかりいとふなこそのせきよりもあしべよせある
わかの浦人、以右為勝〔判「よせ」―「よし」（校本）〕

【語注】**○なこそのせき**　八代集三例、初出は後撰682、他「なこそ」一例。「なこそ」掛詞。　**○とどめ**　「関」の縁語。↔「来《こ》」。

【訳】これほどまでに、来るなという勿来の関と思ったあの人にわが心をどうしてとどめたのであろうか。〈これほど

厭い嫌う勿来の関よりも、芦辺に（鶴、波の）寄せのある和歌の浦人であるよ、右を勝とする〉
▽「雑」10の7。「春日野」（奈良、歌枕）→「勿来の関」（陸奥・磐城国、福島県いわき市、421の「陸奥の阿武隈河」にほど近い、歌枕）、末句「など（かへり）けん」→「なに（とどめ）けん」、「帰り」→「来《こ》」「とどめ」。これほどに（こちらへ）来るなと思ったあの人にどうして心を（関ゆえ）とどめたのかと、男の立場で、会うつもりはないと、拒否されるばかりであるのに、人（女）に心を留めた〝わが恋心〟を歌っている。いうまでもなく、これも恋歌的。また「人」が男なら、女の立場で、「来るな」と拒否する事情のある人にどうして心を…となるが、やはり無理であろう。三句切か。右、2899「かたをなみあしべをさしてなくたづのちよをともなふわかのうら人」（家長。〔類歌〕式子389「なにはがたあしべをさしてこぎゆけばうらがなしかるたづのひとこゑ」（⑤183三百六十番歌合478、冬、廿三番右））。
【参考】②1万葉695 692「うはへなき　いもにもあるかも　かくばかり　ひとのこころを　つくさくおもへば」（第四、相聞。⑤292綺語抄419。299袖中抄1018）
③129長秋詠藻464「かくばかり心はれける月影を姨捨山となに思ひけむ」（釈教）…ことば
【類歌】②12月詣348「かくばかり人の心をくだきけんむくい思ふもうらめしのみや」（恋上、寂然。②15万代2604）
③133拾遺愚草884「身にたへ《え(新)》ぬ思ひをすまの関すゑて人に心をなど留むらん」（歌合百首、恋「寄関恋」。①18新千載1297。⑤175六百番歌合999）
④41御室五十首112「かくばかり跡なくかへる春ならばなこその関を何かわけこし」（春、隆房）

424　うらやましいただのはしのけたよりもこひわたりけん人のこころよ・2928（千四百六十四番、左）

見ればなほいただのはしのすゑよりもしほやく浦に風

わたるなり〔判「なり」―「也　仍以右為勝」（校本）〕

【語注】〇いただのはし　八代集一例・千載1243。大和国。「小墾田」（奈良県飛鳥村）にある。③108基俊66「いかにして君うらむらんをはただのいただのはしのけたよりもこで」（「こひ」）、③118重家593「五月雨にいただのはしは水こえてけたよりゆかむみちだにもなし」（「五月雨」）、④28為忠家初度百首454「けたもなきいただのはしをいかにしてきぎのもみぢのちりわたるらん」（「橋上落葉」）。

〇よりも　詠嘆。　〇わたり　「橋」の縁語。掛詞（実際に橋を渡る、続ける）。　〇けた　八代集にない。万葉一例、後述の②1万葉2652 2644「従桁将去《ケタヨリユカム》《けたよりゆかむ》」。

【訳】うらやましいよ、板田の橋の桁を何と通っても、恋い慕って渡り、恋い続けたであろう（昔の）人の思いよ。

〈見るとやはり板田の橋の先（「板田の橋」を歌った末のこの歌）よりも、潮焼く浦に風が渡っていくようだ（断定の「なり」か）〉

▽「雑」10の8。「けん」、「人に心」→「人の心」。「勿来の関」（歌枕）→「板田の橋」（同）、「とどめ」→「わたり」。もとである古今六帖1619「をばただ《小治田をはりだ（万・角）》のいただのはしのこぼれ《くづ（俊）》なばけたよりゆかんこふなわぎもこ《我がせこ（続）》」（第三「はし」。末句「な恋ひそ我妹《わぎも》」（万・巻第十一・角川文庫）、「かへれわがせこ」（俊）。①16続後拾遺854。②1万葉2652 2644。16夫木9394。⑤291俊頼髄脳132。293和歌童蒙抄383。301古来風体抄130）をふまえ、崩壊しなくなった板田の橋の、その桁を通ってでも恋い渡り、恋い続けた人の心をうらやむ、前歌に続いての恋歌。初句切、倒置法。右、2929「おきつかぜしほやくうらをふくからにのぼりもやらぬゆふ煙かな」（三宮）。

425　みきとだにたれにかたらんあめそそく雲にまがひし暁の夢・2958（千四百七十九番、左）

見る人のこころばかりやしをるらんゆめさへくもるあ

かつきのあめ、左勝歟〔判「しを」―「しほ」（校本）〕

【語注】○たれにかたらん　③23忠見142「わた《か(夫)》れど《て(夫)》もぬるとはなしにわがみつるゆめさきがはをたれにかたらむ」（「はりまのゆめさきがはをわたりて」）。②16夫木11245）、③134拾遺愚草員外670「わがともと見しはすくなき年の暮夢かとだにもたれにかたらん」（冬）。　○あめそそく八代集一例・新古今202、さらに「あまそそき」八代集一例・新古今1492、共に俊成。その「俊成の「雨そそく」は、催馬楽「東屋」の「雨そそき」および『源氏物語』の「雨いますこしそそきて」を継承する一方で、漢詩表現「雨灑」をも同時に取り入れ、むしろそれを和訳した表現であったと定位できるであろう。」（『藤原定家研究』「雨そそく」佐藤恒雄、230、231頁）。　○判歌　三句切、及び425と同じ倒置法、体言止。

【訳】見たとさえ一体誰に語ったらいいのだろうか、雨の注いでいる雲に見まがえた暁の夢を。〈見ている人の心ばかりが萎れはてるのであろうか、夢までも曇っている暁の雨は、左の勝か〉

▽「雑」10の9。古今六帖「板田の橋」→〝高唐賦〟の中国の世界。『文選』巻十「高唐の賦并序」…「夢みるに一婦《ひとりの》人を見る。…去る時に辞《ことば》して曰く『妾は巫山の陽《みなみ》、高丘の岨にあり。旦《あした》には朝雲となり、暮には行雨となる。…」（新潮日本古典集成『源氏物語二』315頁。懐王が巫山の神女と契った後、別れに際し、神女が「旦には…」といったもの）・195、311参照・をふまえ、夕暮の雨の注ぐ雲かと見まがえた暁の（、雲となった巫山の神女の）夢を見たと誰に一体語ったらいいのだろうかと歌ったもの。二句切、体言止、倒置法。②16夫木17053、雑十八、夢「千五百番歌合」小侍従。

右、2959「代をいとふ人のいるなるやまざとにまたすみわびていづちゆかまし」（内大臣）。

「和泉」七・9頁

426 いのちこそうれしかりけれわかのうらにまた人なみにたちまじりぬる・2988（千四百九十四番、左）

とにかくにしげくなりぬるうらなみのみみなれぬれば
めにもたたれず、為持〔「うらに」―「うらの」（校本）、「ぬる」―「ぬ《つ、イ》る」（同）、判「みみ」―「みえ」（同）、「、為」―「　仍為」（同）〕

【語注】○わかのうら 「和歌の浦」336前出。「和歌の浦（―）」については、5、148など索引参照。○第三句 字余り（「う」）。○人なみ 八代集三例、初出は後撰1064、他に「人並に」金葉159。「浦」の縁語「波」を掛けるか。○たちまじり 八代集一例・千載1160。「波」の縁語「立ち」。

【訳】命のあるのこそがうれしい事よ、和歌の浦つまり歌の世界にまた人並に入り加わったのだよ。〈とにかく数多くなってしまった（和歌の）浦波がすっかり耳なれてしまったので、目立ちもしない（のだ）、引き分けとする〉

▽「雑」10の10。中国↓「和歌の浦」（歌枕、紀伊）。命あればこそ、うれしくも歌の世界、この千五百番歌合に、再び人並に立ち加わった事だと、〝命あっての物種〟、和歌の世界にまじわるうれしさを歌って百首歌を閉幕する。各人の百首詠進（1201年）当時、小侍従は81歳頃の最晩年、翌年あたりに死んだものと思われる。二句切。右、2989は【類歌】に。

「今は世に忘れられたと思ふべき老齢の身で、か丶る光栄に浴した喜びをうたつてゐる。」（『冨倉』240頁）。「当時の代表的歌人三十名の中の一人として歌を奉る栄誉を得ているのである。…小侍従のよろこびは大きかった。」（「杉本」23頁）。「歌壇への復帰を詠んではいるものの、…何か痛ましいような印象を抱かずにはいられない。」（山崎『正

治』244頁）

【参考】③117頼政587「わかの浦に立ちのぼるなる浪のおとはこさるる身にもうれしとぞきく」（①17風雅1845 1835。④11隆信320）

④30久安百首800「…わかの浦わの　もろ人と　人なみなみに　立ちまじり　むなしき名のみ　…」（「短歌」実清）

【類歌】⑤197千五百番歌合2989「いなみじとわかのうらなみたちまじりおもふあまりのもしほ草かな」（雑一、忠良）

⑤187鳥羽殿影供歌合〈建仁元年四月〉

427　たづねきて逢坂山のほととぎす関路の鳥のねにまがひぬる（7、四番「左勝」、「暁山郭公」女房小侍従）

【語注】**○たづね・ほととぎす**　①4後拾遺185「ききすてきみがきにけんほととぎすたづねにわれは山ぢこえみん」（夏、能宣）、①10続後撰177 168「ほととぎすたづねにきつる山里のまつにかひあるはつねをぞきく」（夏、前太政大臣）、②16夫木8255「ほととぎすたづねきたれば今こそはをとくれ山のかひになくなれ」（雑二、山、をとくれ《（ママ）》山、上総「…、郭公」重保）、④29為忠家後度百首246「ほととぎすたづねぬこゑをきくのみややまざとにすむしるしなるらん」（郭公「山家郭公」）、④30久安百首623「時鳥衣の関にたづねきてきかぬうらみをかさねつるかな」（夏十首、親隆）、④31正治初度百首2129「時鳥たづねてきけと思ひけり深山のおくの夕暮のこゑ」（夏、丹後）、⑤224遠島御歌合42「橘のにほひを空に尋ねきて山時鳥なかぬ日ぞなき」（「郭公」下野）。　**○逢坂**　「逢ふ」掛詞。　**○逢坂山**　④4有房82「ほととぎすせきもるかみのたむけとやあふさかやまにこゑもをしまぬ」（なつ「せきぢのほととぎす」）。　**○関路**　八代集五例、初出は後撰1313。　**○関路の鳥のね**　①19新拾遺1725「ゆく年も立ちくる春も逢坂の関路の鳥のねをや待つらむ」（雑上、野宮左大臣）。　○まがふ　④32正治後度百首418「待ちわびぬさのみつらくは時鳥まがふばかりの鳥の音もがな」（夏「郭公」隆実）。　○暁山郭公　『歌題索引』にない。「暁山雪」は、「匡房Ⅰ142」のみある。

【訳】尋ねやって来て、（ようやく）出くわした逢坂山の郭公は、関路の暁の鶏の声に入り乱れて分らなくなってしまった事よ。〈「暁の山の時鳥」〉

▽求めて来て会った逢坂山の時鳥は、夜明けの鶏鳴にまがうと歌ったもの。連体形止。なお「相坂の木綿つけ鳥（鶏）」は、早く古今536、740に、「ゆふつけ鳥」は小417にある。右、8「やまぢをばまだ夜をこめて時鳥雲にあさたつをちのひと声」（生蓮）。

「鳥羽殿歌合号正治三建仁元年四月卅日鳥羽殿影供御歌合／題／暁山郭公　海辺夏月　忍恋／作者隠名　衆議判」1201年

【参考】③119教長231「郭公たづねくればぞあふさかやおとはのやまのかひになくなる」（夏）

【類歌】③131拾玉3496「ほととぎすあふ坂こえてたづぬればいまぞおとはの山に鳴くなる」（夏。⑤197千五百番歌合694）

④15明日香井689「あふさかのせきぢの鳥のなくこゑやおとはの山のあけぼののそら」（百日歌合「関鶏」）

⑤197千五百番歌合679「さみだれにあふさかやまのほととぎす関屋にしばしあまやどりせよ」（夏一、内大臣）

428　程もなくあくべき夏の夜はなれど月はのどけし松がうらしま（36、七番「右」、「海辺夏月」小侍従）

【語注】○夜は　「夜半」であろうが、「夜は」とも。　○松がうらしま　八代集二例、初出は後撰1093。陸奥（陸前国、今の宮城県の松島）。「松・待つ」掛詞。また「のど」かなのは、「浦島」ゆえか。　○海辺夏月　「公重356・西行Ⅰ242…」（歌題索引）。③125山家242「つゆのちるあしのわか葉に月さえてあきをあらそふなにはえのうら」（上、夏）。

【訳】まもなく明ける筈の夏の夜半であるが、月はのどかでゆったりと急ぎはしない、なぜなら、そこは、「待つ」と

いう名をもつ松の浦島であるから。〈「海辺の夏の月」〉

▽すぐ明ける夏の夜半も、「待つ」名の松が浦島の月はのんびりしていると歌ったもの。四句切。また式子内親王にも、④1式子30「夏の夜はやがてかたぶくみか月のみる程もなくあくる山のは」（夏）がある。35「月影もあかしの秋にちかきかなすまのとまやの有明の空」（釈阿「七番　左勝」）。

【参考】③76大斎院前の御集328「ふかきよの月をながむるほどもなくあかぬにあくるそらをいかにせむ」
⑤48花山院歌合15「なつのよはたたくくひなにほどもなくあまのとともあけにけるかな」（「くひな」院御）
⑤51左大臣家歌合長保五年7「夏のよのほどもなければながめつつあかぬこころはつきもしらなん」（「惜夏夜月」為政）

【類歌】②15万代732「ほどもなくあけゆくよはの月なれば秋よりもけにをしまるるかな」（夏、大宮前太政大臣）
④37嘉元百首2623「袖にだにのこしてみばや程もなく明行く空のみじか夜の月」（権大納言局）

429　しるべせよ人のこころのおくもみんしのぶの山のみちならずとも（62、九番「右勝」、「忍恋」小侍従）

【語注】○しるべせよ　③132壬二3032「有明の月よみしよのしるべせよ人は心をおきつしまやま」（雑「暁懐旧」）、④11隆信890「我が宿をとふ人あらばしるべせよいはふむ道になるるやまもり」（⑤197千五百番歌合2930）、⑤167別雷社歌合130「みかさ山峰つづきなるあとをみてのぼらん道の知るべせよ神」（「述懐」通親）。○こころのおく　八代集二例、初出は新古今1332。「奥」は「山」の縁語。○しのぶの山　八代集では千載157以降。「しのぶ」掛詞。陸奥、今の福島県福島市。③133拾遺愚草2577「おくもみぬ忍ぶの山に道とへば我が涙のみさきにたつかな」（恋）、④34洞院摂政家百首解53「人めのみしのぶの山のおくのみちふみかよふべき跡ぞしられぬ」（「忍恋」）。○山のみち　八代集では、拾遺74「山道」のみ。

【訳】手びきせよ、あの人の心の奥もみよう、（私の）秘めて思い慕っている信夫の山の道でなくとも。〈「忍ぶ恋」〉

【本歌】⑤415伊勢物語23「しのぶ山忍びて通《にこえん（古）》ふ道もがな人の心のおくも見るべく」（第十五段、男。①9新勅撰942 944。②4古今六帖866）

▽人の心の奥も見る事ができるように、信夫山の名の忍んで通って行ける道があればいいのにと歌った本歌をうけて、429は、忍山の道でなくても、あの人の心の奥も見たいから、どうか道案内してくれと歌ったものである。初句切、三句切の倒置法、下句、二、三句、初句の順。また式子に、271初句「しるべせよ」、111「心の奥」、181「しのぶの山の・みち」の詞を含む歌がある。左、61「あふまでのむくいもしらぬなぐさめにしのばでこふる程にならばや」（前権僧正）。

【参考】③129長秋詠藻359「いかにしてしるべなくとも尋ね見んしのぶの山のおくの通路」（中、恋「…、忍恋」。①9新勅撰670 672）

【類歌】①22新葉892 889「ふみみしは今ぞくやしき忍ぶ山人の心のおくのつらさに」（恋四、経高母）

④11隆信867「さきだてし心よいまはしるべせよしの山のおくのかよひぢ」（雑三「…、述懐」。④41御室五十首441）

④33建保名所百首189「かへるかりをしむ心のおくもしれ忍の山の道をたづねて」（春「忍山陸奥国」）

⑤188和歌所影供歌合〈建仁元年八月〉

430　しののめの風にあはれをさきだててこれや秋くる道芝の露（15、「八番　左勝」、「初秋暁露」女房小侍従）

【語注】**○さきだて**（下二）八代集一例・新古今598。**○道芝の露**　勅撰集では新古今（二例）以降。「道」掛詞。

○初秋暁露　「隆信Ⅱ146・良経1127」（歌題索引）。③130月清1127「秋のきていくかもあらぬにをぎはらやあか月つゆのそでになれぬる」（秋）・この歌合の歌。

【訳】東雲の風に（秋の）情趣を先立たせて、これこそが秋のやってくる道《ルート》である道芝の露よ。〈「初秋の暁の露」〉

▽夜明けの風に、〃あはれ〃を先に行かせ、道芝の露をみると、これこそが秋の来る道であり、露が秋の到来を告げるしるしだと歌ったもの。「秋くる」が「道」及び「（しるしの）露」双方へ掛かる。いうまでもなく①1古今169「あきぬとめにはさやかに見えねども風のおとにぞおどろかれぬる」（秋上「秋立つ日よめる」敏行）が遠くに響く。歌合の「初秋暁露」36首中の一首。歌合の作者は後鳥羽院、定家、良経、慈円、俊成など36名。これは以下も同じ。6首の相手はすべて隆信である。右、16「秋きぬとまた白露のおきもあへず風に玉ちるのべの明ぼの」（隆信）。

「影供歌合建仁元年八月三日／題／…判者　沙弥釈阿　但於判者歌者衆議」1201年

432と共に「いかにも新風にとけこんだ格調を見せてゐる。」（「島津」32頁）

【参考】⑤157中宮亮重家朝臣家歌合74「雲はらふ風にあはれをさきだてて空行く月の影のさやけさ」（「月」隆信）

【類歌】④31正治初度百首339「夕ざれの秋のあはれをさきだてて朝風わたるをののしのはら」（秋、御室）

④31同758「行く秋は嵐の風をさきだててこの葉ぞみちのしるべをばする」（秋、忠良）

⑤188和歌所影供歌合建仁元年八月35「真葛原露吹きはらふしののめの風うらめしき秋はきにけり」（「初秋暁露」秀能）…

⑤197千五百番歌合1278「雲はらふかぜにあはれをさきだてていづるもしるき山のはの月」（秋二、隆信）

同じ歌合

431　吹きすぐるすまの浦風うらむなよ秋のけしきはとどめ置くとも（51、八番「左」、「関路秋風」小侍従）

【語注】○吹きすぐる　八代集二例、初出は古今234。「（吹き）すぐる」と「とどめ置く」とは対照。その「とどめ置く」は、題の「関」の縁語。①1古今234「女郎花《アキカゼニ》ふきすぎてくる秋風《ヲミナヘシ》はめには見えねど《ずて(古六)》かこそしるけれ《カゼノシキレル(新)》」（秋上、みつね。②2新撰万葉520。4古今六帖3674）、①4後拾遺320「をぎのはにふきすぎてゆくあきかぜのまたがさとをおどろかすらん」（秋上、よみ人しらず）、①11続古今304 306「ふきすぐるおとはすれども秋かぜのやどるはをぎのうはばなりけり」（秋上、よみ人しらず）、③125山家465「ふきすぐる風さへことに身にぞしむ山田の庵のあきの夕ぐれ」（上、秋「田家秋夕」）、③125同921「ふきすぐる風しやみなばたのもしみあきののもせの露の白玉」（雑「かへし」）、③131拾玉1158「まねきけり秋の野原を吹きすぐる風に色ある花すすきかな」（勅句百首、秋三十首）、④30久安百首1009「吹きすぐる風にたぐへど梅の花にほひは袖にとまりぬるかな」（春二十首、堀川）。○すまの浦風　八代集にない。「すまの浦風」（一句）の勅撰集初出は、①11続古今868。他、③71高遠226、119教長744、④26堀河百首964、1416など。②16夫木6321「秋はけふいく田の杜やすぎぬらむもみぢ散りかふすまの浦かぜ」（秋六、寂念）。あと「〜の浦風」は勅撰集に多出。「浦・風」「うらむなよ」と続いていく。○うらむなよ　⑤361平家物語（覚一本）8「さくら花かもの河風うらむなよちるをばえこそとどめざりけれ」（「鹿谷」賀茂社託宣）。○秋のけしき　⑤168廿二番歌合治承二年2「人もみぬ籬のをぎに吹く風は秋のけしきを誰につぐらん」（「閑庭秋来」有房）、⑤168同16「家主なき籬の荻に吹く風はたれにしらする秋のけしきぞ」（「閑庭秋来」弁殿）。○関路秋風　「新古1601（良経）隆信Ⅱ192・良経1128」（歌題索引）。④11隆信192（秋上「同じ御歌合に、せきのみちの秋風」）＝右、52、③130月清1128「人すまぬふはのせきやのいたびさし…」。

【訳】吹き過ぎて行く須磨の浦に吹く風を恨まないでくれ、秋の景色はそこ・須磨にとどめ置いたとしても。〈「関の路の秋風」〉

▽秋の景色を止め置いたとしても、吹き去る須磨の浦風を恨むなと歌ったもの。「花も紅葉も」の紅葉を散らす風か。また歌は須磨の関守へ（風を、または、（風を）止められなかった事を、）「恨むな」と言ったものか、或いは下記の源

氏物語の須磨の世界を表わすか。それなら光源氏（一行）へ「恨むな」と言ったものとなる。「須磨にはいとゞ心づくしの秋風に、海はすこしとをけれど、行平の中納言の、関吹き越ゆると言ひけん浦波、よる〳〵はげにいと近く聞こえて、またなくあはれなるものは、かゝる所の秋なりけり。…恋ひわびてなく音にまがふ浦波は思ふかたより風や吹くらん（⑤421源氏物語199（光源氏））」（「須磨」、新大系二―31頁）。三句切、倒置法。右、52「都出てかさなる山の秋風にむかしのあとをしら河のせき」（隆信）。

432　をがやふくたびねの床にもりくるは月や友なふさを鹿の声（87、「八番、左持」、「旅月聞鹿」小侍従）

【語注】○**をがや**　八代集二例、初出は千載856。○**たびねの床**　八代集三例、初出は千載168。⑤165治承三十六人歌合163「玉藻ふく礒屋が下にもる時雨旅ねの床も塩たれよとや」（「旅宿時雨」仲綱）。○**もりくる・月**　①4後拾遺847 848「あめふればねやのいたまもふきつらんもりくる月はうれしかりしを」（雑一、定頼）、③110忠盛165「月みんといたまあらはにふくやどはおもはずにただもりくるはあめ」。○**友なふ**　八代集にない。ハ行四段。源氏物語一例「なつかしき御遊びがたきにてともなひ給へば、」（「匂宮」、新大系四―216頁）。③24中務45「こまつばらのべにいづれどともなはぬはるのかすみも…」、④30久安百首1050「…なぐさめむともなふ虫の声もかれゆく」（秋、堀川）。○**さを鹿の声**　②（新編国歌大観第二巻）では、句またがりの万葉を除いて、15万代以降の用例。④18後鳥羽院1184「ねざめのみすずのしの屋にきこゆなり月に妻どふさをしかのこゑ」（「月前聞鹿」）。○**旅月聞鹿**　「良経㊮3」のみ（歌枕索引）、三「わすれすよかりねに月をみやきの、枕にちかきさをしかの声」（⑤188和歌所影供歌合建仁元年八月75・この歌合の詠）。

【訳】小萱を葺いた旅寝の床に漏れて来るものは、月（光）が連れて来たのか、雄鹿の声だよ。〈「旅の月の中に鹿を

聞く」〉
▽月が伴ったのか、萱葺きの旅寝の床に漏れるのは、妻を恋い求める雄鹿の声だよとの詠。即ち「漏り来る」ものは「月」と「鹿の声」を描く。下句の、視覚の「月」と聴覚の「声」の世界。また同じ歌合で、432に似た詠に、⑤188同100「露むすぶ旅ねの床にもる月を袖にうらむるさをしかの声」（「旅月聞鹿」慶印）がある。右、88「月みてはなぐさみぬべき旅ねにも猶袖ぬらすさをしかのこゑ」（隆信）。

【類歌】⑤197千五百番歌合1203「秋はなほこころづくしのこのまより月にもりくるさを鹿のこゑ」（秋二、家隆。③132壬二541）

430と共に「いかにも新風にとけこんだ格調を見せてゐる。」（「島津」32頁）

433 昔わがすみしわたりを尋ぬればこたへ顔なるきりぎりすかな（123、八番「左」、「故郷虫」小侍従）

【語注】○昔わがすみし ③85能因251「むかしわがすみしみやこをきて見ればうつつを夢とおもふなりけり（ひけるかな（万））」（下。②15万代3116）。 ○尋ぬればこたへ ④11隆信219「みしよより見ぬむかしまでたづぬればこたへぬ月ぞいふにまされる」（秋下。②15万代2978。⑤183三百六十番歌合685）。 ○こたへ顔 八代集にない。④18後鳥羽院1559「…かぞふればこたへがほにも月ぞさやけき」（「月前旅」）、⑤197千五百番歌合2380「…あぢきなくしらぬ涙のこたへがほなる」（恋一、季能）。 ○故郷虫 「経正45・西行Ⅰ460・隆信Ⅱ196・良経(ママ)1129」（歌題索引）。③125山家460「草ふかみわけいりてとふ人もあれやふりゆく跡のすずむしのこゑ」（上、秋「故郷虫」）。

【訳】昔に私が住んだあたりを訪れて行くと、むかえて応じる様子のこおろぎであるよ。〈「故里の虫」〉

▽題の如く、昔私が住まいした辺を尋ね求めると、こおろぎが〝こたへ顔〟との、一見平明な詠。百人一首91「きり

〴〵すなくや霜夜のさ莚に…」（良経）や、歌合での433の一つ前の歌・122「…故郷にこゑの絶えせぬきりぎりすかな」（範季）の如く明示されるのが普通であるので、433の「こたへ顔」は〝鳴かず〟とも考えられるが、〝虫〟は鳴くのを本意とし、また歌の内容から考えて、鳴いた様を「こたへ顔なる」と言ったのであろう。右、124「はかなしや誰に契りを深草の野となる里に松虫の声」（隆信）。

434　物おもへば涙のいろはかはるかと恋になれたる人にとはばや（159、八番「左」、「初恋」小侍従）

【語注】**○物おもへば**　有名な①4後拾遺1162 1164「ものおもへばさはのほたるを《も》わがみより…」（雑六、和泉式部）。字余り（「お」）。　**○涙のいろ**　①4後拾遺779「こひすともなみだのいろのなかりせばしばしは人にしられざらまし」（恋四、弁乳母。⑤108内裏歌合承暦二年30、家道）、①6詞花220 219「くれなゐになみだのいろも《は(後)》なりにけりかはるは人のこころのみかは」（恋上、源雅光。②9後葉395）。　**○人にとはばや**　①6詞花249 248「ゆふぐれに《は》もの思ふことは《ぞ》まさる《り》や《ける(後)》とわれならざらむ人にとはばや」（恋下、和泉式部。②9後葉357）、②13玄玉179「ながむれば月には袖のぬるるやと物おもひなき人にとはばや」（天地歌下、皇嘉門院別当）、③115清輔155「月見ればたれも涙やとまらぬとおもふことなき人にとはばや」（秋「月…」）。

【訳】物思いをすれば、涙の色は（紅に）変化するのかと、恋に慣れた人にきいてみたいものだよ。

▽「初恋」題で、人恋い初めると涙の色は変るかと、恋慣れをした人にききたいとの平明な歌。西行を思わせる、歌の一つの型《パターン》ともいえる詠。160「しるべとて風のたよりをたのめども猶跡もなき波の上かな」（隆信「右勝」）。

【参考】③122林下258「ものおもへばなみだに月もくもるかとやどよりほかの人にとはばや」（哀傷）

【類歌】②12月詣358「おのづからあはでなぐさむかたやあると恋に馴れたる人にとはばや」（恋上、覚昭法師）

435　いつまでもとつらからざりしむかしよりやすむまもなき我が心かな（195、八番「左」、「久恋」小侍従）

【語注】**○いつまでと**　①11続古今1587 1595「いつまでとこころをとめてありはてぬ命まつまの月を見るらん」（雑上「月歌とて」平義政）。　**○むかしより**　③84定頼158「むかしよりつらき心をたえて見ば人にいくつのかずをささまし」（「返し」）。　**○やすむ**　八代集三例、初出は古今658。　**○我が心**　⑤293和歌童蒙抄362「わがこころつらしとひとのうとめばやそのみあはしのいづときもなき」。

【訳】一体いつまでと、そんなに辛くなかった昔から、休む間もない我が恋心であるよ。

▽いつまでと、辛くなかった昔から休む時もない我が恋心と、題「久恋」を、これも前歌同様、平易に歌う。196「〔　〕ことはむかしにあらはれて〔　〕なみだの袖〔　〕」（隆信「右勝」）。

【類歌】①19新拾遺1059「恋しきもつらきもおなじ思ひにてやむ時もなきわが心かな」（恋二、よみ人しらず）

⑤189撰歌合〈建仁元年八月十五日〉

436　すみよしの月はしきつの浦波に松ふく風も神さびにけり（24、十二番「右」、「月前松風」小侍従）

松ふく風の神さびにける心、誠によみふりて侍るうへに、我が身ひとつのみねの松風、めづらしとて、以左為勝

【語注】○すみよしの　①4後拾遺1063 1064「おきつかぜふきにけらしなすみよしの松のしづえをあらふしらなみ」（雑四、経信）、①6詞花329 328「すみよしのなみにひたれるまつよりも神のしるしぞあらはれにける」（雑上、資業）、③119教長829「すみよしのかみをかぜもやまつるらんまつにゆふしでかくるしらなみ」（雑。④26堀河百首277「すみよしの松にかかれるふぢの花風のたよりに浪やおるらん」（春「藤花」顕季）、④26同1308「住よしの松のみどりは神さびて千世のかげこそここにみえけれ」（雑「松」永縁）、④30久安百首1281「君が代はまつふく風のいとたかく難波の事もすみよしの神」（神祇、安芸）、⑤160住吉社歌合嘉応二年30「すみよしのうらさえわたる月みればまつのこかげぞくもりなりける」（「社頭月」季広）、⑤362平家物語（延慶本）51「すみよしの松吹く風に雲はれてかめ井の水にやどる月かげ」（法皇（後白河法皇））。○しきつ　八代集一例・新古今916。掛詞。摂津、大阪市、住吉神社の西南。○しきつのうら　八代集一例・千載526。『歌ことば大辞典』参照。なお同著には「現在地未詳だが大阪市住之江区周辺、住吉神社西あたりにあった海岸か。」とある。⑤189撰歌合建仁元年八月十五日15「月の影しきつの浦のまつかぜにむすぶ氷をよする浪かな」（「月前松風」釈阿）…同じ歌合。○しきつの浦波　八代集にない。また『歌枕索引』や新編国歌大観の索引①〜⑩にも用例はなかった。○波に　「波の中に」ともとれる。○神さびにけり　①4後拾遺1068 1069「ときかけつころものたまはすみのえの神さびにけるまつのこずゑに」（雑四、増基法師。③47増基2）、③106散木850「すみの江に神さびにける松なれば波もしづえに夕かけてみゆ」（神祇。⑤272中古六歌仙59）、③119教長899「すぐしけんとしのかずをばしらねどもかみさびにけりすみよしのまつ」（雑）、④26堀河百首1311「いく千世と数もしられず住のえの神さびにける松の梢は」（雑「松」紀伊）、⑤354栄花物語347「君が代は長柄の橋のはじめより神さびにける住吉の松」（殿上の花見、関白殿（頼通））。○月前松風　「新古396（寂蓮）／寂蓮Ⅱ146・定家2259・良経1115」（歌題索引）。①8新古今396の題は「月前風」、④10寂蓮258「月はなほもらぬ木のまもすみ吉の松をつくしてあき風ぞ吹く」（「月前松風」）。

【訳】住吉の、月は敷き照らす敷津の浦の波によって、松を吹く風も神々しい事よ。〈「松吹く風の神さびにける」（と

いう歌の）趣は、実に詠み古びています上に、「我身一つの峰の松風」（という表現）は、珍しいので、左を勝とする〉
▽住吉の月光は敷き広がり、敷津の浦波に（よって）、松風も神さびているとの神々しい詠。数多の【参考】【類歌】がある。この歌合の小侍従のもう一首は、192である。23「ながむればちぢに物思ふ月にまた我が身ひとつの嶺の松風」（鴨長明「左勝」）。

「撰歌合建仁元年八月十五夜／題／…判者　沙弥釈阿」1201年

【参考】③106散木1305「住よしのしきつのうらに旅ねして松の葉かぜにめをさましつる」（雑上。②10続詞花722。16夫木11674）
③129長秋詠藻81「いくかへり波のしらゆふかけつらん神さびにけり住の江の松《すみよし（続）》」（久安百首、雑歌廿首、神祇二首。②10続詞花372。④30久安百首882。⑤165治承三十六人歌合18）
④26堀河百首127「みやゐしていくよへぬらむすみよしのまつふくかぜもかみさびにけり」（「述懐」経正）
④28為忠家初度百首676「うらかぜにかみさびにけりすみよしのまつのこまよりみゆるかたそぎ」（雑「社頭」）
⑤160住吉社歌合嘉応二年15「すみよしのまつふくかぜのおとさえてうらさびしくもすめる月かな」（「社頭月」経盛。⑤165治承三十六人歌合62）
⑤160同19「まつもみなしらゆふかけてすみよしの月のひかりもかみさびにけり」（「社頭月」女御家兵衛佐）
⑤160同21「すみよしのかみさびにけるたまがきをみがくは月のひかりなりけり」（「社頭月」女御家兵衛督）

【類歌】①13新後撰598「住よしの松のいはねを枕にてしきつのうらの月をみるかな」（羇旅、後徳大寺左大臣）
③131拾玉281「宮居してとしもつもりのうらなれば神さびにけりすみよしのまつ」（百首、雑「松」）
③131同442「すみよしの松ふく風も神さびてよわたる月の影たけにけり」（日吉百首和歌、秋二十首）
③131同3737「住吉のしきつのうらによる浪の松風あらふ秋のゆふぐれ」（詠百首和歌「暮」。④32正治後度百首1064）

⑤184老若五十首歌合432「すみよしの浦ふく風のしき浪にあはれはかけよ岸の姫松」（雑、越前）

⑤191石清水社歌合〈建仁元年十二月〉

437　吹きすぐる峰のあらしも心せよ真木のいたぶし今夜《こよひ》ばかりぞ（4、二番、右「旅宿嵐」小侍従）

左歌、…、右うた、すがたはよろしく侍るを、まきの板ぶしと何事にか侍らん、まきの下などに臥したる心にや、おぼつかなく侍れば、勝劣申しがたくや

【語注】○吹きすぐる　八代集二例、初出は古今234。○第二、三句　⑤197千五百番歌合1741「のきちかきみねのあらしもこころせよこのはならではくもるやどかは」（冬一、寂蓮）。○真木のいたぶし　「いたぶし」共に、八代集にない。が、「いたぶき」は八代集一例・金葉二654。「いたぶし…」と共に、新編国歌大観①～⑩の索引では、この歌の他に用例がない。槇の板に伏す事か。○旅宿嵐　「新古962（有家）／慈円4192～4194・定家2685」（歌題索引）。①8新古今962「岩がねのとこに嵐をかたしきてひとりやねなんさよの中山」（羇旅、有家）。○申しがたくや　あとに「侍らん」あたりが入るか。

【訳】吹き過ぎてゆく峰の嵐も心を用いよ、槇の板に伏せり寝るのも今夜だけだよ。〈左歌、…、右の歌は、（歌の）姿・有様は悪くないのですが、「槇の板伏」とは一体何事でございましょうか、槇の下などに臥した趣なのでしょうか、もう一つはっきりしませんので、勝ち負けは申し上げがたいのでしょうか〉

▽「槇の板臥」は今晩だけだから、吹き行く峰の嵐も心して吹けと言ったもの。三句切、倒置法。今夜のみの泊りで

ある。３「しをれ果て結ぶさびしきくさまくらなにと嵐のあはれそふらむ」（内大臣「左持」）。「石清水社歌合建仁元年十二月廿八日」1201年。「旅宿嵐（彰本「旅宿風」は誤りか）の一題。「夫木抄」に見える「石清水三首歌合」のことで、本来は三題だった。「夫木抄」には「社頭松」の題のもとに小侍従の作一首〔私注―夫木7480・小508〕が見える。「未刊中世歌合」（古典文庫）所収。」（森本『研究』260頁）

【類歌】⑤228院御歌合宝治元年219「ささ枕まだふしなれぬうたたねに峰のあらしも心してふけ」（「旅宿嵐」為経）

③122林下集（〔後徳大寺〕実定〔保延五（1139）～建久二（1191）年〕）

〔一〕月あかかりし夜む《う》めの花のえだをり《をを（彰考館蔵本）》につけて、

大宮の小侍従がもとへ申しおくりし

〔438〕〔11 はるのよの月にながむるむ《（う）》めのはないろも

にほひ《し（彰）》もかくれざりけり」

返事

439 あやなしといひけんはなのいろもかもしる人からに月やみすらん・12（春）

【語注】○〔一〕以下の通し番号は、森本『研究』262～273頁による。前出のものは省いた。校異もその著に拠っている。また以下の注も、贈答歌の他人の歌は最少限とし、他出、重複の歌は除いた。**○えだをり** ②14新撰和歌六帖2389「故郷の花たちばなの枝をりにかたみおぼゆ《ほか（夫）》るひとむかしかな」（第六帖「たち花」。②16夫木2688、夏一、橘、信実）。

○大宮 多子。通説1165・永万元年頃～1172・承安二年小侍従出仕。440、448、477、481、517の詞書にもあり、解説の「一、生涯」や巻末の「年譜」参照の事。**○11の歌**　梅花を賞美・賛嘆したもの。**○月に**　「月の中に」「月の光によって」両方ともとれる。**○あやなし**　①3拾遺16「かをとめてたれをらざらん梅の花あやなし霞たちなかくしそ」（春、みつね。①3′拾遺抄15。②4古今六帖4139。6和漢朗詠集95。③12躬恒303）、③118重家109「あやなしや人もこそしれほととぎす忍ぶとならばなのらでをなけ」（時鳥十首）、⑤170三井寺山家歌合65「あやなしや何に心をかけそめてまだみぬ人の恋しかるらん」（「初恋」観蓮）。**○上句**　①1古今41「春の夜のやみはあやなし梅花色こそ見えねかやはかくるる」（春上「はるのよ梅花をよめる」みつね）による。**○いろもかも**　②15万代131「いろもかもしるにはあらずむめのはな見ればなげきのわするばかりぞ」（春上、源師光）、③131拾玉4762「むめの花色をも香をもしる人のことしの春は春のみや人」、③133拾遺愚草1508「色もかもしらではこえじ梅の花にほふ春べのあけぼののやま」（春「山路梅花」）、④41御室五十首7「もりあかすなさけをかけて梅がえの色をもかをも人ぞしりける」（春、御詠）、⑤18醍醐御時菊合8「いろもかもともににほへるきくのはななにしもうちにとけてみゆらん」（かねもち）。

【訳】〈月の明るかった夜、梅の花の枝を折ったのに添えて、大宮の小侍従の所へ申しやった（歌）〉、〔春の夜の月の光によって、しみじみと見る梅の花は、色も匂いも隠れのない事だなあ〕。〈返事〉、わけが分らないと言ったであろう（梅の）花の色も香も、その情趣を知っている人ゆえに、月が見せたのでしょうよ。

▽11と「花」「色も」「香《匂ひ》も」「月」。〃春夜の月にみる梅花の色香は隠れない〃に対する返事であり、「あやなし」といった梅花の色香は、その真価を知る人ゆえに月が見せるのだろうと応えたもの。

【参考】①1古今38「君ならで誰にか見せむ梅花色をもかをもしる人ぞしる」（春上、とものり）

⑤33内裏前栽合康保三年8「色もかもこよひはまされ秋のはなのどけき月のかげにみえつつ」（源延光）

「実定歌は、「色こそみえね」という歌がありますが、月が明るいので「色もにほひも」かくれなくて、といい、小侍従は「知る人ぞしる」という古歌がありますように、あなただからこそ月は梅の色も香も見せるのですよ、と応じる。

二人が念頭に置いているのは古今集の／春の夜の…（41）／君ならで…（39）／であろう。…林下集にみられる上述の詠歌は、当時の歌界が示していた一つの方向性とは異なる世界を構成しているように思われるのである。」（黒田彰子『俊成論のために』58、59頁）

〔二〕　八月十五夜に大宮にまゐりて侍りしに
こじじゆう《小侍従（彰）》

440　いまこそはうれしかりけれあたらよの月をといひてねなましものを・119

返ごと《事（彰）》

〔441〕〔120〕　あたらよの月をとげにぞ《も（彰）》おもはましきみも
ろともにながめざりせば」（秋部）

【語注】○大宮　438参照。　○うれしかりけれ　④27永久百首504「我ひとりかまくら山をこえゆけばほし月夜こそうれしかりけれ」（雑「星」常陸）。　○あたらよ　八代集四例、初出は有名な①2後撰103「あたら夜の月と花とをおなじくはあはれしれらん人に見せばや」（春下「月のおもしろかりける夜、はなを見て」源さねあきら）。　○ねなましものを　①4後拾遺680「やすらはでねなましものをさよふけてかたぶくまでの月をみしかな」（恋二、赤染衛門。③62馬内侍162＝81赤染4。⑤301古来風体抄458）、①8新古今600「今はとてねなましものをしぐれつる空ともみえずすめる月かな」（冬、良暹。⑤277定家十体164）。

【訳】〈八月十五夜、満月、中秋の名月に、大宮の許に参上してお仕えしている時に　小侍従〉、今こそ嬉しい事よ、「明けるのが惜しい夜の月を」と言って寝てしまったであろうものを。〈返しの言葉・歌〉、〔「明けるのが惜しい夜の月を」と、実にさぞ思ったであろう、あなたと二人して眺めなかったとしたら〕。

▽もったいない夜の月を（共に見れなくて残念だ）といって寝てしまったであろうのに、（一緒に見られて）今は嬉しいとの小侍従の歌に対しての実定の返しは、あなたと見なければ、〝あたら夜の月を…〟ときっと思っただろう、つまり君と見たから、〝あたら夜の月を（見なくて心残りだ）〟とは思わなかったといったもの。二句切、倒置法。120は反実仮想で、三句切、倒置法。440の三句以下を、120は上句でうけている。440とは、「惜ら夜の月をと・まし」が共通。「大納言実定が小侍従のもとに通つたといふ事は、その年齢からいつて、又今日信じ得べき二人の家集小侍従集林下集に伝へる歌が之を否定せしめるのである。…大宮に宮仕へしてゐた頃の事。実定の来訪に「あたら夜の…」の嘆きもなくなつた喜びを歌つたのでこゝには恋愛交渉などは考へられない。」（『冨倉』217頁）

〔三〕　こじじゆう《小侍従（彰）》がもとより、ひごろ山ざとにはべり
しにきくなんうつろひすぎにけるとて、をりてそ
へてはべりし

442
しらぬまに我《わかも、（彰）》（われ）もちとせやすぎぬらん山ぢのきくの露ぞひにける《り（彰）》・125

返《かへ（彰）》し

〔443〕〔126〕　みやこにはまだうつろはぬ菊もあれど君を

まつまはちとせとぞおもふ」（秋部）

【語注】○山ざと　仙郷をほのめかすか。　○きく　延寿の効をもつとされた。　○うつろひ　王朝人は、〝移ろふ〟菊を賞美した。　○うつろひすぎ　「移ろひ過ぎ」。「移ろひ」が「過ぎ」か。　○しらぬまに　②4古今六帖248「物思ふと過ぐる月日もしらぬまにことしはけふにはてぬとかきく」（第一「としのくれ」）。　○我もち　④32正治後度百首898「山路行く菊のした水よにすめばわれも千代にとうつすかげかな」（いはひ、宮内卿）。　○山ぢのきく　①20新後拾遺434「わけ過ぐる山ぢの菊の花のかにぬれてもほさぬ袖の白露」（秋下、為定）、①20同763「露のまと何か思はんぬれてほす山ぢの菊の千世の行末」（雑秋、後三条前内大臣）、②16夫木4561「あさがほの露もやちよをへぬべきと山ぢのきくにうゑそへましを」（秋二、槿花、俊成）、③133拾遺愚草1903「かぎりなき山ぢの菊のかげなれば露もや千世を契りおくらん」（女御入内御屏風歌、九月。①15続千載2116。⑤258文治六年女御入内和歌199）、④31正治初度百首156「朝ごとに山路の菊におく露は花にひかれていく千世かへし《むイ》」（秋、三宮）、④31同1502「尋ねつつ山路の菊ををる袖につゆもいく千代おかんとすらん」（祝、家隆）、⑤258文治六年女御入内和歌198「露のまに千世ふる人のともとてややまぢのきくのさきかさぬらん」（九月「菊」隆）、⑤262寛喜女御入内和歌「うつしううるやどに八千代をまかすらんやまぢの菊のつゆのした水」（九月「人家菊花盛開」）。　○きくの露　八代集一例、初出は古今273。他「菊の白露」八代集三例。
○末句　「露そ《(添)》ひにけり」（彰）か。

【訳】〈小侍従の許から、数日間山里におりました時に、菊（の色）が移り変り過ぎてしまったといって、折って添え加えていました（歌）〉、知らない間に、私も千年が過ぎてしまったのであろうよ、山路の菊の露がかわいてしまった事よ。〈返し〉、〔都にはまだ色の変らない菊もあるが、あなたを待っている間は、それが千年だと思うよ〕

▽有名な①1古今273「ぬれてほす山ぢの菊のつゆのまにいつか《かで（古六）》ちとせを我はへにけむ」（秋下、素性。②3新撰和歌94。

4古今六帖3730。6和漢朗詠553。③9素性51。⑤2寛平御時菊合17。291俊頼髄脳357）をふまえ、小侍従から実定へ、長い日々山里にいて、菊が〝移ろひ過ぎ〟たといって折って添えた歌である。不老不死長寿の仙界に山路をよそえ、その菊の露が乾いた事によって、知らぬ間に私も千年が過ぎたのかと歌う。その返しは、都ではまだ〝移ろは〟ぬ、時のたたない――これも不変の都を仙境になぞらえているか――菊もあるが、君を待っている時は、あなた同様千年と思う、あなたを一日千秋の思いで待っているのだと歌ったものである。「菊」「千歳」「間《ま》」「うつろは《ひ（詞書）》」。「山里」（詞書）、「山路」→「都」、「我」→「君」。三句切。443第三、四句きの頭韻、第三、末句の字余り（「あ」と「お」）。

【類歌】①8新古今949「かくしても《てしも（俊）》あかせば《すは（俊）》いくよすぎぬらん山ぢのこけの露の席に」（羇旅、俊成女。④19俊成卿女197。⑤197千五百番歌合2799）

〔四〕ゆきのあしたにこじじゆう《小侍従（彰）》が申しおくる

444 ゆきつもるにはのおもてもはづかしくたづねぬ人のあとをまちける・171

返《かへり（彰）》ごと

〔445〕〔172 わがやどもにはの雪にぞおもひしるあさゐるとりのあとばかりして」（冬部）

【語注】○おもて　八代集では、「あなたおもて」一例・古今883、「はなのおもて」一例・後撰96のみ。○はづかしく　八代集三例、初出は後撰664。他、「はづかしげなり」一例、「はつかしのもり」三例。○たづねぬ人の　④31正治初度百首1416「庭の雪うつろふ花のこずゑまでたづねぬ人のこころをぞみる」（春、家隆。③132壬二413）。○人のあ

と　八代集にない。③88範永118「よしの山ゆきふるほどもつもらぬにまだきもきゆるひとのあとかな」（「ひとの…」）。
他、③79輔親40、80公任160、125山家103など。

【訳】〈雪の朝に小侍従が申し送ってきた（歌）〉、雪の積っている庭の面もきまりが悪く、訪れてはくれない人の足跡を待ち望む事よ。〈返しの言葉・歌〉、〔わが家も庭の雪にしみじみと思い知る事よ、（尋ねてくるのは）朝そこにいる鶏の足跡ばかりであるのによって〕

▽雪朝に小侍従が送ってきた歌が444で、積雪の庭の表面もきまり悪げで、尋ねてくれない人を待っている、その返歌が、445であり、あるのは、朝そこにいる鶏の足跡ばかりで、誰も訪れない事は、我家も庭の雪に思い知ると応える。「庭の」「雪」「の跡」。「人」（同位置）→「鳥」（同）。444連体形止。445三句切、倒置法。なお③122林下173「今日はもしきみもやとふとながむれどまたあともなきにはの雪かな」（冬「ゆきふりしあしたに、三位としなりの卿のもとより申しおくりたりし」）があり、この歌・447の二つ後である。次歌群の【語注】参照。

【参考】③105六条修理大夫314「ゆきふれば《りて》ふままくをしきにはのおも《は》をたづねぬ人ぞ《も》うれしかりける《り（散）》」（①17風雅863 853。③106散木672）

【類歌】⑤197千五百番歌合1912「ゆきつもるこずゑをはなにまがへてもとふ人つらきにはのあとかな」（冬二、保季）

〔五〕　としのくれに左京大夫としなりのもとへつか《申つか》は《（彰）》しける

〔446〕〔184〕　としくれぬとおのおのいそぐみちならでわかのうらにもゆくこころかな

返事／185　としくれておいゆくすゑをおもふにも
わすられめやはわかのうら浪」
おなじうた《題(彰)》をこじじゅう《小侍従(彰)》がもとへもつかはしたり
しかば

447　としのゆくすゑはものうしいざさらば我《われ》もおなじきわかのうらぢへ・186（冬部）

【語注】○左京大夫としなり　「応保元年（1161）、48歳、○九月十五日、顕広左京大夫に転ず。」（「俊成年譜」312頁、『谷山茂著作集二　藤原俊成人と作品』）、「長寛二年（1164）、51歳、○長秋詠藻に、「師走の十日余り、雪…左大将（私註、実定）…返し（顕広）、…」（同315頁）、「仁安元年（1166）、53歳、○正月十二日、顕広左京大夫を辞して長男成家を侍従に申し任ず。」（同317頁）。なお長寛二年の贈答は、③129長秋詠藻271、272、新古今664、665、③122林下173、174にも見える。**○185「としくれて…」**　俊成のこの歌、新編国歌大観①～⑩の索引では、他に見当らなかった。447**○としのゆくすゑ**　②9後葉475「たちかへるとしのゆく末を尋ぬればあはれ我が身につもるなりけり」（雑一、教長）。**○すゑ**　年末か、将来か。はた双方か。**○いざさらば**　③81赤染衛門186「いざさらばなるみの浦に家ゐせんいとはるかなるすゑの松とも」（「かへし、みちさだ」）。**○わかのうらぢ**　八代集にない。勅撰集初出は①9新勅撰1197 1199（雑二、俊成。③129長秋詠藻596）、他、④31正治初度百首1152（秋、釈阿）、⑤181仙洞十人歌合8（神祇、隆信）など。⑤197千五百番歌合2148「ゆくすゑよいくよのあきをちぎるらんわかの浦ぢをてらす月かげ」（祝、隆信）。が、「和歌の浦」は用例が多い、例、古今序、後拾遺1131など。なお「うらぢ」は八代集一例・千載536「須磨の浦路」。なお式子にも307に「しがの浦ぢ」がある。ただし同歌の①7千載973 970は「しがの浪ぢ」。「和歌の浦（―）」については索引参照。

【訳】〈年の暮に左京大夫俊成のもとへ、こちら・実定からつかわした（歌）〉、〔年がすっかり暮れてしまったと各々急がねばならない道・人生ではなく、和歌の浦にも行く心であるよ／返事／年が暮れ、老いさらばえて行く末（「行く」掛詞か）を思うにつけても、決して忘れられない、和歌の浦浪をば（下句、倒置法）〕、同一歌を小侍従の所へもつかわしたところ、年の行く果ては辛くていやなものだ、さあそれなら、私も同じく和歌の浦路へ（行きたいものよ）。

▽年末に俊成へ送った実定（俊成〔1114～1204〕の甥〔1139～1191〕、25歳年下）の詠、184・年が暮れても二人とも急ぐという人生でもなく、和歌にむかう心だ、それに対する俊成の返事は、185・年が暮れて老い行く将来を思うにつけても、和歌を決して忘られない、である。さらに同じ歌を小侍従へも送ったところ、年をとって行く将来を考えると陰鬱だ、それなら私・小侍従〔1121頃～1202年頃〕も、年下のあなた同様和歌の道へ進んで行きたいと応えている。とどのつまり、446・歳末にあせる事なく和歌に思いをかけている、447・年末、将来は「物憂」いから、私も共に和歌へつき進みたい、なのである。447、二句切、下句わの頭韻。「とし」「行く」「和歌の浦」。「行く」→「ぢ《（路）》」。

〔九〕　こじじゅう《小侍従（彰）》大宮をうかるべきさまに申ししころ《申比（彰）》、
まぜくだもののかみたてにかきつけてつかはしし
〔448〕〔340　あきの宮にこのみは《を（彰）》なほもとどめおけよも
のあらしはさぞさそふとも〕

返し

449
ことのはのすゑはそむかじ（そむかし一本）そ昔（彰）あきの宮に心とまらぬこの身なりとも・341

【語注】○まぜくだもの　種々とりあわせた菓子、果物。今昔物語集「清気ナル薄様ヲ敷テ、交菓子《まぜくだもの》ヲ入レテ差出タリ。」（巻第二十四・第三十一、新大系四―442、443頁）。⑦43行宗114「おもふこと…」（「侍従中納言、まぜくだものつかはすとて」）。　○かみたて　〔紙立〕正式の饗膳の時、盛物の四隅に紙で折り形を作って立てる事。また、その紙。こうだて。　448○あきの宮　「秋宮」の訓読語。秋宮は「長秋宮」の略。漢代に皇后の宮殿をいった。転じては皇后。③29順163「よを寒み…」（「伊せのいつきのみや、あきのみやにわたりたまひての後の、…」）、③115清輔416「むかしより…秋の宮ゆゑと思ふべしやは」（「…、夏もすずしきは秋の宮のちかきしるしにや、…」）。八代集一例・金葉二542（雑上、美濃）、さらに「秋の宮人」八代集一例・新古今804。　○この身　掛詞「此身・木の実」。　449○ことのはの　①1古今820「しぐれつつもみづるよりも事のはの心の秋にあふぞわびしき」（恋五、よみ人しらず）、①8新古今1319「ことのはのうつりし秋もすぎぬればわが身しぐれとふる涙かな」（恋四、通具）、①18新千載579「行く秋をあはれと思ふことのはの心の色ぞかたみなるべき」（秋下「返し」秀茂）、③106散木1378「たとふらんはな心にはことの葉の秋にならばや色かはるべき」（雑上「かへし」）。　○のは・　「葉」で、「木の実」と共に「秋」の縁語。　○すゑ　掛詞か。　○第三句　字余り（「あ」）。　○心とまら　八代集にない。が、「心止《と》む」は八代集一例・新古今979。

【訳】〈小侍従が大宮・太皇太后宮多子を辛いような具合に申し上げていた頃、まぜた〝果物〟の紙立にかきつけて、私・実定がいいやった（歌）〉、〔皇后の許にこの身・木の実はなおやはりそのままにとどめておけよ、まわりの嵐はさぞかし誘《いざな》ったとしても〕、〈返し〉、言葉のやがては、決して違う事はしません、あなたの言葉通り将来はします、秋の宮に心がとまらないこの我身、またとどまらない木の実であったとしても。

▽何かおもしろくない事があったらしく、小侍従が大宮勤めを辛いと申していた頃に、〝交果物〟の紙立に書いて送った歌が448であり、周囲の嵐は誘いの手をさしのべたとしても、皇后（の所）に此身・木実はやはり置いておけ、つまり辞去し、立ってはいけないといった歌の返しが449で、皇后に心が留まらない我身・木実であっても、あなたの言葉に将来は必ず従う、意向に添うようにするといったもの。「秋の宮に」「このみ」「とも（最末）」。「とどめ」→「とまら」。448、三句切、倒置法。449、二句切、倒置法。初、第四、末句この頭韻。「言の葉」と「心」の対照。次歌は、③122林下342「宮こをばたびのそらとやおもふらんふはのせきぢにこころとまりて」・450である。

「家集によると、彼女は一度東下りをしてゐるが、その理由は明らかでない。それは五十代初頭の事、承安三年〔私注―1173年〕の頃であらう。美濃の国に下つたのである。林下集に〔私注―448〕秋の宮は太皇太后宮をさし、「このみ」に「この身」と「木実」をかけたのである。これに対して〔私注―449〕後には又帰りまして御言葉の通りお宮仕へ申しませうと答へたのである。彼女はかくて大宮の許を去るが、それは長い間ではなかつたらう。半年位であつたかと思ふ。承安四年二月には再び都へ帰つてゐる。」（『冨倉』228頁）

「大宮に仕える上で何か不愉快なことがあり、転仕のことが話題になったのだろう。実定がそれをなだめて引きとめたのに対し、おことばに背かぬよう努力しますと答えた。言の葉、木の実は縁語。小侍従の一身上のことで忠告などする実定、それをすなおにきき入れようとする小侍従。」（森本『女流』88頁）、「仁安・嘉応のころ、何か不快なことがあって大宮を辞した。…あるいは仁安三年（一一六八）二月に即位された高倉天皇のために御母建春門院が誘われたのかもしれない。」（森本『研究』233頁）

【類歌】①22新葉983 980「恨みわび身にしむ物はことの葉のすゑ野にかゝるくずの秋かぜ」（恋五、為忠）

〔一〇〕　おなじ人のみののくにゝゆゑありてすみはべりける、のぼりたりとききて〔きいて（彰）〕〔と（一本）〕申しつかはしし

〔450〕〔342　宮こ〔都（彰）〕をばたびのそらとやおもふらんふはのせきぢにこころとまりて〕

返し

451　君しのぶこころをまづはさきだてて身のみぞふはのせきはすぎ〔過〕こし〔らし（彰）〕・343

【語注】〇たびのそら　守覚124にもあり、人が旅路にある状態を比喩的に表すようになった語なのであろう。〇とまり　「関」ゆえ「止まる」。451〇君しのぶこころ　④35宝治百首2508「君しのぶ心の中もかきくらし身をしる雨のわびつつぞふる」（恋「寄雨恋」禅信）。〇さきだて　八代集一例・新古今598。が、四段動詞は用例が多い。〇ふはのせき　これ自体は八代集にないが、「不破のせきぢ」一例・後撰1313、「不破のせきや」二例・千載540、新古今1601。「経《ふ》」を掛けるか。〇すぎこ　八代集四例、初出は後拾遺1050。「関」の縁語「過ぎ」。

【訳】〈同じ人（＝小侍従）で、美濃の国にわけがあって住みました（人）が、（後に）「上京した」ときいて、申し送った（歌）〉、「この都を旅先での地だと思うのだろうか、（美濃の）不破の関路に心がとどまっていて」、〈返し〉、あなたを思い慕う心を先ず初めに出発させて、身だけは不破の関をば過ぎてやって来たのだ。

▽小侍従が美濃に何かわけありで住んだ後、上京したと耳にして送った歌、450・不破の関路に心が止まっているから、都を〝旅の空〟だとさぞ思っているのだろう、に対して、小侍従は、あなたを思慕する心を先立てて、身だけが不破の関は通り過ぎて来たのだ、つまり、〝心は不破に止まっている〟に対して、〝心が先で身が後を追う〟との詠。「心」、

「不破の関」。「心」↓「身」、「都」↓「不破の関」、「止まり」↓「先立て」「過ぎ来《こ》」。450、三句切、倒置法。451、「心」と「身」の対照。小侍従の東国下向については、220参照。

「同じ林下集に〔450〕〔451〕…註一　小侍従の東下りの時期及び都へ帰つた時期の考証は推定である。…一、承安二年〔私注―1172年〕十月十七日の広田社歌合に出席してをり、それでは「太皇太后宮小侍従」と記されてゐる。…従つてこの時迄は大宮に奉仕してゐたと考へてよい。／二、小侍従集の雑の部は高倉天皇に奉仕してからの彼女の宮中生活記録に始まるやうである。即ち安元元年〔私注―1175年〕正月四日の朝勤行幸の記事に始まる。而してそれに引き続いた記事の中に承安四年〔私注―1174年〕三（ママ）月廿三日の…この頃宮中に仕へてゐたと考へたい。かくてその東下りの期間は承安二年十月七日以後承安四年二月廿三日迄の間と考へられる。／三、小侍従の帰洛は二月であつた事は…東下りが林下集の実定との贈答歌によると秋らしいので、承安三年秋から翌年二月迄の約半年間と考へたい。」（『冨倉』228～230頁）

「一時美濃国へ下った事が推察できる。その下向の年時は、…1172）以後、…1174）以前の短い期間であったのではないかと思われる。この美濃下向を機に大宮への出仕をやめたのか、或は、大宮出仕をやめてから美濃へ下ったのか、その点明らかでない。」（『杉本』20頁）

「治承二年（一一七八〔私注―58歳頃〕）三月…別雷社歌合は、…小侍従が見えないのは、この前後三年間ばかり地方在住中だったと考えられ、「林下集」に見える美濃下向、「新続古今集」などに見える東国下向はこのおりであろう。ここ数年来小侍従には何か重大な煩悶があったらしく、治承三年正月東宮を祝う歌など詠んでまもなく、三月には出家して八幡に籠った。この出家は当時歌人の間でかなり問題視されたらしい。大宮からも消息があった。」（森本『研究』（昭41）234頁）――森本氏は、後に「応保・長寛（一一六〇代）のころ…四十歳代に入ったころ」（森本『女流』（昭60）89頁）を言われる。

「しかし、結局小侍従は大宮のもとを去った。林下集は右につづけて、小侍従が美濃の国に故あって住んだことをしるし、その人が上京してきたときの詠をこうかいている。／〔私注―450〕／〔私注―451〕／不破の関は美濃の歌枕。返歌は、「身のみ」に「美濃」を隠している。／小侍従が東国に下ったのはいつのことか。頼政集には、「年ごろ…」として、小侍従との贈答歌（686＝687〔私注―小479、480〕）がみえ、新続古今集雑上には、「きさらぎ…」〔私注―小220〕として、顕昭の歌に返した小侍従の作がみえる。」（森本『女流』88、89頁）

⑦68隆信集（書陵部蔵　五〇一・一八四）、（隆信〔康治元（1142）～元久元（1205）年〕）

〔一一〕七月一日ごろに、小侍従がもとへ、人につたへてつかはししふみをおきて、七日にしもみせたりければ、その返事に、けふのふみはやうあらんとおもひてひきあけたるこ《如本》ひさめさなど申したりしに、あさましく申すべきかたもなくて

〔452〕〔35　あふことをならはぬ身にはたなばたのけふのちぎりもしらぬなりけり〕

返し　小侍従

453　たまさかにあふをいむとやたなばたのちぎりをしらぬ心なるらん・36　（秋廿首）

【語注】**○やう**〔様〕・「風情、趣向」か。　**○こ《如本》ひさめさ**　「「こひざめ」は、恋醒で、恋の気持がさめること。ある

いは「こひざめさ」は「思はずさ」の誤写か。」(『隆信集全釈』781)。「こひざめ」小189参照。 **○たまさかにあふ** ①5金葉二459 489「たまさかにあふよはゆめのここちしてこひしもなどかうつつなるらん」(恋下、読人不知)。 **○たなばたの** ①5金葉二解40「心をもかす物ならばたなばたのあふをばよそにおもはざらまし」(秋、実行)、③33能宣222「たなばたのちぎれるつきのうちにしもこひわたりつるひとにあふかな」(三巻)、③122林下233「けふはなほまてともいはじたなばたのちぎりをいむはわがみのみかは」(恋)、④26堀河百首591「七夕のあふ瀬のなどかまれならんけふ引くいとの長きちぎりに」(秋「七夕」紀伊)、④30久安百首333「七夕のあふ夜ときけばあぢきなくわが心さへ空にこそなれ」(秋二十首、顕輔)。

【訳】〈七月一日頃に、小侍従の所へ、人に託してつかわした手紙をそのままにおいて、七日にまさに見せたところ、その返事に、「今日の手紙は何かわけがあるのだろうと思ってひきあけた〝こひさめさ〟――ひきあけたが、〝恋ざめだった〟、ぐらいの内容か――など申したので、あいた口が塞がらず、申すべき言葉もなくて〉、〔会う事をならいとしていない我身には、七夕の今日の約束も知らない事だ〕、〈返し、小侍従〉、あなたはたまに会うのを忌み嫌うという事なのか、それはきっと七夕の七月七日の夜に会うという約束を知らないあなたの心なのであろう。

▽次の④11隆信集とは、本文が異なる。手紙を七月七日に小侍従に見せた所、その返事として言ってきた事に、あきれて物も言えずに言いやった隆信の歌が452・会う事に馴れていない我身は、七夕の今日の約束の事も知らない、に対して、小侍従の453・たまに会うのをいやだというのか、それはさぞ七夕の約束事を知らない心のせいであろうといい返す。「あふ・を」「七夕の・ちぎり」「知らぬ」「なる《り》」。「ならは」→「たまさかに」、「身」→「心」。④11隆信「七月ついたちごろに、小侍従、人に…文を…見せ…、けふの文のおもはずさなどはぢしめたりしに、いとあさましう、のべやるかたなき心ちして/781 逢ふことを…/かへし/782 たまさかに…」(…「今日の手紙が思いがけなくも、そのようにどうしてか恥ずかしめたのだ」とあったので、たいそうあきれはてて、どういってよいか分らない心ちがして…)、雑一。

「七月一日の文を七日に渡されて、小侍従が七夕の日も知らぬげな隆信の不粋を責めたのに対して、彼が「逢ふ事をならはぬ身だから」と答へ、それに対して又今度はやさしくなだめるやうな小侍従の歌。」（『富倉』220頁）

【参考】①4後拾遺247「たまさかにあふことよりもたなばたはけふまつるをやめづらしとみる」（秋上、小弁）

【類歌】③132壬二362「かかりける契ならずは七夕の心のほどをいかでしらまし」（後京極摂政家百首、恋「稀恋」。⑤175六百番歌合736）

④39延文百首3037「たなばたの涙の露のたまさかに逢ふ夜のうさはあらじとぞ思ふ」（秋「七夕」雅冬）

〔一一三〕　あるひとに心をかけて、いかでそのゆゑ《ゆくへ④》をだにきかんとおもひてたづねしほどに、小侍従な《、ナシ④》んそのゆくへ《ナシ④》をよくしりたるときゝて、まかりてとひしに、さまざまのことどもなど《ナシ④》こまかにい《か》ひて、《たりて④》なにとなきもののいひまでも《も、》いたきこと《なさけおほくいたき》などかたりて、《人ざまなるものから、④》おもひかけずにくいげありし人をう《、④》ら《ち》み《④》やりて、《、》しぬといひて《いきのしたにしぬといひて④》うちわらひしけしきを《きなど》き《を④》かせたらば、いか《、いとどいか④後述》ばかりおぼえましなど申ししをききしに、いとせんかたなくおぼえてかへりにしあしたに、小侍従がもとへつかはしし

〔454〕〔83　しぬといふことはよそにぞききしみのあやなくけさはきえぬべきものを」

かへし

455　しぬといふそのひとことに身をかへてさらばこんよのあまとだになれ・84（恋十五首）

【語注】○ひとこと　八代集にない。竹取物語「物ひと言、言ひをくべき事ありけり」」（新大系73頁）、源氏物語「猶ざりに頼めをくめるひとことを尽きせぬ音にやかけてしのばん」（「明石」、新大系二―84頁）。○こんよ（来む世）269前出。○あま（尼）八代集四例、初出は古今973。

【訳】〈ある人に思いをかけて、何とかしてその理由〔行方〕だけでもきこうと思って尋ね求めているうちに、小侍従がその行方をよく知っているときいて、出かけてきいたところ、色々な事などを詳細に言って、ちょっとした物言いまでもすばらしい事など語って〔情趣豊かですばらしい人柄であるものの〕、意外にも憎らしい感じがあった人を恨みやって〔見やって〕、死ぬつもりだといって笑った様子などをきかせたとしたら、どれほどか身につまされるであろう（胸がつまるであろうカ）などと申したのをきいたので、たいそうどうしようもなく思われて帰った翌朝に、小侍従の許へつかわした（歌）〔息も絶え絶えに死ぬといって笑った様子などをきかせたとしたら、たいそうどれほど心が千々に乱れなされるでしょうといったのをきいて、ますますどうしようもない程に思われて帰ってしまった翌朝に、小侍従が申し上げつかわした（歌）〕、〔死ぬという事・言葉は無関係なものとしてきいていた身は、わけが分らなく（むなしくカ）、今朝は消えはててしまうべきである事よなあ〔きっと消えてしまうであろう事よ〕〕、〈かへし〉、死んでしまうというその一言に身をひきかえて、それなら来世の尼とだけなりともなりなさい。

▽愛する人の行方を小侍従が知っているという事で、小侍従の許へ行ってきいた所、小侍従が彼女の事をいろいろと語って帰った翌朝に、小侍従の許へ送った隆信歌が83であり、それは死ぬというのは他人事としてきいていた我身・

隆信はどうしようもなく今朝は消えてしまいそうだ、返しの小侍従歌は、死ぬというこの一言に身をかえて、来世の尼となれと応える。前歌が小侍従、後歌が隆信とすれば、また解釈が異なる。「死ぬといふ」（初句）、「言《こと》」。454末句、字余り。④11隆信606「…いとどいかばかり思ひまどひ給はんといひしをききて、いよいよせむかたなくおぼえて帰りにし朝に、小侍従が申しつかはしし」（末尾「「もとへ」とあるべき箇所であるから、…あるいは錯誤で、「もとへ」が「まうし」に変ったか。」（『隆信集全釈』606））＝454、末句「消えぬべきかな」、④11同607（恋四）＝455。

作者逆「隆信はいよ〱堪らない気持で帰つてきた翌朝小侍従から手紙が来る。〔454〕隆信の返歌は〔455〕これは隆信朝臣集に記されてゐる話である。「ちらつと見て、聞えるか聞えぬ位の声で『死ぬ』といつてにつこり微笑んだその人の様子などお聞かせしたらあなたはどんなに夢中になるであらう」――などと、隆信に彼の尋ね求める若い女房の口真似までして語つたらしい小侍従の様子。さうしてその翌朝、「それは他人事ではなく、今朝は私も死んでしまひさうで」といつて来た辺。いかにも当時の女房小侍従の或日の姿が現はれてゐると思はれる。」（『冨倉』221、222頁）

「隆信という高名の色好みとの手数のこんだまじわり、たとえば隆信が愛する女の行方を求めて小侍従に情報提供を求めに行き、その女の情緒的な濃艶なしぐさを語り聞かされつつ、つい情が動いて小侍従と一夜をともにしてしまうといったかかわりには、好色においてひけを取らない両者の馳けひきがみえて実に愉快だ。」（『馬場』120頁）

【参考】①7千載750 749「契りおくそのことのはにみをかへてのちの世にだにあひみてしかな」（恋二、読人しらず）

④11隆信集（竜谷大学蔵本）

〔一四〕四位してのち、臨時祭のかべいじゆうにてまゐりたりしに、舞人つとめしことなど思ひいでら

れて、こ侍従の君のつぼねをたづねて申しいれし
〔456〕〔767　としをへてかざしなれにし桜花おなじには
にてよそにみるかな」
かへし、民部卿成範〔大字〕(群)、をりふしこじじゅう《小侍従(群)》にたい
めんしける程《あと(群)》にて、この返しはわれせんとて
〔457〕〔768　さしかふるかざしのはなは位山のぼればた
れもさこそみるらめ」(雑一)

【語注】○臨時祭　十一月の賀茂神社、三月の石清水八幡、六月の八坂神社。「桜」ゆえ三月の祭、石清水ゆえに小侍従。枕草子「見物は　臨時の祭。行幸。祭の還さ。御賀茂詣。／賀茂の臨時の祭、空のくもり、寒げなるに、」(新大系(205段)、249頁)、源氏物語一例「舞人は、衛府のすけどもの、…陪従も、石清水、賀茂の臨時の祭などに召す人、の、」(「若菜下」、新大系三―322頁)。「承安四年〔私注―1174〕…隆信33、…○この頃、隆信は後白河院殿上人であり、二月廿三日以降、六月廿七日までに従四位下となり、…四位して後の春、石清水臨時祭に加陪従を勤め、小侍従と贈答…小侍従とは親しかった」(『井上』「常盤三寂年譜考――付範玄・三河内侍・隆信略年譜――」277頁)。○かべいじゆう　臨時に召しかかえられた陪従。江家次第「陪従四位《ニハ》八人、五位《ニハ》六人、五位中将又《モ》八人、加陪従同レ上、」(『新訂増補故実叢書』巻第五(春日祭)152、153頁)。うつほ物語「賀茂に詣で給ヒけるを、舞人、陪従、例の作法なれば、…舞人、陪従いかめしう、」(「俊蔭」、大系一―58頁)。音楽に秀でた地下の官人中から多く選ばれた。○舞人　蜻蛉日記「わがおもふべき人も陪従ひとり、舞人にひとりまじりたり。」(下、新大系187頁)、山家集1221詞書「舞人の気色振舞、見し世のこととともおぼえず、東遊に琴うつ陪従もなかりけり。」(集成348頁)。○られ　自発。○桜花　小侍

従をたとえる。　**○よそ**　場所、小侍従のいる所。　**○成範**　藤原氏。本名成憲。桜町中納言と称す。保延元年（1135）生、文治3年（1187）3月17（16）日没、53歳。少納言通憲（信西）男。平治の乱（1159年）で下野に配流されたが本位に復し、正二位中納言民部卿に至る。公卿補任によれば、成範が民部卿になったのは、50歳・元暦元（1184）年から文治三年まで。千載初出。尊卑分脈二―488頁参照。　457**○位（の）山**　八代集五例、初出は拾遺281。　**○のぼれ**　「山」の縁語。

【訳】〈四位になった後に、臨時の祭の加陪従として参上した時に、舞人を行なった事などを思い出されて、小侍従の君の局・部屋を訪れて申し入れた（歌）〉、〔長年にわたってかざしとする事に慣れてしまった桜花を、同じ庭で、〃よそ〃のものとして見る事よ〕、〈返しは、民部卿（成範）がちょうど小侍従に対面していた時であって、この返歌は私がしようと言って〉、〔さしかえたかざしの桜は、位が上れば誰もみんなそのように（よそに、違った存在として）見るのであろうよ〕

▽隆信が四位に昇った後、昔の事を思い出されて、小侍従の部屋へ申し入れた歌が456であり、四位となり、昔・舞人の頃とは、桜（あなた・小侍従）を、同じ場所でも違ったものとして見る、と歌う。返しは、その場にいた成範がしようといって、それは、さしかえた桜は位が上がると皆異なったものとしてみるだろうである。「かざし」「花」「見る」、「桜」→「花」。

〔一五〕　小侍従のもとよりとひて侍りしに、歌の侍らざりしかば

（458）（921）　おほかたのわかのうら波よせずともそむく

あはれはかけよとぞ思ふ」（雑三）

【語注】〇わかのうら波　5前出。　〇末句　字余り（「お」）。

【訳】〈小侍従の許から手紙が来ましたが、歌がありませんでしたので〉、〔おおよその和歌の浦の波が寄せなくても、つまり和歌を送って来なくとも、世を背いた〝あはれ〟はかけよと思う事だ〕

▽小侍従から手紙をよこしたのに、歌がなかったので、隆信が、歌をよこさずとも、あなた（小侍従）が、出家の感慨はかけてほしいと歌ったもの。「「さまかへてのみ」の一聯中」（森本『研究』265頁）。下句「私が出家した感慨は歌にしていただきたかったと思います。」（『隆信集全釈』921）

458、459、460「これは隆信の出家後の事である。建仁二年〔私注―1202年〕冬の事かと思ふ。しからば彼女の歌として伝へられる最後のものである。若き日親しんだ隆信への老後（八十一歳）の彼女の手紙に「現世後世しえたる事」が書いてあつたのは注意したい。彼女としては何の思ひのこしのない生涯であつたのであらう。」（『冨倉』242頁）

460　うき世をばわれもさてこそそむきしかまた思ひしる人も有りけり・923　（雑三）

かへし

のよをだにと思ふばかりぞ」

〔459〕〔922　かずならでおとろへまさる身のはてはのち

〔一六〕　現世後世しえたる事などかきて侍りしかば

【語注】○現世　落窪物語「「我子ども七人あれど、かく現世後生うれしきめ見せつるやありつる。」」(第四、新大系238頁)、今昔物語集「此レ現世ノ福寿ヲ願フニ非ズ。偏ニ後世菩提ノ為也。」(巻第十三—第十四、新大系三—226頁)。○後世　今昔物語集「後世ノ貯ヘト為ム」ト。…今生カクテ止トス。後世ヲ思フニ極テ怖シ」ト云テ、」(巻第四—第十五、新大系一—330頁)。　○のちのよをだにと　字余り(母音ナシ。「を」か)。

【訳】〈現世によって、後世の極楽往生ができた事などをかいていましたので〉、〔ものの数ではなく、次第に衰えがはげしくなってゆく身の終りは、来世の往生をとだけでも思うばかりであるよ〕〈返し〉、この憂世・つらく苦しい世を私もそのように背き出家した事よ、また(来世の往生を)思い知る人もここにいた事だ。

▽459の詞書は、458・前歌と同じく小侍従からの手紙で、「現世後世」とは、現世安穏後生善処(妙法を聞いて、これを信じる人は、現世では安穏な生活を送る事ができ、後世では善処に生まれるという事)か。現世の行為の功徳によって、後生の往生のまちがいがない事が書いてあったので、459・とるに足らない、衰えのまさって行く我身・隆信の身の果ては、来世の極楽往生・浄土へとだけでも願望するばかりだとの詠に対する返しであり、憂きこの世を私もだから厭離したのだ、ここにもまたその事を思い知った人がいたと応じたもの。小侍従の出家は、治承3年(1179)、59歳頃、その時隆信38歳。隆信の出家は、458前述の建仁二年9/15、この時小侍従も在世。なお、この11隆信集は、1204年成立。あるいは、459、460の贈答は、二人の出家の1179年から1202年までの間の初めのあたりか。「世」、「思ひ《ふ》」。「後の世」↓「憂世」、「身」↓「我」「人」。460、三句切。458参照。詞書【通釈】この世もあの世もあなたはうまくし遂げたことですなどと小侍従の手紙に書いてありましたので」(『隆信集全釈』922)、下句【通釈】…私以外にも身にしみて感ずる人もいたのですね。」(『隆信集全釈』923)。

【参考】①3拾遺1335「思ひしる人も有りける世の中をいつをいつとてすぐすならん」(哀傷、公任。①4後拾遺1031。⑤374今昔物語集80)

①3′拾遺抄573「うきよをばそむかばけふもそむきなんあすもありとはおもふ《たのむ（拾遺1330）》べきみか」（雑下、慶滋保胤。①3拾遺1330）

③107行尊114「うきよをばそむきはてぬといひしかど人ははかなくしらざりしかな」

【類歌】①14玉葉2322 2314「うき世をば秋はててこそそむきしかまたはいかなるけふのわかれぞ」（雑四、宗尊親王）

③117頼政集（頼政〔長治元（1104）～治承四（1180）年〕）

〔一八〕　大内の桜盛《さかり》（桂）にさきて侍るに、雨の降る日小侍従がもとへつかはしける

〔461〕〔64　けふは雨あすは霙《みぞれ》（桂）となりぬべき雲ゐの桜見む人もがな」

返し

462

雪とだに見るべき花のなどやさは雨やみぞれとふらんとすらむ・65　（春）

【語注】**○雲ゐ**　宮中。「雲（居）」は、「雨」「霙」の縁語。　**○雪とだに見**　①8新古今134「桜いろの庭の春かぜ跡もなし問はばぞ人の雪とだにみん」（春下、定家。③133拾遺愚草1016。⑤197千五百番歌合470。216定家卿百番自歌合18）。**○見るべき花**　⑤421源氏物語588「千代の春見るべき花といのりおきてわが身ぞ雪とともにふりぬる」（「幻」、導師）。**○みぞれ**　八代集一例、ただし「みぞる」・千載82。が、「霙」の歌題として、「六百番517～528／永久337～343」がある。冬のもの（永久百首、六百番歌合）。式子一例・261。枕一、源氏二例。枕草子「ふるものは　雪。霰。霙はにくけれど、

しろき雪のまじりてふる、お《(を)》かし。」(二三二段、新大系271頁)、源氏物語「雪、みぞれかき乱れ荒るゝ日、いかに宮のありさまかすかにながめ給ふらむ、」(「澪標」、新大系二―121頁)。

【訳】〈宮中の桜が盛んに咲いていています時に(「のに」カ)、雨の降る日に小侍従の許へ言い送った(歌)〉、〔今日は雨、明日は霙ときっとなって(桜を散らして)しまうでしょう、宮中の桜を見ようとする人がいればなあ〕、〈返し〉、(散って花びらが)雪とさえ見る事のできる桜が、どうしてそのように、雨や霙などと降ろうとするのでしょうか(、そういう事は決してありません)。

▽宮中の桜が盛りで、雨の日に頼政が小侍従へ送ったのが、461で、今日は雨、明日は(冬に戻って大変な――小侍従を驚かそうとしたものか――)霙とさぞなろうから、宮中の桜を見にきませんかと誘ったもの。それをうけて462は〝返し〟として、雪と見る桜が、雨や霙とふる事はありえないと切り返したもの。互いに分りあった、冗談の言い合える、心の交流の見られる詠。「見」「桜・花」「雨」「霙」。「雨」「霙」「雲」→「雪」。461、三句切。

〔二二一〕絶えて久しくなりたる女の思ひ出でて五月五日に《ナシ(桂)》ながきねをつかはすとて

〔463〕〔466〕あはぬまは《に(桂)》おふるあやめの根《ね(桂)》をみつつたと《(く一本)ゝ(桂)》ふ涙のふかさをばしれ」

返し　小侍従（静嘉堂文庫 類従本等）

464 影《かけてたに(桂)》だにもみぬまにおふるあやめ草あさきためしのねにぞくらぶる・467

(恋)

【語注】○女の　主語か。それなら463は小侍従の歌となる。また、女が「つかは」して、463が頼政の歌とも考えられる。　○あはぬま　「あやめ」の縁語「沼」をひそませる。　○根　「涙」の縁語「音《ね》」を掛けるか。　○ふかさ　「沼」の縁語。　464○影だにも　初句「かけてたに」（桂宮本　書陵部蔵）か。「少しも」。「根」の縁語「かく」。　○みぬま　「見ぬ間」と「水《み》沼」の掛詞。　○あやめ草　356前出。③36小大君19「くるしきになにもとむらんあやめぐさあさかのぬまにおふとこそきけ」（「返し、…」）、③81赤染衛門373「いかさまにおひなりぬらむあやめ草みぬまはねのみたえぬ袖かな」、③106散木292「あやめ草かげみなそこになみよりてあさかのぬまもふかみどりなり」（夏）、④26堀河百首388「かくれぬにおふとはすれどあやめ草尋ねてぞひく長きねなれば」（夏「菖蒲」師頼）、⑤425堤中納言物語22「なべてのと誰か見るべきあやめ草安積の沼の根にこそありけれ」（右）。　○ね　掛詞。さらに「音」を掛けるか。また「心根」は、③13忠岑84「…いろのみどりも　さしながら　こころねさへぞ　かれにける　さりともみづの…」、③73和泉式部732「心ねのほどをみするぞあやめ草…」などに用例がある。

【訳】〈縁が切れて長くなってしまった女を思い出して、五月五日に菖蒲の長い根——長い途絶え——を送るといって〉、〔あなたと会わない時は、生えている菖蒲の根を見ながら、たとえとした涙の深さを知れよ〕、〈返し、小侍従〉、影さえも見ない間に、水沼に生えた菖蒲草（の）、浅い例となる根に比べる事よ、即ちあなたの浅い心根と比較する事だ。

▽縁切れの長くなった女が思い出されて、5月5日に（菖蒲の）長い根をそこへ持って行かせようとして、長期間会わなかった事を認識し、463・会えない間は〈に〉、生えた菖蒲の（長い）根を見つつ、長い間会えなかった涙の深さを知れとの詠に、小侍従は、全く訪れないで、水沼に生えた菖蒲草の浅い例の根は、あなたの浅い心根と比べられると揶揄《ヤユ》する。「見」「沼」「ぬ間」「生ふるあやめ」「根」。「根」→「草」、「深さ」→「浅さ」。464第二、四句あの頭韻。さらに同じ小侍従に、「あやめ草」「あさ」「沼に」「ね」の詞の通う356（⑤197千五百番歌合736）がある。

「絶えた後迄も二人は互に文を通はしてゐたのはもとよりで、」（『冨倉』211頁）

【参考】②4古今六帖102「かくれぬのそこにおふれどあやめ草ねごめにひきて見る人はみつ」（第一、夏「あやめぐさ」）

③86伊勢大輔28「あやめぐさあさかのぬまにひくめれば今日ばかりなるうきねとぞ見る」（「かへし」）

③110忠盛133「おくやまのみぬまにおふるあやめぐさいかでかねをばそでにかくらん」

⑤123中宮権大夫家歌合永長元年7「あやめぐさあさかのぬまにおふれどもひくねはながきものにざりける」（「昌蒲」斎院摂津君）

【類歌】①11続古今1260 1268「あはぬまのみぎはにおふるあやめぐさねのみなかるるきのふけふかな」（恋四、実方）

〔二一五〕二月の廿日あまりのほどに南殿の《ナシ（桂）》花さきさかずみむとてまゐりたるをりしも、ある女房のもとよりあるかなき《か（と一本）に（桂）》かと尋ねにつかはしたりしかば候ふよしを申したりし後、おともせざりしかばこれより云遣しける

〔465〕〔518〕　まことには《や（桂）》雲ゐの花をみむとてや我《われ》によそへて空尋ねせし」

返し　　　　　　　　　　　　　小侍従

466　尋ねつる心のうち《内(桂)》をしるならば花にもかくや恨みられまじ・519　（恋）

【語注】○南殿　なんでん。なでん。源氏物語「南殿の桜盛りになりぬらん、ひとゝせの花の宴に、院の御けしき、」（「須磨」、新大系二―41頁）。「花」は左近の桜。○空尋ね　「雲」の縁語「空」。八代集にない。新編国歌大観①～⑩の索引にも、「空尋ね―」はこの例のみ。「尋ねたふりをしてそこへ行くこと。」（日本国語大辞典）。嘘の質問か。

466○尋ねつる　①15続千載126 127「たづねつるしるべとたのむ山人のかへるもしらず花をみるかな」（春下、定為）、②16夫木12221「たづねつる心もしらで津のくにのこふとも人のつぐるなりけり」（雑八、こふのわたり、摂津、公任）、⑤167別雷社歌合116「たづねつる花みる程もいかにこは春の心はのどけくもなき」（「花」安性）。○心のうちをしる　①15続千載1622 1623「わがおもふ心のうちをしらせばや人のつらさもうらみはてまし」（恋五、範秀）、③73和泉式部102「人しれぬ心のうちをしりぬれば花のあたりに春はすぐとも」（「又、…」）、⑤424狭衣物語1「いかにせん言はぬ色なる花なれば心の中を知る人もなし」（巻一、（狭衣））。○られ　尊敬か自発か。

【訳】〈二月の二十日余りの頃に、南殿・紫宸殿の花・桜が咲いているのか、咲いていないのかを見ようとして参上した時、ある女房の所から、いるのかいないのかと尋ねに人をよこしたので、おります旨を申し上げた後、何ら音沙汰もなかったので、こちらから言いやった（歌）〉、〔本当は宮中の桜をみようとしたのか、私にかこつけて嘘の問いをした事だよ〕、〈返し、小侍従〉、きいた我が心の中を知るなら、桜にもこのように恨みなされるような事は決してなさらない筈だ。

▽ここ465・518～474・527まで一連の歌。465・二月下旬、南殿の桜を見に行った時、ある女房より有無をきいてきたので、「いる」といった後、むこうから何も言ってこなかったので、こちらから送った歌が、465であり、本当は左近の桜を

見ようとしてか、私にかこつけて嘘の質問をしたのかと歌ったもの。その返しが466で、きいた（私の）真意を知るなら、私にも花にもこうは恨みなされる事はあるまいと歌ったもの。「尋ね」「花」。

【類歌】③131拾玉3178「たづねくる心のうちをしりがほにひじりのあとに月のくまなき」（厭離欣求百首）

とより

〔二六〕　其後《後又（桂）》大内にまゐりたるに聞き《りと（桂）》ておなじ《内（桂）》人のも

467　尋ねつつけ《る（桂）》ふをまちつる心をば花を思ふになほやなるべき・520（恋）

返し

〔468〕〔521〕　我《（われ）》をのみ日をかぞへつつまちけるかあなかまさらば花にきかせじ」

【語注】○尋ねつつけふ　①19新拾遺164「尋ねつつけふ見ざりせばさくら花ちりにけりとやよそにきかまし」（春下、長実）。○まち　頼政の来訪をであろう。桜の開花では単純すぎておもしろくない。○心をば花　④11隆信65「きのふけふなれぬる人のこころをば花のちりなむ後ぞみるべき」（春下。①13新後撰101）。○あなかま　八代集四例、初出は後拾遺1201。「非歌語的な会話語で和歌用例は多くない。」（山崎『正治』361頁）。

【訳】〈その後宮中に参上した時に、（私・頼政が参っているのを）聞いて同じ人・小侍従の所から〉、問い尋ねながら今日のこの日を待った心をば、桜を思い慕う心にやはりなるのでしょうか。〈返し〉、「私をばかり、日を数えながら待っていたのか、ああうるさい事よ、それなら桜に（その事を）決してきかせませんよ」

▽前歌の続きで、その後宮中に参上した時に、小侍従より、問いながら今日の日を待った心を、桜を思慕しているという事になるのであろうか、といい、頼政は、（やはり）私をばかり指折り数えつつ待っていたのか、何回もきいて来てあうるさい事だ、それなら、（お前さんが）桜を思慕しているというのを、桜にきかせるつもりはないよと応じたもの。両者のやりとりがおもしろい。さらに同じ小侍従歌に、369「いつしかとけふをまちつるたなばなのあすの心をおもひこそやれ」（⑤197千五百番歌合1126）がある。466→467「尋ねつ（冒頭）」「心」「花」。467→468「待ち」「花」「つつ」。

〔二七〕　おなじ人のもとへつかはしける

〔469〕〔522　さてもなほ人づてならでとひみばや花かあらぬか我《（われ）》がことかと」

返し

470　花きかばさすがこたへまう《よ（桂）》きことを人づてならでとひはみられじ・523　（恋）

【語注】470**○さすが**　八代集二例、初出は後撰1304。が、「さすがに」は八代集に多い。**○人づてなら**　⑤291俊頼髄脳423「きかばやな人づてならぬ言の葉をみとのまぐはひまでも思はず」（293和歌童蒙抄338。294奥儀抄391）。**○第四句**　①4後拾遺750「いまはただ…人づてならでいふよしもがな」（恋三、道雅）。**○とひはみら**　「とひみる」八代集一例・①3拾遺868「我やうき人やつらきとちはやぶる神てふ神にとひ見てしかな」（恋四、よみ人しらず）。**○られ**　尊敬。可能か。

【訳】〈同じ人の許へ言い送った（歌）〉、〔それにしてもやはり人伝てではなく直接にきいてみたいものだよ、桜の事か、そうでないのか、また私に関する件なのかと〕、〈返し〉、花が聞いたなら、やはり答えにくい事を（だから、か）、人伝てではなく直接きいてみられませんのですね。

▽頼政より小侍従への詠、桜か、そうでないか、我が事か、直接問うてみたい、それに対する小侍従の返歌、桜にきいたら答えがたい事を、直接きく度胸はあなたにはありませんよと。「花」「人づてならで」「とひ・み」。「とひ」→「きか」。469・三句切、倒置法。

〔一一八〕　おなじ人のもとへつかはしける

〔471〕〔524〕　逢坂をこえぬものからてにかけしし水かな《は（桂）》
にぞ袖のぬるるは」

返し

472　汲みてしれ《る（桂）》逢坂山のいはし水てにかけけるはあさき心を・525　（恋）

【語注】472〇第二、三句　①1古今1004「君が世にあふさか山のいはし水こがくれたりと思ひけるかな」（雑体、忠岑。②4古今六帖842）。他、①1古今537「相坂の関にながるるいはし水いはで心に思ひこそすれ」（恋一、読人しらず）、①3拾遺170「あふさかの関のし水に影見えて今やひくらんもち月のこま」（秋、つらゆき）。〇あさき　「水」の縁語。

【訳】〈同じ人の許へ言い送った（歌）〉、〔逢坂をこえぬものの、まだ会ってはいないのに、一体手にかけた清水か何か、袖がぬれるのは（、逢えぬ故の涙であるよ）〕、〈返し〉、汲んで知りなさいよ、逢坂山の石清水（を）、手にしたのは、（逢って分ったあなた自身の）浅い心であったという事を。
▽前と同じ対で、「同じ人の許へ遣しける」（頼政）、「返し」（小侍従）の型《パターン》。袖が濡れるのは、まだ会っていない故の涙だと頼政詠、逢って分るあなたの浅薄な心という事を知りなさいとの小侍従詠。逢坂の清水を手にかけるという共通項でもって、上記の事柄をやり合う。「逢坂」「清水」「手にかけ」。「〔かけ〕し（き）」→「〔かけ〕ける」。471・四句切、倒置法。472・初句切、倒置法。
【参考】①4後拾遺1174 1176「ここにしもわきていでけんいはし水神の心をくみてしらばや」（雑六・神祇、増基法師）
②4古今六帖1458「おもふとはなにをかさらにいはし水こころをくみて人はしらなん」（第三「水」）
③89相模85「もりにけるいはまかくれの水ぐきにあさきこころをくみやみるらむ」
④27永久百首56「石清水かざしの花のさしながらいのる心はくみてしるらん」（春「石清水臨時祭」大進）

〔二九〕　おなじ人のもとよりからの桜のさまをうつし
たるなり、ここのにえ《見（桂）》あはせよとて作りたる桜の
花をつかはしたりしかば
〔473〕〔526〕　もろこしの花もここにはわたりけりまして
まぢかき人はいかがは」
返し

474　もろこしの花はわたしの《り（桂）》舟よりもあやう《（ママ）》き道はゆかじとぞ思ふ・527　（恋）

【語注】○いかがは　「(いかがは)あらん」ぐらいが入るか。　474 **○もろこし**　八代集七例、初出は古今768。③131拾玉2867「朝夕にゆかまほしきをもろこしのふねのとまりを君やながめむ」、③132壬二2972「わかれては程をへだつるもろこしの往来たのまぬ浪の通路」(旅)。　**○わたし**　掛詞。「渡し」八代集にない。が、「渡す」の用例は多い。閑居友「或時は渡し舟に水馴れ棹さして、月日を送るはかりことにせられけん事、」(上、三、新大系367頁)。③131拾玉4675「きみがうくるなにはほりえのわたし舟…」、③133拾遺愚草299「君をおきて待つもひさしき渡しぶね…」(大輔百首、寄法文恋五首)、④32正治後度百首720「さみだれはよどの入江のわたし舟…」(「五月雨」季保)。なお「わたしの舟―」は、新編国歌大観①~⑩の索引では、⑨12芳雲集〔実陰〕2060「さし捨てし渡の小舟秋ふりて夕さびしき里の一村」(秋「水郷秋夕」)のみである。「私」との掛詞とはみなさない。「わたし」は後世の言い方。古くは「私《わたくし》」。　**○あやうき**　八代集にない。が、「あやふし」は八代集六例。　**○末句**　字余り(「お」)。

【訳】〈同じ人の所から、「唐・中国の桜の姿を写したのである、ここのに絵を合わせよ」といって、作った桜を送ってきたので〉、〔中国の花もここには渡ってやって来た事よ、ましてや目近にいるはどうであろうか〕、〈返し〉、中国の花は渡ってきて、渡しの舟(の海路)よりも危なっかしい(恋の)道は決して行くまいと思う事よ。

▽小侍従より、中国の桜の様相をうつし、この絵に合せよといって、造花の桜をよこしてきたので、頼政は、中国の桜もここにきた、ましてや目と鼻の先の人はどうですか、来ませんかと誘ったのに対して、小侍従がいいやったものが474、中国の桜は来たが、私は渡航船よりも危険な恋の航路は断じて行くまいと思っていますから…と。「唐土の花(冒頭)」、「わた(り・し)」。473・三句切。473は、遠い「唐土の花」と「真近き人」との対照。

【類歌】①15続千載490 492「もろこしの浪路わけ行く舟人はこころのこらぬ月やみるらん」(秋下、平泰時)

〔三二〕　小侍従あまに成りにけり《る（桂）》ときゝてつかはしける

〔475〕〔625〕　我《われ》ぞ先出づべき道にさきだてゝしたふべしとは思はざりしを〕

返し

476　おくれじと契りしことをまつほどにやすらふ道もたれ故にぞは・　626　（雑）

【語注】○あまに成り　小侍従は治承三年（1179）出家、59歳頃。　476○おくれじと契り　③133拾遺愚草555「おくれじとちぎらぬ秋の別ゆゑ…」（重早率百首、秋）、⑤424狭衣物語109「後れじと契りしものを死出の山三瀬川にや待ち渡るらん」（巻三、（狭衣））、⑤424同209「後れじと契らざりせば今はとて…」（巻四、（飛鳥井の女君））。

【訳】〈小侍従が尼になった事だときいて言い送った（歌）〉、〔私がまず初めに出家する筈の仏道に先んじて、後を追い慕うようになろうとは思わなかったのに（なあ）〕、〈返し〉、（出家を）遅れまいと約束した事を待っているうちに、ためらって、遅れてしまった（出家の）道も誰のせいですか、みんなあなたのせいではありませんか。

▽小侍従の出家の際に、頼政がよこした歌が475で、私のほうが先の予定で予期外の事だったと言ったのに対して、小侍従は、こんなにも出家が遅れたのは、あなた・頼政のせいだと返したもの。あるいは、476の下句、あなたの出家が遅れているのは、誰か（他の人）のせいなのではありませんか、か。「道」。「先立て」→「遅れ」。

「いづれの歌にも涙はない。明るく朗らかな出家である。」（『冨倉』236頁）

「出家の後も頼政との贈答には艶の情緒が主題をなしている。」（『馬場』123頁）

「これは頼政が出家した治承三年（一一七九）十一月二十八日以前のことと推定され、前記㈣〔私注—121〕の事実を合せ考えれば、治承三年正月をさかのぼることを許されない。小侍従五十九歳（推定）のころである。」（森本『研究』249頁）

〔三二一〕　あひしりて侍る女房二月十《廿（桂）》日比に大宮に候ふよしを聞きて云遣しける

〔477〕〔670〕　春ながら秋のみやまにゐる人《入（桂）》ぞ《は（桂）》紅葉をこひて花をみしとや」

返し

478　あだにみし花のつらさに春ながら秋のみやまを出でぞわづらふ・＊671　（雑）

【語注】○大宮　太皇太后宮多子。438、440前出。438参照。　478○あだにみ　②16夫木1272「ひまもなくつつめる山のかすみかな花の心やあだにみゆらん」（春四、花、高遠）、③133拾遺愚草2845「あだにみし花のごとやはつねならぬうき春かぜはめぐりあふとも」（雑、無常）。　○春ながら　①7千載52「さきにほふ花のあたりは春ながらたえせぬやどのみゆきとぞみる」（春上、基忠）、②4古今六帖4400「はるながらこころもゆかぬうぐひすははなをみながらねをのみぞ鳴く」（第六「うぐひす」）、⑤213内裏百番歌合建保四年104「もろ人の心のうちははるながら千年の秋の月をこそみれ」（秋、讃岐）。　○秋のみやま　「秋の宮」と「秋の深山」を掛ける。「秋の宮」は448参照。「秋の山」は八代集四例。①15続千載457 459「むかしみし秋のみ山の月影をおもひいでてやおもひやるらむ」（秋上、今上御製）。　○出でぞわづ

らふ　「出でわづらふ」は、八代集にない。蜻蛉日記「かくのみ出でわづらひつゝ、人もとぶらひ尽きぬれば、」（中、（一二四）、新大系154頁）。⑤144内蔵頭長実白河家歌合保安二年閏五月廿六日6「ほととぎす…ななしをぶねいでぞわづらふ」（「郭公」顕仲）、他「出でぞわづらふ」は、⑤159実国家歌合80、③133拾遺愚草1391など。○＊　小侍従の歌かどうか確定できないもの、以下同じ。

【訳】〈互いに知り合いでいます女房が、二月十日比に大宮に伺候している事を聞いて言いやった（歌）〉、〔春であるのに、秋の宮、秋の深山にいている人よ、紅葉を恋い慕って花を見たとかいう事だよ〕、〈返し〉、不実に見た桜のつらさに、春であるのに、秋の宮・深山を出かねている事よ。

▽知り合いの女房（小侍従らしい）に、二月比に言いやった歌が477・春でありながら、秋山・皇后の許にいる人・小侍従は、紅葉を恋うて桜を見たとかいう事だ、返し、いい加減に桜を見たつらさに春ではあるが、秋山・皇后の許を出そびれていると歌う。「みし」「花」「春ながら」「秋のみやま」。第二、三句はの頭韻。

【類歌】⑤230百首歌合建長八年441「あだにさく花のつらさになしはてんさそはでちらせ春の山風」（衣笠前内大臣）

〔二三三〕　とし比かたらひ侍りける女、みやこや《に（桂）》すみうかりけんをとこに具してあづまのかたへまかりける日、ことさらにかたみにもせんときならしたる物ひとつこひければ遣すとて

〔479〕〔686〕　とにかくに我が身になるる物をして《も（桂）》はなちやりつる事ぞ悲しき」

返し

480 はなたるかたみにたぐ《は》（桂）ふから衣心しあらばなれもかなしや《き》（桂）・687*　（雑）

【語注】○はなちやり　掛詞。480○はなた　掛詞。　○なれ（汝）　八代集四例、初出は古今904。

【訳】〈長年なれ親しくしていました女は、都が住み辛いのであったろうか、男と共に東の国へまかり下った日、特別に形見にもしようと着ならした物を一つ請い求めたので、送るといって〉、〔何かにつけ我身になれ親しんだ物を与える、そうして彼方に見送らねばならない事が悲しいよ〕、〈返し〉、見送られ、与えられる形見として一緒に行く唐衣（よ）、もしおまえに心があったとしたら、おまえも悲しいのだろうか。

▽長い間親しかった女が東国へ下向する日に、形見として着慣らした物を求めたので、与えた時に、それと共に、身になじんだ物（小侍従も含む）を見送り、与える事が悲しいと歌ったのが479。それに対して480は、見送られ与えられる形見としての唐衣に、心があるのなら、おまえも私同様悲しいのかといったもの。「はなち（た）」、「悲しき（や）」（末尾）。「物」→「から衣」。なお480は、③117頼政集の最後の歌である。第二、三句かの頭韻。

⑦55頼輔集（藤原頼輔〔天永三（1112）～文治二（1186）年〕）

〔三四〕九月十五夜にわじのみやよりまかりいづるみちに、大宮の小侍従のいへのまへをすぐるに、人をいだしてこよひの月にまへわたりこそくちをしけれと申しいだしたれば、たちいりたるに、その

ひんがしにちかく皇太后宮びぜんさとのあるに、
かへさにとたのめて侍りつるにおそかりければ、
まちほどこそすぎぬれと申しつかはしたれば、す
てがたさによみ侍る
〔481〕〔114　ここもをしかしこもゆかし月ゆゑになかぞ
らになるわが心かな」（雑）

【語注】○頼輔　教長の弟で、刑部卿従三位に至り、文治二年（1186）、病により出家。　○わじのみや　「王子の宮」「鶯の宮」か。　○大宮　438参照。　○びぜん　①17風雅1990 1980「あまの川…」（雑下「近衛院の御事に土左内侍さまかへて…」）備前。「月詣集作者皇嘉門院備前内侍、また近衛院備前内侍（源季兼妹。その女二条院兵衛督は俊成養女。明月記に見ゆ）か。」（『風雅和歌集』「作者略伝」457頁）。②10続詞花830、雑中「近衛院に侍りける、かくれさせ給ひにければ、…」皇后宮備前）、②12月詣62「君が代は…」（賀「近衛院の御時いはひの歌よみて…」皇后宮備前）、②12同688「鶯も花の…」（雑上「高倉皇后宮の兵衛内侍としごろすみける家をたつとて、…」皇后宮備前）、②12同970詞書「皇后宮備前がおやに…」」、⑦55頼輔97詞書「うちの女房むさしみまかりてのころ、あねの備前のもとへ…」」、98（「かへし」皇后宮備前）。
○まちほど　「待つ程」か、又は「待ち」＋「程」の合成語か。　○ぞら　「月」の縁語。

【訳】〈九月十五夜に〝わじ〟の宮から退出する道に、大宮の小侍従の家の前を過ぎて行く時に、（小侍従の許より）人をつかわして、十五夜の今夜の月であるのに、家の前を通り過ぎて行くのが残念だと申し出させたので、家の中に入った時、その東に近く、皇太后宮備前の実家があったので、「帰りがけに（立ち寄るであろう）とあてにしていました所、遅かったので、待ち時間が過ぎてしまった」と申してきましたので、無視できなくてよみました（歌）〉、〔こ

こも見捨てるに忍びない、あちらにも心ひかれているのだ、中空にある月のせいで、中途半端となる我心であるよ」
▽九月十五夜、〃わじ〃の宮から退き、小侍従の家の前を通り過ぎた時、言葉があったので入った。備前の実家も近くにあり、帰りに立ち寄ろうとしていたのだが、遅くて待ちあぐねてしまったといってきたので、よんだ歌が481・114であり、それは、ここもかしこ（小侍従も備前）も心ひかれて、月のせいでどっちつかずの我心だと歌ったもの。二句切。

⑦64 親盛集（藤原親盛、生没年未詳、1200年生存）

〔三七〕　小侍従のもとにて、雨中藤花といへることを
よみ侍りし
482〔20　雲かへすあらしはふかではなわたれあまり
しをれぬたごのうらふぢ〕（春）
〔三八〕　こののち、小侍従の許より、ひとひのなごり
ばなと申して　　小侍従
483　あふことをまつのたえまはほどふともこころにかけんたごのうらふぢ・21　（春）
返し
484〔22　おのづからこころにかかるふぢならばたえ
まもあらじあふのまつばら〕

【語注】○雨中藤花　「金葉87（顕仲）／俊頼Ⅰ177・親盛20・定家2194」（歌題索引）。①5金葉二87 91「ぬるるさへうれしかりけりはるさめにいろますふぢのしづくとおもへば」（春）。なお⑤185通親亭影供歌合建仁元年三月81〜100、20首の歌題もそれ。○たご　「多祜《たこ》」か。○なごりばな　辞書等にない珍しい言葉。新編国歌大観索引①〜⑩にも、「なこりはな（―）」の用例はなかった。「名残」＋「花」の造語か。が、「なごりの花」は、①14玉葉283（春下、入道前太政大臣）にある。○まつ　他に「たえま」「ほど」も掛詞。○たごのうらふぢ　「たこのうら」八代集二例、初出は拾遺88。「うらふぢ」は八代集にない。他、「たこのうらふち（多祜の浦藤）」は、④26堀河百首279（春「藤花」仲実）、③132壬二2253、④31正治初度百首321、1122、2022、⑤185通親亭影供歌合建仁元年三月86、93、97など。越中。詳しくは『守覚全歌注釈』守250参照。①14玉葉1914 1906「おきつ風ふきこす磯の松がえにあまりてかかるたごのうらふぢ」（雑一、宗泰）。○あふの松原　八代集二例、金葉二429、千載764。播磨国、姫路市の市川河口付近。「あふ」は「たえま」「まつ」と共に掛詞。

【訳】〈小侍従の許で、「雨中藤花」といった事をよみました（時に）〉、〔雲を返すほどの激しい嵐は吹かずに（雨（風）は）藤花を渡っていけ、なぜなら（嵐では）あまりにも萎れはててしまうのだ、多祜の浦藤は〕、〈この後、小侍従の許から、先日の名残り花と申し上げて、小侍従〉、逢う事を待っている松の絶え間は距離があっても、長い間会っていなくても心にかけよう、多祜の浦藤の事は。〈返し〉、〔自然と心にかかっている藤であるとしたなら、絶え間もあるまい、「あふの松原」は、（つまり）絶える時のあるまい、会う事を待っている事は〕

▽小侍従の所でよんだ歌が、482・多祜の浦藤はあまりに萎れてしまうから、嵐は吹かないで花を渡れ。さらに小侍従の所から、長期間会っていなくても、多祜の浦藤をいつも心にかけるつもりだと、「松にかかる藤」をよみ、「多祜の浦藤」が前歌と通う。その親盛の返歌も「松にかかる藤」をよみ、自然と心にかかるのなら、会うのを待っても絶え間もない、すなわちすぐいつでも会えると応じたもの。483→484、「心にかけ／かかる」「藤」「たえま」「あふ」「松」。歌枕

「多祜の浦藤」（越中）↓同「あふの松原」（播磨）。482、483、484三首とも、四句切、体言止、下句倒置法（。482三句切。さらに482の下句が四句切でないなら、「しおれない多祜の…」となるが、内容より四句切であろう）。なお親盛につき詳しくは、『鳥帚』（松野陽一）、「藤原親盛について」（455～471頁）参照。

【参考】①3拾遺992「逢ふ事は心にもあらでほどふともさやは契りし忘れはてねど」（恋五、平忠依。①3′拾遺抄328）

③26朝忠3「あふ事を松にかかれるしらゆきのひさしきほどにきえぞしぬべき」

③117頼政534「逢ふことをまつよりもげに今朝よりぞ心にしげくかかる藤浪」…483に近い

③117同535「逢ふことをまつにもあらぬなげきこそ今朝より藤はかかり初めぬる」（「返し」）

⑤141内大臣家歌合元永元年十月二日57「逢ふ事をまつの汀に年ふればしづえに波のかけぬ日ぞなき」（恋、定信）

【類歌】④38文保百首3272「あふことをまつとはなしに年もへぬおもひたえよとい〔　　〕」（春日）

〔三九〕院、八幡に十日こもらせおはしまして、三月のつごもりのひいでさせおはしますに、小侍従の許へ申しつかはす

〔485〕〔23　もろともに春をしむべきけふしもあれわれさへえこそとまらざりけれ〕

返し

486　けふはただなごりをぞ思ふとしをへて春のわかれはならひにしかば・24　（春）

【語注】○院、…小侍従　院は後白河院。詳しくは123参照。院と小侍従については、古今著聞集に、有名な話「三二一二　後白河院の御所にして小侍従が懺悔物語の事」（巻第八、古典大系254、255頁）がある。123詞書「一院」として前出、497詞書「院」。「小侍従は後白河院にも参っている様である。しかし、他に明かにする資料はない。」（『杉本』22頁）。後白河院は、久寿二・1155・7／24即位し、保元三・1158・8／11譲位した。院、29歳～32歳（、小侍従、35歳～38歳頃）。古今著聞集の話は、「まさにこの間のことである。…（小侍従の年齢を考えると、）はたして本当であったのかという疑問も起ってくる。」（『志村』301頁）。百錬抄「○廿日。上皇御二幸石清水一。十ケ日令二参籠一給。被レ修二八講一。」（『新訂増補　国史大系』第11巻、98頁）。山槐記「廿日戊寅　天晴、法皇令参籠八幡給、十箇日可令候給、其間可令転読法華経百部給也、…」（二『史料大成』246頁）。治承三（1179）年三月、53歳（『後白河法皇』棚橋光男、「3、20　石清水八幡宮（参籠）」110頁）、ちなみにこの年は、小侍従の出家した年（164、475参照）で、59歳頃。○第三句　字余り（「あ」）。486○第二句　字余り（「お」）。○としをへて　③96経信178「としをへておもふこころのおのづからつもりてけふになりにけるかな」。○春のわかれ　八代集三例、初出は千載128。○ならひにしかば　③132壬二1620「くれはつる年のわかれもなげかれず忘れし人にならひにしかば」（九条前内大臣家百首、冬恋）。

【訳】〈後白河院が、八幡に十日間ご参籠なされまして、三月の末日の日お出なされます時に、小侍従の許へ申し送った（歌）〉、〔一緒に、行く春を惜しむ筈の今日であれよ、私までも（ここ・八幡）にとどまりはしない事よ〕、〈返し〉、今日はひたすら（春の）名残を思う事だよ、年をへて、春の別れはなれていましたので。

▽弥生末日、暮春、小侍従の許へ、私も八幡を出発し、ここにとまらないから、共に、惜春の今日であれよ、と送り、小侍従は、長年春の別れは慣らいとなっているので、今日は一途に名残を思い慕うと応ずる。「けふ」「春」。「惜む」→「思ふ」。485三句切。486二句切、倒置法。

【類歌】③134拾遺愚草員外20「たちかへる春の別のけふごとにうらみてのみも年をふるかな」（一字百首、春）

④34洞院摂政家百首247「年をへて春の別のけふのまにいくたび物をおもひきぬらん」（暮春、成実）…486に近い
⑤244南朝五百番歌合195「年をへておなじ思ひのかひなきは暮行く春の別なりけり」（春、弁内侍）
⑤244同196判「わきて又うらみもあらじ年をへておなじ思ひの春のわかれは」（春）

③124**殷富門院大輔集**（殷富門院大輔、生没年未詳、1200年頃の没）

〔四〇〕九月十三や、ひとびとぐしてこじじゆうのもとへゆきたるに、おはしまさずといふに、またそこへたづねゆきて、ものがたりなどするついでに

〔487〕〔65　つきにのりあはぬものゆゑかへらましふかき思ひのしるべそへずは」（秋）

かへし

488　まてばこそたづねもくらめつきをみるながめにもまづわすれやはする・66

【語注】**○九月十三や**　八月十五夜と並称され、院政期になって盛んに愛でられるようになった。①7千載337 336「秋の月ちぢに心をくだききてこよひ一よにたへずも有るかな」（秋下「十三夜のこころをよめる」よみ人しらず）。**○こじじゆう**「小大進は菅原在良の女で、妹は大輔の母。すなわち小侍従は大輔といとこの関係にあった。」（『殷富門院大輔集全釈』65）。**○つきにのり**　①14玉葉654「にほの海や秋の夜わたるあま小舟月にのりてや浦づたふらん」（秋下「…湖月を」俊成女）。**○のり**「法」か。**○のりあはは**　八代集にない。掛詞「乗り、会は」と「乗り合は」。さ

らに新編国歌大観①〜⑩の索引にも、「のりあ〜《はひふへ》」の用例はなかった。が、「乗物に乗って出会う事」の「乗合《のりあひ》」の用例は、今昔物語集にある。　**○わすれやはする**　⑤426とりかへばや物語76「驚かす人こそなけれもろともに見し夜の月を忘れやはする」（巻四、（男尚侍））。

【訳】〈九月十三夜に、人々を伴って小侍従の許へ行ったところが、「いらっしゃいません」と言ったので、再びそこへ訪れて行って、話などする折に〉、〔十三夜の月の興に乗って、やっては来たが、会わない、共に楽しむ事ができないものだから帰ったのであろうよ、（我が）深い思いの導きを加えないとしたら〕、〈返し〉、待っていたからこそ、あなた（がた）は訪れてやって来たのであろうよ、（十三夜の）月を見る〝ながめ〟にもまづ、あなた（がたの事）を忘れようか、イヤ決して忘れる事はないのだ。

▽九月十三夜、大輔が人々と小侍従の所へ行ったのに留守で、また行って、487・深い思いの導きを加えないとしたら、十三夜の月に興が乗って、来たが、会わない、共に楽しまないから帰ったのであろうよ、つまり深い思いのしるべを添えたから帰らなかった、また再びやって来たのだ、「返し」・488・待っているから尋ねやってきた、月を見る〝ながめ〟にも忘れる事はない。「月」。「かへら」→「（たづねも）く」。487、小侍従の出家（治承三・1179年、59歳頃）以後か。三句切、倒置法。反実仮想。488、二句切。519、520参照。

「大輔は小侍従よりほぼ十歳ぐらい年下の女流で、おそらくその母どうしは姉妹であったのではないかとも推定されている。…大輔の母はおそらく小大進の妹で、藤原信成との間に大輔をもうけたものと考えられている。」（『馬場』108頁）

〔四一〕　こじじゅうにはじめてたいめんして、よもすがられんがなどしあかして、かへるとて

こじじゅう

489
おもひいでなきこのよにてやみなましこよひにあはぬ我が身なりせば・159

かへし

〔490〕〔160　なかなかになにかこよひにあひぬらんあはずはけさのわかれせましや」

【語注】○しあかし　うつほ物語「深き契を、夜一よ心のゆく限り、し明し給フも、あひ難からむことを、」（「俊蔭」、大系一―63頁）。　○おもひいで　歌の本文は「おもひいでも」で、「底本に「も」をミセケチとするが、ある方が情緒が出る。」（『殷富門院大輔集全釈』159）。そうなら字余り（「い」）。　○このよ　「世・夜」の掛詞か。が、第四句の「今宵」と重複するので、掛詞とはしない。　○やみなまし　①12続古今1178 1179「かからずは思ひもしらでやみなまし八十余我が身よりこそ浮世なりけれ」（雑中、式乾門院御匣）、⑤354栄花物語339「今日ぞ思ふ君にあはでややみなまし八十余りの年なかりせば」（斎院（選子））。

【訳】〈小侍従に初めて（私が）対面して、夜通し連歌などして夜を明かして、（私・大輔が）帰ろうとして、小侍従〉、思い出のないこの世で我人生はさぞ終ってしまったであろうよ、今宵に出会わない我身であったとしたなら。〈返し〉、「なまじっか、どうして今夜に会ってしまったのであろうか、会わなかったら、今朝の別れをしたであろうか、イヤそんな事はなかったのだ」

▽大輔が小侍従に初対面して、連歌などで徹夜をしての小侍従の詠が489・今夜を体験しない私であったとしたら、思い出のない現世で終っただろうと歌い、返しは490・どうして今夜会ったのか、会わなかったとしたら、今朝の別れも

なく、別れ（の悲しみ）を味わわなくて済んだのに…である。「今宵にあはひ」「（あはぬず）」「まし」。「今宵」→「今朝」。489、三句切、倒置法。反実仮想。490、三句切、第一、二句「なかなかになにかこよひに」のリズム（な、か、に）。第三、四句あの頭韻。

「大輔が小侍従にはじめて対面したのはいつか、あきらかにしがたい。大輔は小侍従より十歳くらい年少と推定され、…二人はいとこ同士ということになる。…いとこ同士であれば初対面もそれほど遅くはなかったであろうが、いずれにしても、親愛の心がにじみ出た贈答歌である。」（『殷富門院大輔集全釈』159、160）

【参考】①4後拾遺744「つらしともおもひしらでぞやみなましわれもはてなきこころなりせば」（恋三、輔弘）

①6詞花287 286「おもひいでもなくてやわが身やみなましをばすてやまの月みざりせば」（雑上、済慶。①5′金葉三197。②7玄玄167。⑤299袖中抄837）

①7千載896 894「みのうさをおもひしらでややみなましあひみぬさきのつらさなりせば」（恋四、静賢。②12月詣571）

③125山家93「おもひいでになにをかせましこの春の花まちつけぬ我が身なりせば」（春）

③125同908「身のうさをおもひしらでややみなましそむくならひのなき世なりせば」（雑、五首述懐。①8新古今1829。③126西行法師442）

【類歌】⑤250風葉738「めづらしきいそぢのけふにあはざらば思ひいでなき我が身ならまし」（さがの院御歌）

④6師光集（源。生没年未詳。晩年は千五百番歌合（1201年）の判者も勤めた）

〔四二〕　ひさしくおとづれずとて　　　　小侍従

491
ふみみぬもなげきにあらず岩ばしのわたしそめたるとだえならねば・71　（恋）

かへし

〔492〕〔72　かづらきの神の心をあはれともとけぬつらさにおもひしるかな〕

【語注】〇ふみみぬ　「文見ぬ」「踏みみぬ」掛詞。⑤424狭衣物語160「口惜しや緒絶の橋はふみ見ねど雲井に通ふあとぞひまなき」（狭衣）。〇岩ばし　八代集四例、初出は後撰985。他「くめのいはばし」八代集一例・千載1042。③33能宣174「かづらきのやま《やくめ（新）》ぢにわたすいはばしのたえにしなかとなりやはてなん」（①8新古今1406 1405）、⑤175六百番歌合1018「かづらきやわたしもはてぬいはばしもよるのちぎりはありとこそきけ」（恋「寄橋恋」家隆）、⑤424狭衣物語47「岩橋を夜夜だにも渡らばや絶間や置かん葛城の神」（狭衣）。〇わたしそめ　八代集にない。③23忠見6「ひとしれずわたしそめけむはしなれやおもひながらにたえにけるかな」、④26堀河百首1438「ささがにのくもでにみゆる八はしをいかなる人かわたしそめけん」（雑「橋」肥後）。〇とだえなら　③115清輔425「むかし見し雲のかけ橋かはらねど我が身ひとつのとだえなりけり」。

【訳】〈長く訪れずという事で、小侍従〉、手紙もよこさない、また足を運ばない事も嘆きではない、岩橋をかけ初めたとだえではないのだから、つまり男女の仲が中断したのでないから〉、〈返し〉、〔容貌の醜い、橋を完成しなかった葛城山の神の心をかわいそうだとも、あなたとうちとけない辛さにしみじみと思い知る事よ〕

▽師光が長らく来ず、小侍従が送ったのが491であり、岩橋をかけ初めたとだえではないから、「文見ぬ・踏みみぬ」のも嘆かないという。それに対し、師光は、葛城の神の心を〝あはれ〟だと、あなたがうちとけぬ辛さに、身に思い

知ると返したのである。「嘆き」→「辛さ」「あはれ」、「岩橋《いはばし》」→「葛城の神」。491、二句切、倒置法。492、初、二句かの頭韻。同じ小侍従528に「ふる雪にとだえも見えぬ石橋をけふやうれしきかづらきの神」（⑤182石清水若宮歌合正治一年199）がある。

⑦61実家集（藤原実家〔久安元（1145）年～建久四（1193）年〕）

〔四三〕　月のよはあそばむなどたのめてありしを、九月十三夜、なにもおはずくもりたるよ

こじじゆう

493 かずへこしこよひの月のかひあらばまたましものをふけはゆくとも・325

かへし

〔494〕〔326　かぞへつるこよひの月はくもるともまつとしきかばたちやいでまし」（雑）

【語注】○よは　「夜半」か。○九月十三夜　487参照。○なにもおはず　「名にも負はず」。「何も負はず」（何も約束がなく・「うけ負ふ」）か。○かずへ　「かぞへく」共、八代集にない。が、「かぞふ」は用例が多い。「かずふ」「かぞふ」同じ。源氏物語「うきふしを心ひとつにかぞへきてこや君が手をわかるべきおり」（「帚木」、新大系一―48頁）、同「くれがし」とかずえ《（へ）》しは、頭中将の随身、」（「夕顔」、新大系一―111頁）。②4古今六帖2264「…なくちどりいくよの秋をかぞへきぬらむ」（第四「いはひ」つらゆき）。494○第四句　①1古今365「…峰におふる松としきかば今

かへりこむ」（離別、在原行平）。

【訳】〈しかるべき名月の夜は、共に管弦のあそびをしようなどとあてにしていたのだが、九月十三夜、名にふさわしからず曇った夜、小侍従〉、その日を指折り数えてきた今宵の月の甲斐があったなら、つまり晴れていたのなら、さぞ（あなたを）待ったであろうよ、夜は更けていってしまったとしても。〈返し〉、〔指折り数えて待った今夜の十三夜の月は曇っているとしても、あなたが待っているときいたのなら、すぐに（あなたの許へ）出発する事にしましょう〕

▽すばらしい月夜には、音楽の遊びをしようなどと予定していたのだが、あいにく九月十三夜曇った夜に、実家が来ずに、小侍従から送った歌が、493であり、指折り数えた今夜の月が晴れていたら、夜更けていっても待ったであろうに、残念です、つまり今夜の月が曇っているから、夜に待つ気にはなれなかったのだと…。その実家の返歌は、心待ちの今夜の月がたとえ曇っていても、待つと耳にしたなら行きますよ、である。「かぞ《ず》へ（こし《つる》）」（冒頭）、「今宵の月」（第二句）、「くもり（詞書）る（歌）」「とも」「待った《つ》」。493、反実仮想。下句、倒置法。

④4有房集（源有房、生没年未詳）

〔四四〕もとより物申す人のありしにはとりわき申すこともなくて、かたはらなりし人に物がたりをしてかへりたるつとめて　こじじゅう

495　いそのかみふるののかしはかれはてゝはなめくえだをよそに見しかな・366

かへし

〔496〕〔367〕　なにかそのはなめくえだといひたつるただ
ひとときの物としらずや」（ざふ）

【語注】○いそのかみ・ふる　①10続後撰1207 1204「いその神見し世をいたくしのぶまにわが身もいまはふるのなかみち」（雑下「…、懐旧」円経）、⑤424狭衣物語123「いそのかみふる野の道をたづねても見しにもあらぬ跡ぞ悲しき」（女一の宮）。　○ふるの　八代集四例、初出は後撰368。大和国、天理市布留。　○ふるののかしは　新編国歌大観①～⑩の索引には、この歌の他に用例はない。　○かしは　「柏」「樫は」「樫葉」（「花」と対照）が考えられるが、①1古今886「いそのかみふるからをののもとがしは本の心はわすられなくに」（雑上、よみ人しらず）により「柏」か。　○かれはてて　⑤230百首歌合建長八年862「浅茅原霜の下葉はかれはててみしにもあらぬ野べの色かな」（衣笠前内大臣。①21新続古652）。　○はなめく　八代集にない。落窪物語「人くまいり集まりて、／「さうぞきはなめきたるを見れば、」（第四、新大系279頁）。③123唯心房13「むかし見し春のみや人はなめきしたもとはこけときくぞゆかしき」。

【訳】〈初めから物を申し上げている人がいたのには、つまり前から話を交わし、存知の間柄であった人には、特にこちらから申し上げる事もなくて、傍らにいた人に話をして帰った翌朝、小侍従〉、布留野の柏は枯れはてて（つまり「古い自分は老いさらばえて」か）、華やかに見える枝（つまり「若い貴方」）をば、自分とは無関係な存在として見た事であるよ。〈返し〉、〔「どうして、その花めいている枝と言い立てるのか、（それも）ただ一時の物だとはあなたは知らないのですか」〕

▽旧知の人には特にいう事もなく、横の人に話をして帰った翌朝の小侍従の詠、古い自分はすっかり枯れ果て、華やかなものとは遠い無縁な存在となってしまったと歌う。それに対する有房・496は、華やかな存在も所詮は、ほんの一

時のものだとの、無常詠である。「見」→「言ひ」。496、三句切。同じ小侍従349に、「いそのかみふるのゝさとをきて見ればひとりすみれの花さきにけり」（⑤197千五百番歌合526）があり、またことばの〝参考〟として、④29為忠家後度百首45「はなとてもはもりのかみはよそにみじかしはのせきにさくとおもへば」（桜「関路桜」）がある。

③125山家集（西行〔元永元（1118）年〜文治六（1190）年〕）

〔四五〕院の小侍従、例ならぬ大事にふししづみて、
とし月へにけりとき（桂）こえて、とぶらひにまかりた
りけるに、この程すこしよろしきよし申して、人
にもきかせぬ和琴のてひきならしけるをききて
〔497〕〔922〕ことのねになみだをそへてながすかなたえ
なましかばと思ふあはれに」

返し

498 たのむべきこともなき身をけふまでもなににかかれる玉のをならん・923　（中、雑）

【語注】○院 123詞書「一院」、485詞書「院」。後白河院（1127〜1192）。小侍従の出家は1179年。二人については、485参照。
○例ならぬ事 源氏物語「こと〳〵しくうるはしくて、例ならぬ御事のさまもおどろきまどひ給所にては、」（「蜻蛉」、新大系五—281頁）。 **○大事** 落窪物語「いと大事にはあらねど、起き臥しなやみ給を、」（第三、新大系230頁）。 **○ふししづみ** 源氏物語二例「闇にくれて臥し沈みたまへるほどに、草も高く成、」（「桐壺」、新大系一—11頁）。 **○和**

琴 源氏物語「よく鳴る和琴を調べと、のへたりける、」（「帚木」、新大系一―51頁）。 **○て** 「手。絃楽器で独奏する間奏曲。」（『玉葉和歌集全注釈下巻』2481）。 497**○たえ** 「命」「秘曲」が絶え。掛詞。 **○第四句** （「…と」）字余り（ナシ）。 498**○こと** 掛詞「事」「琴」。 **○かかれる** 掛詞「掛かれる」「斯かれる」。 **○玉のを** 「玉」「緒」は「琴」の縁語。

【訳】〈後白河上皇の小侍従が、病気で重態に陥って、年月がたってしまったと耳にして、訪問・病気見舞いに参上した時に、この頃は少々病気がよくなった事を申し上げて、秘曲として人にもきかせない六絃の琴の曲を弾きならしたのを聞いて〉、〔和琴の音に涙を加えて流す事だよ、命、秘曲が絶えはててしまったとしたらと思う悲しさに〕、〈返し〉、頼みとする琴、及び事もない我身であるのに、今日までも、このように何にかかっている命なのでしょうか。

▽小侍従が重病という事で、西行が見舞に行った時に、小康状態だといって、秘曲の和琴《やまとごと》を引いたのを聞いて、西行は、命、曲が絶えたらと思う痛ましさに、琴の音に涙を加えて流すと歌う。それをうけて、小侍従は、頼みとする琴・事もない我身なのに、今日までこのように何にひっかかって生きてきた命なのかと返す。「琴」。497、三句切、倒置法。第二、三句なの頭韻。497・①14玉葉2481 2468「小侍従やまひおもくなりて月ごろへにけり《侍り(西)》とききて《聞(西)》、とぶらひにまかりたりけるに、この程《ほど(西)》すこしよろしきよし申して《とて、(西)》人にもきかせぬ和琴のてひきならしけるをききて《聞(西)》読み侍りける《ナシ(西)》／西行法師」（雑五。③126西行法師642、雑）。

「これが西行法師と小侍従との交渉を語る只一つの文献である。全く何時の事とも明らかでない。しかし小侍従が出家後の事とも思へない。宮仕へしてゐた頃に違ひなく、むしろ永万〔私注―1165、1166年〕以前の事ではないかと想像せられる。／これによると小侍従が和琴を嗜んだことがわかる。又「院の小侍従」とあるところから…、彼女が後白河法皇にもお仕へしたことがあつたかと考へられる点が注意せられる。第一部に引いた古今著聞集の伝へといひ、この語といひ、彼女は永万以前院に奉仕したこともあつたのではなかろうか。／彼女が長患ひした時西行が訪れたといふ事は歌人としての交際からであらう。それ以外の理由はどうも考え当らないのである。／西行の方が四歳年上である。」（『冨倉』286、287頁）

「「人にも聞かせぬ」秘曲を西行に聞かせるところに、小侍従と西行との親交のほどを知ることができる。」（古典集成『山家集』922）

【参考】①5金葉二420 448「たのめおくことの葉だにもなきものをなにかかれるつゆのいのちぞ」（恋上、皇后宮女別当。①5′金葉三420。⑤296和歌初学抄7）

③119教長941「このよにはまつこともなきものをなにかかれるたまのをならむ」（雑）

⑦57粟田口別当入道集（藤原惟方〔1125～没年未詳〕、1201年生存）

〔四六〕五月五日、小侍従とかやいひて歌よむなる人
のもとよりとて

499 ひきつれてたづねもみばやあやめぐささのみしらぬにおひむものかは・56

さるらん人もしらねども、返事とこひしかば

〔500〕〔57 あやめぐさよどのにねさす人なみにこけの
たもとをひきかけむとや」（夏）

【語注】**○粟田口別当入道**　永暦元年（1160）長門に配流、出家。1201年8月までは生きていた。小侍従と年が近い。**○ひきつれ**　八代集一例・後拾遺25。「ひき」は「あやめぐさ」の縁語。**○たづねもみ**　「たづねみる」は八代集四

例、初出は後拾遺1201。「ね」に「寝」「根」をかけるか。　500〇よどの　拾遺114（夏、忠見）の如く、「淀野」（山城）に「夜殿」を掛け、「ね・寝」は後者の縁語。　〇ねさす　「根さす」「寝さす」掛詞。　〇ひきかけ　「ひき」も「かけ」も「あやめ草」の縁語。

【訳】〈五月五日・菖蒲の節句、小侍従とかいって、歌をよむという人の許よりとて〉、引き連れて探し求めたいものだよ、菖蒲草（をば）、それほど知らないのに生えているのであろうか、イヤそんな事はない、知らない所に生えている筈がない。〈そのような人も知らないけれども、返事を請い求めたので〉、〔菖蒲草は淀野に根を生やしている、私を夜殿に寝さそうとするのか、俗人と同じく苔の袂・僧の衣服をひっかけようと、誘惑しようというのか〕

▽五月五日の小侍従よりの歌、連れだってあなたと菖蒲草を尋ね探し求めてみたい、知らない所に生えている筈がない、知っている所に生えている、私の事を知りませんか、私はあなたの事を知っていますよ、との女からの誘いに対して、惟方は、小侍従の事は知らないが、返事という事で、500は、菖蒲草を小侍従にたとえ、それは淀野に生えて、俗人と同じく僧侶をもひっかけようとする、そのように、俗人並に、出家の身をあなたは誘って夜殿に寝さそうとするのかと応じた。「菖蒲草」「ね」「ひき」。「(菖蒲)草」→「苔」。500、二句切。

【参考】①5金葉二350 372「しらざりつ袖のみぬれてあやめぐさかかるこひぢにおひん物とは」（恋上、小一条院。①5′金葉三362）
④26堀河百首388「かくれぬにおふとはすれどあやめ草尋ねてぞひく長きねなれば」（夏「菖蒲」師頼）

【類歌】②12月詣417「やどごとにかはらずみゆるあやめ草さのみやおなじぬまに引きけん」（五月、紀康宗）

③133**拾遺愚草**〔定家〔応保二（1162）〜仁治二（1241）年〕〕

〔四七〕　小侍従にゆかりある人のむかへにつかはしたれば、まかるに、ことづけやすると《て（書一本）》申ししかば、その人のかひ《い（書一本）》なに書きつけし

〔501〕〔2732〕　うらみばや世にかずならぬうき身をばわきてとふべき人もとはずと〕

返し　　　　　　　　　　　　小侍従

502　まてどかくとはれぬ我《われ》をうちかへしうらむるにこそねたさそひぬれ・2733　　（下、雑）

【語注】○まかるに、ことづけやする　「「今帰りますが何か御言付を申しませうか。」と小侍従の縁者の使がいったのである。」（『冨倉』287頁）。　○かひな　八代集一例・千載964。源氏物語「太刀抜きたる腕をとらへて、いといたう抓み給へれば、」（「紅葉賀」、新大系一―263頁）。　502○ねたさ　八代集二例、初出は拾遺747。が、「ねたし」は八代集に多い。

【訳】〈小侍従に縁のある人が、むかえに人をつかわしたところ、その人が退出するのに、伝言をするのかと申しましたので、その人の腕に書き付けた（歌）〉、〔怨みたいものだ、この世でものの数でもない、この我が憂き身をば特に訪れてもよい人・あなたも訪れてはくれないと〕、〈返し、小侍従〉、いくら待っても、このように（あなたに）訪れてもらえない私であるのに、反対に私を怨んでいる事によって、妬ましさが加わる事よ。

▽小侍従の伝言を腕に書いた定家の歌が501であり、世の中に物の数でもない我が憂身を特に訪問してもよい人・あな

た・小侍従もまた訪れないと怨みたいといったのに対して、小侍従は、待っていても、このように訪問されない私を、あなた・定家は逆恨みをするので、却って妬さが加わると返す。小侍従（1121年頃生）と定家（1162年生）とは、40歳ほど年長で、定家は孫ほどの年に当る。「と(ふ/は)」「うら(み/むる)」。「身」「人」↓「我」。501、初句切、倒置法。502、第三、四句うの頭韻。

「定家と小侍従との贈答歌の唯一のもの。…「分きて訪ふべき人」といったのは特に意味があるのではなく、「特に御親しい御方が」といふ程度の交際辞令とみてよからう。小侍従の歌も同様交際辞令であらう。何時頃の事とも明らかでない。」（『冨倉』288頁）

参考「なにゆゑか世に数ならぬ身ひとつを憂しとも思ひ悲しとも聞く」（源氏物語・夕霧　落葉宮）」（『藤原定家全歌集上』2593）、「○腕にかきつけし―古く「大納言国経…母に見せたてまつれとて、かひなに書き付け侍りける…」（後撰・恋三・七一一、七一二）という例がある。」（『同』2593補注）、「参考「いかにせむ天の逆手（さかて）を打ち返しうらみてもなほあかずもあるかな」（久安百首　俊成）「かのをとこは天の逆手を打ちてなむ呪ひをるなる。むくつけきこと」（伊勢物語・九六段）」（『同』2593）

③121忠度集（平忠度・1144～1184年）

〔四八〕　世のはかなきことなど、小侍従に申して侍りしほどに、山ざとにこもりぬとききて申しおくり侍りし

〔503〕〔89　あやなしや世をそむきなば忍べとは我（われ）こそ

君に契りおきしか」（雑）

【訳】世が無常な事など、小侍従に申し上げておりましたうちに、山里にこもってしまったと聞いて申し送ったのでした（歌）〉、〔わけがわからない事よ、世を背いたとしたら、思いしのんで下さいとは、私（忠度）があなたに約束しておいた事じゃありませんか（、逆ですよ）〕。＊小侍従は、石清水八幡宮別当紀光清の女。治承三年（1179）、59歳頃出家。出家後は八幡に籠った。164〜173参照。忠度とは親子ほど年が違う。忠度は161（参照）、210前出。

⑦49覚綱集（覚綱は藤原範綱の男で、生没年未詳）

〔四九〕…、小侍従のむすめ大宮の左衛門のすけ、あるところにて物がたりせしを、なさけあるゆかりは、ききところはべるかなとおもひて、歌やよみたまふと申したりしかば、歌よむべき身にはあらぬよし侍りて、たれとてかくはと申ししかば

〔504〕〔71　しのぶればそのみなかみはいはしみづさりとながれのたえむものかは〕

【訳】〈…、小侍従の女・大宮の左衛門のすけが、ある所で話をしたのを、風情ある者の縁者は、きくに価値ある所がありますょと思って、「歌をよみなされますか」と申し上げたところ、本人（女）は「歌をよめるような身ではない」事を言いまして、「誰がこのように（歌をよめる）」と申しましたので、〔思いしのぶとその（歌の）源は石清水

（であり）、そうだといって（女が歌をよまないといっても、）歌の流れが絶え果ててしまうのであろうか、イヤ決してそうではない」。※「石」に「言は（ず）」を掛けるか。

②12月詣和歌集（1182年成立）

505　時鳥まてどきなかずいざさらばおもひおもひにゆきてたづねん・307

（巻第四、四月「衆人待郭公といふことをよめる」小侍従）

【語注】○一、二句　②1万葉1494 1490「ほととぎす《ホトトギス》まてどきなかず《マテドキナカヌ》あやめぐさ《アヤメグサ》…」（夏雑歌）、②同4220 4196「つきたちし《ツキタチシ》ひよりをきつつ《ヒヨリヲキツツ》うちじのひ《ウチ(ウタ)ジノヒ》まてどきなかぬ《マテドキナカヌ》ほととぎすかも《ホトトギスカモ》」（第十九）。**○おもひおもひに**　八代集にない。が、「おもひおもはす」（古今705）、「おもひおもひて」（拾遺745）はある。源氏物語「「葦手、歌絵を、思〳〵に書け」との給へば、」（「梅枝」、新大系三—162頁）。**○衆人待郭公**　他「月詣306（師光）」のみ（歌題索引）。②12月詣306「ほととぎすまつ夕ぐれのまどゐこそこころごころのひとりなるらめ」（四月、源師光）・505の前の歌。

【訳】時鳥（の声）を待ってはいるが、やって来て鳴かない、ああそれなら各々思いにそって行って尋ね求めよう。

（「多くの人が郭公を待つという事を詠んだ（歌）」）

▽詞書の如く、時鳥を待ってはいるが、来て鳴かないから、各人思い思いに行って求めようとの詠。二句切。

【参考】①4後拾遺162「ほととぎすおもひもかけぬはるなけばことしもまたではつねききつる」（春下、定頼）

①5金葉二解28「みわの山すぎがてになけ時鳥尋ぬるけふのしるしと思はん」（夏、清原祐隆）

②1万葉1491 1487「ほととぎす《ホトトギス》おもはずありき《オモハズアリキ》このくれの《コノクレノ》かくなるまでに《カクナルマデニ》なにかきなかぬ《ナドカキナカヌ》」（巻第八、夏雑歌）

③119教長219「よをかさねまつにはなかでほととぎすたづねゆくにぞひところもきく」（夏「郭公未遍」）
⑤132俊頼朝臣女子達歌合10判「いつとなく待つ声よりもほととぎす尋行きてや聞きまさるらん」（「郭公」）

【類歌】③131拾玉3289「待ちわびて日数へにけりほととぎす今は山ぢに行きてたづねん」（百首句題、夏「久待郭公」）
⑤361平家物語（覚一本）107「いざさらばなみだくらべむ郭公われもうき世にねをのみぞなく」（「女院死去」、女院（建礼門院））

506　身にとまるよはひばかりを印にて花をばよその物とこそみれ・834
（巻第九、雑下「述懐をよめる」小侍従）

【語注】〇しるしにて　⑤354栄花物語598「橋柱それとばかりをしるしにて昔ながらの跡を見るかな」（「松のしづえ」一品宮女房）。　〇よその物とこそみれ　③112堀河3「いたづらにとしをのみつむ身にしあればわかなはよそのものとこそみれ」（「もののみうくてすずろにくらして」）、③118重家446「もみぢばのちらぬかぎりははそはら月をばよその物とこそみれ」（「紅葉碍月」）。

【訳】我身にとどまる年齢ばかりを証拠として、桜をば我身にかかわりのないものとして見る事よ。（「述懐を詠んだ（歌）」）

▽我身の齢だけをあかしにして、桜を無関係な存在として見るとの平明な〝述懐〟詠。

【参考】④30久安百首612「朽ちにける身の埋木ははるくれて《ど（玉）》花をばよその物とこそみれ」（春二十首、親隆。①14玉葉1875 1867）

②16夫木和歌抄（鎌倉後期の成立・1310年頃の撰か）

507 なつかしきかをりならずはたちばなの雲井のほしとまがふべきかな・2719

（巻第七、夏一、橘「脩子内親王家歌合、花橘」小侍従）

【語注】○なつかしき ④26堀河百首464「なつかしき花橘のにほひかなおもひよそふる袖はなけれど」（夏「盧橘」河内）、④26同解16「いとどしくはなたちばなぞなつかしきむかしの人のそでのなごりに」（夏「盧橘」四四九、公実）。**○たちばな** 八代集初出は千載173であるが、「花橘」は古今141よりある。③132壬二29「橘のかをる夕のうき雲やむかしながめし煙なるらん」（初心百首、夏。③132同1041）、⑤77六条斎院歌合天喜三年19「さつきやみおぼつかなきにまぎれぬは花立ばなのかをりなりけり」（「いはがきぬまのがり」中宮のいでは弁）。**○雲井のほし** 八代集にない。「雲井（宮中）」を掛ける。①14玉葉2678 2665「はるる夜の雲ゐのほしの数数にきよき光をならべてぞみる」（釈教、源親長）、④38文保百首154「うごきなく雲井の星にまがへてぞ菊も老いせぬ色はみえける」（秋、冬平）。

【訳】 心ひかれる香りでなかったら、橘は宮中の雲居の星と見まちがえるところであった事よ。

▽慕わしい香がなかったら、橘は宮中・空の星と見誤ると歌う。

歌合大成三、147「永承六年〈1051〉五月十一日庚申　祐子内親王歌合雑載」（「禖子…」（歌合大成・夫木抄））、1の歌としてあり、それなら後拾遺集（545、546）にのみ入集の入道一品宮脩子内親王家の女房である「小侍従命婦」である。『私撰集作者索引』によったのだが、510、511、513同様、小侍従の歌でない可能性が高い。510参照。また歌としても平明単純であり、古代のかおりがする。「因みに歌1の作者小侍従は、康平四年三月十九日祐子内親王名所歌合（一七八）には出場しているが、二十五度に及ぶ禖子内親王歌合には一度も出場していないのである。」（歌合大成三、988頁）。

「現存しているいくつかの「禖子内親王家歌合」に当ってみたが、小侍従の名は見当らず、又康平四年の「祐子内親王家歌合」というのは、現存しているのかどうか分らないのでこれらを確証づける事ができなかった。」（「杉本」24頁）。さらに『平安時代史事典　資料・索引編』（角川書店）、「皇室系図」（104、105頁）によれば、「60醍醐天皇」の女に「修子内親王」がおり、「69後朱雀天皇」の女・姉妹として、「祐子内親王」「禖子内親王」がいる。

【参考】⑤79或所歌合天喜四年四月18判「なつかしき花橘の香にしあれば左も右もわかずこそしめ」（「花橘」式部大夫）

⑤124左兵衛佐師時家歌合23「なつかしきかにぞしみぬるよそながらはなたちばなのにほふさかりは」（「廬橘遠薫」）

⑤421源氏物語168「橘の香をなつかしみほととぎす花散る里をたづねてぞとふ」（「花散里」、（光源氏））

508　さか木とる庭火のかげにひく琴のしらべにかよふみねの松風・7480

（巻第十八、冬三、神楽「石清水三首歌合、社頭松」小侍従）

【語注】**○庭火**　298前出。**○庭火のかげに**　式子にも、④1式子266「身にしむは庭火のかげにさえのぼる霜夜のほしの明がたの空」（冬）がある。**○ひく**　「賢木」の縁語か。**○ひく琴**　②4古今六帖2256「ときはなるまつのしらべにひくことはをごとにきみをちとせとぞなる」（第四「いはひ」ふかやぶ）。**○琴のしらべ**　③106散木897「笛のねにことのしらべのかをれるはたなびく雲に風やふくらん」（釈教）。**○みねの松風**　①7千載634 633「千代とのみおなじことをぞしらぶなるながたの山のみねの松かぜ」（賀、善滋為政）、①7同1002 999「ことのねを雪にしらぶときこゆなり月さゆる夜のみねの松かぜ」（雑上「月…」道性法親王）。

【訳】榊をとる庭火の光にひいている琴の調べに似通っている峯の松風の声である事よ。

▽神楽の情景であり、榊（葉）を取る庭の篝火の光の中に、ひいている琴の調べに通い、通じ合っているように聞こ

える峯の松韻を歌う。第三句以下は、有名な①3拾遺451「ことのねに峯の松風かよふらし《なり(抄、古、和、斎)》いづれのをよりしらべそめ《む》け《ら(抄)》ん」（雑上、斎宮女御。①3′拾遺抄514。②4古今六帖3397。5金玉57。6和漢朗詠集469。③30斎宮女御57。⑤52前十五番歌合21）をふまえ、また第一、二句が全く同じの、同じ小侍従詠（298）・④31正治初度百首2068「さかきとる庭火の影にまとゐして八十氏人の声あはすなり」（冬）がある。

【参考】③84定頼16「ひくことはことごとなれど松風にかよふしらべはたがはざりけり」

【類歌】⑤175六百番歌合1098「まつ風もことのしらべにかよふなり我がひとりねぞあふよしもがな」（恋下「寄琴恋」経家）

509　ほととぎすたづねかねたる恨みして帰る人めやはづかしのもり・10006

（巻第二十二、雑四、森、「はづかしのもり、羽束之、山城」〔私注―10005（公朝）と二首のみ〕、「千五百番歌合」小侍従）

【語注】○ほととぎすたづね　①4後拾遺180「ほととぎすたづぬばかりのなのみしてきかずはさてやゝどにかへらん」（夏、堀川右大臣）、①5金葉二125 134「ほととぎすたづぬるだにもあるものをまつ人いかでこゑをきくらん」（夏、読人不知）、①14玉葉329「今よりはやどにてまたんほととぎす尋ねぬ人ぞまづはききける」（夏、康資王母。②15万代574）、④32正治後度百首1016「聞くからにうれしくもあるか郭公尋ね生田の杜の一こゑ」（「郭公」慈鎮）。○たづねかね　八代集にない。③33能宣106「をみなへしありへしかたをたづねかねむぐらのやどをさしてこそくれ」（「かへし」）。○はづかしのもり　八代集三例、初出は後撰664。「恥づかし」を掛ける。山城国の歌枕。現、京都市伏見区羽束師志水町、羽束師神社の森。

【訳】郭公（の声）をさがし求める事ができない恨みをもって帰って行く人の見る目も恥ずかしい羽束師の森

である事よ。

▽郭公の声を求められなかった恨みをもって帰る人目もきまりが悪い羽束師の森との詠。詞書に「千五百番歌合」とあるが、顕昭詠として、⑤197千五百番歌合748（夏一、三百七十五番、左）にある。「顕昭」（校本176頁。因みに頭注には何の指摘もない）。524も⑤197千五百番歌合778で顕昭詠とあり、小侍従の千五百番歌合における配列をみると、676、706、736、766、796、826…と規則正しく30首ごとにされているので、小侍従歌ではない。

【参考】③116林葉227「いまこそは入れちがふなれ時鳥尋ねかねつつかへるやまぢに」（夏「尋子規帰聞歌林苑」）

510　むらさきのくもとよそにてみえつるはこだかきふぢのもりにぞ有りける・10065

（巻第二十二、雑四、森、「ふぢのもり、藤、山城」〔私注―10066（信実）と二首のみ〕、
「康平四年〈1061〉三月祐子内親王家名所歌合、藤杜、号後朱雀一宮」、小侍従）

【語注】○むらさきのくも　極楽の雲。紫雲。『歌ことばの泉（天体…）』12頁参照。　○ふぢのもり　八代集にない。掛詞「藤」。地名（山城国、深草郷の藤の森）。歌枕か。が、『歌枕索引』『歌枕辞典』『歌ことば大辞典』にも、この項目はない。『日本古代文学地名索引』には、畿内、山城国に、「能因91　とはず②298・⑤439」（49頁）とあり、その「能因歌枕（広本）」（『日本歌学大系、第一巻』91頁）には、「国々の所々名」、「山城国」、「ふぢの森」とある。また新編国歌大観の索引①～⑩の「ふぢのもり（―）」をみると、この歌・510の他、②14新撰和歌六帖2384「ふか草は名のみなりけりふぢのもり春をかけてぞ花さきにけり」（「ふぢ」。⑩181歌枕名寄1097「藤杜」信実）と⑨33浦のしほ貝（直好）1495があがっているにすぎない。　○末句　字余り（「あ」）。

【訳】紫の雲と他から見えていたのは、木高い藤の藤森であった事よ。

▽瑞祥の紫雲と他から見えたのは、木高い藤の生えている藤の森であったと、②4古今六帖1697「しらくもやみだるるとのみみえつるはおちくるたきのつねにぞ有りける」（第三「たき」）にみられる「…見えつるは…の…にぞ有りける」の型《パターン》。これも507同様、平安末期の小侍従ではなかろう。歌合大成四、175「〔康平四年三月十九日〕祐子内親王名所歌合」6、小侍従（歌合大成四、163「天喜四年…」1103頁参照）、「春」。以上507参照。

【参考】①3拾遺85「紫のふぢさく松のこずゑにはもとのみどりもみえずぞありける」（夏、したがふ。③29順284）

①3同1069「紫の雲とぞ見ゆる藤の花いかなるやどのしるしなるらん」（雑春、公任。①5金葉三84。②7玄玄51。8新撰朗詠133。③80公任307。⑤354栄花物語37）

③47増基91「紫のくもとみつるはみや地山名高き藤のさけるなりけり」（②16夫木2141）

⑤61源大納言家歌合長久二年6「むらさきの雲のたつとも見ゆるかなこだかき松にかかる藤波」（「藤」義清）

【類歌】②16夫木14845「むらさきのいとくりかくと見えつるはふぢののむらの花ざかりかも」（雑十三、宗国）

④41御室五十首61「紫の雲かとみえて藤の花かかれるにしの窓ぞうれしき」（春、静空）

511　うすくこくはなだのいとをよりかけてたまをそめけるあをやぎのもり・10079

（巻第二十二、雑四、森、「あをやぎのもり、青柳、近江又丹波」、「康平四年〈1061〉三月祐子内親王家名所歌合、あをやぎのもり」小侍従）

【語注】○はなだのいと　八代集一例・拾遺34。他「はなだの帯」八代集一例・後拾遺757。○よりかけ　古今序、古今26を含めて八代集五例。○あをやぎのもり　青柳「掛詞」。『歌枕辞典』『歌ことば大辞典』『日本古代文学地名索引』に項目ナシ。『歌枕索引』―後述の③100江帥349（匡房）、他「青柳の村」③111顕輔119。「近江国高島郡桑原郷青柳か。青柳という地名は筑前・美濃・信濃・上野・常陸等にもある。」（歌合大成四—1163頁）。

【訳】薄く濃く縹色の糸をよってかけて、白露の玉を染めた青柳の、青柳の森である事よ。

▽薄くも濃くも（青柳の）縹色の糸をよりかけ、露の玉を染めている青柳の、青柳の森を歌う。511の根本、大もとに、①1古今27「あさみどりいとよりかけてしらつゆをたまにもぬける春の柳か」（春上、遍昭）と3拾遺34「青柳の花田のいとをよりあはせてたえずもなくか鶯のこゑ」（春、躬恒。3′拾遺抄35。③12躬恒118。⑤289隆源口伝7）がある。歌合大成四、175（510参照）の3の歌。これも510同様小侍従の歌ではなかろう。

【参考】③100江帥349「よよをへてたえじとおもふはるごとにいとよりかくるあをやぎのもり」（②16夫木762）
③110忠盛8「としをへてくるはるかぜはみだれどもよりかけてけりあをやぎのいと」（百首、春）

【類歌】③133拾遺愚草1268「かたいとのあだの玉のをよりかけてあはでの杜に露きえねとや」（内裏百首、恋廿首。④33建保名所百首807）
③133同2142「染めかくるはなだの糸の玉柳下ゆく水も光そへつつ」（春）
③134拾遺愚草員外108「こきまずるにしきおれとや青柳のはなだのいとをまづは染むらん」（春卅。②16夫木842）
④22草庵79「青柳のはなだの糸を染めかけてさほのかはらに今やほすらん」（春上）…511と近い
④35宝治百首290「玉桙の道の行手によりかけてはなだの帯のなびく青柳」（春「行路柳」実雄）
④39延文百首1609「雨はれて露の玉ぬく青柳のはなだのいとに春風ぞふく」（春二十首「柳」尊氏。①20新後拾遺59）
⑤221光明峰寺摂政家歌合139「青柳のはなだのいとのかたよりにあふよもしらぬ名こそつらけれ」（「寄糸恋」忠俊）

512　あふことのかたきなげきにこひしなばわれもや野べのいしとなりなん・10224
（第二十二、雑四、石「永万二年〈1166〉五月経盛卿家歌合、恋」小侍従）

左注「此歌判者清輔云、望夫石はをとこの物へゆくをみおくりてたてりし女の石になれるなり、恋をしてなれるにはあらねば恋の歌にはかなはぬよし申す人も侍るめれど、それはなどてか、をとこをまちかねて石になりなんは定恋にてこそ侍りけめ、ひが事にはあらず、野辺と侍るぞあやしきと云云」

【語注】○**あふことのかた** ①2後撰917 918「逢ふ事のかたのへとてぞ我はゆく身をおなじなに思ひなしつつ」（恋五、藤原ためよ）、②16夫木17154「ゆふけとふいしうらもちてあふ事のかたきこひとはおもひしりにき」（雑十八、行家）、④27永久百首111「あふことのかたののきぎすつま恋にむべほろほろとたちゐ鳴くらん」（春「雉」常陸）。 ○**や** 詠嘆ととる。 ○**いし** 八代集二例、初出は拾遺390。が、「さざれ石」は八代集三例、初出は古今343。「なげき」の「木」に対する「石」。 ○**いしとなり** ③85能因128「いしとだになりけるものを人まつはなどか我が身のけぬべかるらん」。 ○**望夫石** 「そのかばねはいしになりにける。／ことはりや契しことのかたければつゐにはいしとなりにけるかな／このいしをばそのさとの人く望夫石とぞいひける。」（『唐物語全釈』78頁）。和漢朗詠集719「…寒雲は空しく望夫の山に満てり」（下「遊女」賀蘭遂）。『和歌色葉』209、210頁（日本歌学大系、第三巻）参照。 ○**定恋** 「定まった恋」という熟語か。歌合大成「定めて恋」。

【訳】あなたに会う事の難しい嘆き辛さによって恋死をするなら、私も必ず野辺の石となる事でしょうよ。〔此歌について、判者・清輔の言うには、望夫石は男がある所へ行くのを見送って立っていた女が石になったのである、恋をして（石に）なったのではないのだから、恋の歌にはあてはまらない事を申し上げる人もいますようだが、それはどうして〈そんな事がいえるの〉か、男を待ちかねて、ついに石になってしまった事は、決まった恋〈きっと恋〉でありましたでしょうよ、まちがいではない、が、（歌に）野辺とあります事が（少し）変だと云々」

▽会う事の困難な嘆きに恋死をしたとしたら、私もまた野辺の石にきっとなろうよとの、望夫石の故事を用いての歌。式子に多い恋死の型詠《パターン》。判者清輔は、望夫石は恋の歌にそぐわない事を非難する輩もいるようだが、男（夫）を待ちかねて石になったのだから恋でまちがいではない、それよりも、望夫石は山にあり、野辺というのはおかしいと述べている。歌合大成七、360「仁安元年五月　太皇太后宮亮経盛歌合雑載」15の歌。

「小侍従が主として二条院の歌合に出詠したのは『永万…〔私注―512〕の頃か。」（『奥田』43頁）

【参考】③45檜垣嫗解2「さざれ石の音絶えにけりあふことのかたきいはほとなりやしぬらん」

③92成尋阿闍梨母120「あだなれとなげくわが身はあふことのかたきにこそはなりはてぬらめ」

③115清輔235「あふことのかたき岩ともな《成》かり《り(久)》けるをいかなるこひの身をくだくらん」（恋。④30久安百首972）

⑤419宇津保物語547「あふことのかたくてやまば君はなほ人をうらみていしとなりなむ」（宰相〈実忠〉）

513　春雨の降りそめしよりみどりの池の汀もふかくなり行く・10844

（第二十三、雑五、池、「みどりのいけ、参川」、「同〔＝康平四年〈1061〉三月祐子内親王家名所歌合〕」小侍従）

【語注】○春雨の　③71高遠336「はる雨のふりそめぬればまつ山のもとのみどりも色まさりけり」（三月。②15万代160）、③111顕輔91「その色とめには見えぬをはるさめの野辺のみどりをいかでそむらん」（「…、春雨」）。○降りそめ　八代集四例、初出は後撰471。○みどりの　八代集にない。『歌枕辞典』『歌ことば大辞典』『日本古代文学地名索引』に項目はなかった。『歌枕索引』・「みどりのいけ（緑池）」百詠和歌五九＝⑩190百詠和歌（源光行。1204年10月成立）60

「荷葉のみどりの池にすむ亀のかげにちとせはあらはれにけり」（荷「亀浮見緑池　千歳の亀、…」）。「緑のの池　山城国愛宕郡賀茂郷御泥池を考える向きが多いが、むしろ加賀国白山の緑池を考えては如何であろうか。夫木抄には伊勢山城と註す。」（歌合大成四、1163頁）。歌枕?。「見《み》」を掛けるか。校註国歌大系頭注（前の和泉の詠）「（伊勢又山城）」。

○みどりのの池　④28為忠家初度百首151「…なのみなりけりみどりのの池」（春「池岸藤花」）。

【訳】 春雨が降り初めてから、緑野の池の水際も深くなって行くよ。

▽春雨が降って以来、緑野の池の汀の緑も、池同様緑に深くなっていくと歌う。「水深」とも考えられるが、**【参考】【類歌】**（「野の原」④26堀河171、「野も山も」⑤24麗景10など）より推して色とする。510、511と同じ、歌合大成四、175の5の歌。513の一つ前の歌は、②16夫木10843「春ふかく成行くままにみどりのの池の玉藻も色ことにみゆ」（和泉）である。

【参考】 ②4古今六帖4160「はるさめのふりそめしよりあをやぎのいとのはなだ《みどり（新）》ぞ《に（躬）》色まさりゆく《ける（新）》」（第六「やなぎ」みつね。①8新古今68。③12躬恒398）

④26堀河百首171「はる雨のふり初めしよりかた岡のすその原ぞあさみどりなる」（春「春雨」基俊。①7千載32）

⑤24麗景殿女御歌合10「はるさめのふりそめしよりのもやまもあさみどりにぞみえわたりける」（「春雨」）

【類歌】 ⑤248和歌一字抄20「春雨のふりそめしより野べみればふか緑にも成りにけるかな」（中「雨中野草」無名）

▽（補遺）

『小侍従集別本』

514　さらぬだにきそのかけぢはあやうきにいかにたばしる霰なるらん

（2060・2061の間）、（島原図書館松平文庫蔵、山崎桂子著『正治百首の研究』498頁）

【語注】**○さらぬだに**　八代集初出は金葉209。「道をすばやく走らないでも」か。**○きそのかけぢ**　「木曽（―）」は八代集四例、初出は拾遺865、「木曽の懸路」は八代集一例・千載1195（後述）、他、③127聞書集23、④30久安百首694、⑤144内蔵頭長実白河家歌合保安二年閏五月十三日12など。また「懸路《ぢ》」は八代集二例・金葉695、千載1195。**○あやう・**「ふ」のウ音便。**○たばしる**　八代集にない。が、「霰たばしる」として、②1万葉2316、4322、4古今六帖764、③105六条修理大夫239、119教長547、548、122林下157、④26堀河百首929、933、937、938などに用例があり、実朝にも、あの有名な④14金槐348「もののふの…」（冬「霰」）の歌がある。

【訳】そうでなくてさえ木曽の懸路は危険なものであるのに、どうしてほとばしる霰なのであろうか。

▽2060（＝小290）と、「時雨」→「霰」。そうでなくても木曽の崖路は危ないのに、…と疑問を呈したもの。下句、ますます危ういではないか、と、どうして霰はそんなにすばやく走れるのかの二通りが考えられるが、やはり前者か。同じ小侍従に「路《ぢ》」「…に（第三句）」「霰」「たばしる」「木曽のかけ」の詞の通う94がある。

「冬の部の三首目、編纂本の歌番号で二〇六〇と二〇六一の間に位置する。これは小侍従の新出歌であり、編纂本にない歌を伝えていることになる。当該歌は歌枕である木曽の懸路を詠んだもので、上句は『千載集』の、／おそろ…

〔私注―①7千載1195 1192「おそろしやきそのかけぢのまろ木ばしふみみるたびにおちぬべきかな」（雑下「山寺に…」空人法師）」／を踏まえ、下句で霰のた走る冬の景に仕立てている。」（山崎『正治』48頁）

平家物語

515　またばこそふけゆく鐘も物ならめあかぬわかれの鳥の音ぞうき

（『平家物語』巻第五「月見」、新大系上―274頁）

「待よひのふけゆく鐘の声きけばかへるあしたの鳥はものかは」（273頁。＝小98、第四句「あかぬ別の」）、「蔵人はしり帰ッて、「畏り申せと候」とて、／物かはと君がいひけん鳥のねのけさしもなどかかなしかる覧／女房涙をおさへて、／またば…／蔵人帰り参ッて、このよし申たりければ、」（274頁）

【訳】思う人を待つ身なら、夜の更けて行くのを知らせる鐘の音をきくのも辛く悲しいのでしょうが、（今回は、このような）名残尽きない別れの今朝の鶏の鳴き声が辛く悲しい事だよ。

▽待つのなら更け行く鐘も辛かろうが、今は「飽かぬ別れ」の鶏が悲しいとの詠。小98とは、冒頭の「待《まつ・た》」、第二句「更け行く鐘」、下句初めの「飽かぬ別れの鳥」さらに「物」「声音」が通う。が、98（鶏よりも鐘）とは逆に、鐘よりも鶏だと歌っている。平家物語の作者の創作とされる詠。三句切。⑤361平家物語（覚一本）39、待宵小侍従。⑤362平家物語（延慶本）95、待宵小侍従、第三句「つらからめ」。⑤363源平盛衰記107、待宵小侍従、第三句「つらからめ」、第四句「別を告ぐる」、「第三句、覚一本「物ならめ」、第四句、斯道本「帰《ル》朝《アカヌワカレ》ノ」、下句、延慶本「アカヌ別ノ鳥ノ（竹

柏園本「烏カ」）ネソウキ」。」（『源平盛衰記㈢』162頁）、詳しくは『源平盛衰記㈢』162頁参照。また「物かはと…」の歌につき、詳しくは『今物語…』（中世の文学）、補注256、257頁参照。実定と小侍従の恋愛（関係）については、440にも言及している。さらに平家物語では、小侍従六十歳頃の治承四年〈1180〉八月の事としているが、小侍従はその前年には既に出家して八幡に籠っている。

平家物語（延慶本）、「卅一　実定卿待宵の小侍従に合事」（339～341頁）、「つらきをも…（小190）」→「君が代は…（小122）」→「古き都を来てみれはあさちかはらとそなりにける／月の光もさひしくて秋風のみそ身にはしむ」→「待宵の…（小98）」「と読てまつよひの二字を賜て待宵小侍従とはよはれしそかしときと思出されて／物かはと…けさしもいかに《なとか》…／侍従返事に／またはこそ…つらからめ…／と云かはして帰参る、…」

①19新拾遺754「ものかはと君がいひけん鳥の音のけさしもなどか悲しかるらん」（離別「宮こうつりの比後徳大寺左大臣太皇大后（ママ）宮にまゐりて女房の中にてよもすがら月をみて物がたりなどして暁かへりける時、小侍従送りて出でて侍りけるにともにありて申しける」藤原経尹）。源平盛衰記、下句「ケサシモイカニ恋カルラン」、「第三句、竹柏園本「烏カ音ノ」、下句、四部本「何度今《ナトシモ》朝悲《ハナシ》カルラン」、延慶本「ケサシモイカニ《ナトカ》（長門本、屋代本「いかに」、覚一本「などか」）カナシカルラム（竹柏園本「悲シカルヘキ《ラン》」）」。」（『源平盛衰記㈢』162頁）。今物語（129、130頁）、十訓抄（一八、岩波文庫43、44頁）

冨倉「かうした説話は恐らくは誤伝で、ものかはの蔵人の件はとにかくとして、…平家物語の諸伝本の説話は事実として否定せられねばならないのである。」、さらに同氏は、治承四年秋の都遷りの際の治承四年には、小侍従は出家して八幡にいたのであり、「物かはの蔵人」の異名の命名や、小侍従が「待たばこそ…」と返歌した事も、平家物語（作者）の作為とされている（『冨倉』217、226、227頁。及び『平家物語全注釈中巻』）。「平家物語の作者が大宮の質問に対する答えとして小侍従に仮託して創作したものとも考えられる。」（『瀬良』88頁）。「誤伝」（『志村』298頁）。多子と

「実定、小侍従と、それぞれの人物に胚胎する説話、及び『今物語』『十訓抄』などにも見られる説話をとり入れて『平家物語』の作者が構成した、史実とは距離のある月見の文芸になっている。」（糸賀「残映」116頁）。「実定との間に恋愛的な雰囲気をかもし出すことは疑問で、ここは月見の場面にふさわしく潤色されたものと考えられる。なお、『十訓抄』第一、『今物語』では、明らかに恋愛関係になっているが、同様の理由で虚構とみなされる。」（『日本伝奇伝説大事典』）。「彼女の当を得た返歌振りを伝える挿話であろう。」（「杉本」27頁）
190との共通性（「つらし」「うき」）を指摘する…「桜井」43頁

源平盛衰記

516　南無薬師憐み給へ世の中に有りわづらふも病ならずや

（⑤363源平盛衰記103、待宵小侍従）

【語注】**○南無**　八代集では「南無阿弥陀（仏）」で二例、初出は拾遺1344。**○薬師**　八代集にない。源氏物語「院の御賀に、嵯峨野の御堂にて、薬師仏供養じたてまつり給。」（「若菜上」、新大系三—261頁）。**○憐み**　八代集一例・金葉（二）594＝金葉（三）584。**○憐み給へ**　一句③131拾玉4892。**○給へ**　八代集二例、初出は拾遺1347。**○世の中に**　①8新古今850「あるはなくなきはかずそふ世中にあはれいづれの日までなげかん」（哀傷「題しらず」小野小町）。**○有りわづらふ**　八代集にない。栄花物語「いでや、世にあり煩ひ、「官位人《つかさくらゐ》よりは短し。…」」（巻第八「はつはな」、大系上—290頁）。「わづらふ」は「病」の縁語。「煩ふ」（困難である）と「患ふ」の掛詞か。**○病**　八代集三例、初出は後撰632。

【訳】ああ薬師仏よ、かわいそうだと思って下さい、この世の中で生きるのに苦しむ事も、病気ではありませんかと。
▽伊勢や母小大進の歌とされ、世に生きづらいのも病いだから、薬師（仏）に、心をかけて下さいと祈願したもの。二句切。⑤362平家物語（延慶本）282（巻九「待宵侍従事」小大進、下句「すみわびたるもおなじ病ぞ」）、⑤382今物語29（小大進「なも…同じ病を」。『今物語…』（中世の文学）、補注264、265頁参照）、⑤385撰集抄78（巻八「伊勢の歌の事」、伊勢、末句「おなじ病ぞ」）。詳しくは、『源平盛衰記㈢』（中世の文学、三弥井書店）159、160頁参照（長門本―小大進）、巻第十七「待宵侍従」。
「「源平盛衰記」（礼の巻）にみえる高倉帝出仕の頃の逸話によると、小侍従は阿波の局と云って、高倉帝に宮仕えしていたが、大層まずしくて、広隆寺に七日の参籠をした。…「南無…八幡別当幸清法印に思われて、華やかな生活をする様になったというのであるが、この歌は、「今物語」には「小大進と聞えし歌よみ…「八幡別当光清に相ぐしてたのしく成にけり」とある。恐らくこれは「源平盛衰記」が、小侍従の父母の物語を、小侍従のことに改作したのではないかと思われる。」（「杉本」21頁）

⑦54経盛集（平経盛〔天治元年（1124）～元暦二年（1185）〕）

〔五一〕　大宮御方にまゐりて、小侍従に申《もの（谷山）》しける時、
　　郭公のいたくなきければ
〔517　われひとりかたらふとこそ《のみ（谷山）》おもひつれ山ほとと
　　ぎすきなくなるかな・35〕

返し

518 ほととぎすかたらふこゑはかはらねどかかるともにはしかじとぞおもふ・36　小侍従（ナシ（谷山））

【語注】517○大宮　125、438など参照。　○かたらふ　本来散文中で用いる事の多い語と思われ、歌の世界においては、時鳥の鳴く事に、時代が下るにつれてほぼ収斂されていったのである。詳しくは拙論「式子内親王の「語らふ」「一声」―歌語、歌詞としての側面―」（『国文学研究ノート』第24号）参照。517では、本来の用い方であるが、やはり「時鳥」と共に詠まれている。　○山ほととぎす　山に棲む、あるいは山から来た時鳥、の意。初夏に山を出て、里に移住してしまった時鳥は、山時鳥とは言わない。　○下句　①1古今135「わがやどの池の藤波さきにけり山郭公いつかきなかむ」（夏「題しらず」よみ人しらず）。518○第一、二句　⑤157中宮亮重家朝臣家歌合43「ほととぎすかたらふこゑはとまらねど過ぎぬるそらのなつかしきかな」（「郭公」通能）、⑤424狭衣物語14「ほととぎす鳴くにつけても頼まるる語らふ声はそれならねども」（巻一、（狭衣））。

【訳】〈大宮の御方・多子の許に参上して、小侍従に（物を）申し上げていた時に、郭公がたいそう鳴いたので〉、〔私一人だけが話し合っていたと思っていたのに、山時鳥がやって来て鳴く事であるよ〕、〈返し、小侍従〉、時鳥（の）鳴く声（のすばらしさ）は、（いつもと少しも）変りはしないが、このような（目の前の）友には決して及ぶまいと思うよ。

▽「時鳥」「語らふ」「と・思ふ《ひ》」。「鳴く」→「声」。517詞書「まゐり」→517歌「来《き》」、「申し」→「語らふ」、「鳴き」→「鳴く」。自分だけが話していると思ったのに、山時鳥が来て鳴くとの詠、三句切。518、時鳥の鳴く声は変らないが、友には及ばないと返す。あるいは経盛をも時鳥に擬し、時鳥の声（の様）は友と変らないが、友の声のすばらし

さには及ばないか。また517の「山」（遠い遙かなもの）に、「友」（横にいる身近なもの）が対応する。518、第二、三、四句かの頭韻。

【参考】③125山家192「ほととぎすそののちこえんやまぢにもかたらふこゑはかはらざらなん」（上、夏「郭公…」）
④29為忠家後度百首218「ほととぎすかたらふこゑとおもはばやたえずおとするのきのしづくを」（郭公「雨中郭公」）
④29同229「たづねくるひとなきやどはほととぎすかたらふこゑぞともとなりける」（郭公「閑中郭公」）
⑤111庚申夜歌合承暦三年5「うちしのびかたらふこゑに郭公あかぬ思ひのいとどますかな」（「郭公」）

④11隆信集

後徳大寺入道左大臣、大納言ときこえし時、九月十三夜に大皇《（ママ）》大《（ママ）》后宮にまゐりて、あそぶべきよし有りしかば、まゐりたりしに、かの大納言、またこと人にいざなはれていでられにけりとききて、まかりいでしを、ごたちよびとどめて、しばしと有りし程に、又やがて程なく、さてとくいでねとありしかば、心もえられずながらまかりいでし程に、車に文の入りたりしを、いづくよりぞとたづねしかば、だいばん所のかたより、ざふしだちたるわかきもののいでてなんいれてかへり

ぬるといひしを、あけてみれば

519* たづねきてあはぬものゆゑかへりけん昔の人の心をやしる・798

かへし、だいばん所へまゐらせおきし

〔520 月にのる心ばかりぞかはらねどまたれぬうさの
たぐひなきかな・799〕

【語注】○後徳…左大臣 実定については、3、119参照。 ○九月十三夜 138参照。八月十五夜に次ぐ月の良い夜とされる。 ○大皇大后宮 小侍従のいる所。「太皇太后宮小侍従集」。 ○こと人 ①2後撰615 616の詞書「ふみかよはしける女の、こと人にあひぬときゝてつかはしける」、源氏物語「け高うはづかしげなるさまなども、さらに異人とも思ひ分きがたきを、」（「賢木」、新大系一―361頁）。 ○ごたち 枕草子「かゆの木ひきかくして、家の御達女房などのうかゞふを、」（新大系（二段）、5頁）、源氏物語「とて畳ひろげて臥す。御達、東の廂にいとあまた寝たるべし。」（「空蟬」、新大系一―89頁）。 ○だいばん所 女房の詰所。枕草子「などわらふに忠隆きゝて台盤所のかたより、」（新大系（六段）、16頁）、源氏物語「又の日、上にさぶらへば、台盤所にさしのぞき給て、」（「末摘花」、新大系一―230頁）。 ○ざふし 枕草子「台盤所の雑仕ぞ御使には来たる。」（新大系（二五八段）、288頁）、うつほ物語「とて「いとよき〈御厨子〉所の雑仕なりけり。わきても土器をぞ〈一〉失ひたりける。」（「蔵開中」、大系二―367頁）。 519 ○たづねきて ⑤175六百番歌合650「たづねきてあはぬおもひにいとどしくかへるつらさをそへてけるかな」（恋「尋恋」中宮権大夫）。 ○あはぬものゆゑ ⑤175六百番歌合700「あけばまづあはぬものゆゑ君こふといさめし人にかくとしらせん」（恋「遇恋」中宮権大夫）。 ○かへりけん ③15伊勢353「みちよりやそふるこころのかへりけむしらぬこゑなることもきこえぬ」（「かへし」）。　**○昔の人の**　①1古今139「さつきまつ…昔の人の袖のかぞする」（夏、よみ人しらず）、①7千載67「さざ浪や志賀の花ぞのみるたびにむかしの人の心をぞしる」（春上、祝部成仲）、③116林葉1003「はるばるとおきこぐ舟の跡見ればむかしの人の心しられぬ」（雑、羇旅「すみよしにしほゆあみて侍りし時、海上眺望といふ事を」）。「王子猷の」（『隆信集全釈』798）。　520**○上句**　「【通釈】…月の光に誘われ浮かれる気持だけは王子猷と変わりがありませんが、」（『隆信集全釈』799）。

【訳】〈後徳大寺入道左大臣・実定が、大納言と申し上げていた時（の）、九月十三夜に太皇太后宮・多子の所に参上して、管絃の催しをする予定の旨があったので、参上したのだが、その大納言（は）、また他人に誘われて出られなさったと聞き及んで、（私も）退出しましたところ、婦人方が呼びとどめて、「しばらく（待っていて下さい）」と言っているうちに、またそのまま、そうして早く出て帰りなさいといってきたので、何か納得できないまま退出しました時に、牛車に手紙が入っていたので、（これは一体）どこからかと聞いたところ、台盤所の所から、使い走りといった感じの若い者が出てきて、（車に）入れて帰っていったといったので、開けて見たところ〉、尋ねやって来て、会わないものの帰ったとかいう昔の人の心が分ったのでしょうか。〈返し（の歌）を、台盤所へ差し上げ参らせておいた（その歌）〉、〔月に乗るという心だけは変らないけれど、待たれはしない辛さ悲しさは類いもない事よなあ〕

▽519は三句切か。女から男ゆえに共通する詞（「心」のみ）が少ないのか。尋ねてきたが、会わなかったので帰ったという昔の人――王子猷・⑤443唐物語1「もろともにつきみんとこそいそぎつれかならず人にあはむものかは」（王子猷）、または後述の和泉式部等――の心が分りますか、の歌に対して、「月に乗る（あくがれ、浮かれ出る）」心ばかりは（「昔の人」と何ら）変りはしないが、待たれぬ「憂さ」は比類がないと返す。⑩176言葉集279、末句「こころをやみる」（「八月十五夜に、大納言実定、皇太后宮へ参り合ひてあそば〔　〕とちぎられたりければ、隆信朝臣まゐりて、よもすがらまちかねて侍りける、いるに、ふみのあるをみれば」大納言実定）＝「平安時代最末期に惟宗広言の編んだ私

撰集」（新編国歌大観、解題1174頁）。小487、488＝③124殷富門院大輔集65、66参照。

以下『鳥帚』に緻密な考察があり、長くなるが述べていきたい。「作者は実定…やはり、隆信集・大輔集の詳細な記述と歌句の共通性から、作者は小侍従と解しておこう。」（105頁）、「この承安〔私注―1171～1174年〕前後、この五人〔私注―実定、隆信、寂蓮、小侍従、大輔〕の交遊が特に深い時期だったことが知られるからである。…実定が「大納言」の時期（長寛二～寿永二。含散位期間）…小侍従が「太皇太后宮（多子）」に仕えていた頃…嘉応頃以前…つまり、少くとも仁安元年（一一六六）から嘉応二年（一一七〇）頃の秋に限定できるかと思う。隆信は実定に九月十三夜に多子邸に誘われ、赴くが、実定が某人に誘われて退出してしまっていたので、自分もそちらへゆこうとすると、多子邸の「こたち」に呼びとめられて残ることになる。ところがまた、実定から呼び出しがかかったので「心もえられずながら」退出しようとして車に乗ると手紙が置いてあって、（多子の）台盤所からのものだという。歌の内容は、「折角尋ねて来てくれたのに（女が）逢わなかったために、そのまま（男が）帰ってしまった、という昔の話の場合の、その女の心は今の私の心境と同じなのですが、それをおわかりでしょうか」といったところであろうか。この「昔の話」は色々想定できようが（例えば王子猷の故事など、しかし男女間とすれば）、和泉式部日記の「九月廿日あまりに敦道親王が和泉式部を訪れた場面などの情況に比定してよいのではないかと思われる。…これを承けて、自分の方には逢う意志があったが障害によって逢えなくなった事情を弁解したのであろう。これに対しての隆信の返歌は、月に気がひかれていたという点だけは帥宮と和泉式部の場合と変らないのでしょうが、帥宮のようには私は待たれていないわけですから、そのつらさは比べようもありませんね、といったあたりであろうか。／ところでこの相手の女性であるが、…小侍従だったのではないかと推測される。…この贈答歌も、いつの折の歌かは全く不明である。しかし、大輔歌の、「つきにのり…かへらまし」〔私注―③124殷富門院大輔集65〔小487〕「つきにのりあはぬものゆゑかへらまし ふかき思ひのしるべそへずは」（「九月十三や、ひとびとぐしてこじじゅうのもとへゆきたるに、おはしまさずといふに、またそこへたづねゆきて、ものがたりなどするついでに」）、66・小488「まてばこそたづねもくらめつきをみるながめにもまづわすれやはする」（「かへし」）」は明らかに前の隆信と台盤所からの贈答歌の双方の表現を承けていると見ねばならない。恐らく前の贈答歌の翌年以降の九月十三夜に、隆信と小侍従の間に交されていた表現を熟知していた大輔が相手が小侍従故に用いた措辞だったのであろう。…実定、小侍従、隆信、大輔が承安二年以前の時点で極めて近い関係にあったことをいいたかった故である。」（93～95頁）

①14玉葉和歌集 2464 2451

小侍従大納言三位の夢に見えて歌のことさまざま申してかへるとおぼしく侍りけるが、又道よりふみをおこせたるとてかきつけて侍りける歌

521　ことの葉の露におもひをかけし人身こそはきゆれ心きえめや

【語注】○ことの葉の露　「ささやかな、しかし美しい言葉、すなわち和歌。」（『玉葉和歌集全注釈』2464）。④12讃岐89「ことのはの露ばかりだにかけよかし草のゆかりのかずならずとも」（①14玉葉2288 2280）、④15明日香井460「ひとことにあはれはかけよもくさのちくさにつもることのはの露」（詠千日影供百首和歌「述懐」）。**○露**　水であり、「思ひ」の「火」と対照か。また「懸《け》く」「消ゆ」は「露」の縁語。**○下句**　第四、五句の冒頭「身」と「心」は対照。また末句は反語。

【訳】〈小侍従が、大納言三位・為子の夢にあらわれて、歌の事を色々と申し上げて帰ったと思われたのでありましたが、又帰り道から手紙をよこしたという事で、その手紙に書き付けてありました歌〉、言葉の露・歌に思いを懸けた人（の）、その身は消えはててしまっても、心は消え去る事がありましょうか、イヤ決してそうではありません。

▽「為子夢想」という事で、手紙に書きつけてあった歌。和歌に思いをかけた私は、死んで身は残らずとも、心は残ると歌ったもの。「小侍従…2464（為子夢想）」（『玉葉和歌集全注釈別巻』185頁）、「為子…右兵衛督藤原為教女、為兼の姉。」（『同』147頁）。

「私は、葉に置く露のようにはかなくも美しい、和歌というものに深く心を残した人間です。この身こそ露のように消えても、その心は消える事がありましょうか。」（『玉葉和歌集全注釈』2464）

【参考】③96経信176「…ことばのつゆも　もりがたし　こころきえたる　はひなれや　おもひのことも　うらがれず　…」（「初冬述懐、…」）。①19新拾遺1881）

⑤417平中物語45「ことのはの人だのめなるうき露のおきていぬるぞきえてこひしき」（第九段、女）

⑤419宇津保物語233「ことのはのはかなき露とおもへどもわがたまづさと人もこそみれ」（六まつりのつかひ、あて宮）

②11今撰和歌集208

522　さまざまにながるる法の水なれどそのみなかみはひとつなりけり

（雑「無量義経の心を」（小侍従＝今撰207・小173））

【語注】〇さまざまに　八代集二例、が、「さまざま・―」は他六例。　〇法の水　八代集にない。「法水《ほふすい》」の訓読語。仏法が衆生の煩悩を洗い浄めるのを水にたとえていう語。①15続千載988 992「ふかしともおもひなはてそ法の水そのみなもとはくみもつくさじ」（釈教、道宝）、③125山家857「つたへきくながれなりとものりの水くむ人からやふかくならん」（雑「返し」）、④41御室五十首90「法に水すみて久しきながれにはうつれる月ものどけかりけり」（雑「祝二首」静空）。　〇そのみなかみ　①6詞花368 367「なみだがはそのみなかみをたづぬればよをうきめよりいづるなりけり」（雑下、賢智法師）、④32正治後度百首252「いはし水そのみなかみをおもふにもながれのすゑは久しかるべし」（雑「神祇」雅経）。　〇無量義経　無量の法は一の実相より生ずると説く。今昔物語「而ルニ、無量義経・普賢経ヲバ不受習ザリケリ。」（巻第十三―第三十六。新大系三―260頁）。

【訳】色々に流れる法の水ではあるが、その水上は一つである事よ。

▽後世様々な流派の法水が生じたが、その源（元・根本）は一つだと歌う。②10続詞花454、第十、釈教「左京のかみ顕輔、和歌曼陀羅といふものかきて供養しける日、法花経歌人人によませけるに、無量義経をよめる」（藤原家経朝臣＝続詞花453。『私撰集作者索引』も、453、454を家経の歌としている）

【類歌】④37嘉元百首1593「おなじくはながれをわくる法の水そのみなかみをいかでくままし」（雑二十首「釈教」頓覚）

②15万代和歌集2821

523　なれとてもわれをばよもなよぶこどりいとはれてのみすぐる身なれば

（巻第十四、雑一「よぶこどりを」小侍従）

【語注】○なれ　「汝」八代集四例。　○よぶこどり　「呼ぶ」掛詞。　○いとは　厭世か。　○いとはれてのみ　①1古今753「雲もなくなぎたるあさの我なれやいとはれてのみ世をばへぬらむ」（恋五、きのとものり。②4古今六帖2114。③11友則54）。
【訳】お前としても、私をば決して呼ぶな呼子鳥よ、厭われてばかりで（この世を）生きていく身であるので。
▽嫌われてばかりで生きている身だから、呼ぶという名を持ってはいるが、呼子鳥よ、汝も私を呼んでくれるなと、呼子鳥へ命令したもの。前述の古今753を意識したのなら、恋歌世界を雑に変えている。上、下句倒置法。

②16夫木和歌抄2950

524　おとなしの山ほととぎすいつよりかここになくとは人にしられし

（第八、夏二、郭公「同〔＝千五百番歌合〕」、同〔＝小侍従〕）

【語注】○おとなしの山　八代集においては「音無…」は多いが、「山」ナシ。能因歌枕（広本）「尾張国…おとなし山」（日本歌学大系、第一巻、93頁）。他、紀伊説あり。「都の人も歌枕としては熟知していても、特定のものを指すわけではなかった。」（歌枕辞典）。②4古今六帖1462「おとなしの山の下行くささら水《なみ(伊)》あなかまわれも思ふこころあり」（第三「水」。③15伊勢409、③89相模147「おとなしの山にこそゆけよぶこどりよぶとは人にきかすべしやは」。○山　掛詞。「山時鳥」は小517前出。　○山ほととぎす　①1古今135「わがやどの池の藤波さきにけり山郭公いつかきなかむ」（夏、よみ人しらず）、③2赤人222「あさぎりのたなびくのべのあしひきのやまほととぎすいつきてなくぞ」、③55

源賢法眼14「なきいづる山ほととぎす人ならばよきことづてのたよりならまし」、④29為忠家後度百首167「かへりにしながかぞいろのかはりにやいつしかきなくやまほととぎす」（郭公十五首「首夏郭公」）。　**○ここになくと**　③131拾玉4251「わしの山ここになくともみちびけと契りし人は又ぞすむなる」（「五百品」）。

【訳】音無の山の山郭公よ、（一体）いつから、（「音無」だが）ここに鳴いているとは人に知られたのか。
▽音無山の山時鳥は、何時から（音無であるのに）ここに鳴くと人に知られたかと疑問を呈したもの。千五百番歌合では顕昭歌となっている。⑤197千五百番歌合778、夏二、三百九十番、左、顕昭（『校本』でも作者について何も触れられていず「顕昭」）。509参照。小侍従歌ではない。

⑤182石清水若宮歌合〈正治二年〉

525　ちらぬまは花ともえこそ見えわかね梢ばかりにふれるしら雪・1　（一番「桜」左、小侍従）

【語注】**○見えわか**　八代集にない（「見分く」三例）。③10興風20「うすきこきいろはわけども花といへばひとつかほにもみえわかぬかな」。枕草子「色の黒さ赤ささへ見えわかれぬべきほどなるが、いとわびしければ、」（二五九段）、新大系302頁）、紫式部日記「みな髪上げつゝゐたる人、卅余人、その顔とも見え分かず、母屋の東面、東の廂に、」（新大系287、288頁）。　**○ふれるしら雪**　④30久安百首155「風に散る花かとぞみる空さえてほどろほどろにふれるしら雪」（冬、公能）。
【訳】散らない間は桜だともよう見分ける事ができない事だよ、梢にばかりのみ降っている白雪は。

「2　日にみがき風にみがける玉なれば春のひかりは花とこそみれ（右、沙弥釈阿）／左歌、花と雪とにまがふることつねの風情ながら、梢ばかりにふれるしら雪とかや、いかがときこゆらむ、花のさかんも梢をかぎるべからず、雪のつもらむもしづえをのぞきがたくや…、仍以右可為勝にや、彼永承の歌合に一番は左勝つべき様にさだめあり、倸門暦《ママ》可追蹤跡之処、今為社頭之歌合難加𥎊飾之言詞歟」（左歌は、花と雪とにまがえる事は、いつもの情趣ではあるが、「梢ばかりに降れる白雪」と表現したのは、どうかと思われるようだ、花が咲くような事も、木末を限定するわけではなく、雪が積るようなのも下枝を除外しがたく（あるのと同じ事だ）…、そこで右を勝とすべきであるが、あの永承の歌合の時に、一番は左が勝つべきように定めがあった、よって私は昔の跡・先例に従うべきであるが、今神社（のあたり）の歌合であり、「𥎊飾」の言辞を加え難いのであろうか。〔「倸」は「仍」か。「蹤跡」は、「足跡、人の行く跡」、「𥎊」は「指?、矯?」〕。「矯飾」は「情をため、うわべを飾る事」。また袋草紙「一番の左歌は優るべきの由、故人申す所なり。」（新大系206頁）、⑤64「内裏歌合永承四年」か。事実「一番　松　左勝」となっている。〕）

▽梢だけに降り積っている白雪は、散らないうちは桜と決して区別できないと歌う、おなじみの桜を雪に見立ての詠。三句切、倒置法。同じ小侍従233に、⑤162広田社歌合5「とくるまもつもるもえこそみえわかねとよみてぐらにかかるしらゆき」（「社頭雪」）がある。

「石清水若宮歌合　道清法印結構　正治二年」、1200年、「判者　内大臣兼右近衛大将源朝臣通親公」【語注】○道清　①9新勅撰1093、②16夫木15398に歌がある。「法印石清水別当。／法印幸清子」（「勅撰作者部類」159頁）。幸清は成清の男。成清は小侍従の弟。つまり小侍従の弟の孫。この時、道清は別当で25歳。○法印　法印大和尚位。○結構　計画、企画、企て。平家物語「この一門亡すべき由、法皇の御結構こそ遺恨の次第なれ。」（巻第二「教訓状」、新大系上―94頁）、愚管抄「花山院ノアヒダノコトモ、ワガ結構ナラネド、時ニアヒテチ《ティ》、ノタメイミジカリケン。」（巻第三、「一條」、大系170頁）。水左記「是兼日結構也、始自今年永欲為年事云々、」（承暦四年二月四日）。○通親　1149～1202年。）

【参考】④30久安百首1014「花さかぬ木ずゑは春の色ながら桜をわけてふれるしら雪」（春二十首、堀川）
【類歌】①18新千載713「なべてさく花かとぞみる芳野山梢をわかずふれる白雪」（冬、俊定）

526　郭公まだ里なれぬ初こゑをたづぬる山のかひにきかばや・67　（一番「郭公」左、小侍従）

【語注】○まだ里なれぬ　③131拾玉12「郭公まだ里なれぬ忍ねをきくらん人の心いかにぞ」（百首和歌十題「郭公」）。○里なれ　八代集三例、初出は拾遺1076。　○初こゑ　①1古今143「郭公はつこゑきけばあぢきなく…」（夏、そせい）、①8新古今192「ほととぎす深山いづなるはつこゑをいづれのやどのたれか聞くらん」（夏、弁乳母）。○かひ（峡）「郭公」の縁語「かひ（卵）」を掛けるか。

【訳】郭公（の）、まだ人里に慣れていない初声を、尋ね求めて行く山の峡で聞きたいものだよ。

「68　ほととぎすちよをならしてきなけとやおまへの庭に匂ふたちばな（右勝、釈阿俊成卿）／右歌、…左させる難はなけれども心ことばをかしきにつきて以右為勝」（右歌、…左歌はこれといった難点はないけれども、（歌の）趣、表現（共）味わいがあるので、右を勝とする）
▽まだ里慣れぬ郭公の初声を、尋ねて行く山の峡で聞きたいとの「郭公」詠。526とよく似た詠に、③106散木215「郭公は山のすそを尋ねつつまだ里なれぬはつねをぞきく」（夏、「初聞郭公」。⑤248和歌一字抄273）があり、また多くの【類歌】がある。
【参考】①5金葉二104 111「みやまいでてまださとなれぬほととぎすたびのそらなるねをやなくらん」（夏、顕季。5′金葉三110。③105六条修理大夫177。⑤136鳥羽殿北面歌合11）
③109雅兼21「あけばまづ人にかたらむほととぎすまださとなれぬはつねききつと」（「初聞郭公」。⑤248和歌一字抄

解18）
③119教長227「はつこゑをいかできかましほととぎすやまぢはるかにたづねざりせば」（夏「…郭公の歌」）
④29為忠家後度百首246「ほととぎすたづねぬこゑをきくのみやや山ざとにすむしるしなるらん」（「山家郭公」）
【類歌】②11今撰48「郭公まだ里なれぬ初こゑはわれさへ旅の空にてぞきく」（夏「旅宿郭公」脩範）
③133拾遺愚草1118「山のはのあさけの雲に時鳥まだ里なれぬこぞのふるごゑ」（内大臣家百首、夏十首「初郭公」）
③134拾遺愚草員外260「われのみやききてかたらむ郭公まだ里なれぬ暮の一こゑ」（夏十首）
④31正治初度百首2129「時鳥たづねてきけと思ひけり深山のおくの夕暮のこゑ」（夏、丹後）
⑤176民部卿家歌合建久六年55「たぐふべき物なかりけり時鳥まだ里なれぬ小夜のはつ声」（「初郭公」藤宰相中将）
⑤192仙洞影供歌合建仁二年五月15「あくるまの雲のほかにぞ聞ゆなるまだ里なれぬ山ほととぎす」（「暁聞郭公」公継）
⑤408春の深山路9「たづねこし山のかひとて郭公人よりさきのはつねをぞきく」（四月、兼行の朝臣）

527　あまくだる神ぞちかひしさか木葉に月もかごとの影やどしけり・133

（一番「月」左持、小侍従）


【語注】〇**あまくだる**　八代集三例、初出は拾遺589。

【訳】天下る神が誓いをたてた榊葉に月も託言の（月）光を宿している事よ。

「134　すむ月に神もひかりをやはらげていくよかともに世を照すらむ（右、沙弥釈阿）／左歌さか木ばごとにあまくだりますます御ちかひはきこゆれど、かごとにといへることばやいかが、…、仍為持」（左歌は、榊葉ごとに天降りなされる御誓言は聞いた事はあるが、「かごと」にと言った言葉・表現はどうかと（思われます）…そこで持とする）

▽降臨の神が誓った榊葉ごとに、月もそれにかこつけて光を宿すと歌う「月」の詠。
【参考】③116林葉616「あまくだる神のしるしの榊ばに雪のしらゆふかけそへてけり」（冬「雪中神楽」）

528 ふる雪にとだえも見えぬ石橋《いはばし》をけふやうれしきかづらきの神・199 （一番「雪」左持、小侍従）

【語注】〇や 疑問か、詠嘆か。 〇かづらきの神 八代集二例・拾遺1201（後述）、後拾遺261。

【訳】降る雪によって、中断も分らない（久米の）岩橋を、今日は嬉しい事であろうか、葛城の神は。

「200 よつの時春より冬にめぐりきてみづのこほるぞしら雪の空（右、沙弥釈阿）／左腰句の終字なほおもふべくや、右、…持などにや」（左の第三句の終りの字（「を」）は、やはり考慮（の必要）がありそうだよ、右、…持などであろうか）
▽降っている雪に、途絶えの見えない岩橋を、葛城の神は今日はうれしいのかと歌ったもの。四句切、倒置法か。同じ小侍従491「ふみみぬもなげきにあらず岩ばしのわたしそめたるとだえならねば」（④6師光71）がある。
【参考】①3拾遺1201「いはばしのよるの契もたえぬべしあくるわびしき葛木の神」（雑賀、春宮女蔵人左近。3′拾遺抄469。②5金玉64）
⑤424狭衣物語47「岩橋を夜夜だにも渡らばや絶間や置かん葛城の神」（巻二、（狭衣））
【類歌】①10続後撰123 122「かづらきや花ふきわたす春風にとだえも見えぬくめのいはばし」（春下、西園寺入道前太政大臣。⑤235新時代不同歌合65、公経公）
①19新拾遺659「今よりはとだえもみえじ白雪のつぎて降りしく久米の岩橋」（冬、後花山院内大臣）
⑤176民部卿家歌合建久六年159「ふる雪にとだえもみえず成りぬれば渡しはてたる久米の岩橋」（「深雪」、十一番、左持、

兼宗）

529　をとこ山生《（お）》ひそふ松のかずごとに君や千年の末をみるべき・265　（一番「祝」左持、小侍従）

【語注】○をとこ山　八代集二例・古今227、889。　○生ひそふ　八代集四例、初出は後撰572。　○かずごと　八代集一例・千載411。④41御室五十首793「住吉の松のむら立数ごとにちとせは君がためしなりけり」（雑十二首、祝二首、生蓮）。　○千年の末　八代集にない。新編国歌大観①～⑩の索引をみても、「ちとせのすゑ―」は、①20新後拾遺1548（慶賀「…、松」後西園寺入道前太政大臣。④37嘉元百首379、雑二十首「松」）、⑥24臨永314、31題林愚抄10639、⑨12芳雲（実陰）4819だけである。

【訳】（石清水八幡宮がある）男山の、生え加わる松の数ごとに、わが君よ、千歳の末を必ず見る事ができるよ。

「266　君が代は千里の民の数ごとにいのるこころの空にみつまで（右、沙弥釈阿）／左歌、男山の松の千とせ、祝言の心ふかかるべし、右、…、しかはあれど勝負猶はばかりあれば可為持之由定申」（左歌は、男山の松の千歳に、祝言の趣が十二分に深いであろう、右、…そうではあるが、勝負はやはり〝憚り〟があるので、持とすべきだとの由を定め申します）

▽男山に生い添う松のその数ごとに、君は千年の末を見る事ができるとの「祝」詠。

【参考】⑤295袋草紙561「くらゐやまおひそふ松のとしをへてたえぬもきみがさかゆべきかな」（下巻、忠兼）

【類歌】③133拾遺愚草999「をとこ山さしそふ松の枝ごとに神も千とせをいはひそむらん」（祝五首。④31正治初度百首1402、祝、定家）

⑤197千五百番歌合2119「をとこ山おひそふ松にしるきかなかぎりもしらぬ君が千とせは」（祝、千六十番、右、通光）

解　説

今までの研究をふまえて、〝解説〟を述べていこう。詳しくは、巻頭の「文献目録」の著書、論文等に拠られたい。まずは小侍従の伝記より始めよう。

一、生　涯

太皇太后宮小侍従、八幡小侍従等の名で知られる小侍従は、石清水八幡宮で生まれた。生没年は、通説（『日本古典文学大辞典』岩波書店）では、保安二・1121年頃―建仁二・1202年（後述）とされる。巻末の「年譜」は、一応通説に従って1121年生とした。生年を、「保安以降大治（一一二六―一一三一）初年位までであろう。」（『今物語…』（中世の文学）、補注256頁）、保安三・1122年説（山崎『正治』244頁）、天治年間（1124～1126年、「三角」101頁）の説もあり、没年を建仁元・1201年頃とする説（④新編国歌大観、「解題」682頁）もある。建仁年間（1201～1204年）、80歳以上で没、が穏当なところか。以上の根拠は、正治二・1200年初度百首の283「八十路の秋」や建仁元・1201年の千五百番歌合189「八十路年」である。この千五百番歌合は、建仁元年六月頃諸歌人に詠進せしめたものであり、歌合としての成立は、建仁二・1202年九月頃から翌三年春にかけての時期とされている。小侍従は、同時代の式子（1149～1201年）より三十歳足らず年上でありながら、亡くなったのは、ほぼ同時期である。

父は石清水八幡宮廿五代別当権大僧都紀光清、母は花園左大臣家女房小大進であり、小侍従は石清水八幡宮と菅原家の血筋をひいているという事になる。父については、八幡別当幸清法印（異説、八幡の検校竹中法印光清）、八幡検校広清説もある。（詳しくは、『今物語…』（中世の文学）、補注256頁参照）。父は、私撰集（索引）には一首もとられておらず、勅撰集に一首のみ、①5金葉二265 283「なに事にあきはてながらさをしかのおもひかへしてつまをこふらん」（冬、法印光清。が、⑤295袋草紙190（意尊））が収載されている。冨倉氏は「今物語に見える説話等から考へても相当和歌も詠じ得た人ではあつたと推量」（193頁）されている。母小大進のほうは、和泉式部に匹敵するほどの著名な歌人（『今鏡』の「花のあるじ」（古典全書324頁）、「伏し柴」（同328頁））であり、また今様の名手（「梁塵秘抄口伝集」（新大系158～162頁））であった。勅撰集には、金葉以下に14首所収されている。ちなみに金葉（二、三も）3、千載4首、新古今0であり、小侍従の歌才は、この母の血をうけついだものであろうと言われている。その小大進の歌としては、『日本名歌集成』（学燈社）に一首のみ、「ふみそめて思ひかへりしくれなゐの筆のすさみをいかで見せけむ」（金葉・恋上。ちなみに小侍従は98、191の二首）が挙げられており、他には⑤356今鏡114「夏山のしげみが下の思草露知らざりつ心かくとは」（「ふししば」）がある。小大進は菅原在良の女とされており、殷富門院大輔の母は在良女であるという説によれば、殷富門院の母と小大進とは姉妹になるわけであるが、小大進の実父は「在良の弟の定快」説（『今鏡』㊦講談社学術文庫329、519頁）もある。父光清、母小大進二人の夫婦仲・関係は、『今鏡』第十「敷島の打聞」に詳細に述べられている。同父母の兄弟としては、大治四年（1129）生まれの、第卅代石清水八幡宮別当、紀成清、また異腹の姉妹には美濃局がいる。

その小大進には、「今物語」や「十訓抄」（第十）などをみても分るように、歌徳説話が多い。この「今物語」には、石清水八幡宮関係説話、とりわけ小侍従と交流のあった人物の説話が相当多数収載されている。

小侍従は、「あまり信憑性は高くない。」（『志村』294頁）とされるが、「石清水祠官系図」（続群書類従、巻第百六十九）によれば、権大納言藤原伊通の二男、中納言伊実《これざね》の室であった。伊実は、久安六・1150年六月蔵人頭で、中宮権亮を兼ね、さらに保元元・1156年一月参議となり、九月権中納言に昇って、十一月には皇后宮権大夫を兼ねた（皇后は伊実の妹呈子）。破格の出世である。しかし、四年後の平治二・承暦元・1160年九月、36歳で没した、中納言であった。（森本『女流』73頁）。

小侍従の伝記・生涯について詳しくは、巻末の「年譜」や、少し古いが、『冨倉』189～242頁（年譜は307～313頁）、「杉本」16～25頁（年譜は24、25頁）によられたい。さらに有名な平家物語（巻五「月見」）、古今著聞集（巻八「好色」）など、数多くの説話・逸話《エピソード》・伝説については、志村氏の著（『志村』293～309頁）にも述べられており、『増補改訂日本説話文学索引』や『日本古代人名索引（散文編）（韻文編）』が参考となる。参考文献参照。山中氏は、「小侍従説話の最も鋭い特徴は、歌比丘尼的であること。貴人の月見に奉仕し、自らも月を読み、天子に対し奉っては、その無事息災を祈願するような女性を主人公とする点にある。」（「山中」2頁）と、さらに母の小大進説話との酷似・混同（同2頁）を言われる。それでは、小侍従の生涯の要点《ポイント》となる点をいささか述べていこう。

まず初めに、通説では、二条天皇崩御後、多子に仕えたとされている。これに対して森本元子氏は、「二条院崩御のころまでに、小侍従は大宮女房として知られていたとみて不都合はない。…女房として側近に侍した小侍従が内裏の内外で評判をとり、他からは内裏の人と考えられたことは当然ありえよう。…〔142〕…多子が里邸で喪に服している時、小侍従は内裏に残っていたと解してよく、これを以て小侍従が大宮女房ではなかったとみる必要はないだろう。…伊実が…時めく頃、小侍従はすでに彼の身辺にはなかったであろう。つまり伊実の死去以前、小侍従はすでに大宮の女房であったと私は推定している。」（『女流』74、75頁）と述べられる。

そうして二条帝の切望で、永暦元・1160年大宮多子が再度入内し、その女房の小侍従も自然面識の間柄となった。小侍従の歌人活動はいつからかはっきりしないが、続詞花集（1165年）に入集していて、この頃すでに歌人として認められていた事が分る。小侍従が歌林苑に出入りするようになったのは、おそらく二条院崩御（1165年）の後であろう。それには清輔や頼政、教長らの指導があったに違いない。そうして小侍従は仁安・嘉応の頃（1166～1170年）、何か不快な事があって大宮出仕を辞した。内裏の動静は家集によって知られる。治承二・1178年三月十五日の別雷社歌合に、小侍従の名が見えないのは、この前後三年間ばかり地方在住中だったと考えられ、美濃（東国）下向はこの折であろう。この数年来、小侍従には何か重大な煩悶があったらしく、治承三年正月東宮を祝う歌などを詠んでまもなく、三月に出家した。この出家は当時歌人達の間で、かなり問題視されたらしく、大宮からも消息があった。（森本『研究』234頁）。出家後は、八幡に籠って、山吹の花の乱れ咲く中で静かに余生を送ったのであろう（石清水祠官系図傍注）。168など参照。

文治・建久頃（1185〜1198年）の歌合に小侍従の名前は見い出せないが、歌をみても分るように、主要な歌合にはほとんど出席し、自家で歌合などを催し、青年層からも支持され信望された（『日本古典文学大辞典』）のである。最晩年は後鳥羽院歌壇でも活躍し、正治初度百首、建仁元年（1201）の影供歌合、撰歌合などにも名を列ね、千五百番歌合などにもみられるように、八十歳を超えるまで作歌活動を続けたのである。小侍従は建仁期（1201〜1203年）以後歌壇での活動は見られず、千五百番歌合の三十人の歌人に抜擢された女流歌人は、俊成女、讃岐、越前、宮内卿、丹後、小侍従の六名（式子は既にこの世にいなかった）であった。これら六人の閨秀歌人が、この当時最も信頼され、優秀であった事を物語るのであろう。

次に、小侍従の恋愛歌人としての側面をみてみよう。「千載和歌集に彼女は既にその歌を四首〔私注―77、188、99、113〕収載せられる光栄を担つてゐる。内三首は恋の歌である。…それは彼女の恋愛歌が主ではあるが、彼女の傑作であり又彼女の華やかな恋愛作者としての名声を残すには充分である。」（『冨倉』239、240頁）といわれ、特に源頼政とは恋愛関係にあった。「彼女を恋の歌人と称することも可能であろう。…小侍従は、歌人としての名声を博し、また多くの男性との交流を持った。それゆえにそれ相当の悲哀と苦悩をも味わったことであろう。」（『志村』298、299頁）、「彼女の歌には、「憂し」「憂き身」などという言葉が時折くり返される。」（『志村』298頁）と述べられる。なお、実定、頼政、隆信などとの恋愛関係については、各個人の歌の注解の箇所をみられたい。

そして小侍従の死がいつかは分らないが、最終事績としては、④11隆信集921～923（小458～460）の、建仁二年（1202）9／15の隆信出家に際しての贈答が見られる。小侍従の死については、①9新勅撰1257 1259「うらむべきよはひならねどかなしきはわかれてあはぬうき世なりけり」（雑三「小侍従身まかりにける時よみ侍りける」法印昭清）の記述がある。また⑦55頼輔集114〔＝小481〕の詞書「九月十五夜にわじのみやよりまかりいづるみちに、大宮の小侍従のいへのまへをすぐるに」は、小侍従の住居を推測させてくれる。

小侍従の墓は、「墳塔垂井在之云々。」（『石清水祠官系図』）と、石清水神領内四郷の一つで、父光清ゆかりの地である科手の垂井にあるといわれている。が、この他にも伝説地が一つあって、科手の対岸、摂津桜井の苔山にある。また隣の大山崎の宝積寺には「待宵の鐘」なるものがある（詳しくは、「山中」3～5頁）。その小侍従の史跡については、『水無瀬神宮と周辺の史跡』（水無瀬神宮社務所）の中で、「待宵小侍従の碑（桜井）」が、一葉の写真付で、「名神高速道路の梶原トンネル東入口、桜井パーキングの近くにある。…晩年、出家してこのあたりに住み、八〇才近くまで歌作していたという。今残る一基の碑は慶安三年（一六五〇）三月、高槻城主永井直清の建てたもので、林羅山の撰文。昭和初期まで、碑の傍に高さ三尺、古色を帯びた五輪塔が残っていたと記録にある。／小侍従の兄、清水日向守光重は、桜井御所（今の御所内一帯）を設けられた円満院法親王に仕えてこの地に住んでいたとも伝う。」（50、51頁）。さらに2頁にイラスト図があり、位置・場所が分る。現地に行けば、道標もある。小侍従は、前述の如く出家して石清水辺りに隠棲したかと思われ、兄光重なるものも不明であるが、ここに記しておく。

また小侍従という名は、平安中期（歌人、源氏物語）にもいるので、まちがえないようにしてほしい。この注釈では、『私撰集作者索引』によって、注を施したが、507、510、511、513は平安中期の別人の歌である。詳しくは「杉本」23、24頁参照。

最後に小侍従の子女としては、実賢（今物語、27話。尊卑分脈「実厳」、石清水系図「実元」）や、信頼できる文献としての⑦49覚綱集71〔=小504〕の詞書「小侍従のむすめ大宮の左衛門のすけ、」があり、さらに、冷泉為相の撰とみられる⑥20拾遺風体和歌集150「雲おくるあらしや峰にかへるらむ時雨の跡に木葉ふるなり」（冬「落葉」小侍従女。①～⑩の索引では、この歌のみ）がある。この歌の前の二つの歌は、148定家、149為相が作者であり、この「小侍従女」は、他に、勅撰、私撰集作者索引になく、本当に小侍従の女かどうかも不明である。

二、諸本、伝本

小侍従集は、自撰とされる家集であり、詳しくは、『私家集の研究』（森本元子、234～260頁）などに拠られたいが、『日本古典文学大辞典』の「小侍従集」、『新編国歌大観』第四、七巻の解題や『私家集の研究』（257～259頁）及び『私家集と新古今集』（森本元子、262頁）にまとめられている。以下、今までの研究をふまえて整理していきたい。

Ⅰ・甲類（自撰家集。桂宮本）187首
- Ⅲ類・別本（丹鶴叢書本）69首
- Ⅱ・乙類、第一種121首（自撰百首（雑60（内他人作20））。図書寮本B、尊経閣文庫・前田家本）
- Ⅱ・乙類、第二種＋35首（三手文庫本）＋33首（神宮文庫本）

＞共通8首

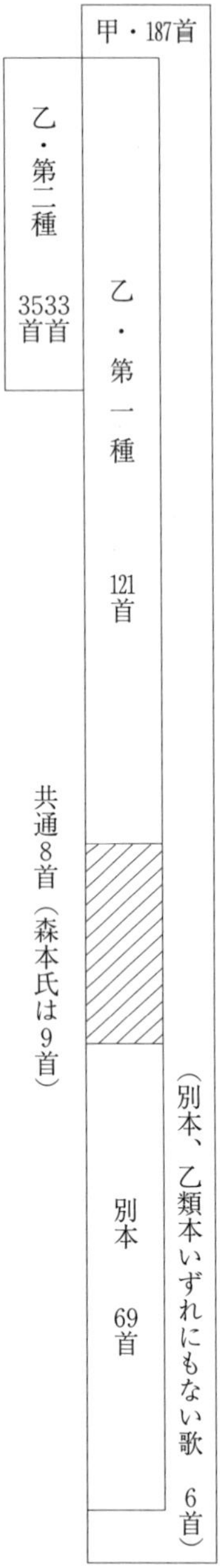

	春	夏	秋	冬	恋	雑	計	入勅撰	総計
甲 桂	27	19	28	23	21	50 / 19	187		187
乙一 B	10	10	11	10	20	50 / 10	121		121
二 三	10	10	11	10	20	50 / 10	121	35	156
神	10	10	11	10	20	50 / 10	121	33	154
別 丹	。17	10	。16	。16	1	9	69		。69

（四季、恋、雑の部立は、すべての系統に共通）（。欠3）

かつて甲類本が草稿本、乙類第一種が精撰本とみられた時期もあったが、現在は、甲類本は、寿永百首家集である乙類第一種の原型本に、治承元・1177年三月以前の「左大将（実定）家百首」・実定百首の作、その他を加えてみずから再編成し、建久二・1191年閏十二月の実定没後に、実定の実妹で小侍従の奉仕した主である大宮多子に献じたのが原型と推定され、成立上、乙類第一種が第一次家集、甲類が第二次家集という事になる。この乙類第一種は、月詣集（11首小侍従入集）の撰歌資料となり、千載集以下歴代の勅撰集の資料ともなった。現存の前田家本は、室町中・末期の書写で、小侍従集中もっとも古く、本文としても優れている、とされる。なおⅢ類は「左大将家百首」の作が多く、本来もっと歌数が多かったとも考えられ、「左大将家百首」との深い関係のもとに成立したらしいので、問題を残している。

そして、この乙類の、尊経閣文庫蔵前田家本系は121首であり、内訳は、四季41（春10、夏10、秋11、冬10）、恋20、雑60首（含、述懐、釈教、祝および他人の作20首）である。他人の作を除くと101首、寿永百首からすると、明らかに秋が一首余分であり、偶然の一致か、式子内親王集の第二の百首であるB百首もそうなのである。式子の場合ももとは20首であり、式153「今はとて…」の歌のみが、釈教歌的詠であり、この歌のないのが本来の形（『式子全歌注釈』212頁）と思われる。また「この歌、第四類の諸本にはない。」（『平安鎌倉私家集』古典大系382頁）なのである。小侍従の場合も、もと10首だったものが、何らかの理由で一首加わったか、誤ったのであろう。さらにまた、小侍従の④31正治初度百首（底本の写真も）の「冬」（2059～2072）は14首であり、④31同、前斎院＝式子、「冬」（259～273）は、15首であるが、宮内庁書陵部蔵第一類（五〇一・三二）本（武蔵野書院）の「式子内親王集」の「冬」（257～270）の正治初度百首も14首で一首欠、益田本は269と270との間に細字で書き入れてあるのと同様である事を指摘しておく。詳しくは『式子全歌注釈』参照。

前述の寿永百首につき、詳しくは『鳥帚 千載集時代和歌の研究』（松野陽一）、「寿永百首について」（394～412頁）、『平安後期歌人伝の研究・増補版』（井上宗雄）、「寿永百首家集をめぐって」（417～526頁）等参照。井上氏によれば、小侍従集は寿永元・1182年四月十三日～同二年四月五日の成立（510頁）。また実定百首についても『鳥帚』、「後徳大寺実定家結題百首会」（77～105頁）、及び巻末の歌一覧参照の事。この百首の成立は、歌仙落書の撰である承安二・1172年（後で触れている）をあまり遡らない頃とされる。（同著「歌仙落書考」281～313頁参照）。この百首（春20、夏15、秋20、冬15＝四季70、恋10、雑20）は、結題ながらほぼ堀河百首題を基礎にして、歌題構成は極めて文芸意識の濃厚な特殊な組題であり、空間・時間の奥行が出るように配慮された歌題の多いのが注目されるとされる。さらに、本百首は、隆信、寂蓮、大輔、小侍従の4人が、不遇な実定を囲んで催した、親密な雰囲気の会であったと想定してみたい。だからこそ、歌人構成の閉鎖性や歌題の隠遁性・述懐性がみられ、小侍従は後に家集編纂に際して本百首を骨格にしたと松野氏は述べられる。

甲類は多子に献上されたゆえに、乙類本のように世に流布する事はなかったのであろう。述懐の三首・169、170、171にみられる「身は墨染の尼ながら京の町に住み、…多子のもとで老後を送ることに決意したのであろう。そのころ百首選述の企てがあり、歌稿を求められたのが機縁で既往の作品をまとめ、それが直接間接に「小侍従集」成立の基盤となったのではないであろうか。」（森本『研究』251頁）と言及される。

乙類第二種は、家集の部と重出が2首あり、33首が正しくあるべきで、「為定卿自筆本」の転写本に、勅撰集による補遺を加えた三手、神宮、群書類従本（屋代弘賢蔵本）などで、流布本的位置を占め、成立は続古今集成立の永享一一・1439年以後になろう。この点式子内親王集の成立と似通っている。

さらに歌の中身よりの考察として、田中明美氏は、甲類本においては、それぞれの季節の移り変わりが細かく描かれているのに対して、乙類本では各季節の代表的な風物に題材を限定しているのであり、時間の流れに合わない配列もあった。また、乙類本が実定百首出詠歌を多く排除している点納得がいかず、甲類本は乙類本の草稿本などではなく、乙類本に手を加えて四季の移り変わりを描こうとしたものであり、乙類本に雑の部の「名所」「かくし題」を補って甲類本が成立したとされている。（『国文学研究叢書』6、「『小侍従集』研究」平成二・1990、4月）。

Ⅲ類については、甲類本に存していて、乙類本にない作を後人が抄出して一本を作成したものであり、飛鳥井栄雅（応永二三・1416～延徳二・1490）の自筆本をもって書写したむねの奥書があるので、一五世紀中ばには成立していたとみて大過はないであろう。

さらに『歌題索引』による歌題をみると、小侍従のみのそれがいかに多い事か。以下にそれを掲げよう。〔　〕に入れたものは、他に一つ（例、25「詞花282（師頼）」）だけの歌題である。

春③山家立春〔山里立春〕、④處々子日、⑦朝聞鶯、⑧遠尋若菜、⑨松陰残雪、⑪窓下梅、⑫柳払水、⑭沢辺駒、⑯遥見帰雁、⑰喚子鳥何方、19尋杣人山花、24〈向花惜春ナシ〉対花惜春、25〔藤花年久〕、夏㉚卯花失路、㉜女与待郭公、㊲盧橘薫枕、㊳旅五月雨、㊵深山照射、㊶〔雨後瞿麦〕、㊷〔蛍照松〕、㊺終日向泉、㊻晩風似秋〔荒和祓〕〕、秋㊼〔田家立秋〕、48七夕々、㊾深夜聞荻、51依萩去路、58夕見女郎花、59鹿声近、60旅衣露重、61霧隔路、64月送行路、65〔水辺月〕、66〔擣衣夜長〕、68折菊送人、70松隔紅葉、71紅葉満山、74山寺暮秋、冬㊺〔〔独聞時雨ナシ〕〕、78寒草霜、79枯草霜、86山居水鳥、㊽澗底氷、㊿遥嶋千鳥、92鷹狩日暮、93爐辺物語、94橋上霰、

(97)〔歳暮急自水〕、恋108夜増恋、109寄雨増恋、110互思知恋、112観身不言出恋、113〔夢中契恋〕、118起道心恋〕、雑172〔人命不停速於山水〕、（名所）(174)相坂、(178)〔音無滝〕、(179)〔勝間田池〕、（かくし題）(181)桜柳梅、(182)薄菊萩、（祝）184竹鳴風／505〔衆人待郭公（月詣）〕

　これらを見ると、当然ながら187までの小侍従集、その中でも「雑」以前の118までにほぼ集中しているのが分る。小侍従のみは44題であり、118首の1／3を越えるのである。その44題の約半分が実定百首（番号に○を付したもの）である。『鳥帚』における、現存の実定百首の題の「題の構成」（88、89頁）をみると、表の如くであり、いかに現存題と小侍従題とが重なっている事か。この事実から、小侍従のみ（及び他に一つ）の歌題は、実定百首の歌題である蓋然性が高いのではないか。この実定百首の歌題の内容・性格については前述した。

	春20首	夏15	秋20	冬15	恋10	名所10
現存	13題	11	3	5	1	9
小侍従	10題	9	2	5	0	3

（雑は20首であるが、名所10首のみが、各歌人に共通。また、181、182は「物名2」＝「かくし題二首」で、これは歌人毎に異っている）

　最後に、小侍従集と乙類第一種本、守覚の北院御室御集、さらに同時代の勅撰集である千載集、式子内親王の三つの百首（第一・A、第二・B、第三・C・正治）、⑦隆信集の各部における歌数を比べてみよう。⑦隆信集は総歌数120首、うち他人20首であり、乙類第一種と「軌を一つにする」とされる。表をみると、小侍従集と北院御室御集が、雑、恋以外はほぼ似通っており（小侍従集は、四季各々の部がほぼ等しい）、その事は千載集についてもいえる。が、乙Iは寿永百首という定数歌ゆえか、四季（春、夏、秋、冬）と雑とが同数であり、小侍従集もであるが、雑が極端に多い百首、歌集といえよう。その点、式子の三つの百首や⑦隆信集は共通項が見られる。また、小侍従の新古今所収歌につき詳しくは、森本元子『私家集と新古今集』参照の事。

三、歌　風

小侍従は、総じて「歌林苑風の穏健な詠風の中に巧緻な点も見られるが、『新古今』の新風にはなおやや遠い感じもある。」（岩波書店『日本古典文学大辞典』）といわれ、また同時代の長明の無名抄には、殷富門院大輔と比較して、「近く女哥よみの上手にては、大輔・小侍従とてとり〴〵にいはれ侍き。…小侍従ははなやかに、目驚く所よみ据ふることの優れたりしなり。中にも哥の返しする事、誰にも優れたりとぞ。（「本歌にいへることの中に、さもありぬべき所をよく見つめてこれを返す心ばせの、あふかたもなき」とぞ俊恵法師は申し侍し。）」（「大輔小侍従一双事」76頁）と述べられている。

	春	夏	秋	冬	雑	恋	計
小侍	27	19	28	23	69	21	187
乙Ⅰ	10	10	10	10	40	20	100
北院	29	16	39	24	37		145
千載	135	90	161	89			
式A・B	20	15	20	15	15	15	100
正治(C)	20	15	20	15	20	10	100
⑦68隆信	20	10	20	10	15	15	90※

※＋賀3、哀傷7

小侍従の歌は、初期においては、着想の奇を第一とし、表現がそれに具わないうらみがある（「杉本」26頁）、打てば響く当意即妙の贈答歌に本領を発揮し、哀艶な情趣の旺溢する恋歌に開花している（糸賀「残映」114頁）といわれる。しかし出家後は、若い頃の縦横な機智は涸れて、晩年のさびさびとした心境の揺曳する作を詠じているとされ、新風の浪に乗りながら、十分に乗り切れなかったとも言われる。歌合での成績は芳しくはないようであった（「杉本」27頁）。

小侍従は、結局は、式子、西行、俊成らと同じく、新古今の一つ前の時代（千載時代といってもいい、「高倉天皇時代の歌人」（『冨倉』261頁））の歌人であり、温和な歌風を示し、無名抄の記述の如く、実定、頼政、隆信ら他の

（歌）人とのやりとり・贈答歌に、その特色を発揮するのである。後述の勅撰、私撰集歌一覧の、千載（4首、すべて「太皇太后宮小侍従」（新大系））、新古今（七首、すべて「小侍従」（新大系））の所収歌をみても分るように、定家、家隆、俊成卿女などといった御子左家系の新風歌人とは、明らかに歌風、詞を異にしているのが分るのである。が、「言葉遣ひの巧緻と、音楽的な調と、哀艶な情趣とは正に第一流の作家といへる。…私は彼女の歌人としての素質は今迄の一般的評価よりはもつと高く買はれてもいゝと思つてゐる。」（『冨倉』256、257頁）、「千載集四首、新古今集七首、以後の勅撰集に計四三首の入集は相当高い評価といえよう。」（新編国歌大観⑦解題、藤平春男、804頁）とも言及されるのである。

四、同時代及び後世の評

承安二・1172年の撰といわれる「歌仙落書」において、女流歌人として讃岐、小侍従、大輔の三名を挙げ、小侍従の歌については、「風体あまりて比興を先とせり、青海波といふ舞をみる心地こそすれ。」（日本歌学大系、第二巻、265頁）と批評し、例歌として5首＝63、77、98、99、118を挙げている。また「和歌色葉」の「六　名誉歌仙者」として、古今の優秀な歌よみの〝女房八十二人〟を掲げているが、小侍従もその中の一人である（日本歌学大系、第三巻、135頁）。さらに「三五記（鷺本）」（第四巻）の、「第三　有心体」を冒頭とする中の「理世体」（319頁）191、「了俊一子伝」（第五巻）「歌ざまは、高代をも不レ恥と申めり。」（183頁）と賞讃された人々の中の一人。以下、著書と小侍従歌を列記していこう。「聞書全集」（第六巻・歌学大系）67、68頁「題之事」109、新歌仙歌合（別六、227頁）193、元暦三十六人歌合（別六、229頁）193、新三十六人撰歌合（別六、237頁）31、81、191、新三十六人歌仙〔丙〕（別六）31、新三十六人歌合〔丁〕（別六）31、新中古歌撰〔別〕（別六）190、女三十六人撰（別六）98、190、191、女房三十六人歌合〔乙〕（別六）193、190、98、練玉和歌抄（別六）77、98、190、191、女房三十六人歌合〔丙〕（別六）31、190、191、時代不同歌合〔甲〕（別六）193、195、190、時代不同歌合〔乙〕（別六）193、女歌仙〔丁〕（別六）190、続女歌仙〔戊〕（別六）191、

新百人一首（別六）191、後撰百人一首（別六）192、女百人一首（別六）98、和歌一字抄（別七）190、歌林良材集（別七）190、101、続歌林良材集（別七）195、私玉抄（別八）27（161頁）、194（押小路小侍従。290頁）、98（348頁）、109（408頁）、宗長秘歌抄・31、『女房恋百人一首』（仮称、『中世和歌史の研究』（久保田淳）824頁）190。

＊

最後に、歌ではないが、古今著聞集に「一六二　いろは連歌に小侍従難句を附くる事并びに大進将監貞度が附句の事／同御時の事にや、いろはの連歌ありけるに、たれとかやが句に、／うれしかるらむ千秋万歳／としたりけるに、此次句にゐもじにやつくべきにて侍る。ゆゝしき難句にて人ぐあんじわづらひたりけるに、小侍従つけゝる、／ゐはこよひあすは子日とかぞへつゝ…小侍従がもどきの句といひつべし。」（巻第五（和歌第六）、大系151、152頁）がある事を言い添えておく。

※

終わりにこの著の出版に当っては、和泉書院・廣橋研三氏を初め、多くの方のお世話になった。この場を借りてお礼を申し上げたい。なお題字は、前々、及び前著に引き続いて、我が母・小田妙子氏にお願いした。父の恩と合せて、生み育ててくれた労に感謝の言を、前著同様に述べたいと思う。さらに黙々と私を支え続けている妻・成江に対しても同様である。加えて今回は我が子（一聖、重子）の協力もあった。喜びとしたい。その他多くの人の協力のもとにこの著が成った事に感謝したい。戦前の冨倉徳次郎氏の著、戦後においては、森本元子氏を初めとする一連の研究等で進んできたが、このささやかな著が、小侍従研究の一助となれば幸いである。また力足らずして未解明な点は、今後の課題としていきたい。次は、『二条院讃岐全歌注釈』『実国・師光全歌注釈』を予定している。

年譜

年	年	歳	小侍従関係	その他
(鳥羽)1121	保元二	1	生	
22	三	2	(生、山崎説)	10／23母方の祖父・菅原在良八十歳にて卒
(崇徳)28	大治三	8		父・紀光清補検校
29	四	9		同腹弟・成清生
37	保延三	17		9／24父・光清卒(54歳)
40	六	20		
(近衛)47	久安三	27		2／13入道左大臣有仁薨
50	六	30		1／10藤原多子入内。久安百首に母・小大進歌を詠進
53	仁平三	33		1／15平忠盛卒
後白河55	久寿二	35		7／23近衛院崩御。7／24後白河天皇即位
56	保元元	36		7／2鳥羽院崩御。保元の乱
二条58	三	38		8／11後白河天皇譲位
59	平治元	39		平治の乱

	60	永暦元	40		2/26多子再度入内(21歳)。9/2夫・藤原伊実没(36歳)。11/29成清権別当
	61	応保元	41	頃二条天皇(1143～1165)に出仕、大宮に歌を奉る・小142	8/11多子実父・右大臣正二位藤原公能薨、哀傷歌・小142
	62	二	42	美濃(東国)下向・森本説・小220	
	63	長寛元	43	石清水行幸(成清)・小145、146	
	64	二	44		
六条	65	永万元	45	頃大宮多子に出仕。今撰和歌集(小侍従歌一首)、続詞花集(小侍従歌三首)	2/15前太政大臣伊通薨。6/25二条帝譲位。7/28二条院崩御。12/27多子御出家
	66	仁安元	46	中宮亮重家朝臣家歌合に太皇太后宮女房として出る・小223～227。5月経盛卿家歌合に出る・小512	10月頼政正五位下、12月内昇殿
	67	二	47	8月太皇太后宮亮平経盛朝臣家歌合に出る・小71、228～231、経盛・小135、136	正月頼政従四位下
高倉	68	三	48		2/19高倉天皇御受禅の儀・小449
	69	嘉応元	49		
	70	二	50	10/9住吉社歌合に出る・小62、77、232	
	71	承安元	51	3月以前に参加した左大将家百首の作	12/14平徳子入内
	72	二	52	12/8道因の催す広田社歌合に出る(大宮に出仕)・小233～235。以後、1174年2月以前に美濃下向・小220	寂蓮出家・小148
	73	三	53	1172、1173年多子に出仕・小449。秋、美濃下向・小449、451	
	74	四	54	頃、高倉天皇(1161～1181)に出仕。2月帰洛、小220、451。2/23建春門院の最勝光院理趣三昧聴聞・小123、124	

75	安元元	55	1/4法住寺殿の朝勤行幸にお供する・小119、120。10/10右大臣・兼実家歌合に出る・小236〜238	2/27雅通薨
76	二	56		3/4後白河院五十の賀。7/8建春門院崩
77	治承元	57	3月以前の参加の左大将家百首	7/20清輔卒
78	二	58		1/12公光薨。11/12安徳帝御生誕
79	三	59	1/7子の日、皇子言仁親王生誕を祝う歌・小121。高倉帝出仕この年までか。後出家して八幡にこもる・小164〜173、小475、476、小503	3/20院八幡参籠・小485、486。7/29重盛薨
安徳 80	四	60		2/21高倉帝譲位。5/26源三位頼政戦死
81	養和元	61		1/14高倉院崩御
82	寿永元	62	夏〜秋、賀茂社へ奉納の自撰百首家集(この頃小侍従集成立か)。資盛家歌合・小213。月詣和歌集(小侍従歌十首)	閏2/4清盛薨
後鳥羽 83	二	63		2月法皇俊成に千載集を撰ばしむ
84	元暦元	64		2/7平忠度没・小161、210、503
85	文治元	65		3月平家滅亡
86	二	66		
87	三	67		
88	四	68	千載集(小侍従歌四首)	
89	五	69		
90	建久元	70		2/16西行没・小497、498

91	二	71	頃、閏12／16の実定没後に、実定の実妹である多子に献ぜられたものか…Ⅰ・甲類本の原型	2／4成清検校となる。閏12／16藤原実定薨
92	三	72		3／13後白河院崩御
93	四	73		六百番歌合成る
94	五	74		
95	六	75	2月左大将家百首・小73、193	
96	七	76		
97	八	77		
土御門 98	九	78		後鳥羽院の歌壇活動開始
99	正治元	79		8／27成清入寂（71歳）
1200	二	80	院初度百首に出詠。三百六十番歌合に出詠。石清水若宮歌合に出詠・小525～529	
1	建仁元	81	4／30鳥羽殿影供歌合・小427～429、6月千五百番歌合、8／3和歌所影供歌合・小430～435、8／15撰歌合・小192、436に出詠	12／24大宮薨（62歳）
2	二	82	生存↓死（冬隆信出家・小458～460）	

小侍従歌一覧

小侍従集（1～187）のⅠ、Ⅱ、Ⅲの歌番号に○を付したのは、「後徳大寺実定家結題百首」（『鳥帚』77頁）・実定百首の「〔集成本文〕」（100～105頁）に見られる歌である。Ⅱ、Ⅲ類で少し順序の異なるものがある。すべてで67首（『鳥帚』105頁）、Ⅰ41首、Ⅱ9首、Ⅲ39首あり、小44、47のみが、Ⅰ、Ⅱ類で、Ⅲ類がない。Ⅰ～Ⅲすべてに共通な歌は7首（小3、23、46、63、75、88、92）である。また歌番号左の「く」は、「返し」なりを含む一対の歌群である。

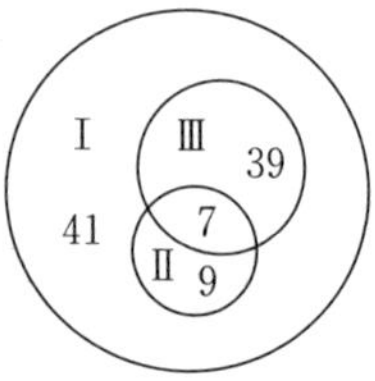

そして勅撰集は上3字内、私撰集（②11今撰、13玄玉、15万代、⑥10秋風、⑥11雲葉和歌集）は、上2字の略称にとどめた。②12月詣和歌集、16夫木和歌抄、④31正治初度百首、⑤183三百六十番歌合、197千五百番歌合は、それぞれ月詣、夫木、正、三百、千とした。

〔503	89〕	忠度
⑦49覚綱集		
〔504	71〕	覚綱
②12月詣和歌集		
505	307	
506	834	
②16夫木和歌抄		
507	2719	※
508	7480	
509	10006	※⑤197千748(顕昭)
510	10065	※
511	10079	※
512	10224	
513	10844	※
別本(小侍従集)		
514	2060 2061	(正治初度百首)
平家物語		
515	上274 頁	※
⑤363源平盛衰記		
516	103	※
⑦54経盛集		
〔517	35〕	経盛
518	36	
④11隆信集		
519	798	＊⑩176言葉集279
〔520	799〕	隆信
①14玉葉		
521	2464 2451	
②11今撰		
522	208	②10続詞花454(家経)
②15万代		
523	2821	
②16夫木		
524	2950	※⑤197千778(顕昭)
⑤182石清水若宮歌合		
525	1	
526	67	
527	133	
528	199	
529	265	

＊　小侍従と思われる歌
※　小侍従でない可能性が高い歌

⑤188和歌所影供歌合		
430	15	
431	51	
432	87	
433	123	
434	159	
435	195	
⑤189撰歌合		
436	24	
⑤191石清水社歌合		
437	4	
③122林下集		
〔438	11〕	実定
439	12	
440	119	
〔441	120〕	実定
442	125	
〔443	126〕	実定
444	171	
〔445	172〕	実定
〔446	184〕	実定
447	186	
〔448	340〕	実定
449	341	
〔450	342〕	実定
451	343	
⑦68隆信集		
〔452	35〕	隆信
453	36	
〔454	83〕	隆信

455	84	
④11隆信集		
〔456	767〕	隆信
〔457	768〕	成範
〔458	921〕	隆信
〔459	922〕	隆信
460	923	
③117頼政集		
〔461	64〕	頼政
462	65	
〔463	466〕	頼政
464	467	
〔465	518〕	頼政
466	519	
467	520	
〔468	521〕	頼政
〔469	522〕	頼政
470	523	
〔471	524〕	頼政
472	525	
〔473	526〕	頼政
474	527	
〔475	625〕	頼政
476	626	
〔477	670〕	頼政
478	671	*
〔479	686〕	頼政
480	687	*
⑦55頼輔集		
〔481	114〕	頼輔

⑦64親盛集		
〔482	20〕	親盛
483	21	
〔484	22〕	親盛
〔485	23〕	親盛
486	24	
③124殷富門院大輔集		
〔487	65〕	大輔
488	66	
489	159	
〔490	160〕	大輔
④6師光集		
491	71	
〔492	72〕	師光
⑦61実家集		
493	325	
〔494	326〕	実家
④4有房集		
495	366	
〔496	367〕	有房
③125山家集		
〔497	922〕	西行、①14玉葉$^{2481}_{2468}$
498	923	
⑦57粟田口別当入道集		
499	56	
〔500	57〕	惟方
③133拾遺愚草		
〔501	2732〕	定家
502	2733	
③121忠度集		

341	287		371	1186		401	2176	②16夫木10245
342	317		372	1216		402	2206	
343	347		373	1246		403	2236	
344	377		374	1276		404	2266	
345	407		375	1306		405	2296	
346	437		376	1336		406	2356	②16夫木15078
347	467		377	1366		407	2386	
348	496	⑥11雲葉232	378	1396	②16夫木5255	408	2416	
349	526	②16夫木1949	379	1426		409	2446	
350	556		380	1456		410	2476	②16夫木7792
351	586		381	1486		411	2506	
夏352	616		382	1516		412	2536	
353	646		383	1546		413	2566	⑥10秋風874
354	676	②16夫木2949	384	1576	②16夫木5061	414	2596	
355	706		385	1606		415	2626	
356	736		386	1636		416	2686	
357	766	②16夫木3431	冬387	1666		雑417	2717	
358	796		388	1726		418	2748	
359	826	②16夫木3557	389	1786		419	2778	
360	856		390	1816		420	2808	
361	886		391	1846		421	2838	
362	916		392	1876		422	2868	
363	946		393	1906		423	2898	
364	976	②16夫木12505	394	1936		424	2928	
365	1006		395	1966		425	2958	②16夫木17053
366	1036		396	1996	②16夫木7419	426	2988	
秋367	1066		397	2026	②16夫木7045	⑤187鳥羽殿影供歌合		
368	1096		398	2056		427	7	
369	1126		祝399	2116	②16夫木16044	428	36	
370	1156		400	2146	②16夫木13223	429	62	

253	2018		283	2051	⑥10秋風1100	313	2084	
254	2019	②16夫木1019	284	2052		314	2086	
255	2020	②16夫木1950	285	2055		315	2087	
256	2021		286	2056		山家316	2089	
257	2022		287	2057		317	2091	
258	2023		288	2058		318	2092	
夏259	2024		冬289	2059		鳥319	2093	②16夫木12886
260	2025	②16夫木2469、⑤183三百155	290	2060		320	2094	②16夫木12910
261	2026		291	2061	②16夫木13798	321	2095	
262	2027		292	2062		322	2096	②16夫木12836
263	2028		293	2063	②16夫木11912、⑤183三百534	323	2097	
264	2029	⑤183三百212	294	2064		祝324	2098	
265	2030	②16夫木10674	295	2065	②16夫木6453、⑤183三百446	325	2099	
266	2031	②16夫木3212	296	2066		326	2100	②16夫木10369
267	2032		297	2067		327	2101	
268	2034		298	2068		328	2102	
269	2035		299	2069	②16夫木7380、同12772	⑤183三百六十番歌合		
270	2036		300	2070		329	86	
271	2038		301	2071	②16夫木7599	330	171	
秋272	2039		302	2072	⑤183三百572	331	658	
273	2041		恋303	2073		⑤197千五百番歌合		
274	2042	②16夫木4537	304	2074		春332	17	
275	2043		305	2076		333	47	
276	2044	②16夫木4394	306	2077		334	77	②16夫木1675
277	2045		307	2078		335	107	
278	2046		308	2079	②16夫木17054	336	137	
279	2047		309	2080		337	167	
280	2048		310	2081		338	197	
281	2049	⑤183三百390	311	2082		339	227	
282	2050		羇旅312	2083	②16夫木14556	340	257	

名所			
(174)		⑥⓪	
(175)		⑥①	
(176)		⑥②	
(177)		⑥③	
(178)		⑥④	
(179)		⑥⑤	
(180)		⑥⑥	
かくし題二首			
(181)		⑥⑦	
(182)		⑥⑧	
(祝)			
183	117		
184	118		
185	119		
186	120		
187	121		
☆入撰集此集不見哥			
188	①7千載 892 890		
189	①8新古今696	⑤197千2086、⑤335井蛙抄534	
190	①8新古今1227	④31正2075、⑤183三百662、⑤223時代不同歌合210、⑤248和歌一字抄1165、⑤362平家物語(延慶本)90	
191	①8新古今 1666 1664	④31正2088、⑤183三百706、⑤277定家十体91、⑤328三五記69	
192	①9新勅撰269	⑤189撰歌合38、⑤232歌合32判	
193	①9新勅撰294	⑤223時代不同歌合206	
194	①9新勅撰356		
195	①9新勅撰 830 832	⑤223時代不同歌合208	
196	①10続後撰 230 221	④31正2037	
197	①10続後撰 800 795		
198	①11続古今273	④31正2033、⑤183三百246、⑥10秋風210、⑥11雲葉360	

199	①11続古今 1160 1168	
200	①11続古今 1371 1379	
201	①11続古今 1383 1391	⑤197千2656
202	=170	
203	①12続拾遺 382 383	⑤197千1696、⑥10秋風463
204	=78	
〔205	①13新後撰57〕	③117頼政32
206	①13新後撰58	③117頼政33
207	①13新後撰653	
208	①13新後撰 900 901	②15万代2306、⑤197千2326
209	①13新後撰 931 933	
210	①14玉葉163	玉葉163の詞書の歌(②12月詣142、③121忠度16)
211	①14玉葉477	④31正2040
212	①14玉葉 684 685	④31正2054
213	①14玉葉 1605 1597	
214	①16続後拾遺588	④31正2085
215	①17風雅 182 172	④16建礼門院右京大夫70
216	①18新千載 2159 2158	③117頼政547、⑥10秋風1333
217	①19新拾遺987	
218	①19新拾遺1093	⑤183三百646
219	①20新後拾遺558	⑤197千1756
220	①21新続古今1639	⑩176言葉集247
221	①21新続古今1723	④31正2053
222	①21新続古今1850	②16夫木14678、④31正2090
⑤157中宮亮重家朝臣家歌合		
223	2	
224	30	
225	58	
226	86	
227	114	

⑤158太皇太后宮亮平経盛朝臣家歌合		
228	6	
229	44	
230	61	
231	115	
⑤160住吉社歌合		
232	107	
⑤162広田社歌合		
233	5	
234	63	
235	121	
⑤164右大臣歌合		
236	8	
237	22	
238	60	⑤183三百628
④31正治初度百首		
春239	2004	②16夫木68
240	2005	②16夫木128
241	2006	
242	2007	②16夫木14359、⑤183三百28
243	2008	②16夫木526
244	2009	②16夫木319
245	2010	
246	2011	
247	2012	
248	2013	⑤183三百48
249	2014	
250	2015	⑤183三百82
251	2016	
252	2017	

87	36			117	60			146	89		
(88)	㊲	(53)	②12月詣1008	118	61		⑤271歌仙落書108	147	90		
89		44		雑〔他人20首〕				148	91		④10寂蓮68
(90)		(57)	②16夫木11938	〔119	62	〕	③122林下315、①7千載$^{630}_{629}$、左大将(実定)	149	92		③117頼政536
91		45		120	63		①122林下316	〔150	93	〕	頼政537
(92)	㊵	(54)		121	64			〔151	94	〕	頼政421
93		55		122	65		⑤362平家物語(延慶本)91、363源平盛衰記104、367太平記65	152	95		頼政422
94		56		123	66			153	96		頼政364、①14玉葉$^{1387}_{1388}$
95	39			〔124	67	〕	時忠	〔154	97	〕	頼政365
96	41		⑤183三百570	125	68		③122林下338	〔155	98	〕	頼政152
(97)		(58)		〔126	69	〕	③122林下339、実定	156	99		頼政153
恋98	42		①8新古今1191、②10続詞花565、⑤※	〔127	70	〕	③122林下311、実定、①18新千載1434	〔157	100	〕	頼政498
99	43		①7千載$^{924}_{922}$、⑤271歌仙落書107	128	71		③122林下312、①18新千載1435	158	101		頼政499
100	44			〔129	72	〕	雅通	159	102		頼政500
101	45		①11続古今1290・1298、②15万代1977、②16夫木13985左注	130	73			〔160	103	〕	頼政501
102	46			131	74		①17風雅$^{1288}_{1278}$	161	104		
103	47			〔132	75	〕	①17風雅$^{1289}_{1279}$、内大臣雅通	162	105		
104	48			133	76			〔163	106	〕	隆房
105	49		②15万代1961	134	77			〔164	107	〕	俊成
106	50			135	78		①14玉葉$^{1299}_{1300}$	165	108		
107		59		〔136	79	〕	①14玉葉$^{1300}_{1301}$、経盛	〔166	109	〕	⑦55頼輔124、①14玉葉$^{2500}_{2487}$詞書
108	51		①9新勅撰$^{831}_{833}$	137	80		①14玉葉$^{1634}_{1626}$	167	110		頼輔125、①14玉葉$^{2500}_{2487}$
109	52		①14玉葉$^{1414}_{1415}$、②12月詣543	〔138	81	〕	④11隆信796、⑦68隆信52、隆信	168	111		
110	53			139	82		④11隆信797、⑦68隆信53	169	112		
111	54		②12月詣581	〔140	83	〕	①14玉葉$^{1573}_{1565}$、公光	170	113		①11続古今$^{1837}_{1846}$、②15万代3731
112	55		②12月詣482	141	84		①14玉葉$^{1574}_{1566}$	171	114		
113	56		①7千載$^{835}_{834}$	142	85			172	115		
114	57			〔143	86	〕	少将(実家カ)	173	116		①8新古今1936・1937、②10続詞花456、②11今撰207、⑤376宝物集489
115	58			144	87						
116	59		①14玉葉$^{1491}_{1483}$	〔145	88	〕	殿上人				

※271歌仙落書106、319和歌口伝17、320竹園抄61、361平家物語(覚一本)36、362平家物語(延慶本)93、363源平盛衰記105

小侍従集

Ⅰ甲	Ⅱ乙	Ⅲ別		29	12			58			
春1	1			㉚		⑰		59		28	
2	2			31	13		①8新古今183、②10続詞花105、②13玄玉619、⑤183三百154	60		29	
③	③	①	②12月詣668	㉜		⑱		61		30	
④		②		33	14			62	24		⑤160住吉社歌合13
⑤		③		34	15			(63)	㉕	㉛	①19新拾遺1640、②13玄玉183、⑤271歌仙落書104
6	4			35	16		②13玄玉629	64	26		
⑦		④		36	17			65	27		
⑧		⑤		㊲		㉕		66		32	
⑨		⑥		㊳		⑲	②16夫木15778	67		39	
10	5			㊴		⑳		68		34	
⑪		⑦	②16夫木14919	㊵		㉑		69	29		
⑫		⑧		㊶		㉒		70	30		②12月詣762
⑬		⑨		㊷		㉓		71	28		⑤158太皇…平経盛朝臣家歌合88
⑭		⑩		43	18		②12月詣429	72		35	
15	9			㊹	⑲			73	31		①9新勅撰356
⑯		⑪		㊺		㉔		74		48	
⑰		⑫		㊻	⑳	㉖		冬(75)	㉜	㊾	
18	6	14		秋㊼	㉑			76		42	
19	8		②12月詣106	48	22			77	33		⑤160住吉社歌合87、①7千載528・527、②12月詣275、⑤271歌仙落書105
20				㊾		㊱		78		43	①12続拾遺410 411
21		13		50	23			79		50	
22				51				80		47	
㉓	⑦	⑮	②16夫木1420	52		27		81	34		①8新古今678
24				53		37		82	35		
25				54		38		83		51	
26		16		55		33		84	38		
27	10		①19新拾遺1558、⑤376宝物集215	56		40		85		46	
夏28	11		②13玄玉384	57		41		86		52	

	7792	10006	10065	10079	10224	10245	10369	10674	10844	11912	11938	12505	12772	12836	12886
	410	509	510	511	512	401	326	265	513	293	90	364	299°	322	319
	12910	13223	13798	14359	14556	14678	14919	15078	15778	16044	17053	17054		※※付三百六十番歌合	28
	320	400	291	242	312	222	11	406	38	399	425	308		(18)	242
	48	82	86	154	171	212	246	390	446	534	570	572	628	646	658
	248	250	329	㉛	330	264	198	281	295	293	◯96	302	238	218	331
	662	706													
	190	191													

『勅撰集作者索引』（和泉書院）、『私撰集作者索引』（同）の各186、161頁参照の事。森本『研究』の勅撰集54首（252頁）は、玉2464がぬけている—『勅撰集作者索引』による—。※「（本文作者不記、→家経（藤原広業男）、続詞454）」。※※「小侍従十八首後白川女房／春四首　夏四首　秋一首　冬四首　雑五首」。○私家集＝小侍従集

679　小侍従歌一覧

勅撰集（55首）、私撰集（77首）収載歌一覧

○千載	528 527	835 834	892 890	924 922		新古今	183	678	696	1191	1227	1666 1664	1936 1937		
（4首）	小77	113	188	99		（7）	31	81	189	98	190	191	173		
新勅	269	294	356	830 832	831 833		続後撰	230 221	800 795		続古	273	1160 1168	1290 1298	1371 1379
（5）	192	193	194	195	108		（2）	196	197		（6）	198	199	101	200
	1383 1391	1837 1846		続拾	382 383	410 411		新後撰	58	653	900 901	931 933		玉葉	163
	201	170		（2）	203	204 =78		（4）	206	207	208	209		（12）	210
	477	684 685	1299 1300	1387 1388	1414 1415	1491 1483	1574 1566	1605 1597	1634 1626	2464 2451	2500 2487		続後拾	588	
	211	212	135	153	109	116	141	213	137	521	167		（1）	214	
風雅	182 172	1288 1278		新千	1435	2159 2158		新拾	987	1093	1558	1640		新後拾	558
（2）	215	131		（2）	128	216		（4）	217	218	27	63		（1）	219
	新続古	1639	1723	1850											
	（3）	220	221	222											
○10続詞	105	456	565		11今撰	207	208※		12月詣	106	275	307	429	482	543
（3）	31	173	98		（2）	173	522		（11）	19	77	505	43	112	109
	581	668	762	834	1008		13玄玉	183	384	619	629		15万代	1961	1977
	111	3	70	506	88		（4）	63	28	31	35		（5）	105	101
	2306	2821	3731		16夫木	68	128	319	526	1019	1420	1675	1949	1950	2469
	208	523	170= 202		（52）	239	240	244	243	254	23	334	349	255	260
	2719	2949	2950	3212	3431	3557	4394	4537	5061	5255	6453	7045	7380	7480	7599
	507	354	524	266	357	359	276	274	384	378	295	397	299°	508	301

索　引

全歌自立語総索引　凡例

1、以下は本書に収めた和歌（重出＝170・〈202〉、78・〈204〉、他人の歌＝119、124、126、127、129、132、136、138、140、143、145、150、151、154、155、157、160、163、164、166、205、438、441、443、445、446、448、450、452、454、456、457、458、459、461、463、465、468、469、471、473、475、477、479、481、482、484、485、487、490、492、494、496、497、500、501、503、504、517、520、小侍従と思われる歌・＊＝478、480、519、小侍従でない可能性が高い歌・※＝507、509、510、511、513、515、516、524を含む）、1〜529の歌に用いられている全ての自立語を掲げたものである。歌語のみとし、詞書、集付などは除外した。接頭語、接尾語は入れた。逆引きをして（すべての索引とも）確認したが、なお遺漏のある事を恐れる。

2、重出や他人の歌は〈〉とした。小侍従と思われる歌には＊、小侍従でない可能性が高い歌については※を歌番号の後に付した。なお小侍従集の本文変更は、19、28、29（〔〕のほう）、37、38、40、49、66、68、91、99、102、166、172（詞書）である。

3、語の処置については、利用の便を第一として項目をたてた。複合語、連語については、意味をもつまとまりとして尊重する立場から、そのままで扱った（例、「秋霧」「我が心」「心の色」「夕波千鳥」「もの悲し」「漕ぎ帰る」など）。ただし、複合語、連語を構成する各単語からも検索できるように、（　）を付し、参照項目として示した（例、「（秋霧）」、「（我が心）」など）。

4、語の配列と表記は、次の通りである。

(1)、見出し語は、原則として歴史的仮名遣いによって表記し（底本の本文のそれが誤っている場合は正して）、五十音順に並べた。「を」は「お」の、「ゐ」は「い」の語群にそれぞれ入れたが、「ゑ」同様、それらの、「あ」や「し」、「と」などの各語内での順序は、原則として五十音順とした。

(2)、活用語は、終止形（基本形）で立項し、活用語尾の五十音順とした。

(3)、見出し語の次に、（　）を以て記した漢字は、便宜的なものである。

(4)、縁語の指摘は省いたが、掛詞は、歌番号の後に「☆」を記した。

五句索引　凡例

「自立語総索引」に基づき、五十音順に配列した。初句には○を付し、初句の語句が同じ場合は、第二句を掲げた。それも同じものは第三句を示した。

歌題索引　凡例

『平安和歌歌題索引』の項目の記載に従い、その音順(例、「歳暮《さいぼ》」、「虫《ちゅう》」)とした。収載範囲は、1～118、169～185、191、192、223～238、427～437、482、505～513、523～529である。46、75の〔　〕＝・「或」も入れた。が、「名所」174～180、「かくし題」181、182は訓である。

主要詞書（語句）索引　凡例

119～168、184、202、205、207、210、211、213、215、217、220、438～442、444～448、450、452、454、456、457、459、461、463、465、467、469、471、473、475、477、479、481、483、485、487、489、491、493、495、497、499、500、501、503、504、517、519、520、521、522の主な詞書の語句を五十音順に並べた。223～238（諸歌合）、332～426（千五百番歌合）、436、437（補遺の諸歌合）、525～529（石清水若宮歌合）の判や左注は省いた。

全歌自立語総索引

あ

あかす(明かす)……あかし 85
(置き明かす)
あかつき(暁)……〈127〉417 425
あかつきおき(暁起・置き)……191☆
あかぬ(飽かぬ)……98〈127〉128 199 515 ※
あがる(上る)……あがる 254☆
(思ひ上る)
あき(飽き)……〈160〉☆、385☆
あき(秋)…34 47 53 67 69 73☆、74〈157〉☆、158☆、159☆、〈160〉☆、192 193 211 225 230 272 274 283 287 288 367 381 385☆、386 430 431〈477〉478 ＊
(行く秋)
あきかぜ(秋風)……175
あきぎり(秋霧)……61
あきのかたみ(秋の形見)…73☆、78 194☆、〈204〉
あきのみや(秋の宮)…〈448〉449〈477〉☆、478 ＊☆
あきはつ(飽き果つ)…あきこそはて〈157〉☆、あきはて 158☆、159☆
あく(灰汁)……216☆
あく(飽く)……あく 216☆、あくる 66☆
あく(開く)…あくれ 302☆、あけ 39☆、411
あく(明く)…あく 428、あくる 7、66☆、あくれ 302☆、あけ 39☆、185 211 320
(吹き上ぐ)
あくがる(憧る)……あくがる 232
(有明)
あけがた(明方)……109
あけくる(明け暮る)……あけくれ 21
あけぐれ(明暗)……273
あけゆく(明け行く)……あけゆく 56
あこがる(憧る)……あこがれ〈138〉
あさ(朝)……100(〜毎に)325(〜毎に)362 376(〜毎の)〈445〉
(今朝)
あさがほ(槿)……284
あさぎぬ(麻衣)……47 66
あさぎり(朝霧)……282
あさくら(朝倉)……181
あさざはをの(浅沢小野)……256
あさし(浅し)…あさから 356、あさかり 358、あさき 153 464 472
あさせ(浅瀬)……310
あさぢ(浅茅)……78〈204〉366
あさたつ(朝立つ)……あさたつ 315
あさひ(朝日)……394
あさひやま(朝日山)……241
あさま(浅間)……217☆
あさまし(浅まし)…あさま 217☆、あさまし 408
あさゆふ(朝夕)……222
あし(悪し)……あしかる 292☆
あし(芦)……175
あしかる(芦刈る)……292☆
あしうら(足占)……118
あしげ(葦毛)……14☆
あしげ(悪し気)……14☆
あした(朝)……370
あしま(芦間)……377
あじろ(網代)……395
あす(明日)……117 369〈461〉
あすかがは(飛鳥川)……307

あだ(仇)……276☆
あだしの(化野)……276☆
あだなり(仇なり)…あだなる73 194 375、あだに228 284 478＊
あたらよ(惜夜)……440〈441〉
あたり(辺り)……301
あぢ(䳑(鴨))……294
あと(跡)……〈29〉30 83 177 219(人の〜) 444〈445〉(鳥の〜)
(昔の跡)
あとたれそむ(跡垂れ初む)…あとたれそめ62
あながちなり(強ちなり)…あながちに107
〈あなかま……468〉
あはす(合はす)…あはす263 298、あはせ299
(思ひ合はす)
あはゆき(淡雪)……9
あはれ(哀)……24 133 229(〜なる) 280 317 373 430〈458〉〈492〉〈497〉
あはれむ(憐む)……あはれみ516※
あひみる(会ひ見る)…あひみ40 220 308 331
あふ(会ふ)…あは83 102〈463〉〈466〉〈487〉☆、489〈490〉、あひ193 216〈490〉、あふ32 102 102〈129〉519＊、130 161 174☆、206 209 211 223 305 308 326☆、404 410☆、413 420☆、421☆、422 427☆、〈452〉453 483〈484〉☆、《あ》512
(沈・静め敢ふ)
(乗り合ふ)(乱れ合ふ)
あぶくまがは(阿武隈河)……421☆
あふさか(逢坂)…174☆、239 314 420☆、〈471〉
あふさかやま(逢坂山)……427☆、472
あふせ(逢ふ瀬)……〈164〉165 235 419
〈あふのまつばら(あふの松原)…484☆〉
あふひぐさ(葵草)……31 353
あふみぢ(近江路)……410☆
あふみのうみ(近江の海)……326☆
あふよ(逢ふ世)……197
あべ(阿部)……90
あま(海士)……52 161 401
あま(尼)……〈164〉☆、168☆、455
あまぎる(天霧る)……あまぎる81
あまくだる(天下・降る)…あまくだる527
あまぐも(天・雨雲)……〈155〉☆
［あまたへ……66］
あまつそら(天つ空)……234
あまつほし(天つ星)……137 230
あまねし(遍し)……あまねき247
あまのいはかど(天の岩門)……39
あまのがは(天の川)……368
あまのかはかぜ(天の川風)……273
あまのはごろも(天の羽衣)……370
あまのはら(天の原)……1
〈あまよ(雨夜)……166〉
あまり(余り)……304 404☆(名、副)、〈482〉
あまる(余る)……あまれ394
(思ひ余る)
あまをぶね(海士小舟)……〈164〉☆、168☆
あめ(雨)……41 60 109 139 142 247 261 311 313〈461〉462
(五月雨)(春雨)
あめそそく(雨注く)……あめそそく425
あめとなる(雨と成る)…あめとなり195
あめのま(雨の間)……156☆
あめのま(天の間)……156☆
あや(文)……56☆
あや(綾)……56☆
あやし(怪し)……あやしき417
あやなし(文無し)…あやなく211〈454〉、あやなし439〈503〉

あやふ(う)し(危し)……あやふ(う)き 38 474 514
〈あやめ(菖蒲)……463〉
あやめぐさ(菖蒲草)……356 464 499〈500〉
あゆみ(歩み)……111
あらいそなみ(荒磯波)……389
あらし(嵐)……95 317 437〈448〉〈482〉
［あらたへ(荒栲)……66］
あらたまる(改まる)…あらたまり 338、あらたまる 2
あらはす(現す)……あらはす 274
あらふ(洗ふ)……あらへ 257
あられ(霰)……94 393 514
〈あらぬ(有らぬ)……469〉
(有るにも有らぬ)(さ・あらぬ)(さ・あらば)(さもあらで)(さもあらばあれ)
(色有り)(心有り)(さ・ありと)(さ・ありとも)(主《ぬし》有り)
(折しもあれ)(さもあらばあれ)(さ・あれば)(時もまれ〔＝もあれ〕)
あり(在・有り)…あら 61 128 223 246 392(＝ら)〈484〉491 493、あり 69 110 114〈129〉133 149〉149 167 ☆、184(〜と) 230(〜とも) 251 307 368 414 460 510 ※、ある 10 130 213 235 290、あれ 116 176 190 210 413〈443〉〈485〉
ありあけ(有明)……167 ☆、315 359
ありふ(有り経)……ありふれ 346
ありわづらふ(有り煩ふ)…ありわづらふ 516 ※
ある(荒る)……あるる 14
あるにもあらぬ(有るにも有らぬ)…179
あるじ(主)……222
あるじがほ(主顔)……296
あれ(彼)……44
(御生《みあ》れ)
あをやぎ(青柳)……511 ※ ☆
あをやぎのもり(青柳の森)……511 ※ ☆

い・ゐ

ゐ(居)……294
(円居す)(雲井《ゐ》)(山の井の水)(山井)
いかだ(筏)……153
いかが(如何が)……137 299(〜す) 316 347 407〈473〉(〜は)
いかで(如何で)……270 311
いかなり(如何なり)…いかなる 99 139 371、いかなれ 31 116 367、いかに 34(〜ぞ) 47(〜ぞ) 61
いかにして(如何にして)……184(〜かは) 108 273(〜せん) 288(〜せん) 332(〜せん) 372(〜す) 391 514
いかばかり(如何許り)……189
いく(生く)…いか〈150〉、いけ〈126〉☆、〈150〉405 415
いくそたび(幾十度)……326
いくちよ(幾千代)……25 325 327 402
いくの(生野)……312 ☆、354(〜の道)☆
いくの(幾野)……312 ☆、354(〜の道)☆
いくめぐり(幾巡り)……193
いけ(池)……112 125〈126〉☆、179 294 394
(昆陽の池)(緑野の池)
いさ……19 158
いざ……57 329
いざさらば(いざ然らば)……343 447 505
いさぎよし(潔し)……いさぎよく 207(野辺の〜)
いし(石)……512
いそ(磯)……418
(荒磯波)
いそぐ(急ぐ)…いそが 206、いそぎ 220 354、いそぐ 96〈205〉〈446〉
いそのかみ(石の上)……349 495
いそまがくれ(磯間隠れ)……390

いただ(板田)……424
いただく(頂く)……いただく79
〔いたづらに(徒らに)……29〕
いたぶし(板伏)……437
いつ(何時)……133 276 524(〜よりか)※
いつか(何時か)……350 353
いづ(出づ)……いづ147〈475〉、いづる2、いで〈155〉156 315
(思ひ出づ)(立ち出づ)
いづかた(何方)……248 262
いづく(何処)……203 261
いつしか(何時しか)……117 241 369
いつのま(何時の間)……259
いつまで(何時迄)……435
いづみ(泉)……45 365
いづら(何ら)……170〈202〉
いづれ(何・孰れ)……17 199
(思ひ出で)
いでわづらふ(出で煩ふ)……いでぞわづらふ478＊
いと(糸)……511※
〈いと(最)……143〉
ゐど(井戸)……264

いとど……377
いとひす(厭ひす)……いとひやす237
いとふ(厭ふ)……いとは162 523、いとひ259 352、いとふ63〈163〉269 295
いなづま(稲妻)……375
〈いなば(稲葉)……163〉
いにしへ(古・旧)……35 128 201
いね(稲)……162
いのち(命)……34 104 105 106 130 197 213 223 331 401 415 426
(露の命)
いのりく(祈り来)……いのりき399
いのる(祈る)……いのり209
(天の岩門)
いはしみず(石清水)……〈145〉☆、165 169 235 472〈504〉
いはね(岩根)……116
いはばし(岩橋)……491 528
いはす(言はす)……いはせ311
いばゆ(嘶ゆ)……いばえ14
〈いひたつ(言ひ立つ)……いひたつる496〉
いふ(言ふ)……いは110 117〈145〉☆、214、いひ245 292 405 439 440、いふ277 332〈454〉455、いへ335
(と言ふ＝てふ)

いぶせし……いぶせき313
いへ(家)……147
いへづと(家苞)……210
いほり(庵)……242
いま(今)……15 28 71 102〔158〕168 232 337 410 440
いまのよ(今の世)……400
いむ(忌む)……いみ308、いむ102 453
いも(妹)……32 83
(我妹子)
いりあひ(入相)……74 318☆
いりえ(入江)……265
いりやる(入りやる)……いりもやら380
ゐる(居る)……ゐる〈126〉296〈445〉〈477〉
いる(入る)……いり118〈166〉318☆、いる167 234、いれ40☆
(思ひ入る)(雲に入る)
(止まり居る)(群居る)
いろ(色)……70 173 257 281 367〈438〉439
(色色)(心の色)(涙の色)(花の色)(一《ひと》色)
いろあり(色有り)……いろあれ340

いろいろ(色色)……………384

いろかはる(色変はる)…いろかはり306、

　いろかはる〈157〉

いろそふ(色添ふ)………いろそふ250

いろづく(色付く)………いろづく78〈204〉

いろめく(色めく)………いろめく58

う

う(得)……………え275

うう(植う)…………うゑ67 400

(移し植う)

うかひぶね(鵜飼舟)………269 361

うきかげ(浮き影)………45 ☆

うきはし(浮橋)………146

うきふし(憂き節)………419

うきみ(憂き身)……6 28 135 190 275〈501〉

うきよ(憂き世)………80 118 170〈202〉460

うきよのなか(憂き世の中)………149

うく(浮く)………うき99、うく101

うぐひす(鶯)………6 7 244 332 333 338

(宮の鶯)

(身の憂さ)

うし(憂し)…う29☆、うかり114、うき45☆、171 414 515※、うさ〈520〉、うし49☆

(住み憂し)(ま憂し)(物憂し)

うしみつ(丑三つ)………49 ☆

うすごほりす(薄氷す)…うすごほりし397

うすごほる(薄氷る)……うすごほる87

うすし(薄し)……うすく511 ※

うたたね(転寝)……285

(心の内)(洞《ほら》の内)

うぢ(宇治)……241

(八十氏人)

うちかへし(打ち返し)……502

うちそよぐ(うち戦ぐ)……うちそよぐ184

うつ(打つ)……うつ66

うつす(移す)……うつし281、うつす228

うつしうう(移し植う)…うつしうゑ36

うつす(映す)……うつす65

うつつ(現)……113 200

うづみび(埋み火)……93

うづむ(埋む)……うづめ301

うつり(移り・名)……54

うつりが(移り香)……409

うつる(移る)……うつり37

うつろふ(移ろふ)…うつろは〈160〉385〈443〉、

　うつろひ51 159

うのはな(卯の花)……29 ☆

うのはなやま(卯の花山)……30 260

うはかぜ(上風)……49

(荻の上風)

うはげ(上毛)……86 295

うはのそら(上の空)……347 ☆

うぶね(鵜船)……42

うへ(上)……(雪の〜)226

うみ(海)……234

(近江の海)(四つの海)

うめ(梅)……11 248

うめがか(梅が香)……10

うめのはな(梅の花)……340〈438〉

うもれみづ→むもれみづ

(足占)(灰占)

うら(浦)……192 390

(須磨の浦風)(難波の浦)(松が浦島)

(真野の浦松)(和歌の浦)(和歌の浦波)

(和歌の浦路)(和歌の浦松)

うらしまがこ(浦島が子)……302

うらつたふ（浦伝ふ）……うらつたふ 390
うらぢ（浦路）…… 175
うらなし（心なし）……うらなく 263
うらなみ（浦波）…… 436
うらふぢ（浦藤）…… 257 〈482〉 483
うらみ（恨み）…… 21 168 ☆、273 509（―す）
うらみがほ（恨み顔）…… 279
うらみ（浦見）…… 168 ☆
うらみ（浦廻）…… 168 ☆
うらむ（恨む）……うらみ 117 128 190 200 363 407 413 416 466 〈501〉、うらむ〈160〉 431、うらむる 502
うらめし（恨めし）……うらめしき 380
うらやまし（羨まし）……うらやまし 424、うらやましく 348
うらやむ（羨む）……うらやむ 123
うれし（嬉し）……うれし〈145〉、うれしから 26、うれしかり 426 440、うれしかる 401、うれしき 173 235 528、うれしく 118
（氷《ひ》魚）|うを 165 286

え・ゑ

（入江）（玉江）（難波江）
え（こそ）…… 233 360 〈485〉 525
（下枝《しづえ》）（立枝《たちえ》）
えだ（枝）…… 12 82 340 495 〈496〉
（一《ひと》枝）
ゑなた（稲田《いなだ》カ）…… 313

お・を

（賤男《を》）（益荒男）
（玉の緒）（早緒）
（水脈《を》）（水脈つ串）
おい（老）…… 302
おいのなみ（老の波）…… 5
をがは（小川）…… 236
をがや（小萱）…… 432
おき（沖）…… 176
（暁起き・置き）
をぎ（荻）…… 49 272
をぎのうはかぜ（荻の上風）…… 373
をぎのはかぜ（荻の葉風）…… 277
おきつかぜ（沖つ風）…… 192
おきあかす（置き明かす）…おきあかし 41 ☆
おきなぐさ（翁草）…… 79
おきゆく（置き行く）…おきてゆく 194 ☆
おきわぶ（置き侘ぶ）…おきわぶる 370 ☆
おきわぶ（起き侘ぶ）…おきわぶる 370 ☆
おく（置く）……おく 73 284 362 387 417
（聞き置く）（〔聞き〕置く）（定め置く）
（契り置く）（留《とど》め置く）
おく（奥）…… 312 429
おくる（送る）……おくる 224 376
おくる（後・遅る）……おくれ〈150〉 223 476
（乗り遅る）
（行き送る）
おこす（起こす）……おこし 93 ☆
をし（惜し）……をし〈481〉、をしから 258
をし（鴛鴦）…… 85 86 393 394
をしか（雄鹿）…… 229
（小《さ》雄鹿）
おしなべて…… 80
をしみく（惜しみ来）……をしみこ 28
をしむ（惜しむ）…をしま 18、をしむ 213 〈485〉、をしめ 345
をす（押す）……おす 256
をち（遠）…… 51 390
をちかたびと（遠方人）…… 198

おちそふ(落ち添ふ)……おちそふ〈154〉
おちつもる(落ち積もる)…おちつもる 289
おつ(落つ)…………おつる 306
おと(音)………229(風の〜) 272 289 316 317(風の〜) 386 387(鈴の〜) 396 420
をとこやま(男山)…………529
おとす(音す)…おとせ 222 333、おとせよ 318、おともせ 392
おとづる(音信る・訪る)…おとづれ 75 203
おとづれわたる(音信れ渡る)…おとづれわたる 290
おとづれ(音信・訪れ・名)………3
おとなし(音無し)……おとなし 178☆
おとなしのたき(音無の滝)……178☆
おとなしのやま(音無の山)……524※☆
おとはがは(音羽川)………420
おとる(劣る)………おとら 156
おどろく(驚く)…おどろき 39、おどろく 314
〈おとろへまさる(衰へ勝る)…おとろへまさる 459〉
おなじ(同じ)…26 59 77 131 135 148(〜き) 〈150〉 156 213 255(〜く) 274 277 318(〜く) 447(〜き) 〈456〉
おなじよ(同じ世)……414
をの(斧)……17
(各各)
〈おのおの(各各)……446〉
おのが(己が)……53
〈おのづから(自ら)……484〉
をの(小野)……237
(浅沢小野)
をののすみがま(小野の炭竈)……300
をのへ(尾上)……95 374
をのやま(小野山)……44
をばな(尾花)……58 78 〈204〉 387
おび(帯)……115 243
おひそふ(生ひ添ふ)……おひそふ 529
おひたつ(生ひ立つ)……おひたた 121
おひゆく(生ひ行く)……おひゆく 79
おふ(生ふ)……おひ 499、おふる〈463〉 464
おふ(負ふ)……おは 19☆
(名にし負ふ)
(海士小舟)
をふぶき(小蕗)……410(しのの〜)
〈おぼえ(覚え)……129〉
〈おほかた(大方)……458〉
おほしたつ(生ほし立つ)…おほしたて 105
おほとり(大鳥)……86
おほはら(大原)……222
おほえやま(大江山)……354
おぼゆ(覚ゆ)……おぼえ 283
(空に覚ゆ)
おぼろのしみづ(朧の清水)……65
おぼろづきよ(朧月夜)……335
をみごろも(小忌衣)……260
をみなへし(女郎花)……58 275
おも(面)……226(庭の〜) 384
おもかげ(面影)……76 227(〜にす) 343
おもし(重し)……おもげ 50
おもて(面)……444
おもなる(面馴る)……おもなる 395
おもはぬ(思はぬ)……〈138〉 248
おもひ(思ひ・名)…133 147 217☆、232☆、309☆、360☆、〈487〉 521
(思ひ思ひに)(物思ひ)(我が思ひ)
おもひあがる(思ひ上る)…おもひあがる 254☆

おもひあはす（思ひ合はす）…おもひあはすれ102
おもひあまる（思ひ余る）…おもひあまり101 304
おもひいづ（思ひ出づ）…おもひいづ379、おもひいで165
おもひいで（思ひ出で）……………489
おもひいる（思ひ入る）…おもひいり148、おもひいれ40☆
おもひおもひに（思ひ思ひに）……505
〈おもひかく（思ひ懸く）…おもひ・かけ163〉
おもひかへす（思ひ返す）…おもひかへす188
おもひさだむ（思ひ定む）…おもひさだむる372
おもひしる（思ひ知る）…おもひしり〈143〉232、おもひしる284〈445〉460〈492〉、おもひもしら218
おもひす（思ひす）…おもひやはせし201
おもひたつ（思ひ立つ）…おもひたち398 ☆、おもひたつ43
おもひたゆ（思ひ絶ゆ）…おもひたゆ137
おもひなし（思ひ為し・名）………1
おもひはつ（思ひ果つ）…おもひはて406
おもひやる（思ひ遣る）…おもひやら63、おもひやれ146 189〈205〉、おもひこそやれ86 369
おもひわぶ（思ひ侘ぶ）…おもひわび130 180 231
おもふ（思ふ）…おもは100 210 333 407〈441〉〈475〉、おもひ25 95 103 110 115 125〈164〉238 423〈517〉、おもふ2 10 21 22 24 48〔49〕70 106 114 185 228 268 281 315 341 342 356 366 375 407 408〈443〉〈450〉〈458〉〈459〉467 474 486〈497〉518、おもへ134 304 348 415
（物思ふ）
おもふどち（思ふどち）………4
をやむ（小止む）………をやむ109
おゆ（老ゆ）………おい34 339
（呉機織）
をり（折）……29 165 225 280 286 307
をりからに（折柄に）……412
をりしく（折り敷く）……をりしき92
をりしまれ（折りしもあれ）……7
おりたつ（降り立つ）……おりたち264
をる（折る）…をら249 275、をり68 70、をる10、をれ210
（機織る虫）
をろ………321
おろす（下す）……おろさ11、おろす153

か

（七日）
か（香）……〔37〕248 439
（移り香）（梅が香）（袖の香）
かがみ（鏡）……100 321
（野守の鏡）
かがり（篝）……42 133
かかる（懸かる）…かから350、かかる87 116 233 291 390〈484〉、かかれ498☆
（咲き懸かる）
かかる（斯かる・かくある）…112〈127〉283 413 518
かかれる（斯かれる・かくあれる）…498
☆
（神垣）（まがき）
かきくもる（掻き曇る）…かきくもり81
かきつばた（杜若）……256
（常磐堅磐）

かぎり（限り）……69 103 〈126〉 176
かぎる（限る）…かぎら327、かぎる288、かぎれ25
かく（斯く）…18（〜や）36（〜す）306 338（〜は）342 347（〜こそ）380（〜やは）408 466（〜や）502
かくて（斯くて）……170 〈202〉 378（〜や）
（数書く）
かく（懸く）…かく59☆、134、かくる186、353、かけ278 〈471〉 472（心に〜）483 521、かけよ〈458〉
（思ひ懸く）（脱ぎ掛く）（引きかく）（縒《よ》り掛く）
かくばかり（斯く許り）…59☆、106 251 423
かくる（隠る）…かくる418、かくれ90 〈438〉
（磯間隠れ）（霞隠れ）（谷隠れ）（山隠れ）
かげ（影）…64 82 100 133 263 298 397 464 508※、527
（浮き影）（面影）（月影）（月の影）（日影）
かげ（陰）……142
（木陰）（一つ木陰）
かけぢ（懸路）……514
かげの（陰野）……80
かけはし（掛橋）……94
かけひ（筧・懸樋）……3 87 316

かこつ（託つ）……かこた303
かごと（託言）……527
かざし（挿頭）……〈456〉〈457〉
かさぬ（重ぬ）……かさね25
（かし・助）……149 〈157〉
かしかまし（囂し）……かしかまし249
〈かしこ（彼処）……481〉
かしは（柏）……495
（三角《みつの》柏）
かしひがた（香椎潟）……90
かしらのしも（頭の霜）……395
かず（数）……278 327 328 328
（其の数）（日数）
かずかく（数書く）……かずかく310
かすがの（春日野）……422
かずごとに（数毎に）……529
かずそふ（数添ふ）…かずそひ122 266 328
かずならで（数ならで）……398 〈459〉
〈かずならぬ（数ならぬ）……501〉
かすみ（霞）……5 241 243 335 336
（夕霞）
かすみがくれ（霞隠れ）……16
かずへく（数へ来）……かずへこ493

かすむ（霞む）……かすむ1 44 242 333
かぜ（風）…23 46 47 50 94 〈163〉 184（〜の音）229 248 251 259 272 286 289 297 344 352 367 372 384 386 393 430 436
（秋風）（天の川風）（上《うは》風）（沖つ風）（荻の上風）（荻の葉風）（須磨の浦風）（松風）（夕風）
かぞふ（数ふ）…かぞふれ96、かぞへ〈468〉〈494〉
かた（方）……97 118 159 172 268 372
（明方）（何《いつ》方）（遠方人）（大方）（方方）（一方）（分く方）（分く方も無し）
（苫屋形）（人形）
（香椎潟）
かたがた（方方）……284
かたこと（片言）……244
かたし（難し）……かたき512
かたしき（片敷）……75
かたぶく（傾く）……かたぶく380
かたへ（片方）……272
かたみ（形見）……195 246☆、339 409 480＊
（秋の形見）
かたみ（筐）……246☆
かたらふ（語らふ）……かたらふ354 〈517〉 518

かたる（語る）……かたら425
かつ（且つ）……341
かつまた（勝間田）……125〈126〉179
かづらき（葛城）……〈492〉528
（過ぎがてに）
かど（門）……261（やどカ）
（天の岩門）
かどた（門田）……162
かどのまつ（門の松）……117
かなし（悲し）…かなし480＊、かなしき〈479〉
（物悲し）
かなふ（叶ふ）……かなは407 415
かぬ（兼ぬ）……かね79
（借りかぬ）（尋ねかぬ）（分きかぬ）
かね（鐘）……74 95 98 144 318 515※
かねて（予ねて）……60 115
かのきし（彼の岸）……〈164〉
（物かは）
かは（川）……69
（飛鳥川）（阿武隈川）（天の川）（天の川風）（小川）（音羽川）（沢田川）（隅田川原）（杣川）（杣山川）（立田川）（禊川）（山川）（夜〈横〉川）
かはたけ（川竹）……419
かはす（交す）……かはす131
（羽交はす）
かはせ（川瀬）……89
かはなみ（河浪）……241
（心変り）
かはりゆく（変り行く）…かはりゆく265
かはる（変る）…かはら62 193 332 388 416 518〈520〉、かはり65、かはる100〈126〉307 434
（色変る）
かひ（峡）……526
かひ（甲斐）……100 167 180 235 330 493
かひなし（甲斐無し）…かひ（や）なから297 306、かひなく142
（羽交ひ）
（鵜飼舟）
かふ（換ふ）……かふ105、かふる28
（差し換ふ）（身を換ふ）
かへさ（帰さ）……196
（打ち返し）
かへす（返す）……かへし134
（思ひ返す）（雲返す）
（立ち帰り）（百返り）
かへりさかす（帰り咲かす）…かへりさかせよ23
かへりて（却りて）……41
かへる（帰る）…かへら8 123〈124〉188 388〈487〉、かへり422 519＊、かへる15 16〈145〉146 334 351 370 386 509、かへれ7 224
（漕ぎ帰る）（立ち帰る）
（主顔）（恨み顔）（答へ顔）（染め顔）（馴れ顔）
（あなかま）
（炭竈）（小野の炭竈）
かまど（竈）……325
かみ（神）……62☆、〈145〉209 260〈492〉527 528
（国つ御《み》神）（久米路の神）
かみ（髪）……271
（その上）（水《みな》上）
かみがき（神垣）……72
かみさぶ（神さぶ）……かみさび436
かみやま（神山）……31☆
かも（賀茂）……89
（小萱）（刈萱）
かやりび（蚊遣火）……43 44

かよふ（通ふ）……かよふ 131〈132〉508※
（物から）
［からし……110］
（からに・助……439）
からごろも（唐衣）……480＊
からにしき（唐錦）……236
からびと（唐人）……400
（み狩す）
（藻刈舟）
かりかぬ（借りかぬ）……かりかね 214
かりがね（雁）……15 16 52 53 278 334
かりね（仮寝）……253
かる（借る）……かり 77
かる（刈る）……かり 410
（芦刈る）
（霜枯る）
かるかや（刈萱）……372
（霜枯れ）
かれの（枯野）……287
かれは（枯葉）……289
（目離れす）（夜離れ）（夜離れす）
かれはつ（枯れ果つ）……かれはて 495
かをり（薫り）……507※
かをる（薫る）……かをる 37

き

き（木）……309☆
（賢木）（賢木葉）（柚木）（常磐木）（錦木）
（帚木）（真木）（深山木）
〈きかす（聞かす）……きかせ 468〉
ききおく（聞き置く）…ききおき 177 246 276
［きき］おく（［聞き］置く）…［きき］おき 40
きぎす（雉子）……91
ききわく（聞き分く）…ききぞわか 17
きく（聞く）…きか 414 470〈494〉526、きき 55 112 152 337 355 420〈454〉、きく 182（〜と） 200 244、きけ 98
きく（菊）……67〈157〉158 159〈160〉187 385 442〈443〉
（白菊）（承和《そが》菊）
きこゆ（聞こゆ）…きこえ〈119〉、きこゆ 279、きこゆれ 109
（彼の岸）
きそ（木曽）……94 514
きなく（来鳴く）…きなか 505、きなく〈517〉
きぬ（衣）……256（ころもカ）
（麻衣）（衣《きぬ》衣）（濡衣）
きぬぎぬ（衣衣）……199
きのふ（昨日）……〈154〉307 332 352
きのまろどの（木の丸殿）……107
（水《み》際《ぎは》）
きび（吉備）……243
きみ（君）…68 93 99 104 106〈124〉〈143〉144〈150〉〈157〉〈166〉220 324 325 403〈441〉〈443〉451〈503〉529
（この君）
きみがこころ（君が心）……399
きみがため（君が為）……〈205〉
きみがみよ（君が御代）……402
きみがよ（君が代）…122 183 187 235 247 326 328 401
きゆ（消ゆ）…きえ 133 301 340〈454〉521、きゆれ 521
きえやる（消え遣る）…きえこそやら 9
きよし（清し）……きよき 169 293
きり（霧）……56 377
（秋霧）（朝霧）（夕霧）
きりぎりす（蟋蟀）……383 433
（天霧る）
きる（着る）……き〈145〉
（裁ち着る）

(切れ切れに)
きれぎれに(切れ切れに)……236

く

く(来)…き286(見に〜)322(〜て見れ)349 387、くる5 239 278 430、
くれ43 243 259、こ15 19 34 111 214(〜や)☆
(祈り来)(惜しみ来)(数へ来)(慕ひ来)
(忍び来)(過ぎ来)(尋ね来)(な来《こ》そ)
(匂ひ来)(吹き来)(漏り来)(分け来)
くさ(草)……245 254 280 287 363
(葵草)(菖蒲草)(翁草)(忍ぶの草)(千草)(月草)(夏草)(水《み》草)(百草)
くさのは(草の葉)……247
くさまくら(草枕)……77
(火《ほ》串)(水脈つ串)
(真葛)
(星の口)
くだく(砕く)……くだく341(身を〜)
(天下る)
くちはつ(朽ち果つ)……くちはて38
くつ(朽つ)……くち116 266 303
(津の国)
くにつみかみ(国つ御神)……399
くひな(水鶏)……39
くま(隈)……65
(み熊野)
くみみる(汲みみる)……くみみ88
くむ(汲む)……くみ472、くむ67
くめぢのかみ(久米路の神)……63
くも(雲)……250(〜かかる)291 344 425
(天・雨雲)(紫の雲)
〈くもかへす(雲返す)…くもかへす482〉
くもぢ(雲路)……16 262
くもつづく(雲続く)……くもつづく334
くもとなる(雲と成る)…くもとなり195
くもなし(雲無し)……くもなき335
くもにいる(雲に入る)…くもにいり378
くもゐ(雲井・居)…64 156 ☆、〈166〉☆、167
☆、234 350〈461〉〈465〉507 ※☆(宮中)
くもる(曇る)……くもる64〈494〉
(掻き曇る)
くやし(悔し)…くやし216、くやしき135
173 420、くやしさ〈136〉305
くゆ(悔ゆ)……くゆる217 ☆
くゆ(燻ゆ)……くゆる217 ☆
くらきよ(暗き夜)……379
くらす(暮らす)……くらし45
(日を暮らす)
くらぶ(比ぶ)……くらぶる464
〈くらゐやま(位山)……457〉
くる(暮る)…くるる26 73 258、くれ83 96
299
くるし(苦し)…くるしかり412、くるしき〈143〉
(明け暮る)(年暮る)
くれ(暮)…113 137 153 ☆、〈154〉☆、189 211
☆、231(〜毎に)318(〜毎に)
(年の暮)(夕暮)
(明暗《ぐれ》)(夕まぐれ)
くれ(榑)……153 ☆、〈154〉☆
くれなゐ(紅)……295 303
(夕紅)
くれはつ(暮れ果つ)…くれはつる74
くれはどり(呉織・呉機織)…211 ☆
くれゆく(暮れ行く)…くれゆく24 97

け

(葦毛)(上毛)(雲雀毛)
(悪し気)

けさ（今朝）……1 2 44 47 80 226 238 397 〈454〉〈490〉
けしき（景色・気色）……63 〈145〉 241 276 289 431
けた（桁）……424
げに（実に）……128 178 310 〈441〉
けふ（今日）……6 26 27 〔28〕 45 73 82 83 96 103 113 123 137 〈154〉 174 332 333 369 386 〈452〉 〈461〉 467 〈485〉 486 498 528
けぶり（煙）……217 222 300 312 325 398

こ

こ（此）……61（〜は） 115（〜は） 121（〜は）
（浦島が子）（素《す》子）（我妹子）
こかげ（木陰）……9 174 388
（一つ木陰）
こがらめぶし（こがらめ伏し）……319
こぎかへる（漕ぎ帰る）……こぎかへり 168
こぎゆく（漕ぎ行く）……こぎゆく 234、こぎゆけ 90
こぐ（漕ぐ）……こぐ 208
〈こけのたもと（苔の袂）……500〉
ここ（此処・所）……20 〈473〉 〈481〉 524 ※
ここち（心地）……〈119〉 227
こころ（心）……10 22 24 48 51 104 110 123 131 〈132〉 〈138〉 〈140〉 〈145〉 146 〈163〉 173 203 〈205〉 207（〜から） 217 221 228 277（〜なり） 310 321 323（〜のまま） 342 345 366 368 369 373 378 381 382 407 413 423 〈446〉 449 〈450〉 451 453 467 472（〜にかく） 483 〈484〉 〈492〉 519 ＊、〈520〉 521
（君が心）（人心）（人の心）（法の心）（我が心）
こころあり（心有り）……こころしあら 480
＊
こころがはり（心変り）……259
こころさわぎ（心騒ぎ）……182
こころす（心す）……こころせ 60、こころせよ 91 437
こころすむ（心澄む）……こころすむ 225
こころづよさ（心強さ）……197
こころと（心と）……149
こころのいろ（心の色）……188
こころのうち（心の内）……141 285 466
こころのほど（心の程）……215 224
こころのまつ（心の松）……350 ☆
こころぼそし（心細し）……こころぼそく 398 ☆、こころぼそさ 300
こし（濃し）……こく 511 ※
こしぢ（越路）……278
こずゑ（梢・木末）……22 23 186 525
こぞ（去年）……332
こぞめ（濃染め）……303
こたふ（答ふ）……こたふる 〈119〉 120、こたへ 347 470
こだかし（木高し）……こだかき 510 ※
こたへがほ（答へ顔）……433
こと（事）……101 108 135 206 209 305 327 331 354 413 414 〈452〉 〈454〉 〈469〉 470 476 〈479〉 483 498 ☆、512
（何事）
（託《か》言）（片言）（一言《ひとこと》）（睦言）
こと（琴）……498 ☆、508 ※
（我が如く）
ことし（今年）……121
ことづつ（言伝つ）……ことづて 52
ことつぐ（事と告ぐ）……ことつぐ 89
こととふ（事・言問ふ）……ことは 57、こととひ 198 323
ごとに（毎に）……5 100 231 318 325
（数毎に）（度毎に）
ごとの（毎の）……376
〈ことのね（琴の音）……497〉
ことのは（言の葉）……134 449 521
こぬよ（来ぬ夜）……201

この(此の)……〔19〕36 44 48 134 255
このきみ(此の君)……400
このさと(此の里)……268
このよ(此の世)……171 221☆、309 331 361 489
このよ(此の夜)……211 221☆
このは(木葉)……76
このはがした(木葉が下)……392
このみ(木の実)……186☆、〈448〉☆、449☆
このみ(此の身)……186☆、〈448〉☆、449☆
このもと(木の本)……329
こひ(恋)……105 218 434
(妻恋ひ)(我が恋)
こひし(恋し)…こひしき305、こひしけれ219
こひしぬ(恋ひ死ぬ)…こひしな512、こひしぬ405
こひそむ(恋ひ初む)……こひそめ188☆
こひそむ(恋ひ染む)……こひそめ188☆
こひぢ(恋路)……118
こひのやまひ(恋の病)……149
こひわたる(恋ひ渡る)…こひわたり424☆
こふ(恋ふ)…こひ〈477〉、こふ99、こふる239 307
こほり(氷)……84 97 172 294 391 394
(薄氷す)
こほる(氷る)…こほる〈151〉☆、152☆、こほれ392
(薄氷る)
こぼる(零る)……こぼる363
こま(駒)……83 111 254 312
(春駒)
(立ち込む)
こむよ(来む世)……269 455
(菅薦)
こもる(籠る)……こもり255
こや(昆陽)……214☆
こやのいけ(昆陽の池)……296
こや(小屋)……214☆
こゆ(越ゆ)……こえ314 420〈471〉、こゆ358
こよひ(今宵・夜)…20 62 65 92〈132〉214 288 297 379 437 489〈490〉493〈494〉309☆
こりつもる(伐り積もる)…こりつもる
こる(伐る)……こる20 253
これ(此れ)…73 128 135 177(〜か) 271(〜や) 310(〜や) 330(〜や) 418 430(〜や)
これなり(此れなり)……これなら194 247
ころ(頃)……264 313 341 355
(月の比)
ころも(衣)……303
(天の羽衣)(小忌衣)(唐衣)
こゑ(声)…6 7 33 56 57 85 98 144 229 279 280 298 317 320 348 383 393 432 518
(声声)(初声)(一声)
こゑごゑ(声声)……55 287

さ

然《さ》→然か、然こそ、然こそは、然ぞ、然ぞす、然て(〜)、然のみ(〜)、然は、然も(〜)、然ら(〜)、然り(〜)、然れば
(帰さ)
さえわたる(冴え渡る)…さえわたる297
さか(然か)……355
(逢坂)(逢坂山)
さかき(賢木・榊)……298(〜取る) 508(〜取る)※
さかきば(榊葉)……527
さかり(盛り)……250 252(〜なり)

（帰り咲かす）
〈さき（先）……………151〉
さきかかる（咲き懸かる）…さきかかる257
さきそむ（咲き初む）……さきそめ250
さきだつ（先立つ）…さきだち46☆、さきだて430 451〈475〉
［さきてちる（咲きて散る）…さきてやちら29］
さきに（先に）……………81
さきのよ（前世）……………304
〈さきはつ（咲き果つ）…さきもはて205〉
さきやる（咲き遣る）……さきやら206
さく（咲く）…さき186 198 349、さく18☆、51
（花咲く）
さくら（桜）……………18☆、19〈461〉
（山桜）
〈さくらばな（桜花）……………456〉
〈さこそ（然こそ）……………457〉
さこそは（然こそは）……………153
さざなみ（さざ浪）……………291
（かざし）

〈さしかふ（差し換ふ）…さしかふる457〉
さす（射す）……さす260 394、させ11
（寝さす）（根差す）
さすが（流石）……………470
〈さぞ（然ぞ）……………448〉
さぞす（然ぞす）……………さぞせ256
さそひす（誘ひす）……さそひもし381
さそふ（誘ふ）…さそは215、さそふ147〈448〉
さだまる（定まる）……さだまら294 389
さだむ（定む）……さだむ137、さだめ261
（思ひ定む）
さだめおく（定め置く）…さだめおき326
さだめなし（定め無し）…さだめなき352（〜世）、さだめなく42
さて（然て）……………116 253（〜も）460（〜こそ）〈469〉（〜も）
さてしも（然てしも）……………107
さてや（然てや）……………147 181
さてを（然てを）……………110
さと（里）……………3 44〈138〉139 180 222
（この里）（十市の里）（人里）（古里）（布留野の里）（山里）
さとなる（里馴る）……さとなれ526
さとびと（里人）……………43 122 237 282 328

さなへ（早苗）……………34
さのみ（然のみ）……………54 499
さのみやは（然のみやは）……196
さは（然は）……………73 139〈166〉177 220 462
さは（沢）……………360
（浅沢小野）
さはだがは（沢田川）……………358
さはべ（沢辺）……………14
さはる（障る）……さはら153☆、〈154〉☆
さはる（触る）……さはら153☆、〈154〉☆
さびし（寂し）……さびしき416
（神さぶ）
さへづる（囀る）……さへづる337 338
さまざまに（様々に）……………522
（様様に）
さます（覚す）……さまさ270
さみだれ（五月雨）……………38 264 265 266 358
さむ（覚む）……さむる280、さめ113
さむし（寒し）…さむ（み）85 89、さむけかる53
（寝覚）
さめぬよ（覚・醒めぬ世・夜）…171☆☆
さめやる（醒めやる）……さめやら200

さも（然も）……287 389
さもあらで（然も有らで）……296
さもあらばあれ（然も有らば有れ）…50
さゆ（冴ゆ）……さゆる 86
さよ（小夜）……87 99
さよすがら（小夜すがら）……93
さらぬ（然・有らぬ）……74 416（〜だに） 514（〜だに）
さらば（然・有らば）……455〈468〉
（いざ然らば）（よし然らば）
〈さりと（然・有りと）……504〉
さりとも（然・有りとも）……103（〜と） 258（〜と）
（夕さる）
さるさは（猿沢）……112
されば（然・有れば）……115
さわがす（騒がす）……さわがす 373
（心騒ぎ）
さわぐ（騒ぐ）……さわぐ 262 389
（立ち騒ぐ）
さわらび（早蕨）……249
さをしか（小雄鹿）……262 279 280 432

し

しか（然）……162 ☆
しか（鹿）……40 59 162 ☆、365 374
（雄鹿）（小雄鹿）
しがらみ（柵）……69
（景色）
（片敷）
しきみ（樒）……191
しきつ（敷津）……436 ☆
しく（敷く）……しき 436 ☆
（折り敷く）
しく（及く）……しか 518
しぐる（時雨る）…しぐる 71、しぐれ 76
しぐれ（時雨）……77 290
（初時雨）
しげし（繁し）…しげき 82、しげく 363 ☆
した（下）……383
（木葉が下）
したがふ（従ふ）……したがふ 372
したすずみ（下涼み）……174
したば（下葉）……287
したみづ（下水）……187
したもみぢ（下紅葉）……176
したひく（慕ひ来）……したひこ 148
したふ（慕ふ）…したひ 55、したふ 345〈475〉
しづ（賤）……20 253
しづえ（下枝）……257
しづかなり（静かなり）…しづかなる 401
しづく（滴）……311
しづむ（沈む）……しづま 361、しづむ 101
しづめあふ（沈め敢ふ）…しづめもあへ 208 ☆
しづめあふ（静め敢ふ）…しづめもあへ 208 ☆
しづを（賤男）……19
（如何にして）
しぬ（死ぬ）……しな〈150〉、しぬ〈454〉455
（恋ひ死ぬ）
しの（篠）……410（〜のをふぶき）
しのすすき（しの薄）……276 371
しのだ（信田）……82
しののめ（東雲）……320 430
しのびく（忍び来）……しのびこ 216
しのびづま（忍び夫）……7
しのぶ（忍ぶ）…しのば 360 383、しのぶ 412、しのぶる 348、しのべ 306
しのぶ（偲ぶ）…しのば 329 408、しのび 355、

しのぶ 24 35☆、201 429☆、451、しのぶる 185、しのぶれ〈504〉、しのべ〈503〉
しのぶのくさ(忍ぶの草)……35☆
しのぶのやま(信夫の山)……429☆
しば(副)……90
(道芝)
しばし(暫し)……197 206
(真柴)
しほ(潮)……38 418
(夕潮)
しぼる(絞る)……しぼる 60
(浦島が子)(松が浦島)(室の八島)(八島)
しまわ(島わ)……90
しみづ(清水)……196〈471〉
(朧の清水)(石清水)
しむ(沁む)…しま 10、しみ 273(身に〜)、しむ 46(身に〜) 367(身に〜)、しめ 267(身に〜)
しも(霜)……79 95 295 387
(頭《かしら》の霜)
しもがる(霜枯る)……しもがれ 78
〈しもがれ(霜枯れ)……204〉
[しらぎく(白菊)……68]
しらす(知らす)……しらせ 411
しらたま(白玉)……73 194
しらつゆ(白露)……281
しらふ(白斑)……396
しらべ(調べ)……508※
しらむ(白む)……しらむ 320
しらゆき(白雪)……233 344 525
しりそむ(知る初む)…しりそむる 3、しりそめ 198
しる(知る)…しら 1 13 29(〜ぬ間) 55 105〈140〉☆、152〈166〉167 183 184 190 196 322 351 352 361 364 366 367 376 442〈452〉453〈496〉499 524※、しり 332、しる〈140〉☆、〈151〉207 213 285 300 319 337 364 385 439 466 519＊、しれ 110 121 161〈463〉472
(思ひ知る)
しるし(標・印)…〈140〉☆、141 170 186〈202〉240☆、271 353 506
しるし(著し)…しるき 269 289、しるく〈132〉、しるけれ 178
しるべ(導)……312〈487〉
しるべす(導す)……しるべせよ 147 429
(人知れぬ)
しろたへ(白妙)……80
しをる(萎る)……しをる 370、しをれ〈482〉

す

す(為)…し 52 59 84 174 176 206 306(かく〜) 316 329 396 509、す 92 279(〜らむ) 462、する 54 93 267 313、すれ 227 249、せ 21 107〈119〉〈129〉〈157〉218 273(〜ん) 288(〜ん) 343(〜ん) 372(〜ん)〈490〉(〜ましや)、せよ 391(いかに〜)
(厭ひす)(薄氷す)(音す)(思ひす)(心す)(誘ひす)(然《さ》ぞす)(しるべす)(空尋ねす)(空頼めす)(絶えす)(只もす)(照《とも》射《し》す)(狙ひす)(吹雪す)(待つとはす)(円居す)(み狩す)(目離れす)(物をす)(夜離れす)(忘れす)
(古巣)
すがごも(菅薦)……411
すがた(姿)……239
すがぬく(菅貫く)……すがぬく 271
(小夜すがら)(夜もすがら)
すぎ(杉)……〈140〉141 240
すぎがてに(過ぎがてに)……182
すぎく(過ぎ来)……すぎこ 451
すぎやる(過ぎ遣る)……すぎやら 61

すぎゆく（過ぎ行く）…すぎゆく 172 193 288 351
すぐ（過ぐ）…すぎ 19 111 203 238 261 262 268 442、すぐる 275 523
（吹き過ぐ）
すぐす（過ぐす）……すぐさ 181
すくなし（少なし）……すくなかり 418
すご（素子）……47
（手すさび）
すず（鈴）……91 396
（しの薄）
すすぐ（濯ぐ）……すすが 169
すずし（涼し）…すずし 196、すずしき 230 272、すずしさ 365
（下涼み）
すその（裾野）……92
すだく（集く）……すだく 266
〈すま（須磨）……164〉
すまのうらかぜ（須磨の浦風）……431
すまひ（住まひ）……107
すみうし（住み憂し）……すみうし 292
〈すみか（住みか）……124〉
すみがま（炭竈）……398☆
（小野の炭竈）
すみそむ（住み初む）…すみそめ 170☆、〈202〉
すみぞめ（墨染）……170☆、191〈202〉
すみだがはら（隅田川原）……323
すみなる（住み馴る）……すみなれ 294
すみはつ（住み果つ）…すみ（は）はつ 316
すみよし（住み良し）…すみよし 62☆
すみよし（住吉）……62☆、209 256 436
すみれ（菫）……255 349☆
すむ（住む）…すみ 165☆、398☆、433、すむ 167☆、180 207☆、235 349☆、391
すむ（澄む）…すみ 165☆、175、すむ 167☆、207☆、378 382
（心澄む）
〈〔すむ（住・澄む）……すま 164〕〉
すゑ（末）……79 120 121 148 183 387 419 447 449 529
（木末）（末末）（穂末）
すゑずゑ（末末）……169

せ

せ（瀬）……46 153 307
（浅瀬）（逢ふ瀬）（川瀬）
せき（関）……174 239 314 420 423
（不破の関）
せく（堰く）……せく 97 172
せきぢ（関路）……427
（不破の関路）
せに（狭に）……67
せばし（狭し）……せばから 84
〈せめて……143〉
せり（芹）……246
せれう（芹生）……44

そ

そがぎく（承和菊）……68
（雨注く）
そそや……91
そで（袖）…10 37 59 75 116 170 191 199〈202〉246 248 417〈471〉
（我が袖）
そでつく（袖漬く）……そでつく 358
そでのか（袖の香）……267
そでのもの（袖の物）……374
そなふ（供ふ）……そなふる 122
そなれまつ（磯馴れ松）……418

その（其の）……62☆、158 246 278 455〈496〉〈504〉522
その（園）……………36 322
そのかず（其の数）…………15
そのかみ（其の上）……31☆、62☆、339
そのむかし（其の昔）………219
そふ（添ふ）…そは64 135、そひ502、そふ〈136〉225、そへ〈487〉〈497〉
（色添ふ）（落ち添ふ）（生ひ添ふ）（数添ふ）（立ち添ふ）（吹き添ふ）（身に添ふ）
〈そまがは（杣川）………154〉
そまぎ（杣木）…………17
そまやまがは（杣山川）………153
そむ（染む）……そめ173 511※
（跡垂れ初む）（恋ひ初む）（咲き初む）（知り初む）（住み初む）（立て初む）（降《ふ》り初む）（渡し初む）
（恋ひ染む）
そむく（背く）…そむか449、そむき170〈202〉460〈503〉、そむく118〈458〉
（濃《こ》染め）（墨染）
そめがほ（染め顔）………281
そよ（其よ）……49☆、277☆
そよと……49☆、277☆
（うち戦ぐ）
そら（空）…8 56〈132〉☆、137〈138〉273 288 333 335 345 347☆、359
（天つ空）（上の空）（旅の空）（中空）（み空）（むなしき空）
〈そらたづねす（空尋ねす）…そらたづねせ465〉
そらだのめす（空頼めす）…そらだのめする290
そらに（空に）………〈132〉☆
そらにおぼゆ（空に覚ゆ）…そらにおぼえ327
そる（逸る）……そる397
それ（其れ）……108 239（～と）340（～とは）376（～と）
それながら……28

た

た（田）……326
（門《かど》田）（鳥羽田）（山田）
たえす（絶えす）…たえせ325
（絶え絶え）（仲絶え）
たえず（絶えず）…122 318
たえはつ（絶え果つ）…たえはて104〈［151］〉152 331
たえま（絶間）……483☆、〈484〉☆
（絶間絶間）
たえまたえま（絶間絶間）……334
たか（鷹）……396
（はし鷹）
たかし（高し）……たかき208
（木《こ》高し）
たかね（高嶺）……291
たがふ（違ふ）……たがは148
［たき（滝）……99］
（音無の滝）
たぎつ……たぎつ317（「滝つ」か）
〈たぐひなし（類なし）…たぐひなき520〉
たぐふ（類ふ）……たぐふ480＊
（川竹）
たご（多祜）……257〈482〉483
（初鳥屋出し）
ただ（只）……134 135 246 333 486〈496〉
ただならず（只ならず）……371
ただもす（只もす）……ただもせ412
たたく（叩く）……たたく39
〈［たゝさて……151］〉

ただよふ(漂ふ)……ただよふ 168
(夕立)
〈たちいづ(立ち出づ)…たちゃいで 494〉
たちえ(立枝)……248
たちかへり(立ち帰り)……170☆、〈202〉☆
たちかへる(立ち帰る)…たちかへり 170
☆、〈202〉☆
たちきる(裁ち着る)……たちき 146
たちこむ(立ち込む)……たちこめ 61
たちさわぐ(立ち騒ぐ)…たちさわぐ 293
たちそふ(立ち添ふ)……たちそひ 227
たちまじる(立ち混じる)…たちまじり
426
たちよる(立ち寄る)……たちより 364
たちばな(橘)……507 ※
(花橘)
たつ(立つ・四、下二)…たた 286☆、た
ち 398☆、たつ 1 17 47☆、76 217 236、
たつる 44、たて 181 240 348 386 387
(言ひ立つ)(生ひ立つ)(生ほし立つ)
(思ひ立つ)(降《お》り立つ)(先立つ)
(朝立・発つ)
たつ(断(裁)つ)……たた 286☆

たづ(鶴)……185
たつた(立田)……69
たつたがは(立田川)……295
たづぬ(尋ぬ)…たづぬる 83 330 526、たづ
ぬれ 309 433、たづね〈140〉224 240 367 444 466 467
505
たづねかぬ(尋ねかぬ)…たづねかね 509
たづねく(尋ね来)…たづねき 8 388 427 519
*、たづねもく 488
(空尋ねす)
たづねみる(尋ねみる)…たづねもみ 499
たづねゆく(尋ね行く)…たづねもゆか
421
たてそむ(立て初む)……たてそめ 404
たとふ(譬ふ)…たとふ〈463〉、たとへ 183 327
たどる(辿る)…たどる 89 336、たどれ 30
たなか(田中)……264
たなばた(七夕)……48 369 370〈452〉453
たに(谷)……244 333 391
たにがくれ(谷隠れ)……392
たにみづ(谷水)……88
たのみ(頼み)……213 353
たのむ(頼む)…たのま 158 405 410、たのみ
142 258、たのむ 159 197 410 498、たのむれ
109、たのめ 113 201 231 347 373 400
(空頼めす)
たばしる(た走る)……たばしる 94 514
たはる(戯る)…たはるれ 275、たはれ 58
たび(度)……68(〜に) 236(〜に)
(幾十度《そ》)
たびごとに(度毎に)……76
たび(旅)……64 315
たびね(旅寝)……52 55 59 77 92 280 329 432
〈たびのそら(旅の空)……450〉
たびまくら(旅枕)……253
(白妙)
(荒栲)
たま(魂)……〔99〕232
たま(玉)……511 ※
(白玉)
たまえ(玉江)……185
たまくら(手枕)……37
たまさかに……308 453
たまさかやま(たまさか山)……330 ☆
たまづさ(玉章)……278
たまのを(玉の緒)……498

たまふ（給ふ）……たまへ 516 ※
たまも（玉藻）……112
たまる（溜る）……たまら 142
たみ（民）……325
たむく（手向く）……たむけ 72
ため（為）……400
（君が為）（誰れが為）（我が為）
ためし（例）……25 128 464
（松の例《ためし》）
たもと（袂）……303
（苔の袂）（花の袂）
たゆ（絶ゆ）…たえ 106 125 179 254 316 402 409 〈497〉☆、〈504〉、たゆる 130
（思ひ絶ゆ）
たらちめ（垂乳女）……105
たる（足る）……たら 15
たる（垂る）……たれ 12
（跡垂れ初む）
たれ（誰）……212 260 292 347 363 425（～に） 〈457〉（～も） 476
たれがため（誰れが為）……213

ち

（幾千代）（三千歳）
（浅茅）
（近江路《あふみ》）（浦路）（懸路）（久米路の神）
（雲路）（越路）（恋路）（関路）（不破の関路）（山路）（和歌の浦路）
ちかし（近し）……ちかき 35 37
（真近し）
ちかひ（誓ひ）……324
ちかふ（誓ふ）……ちかひ 146 527
ちぎり（契り）……319 364 371 400 〈452〉 453
〈ちぎりおく（契り置く）…ちぎりおき 503〉
ちぎる（契る）…ちぎら 409、ちぎり 279 406 476
ちぐさ（千草）……281
ちとせ（千歳）……9 57 183 399 442 〈443〉 529
（三千歳）
ちどり（千鳥）……90 293 389
（友千鳥）（夕波千鳥）
ちよ（千代）……400
（幾千代）
ちらす（散らす）……ちらさ 50
ちる（散る）…ちら 18 22 329 341 525、ちり 21 286 343 345 346、ちる 23 69 236 342 351
（咲きてや散る）

つ

つがふ（番ふ）……つがは 85 393
つき（月）…11 62 63 64 131 〈132〉 〈138〉 〈155〉 156 〈166〉（～日） 167 185 192 207 221 230 269 285 296 315 378 379 380 381 382 428 432 436 〈438〉 439 440 〈441〉 〈481〉 〈487〉 488 493 〈494〉 〈520〉 527
（朧月夜）（年月）（長月）
つきかげ（月影）……12 65 139 225
つきのかげ（月の影）……175 193
つきくさ（月草）……54
つきのころ（月の比）……283
つきよ（月夜）……212
（朧月夜）
つく（付く）……つき 〈150〉、つけ 149 219
（色付く）
（袖漬く）
つぐ（告ぐ）……つぐる 320、つげ 212
（事と告ぐ）
（木綿付鳥）
つくしはつ（尽くし果つ）…つくしはつ 48

つくづくと……343
つくる(作る)……つくれ326
つた(歌枕？)……265
(浦伝ふ)
(雲続く)
(言伝《づ》つ)
(人伝て)
つな(綱)……38 162
つね(常)……378
(世の常)
(三角柏)
つのくに(津の国)……214
つま(褄)……99☆
つま(端)……35☆
つま(妻)……35☆、255
つま(夫)……99☆
(忍び夫)
つまごひ(妻恋ひ)……422
つみ(罪)……275
つむ(摘む)…つま255、つみ54、つむ8 191 245 246 264
(年積む)(降《ふ》り積む)
つもる(積る)…つもら81 82、つもり302、つもる27 219 233 309☆、316 344 444
(落ち積もる)(伐《こ》り積もる)(降り積もる)
つゆ(露)…41 50 60 73 191 194 284 357 362 363 370 371 375 376 417 430 442 521
(白露)
つゆのいのち(露の命)……134
つゆも……221
(心強さ)
つらし(辛し)…つらから408 435、つらかり304、つらき190 346 413、つらく109、つらけれ215、つらさ478＊、〈492〉
つらら(氷)……88 178 296
(引き連る)
(音づる)
(共連れ)(行き連れ)
(音づれ)(音づれ渡る)
つれづれと(徒然と)……13
つれなし…つれなき404、つれなさ106 414

て

て(手)……45 365 〈471〉(〜にかく) 472(〜にかく)
てすさび(手すさび)……301
てふ(と言ふ)……てふ57 67 68 270 403

と

(井戸)
とき(時)……108 178
(一《ひと》時)
〔ときしま(時しま)……49〕
〔ときしまれ(時しまれ)……49〕
ときはかきは(常盤堅盤)……324
ときはぎ(常磐木)……71
とく(説く)……とけ173
とく(溶く)……とくる233、とけろ〈492〉
とこ(床)……55 75 77 432
(夜床)
とこなつ(常夏)……41
とこよ(常世)……53
とし(年)……31 96 97 172 189 245 258 368 447 〈456〉 486
(今年)(行く年)
〈としくる(年暮る)……としくれ446〉
としつき(年月)……238
としつむ(年積む)……としつめ339
としのくれ(年の暮)……27
としふ(年経)……としふ18、としへ251

としふる(年古る)……としふり 240 252 338
としよる(年寄る)……としよる 395☆
(千歳《とせ》)(三千歳)
とだえ(途絶え)……491 528
とづ(閉づ)……とぢ 294
(思ふどち)
とどこほる(滞る)…とどこほる〈151〉☆、152☆、419
とどまる(止まる)……とどまる 111
とどむ(止む)……とどむ 248、とどめ 423
とどめおく(留め置く)…とどめおく 431、とどめおけ〈448〉
となり(隣)……244
とにかくに……415〈479〉
(木の丸殿)(丸殿)(夜殿)
とばた(鳥羽田)……384
とひみる(問ひみる)……とひみ〈469〉470(とひはみ)
とびわかる(飛び別る)…とびわかれ 84
とふ(十生)……411☆
とふ(問・尋・訪ふ)…とは〈132〉〈136〉251 411 434〈501〉502、とふ 81 101 147 168 301 411☆、〈501〉、とへ 19 107 149
(事問ふ)
とぶらふ(訪ふ)……とぶらふ 383
とほし(遠し)…とほ 8☆、334☆、とほく 421
とほぢ(遠路)……8☆
とまやかた(苫屋形)……313
とまりゐる(止まり居る)…とまりゐ 123
とまる(止まる)…とまら 221 345 381 449〈485〉、とまり 342〈450〉、とまる 104 506
とまり(泊り)……26
とむ(止む)……とめ(心の) 203 409
とも(友)……51 174 277 394 518
(我が友)
ともに(共に)……45 375
(諸共に)
ともしす(照射す)……ともしし 40
ともす(灯す)……ともす 42
ともちどり(友千鳥)……390
ともづれ(共連れ)……15
ともなふ(伴ふ)…ともなふ 432、ともなへ 382
(初鳥屋出し)
とよみてぐら(豊御幣)……233
[とら(寅)……49]
とらす(取らす)……とらせ(とられカ) 322
とり(鳥)……84 98〈126〉295〈445〉
(大鳥)(千鳥)(友千鳥)(何鳥)(箱鳥)
(村鳥)(山鳥)(木綿付鳥)(夕波千鳥)
(呼子鳥)
とりのね(鳥の音)……114 314 323 416 427 515 ※
とる(取る)……とる 34 298 508 ※
とをちのさと(十市の里)……334☆

な

な(名)……65 79〈129〉130 169 198 239 276
(無き名)
(若菜)
な〜そ……54〈163〉
なこそ(な来そ)……423☆
(憂き世の中)(田中)(世の中)
ながし(長し)……なが 66☆
ながす(流す)……ながす 241〈497〉
〈なかぞら(中空)……481〉
なかたえ(仲絶え)……115
ながづき(長月)……66☆、386
なかなかに(中中に)……48 355〈490〉
ながむ(眺・詠む)…ながむ 131、ながむ

る 285 380 382〈438〉、ながむれ 16 381、ながめ 67 139 193 212 221〈441〉
ながめ(眺・詠め)……412 488
なかやま(中山)……243
ながらのはし(長柄の橋)……177
(ながら……〈477〉 478 *)
(それながら)(よそながら)
ながらふ(永らふ)…ながらふる 414、ながらへ 103
ながる(流る)…ながるる 46 522、ながれ 133 419
ながれ(流れ)……67 169 235〈504〉
なきな(無き名)……181
なぎのは(水葱の葉)……264
なきわたる(鳴き渡る)…なきわたる 33
なく(泣く)…なか 356☆、なく 15☆、15☆、59☆
なく(鳴く)…なき 261、なく 6 15☆、15☆、59☆、85 90 182 229 293 317 322 332 374 389 417 524 ※
(来鳴く)
なぐさめ(慰め)……218
なげき(嘆き)……21 112 309☆、341 491 512
なげく(嘆く)…なげか 144 342、なげき 238、なげく 331 415
なこそ(勿来)……423☆
なごり(名残)……〈127〉 359 486(〜ともなき)
なさけ(情)……171
(春の情)
(思ひ為《な》し)
なし(無し)…な 168☆、なか 356☆、なかり 107〈127〉 165 184、なき 65 97 100 172 180 359 372 402 435 489 498、なく 83 159 167 177 182、なけれ〈160〉 212、なし 247 283
(文《あや》無し)(心《うら》なし)(音無し)(音無の滝)(甲斐無し)(雲無し)(定め無し)(類無し)(程無し)(分く方も無し)
〈なす(為す)……なさ 124〉
(身を成す)
なつ(夏)……43〈129〉 259 428
なつくさ(夏草)……274
なつの(夏野)……363
なつむし(夏虫)……232
なつかし(懐し)……なつかしき 255 507 ※
なづさふ(泥ふ)……なづさひ 9
なづ(撫づ)……なづる 366
なでしこのはな(撫子の花)……357
など……422 462(〜や)
などか……156
ななふ(七生)……411
なに(何)…95 96 125 134〈140〉 167(〜か) 183(〜に) 216 218(〜をか) 225(〜か) 263(〜か) 303(〜に) 376 406 423〈471〉(〜ぞ)〈490〉(〜か)〈496〉(〜か) 498(〜に) 54 57 421
なにごと(何事)……200 221
なにどり(何鳥)……322
なにならぬ(何ならぬ)……187
なになり(何なり)……なになれ 188
なにしおふ(名にし負ふ)…なにしおは
なにはえ(難波江)……175 292
なにはのうら(難波の浦)……377
なぬか(七日)……211
なのる(名告る)……なのら 120 181
(鳴子縄)
なびく(靡く)…なびき 112 217、なびく 271
なぶ(並ぶ)……なべ 312
(早苗)
なべて(並べて)……14 335

なほ(猶)……43 〈157〉 203 257 〈448〉(〜も) 467(〜や) 〈469〉
なほざりに(等閑に)……144
なみ(波)……116 168 ☆、192 208 236 257 390 401
(荒磯波)(浦波)(老の波)(河浪)(さざ波)(夕波千鳥)(和歌の浦波)
なみだ(涙)……7 59 101 142 〈154〉 306 374 〈463〉 〈497〉
なみだのいろ(涙の色)……434
(人並に)
なむ(南無)……516 ※
なら(楢)……289
ならす(鳴らす)……ならす 91
(只ならず)
(数ならで)
(数ならぬ)
(何ならぬ)
(物ならば)
ならふ(習ふ・慣らふ)…ならは 110 〈452〉、ならひ 〈127〉 486、ならふ 190、ならへ 22
ならぶ(並ぶ)……ならべ 20
なりゆく(成り行く)…なりゆく 268 272 513
※
なる(成る)…なら 28(…と〜)、なり 123 176 249 250 512(…と〜)、なる 87 236(一つに〜) 362(に〜) 403(に〜) 〈461〉(と〜) 467 〈481〉(に〜)、なれ 53 374(とだに〜) 455
(雨となる)(雲となる)(花になる)(久しくなる)(身となる)
なる(馴る)…なるる 〈479〉、なれ 66 〈136〉 329 434 〈456〉
(面《おも》馴る)(里馴る)(住み馴る)(踏み馴る)(目馴る)
なるこ(鳴子)……384
なるこなは(鳴子縄)……〈163〉
なれ(汝)……480 ＊、523
(そ馴れ松)
なれがほ(馴れ顔)……276

に

にごす(濁す)……にごす 169
にし(西)……382
にしき(錦)……〈145〉 146 286
(唐錦)
にしきぎ(錦木)……404
には(庭)……226(〜の面) 266 444 〈445〉(〜の面) 〈456〉
にはび(庭火)……298 508 ※
〈にほひ(匂ひ)……438〉
にほひく(匂ひ来)……にほひき 11
にほふ(匂ふ)……にほふ 36
にま(二万)……122 328
にる(似る)……に 55 357

ぬ

(あらぬ)
ぬ(寝)…ぬ 411、ぬる 180 227、ね 85 〔102〕 108 139 180 440
ぬぎかく(脱ぎ掛く)……ぬぎかけ 260
(菅貫く)
ぬさ(幣)……72
ぬし(主)……34
ぬしあり(主有り)……ぬしある 249
ぬま(沼)……356 ☆
(水《み》沼)
ぬる(濡る)…ぬる 41、ぬるる 75 〈471〉、ぬれ 60 191 246 284 303〉 303 357
ぬれぎぬ(濡衣)……161
ぬれまさる(濡れ勝る)…ぬれまさる 199

ね

ね(音)……356 ☆、365

ね（根）……351（〜に帰る）356☆、〈463〉464☆（「心・根」と）
（琴の音）（鳥の音）（初音）（笛の音）
（岩根）
（転寝）（仮寝）（旅寝）（一人寝）
（高嶺）
ねがふ（願ふ）……ねがふ270
ねぐら（塒）……185
〈ねさす（根差す）……ねさす500☆〉
〈ねさす（寝さす）……ねさす500☆〉
ねざめ（寝覚）……75 416
ねたさ（妬さ）……502
ねのひ（子の日）……4☆
ねやま（根山）……253
ねやま（寝山）……20☆
ねらひす（狙ひす）……ねらひする263

の

（浅沢小野）（化野《あだし》）（生野）（幾野）（小野）
（小野の炭竈）（陰野）（春日野）（枯野）
（裾野）（夏野）（春の野）（冬野）（布留野）
（布留野の里）（真野の浦松）（緑野の池）
（淀野）
のき（軒）……35 37 311
のきば（軒端）……11
のこす（残す）……のこす273 295
のこりのゆき（残りの雪）……340
のこる（残る）……のこり406
のち（後）……343 409
〈のちのよ（後の世）……459〉
のどかに（長閑に）……219 253
のどけし（長閑し）…のどけき251、のどけし428
のぼる（上る）……のぼる293、のぼれ〈457〉
のぶ（延ぶ）……のぶ67 68
のべ（野辺）……4 8 57 58 91 249 255 512
（然《さ》のみ）（然のみやは）
のもり（野守）……61
のもりのかがみ（野守の鏡）……397
のやま（野山）……60
のり（法）……173
のりのこころ（法の心）……362
のりのみづ（法の水）……522
のりあふ（乗り合ふ）……のりあは〈487〉☆
のりおくる（乗り遅る）…のりおくれ282
のる（乗る）……のり〈487〉☆、のる520

は

（天の羽衣）
（稲葉）（荻の葉風）（枯葉）（草の葉）（言の葉）（木葉）（木葉が下）（榊葉）（下葉）
（水葱《なぎ》の葉）（蓮葉《はちす》）（二葉）（紅葉葉）
（軒端）（山の端）
はかなし（儚し）…はかなかる130、はかなく361、はかなさ〈129〉375
はがひ（羽交ひ）……86
（ばかり（計り）副助…10 27 50 95 110 135 〈136〉〈155〉〈160〉222 315 331 356 358 361 415 437 〈445〉（〜して）〈459〉（〜ぞ）506 〈520〉（〜ぞ）525）
（如何許り）（斯《か》く許り）
はぎ（萩）……50 51
はげし（激し）…はげしき393、はげしさ94
はこ（箱）……302
はこどり（箱鳥）……320
（天の羽衣）
はし（橋）……424
（岩橋）（浮橋）（掛橋）（長柄の橋）

ひ

ひ(火)…思ひ・217☆、232☆、301☆、309☆、360☆
(埋み火)(蚊遣火)(庭火)
ひ(日)……〈129〉395☆、404 418〈468〉
(朝日)
(子の日)(一日《ひと》)
(掛け樋・筧)
ひうち……322(火打カ、火来逼身カ)
ひかげ(日影)……2 260☆(日陰鬘)
ひかず(日数)……13 288
ひかり(光)……225 230 283
〈ひきかく(引きかく)……ひきかけ500〉
ひきつる(引き連る)……ひきつれ53 499
ひく(引く)…ひか38、ひき356、ひく4☆、384
ひく(弾く)……ひく508※
ひくま(引馬)……4☆
ひさし(久し)……ひさしき66☆、171
ひさしくなる(久しくなる)…ひさしくなり209
ひと(人)…72 81 88〈124〉〈129〉147〈151〉〈166〉168 187 190 200 212 214 222 226 256 262 277 285 290 314 347 373 378 391 405 407 408 410 411 423 434 439 444 460〈461〉〈473〉〈477〉〈501〉521 524※
(遠方人)(唐人《から》)(里人)(昔の人)(諸人《もろ》)
(八十氏人)(侘人《わび》)
ひとかた(人形)……366☆
ひとごころ(人心)……49 115 404
ひとしれぬ(人知れぬ)……〈138〉141
ひとざと(人里)……312
ひとづて(人伝て)……〈469〉470
ひとなみに(人並に)……426〈500〉
ひとのこころ(人の心)…54 158 337 346 385 424 429
ひとめ(人目)……509
ひといろ(一色)……228
ひとえだ(一枝)……210
ひとかた(一方)……366☆
ひとこと(一言)……455
ひとこゑ(一声)……182 262 330 355
ひとつ(一つ)……(〜になる)362 522
ひとつこかげ(一つ木陰)……364
〈ひととき(一時)……496〉
ひとひ(一日)……223
ひとへ(一重)……47
ひとよ(一夜)……299 368
ひとり(一人)……215 229 337 349〈517〉
ひとりね(一人寝)……4☆、319 383
ひばり(雲雀)……254☆
ひばりげ(雲雀毛)……254☆
ひびき(響き)……17
ひびく(響く)……ひびき95
ひま(隙)……12 70 84
(隙隙)
ひまひま(隙隙)……394
ひら(比良)……291
ひらく(開く)……ひらけ158 159
〈ひらけ(開け)……157〉
ひる(干る)……ひ417 442
ひを(氷魚)……297 395☆
ひをくらす(日を暮らす)…ひをくらす196
ひをふ(日を経)……ひをふる265

ふ

(十生《ふ》)(七生)
(白斑)

ふ（経）…ふる 9、ふれ 31、へ 13 223 245 288 〈456〉 486
（有り経｜）（年経｜）（日を経｜）（程経｜）
ふえ（笛）…………120
〈ふえのね（笛の音）…………119〉
ふかさ（深さ）…………10 275 〈463〉
ふかし（深し）…ふかき 300 318 377 〈487〉、ふかく 314 513 ※、ふかし 257、ふかみ 391
ふきあぐ（吹き上ぐ）……ふきあげ 23 ☆
ふきあげ（吹上）…………23 ☆
ふきく（吹き来）…………ふきき 267
ふきすぐ（吹き過ぐ）…ふきすぐる 431 437
ふきそふ（吹き添ふ）……ふきそふ 229
ふきわたる（吹き渡る）…ふきわたる 94
ふく（吹く）…ふか〈482〉、ふき 272、ふく 175 289 317 367 436、ふけ 192 ☆、344
ふく（更く）…ふくる 359、ふけ 87 99 192 ☆
ふく（葺く）…………ふく 432
ふけひ（吹飯）…………192 ☆
ふけゆく（更け行く）…ふけはゆく 493、ふけゆく 98 144 515 ※
（憂き節｜）
（板伏《ぶし》）（こがらめ伏し｜）
ふしみ（伏見）…………180 ☆
ふしみ（臥し身）…………180 ☆
ふせや（伏屋）…………52 114
ふたば（二葉）…………31 79 121 183 402
ふたむら（二村・歌枕）…………320
ふち（淵）…………307
ふぢ（藤）…………186 〈484〉 510 ※ ☆
（浦藤｜）
ふぢのはな（藤の花）…………25 350
ふぢのもり（藤の森）…………510 ※ ☆
ふね（船）…………26 38 208 234 282 313 474 （渡しの〜）
（海士小舟｜）（鵜飼舟｜）（鵜船｜）（藻刈舟｜）
（夜舟｜）
ふはのせき（不破の関）…………451
〈ふはのせきぢ（不破の関路）…………450〉
（小蕗《ふぶき》｜）
ふぶきす（吹雪す）…………ふぶきし 291
ふみ（文）…………336 ☆、406 491 ☆
ふみなる（踏み馴る）…………ふみなれ 336 ☆
ふみみる（踏みみる）…………ふみみ 491 ☆
ふみみる（踏み見る）…………ふみみ 161
ふむ（踏む）…………ふみ 24
ふもと（麓）…………344
ふもとめぐり（麓巡り）…………243
ふゆ（冬）…………80 85 89 289 387 393 416
ふゆの（冬野）…………78 〈204〉
ふりそむ（降り初む）……ふりそめ 513 ※
ふりつむ（降り積む）……ふりつむ 226
ふりつもる（降り積もる）…ふりつもる 〈 29〉 30
ふる（降る）…ふら 462、ふり 177 ☆、393、ふる 13 81 ☆、82 83 142 261 313 528、ふれ 139 525
ふる（触る）…………ふれ 248 328 （ふえて、ふえばカ）
ふる（旧・古る）…………ふり 177 ☆
（年古る｜）
ふるさと（古里）…………52 81 ☆
ふるす（古巣）…………244
ふるの（布留野）…………495
ふるのさと（布留野の里）…………349

へ

（一重｜）
（片方｜ヘ）（沢辺｜）（野辺｜）（深山辺｜）（行方｜ヘ）
へだつ（隔つ）…へだつる 5 56、へだて 336

ほ

ほか(他・外)……6 100(〜に成り行く) 268 328(〜に)
ほぐし(火串)……263
ほし(星)……507 ※
〈(ほしのくち(星の口)……124)〉
(天つ星)
ほずゑ(穂末)……175
(心細し)
ほたる(螢)……42 266 360
ほど(程)……8 152 231 310 344 421 476
(心の程)(世の程)(夜《よ》の程)
ほどなし(程無し)……ほどもなく 428
ほととぎす(時鳥)……32 33 182 224 261 262 330 354 355 427 505 509 518 526
(山時鳥)
ほどふ(程経)……ほどふ 483 ☆
ほどろ……249
ほのぼのに(仄仄に)……33 ☆
ほのみる(仄見る)……ほのみ 162
〈(ほらのうち(洞の内)……124)〉

ま

ま(間)……55 64 89 233 280 286 315 329 341 356 ☆、435 442 〈443〉 〈463〉 525
(芦間)(雨の間)(天の間)(磯間隠れ)
(何時《いつ》の間)(絶間)(絶間絶間)(晴間)
(見ぬ間)
(二万)
まうし(ま憂し)……まうき 470
まがき(籬)……371 385
まがふ(紛ふ)……まがひ 396 425 427、まがふ 42 86 507 ※
まき(真木・槙)……437
まくず(真葛)……363
まくら(枕)……20 383 409
(草枕)(旅枕)(手枕)
まことに(誠に)……308 〈465〉(〜は)
まさる(勝る)……まさり 27、まさる 141 238 305、まされ 〈154〉
(衰へ勝る)(濡れ勝る)
〈(ましかば……497)〉
まして……407 〈473〉
ましば(真柴)……92
ましら(猿)……317
(立ち混じる)
ますらを(益荒男)……395
また(又)……20 23 77 〈126〉 153(〜も) 162(〜も) 223(〜も) 254 262 292 368 373(〜ぞ) 412 426 460
まだ(未だ)……244 314 417 〈443〉 526
まち(待ち)……206(〜も)
まちみる(待ち見る)……まちみる 237、まちもみ 368、まちもみよ 197
〈まぢかし(真近し)……まぢかき 473〉
まつ(松)……4 ☆、9 25 70 116 141 ☆、183 185 209 ☆、240 352 ☆、436 483 ☆、529
(あふの松原)(門《かど》の松)(心の松)(そ馴れ松)(真野の浦松)(和歌の浦松)
まつ(待つ)……また 32 33 〉33 113 212 226 493 515 ※、〈520〉、まち 201 220 231 365 369 404 444 467 〈468〉、まつ 4 ☆、98 109 〈140〉 141 ☆、〈143〉 〈205〉 209 ☆、〈443〉 476 259 297 350 ☆、352 ☆、373 411 428 ☆、483 ☆、〈484〉 ☆、〈494〉、まて 488 502 505
まづ(先づ)……315 319 451 〈475〉 488
まつがうらしま(松が浦島)……428 ☆
まつかぜ(松風)……508 ※
まつとはす(待つとはす)……144

まつのためし（松の例）……402
まつむし（松虫）……57
まつる（祭る）……まつる260
（何時迄《いつまで》）
まど（窓）……11
まどふ（惑ふ）……まどふ118
まとゐす（円居す）……まとゐし298
まねく（招く）…まねき387、まねく58〈163〉276
まのうらまつ（真野の浦松）……291
ままなり（儘なり）……ままなら216 342
ままに（儘に）……71 265
まもる（守る）……まもる324
まよふ（迷ふ）……まよは379、まよふ269
まれなり（稀なり）…まれなり71、まれに87 211
まろどの（丸殿）……181
（木の丸殿）

み

み（身）…27 29 46 61 104 128 267 273 302 329 338 341 367 381 410☆、414 451〈452〉〈454〉（〜にとまる）498 506 521 523
↓身と成る、身に添ふ、身の憂さ、身のはて、身を換ふ、身を成す
（憂き身）（此の身）（臥し身）（我身）
（浦見）
（浦廻）
（木の実）
みあれ（御生れ）……353☆
み（水）……178☆
みえわく（見え分く）……みえわか233 525
みかさ（三笠）……120☆、186
（国つ御神《みかみ》）
みかりす（み狩す）…みかりする91 92 396
みぎは（水際・汀）……12 84 513※
みくさ（水草）……12
みくまの（み熊野）……121☆
みす（見す）……みす439、みせ68
みそぎ（禊）……271
みそぎがは（禊川）……46 366
みそら（み空）……386
みぞれ（霙）……〈461〉462
みだれあふ（乱れ合ふ）…みだれあひ362
みち（道）…30（いくのの〜）111 354 379 382 388 410☆、429 430☆、〈446〉474〈475〉476
みちしば（道芝）……430☆
みちとせ（三千歳）……403
みちのく（陸奥）……421
みつ（美（三）豆）……282
（丑三つ）
みつ（満つ）……みて57 418
みづ（水）…3 45 87 97 125☆、179☆、310 316 358 365 391
（石清水）（朧の清水）（清水）（下水）（谷水）（法の水）（埋《むも》れ水）（山の井の水）（山水）
みづから（自ら）……125☆、179☆
みつぎもの（貢物）……122
みづのかしは（三角柏）……101
（豊御幣《みてぐら》）
みとなる（身と成る）……みとなり270
みどり（緑）……274
みどりのいけ（緑野の池）……513※
みなかみ（水上）……87〈504〉522
みながら（皆がら・みなながら）……178☆
みなと（湊）……208 293
みにそふ（身に添ふ）……みにそは195
みぬま（見ぬ間）……464☆
みぬま（水沼）……464☆

みのうさ(身の憂さ)……218
〈みのはて(身の果て)……459〉
みね(峰)……17 76 229 242 317 437 508 ※
みむろ(三室)……72
みやこ(都)……252 〈443〉〈450〉
(秋の宮)
みやのうぐひす(宮の鶯)……337
みやま(深山)……〈477〉 ☆、478 ＊ ☆
みやまぎ(深山木)……142
みやまべ(深山辺)……3
みゆ(見ゆ)…みえ 42 117 192 224 230 232 239 264 359 384 510 ※、528、みゆる 14 16 39 50 234 268 312 321 350 361 371、みゆれ 243
みよ(御代)……251 327
(君が御代)
みよしの(み吉野)……250
みる(見る)…み 1 4 36 41 49 ☆、70 102 108 113 120 ☆、121 ☆、〈132〉〈138〉 159 174 178 ☆、195 226 227 242 252 253 277 283 286 308(〜に来) 319 339 340 341 342 353 ☆、375 397 422 425 429 〈461〉〈463〉〈465〉〈477〉 478 ＊、491 ☆、495、みよ〈157〉、みる 68 72 〈129〉 131 〈155〉 171 194 215 219 325 344 351 357 395 403 413 418 〈456〉〈457〉 462 488 529、みれ 35 44 71 100 349 506
(会ひ見る)(踏み見る)(仄《ほの》見る)(待ち見る)
(汲みみる)(問ひみる)(尋ねみる)(踏みみる)
みわ(三輪)……240
みわたす(見渡す)……みわたせ 254
みを(水脈《を》)……46
みをつくし(水脈つ串・澪標)……265
みをかふ(身を換ふ)……みをかへ 455
みをなす(身を成す)……みをなし 311

む

むかし(昔)……〈143〉 174 252 258 267 292 433 435
(その昔)
むかしのあと(昔の跡)……336
むかしのひと(昔の人)……357 519 ＊
むかふ(向かふ)……むかひ 343
むくひ(報ひ)……304
むし(虫)……55 287
(夏虫)(機織る虫)(松虫)
むすぶ(結・掬ぶ)…むすば 88 ☆、99 242、むすび 187、むすぶ 45 97 172 178 280 364 ☆、365 391
むつごと(睦言)……93
むなし(空し)……むなし 173
むなしきそら(空しき空)……195
むめ→うめ
むもれみづ(埋れ水)……392
むや(撫養)……161
むやひ(舫ひ)……26 ☆、313
むらさき(紫)……350
(若紫)
むらさきのくも(紫の雲)……510 ※
むらどり(村鳥)……294
むれゐる(群居る)……むれゐる 84 394
むろのやしま(室の八島)……43

め

め(目)……181 263(〜を合す)
(人目)
(垂乳女)
めかれす(目離れす)……めかれせ 22
(色めく)(花めく)
めぐみ(恵み)……247 ☆
めぐむ(芽ぐむ)……めぐみ 247 ☆

（幾巡り）（麓巡り）
めづらし（珍し）…めづらし〈155〉、めづらしき2 32、めづらしく237
めなる（目馴る）……めなれ18 346☆

も

（下藻）
もかりぶね（藻刈舟）……377
もと（元）……111
（木の本）
もの（物）……123(〜と) 125(〜と) 207(〜と) 311 408 415 〈496〉 506(〜と)
（袖の物）（貢物《みつぎ》）
ものうし（物憂し）…ものうかる96、ものうき4、ものうし447
ものおもふ（物思ふ）…ものおもふ13、ものおもへ434
ものおもひ（物思ひ）……305
ものがなし（物悲し）…ものがなしかる74、ものはかなしき189
ものかは（物かは）……98 499 〈504〉
〈ものから（物から）……471〉
ものぞ（物ぞ）……〈143〉
ものならば（物ならば）……218
ものなり（物なり）……ものなら515※
ものゆゑ（物故）……〈487〉 519＊
（ものを……〈127〉 130 131 〈164〉 220 283 308 413 440 〈454〉 493）
〈ものをす（物をす）……ものをし479(〜て)〉
もみぢ（紅葉）……69 70 236 286 295 〈477〉
（下紅葉）
もみぢば（紅葉葉）……72
もも（桃）……403
ももかへり（百返り）……403
ももくさ（百草）……228
ももよ（百世）……324
もゆ（燃ゆ）……もゆる309
もよほす（催す）……もよほす7 317
もり（森）……82
（青柳の森）（羽束師の森）（藤の森）
（野守）（野守の鏡）
もりく（漏り来）…もりくる432、もりこ156☆
もる（守る）……もる47 399
もる（漏る）……もら75
もろこし（唐）……〈473〉 474
もろともに（諸共に）……199 〈441〉 〈485〉
もろびと（諸人）……353

や

（室の八島）
（小屋）（初鳥屋出し）（伏屋《ふせ》）（苫屋形）
やがて（軈て）……113 211 382
やくし（薬師）……516※
やしま（八島）……399
（室の八島）
やすむ（休む）……やすむ227 435
やすらふ（休らふ）……やすらふ476
やそうぢびと（八十氏人）……298
やそぢ（八十）……189 283
やど（宿）……67 77 〈140〉 214
（我宿）
やどす（宿す）……やどし527
やどる（宿る）…やどり296、やどる12 375
やなぎ（柳）……12
（然のみやは）
やま（山）…20☆、40 72 〈119〉 120 〈166〉 186 240 250 252 526
（朝日山）（逢坂山）（卯の花山）（男山）
（音無の山）（小野山）（大江山）（神山）

（位山）（信夫の山）（杣山川）（たまさか山）（中山）（根山）（寝山）（野山）（深山）（深山木）（深山辺）（吉野山）
やまがくれ（山隠れ）……88
〔やまがつ（山賤）……29〕
やまがは（山川）……152 391
（杣山川）
やまざくら（山桜）……210
やまざと（山里）……74
やまだ（山田）……34 47
やまぢ（山路）……94 191 318 396 442
やまどり（山鳥）……321
やまのは（山の端）……320
やまのゐのみづ（山の井の水）……364
やまみづ（山水）……〈151〉172
やまひ（病）……〈150〉516 ※
（恋の病《やまひ》）
やまほととぎす（山時鳥）……〈517〉524 ※ ☆
やまゐ（山井）……196
やみ（闇）……207 261 269 379
やむ（止・已む）…やみ420 489、やむ13 406
（小止む）
（蚊遣火）
（入りやる）（思ひやる）（消えやる）（咲きやる）（醒めやる）（過ぎやる）（放ちやる）

ゆ

〈ゆかし（床し）……ゆかし481〉
ゆき（雪）…〈29〉30 80 81 82 83 177 219（〜の上）226 300 316 388 396 444〈445〉462 528
（淡雪）（白雪）（残りの雪）（初雪）
ゆきおくる（行き送る）…ゆきおくる64
ゆきつれ（行き連れ）……51
ゆく（行く）…ゆか162 474、ゆき505、ゆく52 69 97 310 312☆、354☆、〈446〉447
（明け行く）（置き行く）（生ひ行く）（変り行く）（暮れ行く）（漕ぎ行く）（過ぎ行く）（尋ね行く）（成り行く）（更け行く）
ゆくあき（行く秋）……194 ☆
ゆくとし（行く年）……302
ゆくへ（行方）……322 351
（朝夕）
ゆふがすみ（夕霞）……334
ゆふかぜ（夕風）……11
ゆふがほ（夕顔）……198
ゆふぎり（夕霧）……90
ゆふぐれ（夕暮）……48 216☆、274 288
ゆふくれなゐ（夕紅）……216 ☆
ゆふさる（夕去る）……ゆふされ58
ゆふしほ（夕潮）……389
ゆふだち（夕立）……268 359
ゆふつけどり（木綿付鳥）……417（夕〜）
ゆふなみちどり（夕波千鳥）……89
ゆふべ（夕べ）……311
ゆふまぐれ（夕間暮《ぐれ》）……384
ゆめ（夢）……102 108 113 171 200 227 270 280 308 406 425
ゆら（由良）……208 293
ゆゑ（故）……20 104（〜に）〈150〉（〜に）220 341 476（〜に）〈481〉（〜に）
（物故）

よ

よ（世・代）…13〈126〉165 200 213 284 290 324 346 372 398〈501〉〈503〉
↓世の常、世の程
（逢ふ世）（幾千代）（今の世）（憂世）（憂き世の中）（同じ世）（君が御代）（君が代）（この世）（来む世）（前《さき》の世）（覚・醒めぬ世・夜）（千世）（常世《とこ》）（後《のち》の世）（御《み》

代)(百世)(万代)
よ(夜)…32 86 102 109 192 212 227 230 378 381 393 416 〈438〉
↓夜の程
(惜《あたら》夜)(雨夜)(朧月夜)(暗き夜)(来《こ》ぬ
夜)(この夜)(覚《さ》・醒めぬ世・夜)(小
夜)(小夜すがら)(月夜)(一《ひと》夜)
よかは(夜川〈横川〉)……………133
よがれ(夜離れ)……………279
よがれす(夜離れす)……よがれせ 290
よし(良し)……………よし 212 212 346
(住み良し)
よしさらば(よし然らば)……………382 405
よしの(吉野)……………40 252
(み吉野)
よしのやま(吉野山)……………242
よす(寄す)……よする 291、よせ〈458〉
よせわづらふ(寄せ煩ふ)…よせやわづらふ 377
よそ(余所)……………506(～の物)
よそながら(余所ながら)……………300 321
よそなり(余所なり)…よそなる 125、よそなれ 6、よそに 4 161 242 〈454〉(～ぞ) 〈456〉 495 510(～て)
※

よそふ(寄そふ)……よそへ 357 385 〈465〉
よつのうみ(四つの海)……………401
よど(淀)……………282
よどこ(夜床)……………59
〈よどの(淀野)……………500 ☆〉
〈よどの(夜殿)……………500 ☆〉
よどむ(淀む)……よどみ 97 172
〈よのつね(世の常)……………124〉
よのなか(世の中)……………516 ※
(憂き世の中)
よのほど(世の程)……………352
よのほど(夜の程)……………272
よは(夜半)……………63 66 77 146 308 330 355 428
よはひ(齢)……………67 68 187 506
よばふ(呼ばふ)……よばふ 282
よひ(宵)……………98 314 373
(今宵・夜)
よぶ(呼ぶ)…よぶ 17 ☆、347 ☆、348 ☆、523 ☆
よぶこどり(呼子鳥)…17 ☆、347 ☆、348 ☆、523 ☆
よぶね(夜舟)……………293
よむ(読む)……………よま 278

よも(副詞)……………144
〈よも(四方)……………448〉
よもぎ(蓬)……………266
よもすがら(夜もすがら)……33 39 56 285
よもな……………523
よりかく(縒り掛く)……よりかけ 511 ※
よる(夜)……………184 192
(夜夜)
よるよる(夜夜)……………360
よる(寄る)……よる 192 297 395 ☆
(立ち寄る)(年寄る)
よろづよ(万代)……………〈119〉 120
よわる(弱る)……………よわる 287

ら

〔ら＝あら(有ら)……………392〕

わ

(島わ)
わか(和歌)……………148 ☆
わが(我が)……………51 64(～する) 93 270 281 304 319 433
わがおもひ(我が思ひ)……………301 ☆
わがこころ(我が心)……〈160〉 179 208 231 435 〈481〉

わがごとく（我が如く）……………22
わがこひ（我が恋）………………180
わがそで（我が袖）………………376
わがため（我が為）………………210
わがとも（我が友）………………184
わかな（若菜）……………8 121 245 339
わかのうら（和歌の浦）………336 426 〈446〉
わかのうらぢ（和歌の浦路）…148 ☆、447
わかのうらなみ（和歌の浦波）……5 〈458〉
わかのうらまつ（和歌の浦松）……176
わがみ（我身）……………19 103 217 〈479〉 489
わかむらさき（若紫）……………422
〈わがやど（我宿）……………445〉
わかれ（別れ）……98 〈127〉 128 199 238 486 〈490〉（〜す） 515 ※
（飛び別る）
わきかぬ（分きかぬ）………わきかね274
〈わきて（分きて）……………501〉
わぎもこ（我妹子）……………271
わく（分く）……………わき324
（聞き分く）（見え分く）
わくかた（分く方）……………368
わくかたもなし（分く方も無し）…わくかたもなく32

わけく（分け来）……………わけこ〈29〉30
わする（忘る）…わすら108 305、わするる80 135 〈136〉、わすれ111 114 〈126〉 365 388
わすれす（忘れす）…わすれやはする323 488
わたし（渡し）……………474 ☆
わたしそむ（渡し初む）…わたしそめ491
（見渡す）
わたら……………322（あたらカ）
わたり（辺）……………214 433
わたり（渡り）……………282
わたる（渡る）…わたら247、わたり〈164〉 〈473〉、わたる49 76 335、わたれ〈482〉
（音信れ渡る）（恋ひ渡る）（冴え渡る）
（鳴き渡る）（吹き渡る）
（有り煩ふ）（出で煩ふ）（寄せ煩ふ）
わびびと（侘人）……………292
わぶ（侘ぶ）……………わび139、わぶ393
（置き侘ぶ）（起き侘ぶ）（思ひ侘ぶ）
（早蕨）
われ（我）…70 85 105 123 〈132〉 〈150〉 〈155〉 169 190 197 220 237（〜は） 267 307 311 315 323 360（〜ならぬ） 380 408 442 447 460 〈465〉 〈468〉 〈469〉 〈475〉 〈485〉 502 〈503〉 512 〈517〉 523

五句索引

あ

あかしつるかな……85
あかつきおきの……191
あかつきに……417
あかつきのゆめ……425
〈あかつきも……127〉
あかぬわかれの……98〈127〉199
515※
あかぬわかれは……128
あきかぜぞふく……175
あきぎりに……61
あきくれはつる……74
〈あきこそはてね……157〉
〈あきしなければ……160〉
あきしもなにか……225
あきになりゆく……272
あきにもなれば……53
あきのかたみは……73
あきのかたみや……194
あきのきく……67
あきのけしきは……431
あきのなぬかの……211
〈○あきのみやに……448〉
あきのみやに……449
〈あきのみやまに……477〉
あきのみやまを……478＊
あきのゆふぐれ……274
あきのよの……230
あきのよのつき……192 381
○あきはつる……287
あきはてしより……158
あきはてずとや……159
あきはゆくとも……69
あきふくかぜの……367
あきをしるかな……385
○あくがるる……232
あくにあひけん……216
あくべきなつの……428
あくるひさしき……66
あくればおいの……302
あけがたに……109
あけぐれのそら……273
あけぬこのよは……211
あけぬとつぐる……320
あけくれて……21
あけぬとみゆる……39
○あけぬとや……185
あけゆくそらの……56
〈あこがれて……138〉
あさおくつゆの……362
あさがほは……284
あさからぬまに……356
あさかりしかど……358
あさきこころを……472
あさきせは……153
あさきためしの……464
あさぎりに……282
○あさくらや……181
○あさごとに……100
あさごとに……325
○あさごとの……376
あさざはをのに……256
あさせをはやく……310
あさたつたびと……315
あさぢいろづく……78〈204〉
○あさひさす……394
○あさひやま……241
○あさましや……408
○あさゆふの……222
〈あさゐるとりの……445〉
あしうらの……118
あしかるやたれ……292
あしのほずゑに……175
あじろとやみる……395
あすかがは……307
あすのこころを……369
〈あすはみぞれと……461〉
あすよりは……117
あだなるつゆに……375
○あだにおく……284
○あだにみし……478＊
〈○あたらよの……441〉
あたらよの……440
あたりまで……301
あぢのむらどり……294
あとだにもなく……177
あとたれそめし……62

○あとつけし……219
あとなくは……83
〈あとばかりして……445〉
あとよりは……〈29〉・30
あとをまちける……444
○あながちに……107
〈あなかまさらば……468〉
〈あはずはけさの……490〉
あはせざるべき……299
あはでくれまし……83
あはぬにいむと……102
〈○あはぬまは……463〉
あはぬものゆゑ……〈487〉519＊
○あはれいつ……133
〈あはれとも……492〉
○あはれとや……24
あはれふきそふ……229
あはれまた……373
あはれみたまへ……516※
あはれもよほす……317
あひぬらん……193〈490〉
あひみしよはに……308
あひみむ（ん）ことは……331

○あひみんと……220
あぶくまがはは……421
○あふことの……512
あふことの……209 305 413
○あふことを……206〈452〉483
いそがざりせば……206
〈ならはぬみには……452〉
まつのたえまは……483
あふさかの……174
あふさかのせき……239 314 420
あふさかやまの……427 472
〈○あふさかを……471〉
あふせうれしき……235
あふせなかりし……165
あふせなりせば……419
あふとぞみしに……422
あふとはあまの……161
あふとみし……308
〈あふなりけり……129〉
あふなのみやは……130
〈あふのまつばら……484〉
○あふひぐさ……353
あふひぐさ……31

あふひをまちし……404
あふべきを……223
あふみぢの……410
あふみのうみを……326
あふよにあふと……102
あふよをたのむ……197
あふをいむとや……453
あべのしまわに……90
あまぎるゆきの……81
○あまくだる……527
〈○あまぐもの……155〉
「あまたへも……66」
○あまつそら……234
○あまつほし……137 230
ありともみえぬ……230
そらにはいかが……137
あまとだになれ……455
あまねきあめや……247
あまのいのちも……401
あまのいはかど……39
○あまのがは……368
あまのかはかぜ……273
あまのはら……1

あまのはごろも……370
あまのふせやに……52
〈あまよのつき日（か）……166〉
あまりおもへば……304
〈あまりしをれぬ……482〉
あまりつれなき……404
あまをぶね……〈164〉168
あめさへやふる……313
あめそそく……425
あめとなりても……195
あめにはかねて……60
○あめのまに……156
あめはかへりて……41
あめふるやみに……261
○あめふれと……139
あめやみぞれと……462
あやうきに……514
あやう（ママ）きみちは……474
〈あやなくけさは……454〉
あやなくやがて……211
○あやなしと……439
〈○あやなしや……503〉
○あやめぐさ……356〈500〉

あさからぬまに……356
〈よどのにねさす……500〉
あやめぐさ……464 499
あゆみとどまる……111
あらいそなみや……389
○あらしにも……95
〈あらしはふかで……482〉
○あらしふく……317
［あらたへも……66］
あらたまりけり……338
○あらたまる……2
あらねども……246
あらへども……257
あられたばしる……94
あられなるらん……514
○あられふり……393
ありあけの……167
ありあけのそら……359
ありあけのつき……315
ありありて……149
ありしおもひの……133
ありしばかりに……110
ありしふせやを……114
ありときかるる……414
ありとしらまし……184
ありともみえぬ……230
○ありふれば……346
ありわづらふも……516 ※
あるじがほにも……296
あるじにて……222
あるにもあらぬ……179
あるものを……130
あるをたのみの……213
あればぞかかる……413
あれやこの……44
あをやぎのもり……511 ※

い・ゐ

いかがうらみん……407
いかがこたへん……347
○いかがして……316
○いかだおろす……153
○いかでわが……270
○いかでわれ……311
いかなるさとに……139
いかなるつまに……99
いかなるつゆの……371
○いかなれば……31 116 367
くちぬるそでぞ……116
そのかみやまの……31
みにはしむぞと……367
○いかにこは……61
いかにして……184
いかにしりてか……332
○いかにせん……273 288 372
あまのかはかぜ……273
かぜにしたがふ……372
すぎゆくあきの……288
いかにたばしる……514
○いかにねし……108
〈○いかばいけ……150〉
いかばかりかは……189
いくそたび……326
○いくちよか……325
○いくちよと……327
いくちよとなき……402
○いくちよの……25
いくののおくの……312
○いくめぐり……193
いけにぞたえし……125
いけになびきし……112
いけのこほりの……394
いけのみぎはも……513 ※
いけのみづから……179
いけはこほりに……294
〈いけらむかぎり……126〉
いけるいのちを……415
いけるはひとの……405
○いさぎよく……207
いざさらば……343 447 505
いざこのもとに……329
いざまつむしに〔よ〕……57
○いさ〔ま歟〕やその……158
いしとなりなん……512
いそがざりせば……206
いそぎいくのの……354
いそぎしものを……220
〈いそぐこころを……205〉
○いそのかみ……349 495
ふるののかしは……495
ふるののさとを……349
いそまがくれの……390

いただのはしの……424
〔○いたづらに……29〕
いつかこころの……350
○いづかたの……248
いづくにも……203
いづくをかどと……261
○いつしかと……369
いつしかなれば……117
いつしかはるの……241
いつなれがほに……276
いつのまに……259
〈いづべきみちに……475〉
○いつまでと……435
いづみのみづの……45 365
いつよりか……524 ※
いづるひかげも……2
いづれのそでか……199
いづれのみねと……17
いでぞわづらふ……478 ＊
〈いでたるを……155〉
いでにけり……156
〈○いとせめて……143〉
いとどあしまを……377

いとはれてのみ……523
いとひしかぜを……352
いとひやすらん……237
〈○いとふまで……163〉
○いとふらむ……63
〈いなばのかぜの……163〉
いにしへの……128
いにしへを……35 201
○いのちあらば……223
いのちいかにぞ……34
○いのちこそ……104 426
うれしかりけれ……426
たえはててぬとも……104
いのちなりけり……106
いのちにて……197 213
いのちばかりを……331
いのりきて……399
○いばえつつ……14
○いはしみづ……169
いはしみづ……〈145〉 165 235 472 〈504〉
いはでおもひし……110
いはでやかどの……117
いはぬわたりを……214

いはねのまつも……116
いはばしの……491
いはばしを……528
いひけんはなの……439
〈いひたつる……496〉
いひながら……405
いぶせきころに……313
いへづとにとは……210
いへをいづとて……147
○いまこそは……440
いまこそはみれ……71
○いまぞしる……337
いまとならばや……28
いまのよのため……400
いまはたのまじ……410
○いまはね〔こそ〕は……102
いみけるものを……308
ゐもさだまらぬ……294
いもにあふよは……32
いりあひのかね……74 318
いりもやられね……380
ゐるつららかな……296
いるとみゆるは……234

〈ゐるひとぞ……477〉
○いろあれば……340
いろいろにこそ……384
いろかはりなば……306
〈いろかはる……157〉
○いろにのみ……173
いろめくのべの……58
いろもかも……439
〈いろもにほひも……438〉
いろをうつして……281
いろをしらばや……367
いろをみんとぞ……70

う

○うかひぶね……269
うかひぶねかな……361
うかりしとりの……114
うきかげを……45
うきことを……470
うきぬるたき〔ま〕の……99
うきはしも……146
うきはひさしき……171
○うきふしは……419

うきみはるの……6
うきみをえたる……275
うきみをかふる……28
うきみをしらぬ……190
〈うきみをば……501〉
うきよにかくて……170〈202〉
うきよのなかに……149
うきよわするる……80
うきよをそむく……118
○うきよをば……460
○うぐひすの……244
うぐひすの……338
うぐひすのこゑ……6 7
うぐひすのなく……332
うしみつとらに……49
○うすくこく……511 ※
うすごほりして……397
うすごほるらむ……87
うたたねの……285
うちかへし……502
○うちそよぐ……184
［うちにして……124］
うぢのかはなみ……241

うつあさぎぬの……66
○うつしうゑぬ……36
うつすこころを……228
うつつにて……113
うつつにひとを……200
うづみびをさへ……93
うづめどきえぬ……301
うつりがを……409
うつりにけりな……37
うつりもやする……54
うつろはで……385
〈○うつろはば……160〉
うつろひて……51
うつろひにける……159
うのはなやまの……30 260
うはのそらには……347
うぶねにまがふ……42
うへをみて……226
うめがかの……10
うめのたちえに……248
うめのはな……10イ 340〈438〉
うもれみづ→むもれみづ
うらしまがこの……302

うらぢのつきの……175
うらぢより……148
うらつたふなり……390
うらなくなにか……263
うらなみに……436
うらみがほなる……279
うらみして……509
うらみしとりの……416
うらみつるかな……200
うらみぬものを……413
うらみぬわれに……190
うらみはいまぞ……168
〈○うらみばや……501〉
○うらみむも……117
うらみられまじ……466
うらみをのこす……273
うらむなよ……431
〈うらむべき……160〉
うらむるにこそ……502
うらめしき……380
○うらやまし……424
うらやましくも……348
うらやむものと……123

うらよりをちに……390
うれしからまし……26
うれしかりけれ……426 440
うれしかるらん……401
○うれしくも……118
〈○うれしとや……145〉
うゑてながめむ……67

え・ゑ

○えだしげき……82
えだたれて……12
えだにのこりの……340
ゑなたのふねの……313

お・を

おいにける……34
○おいのなみ……5
をがはのなみの……236
○をがやふく……432
おきあかしつる……41
○おきつかぜ……192
○おきてゆく……194
おきなぐさかな……79

○おきにはやばや……176
をぎのうはかぜ……49 373
をぎのおとかな……272
をぎのはかぜの……277
○おきわぶる……370
○おくしもの……387
おくもあだなる……73
おくもみん……429
おくるらん……376
○おくれじと……476
おこしつるかな……93
をしからぬかは……258
おしなべて……80
をしのうはげを……86
をしまざらまし……18
○をしみこし……28
をしむもたれが……213
○をしめども……345
をちかたびとに……198
○おちつもる……289
○をちにさく……51
おつるなみだの……306
○をとこやま……529
おとせざりせば……333
○おとづれて……203
おとづれて……75
おとづれに……3
おとづれわたる……290
○おとなしの……524 ※
おとにききつつ……420
おとにぞしるき……289
○おとはがは……420
おとはして……396
おともせぬかな……392
おともたえなば……316
おともたてぬは……386
おどろきて……39
〈おとろへまさる……459〉
おとをたててや……387
おなじうきみの……135
おなじきわかの……148
おなじくは……255 318
おなじくもゐは……156
おなじこころの……277
おなじたびねの……77
おなじつきをば……131
おなじとまりは……26
〈おなじにはにて……456〉
おなじみどりの……274
〈おなじやまひを……150〉
おなじよどこに……59
○おなじよに……213
おなじよに……414
〈おのおのいそぐ……446〉
おのがとこよや……53
〈○おのづから……484〉
をののさとびと……237
をののすみがま……300
をののひびきに……17
をのへのかねは……95
をのへのしかは……374
をのやまかすむ……44
をばながすゑに……387
をばなぞあきの……78〈204〉
おはぬさくらの……19
おひそふまつの……529
○おひたたむ……121
おびとはみゆれ……243
おひむものかは……499
おひゆくすゑの……79
〈おふるあやめの……463〉
おぼえぬものを……283
〈おぼえやはせし……129〉
おほえやま……354
〈○おほかたの……458〉
おほしたてけん……105
おほとりの……86
おほはらのさと……222
おぼろづきよは……335
おぼろのしみづ……65
をみごろも……260
をみなへし……275
をみなへしかな……58
おもかげにせむ……343
おもかげにたつ……76
おもげにみゆる……50
おもなれて……395
〈おもはざりしを……475〉
○おもはじと……407
おもはずもあれ……210
〈おもはぬさとの……138〉
おもはぬそでに……248

おもはぬほかの……100
おもはまし……333〈441〉
おもひあがるや……254
おもひあはすれ……102
○おもひあまり……101 304
あまりおもへば……304
みづのかしはに……101
○おもひいで……489
おもひいづべき……379
おもひいでたる……165
おもひいりける……148
おもひいれども……40
おもひおもひに……505
おもひかへすに……188
○おもひきや……238
おもひける……423
おもひこそやれ……86 369
おもひさだむる……372
〈おもひしものを……164〉
〈おもひしりけむ……143〉
おもひしりぬる……232
〈おもひしる……445〉
〈おもひしるかな……492〉
おもひしるらん……284
おもひたちけれ……398
おもひたつらむ……43
おもひたゆべき……137
おもひつれ……103〈517〉
〈おもひなかけそ……163〉
おもひなしかと……1
おもひはいまぞ……232
おもひはえこそ……360
おもひはてても……406
おもひもしらぬ……218
おもひやはせし……201
おもひやらるる……63
○おもひやれ……146 189〈205〉
〈きみがためにと……205〉
ちかひしよはの……146
やそぢのとしの……189
○おもひわび……130 180
たゆるいのちも……130
ぬるもねられぬ……180
おもひわびぬる……231
〈おもふあはれに……497〉
おもふこころの……10 342 407
おもふこころを……24 48 366
○おもふどち……4
おもふにたえぬ……106
おもふにも……114
〈おもふばかりぞ……459〉
おもふばかりの……356
おもふべき……408
おもふまに……315 341
おもふより……2
おもふらむ（ん）……70 185 228 281 375 〈450〉
○おもへただ……134
○おもへども……348
おもへどものの……415
をやむしもこそ……109
をらでぞすぐる……275
をらばほどろと……249
をりあはれなる……280
をりうれしくぞ……165 286
をりからなれや……225
をりからに……412
をりしきて……92
をりしまれ……7
○おりたちて……264
○をりつれば……70
をりてもみせめ……68
をりもありなん……307
をりもしらねば……29
○をるそでに……10
をれやひとえだ……210
おろさぬまどの……11
をろのはつをの……321

か

かがみならねば……321
かかるしらゆき……233
かかるともには……518
かかるなげきの……112
〈かかるなごりは……127〉
かかるひかりは……283
○かきくもり……81
かきつばた……256
かぎらぬみよの……327
○かぎりありて……69
○かぎりあれば……176
かぎりなりける……103

かくしつつ……306
かくてやひとの……378
かくにほふとも……36
○かくばかり……423
かくばかり……59 106 251
かくはなげかじ……342
かくやはものを……408
かくるるいその……418
〈かくれざりけり……438〉
かげきえて……133
かけしひと……521
かげすみて……175
○かげだにも……464
かけねども……278
かげのみや……82
かけひにかかる……87
かけひのみづの……3 316
かげみれば……100
かげもみじ……397
かげやどしけり……527
〈かけよとぞおもふ……458〉
かげをながめて……193
〈かざしなれにし……456〉

〈かざしのはなは……457〉
○かしかまし……249
〈かしこもゆかし……481〉
○かしひがた……90
かしらのしもも……395
○かすがのの……422
かずかくほどの……310
かずごとに……529
かずそひて……122
かずそひにけり……266 328
かずぞよまるる……278
○かずならで……398〈459〉
〈おとろへまさる……459〉
よにすみがまの……398
かずにこそ……327
かずふれて……328
○かずへこし……493
かすみがくれに……16
かすみこそ……243
かすみへだつる……5
かすみへだてて……336
かすみをながす……241
かすむとみまし……242

かすむはけさの……1
かずよりほかに……328
かぜたたぬまに……286
かぜなかりせば……184
かぜならば……23
かぜにあはれを……430
かぜにしたがふ……372
かぜによるなる……297
かぜのおとかな……229
かぜはいかにぞ……47
かぜふきて……272
○かぜふけば……344
かぜふれて……248
かぜもはげしき……393
かぜもみえけれ……384
かぜやありしと……251
かぜをまつらん……259
○かぞふれば……96
〈○かぞへつる……494〉
かたがたよをや……284
かたきなげきに……512
かたしきのそで……75
かたぶくつきぞ……380

かたへいりぬる……118
かたへすずしき……272
かたみとやみん……195
かたみなりける……78〈204〉
かたみなりけれ……339
かたみなれとは……409
かたみにたぐふ……480 ＊
かたもなきよを……372
かたらふこゑは……518
〈かたらふとこそ……517〉
かたをしぞおもふ……268
○かつまたの……125〈126〉179
いけにぞたえし……125
いけのみづから……179
〈いけらむかぎり……126〉
○かつみても……341
〈○かづらきの……492〉
かづらきのかみ……528
かどたのいねに……162
かなはねば……407 415
かねておもひし……115
〈○かのきしに……164〉
かはすにかよふ……131

かはたけの……419
かはらぬつきの……193
かはらぬを……332
かはらねど……518〈520〉
かはりゆく……265
かはるかがみの……100
かはるかと……434
かひあらば……493
かひなくて……142
かひならん……330
かひにきかばや……526
かひもなきかな……100
かひやなからん……297 306
かふべしと……105
かへさもしらず……196
かへしては……134
かへらざるらん……188
かへらぬけふの……123
〈かへらぬひとと……124〉
〈かへらまし……487〉
かへらむほどの……8
かへらむみちぞ……388
かへりけん……519 ＊
かへりさかせよ……23
かへるあしたの……370
かへるかりがね……15 16 334
〈かへるけしきを……145〉
かへるこころを……146
かへるなれ……351
かへるひとめや……509
かへるらん……386
かへればあくる……7
かへればおくる……224
○かみがきや……72
かみさびにけり……436
かみぞちかひし……527
かみにいのりし……209
〈かみのこころを……492〉
かみまつるらん……260
〈かみもこころに……145〉
かものかはせを……89
〈かよふこころの……132〉
からごろも……480 ＊
からにしきかな……236
からびとの……400
かりがねの……53
かるかやの……372
かれののくさの……287
かれはてて……495
かをとどむらん……248
かをりならずは……507 ※
かをるかし［に］……37

き

きえこそやらね……9
〈きえぬべきものを……454〉
○ききおきし……177 246 276
そのかたみには……246
ながらのはしは……177
なをあだしのの……276
○［きき］おきし……40
ききしにたる……55
〈ききしみの……454〉
ききぞわかれぬ……17
きくとしもなく……182
きくのしたみづ……187
〈きくばかりをぞ……160〉
〈きくもあれど……443〉
〈きくをみよかし……157〉
〈きこえしに……119〉
きそのかけぢは……514
きそのかけはし……94
きてみれば……349
〈きなくなるかな……517〉
きぬぎぬに……199
きぬ（ころもカ）におすらん……256
きのふにけふは……332
きのふのふちも……307
○きのふまで……352
〈○きのふより……154〉
きのまろどのに……107
きびのなかやま……243
〈きみがためにと……205〉
きみがみよには……402
○きみがよに……235 326
あふせうれしき……235
あふみのうみを……326
きみがよに……401
○きみがよの……247
○きみがよは……122 187 328
きくのしたみづ……187
にまのさとびとかずそ

ひて……122
にまのさとびとかずふ
れて……328
◯きみがよを……183
◯きみこふと……99
◯きみしのぶ……451
きみとわがする……93
◯きみにこそ……68
きみのみならず……106
〈◯きみはさは……166〉
きみはさは……220
きみはみるべき……325
きみはよも……144
〈きみもろともに……441〉
きみやちとせの……529
きみやみるべき……403
きみゆゑに……104〈150〉
〈きみをなさばや……124〉
〈◯きみをなほ……157〉
〈きみをまつまは……443〉
きみをばわきて……324
きよきながれの……169
きりぎりす……383
きりぎりすかな……433
きりぞへだつる……56
◯きりふかき……377
きれぎれになる……236

く

くさのはつかに……245
くさのはもなし……247
◯くさまくら……77
◯くさむすぶ……280
くだくころかな……341
〈く〔う〕ちにして……124〉
くちぬらん……266
くちぬるそでぞ……116
くちはてて……38
くちん〔む〕たもとを……303
くにつみかみに……399
◯くまもなき……65
◯くみてしれ……472
くめぢのかみの……63
◯くもかかる……291
〈◯くもかへす……482〉
くもぢすぎぬる……262
くもぢはるかと……16
◯くもつづく……334
◯くもとなり……195
くもとよそにて……510※
くもなきそらの……335
くもにいりけん……378
くもにいろそふ……250
くもにまがひし……425
くもゐにみゆる……350
〈くもゐのさくら……461〉
くもゐのつきの……64
〈くもゐのはなを……465〉
くもゐのほしと……507※
くもゐやうみの……234
〈くもゐより……166〉
〈くもるとも……494〉
くもるまは……64
くやしきことの……135
くやしきを……173
〈◯くやしさの……136〉
くやしさまさる……305
くやしやなにの……216
くゆるおもひに……217
◯くらきよの……379
くらしつるかな……45
〈くらゐやま……457〉
くるかりがねの……278
くるしかりける……412
くるはるごとに……5
◯くるはるの……239
◯くれごとに……318
くれごとに……231
くれなれば……189
◯くれなゐの……303
くれなゐの……295
◯くれぬとも……299
くれのさはらめ……153
くれはどり……211
〈くれもさはらず……154〉
くれゆくとしぞ……97
くれゆくはるも……24
くれをまたばや……113

け

けさこそひとは……226
けさたつあきの……47

けさのゆきかな……80
けさのわかれの……238
○けさはしも……397
○けさみれば……44
けしきにて……241
けしきまで……63
けたよりも……424
げにおとなしの……178
○けふくるる……26 73
あきのかたみは……73
はるにむやひの……26
〈けふしもあれ……485〉
けふしもかぜの……386
けふとたのめし……113
○けふとても……6
「けふとならばや……28」
けふのくれかは……137
〈けふのちぎりも……452〉
〈○けふはあめ……461〉
○けふはただ……486
けふはともにて……45
けふばかりなる……27
〈けふはまされば……154〉
けふふるゆきの……82
けふまでも……498
けふもやいもに……83
けふやうれしき……528
けぶりこそ……398
けぶりたえせぬ……325
けぶりにぞしる……300
けぶりばかりを……222
けふをしも……96
けふをまちつる……369 467
けふをわがみの……103

こ

こえてくやしき……420
〈こえぬものから……471〉
こがらめぶしを……319
こぎかへりぬる……168
こぎゆくふねの……234
こぎゆけば……90
こぐふねの……208
〈こけのたもとを……500〉
ここになくとは……524 ※
ここちこそすれ……227
〈ここちせしかな……119〉
〈○ここもをし……481〉
こころありせば……368
こころがはりの……259
こころから……217
こころきえめや……521
こころさわがす……373
こころさわぎに……182
こころしあらば……480 ＊
○こころすむ……225
こころせましを……60
こころせよ……91 437
こころぞみゆる……321
こころづよさを……197
こころとつける……149
こころとまらぬ……449
〈こころとまりて……450〉
こころなりせば……131
こころなるかな……399
こころなるらん……310 453
〈こころにかかる……484〉
こころにかけん……483
こころのいろの……188
こころのうちの……141
こころのうちを……285 466
こころのほどは……215
こころのほどや……224
〈こころばかりぞ……520〉
〈こころはそらに……138〉
こころぼそくは……398
こころぼそさは……300
〈こころもしらぬ……140〉
こころをとめぬ……203
こころをば……110 123 467
こころをまづは……451
こころをもみる……413
こころをやしる……519 ＊
こしそのかずも……15
○こしぢより……278
こずゑのはなに……22
こずゑばかりに……525
こずゑまで……186
○こぞといふ……332
こぞめのころも……303
こだかきふぢの……510 ※
こたへがほなる……433

ことしより……121
〈ことぞかなしき……479〉
ことづてん……52
こととつぐなり……89
こととはん……57
○こととひし……323
こととひて……198
〈○ことのねに……497〉
○ことのはの……449 521
すゑはそむかじ……449
つゆにおもひを……521
ことのみぞうき……414
〈ことはよそにぞ……454〉
こともなきみを……498
ことをかたらふ……354
こぬよをまちし……201
○このきみと……400
このことのはを……134
○このさとは……268
このそのならば……36
こののべにてや……255
このはがしたの……392
このみなりとも……449

〈このみはなほも……448〉
このみをかくる……186
このゆふぐれや……48
このよならねば……331
このよなりせば……221
このよのみかは……309
このよばかりと……361
こはみくまのの……121
こひしきよりは……305
こひしけれ……219
こひしなば……512
こひしぬべしと……405
○こひそめし……188
こひぢにまどふ……118
こひにいのちを……105
こひになれたる……434
こひのやまひを……149
こひわたりけん……424
○こほりして……84
こほりをむすぶ……391
こぼればやらん……392
○こまなべて……312
こまをはやめて……111

こむあきまでの……34
こむ(ん)よのやみに……269
こやともひとの……214
○こやのいけに……296
こよひこそ……65
こよひなりけり……92
こよひなるらむ……62
こよひにあはぬ……489
こよひにかぎる……288
こよひのつきの……493
〈こよひのつきは……494〉
こよひのつきや……379
こよひばかりぞ……437
○こよひもや……20 214
はなゆゑここに……20
やどかりかねん……214
〈○こよひわれ……132〉
○こりつもる……309
これかさは……73 177
○これぞげに……128
これならん……194 247
これはただ……135
これもみるひぞ……418

これやあきくる……430
○これやげに……310
これやたづぬる……330
これやみそぎの……271
こゑあはすなり……298
こゑきけば……98
こゑきこゆなり……279
こゑぞわぶなる……393
こゑのあやは……56
こゑはたてじと……348
こゑはなげかじ……144
こゑほのぼのに……33

さ

○さえわたる……297
○さかきとる……298 508※
にはびのかげにひくことの……508※
にはびのかげにまとゐして……298
さかきばに……527
さかともきこし……355
さかりなりける……252

○さきかかる……257
○さきそめし……250
さきだちにけり……46
さきだてて……430 451 〈475〉
［さきてやちらむ……29］
○さきにけり……186 198
をちかたびとに……198
みかさのやまの……186
さきのよに……304
〈さきもはてぬに……205〉
さきやらぬ……206
〈さくらばな……456〉
〈さこそみるらめ……457〉
さざなみよする……291
〈○さしかふる……457〉
さすがこたへま……470
〈さぞさそふとも……448〉
○さそはれぬ……215
さそひもしてよ……381
○さそふべき……147
さだむらん……137
さだめおきけん……326
さだめてか……261
さだめなきよの……352
○さだめなく……42
さてこそはあれ……116
〈○さてもなほ……469〉
さてものどかに……253
さてやおもひの……147
さてやすぐさむ……181
○さてをしれ……110
さとびとも……43
○さなへとる……34
さのみしらぬに……499
さのみなつみそ……54
○さのみやは……196
さはだがは……358
さはながめけむ……139
さはのほたるも……360
さはべにあるる……14
さへづるはるは……338
さへづるも……337
○さまざまに……522
○さみだれに……38 266 358
にはのよもぎや……266
はやをのつなは……38
みづやこゆらむ……358
○さみだれの……265
さみだれのころ……264
さむけかるらし……53
さむるまに……280
さめぬやがての……113
○さめぬよの……171
さめやらで……200
さもあらで……296
さもあらばあれ……50
さもさだまらず……389
さもよわるべし……287
○さゆるよは……86
○さよすがら……93
さよふけて……87 99
○さらぬだに……74 416 514
きそのかけぢは……514
ねざめさびしき……416
ものがなしかる……74
さらばこんよの……455
〈さりとながれの……504〉
○さりともと……258
さりともとこそ……103
○さるさはの……112
さればこそ……115
さわぐらん……389
さわらびを……249
さをしかの……263 279
さをしかのこゑ……280 432

し

しかいとはずは……162
しかじとぞおもふ……518
しかぞあひみぬ……40
しがらみもがな……69
○しきみつむ……191
しぐるるままに……71
しぐれかな……290
しぐれてわたる……76
しげくのみ……363
したすずみして……174
したばには……287
したひけん……55
○したひこん……148
したふとて……345
〈したふべしとは……475〉

したもみぢして……176
しづえはなみの……257
しづがかりねに……253
しづがまくらを……20
○しづまぬは……361
しづむにうくは……101
しづめもあへぬ……208
しづをはすぎぬ……19
〈しなばおくれじ……150〉
○しぬといふ……455〈454〉
〈ことはよそにぞ……454〉
そのひとことに……455
しのすすき……371 276
しのだのもりの……82
しののめに……320
○しののめの……430
しののをふぶき……410
しのばざりけり……383
しのばざりけれ……360
○しのびこし……216
しのびしころぞ……355
○しのびづま……7
しのぶのくさの……35
しのぶのやまの……429
しのぶべしとは……201
しのぶもまたぞ……412
しのぶらむ……24
しのぶるに……348
〈○しのぶれば……504〉
〈しのべとは……503〉
○しのべども……306
しほにひかるる……38
○しほみてば……418
○しぼるまで……60
しまざりけりな……10イ
しまずもあるかな……10
〈しみづかなにぞ……471〉
○しもいとふ……295
○しもがれて……78
〈○しもがれの……204〉
しもばかりぞと……95
しもをいただく……79
〔しらぎくのはな……68〕
しらずして……361
○しらつゆや……281
しらでもみばや……1
しらでやわれを……105
〈しらぬなりけり……452〉
○しらぬまに……442 55
たびねのとこや……55
われもちとせや……442
しらふのたかは……396
しらべにかよふ……508 ※
しられぬるかな……366
しるきかな……269
しるこそやみの……207
しるしなりける……141
しるしなるらん……271
しるしにて……506
しるしはいつか……353
しるしはいづら……170〈202〉
○しるしらぬ……364
しるならば……466
しるひとからに……439
しるひともがな……285
○しるべせよ……429
しるべせよ……147
〈しるべそへずは……487〉
しるべなるらん……312
○しろたへに……80

す

すがたはそれと……239
すがぬくかみも……271
すぎがてになく……182
〈すぎにてか……140〉
すぎにもまさる……141
すぎぬとみゆる……268
○すぎぬなり……111
すぎぬらん……442
すぎやらぬみぞ……61
すぎゆくあきに……193
すぎゆくあきの……288
すぎゆくとしぞ……172
すぎゆくはるの……351
すくなかりける……418
すぐるみなれば……523
すごがあさぎぬ……47
すずしさに……365
すずしとて……196
すずならすなる〔り?〕……91
すそのましば……92

すだくほたるの……266
すまのうらかぜ……431
〈すまはあふせと……164〉
すまひせねども……107
○すみうしと……292
〈すみかをほし〔ら〕の……124〉
○すみしよに……165
すみしわたりを……433
すみぞめのそで……170 191 〈202〉
すみだがはらの……323
○すみなれし……294
すみははつべき……316
○すみよしと……62
○すみよしの……209 256 436
あさざはをのに……256
かみにいのりし……209
つきはしきつの……436
すみれつまましし……255
すむかひぞなき……180
○すむかひも……167
すむこころ……382
すむにかひある……235
すむひといかに……391
すむものと……207
すむよかな……378
すゑずゑに……169
すゑたがはずは……148
すゑはそむかじ……449
すゑはものうし……447
すゑをしらねば……183
すゑをみかさの……120
すゑをみるべき……529

せ

せきぢのとりの……427
せきのこかげの……174
せきはすぎこし……451
せくかたもなき……97 172
せにかはるなり……307
せにはやく……46
せばからむ……84
せよとてか……391
せりつむそでは……246
せれうのさとに……44

そ

そがぎくのはな……68
そそやはしたか……91
そでつくばかり……358
○そでにおく……417
そでのかやする……267
〈そでのぬるるは……471〉
そなれまつ……418
そのかたみには……246
そのかみに……62
そのかみやまの……31
そのたまづさは……278
そのにきて……322
そのひとことに……455
そのみなかみは……〈504〉 522
そのむかしこそ……219
そはぬたびかな……64
そはぬばかりぞ……135
〈そふばかりにも……136〉
〈そまがはの……154〉
○そまぎたつ……17
そまやまがはの……153
そむきしか……460
○そむきにし……170 〈202〉
〈そむくあはれは……458〉
そめしこころの……173
○そよといふ……277
そよとてわたる……49
〈そらたづねせし……465〉
そらだのめする……290
そらとやけふを……333
そらにおぼえね……327
〈そらにしるくは……132〉
そらにちりけん……345
そらにはいかが……137
そらやくれぬる……8
そるはしたかの……397
それさへにこそ……108
それとしらるる……376
それとはみてむ……340
それながら……28

た

たえしより……179
たえずおとせよ……318

たえずそなふる……122
〈たえなましかばと……497〉
たえなんのちの……409
たえぬかな……402
たえはてけるは……152
○たえはてぬ……331
たえはてぬとも……104
〈〔たえはてぬとや……151〕〉
たえまたえまに……334
〈たえまもあらじ……484〉
〈たえむものかは……504〉
たぎつおとかな……317
たきはしるけれ……178
〈たぐひなきかな……520〉
たこのうらふぢ……257 〈482〉 483
〈〔たたさてぬとや……151〕〉
〈ただひとときの……496〉
○ただかすむ……333
たたくくひなに……39
○ただならず……371
○ただもせし……412
ただもぬれけり……246
たちかへり……170 〈202〉

たちこめられて……61
たちさわぐなり……293
たちそひて……5 227
たちばなの……507 ※
たちまじりぬる……426
〈たちやいでまし……494〉
たちよりて……364
たつけぶりかな……217
たつたがはかな……295
たつたのかはに……69
たつたびに……236
たづぬるこまの……83
たづぬるやまの……526
たづぬれば……309 433
たづねかねたる……509
○たづねきて……388 427 519 ＊
あはぬものゆゑ……519 ＊
あふさかやまの……427
かへらむみちぞ……388
たづねきて……8
たづねしすぎは……240
○たづねつつ……467
○たづねつる……224 466

こころのうちを……466
こころのほどや……224
たづねても……367
たづねぬひとの……444
たづねもくらめ……488
たづねもみばや……499
たづねもゆかん……421
たつるかやりび……44
○たてそめて……404
〈たとふなみだの……463〉
たとへんことの……327
たどるかな……336
たどるまに……89
たなかのゐどの……264
たなばたの……48 369 370 〈452〉 453
○たにがくれ……392
たにつくれとか……326
たにのうぐひす……333
たにのふるすの……244
○たにふかみ……391
たにみづは……88
たのまざりしに……405
たのまれず……158

たのみしかげも……142
たのみをかくる……353
たのむかたなく……159
○たのむとも……410
○たのむべき……498
○たのむれば……109
○たのめしを……231
○たのめつつ……201
○たのめつる……373
たのめてうゑし……400
たのめぬひとの……347
○たはるれど……275
たはれつつ……58
たびごとに……76
たびねしたりと……52
たびねして……329
たびねしてけり……59
たびねのとこに……432
たびねのとこや……55
たびねのゆめの……280
たびねをすべき……92
〈たびのそらとや……450〉
たびまくら……253

たまくらのそで……37
○たまさかに……308 453
　あひみしよはに……308
　あふをいむとや……453
たまさかやまの……330
たまとみえけむ……232
たまのをならん……498
たまもこそ……112
たまらぬあめと……142
たまをそめける……511 ※
たみのかまどを……325
ためしおもひて……25
ためしはあらめ……128
ためとかはしる……213
たゆるいのちも……130
たらずして……15
○たらちめは……105
たれにかたらん……425
たれぬぎかけて……260
たれゆゑにぞは……476
たれをうらみて……363
○たれをかく……347
たれをかまたん……212

ち

ちかひしよはの……146
ちかひにも……324
○ちぎらずな……409
〈ちぎりおきしか……503〉
ちぎりしことを……476
ちぎりしふみの……406
○ちぎりても……279
ちぎりなりけん……371
ちぎりをしらぬ……453
ちぎりをぞしる……319
ちぎりをむすぶ……364
ちぐさのはなの……281
ちとせてふこゑ……57
〈ちとせとぞおもふ……443〉
ちとせはきみが……399
○ちとせふる……9
ちどりしばなく……90
ちよのちぎりや……400
ちらさんかぜは……50
ちらでさくらの……18
ちらぬこころに……22
○ちらぬまは……329 525
　いざこのもとに……329
　はなともえこそ……525
ちらん(む)なげきを……341
○ちりなまし……286
ちりなんのちの……343
○ちりぬべき……21
ちりぬるもよし……346
○ちるとみる……351
ちるにとまりて……342
○ちるはなを……23

つ

つがはぬをしの……85 393
つきかげうつす……65
つきかげの……225
つきかげを……139
○つきくさは……54
○つきさせと……11
つきにおとらむ……156
つきにこころの……378
つきにしのぶる……185
〈つきにながむる……438〉
〈○つきにのり……487〉
〈○つきにのる……520〉
○つきのころ……283
つきはいるとも……167
つきはこころに……207
〈つきばかりをや……155〉
つきはしきつの……436
つきはすずしき……230
つきはのどけし……428
つきもかごとの……527
つきやかはらぬ……62
つきやともなふ……432
つきやみすらん……439
〈つきゆゑに……481〉
つきよし……212
つきをいとふに……269
つきをといひて……440
〈つきをとげにぞ……441〉
つきをながむる……285
つきをながめぬ……221
〈つきをみしかな……138〉
〈つきをみて……132〉
つきをみる……488

つくしはつらむ……48
○つくづくと……343
つたのいりえの……265
つなはへて……162
○つねよりも……378
つのくにの……214
つまごひは……422
つまとこそみれ……35
つまもこもりき……255
つみのふかさに……275
つむとてや……245
つむべきなぎの……264
つもらざるらむ……82
つもらぬさきに……81
つもるもえこそ……233
つゆこぼるらん……363
つゆぞひにける……442
つゆにおもひを……521
つゆにぬれたる……284 357
つゆにはなにの……376
つゆにやしをる……370
つゆのいのちぞ……134
つゆのしらたま……73 194
つゆばかり……50
つゆもこころの……221
つゆもまだひぬ……417
つらからざりし……435
つらきよに……346
○つらきをば……413
○つらきをも……190
つらくきこゆれ……109
つらけれど……215
つららにのみぞ……88
つららのむすぶ……178
○つれづれと……13
○つれなさは……106

て

○てすさびに……301
てにかけけるは……472
〈てにかけし……471〉
○てにむすぶ……45 365
いづみのみづのうきか
げを……45
いづみのみづのすずし
さに……365

と

ときしまの〔れ〕……49
ときぞやゆめに……108
ときにこそ……178
ときはかきはに……324
ときはぎの……71
○とくるまも……233
〈とけぬつらさに……492〉
○とけぬなる……3
とこなつの……41
とこにまた……77
〈○としくれぬと……446〉
としくれぬとて……96
としつきに……238
○としつめば……339
としにひとよは……368
としのくれにも……27
としのへぬらん……245
○としのゆく……447
としはふれども……31
○としふとも……18
としふりて……240 252
としふりぬれど……338
○としへたる……251
としよるひをに……395
としをたのみし……258
〈○としをへて……456〉
としをへて……486
とだえならねば……491
とだえもみえぬ……528
とぢられて……294
○とどこほる……〈151〉 152
〈はるよりさきの……151〉
ほどかときさし……152
とどこほるとも……419
とどめおくとも……431
〈とどめおけ……448〉
となりにて……244
○とにかくに……415 〈479〉
おもへどものの……415
〈わがみになるる……479〉
〈とはざらめやは……136〉
とばたのおもの……384
とはばこそ……411
とはれぬわれを……502

〈とはれましやは……132〉
とひはみられじ……470
〈とひみばや……469〉
とびわかれぬる……84
とふことの……101
とふのすがごも……411
とふはひうらの……301
○とふひとも……168
とふひともがな……81
とぶらふこゑは……383
○とへかしな……149
○とへどこぬ〔の〕……19
とへばさてしも……107
とほぢののべに……8
とまやかた……313
〈とまらざりけれ……485〉
とまらぬに……381
とまらぬはるを……345
とまらまし……221
○とまりゐて……123
とまるこころは……104
ともしして……40
ともすかがりと……42
ともぞあまれる……394
ともちどり……390
○ともづれに……15
ともとみてまし……277
ともにけふこそ……174
ともにみんとや……375
ともははなれぬ……51
とよみてぐらに……233
○とらせけん……322
とりのうはげに……295
とりのねぞうき……515 ※
とりのねに……314
とりのねは……323
とりはものかは……98
とをちのさとの……334

な

〈ながすかな……497〉
〈なかぞらになる……481〉
なかたえぞこは……115
○ながづきの……386
ながつきのよは……66
○なかなかに……48 355 〈490〉
このゆふぐれや……48
しのびしころぞ……355
〈なにかこよひに……490〉
○ながむらん……131
ながむるつきに……382
○ながむるに……380
○ながむれば……16 381
くもぢはるかと……16
みにはこころの……381
〈ながめざりせば……441〉
○ながめても……212
ながめなれども……412
ながめにもまづ……488
ながらのはしは……177
○ながらふる……414
○ながらへば……103
なかりけり……107
〈なかりしものを……127〉
ながるるのりの……522
ながるるみをの……46
ながれくむだに……67
ながれてすゑに……419
ながれともがな……235
なきこのよにて……489
なきてすぎぬる……261
なきなのらぬ……181
なきわたるなり……33
なくこゑに……229 317
なくこゑは……85
なぐさめにせん……218
○なくしかの……59
なくぞあやしき……417
なくちどり……293
なくちどりかな……389
なくてくもゐに……167
なくなくいまや……15
なくなれど……374
なくやなにどり……322
なげきてすぎし……238
なげきにあらず……491
なげきのはてを……309
なげきをぞせぬ……21
なげくかな……331
なげくばかりぞ……415
なこそのせきと……423
なごりともなき……359

なごりをぞおもふ……486
なさけならずや……171
○なつかしき……255 507※
　かをりならずは……507※
　つまもこもりき……255
なつくさを……274
○なつくれば……43 259
　こころがはりの……259
　むろのやしまの……43
なづさひて……9
なつののくさの……363
〈なつのひも……129〉
なつむしの……232
なづるあさぢの……366
なでしこのはな……357
などかへりけん……422
などやさは……462
ななふをあけて……411
なにいそぐらむ……96
なにおもひけむ〔ん〕……95 125
〈なにかこよひに……490〉
なにかしられん……167
〈○なにかその……496〉

なにかはりけん……65
○なにごとに……221
○なにごとも……200
○なにしおはば……57 421
　いざまつむしに……57
　たづねもゆかん……421
なにしおはば……54
なにとどめけん……423
なにならぬかな……187
なになれば……188
なににかかれる……498
なににかくべき……134
なににかこたん……303
なににたとへむ……183
なにのこりけん……406
なにはえに……292
○なにはえの……175
なにはのうらの……377
なにをかこひの……218
〈なにをしるしの……140〉
なのみやこふる……239
なのらせて……120
○なびきける……217

なびくめり……271
なべてあしげと……14
なべてかすみや……335
なほいろふかし……257
なほかがりびや……43
○なほざりに……144
なほすぎぬるか……203
なほやなるべき……467
○なみかかる……390
なみかかる……116
なみしづかなる……401
○なみたかき……208
〈なみだおちそふ……154〉
なみだなりけり……101
なみだのいろは……434
なみだはそでの……374
なみだもそでに……59
なみだもよほす……7
〈なみだをそへて……497〉
なみにただよふ……168
○なむやくし……516※
ならのかれはに〔ながら〕……289
ならはずからし……110

〈ならはぬみには……452〉
〈○ならひにき……127〉
ならひにしかば……486
ならふなよ……190
ならへとぞおもふ……22
なりにけり……176
なりにけるかな……209
〈なりぬべき……461〉
なりぬらん……250
なりもこそすれ……249
〈なるこなは……163〉
○なるこひく……384
なるてふもの……403
○なれとても……523
○なれにけり……66
〈なれにせば……136〉
なれもかなしや……480＊
なをあだしのの……276
なをかねて……79
なをしりそめし……198
なをすすがばや……169

に

にしきぎの……404
にしきたちきて……146
〈にしきをきつつ……145〉
にはのおもても……444
○にはのおもに……226
〈にはのゆきにぞ……445〉
にはのよもぎや……266
にはびのかげに……298 508 ※
にほひきにけり……11
にまのさとびと……122 328

ぬ

ぬさかとぞみる……72
ぬしあるのべの……249
ぬともしらせめ……411
○ぬるとみし……41
ぬるもねられぬ……180
ぬるよもやすむ……227
ぬれぎぬとしれ……161
ぬれにけり……60 191
ぬれぬれて……303
ぬれまさるらん……199

ね

ねがふはちすの……270
ねぐらのたづは……185
ねこそかはらね……416
ねこそなかれね……356
ねこそわすれね……114
ねざめさびしき……416
ねざめのとこに……75
ねたさそひぬれ……502
ねなましものを……440
ねにぞくらぶる……464
ねにまがひぬる……427
○ねやまこる……253
ねやまこる……20
○ねらひする……263
ねをぞまちつる……365
〈ねをみつつ……463〉

の

○のきちかき……35 37
はなたちばなの……37
はなたちばなは……35
のきのしづくに……311
のきばのうめは……11
〈のちのよをだにと……459〉
のどかにつもる……219
のどけきみよの……251
のべにみてりや……57
のべのきぎすよ……91
〈のぼればたれも……457〉
のもりにあらぬ……61
のもりのかがみ……397
のやまのつゆに……60
のりおくれたる……282
のりぞうれしき……173
のりのこころか……362

は

はかなかるべき……130
はかなくみゆる……361
〈○はかなさは……129〉
○はかなさを……375
はがひにまがふ……86
○はぎがはな……50
はぎにこころの……51
はげしさに……94
はこどりのこゑ……320
はこならん……302
はしたかを……299
はたおるむしの……56
○はちすばに……362
はづかしく……444
はづかしのもり……509
はつこゑを……526
○はつしぐれ……75 76
しぐれてわたる……76
ねざめのとこに……75
はつしぐれかな……203
はつとやだしの……299
はつねのふえに……120
はつねをぞきく……244
○はつはるの……245
はつゆきを……237
はてとききしか……112
はてとながれん……133
はてならん……234
はてはおいける……339

〈はなかあらぬか……469〉
○はなきかば……470
はなさきにけり……349
はなさくはるを……403
はなたちばなの……37 267
はなたちばなは……35 36
はなだのいとを……511 ※
はなだのおびの……115
○はなたるる……480 *
〈はなちやりつる……479〉
はなともえこそ……525
はならば……18
はなにあらはす……274
はなにいとひし……259
はなにおくれて……223
はなにかはらぬ……388
〈はなにきかせじ……468〉
はなにとはばや……251
はなになるてふ……270
はなになれにし……329
はなにはつゆぞ……41
はなにもかくや……466
はなにむかひて……343

はなのいろかは……215
はなのしらゆき……344
はなのたもとは……28
はなのつらさに……478 *
はなはいさとて……19
はなはみやこぞ……252
はなはわたしの……474
〈はなめくえだと……496〉
はなめくえだを……495
はなもあだにや……228
〈はなもここには……473〉
はなもこころや……345
はなもねにこそ……351
はなやさかりに……250
はなゆゑここに……20
はなゆゑのみや……220
はなゆゑみをも……341
〈はなわたれ……482〉
はなをおもふと……21
はなをおもふに……467
はなをだにみば……253
はなをばしばし……206
はなをばよその……506

はなをふみても……24
〈はなをみしとや……477〉
○はなをみて……342
○はねかはす……319
○ははきぎの……114
○ははそはら……71
○はまきよき……293
はもみえず……264
はやをのつなは……38
はらふひまより……12
はるかさねぬる……25
○はるかにぞ……374
○はるくれば……243
はるごまは……14
○はるさめの……513 ※
はるしりそむる……3
はるぞしらるる……152
○はるたつと……1
○はるといへば……335
はるながら……478 *
〈○はるながら……477〉
はるにはまたも……223
はるにむやひの……26

はるのあはゆき……9
はるのくるるは……258
はるのしるしの……240
はるのなさけは……27
はるののに……254
〈○はるのよの……438〉
はるのわかれは……486
はるはうらみの……21
はるはけさかと……2
〈はるよりさきの……151〉
はるるなりけれ……207
〈はるをしむべき……485〉
はれずとみえし……359
はれぬるくもと……344
〈はれまにわれも……155〉

ひ

○ひかげさす……260
ひかずへて……13 288
ひかりそふべき……225
ひかりなりけり……230
〈ひきかけむとや……500〉
○ひきつれて……53 499

あきにもなれば……53
たづねもみばや……499
ひきつれど……356
ひくことの……508 ※
ひくまののべを……4
ひといろならず……228
ひとかたに……366
○ひとごころ……49 115
うしみつとらに〔おもふ〕……49
はなだのおびの……115
ひとごころかな……404
○ひとこゑに……262
ひとこゑは……182
ひとざとに……312
ひとさわぐらん……262
○ひとしれぬ……〈138〉141
こころのうちの……141
〈こころはそらに……138〉
ひとつこかげに……364
ひとづてならで……〈469〉470
ひとつなりけり……522
ひとつになるも……362
ひととふならば……147
〈ひとなみに……500〉
ひとならば……277
ひとにおどろく……314
ひとにこころを……423
ひとにしられし……524 ※
〈ひとにしられで……166〉
ひとにとはばや……434
ひとのこころの……54 158 385 429
ひとのこころも……346
ひとのこころよ……424
ひとのこころを……337
ひとのなければ……212
ひとのよはひも……187
〈ひとはいかがは……473〉
ひとはおとせぬ……222
ひとはかりけり……410
ひとはしのばじ……408
〈ひとはしるらむ……151〉
ひとひやはへむ……223
ひとへにて……47
ひとまつよひに……373
ひともありけり……460
ひともあるよに……290
ひともくみみぬ……88
ひともこそあれ……190
ひともさぞせし……256
ひともたむけぬ……72
〈ひともとはずと……501〉
ひとよはいかが……299
ひとりききける……337
ひとりすみれの……349
○ひとりねの……383
ひとりねのひの……4
○ひとりのみ……229
ひとりみるべき……215
ひとをばまして……407
ひばりげのこま……254
ひびきけり……95
ひまにもみぢの……70
ひまひまに……394
〈ひらけだにせぬ……157〉
ひらけぬきくも……158
○ひらけぬを……159
ひらのたかねに……291
〈ひをかぞへつつ……468〉
ひをくらすべき……196
ひをなれば……297
ひをふるままに……265

ふ

〈○ふえのねの……119〉
〈ふかきおもひの……487〉
ふかきやまぢに……318
ふかくこえける……314
ふかくなりゆく……513 ※
ふかさばかりは……10
〈ふかさをばしれ……463〉
ふきあげのはまの……23
○ふききつる……267
○ふきすぐる……431 437
すまのうらかぜ……431
みねのあらしも……437
○ふきわたる……94
ふくかぜは……289
○ふくるまで……359
ふけはゆくとも……493
ふけひのうらに……192
ふけゆくかねの……98 144

ふけゆくかねも……515 ※
ふしみのさとに……180
○ふたばなる……402
ふたばなる……183
ふたばなるらむ……31
ふたばのすゑを……121
○ふたばより……79
○ふたむらの……320
〈ふぢならば……484〉
ふぢのしるしは……186
ふぢのはな……25 350
ふねぞあやふき……38
ふねならば……26
○ふねよばふ……282
ふねよりも……474
〈ふはのせきぢに……450〉
ふぶきして……291
○ふみなれし……336
ふみみしか……161
○ふみみぬも……491
ふもとにつもる……344
ふもとめぐりの……243
○ふゆさむみ……85 89
かものかはせを……89
つがはぬをしの……85
ふゆのかげのも……80
ふゆのけしきは……289
ふゆのには……78〈204〉
ふゆのよに……393 416
ふゆはきにけり……387
ふらんとすらむ……462
ふりそめしより……513 ※
ふりつむゆきの……226
○ふりつもる……〈29〉・30
○ふるさとへ……52
ふるさとを……81
ふるなみだかな……142
ふるののかしは……495
ふるののさとを……349
ふるはるさめの……13
○ふるゆきに……83 528
たづぬるこまの……83
とだえもみえぬ……528
ふれるしらゆき……525

ほ

ほかになくなり……6
ほかになりゆく……268
ほぐしのかげに……263
ほたるなりけり……42
ほどかとききし……152
○ほととぎす……182 261 330 505 509 518 526
いづくをかどと……261
かたらふこゑは……518
これやたづぬる……330
すぎがてになく……182
たづねかねたる……509
まださとなれぬ……526
までどきなかず……505
ほととぎす……32 33 262 355 427
ほととぎすかな……224 354
ほどとほくとも……421
ほどふとも……483
ほどもしらるれ……352
○ほどもなく……428
○ほのみつる……162

ま

まがきのきくは……385
まがふべきかな……507 ※
まきのいたぶし……437
○まくずはふ……363
まくらにとめん……409
まくらのしたの……383
〈○まことには……465〉
またわくかたの……368
またわびびとの……292
まさりけり……27
まさるべしとは……238
〈ましてまぢかき……473〉
○ますらをは……395
またいづかたの……262
〈まだうつろはぬ……443〉
またおもひしる……460
まだかたことの……244
またくさたえぬ……254
まださとなれぬ……526
〈またとりのゐる……126〉
またならべてむ……20

○またばこそ……515 ※
またひとなみに……426
またましものを……493
またもこずゑに……23
またもさこそは……153
またもゆかばや……162
○まだよひの……314
またれざりけれ……226
〈またれぬうさの……520〉
またれぬるかな……32
またれまたれて……33
〈まちけるか……468〉
まちしほどなる……231
まちもしてまし……206
まちもみし……368
○まちもみよ……197
まづいでにけり……315
まつがうらしま……428
まつぞものうき……4
まつたててけり……240
〈まつとしきかば……494〉
まつとはすとも……144
まつとみえまし……117

まつともこよひ……297
まつにかからん……350
まつにこそ……352
まつのこかげに……9
まつのたえまは……483
まつのたまえを……185
まつのためしも……402
まつのみぞ……141
まつはかぎれる……25
〈まつはくるしき……143〉
〈まつはなの……205〉
まつはわれとや……70
○まつひとも……411
まつふくかぜも……436
まつほどに……476
まつもちとせの……183
まつもひさしく……209
まつよのあめの……109
○まつよひの……98
〈○まつらむと……140〉
○まてどかく……502
まてどきなかず……505
○まてばこそ……488

まとゐして……298
まねきつる……387
まねくけしきぞ……276
〈まねくこころを……163〉
まねくをばなに……58
まののうらまつ……291
ままならで……216
ままならば……342
まよふべしとは……269
まれなりけるも……71
○まれにあふ……211
まろどのを……181

み

みあれなるべき……353
みえつるは……42 510 ※
みえぬらん……224
みえねども……239
みえわかね……233 525
みかさのやまの……186
○みかりする……91 92 396
すそのましば……92
のべのきぎすよ……91
やまぢにすずの……396
○みきとだに……425
みぎはのひまや……84
みぎはのやなぎ……12
○みくさをば……12
○みこそかく……338
みこそはきゆれ……521
みしおもかげの……227
みしきくの……159
みしことは……108
みしそのかみの……339
○みしゆめを……113
みしゆめを……102
○みそぎがは……46 366
ながるるみをの……46
なづるあさぢの……366
みそらにあきや……386
みだれあひて……362
みちしばのつゆ……430
○みちとせに……403
みちならずとも……429
〈みちならで……446〉
みちにしも……354

みちにても……379
みちにともなへ……382
みちのくの……421
みちをたどれる……30
みづからを……125
みつぎものかな……122
みづなれど……522
みづのかしはに……101
みつのさとびと……282
みづまれになる……87
みづやこゆらむ……358
みてもまづ……319
みとなりて……270
みともしのばむ……329
みどりのの……513※
○みなかみや……87
○みながらに……178
みにきける……286
みにしみて……273
みにしむかぜは……46
みにしめば……267
みにそはば……195
みにつもりぬる……302
○みにつもる……27
○みにとまる……506
みにはこころの……381
みにはしむぞと……367
みぬはなし……283
みぬまにおふる……464
みねにいほりを……242
みねのあらしも……437
みねのこのはぞ……76
みねのましらの……317
みねのまつかぜ……508※
みねのをしかの……229
○みのうさを……218
みのうのはなは……29
みのつれなさを……414
〈みのはては……459〉
みのみぞふはの……451
みましやは……36
〈みむとてや……465〉
〈みむひともがな……461〉
みむろのやまの……72
〈○みやこには……443〉
〈○みやこをば……450〉
みやのうぐひす……337
○みやまぎの……142
みやまべのさと……3
みゆるかな……16
みゆるけぶりや……312
みゆるなりけり……14
みゆるまがきの……371
みよしののやま……250
みるたびに……68
みるにだに……171
みるにても……357
〈みるひとありと……129〉
みるべきはなの……462
みるほどに……344
みるもあだなる……194
みるものを……131
○みわたせば……254
○みわのやま……240
みをかへて……455
みをつくしかな……265
みをなして……311
みをもうらみき……128
みをもはなれじ……104

む

むかしいひける……292
むかしだに……258
むかしのあとを……336
むかしのひとの……519＊
むかしのひとを……357
〈むかしはきみも……143〉
○むかしみし……174 252
ともにけふこそ……174
よしののやまは……252
むかしより……435
○むかしわが……433
むくひなるらん……304
むしのこゑごゑ……55 287
むすばざりせば……242
むすばれにける……88
むすばれぬらむ……99
むすびける……187
むすぶこほりに……97 172
むつごとに……93
むなしきそらを……195
むなしととける……173

むめ→うめ
むもれみづ……392
むやのはまぐり……161
○むやひする……313
○むらさきの……350 510※
くもとよそにて……510※
くもゐにみゆる……350
むれゐるとりの……84
むれゐるをしの……394
むろのやしまの……43

め

○めかれせぬ……22
めぐみわたらぬ……247
○めづらしき……32
めづらしきかな……2
○めづらしく……237
〈めづらしとみる……155〉
めなれてかくや……18
めなれてはなの……346
めもたてずして……181
めをあはすらん……263

も

もかりぶね……377
もとこしみちを……111
ものうかるべき……96
ものおもひかな……305
ものおもふかな……13
○ものおもへば……434
ものがなしかる……74
〈ものぞとは……143〉
ものとこそなれ……374
ものとこそみれ……506
〈ものとしらずや……496〉
ものならば……218
ものならめ……515※
ものはかなしき……189
ものをいはせむ……311
〈ものをして……479〉
○もみぢちる……236
もみぢちる……69
もみぢのにしき……286
もみぢばは……72
〈もみぢをこひて……477〉
もみぢをのこす……295
ももかへり……403
○ももくさの……228
○ももよまで……324
もゆるおもひは……309
もらぬにぬるる……75
もりくるは……432
もりこばなどか……156
もりにぞありける……510※
○もろこしの……〈473〉474
はなはわたしの……474
〈はなもここには……473〉
○もろともに……199〈485〉
あかぬわかれの……199
〈はるをしむべき……485〉
もろびとの……353

や

やがてにしへの……382
○やしまもる……399
やすむまもなき……435
やすらふみちも……476
やそうぢびとの……298
やそぢのあきを……283
やそぢのとしの……189
やどかりかねん……214
やどはかりけん《り》……77
○やどもせに……67
やどりしつきは……296
やどるいなづま……375
やどるつきかげ……12
〈やどをたづねん……140〉
○やまがくれ……88
「やまがつの……29」
やまがはの……152
やまがはのみづ……391
やまざくら……210
やまざとに……74
やまだのぬしぞ……34
○やまだもる……47
やまぢにすずの……396
やまぢのかぜの……94
やまぢのきくの……442
やまぢのつゆに……191
やまどりの……321
〈やまにいりける……166〉

やまのはしらむ……320
やまのゐのみづ……364
やまひならずや……516※
やまほととぎす……〈517〉524※
○やまみづは……172
〈やまみづを……151〉
〈やまもこたふる……119〉
やまやこたふる……120
やまゐのしみづ……196
やみなばや……420
やみなまし……489
やみにまよはん……379
やむべきに……406
やむよもしらぬ……13

ゆ

ゆかじとぞおもふ……474
○ゆきおくる……64
ゆききえずとも……340
○ゆきつもる……444
ゆきつもる……316
ゆきてたづねん……505
○ゆきとだに……462
ゆきにまがひぬ……396
ゆきのこかげは……388
○ゆきふかき……300
ゆきふりにけり……177
ゆきをみるにも……219
ゆきをわけこし……〈29〉・30
ゆくかりがねに……52
〈ゆくこころかな……446〉
○ゆくとしや……302
ゆくへしらばや……351
ゆくへもしらぬ……322
ゆくみづに……310
○ゆくみづは……97
ゆふがすみ……334
ゆふかぜに……11
ゆふがほのはな……198
ゆふぎりかくれ……90
ゆふくれなゐの……216
ゆふぐれのそら……288
○ゆふされば……58
○ゆふしほに……389
ゆふだちの……268 359
ゆふつけどりの……417
ゆふなみちどり……89
ゆふべのあめと……311
ゆふまぐれ……384
ゆめときくよに……200
○ゆめとのみ……406
ゆめにこのよを……171
○ゆめにさへ……227
ゆめはまことに……308
ゆめをさまさん……270
ゆらのみなとで……293
ゆらのみなとを……208

よ

よかはのかがり……133
○よがれせず……290
よがれやすらん……279
○よしさらば……382 405
こひしぬべしと……405
ながむるつきに……382
よしのやまに……40
よしのやまは……252
よしのやま……242
〈よせずとも……458〉
よせやわづらふ……377
○よそながら……321
よそながら……300
よそなるものと……125
よそなれば……6
○よそにこそ……161
○よそにてや……242
よそにみしかな……495
よそにみて……4
〈よそにみるかな……456〉
○よそへけむ……357
○よそへつる……385
○よつのうみの……401
〈よどのにねさす……500〉
よどのわたりの……282
よどみけり……97 172
〈よにかずならぬ……501〉
〈よにかはるとも……126〉
よにすみがまの……398
〈○よのつねの……124〉
よのなかに……516※
○よのほどに……272
よはなれど……428

よはのしぐれも……77
よはのつきかな……63
よはのひとこゑ……330 355
よはひのぶてふ……67 68
よはひばかりを……506
よぶこどり……17 347 523
よぶこどりかな……348
よぶねやのぼる……293
○よもすがら……33 39 56 285
たたくくひなに……39
つきをながむる……285
はたおるむしの……56
またれまたれて……33
〈よものあらしは……448〉
よよしとつげん……212
よりかけて……511 ※
よるともみえず……192
よるなみの……192
よるよるの……360
よるわがともを……184
○よろづよと……120
〈よろづよまでと……119〉
〈よをそむきなば……503〉
よをまもるべき……324

わ

わがおもひかな……301
わがかげだにも……64
わがこころかな……179 208 231 435 〈481〉
〈わがこころには……160〉
わがごとく……22
わがこひは……180
わがそでのみぞ……376
わがそめがほに……281
○わがために……210
わがつらかりし……304
わかなこそ……339
○わかなつむ……8
わかなといひて……245
わかなとをしれ……121
わかのうらぢへ……447
わかのうらなみ……5 〈458〉
わかのうらに……426
わかのうらにも……336 〈446〉
わかのうらまつ……176
わがひとりねの……319
わがみあさまの……217
わがみなりせば……489
〈わがみになる……479〉
わがみにも……19
わかむらさきの……422
〈○わがやども……445〉
わがゆきつれの……51
〈わかれせましや……490〉
○わきかねし……274
〈わきてとふべき……501〉
○わぎもこが……271
わくかたもなく……32
○わすられき……305
わすられにけれ……108
○わするるは……135
〈わするるまでに……136〉
わすれてしかの……365
わすれぬは……111
わすれぬる……388
［わすれねば……111］
〈わすれめや……126〉
わすれやはする……323 488
わたしそめたる……491
〈わたりけり……473〉
〈わたりにけりな……164〉
わたるらむ……335
わびつつねにし……139
〈われがことかと……469〉
〈われこそきみに……503〉
○われこふる……307
〈われさへえこそ……485〉
われさへねでも……85
〈○われぞまづ……475〉
われつらからば……408
○われならぬ……360
〈われによそへて……465〉
われのみにごす……169
われはかくこそ……380
○わればかり……315
われはなりぬる……123
われはまちみる……237
〈○われひとり……517〉
われもおなじき……447
われもこころに……323

われもさてこそ……460
われもしばしの……197
われもちとせや……442
〈われもつきにし……150〉
われもむかしの……267
われもやのべの……512
〈○われをのみ………468〉
われをばよもな……523
われをまちける……220

歌題索引

あ

相《あふ》・会坂……174
葵《あふひ》→き
依萩去路……51
卯花《うのはな》→ぼうか
雨後瞿麦……41
雨中藤花……〈482〉
遠《えん》尋若菜……8
遠村蚊遣火……44
桜……18 525
鶯……6
音《おと》無滝……178

か

花……21 22 223
花橘……35 36
鹿……229
蚊遣火……43
霞隔浦……5
過門不入恋……111
海上眺望……234
海辺夏月……428
海辺秋月……192
海辺落葉……23
海路暮春……26
郭公(時鳥)……224 524 526
勝《かつ》間田池……179
喚(呼)子鳥……523
喚(呼)子鳥何方……17
寒草霜……78
閑中春雨……13
関路秋風……431
雁……53
観身不言出恋……112
澗底氷……88
葵《き》……31
寄雨増恋……109
寄源氏恋……114
寄神楽恋……115
寄《(寄)》木恋……116
起道心恋……118
帰雁……15
菊……67
橘……507
橋上霰……94
久恋……435
暁郭公……33
暁山郭公……427
暁水鶏……39
暁恋……238
蛍照船……42
月……225 230 527
月照松……185
月前遠情……63
月前松風……436
月送行路……64
故郷虫……433
枯草霜……79
互思知恋……110
更衣……28
向花惜春……24
紅葉……69
紅葉満山……71
〔荒和祓……46〕

さ

歳《さい》暮……96
歳暮急自水……97
歳暮恋……117
桜《さくら》柳梅……181
三月尽……27
山家……191
山家嵐……95
山家立春……3
山居水鳥……86
山寺暮秋……74
山路尋花……20
七《しち》夕……48
社頭紅葉……72
社頭雪……233
社辺月……62
萩《しゅう》……50
終日向泉……45
衆人待郭公……505
祝……529
述懐……169 170 171 232 235 506
処処子日……4

初秋暁露……430
初雪……237
初冬……75
初冬時雨……76
初聞名恋……107
初恋……434
女《じょ》与待郭公……32
松陰残雪……9
松隔紅葉……70
森……509　510　511
（般若心経）
深山照射……40
深夜聞荻……49
神楽……508
人命不停過（遇、速）於山水……172
尋杣人山花……19
水鳥……84　85
水辺月……65
薄《すすき》菊萩……182
夕《せき》見女郎花……58
折菊送人……68
雪……80　81　82　226　528

雪中遇友……83
千鳥……89
早苗……34
草花……54　228
窓下梅……11

た

鷹→よう
沢《たく》辺駒……14
池……513
竹鳴風……184
虫……56　57
朝聞鶯……7
田家立秋……47
藤花年久……25
擣衣夜長……66
〔独聞時雨……75〕

な

長《なが》柄橋……177
難《なに》波江……175
忍恋……429

は

梅《ばい》……10
般若心経……173
晩風似秋……46
氷……87
伏《ふし》見里……180
暮秋……73
卯花《ぼうか》……29
卯花失路……30

ま

霧隔路……61
夢中契恋……113

や

夜《や》増恋……108
遙見帰雁……16
遙島千鳥……90
鷹狩……91
鷹狩日暮……92

ら・わ

落葉……236
立春……1　2
柳払水……12
旅衣露重……60
旅月聞鹿……432
旅五月雨……38
旅宿雁……52
旅宿時雨……77
旅宿虫……55
旅宿嵐……437
恋……98　99　100　101　102　103　104　105　106　227　231
炉辺物語……93
盧橘薫枕……37
鹿声近……59
和歌《わか》浦……176

主要詞書（語句）索引

あ

あうむ返し……120
（月あかかりし夜）
（しあかして）
あからさまに……〈143〉
明方……〈119〉
あさましく……〈452〉
あした……〈454〉
（ゆきのあした）
あそび（ぶ）…125〈127〉〈129〉133 493 519＊
（見あそび）
あづま……220〈479〉
（絵合はせ）
あはのかみ（阿波守・忠度）……161
あひしり……〈477〉
あま（尼）に成り……〈475〉

雨降る日……〈461〉
ありか……〈140〉
あるかなきか……〈465〉
あるところ……〈504〉
ある女房……〈465〉
あるひと……〈454〉
いたきこと……〈454〉
（申し出だす・し）
一院（後白河院）……123
いづくより……519＊
（五月五日）
石清水の行幸……〈145〉
いはひ・祝ふ……121
いひつかはし…134〈140〉147 220〈465〉〈477〉
家づと……210 210
家の前……〈481〉
院（後白河院）……〈485〉〈497〉
うかるべきさま……〈448〉
右京大夫（建礼門院）…215
（前右近中将）
（大炊御門の右大臣）
歌のとくい（寂蓮）……148

歌よむなる人（小侍従）……499
歌よむべき身……〈504〉
うち・内（＝宮中）……123
（大内）
内の女房……162
うちわらひ……〈454〉
うつし（写し）……〈473〉
うつろひすぎ……442
うつろひたるきく（菊）……159
うへ・上（＝帝・高倉天皇）……122
梅の花……〈438〉
うらみつかはし……134〈140〉
うらみやり……〈454〉
絵合はせ……〈473〉
（ひらけぬ枝）
えだをり（枝折）……〈438〉
おそかり……〈481〉
男……217〈479〉
音せで……〈151〉
おとづれ・る……135 149

おとづれず……491
おとなき・音なし…125 133
おともせざり……〈465〉
おなじうた……447
おなじ人……〈450〉467〈469〉〈471〉〈473〉
おはず（負はず）……493
おほせごと……120 122
大内……〈155〉〈205〉〈461〉467
大宮（多子）…125 142〈155〉〈438〉440〈448〉〈477〉〈481〉〈517〉
大宮の《（〜御方）》左衛門のすけ（小侍従の女）……〈504〉
大炊御門の右大臣（公能）……142
大炊御門少将（実家カ）：…〈143〉
おもしろき……133
思ひいで……〈456〉〈463〉
おもひかけずに……〈454〉
おりしらず……210
折ふし……215〈457〉
女（小侍従）……〈463〉

か

かがり・篝……133
かきつけ・書き付く……〈143〉〈501〉521
かきつづけ・書き続く……153
かきてつけて……〈448〉
(たれとてかくは)
かくれ・隠る(死)……142
かぜ(=風邪)……149
かぜ(=(御)風邪)のけ……122 215
かたわら……495
かたみ……〈479〉
かたらひ……〈479〉
門田……162
かならず……153
かねてより……〈138〉
かべいじゅう(加陪従)……〈456〉
かひな(腕)……〈501〉
かへさ……〈481〉
返したべ……134
返事《かへりごと》……165 210 220 439 〈441〉〈445〉447〈452〉〈500〉
かみたて(紙立)……〈448〉
から(唐)の桜……〈473〉
上達部……215
きかせぬ……〈497〉
ききところ……〈504〉
きく(菊)……442
(うつろひたる菊)
きくのえだ(菊の枝)……〈157〉
きさらぎ(二月)ばかり……220
きならしたる物……〈479〉
(無量義経)
公光……〈140〉
九月十五夜……〈481〉
九月十三夜(の月)……〈138〉〈487〉493 519 ＊
く(悔)いげあり……〈454〉
ぐし・具す……〈127〉〈479〉〈487〉
(まぜくだもの)
くちをしけれ……〈481〉
くもりたるよ(夜)……493
車……519 ＊
皇《くわう》太后宮(備前)……〈481〉
けしき……〈454〉
(心月輪)
源三位頼政……149
建春門院(平滋子)……123
(法橋顕昭)
現世……〈459〉
権別当(成清)……〈145〉
久我《こが》……〈129〉133
久我のおほいどの(源雅通)……〈129〉
五月五日……〈463〉499
心ぼそけれ……149
心もえられず……519 ＊
心をかけ……〈454〉
後世しえたる事……〈459〉
ごたち(御達)……519 ＊
後徳大寺入道左大臣(実定)……519 ＊
ことさらに……〈479〉
ことづけやする……〈501〉
こと(異)人……519 ＊
(さまざまのことどもなど)
此暮……153
こののち……483
この程……〈497〉
こひける人……217
こひければ……〈479〉
こひさめさ……〈452〉
こひしかば……〈500〉
こまかに(・なる)……147 153 165〈454〉
こまやかに……168
こもらせ……〈485〉
こもりて出で……152
こもりぬ……〈503〉
こもりゐ……168
こよひ……153
こよひの月……〈481〉

さ

盛にさき……〈461〉
さきさかず……〈465〉

前右近中将（資盛）……213
前左衛門督（公光）……〈140〉
左京大夫（俊成）……〈446〉
さしいで・差し出づ……〈155〉
さそは・誘ふ……〈138〉
左大将（実定）……（3）125
（後徳大寺入道左大臣）
左兵衛督（成範）……137
定長（寂蓮）……148
さだめ……〈119〉
五月半の程……〈129〉
さとのある……〈481〉
さはり（障り）ども……153
雑仕……519＊
三月のつごもりのひ……〈485〉
さまかへ・様変ふ……〈164〉
さまざま……122　521
さまざまのことどもなど
……〈454〉
五月雨……〈155〉
さるらん人（小侍従）……〈500〉
（前左衛門督）
（大宮の左衛門のすけ）

三条のいへ……125
（理趣三昧）
（大納言三位）
しあかして……489
四位……〈456〉
しげのり（成範）……137〈457〉
七月一日ごろ……〈452〉
七月二あるとし……137
（ふししづみ）
しぬ（死ぬ）……〈454〉
しばし……519＊
しはすのつごもり……〈151〉
正月七日……121
十月一日……〈157〉
（八月十五夜）
（九月十三夜）（九月十三夜
（の月））
出家し……148
出家ののち……〈202〉
修理大夫（平経盛）……135
（大炊御門少将）
白川どの（平盛子）……184
しるく・著し……〈140〉

心月輪……207
資盛……213
少し……〈497〉
すてがたさ……〈481〉
すみうかり……〈479〉
硯のふた……〈143〉
せうと……〈145〉
せんかたなく……〈454〉
その後……467
その人……〈501〉
そのゆくへ……〈454〉
そのゆゑ……〈454〉

た

大皇大后宮（多子）……519＊
大事……〈497〉
大納言……519＊、519＊
大納言三位（為子）……521
台盤所……519＊、〈520〉
たいめん（対面）……〈457〉489
内裏……215
絶えて……〈463〉
高倉院……〈119〉215

隆信……〈138〉
隆房……162
ただのり（忠度）……161
（平忠度）
たちいり（立入）……〈481〉
立ちかへり……162
たづねゆき……〈487〉
七夕……211
平忠度……210
たのめ（頼め）……〈481〉
たふとき・尊し……147
たれとてかくは……〈504〉
ちかきほど……〈155〉
ちかく（近く）……〈481〉
ちぎり・契る……〈138〉153
中宮（平徳子）……121
中将（隆房）……162
朝観行幸《てう(ちよう)きんのぎやうかう》……〈119〉
聴聞……123
ついで……〈487〉
月あかかりし夜……〈438〉
月のよ（夜）……493
作りたる桜の花……〈473〉

（三月のつごもりの日）（しはすのつごもり）
つとめしことなど……〈456〉
つとめて（＝翌朝）……〈127〉495
経盛……135
つぼね……〈143〉〈456〉
つぼみたる……〈157〉
つみふかく・罪深し……147
つらくあたり……217
（和琴のて）
殿上……〈145〉
殿上人……215
時めかせ……161
とく・疾し……〈145〉519＊
（歌のとくい）
（きさところ）
としごもり……152
とし比……〈479〉
とし月へ・経……〈497〉
としなり（俊成）……〈446〉
としのくれ……〈446〉
とぶらひ……〈497〉
（御）とも・供……〈145〉

ともし・灯す……133
とりわき……495
十日《とを》……〈485〉

な

（宮の内侍どののもと）
ながきね（根）……〈463〉
（あるかなきか）
なき名……161
なごりばな……483
なさけある……〈504〉
なにとなき……〈454〉
七日……〈452〉
なほる・治る……122
（きならしたる物）
（ひきならし）
成清……〈145〉
鳴子かけ……162
南殿……〈465〉
二月十日比……〈477〉
二月の廿日あまり……〈205〉〈465〉
（後徳大寺入道左大臣）
女房……215〈477〉

（ある女房）
（長き根）
後の七月七日……137
（この後）

は

（世のはかなきこと）
はじめて……489
八月十五夜……440
八条の家……162
花の枝……215
花見……215
（山里の花見）
はばかり……〈157〉
はばかる事……〈151〉
はれまなき……〈155〉
ひが事……134
日数へ・経……〈155〉
ひきあけ……〈452〉
ひきならし……〈497〉
ひごろ……442
久しく……491
久しくなり……〈463〉

ひじり・聖……147
びぜん（備前）……〈481〉
ひとつ（一つ）……〈479〉
ひとひ（一日）……483
人々……〈487〉
ひらけぬ枝……〈205〉
ひんがし……〈481〉
（御）笛……〈119〉
（罪深く）
ふししづみ……〈497〉
（硯のふた）
文《ふみ》（＝手紙）……134〈452〉〈452〉519＊、521
法橋顕昭……220
ほどなきに……〈129〉
程なく……519＊

ま

まうけのきみ（後の安徳帝）……121
申しいだし……〈481〉
申しいれ……〈456〉
申しおくる・り……〈438〉444〈503〉

申しかはす……135 148
申しつかはし・す（おくりカ、おこせカ）：161 210〈450〉〈481〉〈485〉
まかりいづるみち……〈481〉
まかりいで……519＊、519＊
まかる……〈501〉
まぜくだもの……〈448〉
又の日……123〈138〉
まちえ……220
待ちかねて……〈143〉
まちほど……〈481〉
舞人……〈456〉
（御）まへ・前……120
（家の前）
まへわたり……〈481〉
まゐりあひ・参りあふ：144
万歳楽……〈119〉
見あそび……162
みぐるしかり……134
道……521
（まかりいづるみち）

見にゆき……162
みののくに（美濃の国）：〈450〉
宮（大宮多子カ）……〈143〉〈145〉184
宮亮（平経盛）……135
宮の御もと（多子）……168
宮の内侍どの（中宮育子の女房）のもと……147
民部卿（藤原成範）……〈457〉
都……〈164〉〈479〉
都の花……220
三輪の山……〈140〉
むかへにつかはし……〈501〉
むすめ・女（大宮の左衛門のすけ）……〈504〉
無量義経……522
めでたく・めでたし……161
もと（元）より……495
ものいひ……〈454〉
ものがたり（などする）：〈487〉495〈504〉
物申す……149 495
もろともに……〈138〉220

や

やうあり・ら……〈452〉
やがて……144 519＊
八幡……〈164〉〈485〉
山桜……210
山里……442〈503〉
山里の花見……210
ゆかり……〈504〉
ゆかりある人……〈501〉
ゆきのあした……444
夢み・夢見る……147 521（夢に見え）
（そのゆくへ）
ゆゑあり……〈450〉
（そのゆゑ）
世のはかなきこと……〈503〉
よびとどめ……519＊
頼政……〈155〉〈155〉161
（源三位頼政）
よもすがら……489
悦・よろこび……〈145〉〈145〉
よろしきよし……〈497〉

ら・わ

理趣三昧……123
臨時祭（石清水）……〈456〉
例ならぬ事（病気）……〈497〉
れんが（連歌）……489
若きもの……519＊
若菜……121
和琴のて（手）……〈497〉
わじのみや……〈481〉
（前渡り）
わび・侘ぶ……147
（うちわらひ）

■著者略歴
小田　剛（おだ　たけし）
一九四八年京都市に生まれる。
神戸大学大学院修士課程修了
京都府立乙訓高等学校教諭（国語科）
専　攻：中世和歌文学
著　書：『式子内親王全歌注釈』（和泉書院）、『守覚法親王全歌注釈』（和泉書院）
主論文：「式子内親王の「薫る」―新風歌人としての側面―」（『国文学研究ノート』第二一号）、「式子内親王歌の漢語的側面―「窓」「静（～）」―」（『古今和歌集連環』（和泉書院））、「小侍従集注釈（1）」（『国文学研究ノート』第三三号）など。
現住所：〒六六六-〇一一二　川西市大和西二-一四-五
TEL　〇七二-七九四-六一七〇

研究叢書312

小侍従全歌注釈

二〇〇四年六月一五日初版第一刷発行
（検印省略）

著者　小田　剛
発行者　廣橋研三
印刷所　中村印刷
製本所　大光製本所
発行所　有限会社　和泉書院
大阪市天王寺区上汐五-三-八
〒五四三-〇〇〇二
電話　〇六-六七七一-一四六七
振替　〇〇九七〇-八-一五〇四三

ISBN4-7576-0257-X　C3392

―研究叢書―

『河海抄』の『源氏物語』	吉森　佳奈子著	301	八九二五円
近畿西部 方言の生活語学的研究	神部　宏泰著	302	一二五五〇円
上田秋成文芸の研究	森田　喜郎著	303	一五七五〇円
助動詞史を探る	山口　堯二著	304	九四五〇円
中世和歌文学諸相	上條　彰次著	305	一三六五〇円
今昔物語集の表現形成	藤井　俊博著	306	九四五〇円
柿本人麻呂と和歌史	村田　右富実著	307	一〇五〇〇円
六条藤家清輔の研究	芦田　耕一著	308	一〇五〇〇円
標音 おもろさうし注釈㈡・㈢	清水　彰著	309	四二〇〇〇円
日本古典文学史の課題と方法 漢詩 和歌 物語から説話 唱導へ	伊井春樹先生御退官記念論集刊行会編	310	一六八〇〇円

（価格は５％税込）